SUSAN MADISON

Susan Madison est née à Oxford, où elle vit actuellement, après avoir effectué de longs séjours à Paris et aux États-Unis.
La couleur de l'espoir (Belfond, 2001) est le premier de ses nombreux romans traduit en français.

D0837237

LA COULEUR DE L'ESPOIR

SUSAN MADISON

LA COULEUR DE L'ESPOIR

Traduit de l'anglais par Régina Langer

BELFOND

Titre original :
THE COLOUR OF HOPE
publié par Bantam Press,
a division of Transworld Publishers, Londres.

Tous les personnages de ce roman sont fictifs
et toute ressemblance avec des personnes réelles,
vivantes ou mortes, serait pure coïncidence.

Tous nos remerciements pour les autorisations suivantes :

Paroles de Bob Dylan extraites de la chanson « Tambourine Man ».
Avec l'autorisation de Special Rider Music/Sony/ATV Music Publishing.

« Shall We Dance », paroles et musique de Richard Rogers et Oscar Hammerstein II. © 1951, Williamson Music International, USA. Réimprimé avec l'autorisation de EMI Music Publishing Ltd, London WC2H 0EA.

Pour qui d'autre que Mark Lucas

1

Toute sa vie, Ruth Connelly avait craint de mourir noyée.

Un jour que, petite fille, elle se tenait au bord de la mer, elle avait senti l'écume des vagues venir lui lécher les pieds. Un sentiment de terreur l'avait brutalement envahie, aussi précis et aigu que le tranchant du couteau dont on se servait à la maison pour couper le pain. En voyant les vagues se retirer pour revenir aussitôt, lourdes de menaces, elle avait glissé ses petites mains dans celles de ses parents. La mer n'était qu'une multitude de mouvances liquides dont les reflets brillaient sous la caresse du soleil, comme des doigts de diamant qui s'agitaient pour lui faire signe.

Terrifiée, elle avait tenté de se mettre hors de portée mais, ignorant son angoisse, ses parents l'avaient entraînée plus avant.

— N'aie pas peur, la mer ne te veut pas de mal !

Sceptique, elle avait essayé de leur échapper mais ils la tenaient fermement et s'étaient encore avancés en criant joyeusement :

— La mer, chérie ! C'est la mer !

Les galets roulaient sous ses pieds. Glissants. Froids. Soudain, elle sentit le sol se dérober, trébucha et tomba. « Maman ! Papa ! » Leurs rires résonnèrent, à des kilomètres au-dessus de sa tête. Elle s'efforça de se redresser mais, tout à coup, une vague d'un vert translucide la gifla avec hargne. « Papa ! » Elle hurla encore et encore, tandis que la mer se déversait sur elle en l'engloutissant presque tout entière. Hoquet, suffocation... ses mains tendues pour tâcher vainement de se raccrocher à cette masse verte... l'eau glissant entre ses doigts. Et le sel qui lui brûlait les yeux et la gorge... Oui, de tout cela elle gardait un souvenir parfait. Jamais elle n'oublierait cet instant de pure panique, cette impression de pénétrer bien trop tôt dans le monde des adultes, de se retrouver avant l'heure plongée dans des sensations inconnues.

La mort. L'oubli. Le néant.

— Tu n'es restée qu'une seconde sous l'eau, avait dit son père d'une voix rassurante en la serrant contre sa large poitrine.

Papa. Si grand. Si jovial.

— Tout va bien, mon bébé, ça n'a duré qu'une seconde.

Une seconde qui allait durer toute une vie.

Toute sa vie, elle avait redouté de mourir noyée. Toute sa vie, elle avait cru que c'était la fin qui l'attendait.

Debout sur les hauteurs de Caleb's Point, une petite falaise marquant la limite de leur propriété, Ruth songea une nouvelle fois à cet inoubliable épisode de son existence. Par-delà les rochers courait une mince bande de sable, pas vraiment du sable d'ailleurs, plutôt de minces galets laminés par l'usure des siècles et réduits à la taille de petits pois. Une plage, rien d'autre. Pas de quoi s'effrayer. Et pourtant, après toutes ces années, elle avait toujours peur de la mer. Tout au fond d'elle-même, elle savait que les eaux n'hésiteraient pas à la détruire à la moindre occasion.

Mais elle aimait cet endroit. Là-haut, dans le murmure des vagues, dans l'air couleur de miel, l'herbe ondulante parsemée de marguerites, elle se sentait à l'abri. Elle y était venue si souvent au temps de sa jeunesse. Et voilà qu'aujourd'hui c'était en tant qu'adulte, mère et épouse qu'elle y revenait.

Caleb's Point s'avançait dans l'eau constellée de flotteurs marquant l'emplacement des casiers à langoustes. Des forêts encadraient l'horizon et les arbres tapissaient de vert les reliefs, descendant jusqu'à l'étroite côte rocheuse déchiquetée par les puissantes marées hivernales. Çà et là, les toits en bardeau des villas, des résidences de vacances pour la plupart, se détachaient sur les bois. Un peu plus loin, dans la passe ouvrant sur le large, se profilait la bosse grise de l'île Bertlemy, un morceau de granit aride couronné de bosquets d'épicéas, semblable à une carapace de tortue surgissant des eaux. Demain, comme ils le faisaient toujours, ils s'y rendraient en famille, tous les quatre, pour fêter l'anniversaire de Will. Ruth fit la grimace. Ils avaient bien besoin de célébrer quelque chose.

Sur la falaise, le vent aplatissait l'herbe sèche. Lorsque Ruth se laissa tomber sur le sol, elle sentit des feuilles d'épervières lui égratigner les cuisses. Derrière elle, un rocher de granit semblait surgir de la terre. La pluie avait creusé en son centre une dépression dans laquelle se nichaient des cladonies, des sphaignes, quelques tiges de busseroles, des asters et des iris bleus. Appuyée contre la roche, elle ferma les yeux, offrant son visage aux rayons du soleil, souriant en pensant à sa fille Josie. Enfant, elle croyait que ce rocher était le jardin d'un farfadet.

Elle poussa un soupir de satisfaction. Tout était si paisible, ici. Pas de disputes ni même de simples chamailleries. Pas de tension. Des fourmis s'aventurèrent sur ses pieds. Peut-être devrait-elle demander à un charpentier de la région de fabriquer un banc afin qu'ils puissent contempler plus confortablement la mer.

Chaque fois qu'ils quittaient la ville pour venir à Carter's House, Ruth caressait l'idée de s'y installer à l'année. Paul avait déjà eu l'occasion d'enseigner à Bowdoin. Il serait certainement mieux ici pour achever le livre qu'il était en train de rédiger plutôt que dans leur appartement de Boston, si vaste fût-il. Quant aux enfants, il allait sans dire qu'ils réagiraient avec enthousiasme.

Non, ce qui la retenait encore, c'était son propre sort. Elle trouverait sans doute un emploi dans quelque cabinet juridique de Portland ou de Bar Harbor, mais cela faisait si longtemps qu'elle travaillait dur qu'elle n'avait plus l'envie ni la force de recommencer de zéro.

Elle contempla l'île de Mont Desert. De loin, on aurait dit l'échine d'une baleine. Des voiles blanches triangulaires éparpillées sur l'eau quittaient le yacht-club de Hartsfield pour se diriger vers la haute mer. L'une d'elles signalait le bateau de ses enfants mais, à cette distance, impossible de les reconnaître. Pouvaient-ils la voir ici, en train de regarder la mer du haut de la falaise comme une veuve de marin scrutant les eaux profondes dans l'espoir de voir revenir son époux disparu en mer ? Torturée par le souvenir d'un homme au goût de sel et d'horizons lointains qui ne reviendrait plus jamais à la maison la serrer dans ses bras.

Bien qu'elle ne se sentît pas d'humeur à sourire, Ruth agita la main en souriant. Au cas où.

Derrière elle, au-dessus de la pente, s'étendait la pinède. Des épicéas, des pins aux troncs rouges ou blonds, des sapins baumiers, des pins du Canada. L'air chaud sentait la résine et lui rappelait la simplicité sereine des étés d'autrefois, au temps où elle n'était notre arrière-arrière-grand-mère s'était enlisée dans le marécage !

— Dis, m'man, c'est bien là que le grand-oncle Reuben est tombé de cheval parce qu'il était ivre ?

Une fois de plus, l'écho de ces voix passées résonna dans sa mémoire, se mêlant aux échos de sa propre voix et de celle de tous les petits garçons et petites filles qui avaient vécu ici auparavant. Un jour, les enfants de Josie et de William prêteraient eux aussi une oreille attentive aux mêmes histoires et, à leur tour, les transmettraient à leur descendance.

Lorsqu'elle émergea du bois, la maison se dressa devant elle. Carter's House, *sa* maison. Carrée, toute de bois blanc, entourée de vérandas, coiffée de toits en bardeau et de tourelles. Construite plus de cent cinquante ans auparavant par Josiah Carter, son arrière-arrière-grand-père, un marin qui avait passé trente ans de sa vie à sillonner la mer de Chine avant de venir s'amarrer ici pour de bon. On pouvait dire de lui qu'il avait fait son chemin. Simple mousse à l'origine, il avait fini par posséder son propre clipper et amasser une fortune considérable, vraisemblablement en s'adonnant à quelque flibuste. Coureur de jupons invétéré, buveur légendaire, on racontait qu'il s'enivrait jusqu'à en perdre la raison. Il montait alors en titubant sur le pont supérieur et, de ses yeux hallucinés, contemplait toutes sortes de créatures extraordinaires : démons gelés dans le gréement, anges hissant les voiles, sirènes chevauchant la crête des vagues, ou encore le dieu Neptune émergeant des profondeurs marines. Puis, un jour, Dieu lui-même était apparu dans les haubans sous la forme d'un albatros pour l'inciter à renoncer au démon de la boisson et à sa vie de débauche. « Josiah, Josiah, pourquoi m'as-tu abandonné ? » Sachant qu'il n'avait aucune chance de l'emporter sur Dieu, Josiah accepta l'inévitable, accomplit son dernier voyage et prit sa retraite.

Homme d'affaires avisé, il avait acquis au fil des années un grand nombre de terrains ainsi qu'un vaste bois courant sur la colline et surplombant le petit groupe de magasins et d'habitations qui composait le village de Sweetharbor. Là, il fit construire sa maison de cèdre qu'il remplit de tous les butins rapportés de ses nombreux voyages. Il se trouva une épouse vertueuse et passa le reste de sa vie à prêcher les feux de l'enfer et la damnation à des auditoires terrifiés et ravis qui accouraient en calèche ou à cheval pour écouter en tremblant délicieusement les tourments éternels que leur réservait l'au-delà s'ils ne se repentaient pas – et même s'ils le faisaient. Paul affirmait souvent que le vieux Josiah incarnait à merveille un héros de film d'horreur.

L'intérieur des terres n'offrait aucun signe de présence humaine car, dans sa misanthropie de Yankee, Josiah avait acheté tout le terrain jusqu'à l'horizon afin de ne pas être dérangé par d'éventuels voisins. Ses descendants avaient entretenu avec amour la propriété.

En la modernisant, bien sûr. Jeremiah Carter, le grand-père de Ruth, avait fait installer l'électricité et, au fil du temps, les lessiveuses de fer et les essoreuses à rouleau avaient cédé la place à des lave-linge et à des séchoirs. On avait révisé la plomberie à plusieurs reprises et aménagé le système d'égout. Jonathan Carter, le père de Ruth, fit vitrer les vérandas sur les deux façades, ajouta un chauffage central et créa un petit jardin de plantes exotiques. Mais, pour l'essentiel, la maison n'avait pas changé.

Si le vieux Josiah sortait aujourd'hui de la tombe de marbre blanc où il reposait à Hartsfield, sans doute retrouverait-il sa chère demeure telle qu'il l'avait laissée, avec ses parfums de cèdre et tout son merveilleux bric-à-brac rapporté de lointains rivages.

2

— Je ne viendrai pas demain, annonça Josie.

— Bien sûr que si, tu viendras.

— Non merci. J'ai mieux à faire que d'aller m'ennuyer à un pique-nique pour enfants.

— Je ne suis plus un enfant, protesta Will.

— Ah oui ? Tu t'es regardé ?

Josie semblait aujourd'hui d'humeur particulièrement belliqueuse.

— Et qu'as-tu donc de mieux à faire ? demanda Ruth.

— J'ai promis de passer chez les Coombs.

— Je ne les connais pas. Qui sont-ils ?

— Tu ne peux pas les connaître, maman. Ils habitent ici toute l'année. Rien qui puisse t'intéresser.

Le ton méprisant de Josie était exaspérant.

— Tu viens avec nous et c'est tout, ordonna sèchement Ruth.

— Et pourquoi ? De toute façon, j'en ai marre de la voile.

Josie venait de travailler à l'une de ses toiles, et une traînée de peinture bleue maculait son visage et ses doigts. Lorsqu'elle se déplaçait, ses vêtements dégageaient une vague odeur de térébenthine.

— Qu'est-ce que tu entends par là ? demanda Ruth, agacée.

— Que ce genre d'excursions ne m'intéresse plus.

— Mais tu fais de la voile depuis que tu es petite !

— Possible. Mais j'ai grandi, depuis, maman. Au cas où tu ne t'en serais pas aperçue.

— Je veux que tu viennes avec nous, insista Ruth, désarmée devant la détermination de Josie. Sans toi, ça ne serait pas la même chose. D'ailleurs, c'est l'anniversaire de ton frère, ajouta-t-elle devant le silence buté de sa fille.

— Et alors ?

Ruth était en train d'étaler le glaçage au chocolat sur le gâteau que Will avait préparé lui-même – certes avec un peu d'aide – en début d'après-midi.

— Alors, il aimerait bien faire un tour en bateau avec toi avant de retourner à Boston. Et nous aussi.

— Eh bien, pas moi ! Je me fiche pas mal de ne jamais remettre les pieds sur ce bateau.

— Hier encore, tu es sortie en mer. Je t'ai vue.

— Seulement parce que Will m'y a forcée.

— Si tu ne viens pas, la journée de ton frère sera gâchée.

— Ouais ! Et en plus c'est mon anniversaire, et tu dois faire tout ce que je veux, souligna Will.

— Oh, toi ! Arrête de faire l'imbécile, éclata Josie. Tu as vraiment envie d'entendre papa et maman se disputer tout l'après-midi ? En tout cas, ce sera sans moi !

— Merci, Joséphine, dit Ruth froidement.

Will tenta de ramener la paix entre les deux femmes en découvrant dans un large sourire son superbe appareil dentaire.

— Ça me ferait vraiment plaisir que tu viennes, Jo-Jo, mais si tu n'en as pas envie, ne te force pas. Voilà.

— Arrête de m'appeler Jo-Jo.

— D'accord, Josie.

Will était toujours d'une humeur si égale, si raisonnable, songea Ruth. Comme son père, il n'y avait pas si longtemps. Elle lui administra une petite tape sur le poignet lorsqu'elle le vit plonger le doigt dans le bol de glaçage.

— En quelle langue dois-je parler pour que vous me compreniez ? claironna Josie. Ne comptez pas sur moi, un point c'est tout.

— Allez, viens, insista Will. Ce sera sympa. C'est notre dernière occasion d'aller en mer.

— Mince, ce que tu peux être casse-pieds !

— C'est pas vrai.

— Oh, si ! fit Josie en plissant le nez. Toi et ton fichu appareil dentaire !

Ruth se sentit gagnée par la colère. Elle savait que Will réagirait douloureusement à ce sarcasme. Il détestait cet appareillage métallique qui gâtait son sourire. Quant à elle, elle savait ce que cela avait coûté.

— Ça suffit, Josie ! coupa-t-elle. J'en ai plus qu'assez de tes jérémiades.

Elle avait beau se répéter que sa fille n'était qu'une adolescente travaillée par ses hormones, il y avait des limites à l'indulgence.

— Tu viendras au pique-nique de Will, un point c'est tout.

— Écoute, je vais avoir dix-sept ans, alors arrête de me traiter comme une gamine !

— Et toi, arrête de te comporter comme si tu en étais une.

— Pourquoi faut-il, en plus, que nous allions d'abord à cette foutue réception organisée par les Trotman ?

— Je te l'ai déjà expliqué.

— Mais *pourquoi* ?

— Parce que c'est important, voilà tout. Et parce que Ted Trotman désire absolument que j'assiste à sa petite fête.

— Alors c'est pour ça que nous devons tous jouer les lèche-culs ?

Ruth dut se retenir pour ne pas la gifler.

— Ne parle pas comme ça devant moi ! Ted m'a procuré d'excellents contrats et, par ailleurs, il a fait venir spécialement quelqu'un qui souhaite me rencontrer.

— Ah oui, un autre richard dans son genre, j'imagine ?

— Je t'interdis de parler de mes amis sur ce ton ! s'énerva Ruth. Il s'agit d'une relation qui peut m'être très utile. Lui et sa femme viennent de Brunswick pour me rencontrer. Il est hors de question que je leur fasse défaut.

— Ma parole ! Tu ne peux pas arrêter une minute de penser à ton foutu travail ?

Exaspérée, Ruth reposa son couteau dans le bol et planta ses poings sur ses hanches.

— Je t'avertis, Joséphine, que je ne tolérerai plus un langage aussi grossier.

— Bon, continue de tisser tes petits réseaux d'affaires si ça te chante, lâcha sa fille du bout des lèvres. Et de flatter des lourdauds dans l'espoir de leur arracher des contrats juteux. Je parie que c'est un gros plein de soupe. Et qu'il porte des shorts à faire peur. Et blancs par-dessus le marché !

— Et une casquette de base-ball, renchérit Will. Avec la visière à l'envers.

— Je ne connais pas ses goûts en matière de casquette, avoua Ruth d'un ton qu'elle voulait léger. Je sais seulement que je dois être là pour le rencontrer.

— Je croyais qu'on était en vacances.

— La terre ne s'arrête pas de tourner sous prétexte que nous sommes ici.

— Pourquoi faut-il qu'on exauce toujours chacun de tes désirs alors que le contraire n'arrive jamais ? Tu veux qu'on aille à cette réception de merde mais tu n'as même pas pris la peine de te rendre à l'exposition organisée par mon école ce dernier semestre, alors qu'on n'y exposait pas moins de *trois* de mes toiles. Tu n'as pas non plus daigné assister au match de Will et, à Noël, tu...

— Il me semblait t'avoir déjà expliqué pourquoi je n'avais pas pu venir, Joséphine. J'ai beaucoup de responsabilités dans mon travail et je ne peux pas m'absenter autant que je le désire.

— Papa peut bien le faire, lui.

— Il n'est pas soumis aux mêmes exigences que moi.

— Tu veux dire qu'il s'intéresse moins à l'argent ?

Ruth reposa une nouvelle fois son couteau.

— Tu sais parfaitement pourquoi je travaille tant. C'est parce que je veux que, tous les deux, vous puissiez avoir...

— Arrête, maman ! s'écria Joséphine. Je t'en *supplie*, ne nous répète pas que tu travailles comme une brute uniquement pour *nous*.

Le visage de Ruth s'empourpra sous l'effet de la colère et, d'un geste rageur, elle repoussa une mèche de cheveux qui lui retombait sur le front.

— Pourquoi ne le dirais-je pas puisque c'est la vérité ?

— La vérité, comme tu dis, c'est que nous aimerions mieux t'avoir près de nous pour pouvoir te *parler* au moins *de temps en temps*, plutôt que d'avoir de l'argent dans une banque.

— M'man, intervint Will, pour changer de sujet, pourquoi est-ce qu'on ne vivrait pas ici toute l'année ?

— Parce que nous habitons en ville.

— Mais notre famille le faisait bien, avant. Grand-père a été médecin, ici, pendant des années. Papa et toi êtes les premiers Carter à...

21

— Papa n'est pas un Carter, Dieu merci, persifla Josie.

— ... les premiers à ne pas vivre ici toute l'année, acheva Will.

— D'abord, s'il est vrai que votre grand-père a exercé la médecine dans cette région, nous en sommes partis lorsque j'étais encore petite, expliqua Ruth en s'efforçant de garder son calme. Ce n'est pas parce que nous venons ici l'été que nous pouvons nous considérer comme des résidents permanents, d'autant plus que votre père est originaire de Californie. Nous avons dû nous installer là où il y avait du travail. Ce qui n'est pas le cas dans le coin.

— Tu aurais pu trouver si tu avais vraiment cherché, affirma Josie.

— Félicite-toi que nous n'ayons pas dû aller à Little Rock ou Kansas City, rétorqua sa mère.

— Ou encore à Oshkosh, intervint Will.

— Très drôle, fit Josie, glaciale. De toute façon, je croyais qu'en venant à Caleb's Point l'idée était d'oublier le boulot pour que tu puisses passer plus de temps avec nous.

Personne n'aurait pu adopter un ton plus dédaigneux.

— J'ai pourtant l'impression que c'est ce que nous faisons, répliqua Ruth en s'efforçant de garder son calme.

— Sauf que tu ne supportes pas de t'éloigner un seul instant de ton bureau sans traîner avec toi tout un attirail de portables et de modems. On croirait que tu préfères passer ton temps devant tes fichus ordinateurs plutôt qu'avec nous.

— C'est ridicule.

— Et maintenant, il faudrait encore qu'on t'accompagne pendant que tu feras des salamalecs à ce gros lard. Tout cela sous prétexte que c'est *bon pour les affaires*. Dire que papa et toi n'arrêtez pas de prétendre que vous allez abandonner la course du rat !

— C'est ton père qui dit ça. Je ne me souviens pas d'avoir jamais abordé ce sujet.

— La vérité, c'est que tu préfères mille fois rester dans ton bureau moisi de Boston. Comme si tu pouvais oublier ton travail un *seul* jour ! Alors, l'anniversaire de Will...

— Auquel tu viens de nous annoncer que tu ne voulais pas participer, argumenta Ruth.

— Finalement, je crois que je vais y aller, décida Josie en faisant une grimace à son frère.

— Nous quitterons la réception des Trotman aussi vite que la décence le permettra. Après quoi, nous retournerons à la maison prendre le panier du pique-nique et sortir le bateau.

— Pas besoin d'aller *d'abord* à la réception.

— Moi, j'en ai besoin.

Ruth esquissa un geste pour caresser la joue de sa fille, mais Josie recula d'un air boudeur.

— Écoute, chérie, il ne faut pas froncer les sourcils comme ça. Si tu ne fais pas attention, tu auras une ride entre les yeux.

— Quelle importance ?

— Tu verras dans dix ans. Et ce qu'en pensera ton mari.

— Un *mari* ? cracha Josie comme s'il s'agissait de quelque maladie honteuse.

— Il te demandera : « Ta mère ne t'a donc jamais dit de ne pas froncer les sourcils ? » Et, ce jour-là, j'espère que tu lui répondras la vérité.

Ruth réprima un soupir. Certaines de ses amies, mères d'adolescentes comme elle, l'avaient souvent avertie qu'il suffisait de vingt-quatre heures pour transformer une fillette en pleine croissance en un véritable monstre et qu'à partir de ce jour-là il fallait s'attendre

23

au pire. Mais ce constat ne rendait pas les choses plus faciles. D'autant que, dernièrement, Ruth avait entretenu l'illusion que Josie franchirait sans dommages cette période de puberté.

— Je ne me marierai *jamais*, affirma Josie.

— Sage décision, approuva Will.

— Qu'est-ce que tu entends par là ?

— Qui pourrait bien vouloir de toi ? Il faudrait que ce pauvre type soit aveugle, ou fou, ou les deux. À moins que papa ne t'achète un mari...

Comme il était mignon avec ses cheveux ébouriffés et ses oreilles qui pointaient, se dit Ruth en couvrant son fils d'un regard tendre. Si Josie n'était pas devenue si brusquement hostile, elle aurait tenté une remarque malicieuse, du genre « Même Bill Gates n'aurait pas assez d'argent pour ça ». Mais ce n'était vraiment pas le moment. Josie le prendrait de travers et ferait toutes sortes d'histoires.

— Si on va chez les Trotman, tu sais très bien que papa boira trop, reprit l'adolescente en relevant le menton d'un air agressif.

— Ouais, ça c'est vrai, approuva Will.

— William, on dit « oui » et pas « ouais », corrigea sa mère. Où avez-vous appris qu'on pouvait parler de ses parents ainsi ?

— C'est pourtant la vérité, non ? ricana Josie. Et si jamais il est ivre, ce ne sera pas prudent de sortir en mer.

— Si nous partons en mer, il va de soi que votre père veillera à ne pas trop boire, affirma Ruth en essuyant la lame de son couteau sur le bord du bol. D'ailleurs, je ne comprends pas pourquoi vous faites tant d'histoires à propos des Trotman. Tous vos amis seront là, eux aussi. Je crois me souvenir, Josie, que tu adorais ces réceptions autrefois.

— C'était avant de découvrir que Ted Trotman n'est qu'un horrible *assassin*.

— Où as-tu pêché ces sornettes ?

— Toutes ces compagnies qu'il dirige... Je suis sûre que tu ne t'inquiètes même pas de savoir qu'elles rejettent des tas de produits toxiques ultradangereux dans l'environnement.

En regardant le visage de sa fille, Ruth se sentit gagnée par une sourde angoisse. Les traits de Josie étaient tirés sous le bronzage, ses yeux cernés. Ces mouvements d'humeur étaient-ils dus à autre chose qu'aux troubles de son âge ? Seigneur, aurait-elle touché à la drogue ? eu des expériences sexuelles ? Ce n'était pas facile d'être une adolescente de nos jours. Laisse-moi t'aider, aurait-elle voulu lui dire. Confie-toi à moi. Je suis ta mère.

— Josie, est-ce que tu as des problèmes ?

— À part le fait que ce pays est en train de devenir une poubelle, tu veux dire ? Sans parler du reste de la planète.

— Tu sembles toujours tellement tendue ces temps-ci.

La veille, Josie s'était montrée si exaspérante que Ruth avait fini par la menacer de l'envoyer en pension dans un établissement disciplinaire destiné aux enfants difficiles. Naturellement, il s'agissait d'une boutade mais parfois, comme en cet instant, elle se mettait à y songer sérieusement.

— Je vais *très* bien, figure-toi ! asséna Josie.

— M'man a raison, Jo-Jo, intervint Will en léchant les restes de chocolat dans le bol.

— Quelqu'un t'a demandé ton avis, espèce de petit morveux ? cria sa sœur.

— On a vraiment l'impression que tu perds les pédales, ma vieille. Tu es sûre que tu n'as pas de problèmes ?

— Toi, ferme-la, sale petit morpion.

— Chérie, tu es sûre que tout va bien ? s'inquiéta Ruth.

— Je te l'ai déjà dit, non ?

Josie déambulait, tout agitée, à travers la cuisine. Ses bras hâlés étaient recouverts d'une mince couche de sel craquelée, qui provenait sûrement de sa dernière sortie en mer avec son frère. Sous son T-shirt délavé, une poitrine ronde se dessinait déjà. Sait-elle à quel point elle est jolie ? se demanda Ruth en observant sa fille. Une pensée douloureuse la traversa : Où me trouvais-je, quelle réunion étais-je en train de présider quand elle a commencé à devenir une femme ?

Josie ouvrit un tiroir pour en examiner le contenu avant de le refermer d'un coup sec.

— Maman ?

— Oui ?

— Crois-tu que la fin justifie toujours les moyens ?

— Que veux-tu dire ? dit Ruth, surprise par cette question.

— Supposons que quelqu'un ait de bonnes intentions mais qu'il ne puisse les réaliser que par la violence. Est-ce que cela se justifie ?

— Tout dépend du but que l'on veut atteindre. Et aussi des moyens employés, naturellement. Mais, à mes yeux, la violence ne se justifie pratiquement jamais.

Mais Josie poursuivait son idée.

— Prends Hitler, par exemple. Le cours de l'Histoire aurait-il changé si quelqu'un avait pu l'assassiner ?

— Crois-tu vraiment que cela aurait fait une différence dans le déroulement de la guerre si le complot de Stauffenberg avait réussi ? Permets-moi d'en douter. Un autre monstre aurait pris la suite.

— Autre chose, reprit Josie en grattant une tache de

peinture sur son bras. Imaginons qu'on vende de la drogue pour nourrir les sans-logis...

— Un peu contradictoire, tu ne trouves pas ?

— Donc, tu ne crois pas au plus grand bien pour le plus grand nombre ?

— En théorie, on peut en discuter, mais en pratique ça ne marche jamais comme ça.

— Je vois. Avec des gens comme toi, les nantis trouvent toujours le moyen de s'en tirer aux dépens de ceux qui n'ont rien.

— Mais où as-tu déniché ces inepties, Josie ? En fréquentant tes petits amis militants qui prétendent sauver l'univers à eux seuls ?

— C'est bien toi, de te moquer de ce que tu ne connais pas ! Au moins, nous, nous avons un idéal. Ce n'est pas comme certaines personnes de mon entourage !

Elle tira le tiroir pour la troisième fois avant de le repousser avec violence.

— Tu cherches quelque chose ?

— Non.

— Parce que si tu souhaites t'occuper, tu peux toujours descendre au sous-sol sortir le linge de la machine à laver et le mettre dans le séchoir.

On aurait dit que Josie n'attendait que cela. Elle se retourna, prenant appui sur le plan de travail.

— Seigneur, comme je déteste ce que nous sommes ! lança-t-elle avec rage.

Elle repoussa ses longs cheveux, découvrant de fines boucles d'oreilles en turquoise, du même bleu que ses yeux.

— Mais de quoi parles-tu ?

— De notre façon de vivre.

Ruth se crispa, incapable d'affronter une énième querelle à propos de la forêt amazonienne ou de la pêche au thon – autant de sujets polémiques dont Josie semblait la tenir pour personnellement responsable.

— À quoi penses-tu en particulier ?

— À *tout*. Est-ce que tu te rends compte des dommages que quelqu'un comme toi cause à l'environnement ?

— Quelqu'un comme *moi* ?

— Tu as déjà vu cette drôle d'écume dans les rivières et les étangs ? Elle vient de tous ces gens qui, comme toi, mettent des détergents dans leurs machines. Je parie que tu n'as jamais pensé à tous ces phosphates qui tuent la faune aquatique. Oh, mais naturellement, madame l'avocate a d'autres chats à fouetter.

D'où Josie tirait-elle toutes ces idées ? Peut-être de ce groupe d'écologistes qu'elle avait rejoint dernièrement ? Comment s'appelait-il déjà ? Ah oui, le Rassemblement pour une Terre plus propre. Ruth poussa un soupir en pensant à Rob Farrow, cet étudiant charmant de Boston qui essayait désespérément depuis plusieurs mois de sortir avec Josie. Apparemment sans succès. Pourquoi refusait-elle ?

— Pour être honnête, ce n'est pas le genre de préoccupation qui m'empêche de dormir, avoua-t-elle.

— Tu vois bien ! s'exclama Josie, triomphante.

— Si on ne se sert pas de machines, comment, à ton avis, doit-on nettoyer ses vêtements ?

— Tu n'as qu'à les laver moins souvent et le faire à la main.

— Josie, si tu veux absolument emporter ton linge sale à la crique et le laver sur des pierres, comme autrefois, je ne t'en empêche pas. Quant à moi, j'utilise le confort moderne, cela me fait gagner du temps.

— Tu n'as jamais de temps pour *rien* ! Pourquoi ne pourrions-nous pas, au moins, étendre notre linge à sécher sur une corde, comme le font ceux qui habitent

28

ici toute l'année ? Les Hechst, par exemple, ou les Cotton ?

À cette idée, Ruth esquissa une grimace peu enthousiaste.

— Seigneur, ce que tu peux être *méchante* ! explosa Josie.

— Pourquoi dis-tu cela ?

— Ce n'est pas parce que Mme Cotton est un peu lente qu'elle n'est pas un être humain comme les autres. Et même bien meilleure que *certaines personnes* de ma connaissance !

Josie dévisagea sa mère avec colère.

— Je n'ai jamais dit une chose pareille, protesta Ruth.

— Oh, pas besoin de le dire, affirma Josie d'un ton boudeur, sentant qu'elle était peut-être allée trop loin. De toute façon, le soleil blanchit naturellement le linge, tu ne le savais pas ? Si tout le monde se montrait vigilant, l'industrie du chlore péricliterait et ton petit copain Trotman aurait vite fait de comprendre sa douleur.

— Tout cela est bien beau, Josie, mais qu'est-ce qu'on fait en hiver ?

— Le chlore provoque le cancer, martela sa fille. Surtout chez les femmes. Tu ferais bien de t'en inquiéter. On a maintenant une chance sur trois d'avoir un cancer, tu le savais ? Et tout ça à cause des toxiques et des dioxines produits par ton cher Ted Trotman. On pourrait l'éviter en choisissant d'autres alternatives. Faire sécher le linge dehors en serait une. Et c'est tellement plus naturel !

— Comme je viens de te le suggérer, tu es parfaitement libre de te servir du fil à linge. Tu trouveras des pinces à la cave. À moins que tu ne préfères les fabriquer toi-même, peut-être ? Pour protéger l'environnement ?

— Ouais, génial ! intervint Will pour relâcher la tension. Tu pourrais même les vendre en faisant du porte-à-porte. Comme ces types qui proposent des oignons et des tas d'autres trucs. Josie la gitane !

— La ferme ! hurla Josie, rouge de colère.

Elle réagissait comme si elle était encore au jardin d'enfants et non une jeune fille de presque dix-sept ans.

— Ferme-la toi-même ! rétorqua Will.

— Du calme, vous deux.

Josie repoussa de nouveau ses cheveux derrière ses oreilles et croisa les bras sur sa poitrine.

— Nous vivons d'une manière tellement artificielle. Je veux dire qu'*ici* les gens ont des vies *réelles*, ils sont plus près de la terre, de l'eau. Ils se sentent partie intégrante de la nature. Ce n'est pas comme *nous*, qui ne nous intéressons qu'à l'*argent*.

Ruth eut soudain une sorte de vision : Josie, étudiante, faisant de la politique à l'université, ralliant ses camarades sous la bannière de quelque cause utopique condamnée d'avance, mais avec un enthousiasme communicatif. Exactement comme Paul. Exactement comme elle, toujours à la poursuite d'un idéal. Prête à défendre la cause de ceux qui ne peuvent pas s'assumer eux-mêmes. Elle n'aurait pas dû prendre autant à la légère les questions de sa fille. Ni se moquer de son groupe d'écologistes.

— Tu trouves que les habitants d'ici sont plus près du réel ?

— Oui.

— J'espère que tu te rends compte qu'il existe plus d'une réalité possible en ce bas monde ?

— « Ainsi que tu le comprendras quand tu seras plus grande », intervint Will, citant sa grand-mère.

— Toi, je t'ai déjà dit de la fermer, répéta Josie. Et

il y a autre chose..., reprit-elle en se tournant vers sa mère, les sourcils froncés.

— Je n'ai pas envie de l'entendre, coupa précipitamment Ruth, redoutant déjà d'autres tirades accusatrices.

— C'est justement ce que je voulais te dire, siffla Josie. Jamais tu ne me parles. Jamais. En tout cas, pas de choses *réelles*...

— Oh, Josie..., se désola Ruth en secouant la tête. Ce n'est pas vrai. Bon, d'accord. De quoi souhaites-tu me parler ?

Josie tritura ses boucles d'oreilles de ses longs doigts maculés de peinture.

— Tu le sais parfaitement. Je veux quitter l'école.

— Et moi donc ! s'esclaffa Will.

Ruth poussa un profond soupir.

— Ne recommence pas, Josie. Je t'ai déjà expliqué à quel point cette idée est grotesque. Je ne veux même pas me fatiguer à en reparler.

Elle consulta sa montre.

— Bon, les enfants, il faut...

— Je suis sérieuse, maman, reprit Josie d'une voix forte. *Vraiment*. Je veux quitter l'école tout de suite et étudier aux Beaux-Arts.

Au fil des mots, sa voix s'était faite moins hostile, plus suppliante.

— Je veux être peintre. Depuis que je suis toute petite.

— Tu sais, maman, elle est plutôt douée, intervint Will.

Exaspérée, Ruth respira à fond.

— Pour la centième fois, je te répète que tu n'as pas la moindre idée des difficultés auxquelles tu t'exposes en choisissant cette voie. Crois-moi, tu auras du mal à gagner ta vie.

— L'argent n'est pas tout. Il est plus important de

31

se réaliser dans la voie que l'on s'est choisie. Si tu t'intéressais un tant soit peu à ce que je fais, si tu prenais la peine de *regarder* mon travail, tu comprendrais que je peux m'en sortir.

— Il n'est pas question que je te laisse quitter l'école sans un diplôme, dit Ruth en haussant le ton. La discussion est close.

— Qu'est-ce qu'une artiste peut bien faire d'un diplôme, je te le demande ?

— Si mes parents m'avaient permis de quitter l'école à chaque fois que je le demandais, crois-tu que je serais...

— C'est de *ma* vie que nous parlons ici, pas de la tienne ! Je n'ai pas besoin d'aller à l'université, pas plus que de diplôme. Tout ce que je veux, c'est peindre.

— Ce que tu feras de ta vie quand tu auras quitté ta famille, c'est ton affaire, répliqua Ruth d'un ton glacial. Mais tant que tu es sous mon toit, Joséphine, c'est non.

— Va te faire foutre ! hurla Josie.

Elle quitta la pièce en claquant la porte, non sans avoir au préalable donné un coup de pied rageur dans une chaise, laissant derrière elle un sillage chargé d'électricité.

Ruth en avait assez d'avoir à subir quotidiennement ces attaques qui la laissaient amère, épuisée. À son travail, personne ne lui posait de questions, personne ne discutait ses ordres. De quel droit cette petite idiote se permettait-elle de contester en permanence tout ce qu'elle disait ?

— Papa sera bientôt de retour, dit Will en tentant d'attraper avec sa langue une trace de chocolat restée sur son menton. On ira faire un tour en mer avec le *Lucky Duck*. Tu veux venir avec nous ?

— J'ai de la paperasse en retard à trier, déclara

Ruth. Et des dossiers à revoir avant de rencontrer Trotman demain.

— Bon, bon, d'accord.

— Il faut que je me prépare, insista Ruth, sur la défensive. Sinon, je viendrais.

— Pas de problème. C'était juste pour demander.

Ce soir-là, après avoir lancé une nouvelle et laborieuse discussion sur les qualités comparées des résidents à l'année et des estivants aux mœurs décadentes – ses parents, par exemple –, Josie bondit soudain du canapé.

— Vous êtes contents de vous, hein ? Vous croyez tout savoir, c'est ça ? Vous et vos riches amis pleins de fric !

— Riches ? Qui est riche ? demanda Paul sans lever les yeux du *New York Times*.

— Ted Trotman, pour commencer. C'est le grand copain de maman. La moitié des sociétés qu'il possède sont des industries polluantes. Et, par-dessus le marché, il vient de prendre des participations dans une compagnie forestière qui défriche le bassin de l'Amazone et détruit *chaque jour* des milliers de mètres carrés de forêt tropicale.

— Il est probable qu'il ne le sait même pas.

— Bien sûr que si. Tout le monde le sait. Et, d'ailleurs, il s'est fait construire ici, à l'arrière de sa villa, une énorme terrasse en acajou du Honduras. On devrait le jeter en prison. Des gens aussi riches que lui ont des devoirs envers les autres.

— C'est tout ce que tu as trouvé contre nos amis ? ironisa Paul. Qu'ils sont riches, matérialistes, irresponsables et que, pire encore, ils aiment embellir leur propriété ? Ou est-ce qu'ils ont commis encore d'autres péchés ?

— Ce n'est pas drôle, papa.

— Allons, dis-nous ce que tu as sur le cœur. Qu'as-tu d'autre à nous reprocher ?

— Vous n'avez jamais rien d'intéressant à dire. C'est toujours du bla-bla à propos de choses idiotes, comme les films, les vacances, les recettes de cuisine et autres âneries. Jamais rien d'*important*.

— Laisse tomber, Josie, intervint Ruth.

— Toi, papa, tu es censé écrire un livre sur l'histoire de la région et je parie que vous ne connaissez même pas le nom de plus de trois familles. À vos yeux, ce ne sont que des spécimens de laboratoire, des pièces de musée.

— Dis-moi ce qui te donne le droit de porter de tels jugements sur tes parents ? Que penserais-tu si ta mère et moi te cherchions sans cesse querelle comme tu le fais avec nous ? De surcroît, qu'est-ce qui te permet de prétendre que nous ne vivons pas dans la réalité ?

— Au moins, les gens d'ici ne détruisent pas la planète chaque fois qu'ils sortent de leur lit. Et ils ne restent pas assis à corriger des copies ou quoi que ce soit du même genre. Ils gagnent leur vie de leurs *mains*. En utilisant leur propre *talent*.

— Et si tu décidais de quitter la maison pour vivre avec ces gens *réels*, comme tu menaces de le faire depuis que tu sais marcher, de quel talent te servirais-tu ? demanda Paul de cette voix faussement raisonnable qu'il prenait pour agacer sa fille.

— Je pourrais vendre mes toiles.

— Vraiment ? fit son père en haussant un sourcil.

— Et si ça ne marchait pas, je pourrais toujours me faire embaucher sur un langoustier.

— Ah ? Tu te figures qu'ils ont besoin de moussaillons de ton espèce ? ironisa Will.

Josie s'empourpra.

— Ce serait mieux, en tout cas, que de travailler

dans une banque de merde en vendant des actions ou Dieu sait quoi. Mieux que d'empoisonner l'environnement. Mieux que d'abattre des arbres avec ces putains de bulldozers.

— Modère ton langage, Joséphine.

— Avant, papa fabriquait de jolis bols en bois, des boîtes et des trucs comme ça, pas vrai, papa ? Ça, c'est réel, intervint Will.

— Il a laissé tomber depuis des siècles, jeta dédaigneusement Josie. De toute façon, il ne voulait pas en faire un métier. Pour lui, ce n'était qu'un passe-temps idiot.

— Pas si idiot que ça, protesta Ruth. Ton père était vraiment doué.

— Et moi, je suis douée pour la peinture.

— Arrête avec ça, coupa Ruth.

— Avec quoi ? demanda Paul.

— Ta fille a décidé de quitter l'école et de mener la vie d'artiste.

— Je pourrais, si tu me laissais faire, plaida Josie.

— Ah ah, fit Paul en hochant la tête. C'est donc ça !

— Nous en reparlerons lorsque tu auras réussi ton diplôme, déclara sèchement Ruth.

— Combien de fois faudra-t-il vous répéter que ce n'est pas nécessaire ? Si vous me preniez un peu plus au sérieux, vous comprendriez que je peux y arriver. J'ai juste besoin d'un coup de main pour démarrer.

— Et si tu n'y arrives pas ?

— J'y arriverai.

— Tu te retrouveras à la rue sans diplôme. Comment vivras-tu ?

— Puisque je vous répète que je n'ai pas besoin de ce bon Dieu de diplôme !

— Si, insista Ruth.

— Ta mère a raison, renchérit Paul.

— Vous me rendez malade.

35

Josie se leva d'un bond et se précipita hors de la pièce en s'arrangeant pour toucher de ses pieds nus le socle de l'un des deux vases de Chine encadrant la porte. Il heurta le mur, bascula sur le plancher et un large morceau triangulaire s'en détacha.

Exaspérée, Ruth ramassa l'éclat de porcelaine et passa un doigt sur le rebord ébréché du vase.

— Bon sang, Josie ! Tu ne peux donc pas faire attention ?

L'intensité de sa colère la surprit elle-même. Après tout, ce vase pouvait être facilement réparé par un spécialiste dès qu'elle en trouverait le temps. Non, ce qui la blessait, c'était la détérioration de ses relations avec sa fille. Le vase ébréché lui semblait symboliser une rupture qu'elle ne parvenait pas à comprendre vraiment. Une sorte de fêlure dans le tissu de leurs vies.

Comme Josie poursuivait son chemin sans répondre, Ruth courut à sa suite et la rattrapa dans l'escalier, à mi-étage.

— Joséphine ! cria-t-elle.

Une main sur la rampe, la jeune fille s'immobilisa, les épaules relevées en une posture de défi.

— Quoi ? lança-t-elle sans se retourner.

— Descends tout de suite ! ordonna Ruth.

— Pour quoi faire ?

— Tu sais très bien pourquoi. Tu pourrais au moins t'excuser.

— Par-don, mè-è-ère, articula Josie avec insolence.

Ruth bondit dans l'escalier avec une agilité dont elle se serait crue incapable et saisit sa fille par le bras.

— Comment oses-tu ? s'exclama-t-elle en la secouant. Comment te permets-tu de me parler sur ce ton ? Et en plus, après avoir abîmé par ta propre maladresse quelque chose qui m'appartient !

Elle distingua sur le front de sa fille, à hauteur des

cheveux, la petite cicatrice consécutive à sa chute du gros rocher quand elle était petite. Qu'était-il donc arrivé à cette petite fille menue toujours souriante et si aimante ?

Josie lui sourit d'un air méprisant.

— C'est ça le problème avec la famille.

— Quoi donc ?

— Les objets sont plus importants que les gens.

— Comme d'habitude, tu dis n'importe quoi.

— Tu crois ?

Ruth la regarda. Les yeux de Josie étaient franchement hostiles. Mais il y avait aussi autre chose. La provocation masquait un terrible manque d'assurance. Peut-être même de la peur. Ce que Ruth trouvait plutôt rassurant. Le manque de confiance, c'était bien. La peur, encore mieux.

Elle ouvrit la bouche pour poursuivre la discussion, puis la referma. Il lui semblait tout à coup que le mur qui les séparait était trop élevé pour être escaladé. Elle finit par lâcher sa fille.

— Ce n'est pas parce qu'il s'agit d'un objet que je suis en colère, dit-elle d'une voix lasse. Mais parce que cet objet représente quelque chose de particulier. Non seulement il est d'une rare beauté mais, en plus, c'est ton arrière-arrière-grand-père qui l'a rapporté de Chine sur son bateau. Un long chemin, soit dit en passant. Il est là depuis que la maison existe. Tu ne comprends donc pas que tu as cassé bien plus qu'un vase ? Ce que tu as brisé, c'est la continuité entre lui et nous.

— Merde, je t'ai déjà dit que j'étais désolée, ça ne te suffit pas ?

Paul arriva dans le hall, son journal à la main. Il leur jeta un coup d'œil par-dessus ses lunettes.

— Cesse de te montrer grossière, Joséphine, dit-il d'une voix sévère. Ce n'est pas le vase que ta mère regrette mais la manière dont tu portes atteinte à l'esprit de cette maison.

— L'*esprit* de cette maison ? répéta Josie d'un ton moqueur.

— C'est bien ce que j'ai dit. Et maintenant, présente tes excuses à ta mère.

Josie lutta furieusement contre son envie de poursuivre la dispute. Elle finit par marmonner une excuse maussade avant de disparaître dans sa chambre.

— Eh bien, murmura Paul en la regardant s'éloigner. Qu'avons-nous bien pu faire pour mériter ça ?

Ruth lui fut reconnaissante de son soutien. Cela lui avait singulièrement manqué ces derniers temps car Paul se montrait de plus en plus distant. Tendrement, elle posa une main sur le bras de son mari.

— Merci, mon chéri.

Il lui tapota distraitement la main, comme s'il s'agissait d'une étudiante de sa classe.

— Crois-tu que je devrais abandonner mon travail ? demanda-t-elle soudain.

— Et pourquoi donc ?

— Peut-être que le prix est plus élevé que je ne l'imaginais. Peut-être devrais-je rester à la maison, profiter de la vie pendant qu'il en est encore temps.

Elle se sentait torturée à l'idée de ne jamais pouvoir rattraper ces années pendant lesquelles elle n'avait pas vu ses enfants grandir.

— Sois réaliste, Ruth. Tu détesterais ça.

Ruth répugnait à l'admettre.

— Je ne sais pas..., commença-t-elle.

— L'époque où ils avaient réellement besoin de toi est révolue depuis longtemps.

— C'est possible, mais...

— Regarde les choses en face, poursuivit Paul calmement. L'argent que tu gagnes nous permet aussi de conserver le style de vie auquel nous sommes habitués. Dieu sait que mon salaire est loin d'égaler le tien.

— Tu penses donc que je dois continuer à travailler ?

— Comme pour bien des choses dans cette famille, la décision t'appartient, Ruth, pas à moi.

— Il m'arrive de souhaiter que tu me poses un ultimatum, Paul. Que tu t'en mêles... que tu mettes les pieds dans le plat.

— Si je le faisais, tu me les écraserais si fort que je devrais marcher avec des béquilles jusqu'à la fin de l'année, dit-il en souriant. D'ailleurs, tu ne crois pas qu'il est un peu tard pour jouer à nouveau les mères de famille ?

Les réceptions organisées par les Trotman pour le Labor Day n'étaient pas une mince affaire. Si l'invitation mentionnait un barbecue, ils avaient, comme toujours, fait appel au meilleur traiteur d'Augusta pour le buffet. Deux grils extérieurs offraient, l'un des plats de côtes avec la célèbre sauce qui faisait la réputation de *Chez Mindy*, l'autre des côtes d'agneau dorées à point. À l'intérieur de la maison, de longues tables garnies de fleurs proposaient toutes sortes de plats : crabes et homards du pays, sushis, tortillas. L'ameublement en bois d'Amérique, manifestement coûteux, était de qualité – chêne, érable, merisier. Les Trotman étaient riches et ne rechignaient pas à la dépense.

Malgré l'épais brouillard qui se levait à l'horizon, la climatisation fonctionnait dans toute la maison. Les stores baissés des vérandas atténuaient l'éclat du jour et l'on avait dressé un dais au-dessus de la nouvelle terrasse. C'était une de ces rares journées, dans le Maine, où la température dépassait les trente degrés, et dehors tout le monde baignait dans une légère moiteur. C'était également la dernière réception de la saison. Le lendemain, touristes et estivants regagneraient New York, Philadelphie ou Boston. Les cours reprendraient bientôt dans les écoles et les universités. La plupart des vacanciers avaient déjà commencé à rentrer leurs bateaux et à fermer leurs villas en prévision de l'hiver.

Le climat resterait agréable pendant quelques semaines, et de nombreuses familles viendraient encore y passer leurs week-ends avant l'hiver. Malgré tout, une atmosphère nostalgique flottait sur la soirée. Les invités, tous étrangers à la région (Ruth était certaine que les Trotman ne connaissaient pas un seul des résidents permanents), se promenaient paresseusement sur les pelouses bien entretenues parsemées de massifs de fleurs. Entre les arbustes taillés avec art, des rochers semblaient avoir été intentionnellement placés là par le paysagiste mondialement célèbre que les Trotman avaient fait venir tout exprès d'Atlanta. Peut-être était-ce le cas...

Ruth gagna la nouvelle terrasse – acajou du Honduras ? Du Pérou ? – et regarda autour d'elle. Elle préférait le paysage plus sauvage que lui offraient les fenêtres de sa propre maison.

— Ruth ! Je vous cherchais.

Ruth afficha un sourire de commande avant de se retourner. Ted Trotman, pimpant dans son short et son polo de lin, s'avançait vers elle, flanqué d'un homme plus âgé.

— Ted ! s'écria-t-elle avec chaleur. Quelle magnifique réception !

— Je voudrais vous présenter Phil Lavelle. Il est venu spécialement de Brunswick pour vous rencontrer.

— Enchantée, dit Ruth en tendant une main aussitôt engloutie dans la poigne massive de Lavelle.

Comme ses enfants l'avaient prédit, il s'agissait d'un

homme gros et trapu, vêtu d'un short blanc et coiffé d'une casquette de base-ball. Par chance, il ne la portait pas à l'envers.

— Ted m'a dit beaucoup de bien de vous.

— Il a bien fait.

Ruth redressa les épaules, consciente de son pouvoir de séduction dans son short de lin beige et son bustier bleu marine.

— Je vous laisse en tête à tête, déclara Trotman en tapant sur l'épaule de Lavelle. Méfie-toi d'elle, Phil. Elle a l'esprit aussi acéré qu'un pic à glace.

— Vraiment ! s'exclama Lavelle en hissant son gros derrière sur la balustrade. On dirait que Ted en pince pour vous.

— Nous faisons beaucoup d'affaires avec lui.

— À vous de me convaincre d'en faire autant. Pour commencer, qu'est-ce que votre société offre de plus que les autres ?

— Vous en avez probablement déjà une idée, sinon nous ne serions pas en train d'en discuter, plaisanta Ruth. Naturellement, nos concurrents sont nombreux, mais le succès de notre entreprise tient à l'assistance que nous offrons à nos clients lorsqu'ils doivent franchir une étape décisive de leur développement. Nous les aidons à définir leur position sur le marché et à nouer des alliances stratégiques.

À l'évidence, Lavelle était accablé par la chaleur. La sueur ruisselait sur son visage et s'accumulait dans les plis de son cou. Ses genoux luisaient.

— Toutes les firmes qui cherchent à racoler un client disent la même chose. Qu'est-ce que LKM compte entreprendre spécialement pour *moi* ?

— D'abord, nous ne sommes pas des généralistes, affirma Ruth qui appréciait ce genre de petit jeu et savait ferrer le poisson.

Parfaitement maîtresse de son sujet, elle lui jeta un regard pénétrant.

— Nous nous sommes spécialisés dans les fusions et les acquisitions, le refinancement des dettes, la négociation de contrats et la promotion immobilière. Mais j'imagine que vous savez déjà tout cela. Il serait peut-être préférable de poser la question autrement : Et *vous* ? Qu'attendez-vous de nous ?

— J'apprécie que vous soyez hautement spécialisés. Le fait qu'un grand nombre de vos partenaires siègent dans les conseils d'administration des grandes entreprises publiques ou privées constitue également un atout majeur.

— C'est la politique de la maison, observa calmement Ruth. Elle nous procure un aperçu irremplaçable sur les projets en cours et peut nous aider aussi bien à traiter les problèmes les plus concrets qu'à intervenir avec efficacité dans les milieux bancaires et gouvernementaux. En étudiant l'historique de votre firme, j'ai remarqué que, voici quelques années, vous vous êtes engagés dans une négociation assez complexe en vue d'un rapprochement. Mais cette tentative s'est soldée par un échec.

Ruth n'ignorait pas que cet épisode malheureux avait impliqué de sérieux ennuis au conseil d'administration de Lavelle car elle avait consulté la veille dans *Business Week* un compte rendu faisant état d'âpres discussions.

— J'avais prévenu mon équipe que ça ne marcherait pas, répondit Lavelle en fronçant les sourcils.

— Et vous aviez raison.

Il lui jeta un regard aigu.

— Dites-moi, on dirait que vous avez bien préparé votre dossier.

— J'aurais été stupide de ne pas le faire.

Elle lui adressa un léger sourire tout en se déplaçant

un peu pour qu'il puisse admirer la courbe de sa poitrine, moulée de près par le bustier de coton.

Lavelle souleva sa casquette, s'épongea le front et la remit sur sa tête.

— Il fait sacrément chaud, hein ?

— Nous avons rarement des températures aussi élevées par ici.

Ruth décida de frapper un grand coup.

— Vous savez, enchaîna-t-elle, si je m'étais occupée personnellement de cette négociation, mon approche du problème aurait été très différente.

— Racontez-moi ça.

Durant les dix minutes qui suivirent, elle exposa les grandes lignes d'une stratégie alternative. Lavelle approuvait d'un hochement de tête, lui jetant parfois un regard calculateur. Elle devinait qu'il se demandait pourquoi ses conseils juridiques n'avaient pas eu la même idée et qu'il fulminait en calculant combien d'argent sa société aurait économisé. Le temps de vider leurs verres, il avait pris sa décision. Tout en serrant la main de Ruth, il lui affirma qu'il lui téléphonerait bientôt pour l'inviter à déjeuner. D'ici là, elle aurait eu le temps de se préparer et de définir les problèmes spécifiques. De cette façon, elle serait en mesure de devancer les questions de Lavelle. Il comprendrait alors à quel point ses intérêts seraient protégés s'il se remettait entre les mains compétentes de Landers, Keech et Millsom. Et Ruth non seulement justifierait ainsi son salaire, mais s'assurerait aussi une prime de fin d'année substantielle.

Après que Lavelle l'eut quittée pour rejoindre sa femme, elle demeura un long moment immobile à contempler la foule des invités. Des éclats de conversations lui parvenaient de la pelouse en contrebas, tantôt proches, tantôt lointains. Les sujets abordés étaient d'une parfaite insignifiance : les embouteillages sur la

Route n° 1, la mise sur cale des bateaux pour l'hiver, les prix comparés des légumes en ville ou en province, les nouveaux films. Des petits riens. Mais, après tout, pourquoi pas ? Tous étaient de vieux amis qui connaissaient déjà depuis longtemps leurs positions réciproques sur les grands sujets tels que la politique gouvernementale, l'économie, la paix dans le monde, les milices d'extrême droite ou l'avortement.

En les écoutant, Ruth se remémora la violente querelle qui l'avait opposée à Josie. Qu'y avait-il de mal à ne pas vouloir aborder de face des problèmes tels que la guerre, la famine, la haine, l'intolérance, sur lesquels on avait si peu d'influence ? Le radicalisme puritain de l'adolescence avait quelque chose de terrifiant. Bien sûr, elle aussi critiquait en son temps l'attitude de ses parents, pourtant affectueux, et leur reprochait le confort de leur vie. Mais jamais avec autant d'agressivité.

Elle pressa son verre glacé contre sa joue. À présent qu'elle avait accompli sa mission auprès de Lavelle, ils pouvaient partir. Elle chercha des yeux les membres de sa famille et aperçut Will, qui jouait au frisbee avec Ed Stein et l'un des fox-terriers de Trotman. Quant à Josie, elle bavardait avec ses amies Chris et Shauna. En temps ordinaire, la jeune fille se serait montrée animée, menant la conversation d'une voix forte. Mais, aujourd'hui, elle gardait la tête basse, se contentant d'écouter les deux autres adolescentes. Interpellée par Chris, elle bougea la tête et le soleil capta l'éclat de ses cheveux, un reflet dont la couleur rappelait un mélange de miel clair et de sirop d'érable.

Ruth sourit malgré elle au souvenir d'un rare moment d'entente avec sa fille. L'automne précédent, Josie avait voulu se teindre les cheveux mais l'expérience s'était soldée par un désastre. Au sortir de la salle de bains, elle arborait des mèches d'un orange si vif qu'il n'aurait pas été déplacé sur la perruque d'un clown. Catastrophée, Josie s'était écroulée en sanglotant sur la table de cuisine.

— Je ne peux pas aller à l'école comme ça ! Plutôt mourir !

Ruth avait bien senti qu'il ne fallait pas traiter cette petite tragédie à la légère. Réprimant son envie de rire, elle avait fait de son mieux pour calmer et réconforter sa fille avant d'aller au drugstore acheter un autre shampooing colorant, aussi proche que possible de la nuance naturelle de Josie.

Le lendemain, sa fille était revenue de l'école avec un bouquet de freesias blancs en lui disant :

— Merci, maman.

Ruth avait contemplé les délicates fleurs sur leurs fragiles tiges. Elles exhalaient un parfum rare et délicat.

— Elles sont magnifiques, Josie.

— Ce sont mes fleurs préférées.

Ruth l'avait serrée dans ses bras.

— Elles sentent merveilleusement bon. Merci, mon trésor.

— Oh, tu sais, c'est moi qui te remercie de m'avoir sauvé la vie hier soir, répliqua Josie en éclatant de rire. Je devais avoir l'air vraiment idiote avec ces cheveux orange.

— Je n'irais pas jusque-là. Mais je me suis demandé pendant un instant si tu n'allais pas devoir embrasser la carrière du cirque.

Josie avait croisé le regard de sa mère avant de s'éloigner d'un air maussade. Ne fais pas ça, Josie, avait voulu lui crier Ruth. Si tu savais comme ton hostilité me blesse. Elle aurait tant souhaité pouvoir franchir le vide qui les séparait mais la tâche paraissait pour l'instant au-dessus de ses forces.

Debout à l'ombre d'un genévrier, Paul observait sa femme. Quelle classe, quelle élégance ! Cela l'avait frappé dès leur première rencontre, le jour où il l'avait vue traverser le campus, ses livres serrés contre sa poitrine, riant avec une amie. En passant devant lui, elle avait accroché son regard. Et capturé son cœur. Innocente : voilà le mot qui lui était immédiatement venu à l'esprit. Ruth dégageait une extraordinaire impression d'innocence. Elle était si différente de ses camarades. Il l'avait suivie, et avait vu le sourire timide qu'elle lui avait lancé par-dessus son épaule au moment où il regagnait son dortoir.

Paul s'épongea le front, chassant d'un geste le nuage de mouches qui le harcelaient. Quelle chaleur insupportable ! Il se demanda si Ruth avait réussi à impressionner le petit homme gras en short blanc de Boston. Lavelle, c'était bien son nom ? Ruth était vraiment douée dans sa partie, sans aucun doute. Rien d'étonnant que Bob Landers ne cesse d'augmenter ses primes et de lui faire gravir des échelons en proclamant haut et fort combien elle était importante pour la firme.

Chris Kauffman fit son apparition, flanqué de la jeune femme qui occupait pour l'été le cottage des Prescott. Tout en bavardant, il leva les yeux en direction de Ruth et esquissa un sourire lorsqu'il croisa son regard. Ils avaient été amants pendant quelques semaines l'été dernier, après s'être retrouvés tous deux en ville, provisoirement abandonnés par leurs conjoints respectifs. Quelques âmes charitables avaient fait en sorte que Paul soit au courant de leur aventure. Mais, Paul le savait, il n'y avait rien eu d'autre entre eux qu'une banale affaire de sexe. Dans le monde fermé des cabinets d'avocats de Boston, Ruth avait probablement considéré cette expérience comme un jeu à la fois grisant et délicieusement dangereux. À l'époque, elle venait juste de devenir associée de son cabinet par la firme, et Chris était déjà un personnage hautement respecté dans ce monde qu'elle espérait conquérir.

La glace avait fondu dans le verre de Paul. La tête renversée, il en vida les dernières gouttes, contemplant le soleil au-dessus de lui à travers les branches. Il s'était toujours arrangé pour que Ruth ignorât qu'il savait. Sans doute parce qu'il craignait que, mortifiée, elle ne prît une décision précipitée qu'il n'était pas prêt à accepter. D'ailleurs, qui était-il pour la juger, lui qui avait eu de son côté quelques aventures extraconjugales ? Tous les mariages connaissent des hauts et des bas. Comment pourrait-il en être autrement ? Après tout, Ruth et lui s'entendaient aussi bien que certains de leurs amis et nettement mieux que la moyenne des couples.

L'alcool le plongeait dans une légère torpeur. Quelle belle journée, songea-t-il. J'ai un travail qui me plaît. Une jolie femme. De beaux enfants, même si Josie se montre parfois un peu difficile. Dans l'ensemble, c'est une vie agréable.

Il s'écarta de l'arbre. Le moment était venu d'aller chercher un autre verre.

Où donc était Paul ? Ruth parcourut des yeux la foule des invités, espérant qu'il n'était pas caché dans un coin de la maison, à boire verre sur verre. Elle vit Josie quitter ses amies, traverser la pelouse et passer devant Chris Kauffman sans lui accorder un seul regard. Puis elle escalada les marches menant à la terrasse pour se planter devant sa mère, l'air toujours aussi agressif.

— J'ai demandé à Trotman s'il savait que l'acajou du Honduras faisait partie des espèces protégées, lança-t-elle. Tu sais ce qu'il m'a répondu ?

— Non, Joséphine. Pas aujourd'hui et pas en ce moment. Je ne veux pas savoir ce que...

— Il a dit : « Qu'est-ce que j'en ai à foutre, ma belle ? J'ai signé les chèques, c'est tout. » Joli, ton bonhomme, non ?

— Presque aussi « joli » que toi qui te permets de le provoquer dans sa propre maison. C'est incroyablement mal élevé de ta part et...

— J'ai mentionné aussi son usine de magnésium.

— Quoi ?

— Celle qui a émis l'an dernier dix-sept mille tonnes de chlore.

— Comment le sais-tu ?

— Je l'ai lu dans un article publié par Greenpeace. Quand j'ai demandé à Trotman ce qu'il en pensait, il m'a répondu qu'il ne commettait aucun délit puisque la pollution par le chlore n'est pas mentionnée dans la loi garantissant la protection de l'air. Il m'a même affirmé que, selon un dernier rapport du ministère de la Santé, les émissions de chlore ne présentent aucun danger pour la santé. Il est évident qu'on lui a déjà posé la question et qu'il connaissait sa leçon. Eh bien, maman, tu vas quand même continuer à lui envoyer tes vœux de fin d'année ?

— Ce n'est ni le lieu ni l'heure d'une telle discussion, rétorqua Ruth. Pas dans la maison de Ted, alors que tu es son invitée et que tu es en train de manger ses petits fours.

— Ah ça non ! Pas moi ! protesta Josie. Je n'ai touché à rien. D'ailleurs, je ne suis ici que parce que tu m'y as obligée.

— Tu es vraiment assommante en ce moment, tu sais.

— Je suis surprise que tu l'aies remarqué.

La mère et la fille s'affrontèrent du regard. Pendant un bref instant, Ruth ressentit malgré elle un puissant courant d'aversion envers Josie. Elle en fut profondément bouleversée. Comment une mère pouvait-elle, même fugitivement, éprouver un tel sentiment à l'égard de sa fille ?

Et pourtant, pendant une seconde ou deux, c'était exactement ce qui venait de lui arriver.

3

Ruth enfourna quelques gros pulls bien chauds dans
son sac de marin. Puis elle plaça dans la glacière le
pique-nique préparé avec soin pour l'anniversaire de
Will selon ses goûts : saucisses-cocktail, cuisses de
poulet au saké, langouste froide, sauce au gingembre
et au citron pour accompagner les avocats, framboises
fraîches de la région, sans oublier les assiettes, cure-
dents, fourchettes, gobelets en plastique, une bouteille
de vin bien glacé et quelques canettes de Pepsi light et
de Tango. Pour finir, elle glissa le gâteau au chocolat
dans un Tupperware, espérant qu'il ne serait pas trop
malmené lorsqu'ils escaladeraient les pentes rocheuses
de l'île Bertlemy.

Ce fut le moment que choisit Josie, très agitée, pour
entrer dans la cuisine.

— Tu ne m'aimes pas beaucoup, hein ? lança-t-elle
d'un ton brusque.

Ces paroles blessèrent Ruth au plus profond d'elle-
même.

— Comment peux-tu dire une chose pareille ?

— Mais c'est vrai, non ? Tu n'enverrais pas Will
dans un de ces pensionnats où vous me menacez toujours de m'enfermer.

— Mais, chérie, je disais seulement cela pour...

— J'ai bien vu comment tu me regardais chez les
Trotman.

— Et moi, j'ai vu la manière dont *tu* me regardais. Comme si tu me détestais.

— Peut-être que c'est vrai...

Les mains de Ruth se crispèrent sur la glacière, tandis qu'elle sentait les larmes lui monter aux yeux.

— Mais comment peux-tu te montrer aussi insupportable avec moi, Josie ? Qu'est-ce que je t'ai fait ?

— C'est surtout ce que tu n'as pas fait..., marmonna Josie.

Ruth secoua la tête, désemparée.

— Joséphine, tu sais bien que je ne te déteste pas !

Elle ouvrit grands les bras dans l'espoir que sa fille viendrait s'y jeter ainsi qu'elle le faisait autrefois.

— Je t'aime.

L'air buté, Josie fit la moue.

— Ouais, c'est ça.

Ruth laissa retomber ses bras. « Tu sais bien que je t'aime », avait-elle affirmé. Avec sincérité, croyait-elle. Pourtant, à bien y réfléchir, Josie n'avait pas tout à fait tort en prétendant qu'elle ne l'aimait pas vraiment. En tout cas, pas à cet instant précis. Elle n'aimait plus cette Josie si hostile et distante qui l'avait défiée tout l'été.

Si seulement elle arrivait à la persuader que tout cela était sans importance. Que seul l'amour comptait. Et que ce sentiment durerait toujours, malgré tous les revers, toutes les adversités. Simplement, aujourd'hui, cet amour était comme en sommeil, n'attendant que le retour de Josie – la Josie d'autrefois.

Mais elle préféra se taire.

— Est-ce que tu m'aimerais, quoi que je fasse ? demanda soudain Josie.

Ruth la sentait vibrer d'une énergie inemployée. Dévorée par un feu intérieur, éternellement en quête de nouvelles certitudes.

— Quand on aime, c'est sans réserve. L'amour

n'est pas un robinet qu'on ouvre et qu'on ferme selon son caprice.

Où donc voulait-elle en venir ? s'inquiéta Ruth. Qu'est-ce qui la préoccupait à ce point ? Oh, Seigneur, pourvu qu'elle ne soit pas enceinte !

— Donc, insista Josie, tu m'aimeras toujours, quoi que je fasse ?

— Disons que je serais peut-être amenée à revoir ma position si tu m'annonçais que tu es restée seule avec Bill Clinton dans le Bureau ovale.

— Très drôle.

— Et toi ? contra Ruth. Comment réagirais-tu si je t'accusais de ne pas m'aimer ?

— Qui te dit que ce n'est pas le cas ?

— Josie !

Ruth sentit qu'elle perdait pied. Josie semblait si malheureuse... Ne cherchait-elle pas, tout simplement, à être rassurée ? Cela suffisait-il à expliquer les multiples désaccords avec son entourage qui avaient émaillé toutes ces vacances ? Ruth aperçut l'éclat des boucles d'oreilles qu'elle avait offertes à la jeune fille pour Noël, de petits rectangles d'argent entourant un cœur de cuivre jaune. Les portait-elle aujourd'hui pour une raison précise ? Fallait-il y voir un sens caché ? Josie l'avait harcelée depuis l'âge de dix ans pour obtenir la permission de se faire percer les oreilles. Ruth avait finalement rendu les armes pour ses quatorze ans, déplorant que Josie soit si pressée de vouloir quitter le monde douillet de l'enfance. Et que dire de la crainte qu'elle avait ressentie à la vue de cette femme dans la bijouterie, mâchant son chewing-gum, le corps cliquetant de toute une quincaillerie métallique ?

— Je ne t'en voudrais pas si tu ne m'aimais pas, reprit Josie. La plupart des parents sont bien obligés d'accepter leurs gosses comme ils sont, pas vrai ? Dommage que les enfants ne puissent pas, eux non plus, choisir leurs parents. Ce n'est pas parce qu'on vit dans la même maison qu'on doit s'aimer, non ? Rien ne nous y oblige.

Elle prononça ces mots en fixant sa mère avec une indifférence étudiée. Évitant de montrer à quel point elle était blessée, Ruth répondit :

— Je ne suis guère en mesure de deviner tes sentiments à mon égard. Je peux seulement t'assurer que ton père et moi t'aimons plus que nous ne pourrions le dire. Tu devrais le savoir.

— Tu donnerais ta vie pour Will, n'est-ce pas ?

— Évidemment.

— Mais est-ce que tu la donnerais pour moi ?

— Bien sûr.

Décidant qu'il était temps de détendre l'atmosphère, Ruth enchaîna d'un ton léger :

— J'espère sincèrement que nous ne serons pas obligés d'en arriver là. Pourquoi est-ce que tu me demandes ça ?

— Oh, pour rien, répondit Josie en haussant les épaules.

Les rayons obliques du soleil derrière les arbres annonçaient déjà la proche venue de l'automne. Si la température était encore douce pour la saison, il devait sûrement faire frais au large. La chape de chaleur avait laissé la place à de soudaines rafales de vent qui s'engouffraient dans les cèdres et les sapins recouvrant la colline. La pluie menaçait.

La mer avait toujours été sa grande ennemie. Ruth sentait qu'elle lui prendrait la vie si elle en avait l'occasion. Comprenant qu'une peur non maîtrisée risquerait de la détruire, elle s'était forcée à apprendre à nager à l'université. L'espace bien délimité et rassurant de la piscine avait provisoirement calmé ses terreurs.

Mais, tandis qu'ils progressaient en file indienne le long du sentier du douanier, ses vieilles angoisses refirent surface. Si elle était encore en sécurité ici, il n'en irait plus de même lorsqu'ils auraient quitté le contact rassurant de la terre. Ruth serait alors abandonnée à la merci des flots.

Le petit canot pneumatique des enfants se mit à tanguer dangereusement lorsqu'ils montèrent à bord du *Lucky Duck*, un sloop en bois de douze mètres acheté par Paul dix ans auparavant.

Ruth examina le ciel avec appréhension en se protégeant du soleil du revers de la main.

— Paul, tu ne crois pas que le vent risque de se lever ?

Il l'enlaça tendrement.

— Ne t'inquiète pas, chérie. Au pire, nous essuierons un petit coup de vent.

— Ce serait plutôt sympa, non ? lança Will en saisissant la glacière et le panier de pique-nique. En tout cas, c'est une journée parfaite pour aller en mer, pas vrai, papa ?

— Parfaite, répéta Paul en trébuchant sur une mauvaise planche du pont.

Après leurs fiançailles, Ruth avait appris à le seconder à bord, que ce soit dans le Maine, au large de Cape Cod, en Caroline du Nord ou en Californie. Été après été, elle avait courageusement affronté ses peurs jusqu'à devenir assez habile sur un bateau. Mais elle ne serait jamais qu'un marin de beau temps.

Au moment où ils larguaient les amarres, Josie sortit son Walkman et mit ses écouteurs, manifestant par là qu'elle n'était sur ce bateau que contrainte et forcée. Ruth aurait voulu les lui arracher, lui crier d'arrêter d'agir en enfant gâtée, et de se comporter enfin en adulte. Mais elle savait bien que c'était précisément ce que Josie essayait de faire, avec la maladresse de sa jeunesse : grandir.

Ils naviguèrent à belle allure dès qu'ils eurent atteint la haute mer. Le soleil jetait des lueurs chatoyantes sur la surface de l'eau d'un gris bleuté. Ruth alla s'asseoir dans le cockpit, écoutant, les yeux fermés, Paul et Will discuter des différentes tactiques à adopter pour la course du lendemain.

— Nous aurons de la chance si nous arrivons dans les trois premiers, affirma Paul.

— On peut faire mieux que ça, s'indigna Will. C'est la dernière course de la saison, papa. Toi et moi, on doit vraiment se surpasser.

— Le *Duck* ne fait pas le poids devant le nouveau bateau des Stein, répliqua Paul. Quel que soit l'attachement que j'ai pour ce vieux rafiot, je dois reconnaître qu'il n'est plus à la hauteur.

— On est les meilleurs, papa, je t'assure, s'entêta Will. M. Stein n'a acheté ce bateau que parce qu'Ed n'a pas arrêté de le tarabuster. Il ne sait même pas faire la différence entre bâbord et tribord.

— Sans doute, mais Ed ne s'en sort pas si mal.

— Je te répète qu'ils ne sont pas aussi bons que nous ! clama Will en bombant le torse. Vive les Connelly ! L'équipe à battre !

De mauvaise grâce, Josie décida enfin de retirer ses écouteurs.

— Vous n'avez pas une chance, affirma-t-elle d'un ton provocateur.

— Oh, toi, ça va !

— Sam Hechst pourrait vous battre à plate couture, surtout avec moi comme équipière.

— Tu peux toujours rêver, répliqua Will.

— Sam Hechst ? demanda Ruth en rabattant la visière de sa casquette de base-ball pour se protéger des rayons du soleil. A-t-il quelque chose à voir avec Gertrud et Dieter ?

Josie poussa un soupir exaspéré.

— C'est le neveu de Dieter, maman. Tu devrais le savoir.

Dégoûtée, elle se tourna vers son frère :

— Tu crois peut-être arriver dans le trio de tête, hein ? Et moi, je dis que vous aurez de la chance si vous êtes dans les dix premiers !

— Tu veux parier ?

— Moi, ça me va, fit Paul. Jo, qu'est-ce que tu en dis ? Les Hechst contre les Connelly. Je parie vingt dollars qu'on vous bat. Je parie vingt dollars qu'on vous écrase à plate couture. Es-tu prête à risquer tes économies ?

— Tope là.

— Langoustes pour tout le monde offertes par le vainqueur, proposa Will. D'accord ?

— D'accord, espèce de goinfre.

Réchauffée par les doux effluves marins, Ruth sourit d'un air endormi, bercée par le clapotis de l'eau contre la coque. Le soleil brûlait ses épaules dénudées. Elle aurait voulu qu'il en soit toujours ainsi. Que rien ne vienne troubler la sérénité de cette journée.

— On ferait mieux de rentrer, déclara Paul.

Le temps était en train de changer, et les flots commençaient à se creuser dangereusement. Des cumulus s'amoncelaient à l'horizon, et le ciel pourpre s'assombrissait, annonciateur d'orage. Rien d'inhabituel à cette époque de l'année, mais il valait mieux rejoindre la côte avant que la tempête n'éclate.

— Super, le pique-nique, m'man, merci, dit Will en rangeant dans le panier la bouteille de vin vide, les canettes de soda et les reliefs du repas.

Josie l'aida à rassembler les affaires dans le petit canot. De fines vagues heurtaient rageusement les flancs du bateau qui se mit à tanguer brutalement. L'eau montait déjà sur la plage.

— Sacrée tempête qui se prépare, observa Will.

— Génial ! s'exclama Josie.

Le frère et la sœur échangèrent un sourire. Tout en sautant dans le canot, Ruth ne put se retenir d'envier leur insouciance et leur pratique de la mer. Elle se sentait toujours terriblement vulnérable dans une petite embarcation. Les flots lui paraissaient bien trop proches, près de l'engloutir à tout moment.

Pataugeant dans l'eau jusqu'à la ceinture, Paul poussa le canot et sauta dedans par l'arrière. Will et Josie ramèrent jusqu'au sloop ancré à quelques centaines de mètres au large. Au loin, à environ un mille, les derniers concurrents de la régate de l'après-midi rejoignaient le port, abandonnant une mer désormais vide de toute voile. Sur le point le plus élevé de la côte, le phare dominant Sweetharbor se dressait comme un grand doigt blanc contre les nuages qui s'assemblaient au-dessus de la surface de l'eau.

Au moment où ils se préparaient à lever l'ancre, le vent changea encore de cap. Agrippé à la barre, Paul pesta en le voyant souffler dans leur direction. Les rafales redoublaient de violence et la mer se faisait houleuse tandis qu'un vent puissant fouettait inlassablement l'écume des vagues. Derrière eux, la mer montante recouvrait les parties basses de l'île Bertlemy, et les sapins qui en coiffaient la cime pliaient à se rompre sous les assauts furieux de la tempête.

Paul s'adressa à tous d'une voix calme.

— Écoutez-moi, matelots. La première chose à faire est de réduire la voile.

— D'accord, acquiesça Will en scrutant l'eau grise qui fuyait à une allure vertigineuse le long de la coque.

— Commence d'abord par enfiler ton harnais de sécurité. Toi aussi, Josie. Nous allons hisser le foc et prendre deux ris à la grand-voile. Vérifiez ensuite les drisses et les voiles.

— À vos ordres, capitaine ! lança Will.

Paul s'adressa ensuite à sa femme sans quitter le ciel des yeux.

— Ruth, descends voir si tout est bien arrimé à la cale.

— Compris.

S'efforçant de paraître aussi calme et assurée que Paul, elle trébucha dans la coursive, maudissant cette situation et priant pour que tout cela s'achève au plus vite. Après avoir vérifié que tout était solidement fixé, elle se tint sur la dernière marche et observa Josie et Will. À l'avant, tous deux luttaient péniblement pour maîtriser les voiles qui s'entortillaient autour d'eux. L'air glacial leur transperçait la peau. Will perdit l'équilibre, et Josie, en frissonnant, fixa les anneaux de la voile aux crochets du mât pendant que Paul serrait le vent au plus près. Ruth se sentit un peu rassurée en l'entendant lancer des ordres précis de sa voix puissante et autoritaire. Si quelqu'un savait ce qu'il faisait, c'était bien lui. Il était sorti en mer des milliers de fois par des temps bien pires... Il commença à pleuvoir, et le vent, de plus en plus violent, chassait des trombes d'eau à la surface de la mer, obscurcissant tout.

Après avoir mis à la voile, les enfants retournèrent rapidement vers le cockpit et fixèrent leurs harnais de sécurité.

— Il y a des vêtements secs dans la cabine, dit Ruth.

— Avec cette mer, je risque de vomir si je descends, objecta Josie.

— Moi aussi, dit Will. Le vent va bientôt tomber, m'man. On se changera à ce moment-là.

Josie prit la barre tandis que Paul quittait le cockpit pour lever l'ancre. La chaîne grinça. Au même instant un grondement de tonnerre déchira le ciel.

— Attention ! cria Paul.

Le bateau prit de la gîte, son côté sous le vent presque totalement submergé. D'instinct, Ruth s'accroupit dans la cabine, essayant de se faire aussi petite que possible. La voix de Paul lui parvint par-dessus les rafales de vent.

— Apporte aussi les gilets, pendant que tu es en bas.

— Les gilets de sauvetage ? répéta Ruth, saisie de panique. Oh, mon Dieu, est-ce que... ?

— Nous aurions dû les mettre en quittant Bertlemy. Il vaut toujours mieux les porter.

Ruth enfila son propre gilet et monta les trois autres dans le cockpit. Durant le court instant qu'elle avait passé en bas, le temps avait subi une complète métamorphose. Les nuages étaient à présent d'un noir de suie et la visibilité n'excédait pas plus de deux à trois mètres. L'écume des vagues déferlait en lames implacables, partant à l'assaut de la coque, ballottant le navire comme une vulgaire coquille de noix. La cloche d'une bouée résonna au loin, plainte lugubre sortie d'un opéra tragique. Trempés jusqu'aux os, Paul et les enfants tentaient de lutter contre le roulis.

— L'ancre est levée, annonça Paul.

Le vent s'engouffra dans la voile. Ruth s'empara de la barre et sentit le pont trembler sous ses pieds. Une vague lui gifla le visage avant de s'écraser contre le cockpit, inondant l'accastillage. Elle se força à rester calme, tâchant de se convaincre qu'il n'y avait aucune raison d'avoir peur. Les flots semblaient vouloir aspirer le bateau avec voracité.

— Nous sommes toujours face au vent, déclara Paul au bout d'un moment. Même si nous essayons de virer de bord, cela ne nous mènera nulle part. Je crois bien qu'il nous faudra rentrer au moteur.

— Oui, mais c'est tellement plus amusant comme ça, papa ! s'exclama Will, les joues rougies par le vent et le sel.

— C'est vrai, reconnut Josie, exaltée par le goût du risque. Ce serait encore mieux de ne pas se servir du moteur.

— Impossible. Nous n'avons pas assez de voile.

Ignorant les protestations des enfants, Paul tourna la clé de contact. Le moteur émit quelques toussotements, crachota et s'arrêta. Paul recommença sans plus de résultat. En l'entendant maugréer quelque chose à propos d'un mauvais contact, Ruth fut envahie par un sentiment de panique. Elle savait qu'il y avait toujours pas mal de dépôt au fond du réservoir d'essence. Avec cette grosse mer, il avait dû se mélanger au carburant. Paul fit une dernière tentative et, cette fois, le moteur accepta de démarrer en crachotant.

Son soulagement manifeste ne fit, paradoxalement, qu'accentuer la panique de Ruth. Elle savait pourtant qu'il lui fallait dissimuler sa terreur, surtout devant les enfants. En s'approchant de son mari, elle surprit son haleine avinée. L'hystérie qu'elle avait jusqu'ici tenté de contenir la submergea. Réprimant avec peine sa colère, elle demanda à voix basse :

— Dis-moi la vérité, combien de verres as-tu bus ?

Les cheveux ruisselants de pluie, il gardait les yeux fixés sur l'horizon.

— Juste un peu du vin que tu avais emporté pour boire à la santé de Will.

— Sois honnête. Dis plutôt que tu as vidé à toi seul presque toute la bouteille. Combien de verres chez les Trotman ?

— Pas beaucoup, dit-il avec un sourire contraint, le

visage rougi par la violence du vent. Mais c'est vrai que leurs martinis sont particulièrement bien tassés.

Le bateau gîta dangereusement vers bâbord.

— Accrochez-vous, les enfants ! hurla Paul. Ruth, fais attention au mât de charge. Il ne manquerait plus que tu passes par-dessus bord !

— Quand crois-tu que la mer va se calmer ?

— Je ne sais pas. Un quart d'heure... une demi-heure, tout au plus.

Il avait du mal à dissimuler son agacement.

Une demi-heure ? Ruth respira profondément, souhaitant que personne n'ait remarqué à quel point elle était terrifiée.

Ils manœuvrèrent parallèlement à la côte pendant quelque temps. À travers le lourd rideau de pluie, Ruth apercevait la ligne verte des arbres et la tour blanche du phare, si proches qu'elle avait l'impression de pouvoir les toucher. Au-delà, le bois avait disparu, comme avalé par le ciel oppressant qui pesait sur l'horizon. À tribord, elle pouvait entrevoir les lumières d'un langoustier.

— Regarde ! s'écria-t-elle, les yeux soudain brillants d'excitation. Est-ce qu'on ne pourrait pas essayer de leur faire signe ?

— Mais pour quoi faire, bon sang ?

— Ils pourraient peut-être nous remorquer.

— Sottises. Nous n'avons pas besoin d'être remorqués.

— Tu en es sûr ?

— Évidemment ! Et puis, s'il te plaît, lâche mon bras, grogna Paul en se dégageant avec nervosité.

Ruth se sentait gagnée par le froid, la peur et l'humidité.

— Ne me parle pas comme ça ! hurla-t-elle. C'est toi qui nous as conduits ici ! Et, par-dessus le marché, tu es complètement soûl...

— Tu sais que tu finis par devenir vraiment intenable ? explosa-t-il. Ça ne t'est jamais venu à l'idée que...

— Taisez-vous ! Mais taisez-vous donc ! leur cria Josie. Vous ne pouvez pas arrêter de vous disputer pendant cinq minutes ?

Son visage ruisselant de pluie était tordu par la fureur.

Exaspérée, Ruth reporta sa colère sur sa fille.

— Tais-toi toi-même ! lança-t-elle. Espèce de petite idiote ! Tu n'as pas honte de nous parler sur ce ton ?

— Vous me donnez envie de vomir, riposta Josie d'un air écœuré.

Ruth choisit de ne pas répliquer. Le bateau n'avançait presque pas et elle voyait bien que Paul était de plus en plus préoccupé. Eût-il été seul, il s'en serait parfaitement sorti mais la présence de sa famille compliquait les choses. Parfois hautes de près de deux mètres, les vagues martelaient impitoyablement la coque. À chaque creux, le cockpit semblait vouloir disparaître dans les flots.

Ruth savait par expérience qu'un bon marin choisirait d'aller droit devant et d'affronter la tempête pour mieux la dominer. Elle n'ignorait pas que, sans sa présence à bord, Paul aurait certainement décidé d'exécuter cette manœuvre. Mais elle ne parvint pas à maîtriser le tremblement de ses lèvres.

— Paul, je t'en supplie, rentrons.

— Ce sera difficile, vent debout. La meilleure chose à faire, c'est d'affronter la tempête ou de mettre le cap sur Ellsport.

Ruth fixait obstinément la barre. Si elle posait les yeux, ne serait-ce que deux secondes, sur la mer, la seule vue des vagues furieuses et affamées la paralyserait.

— Pourquoi Ellsport ?

— Le port est au nord-est, ce qui veut dire qu'on

peut profiter d'un peu de vent. Nous avons si peu de voile que nous avançons à peine.

— Tu ne peux pas en ajouter ? intervint Josie.

Les sourcils froncés, Paul secoua la tête.

— Impossible. On risquerait d'aller trop vite et de chavirer.

Au moment où il achevait sa phrase, l'embarcation heurta la crête d'une vague. Ruth poussa un cri de terreur, les mains collées contre sa bouche.

— Tais-toi ! Pour l'amour du ciel ! éclata Paul.

Jusqu'à ce jour, il l'avait toujours félicitée pour le courage avec lequel elle affrontait sa peur pathologique de la mer. Mais, aujourd'hui, il ne ressentait qu'une immense exaspération. Ce n'était plus une enfant, après tout, elle devait apprendre à se contrôler comme une adulte.

Will saisit la main de sa mère et la serra. Habitué à naviguer depuis sa plus tendre enfance, il n'avait pas peur.

— Tout va bien, maman, ne t'inquiète pas. Tu sais ce qu'on dit : Petite pluie abat grand vent. Ce n'est pas aussi grave que tu le crois. J'ai pas raison, p'pa ?

— Rien de sérieux, assura-t-il. Ce genre de gros temps est fréquent dans les parages.

— Pourquoi ne faisons-nous pas route vers le large ? suggéra Will. Nous pourrions y attendre tranquillement que les choses se calment.

— Voilà plus d'une heure que je m'évertue à convaincre ta mère que c'est la meilleure solution. Mais elle est persuadée que nous devons rejoindre la côte...

— C'est toi le capitaine, papa, lança Josie. C'est à toi qu'on doit obéir. Et chacun sait, à part maman, que ça veut dire aller vers le large.

Ruth sentait qu'elle n'allait pas tarder à s'abandonner totalement à l'hystérie qui la gagnait peu à peu.

Elle aurait voulu leur hurler de la ramener à terre pour fuir ce maudit bateau qui vibrait et grinçait affreusement.

— Je..., balbutia-t-elle, les lèvres tremblantes, je préférerais vraiment rentrer, si c'est possible.

— Alors, il faudra que ce soit par Ellsport, annonça Paul.

— Papa..., supplia Josie.

— On peut y arriver, affirma Paul.

D'un brutal coup d'épaule, il écarta Ruth de son chemin, s'empara de la barre, laissa porter sur tribord et mit le cap sur le port le plus proche. L'embarcation vira de bord et, sous ce nouvel angle, les hurlements du vent se calmèrent et le harcèlement des vagues devint plus supportable. Pendant quelques instants, par vent de travers, ils parvinrent à poursuivre leur route dans un calme relatif.

Mais, deux minutes plus tard, un sinistre grincement leur parvint de sous le bateau. Le moteur venait de caler net. Privée d'énergie, l'embarcation vira une nouvelle fois de bord et fut happée par le mauvais temps, tanguant au gré de la tempête. Chaque nouvelle vague sur la coque semblait plus haute que la précédente.

— Qu'est-ce que c'était ? s'inquiéta Paul.

— On a peut-être été pris dans un filet dérivant, suggéra Will.

— Je vais vérifier.

Penché au-dessus du bastingage, Paul scruta la mer. Deux minutes plus tard, il releva la tête, l'air découragé.

— Je ne comprends pas. Aucun flotteur à l'horizon. Nous avons dû être heurtés par autre chose.

— J'aperçois des filets ! cria Josie, penchée à l'arrière.

Paul trébucha et dut s'agripper à l'épaule de sa fille.

— Bon sang ! Je parie que c'est encore un de ces

foutus pêcheurs du dimanche. Sûrement pas un marin du coin.

À présent hors de contrôle, le sloop piqua dangereusement du nez, lourd comme un éléphant de mer.

— Bon sang ! s'écria Paul, les poings serrés.

— Qu'est-ce qui se passe ? cria Ruth, alarmée.

— C'est l'hélice. Elle est bloquée.

— Que veux-tu dire ?

— Quelque chose s'est enroulé autour. Probablement un filet dérivant. On dirait que le moteur est fichu.

— On ne peut pas le réparer ?

Paul partit d'un rire lugubre, tâchant sans succès d'essuyer son visage ruisselant. Une brève rafale de vent s'engouffra dans ses cheveux trempés, les souleva, puis les rabattit sur son visage.

— La seule chose à faire serait d'inspecter la coque pour voir si on peut libérer l'hélice. Mais, dans ces conditions, cela me semble plutôt hypothétique.

— Alors, qu'est-ce qu'on fait ?

Paul jeta un regard soucieux en direction de la voile.

— Je n'en ai aucune idée.

— Tu ne sais pas ? s'impatienta Ruth. Seigneur, Paul, c'est toi qui es supposé être le spécialiste ici ! Comment peux-tu être irresponsable à ce point ? Je me demande pourquoi nous avons accepté de te suivre dans cette galère !

— Ferme-la une bonne fois pour toutes, veux-tu ?

Il lui tourna le dos et s'adressa aux enfants.

— Qu'est-ce que vous en pensez ? On augmente la voile ?

— Le vent souffle terriblement fort, observa Josie.

— À moins d'aller vers le large, insista Will.

Ils se tournèrent tous vers Ruth. La pluie et les larmes lui brûlaient les yeux et son corps était glacé. À cela s'ajoutait la douloureuse certitude d'être exclue

65

par le reste de la famille. Ce qui était bizarre, si on y réfléchissait : après tout, s'il y avait une pièce rapportée ici, c'était bien Paul, et non elle. Elle était une Carter et sa famille naviguait sur ces eaux depuis des générations.

La certitude absolue qu'ils allaient couler ne la quittait plus. Au-dessus de sa tête, la voûte du ciel était couleur de nuit. À seulement quelques centaines de mètres de là, des nuages lourds et noirs s'accrochaient aux frondaisons des arbres. Des lumières clignotaient en haut des falaises. Ils ne se trouvaient plus qu'à seulement deux kilomètres de cette côte bienveillante, constellée de petites lumières au-dessus des falaises. Cette vision la rassurait. Là-bas était le salut. Elle aurait tant voulu franchir cette courte distance d'un coup d'ailes pour regarder la mer depuis la côte, heureuse de pouvoir contempler en toute sécurité une aussi spectaculaire tempête. Elle s'essuya discrètement les yeux et tenta de reprendre le contrôle d'elle-même.

Le bateau vira encore de bord, offrant sa voilure au vent violent. Les voiles claquaient en tous sens, semblables à des fouets. Ruth savait fort bien que, si elle ne s'était pas trouvée à bord, les autres auraient pleinement joui de ces sensations élémentaires que tout homme ressent lorsqu'il est aux prises avec les forces de la nature.

— Papa, fit brusquement Will. Je trouve qu'on se rapproche un peu trop de la côte. Tu ne trouves pas ?

Depuis quelques minutes, le bateau était entraîné par le courant.

— Bon sang ! Tu as raison. On est beaucoup trop près !

Il savait que sous ces eaux peu profondes s'étalaient de dangereux bancs de rochers, véritable traquenard, même pour le plus averti des marins. Comme pour lui donner raison, un second craquement s'éleva de la quille, bien plus effrayant que le premier. Ils furent tous les quatre brutalement projetés contre la cloison de la cabine. En un instant, le visage de Paul se couvrit du sang qui s'échappait de son arcade sourcilière entaillée.

Josie, le visage tordu par la douleur, se tenait le bras.

— Mon poignet ! Maman ! Je crois qu'il est cassé !

— Agrippez-vous ! lança Paul.

Pendant un court instant de grâce, un calme précaire régna sur le pont, puis, quelque part sous la coque, un long bruit de déchirure remonta de la cale. Le navire parut exhaler un gémissement de douleur.

Ruth se sentit faiblir. Luttant contre la tempête et la pluie qui inondait son visage et pénétrait sa gorge, elle s'approcha de Josie.

— C'est quoi, ce bruit ?

— On dirait que la coque a été percée, déclara Paul d'une voix anormalement calme. Prends la barre, Ruth, je vais essayer de voir les dégâts.

— Mon poignet..., sanglota Josie. Il me fait vraiment mal.

Accrochée à la barre, Ruth se disait qu'une bonne mère aurait bien trouvé quelque chose, n'importe quoi – un couteau, une torche –, pour fixer une attelle à ce poignet. Qu'est-ce qu'ils allaient faire si le bateau chavirait ? Blessée, Josie serait incapable de nager.

— Ne t'inquiète pas, ma chérie, dit-elle en observant le visage livide de sa fille. Tout ira bien.

En vérité, elle n'en croyait pas un mot. Le vent qui s'engouffrait dans les voiles ne réussissait même plus à faire avancer le navire. Les vagues fonçaient sur la coque en rangs serrés, le projetant sur les arêtes des rochers. À chaque secousse, le bateau se soulevait de près de deux mètres au-dessus des eaux et retombait en émettant de sinistres craquements. Ruth jeta un coup d'œil sur la cabine. L'eau s'y engouffrait par paquets.

Le bateau était à présent couché à quarante-cinq degrés. Un bruit sec annonça la rupture du mât qui disparut par-dessus bord, emportant les voiles dans sa chute.

— On coule ! hurla Ruth. La cabine est complètement inondée !

La bouche envahie de sel, elle sentit que ses genoux allaient refuser de la porter. Voilà, pensa-t-elle. C'est la fin. Nous allons nous noyer. Mes enfants, mes chéris... Des images défilèrent à toute vitesse devant ses yeux : le petit visage rieur de Will appuyé contre sa poitrine après la tétée, Josie sautant dans l'eau, vêtue d'un maillot de bain rouge vif, leurs yeux attentifs tandis qu'elle leur racontait une histoire, l'odeur de leur peau, la douceur de leurs cheveux. Les souvenirs se bousculèrent dans sa tête et l'anticipation de ce qu'elle allait perdre la remplit d'une intolérable souffrance.

Le visage bouleversé, Paul réintégra le cockpit.

— Oh, mon Dieu ! gémit-il. Mon beau bateau...

— Eh bien, je crois que nous sommes hors course pour demain, lança Will.

— Ce qui fait que Sam et moi, on est plus riches de vingt dollars, annonça Josie qui réussit à esquisser un pauvre sourire.

— Super ! Langoustes pour tout le monde !

Lisant l'inquiétude sur le visage de son père, Will reprit son sérieux.

— Qu'est-ce qu'on fait maintenant, papa ?

— Il vaudrait mieux monter dans le canot, fiston. Il faut absolument s'éloigner de ces récifs.

— Mais si nous sommes déjà sur eux..., commença Ruth.

Ses paroles furent couvertes par les rugissements du vent.

— Est-ce que les rochers ne risquent pas de déchirer aussi le dessous du canot ?

— Mais vas-y donc ! hurla Paul en la poussant sans ménagement vers l'arrière du cockpit.

Il ordonna à Will de descendre par l'échelle dans l'embarcation avec Josie.

— Je n'y arrive pas, papa !

Elle tenait son poignet blessé contre sa poitrine et il fallut un temps fou pour l'aider à se déplacer. La mer continuait de fouetter la coque, comme pressée de détruire sa proie.

— Je vais t'aider, lança Paul à sa femme.

Elle croisa son regard dur, réprobateur. Comme s'il lui disait : Tout est ta faute, sans toi et tes terreurs idiotes, nous serions déjà en sécurité au large.

— Descends dans ce fichu canot, pour l'amour du ciel !

— Tu ne crois pas qu'on devrait rester à bord ?

— Obéis !

Elle essaya de suivre ses ordres. Une jambe au-dessus du bastingage, elle distinguait dans l'obscurité les visages blêmes et angoissés de ses enfants levés vers elle. Josie, les lèvres serrées, s'était repliée en boule dans un angle du canot. Will tendit les bras pour aider sa mère mais la vue de la minuscule embarcation ballottée par les eaux noires la paralysa.

— Je ne peux pas, fit-elle d'une voix de petite fille.

— Allons, maman, vas-y. Tu ne risques rien, je t'assure.

Mais Ruth demeurait accrochée à la rambarde, incapable de bouger.

Paul surgit à ses côtés.

— Prends-moi la main.

— Paul, je...

— Tout se passera bien. Je suis là. Maintenant, saute dans ce maudit canot.

La mer montait vers elle.

69

— Je ne peux pas, gémit-elle d'une voix que la terreur rendait sourde. Je ne *peux* pas.

Paul sortit son téléphone cellulaire de sa poche.

— Ruth, accroche-toi ! Will est en bas et moi, je suis derrière toi. Alors, saute, pour l'amour du ciel ! Nous n'avons pas beaucoup de temps.

Le bateau fit une embardée et le bois de la coque grinça. L'eau se déversa dans le cockpit. Paul poussa Ruth sans ménagement et, en hurlant, elle alla s'écraser sur le fond du canot la tête la première. Elle se tordit le genou droit et la douleur lui brouilla l'esprit. Will la prit dans ses bras et elle sentit sa joue contre la sienne, son haleine réchauffer son cou. À bout de forces, elle ferma les yeux dans l'espoir de voir ce cauchemar cesser enfin.

À plus de deux mètres au-dessus d'eux, l'arrière du sloop soulevait ses cinq tonnes de bois et de métal au rythme de la houle avant de retomber à quelques centimètres de leur frêle embarcation de secours. Ils risquaient de se retrouver écrasés à tout moment.

Quand le bateau se souleva de nouveau, Ruth vit la main de Paul lâcher le bastingage, son corps tomber lourdement au milieu d'eux. Il se redressa sans perdre une seconde et rampa pour larguer au plus vite l'amarre. Le canot s'éloigna en tournoyant dans les ténèbres. Une énorme vague gonfla tout à coup les flots noirs, souleva la proue du canot presque à la verticale, et retomba, jetant à la mer quatre corps emmêlés et étourdis par le choc. Ruth entendit le cri d'agonie de sa fille dont le poignet avait plié sous le coup.

Le froid insupportable ne faisait qu'aggraver les choses. Respirer était devenu presque impossible tant l'air glacial leur brûlait les poumons. Ruth eut l'impression de vivre ses pires cauchemars. Revenue à la surface, elle tenta de reprendre sa respiration, mais l'eau s'engouffrait impitoyablement dans sa gorge et l'étouffait.

Sa première pensée fut pour ses enfants. Ils avaient disparu de sa vue.

— Will ! cria-t-elle d'une voix perçante. Will ! Will !

Elle tendit frénétiquement les bras, quelque chose effleura ses doigts avant d'être emporté par le flot. Au bout de quelques minutes, elle réussit enfin à agripper la sangle du gilet de sauvetage de son fils et la tira vers elle de toutes ses forces.

— Will ! Merci, mon Dieu !

Paul surgit soudain, et la saisit par la main.

— Les gardes-côtes ! cria-t-il par-dessus le vacarme de la mer. J'ai réussi à les joindre... Ils sont en route !

Un cri perça la nuit.

— Papa ! Maman ! Au secours ! Je n'arrive plus à tenir... je ne peux plus...

Ruth réussit à discerner dans la pénombre les traits terrifiés de sa fille dont la pâleur ressortait sur la noirceur de la mer déchaînée. Sa bouche grande ouverte formait un gouffre sombre au milieu du visage. Ses boucles d'oreilles jetaient une étrange et inquiétante lueur dans la nuit.

Et, brusquement, elle disparut.

— Josie, hurla Ruth. Oh, mon Dieu, non !

Désespérée, elle nagea de toutes ses forces dans sa direction.

— Josie ! Où es-tu ?

Mais ses mains étaient bien trop glacées pour sentir quoi que ce soit. S'ils ne sortaient pas de ces eaux au plus tôt, ils allaient tous mourir.

Des trombes d'eau bouillonnantes s'écroulèrent une fois encore sur elle et l'engloutirent. Tandis qu'elle coulait, ses pieds heurtèrent quelque chose et elle remonta enfin, cherchant avidement à recouvrer son souffle. Ses cris ne rencontrèrent aucun écho, si ce n'est les craquements du bateau qui s'écrasait sans relâche sur les récifs. Paul et Will, accrochés aux filins de sécurité du canot, joignirent leurs voix à ses appels et, bientôt, tous se mirent à hurler le nom de Josie. En vain.

— Elle ne peut pas être loin, gémit Paul. C'est impossible.

Il prit une profonde inspiration.

— Accroche-toi, Jo ! cria-t-il, la gorge presque arrachée par l'effort. Accroche-toi !

Ruth comprit qu'elle allait perdre conscience. Le froid glacial était en train de prendre rapidement possession de son corps, paralysant ses sensations et sa pensée. Will semblait déjà à demi inconscient. Les doigts à moitié gelés, elle enroula avec difficulté l'attelle de son harnais de sécurité autour de son propre poignet. Au moins il ne risquerait plus de dériver s'il venait à lâcher le filin.

— Josie, reprit-elle avec désespoir. Reviens ! Tu nous entends ? Où es-tu ? Réponds-moi, Jo. Je viens à ton secours.

Les cris de Paul se mêlaient aux siens. Le cauchemar s'intensifiait. Comment pouvaient-ils se retrouver à la fois si près du but et en si grand danger ? Où était Josie ? Combien de temps pouvait-elle survivre dans ces eaux qui, même en cette saison estivale, étaient d'un froid polaire ? Elle se demanda tout à coup si Josie n'essayait pas de la punir en ne répondant pas à ses appels affolés. Non loin de là, elle aperçut le bateau soulevé par les vagues retomber lourdement sur les récifs. Une fois encore, ils purent tous entendre le craquement sinistre de la quille heurtant la roche.

Ruth frissonna. Tout son corps se mit à trembler.

— Oh, mon Dieu, Paul ! Elle ne nous entend pas... Où est-elle ? Où est-elle partie ?

Ma petite fille, pensa-t-elle, ma petite chérie. Des pensées décomposées, incohérentes submergèrent son cerveau : ce n'est pas possible, c'est impensable, c'est trop horrible... Elle ne peut pas être morte, pas Josie, pas ma petite fille chérie.

L'image du corps mince et bronzé de Josie sautant en Bikini dans l'eau calme de l'étang revint assaillir sa mémoire.

— Josie !

Ils ne surent pas combien de temps s'était écoulé lorsque le grondement d'un hélicoptère retentit dans le ciel. Mais, pour eux, ce qui importait avant tout, c'était la disparition de Josie. Paul ne cessait de répéter comme un automate qu'elle portait son gilet de sauvetage, qu'elle ne pouvait pas s'être noyée, que l'équipage de l'hélicoptère allait la trouver, qu'ils allaient sûrement la repêcher.

Au-dessus de leurs têtes, un projecteur troua l'obscurité du ciel, fouillant les eaux avant de se braquer sur leur petit groupe. Ruth leva les yeux vers ceux qui venaient à leur secours et tenta péniblement de remuer pour redonner vie à ses membres gelés. Une silhouette en tenue de plongée glissait vers eux le long d'un câble. Mais n'était-il pas déjà trop tard ? Pourtant, la houle commençait à se calmer, le temps s'éclaircissait et le soleil perçait les nuages. On pouvait distinguer enfin la ligne de l'horizon, fine comme une lame contre le bleu retrouvé du ciel. L'orage avait cessé.

— Tout va bien se passer, maintenant, dit doucement Paul.

Mais elle savait qu'il mentait. Parce que si Josie était... – les mots terribles refusaient de se former dans son esprit –... si Josie était perdue, alors plus rien, jamais, n'irait bien.

mémoire.

4

La nouvelle se répandit dans leur petite communauté
comme une traînée de poudre. Les amis des Connelly
téléphonèrent et passèrent pour offrir leur aide morale.
Mais le temps pressait, les vacances s'achevaient, et
chacun s'apprêtait à reprendre le rythme habituel de la
vie citadine. Moins démonstratifs mais tout aussi présents, les gens du cru se montrèrent plus concrets.
Chaque famille de Sweetharbor gardait en mémoire la
fin tragique d'un être aimé ou d'un père que la mer
n'avait jamais rendu, d'une veuve attendant un impossible retour, le regard perdu sur les flots. Mais la perte
d'un enfant de l'âge de Josie paraissait à tous particulièrement tragique. Les Carter habitaient Sweetharbor depuis la nuit des temps, et la petite communauté
se faisait un devoir de cultiver la solidarité entre résidents.

Chacun envoya des brassées de fleurs de son jardin,
des branches de lilas liées par un ruban, ou des pots de
géraniums. D'autres préférèrent apporter de la nourriture. Le matin, au réveil, Paul et Ruth trouvaient des
plats cuisinés sous le porche arrière de la maison, tels
des sacrifices destinés à apaiser la colère des dieux.
Malgré la brume qui paralysait son esprit torturé par le
chagrin, Ruth devinait que cette profusion de nourriture représentait une sorte d'offrande symbolique, une

façon d'exprimer le désir de tout être humain de réconforter son prochain.

Chaque jour, Gertrud Hechst montait apporter un *sauerbraten*, du bœuf bouilli et du chou ou, encore, une tarte aux myrtilles. Elle s'attardait souvent pour balayer le seuil de la porte, récurer le sol de la cuisine, débarrasser les peintures extérieures de leurs incrustations de sel. Ben et Marietta Cotton, dont les ancêtres avaient habité la région bien avant les Carter, s'occupaient à régler toutes sortes d'autres problèmes pratiques. Ben coupait le bois, taillait les arbres et entreprit même d'envelopper dans de la toile les bulbes des plantes les plus fragiles pour leur permettre d'affronter les rigueurs de l'hiver. Marietta, sa pauvre sœur à l'esprit un peu dérangé, s'affairait à des travaux plus simples que lui confiait son frère : faire le ménage, la lessive, préparer le café, autant de petites gentillesses dont elle s'acquittait sans un mot.

Ruth avait conscience de leur présence et de leur compassion. La plupart des résidents permanents de la région vivaient les mêmes difficiles existences qu'avaient connues leurs parents et grands-parents, des vies rythmées par les saisons – cueillette des myrtilles en été, confection de bouquets en hiver, pêche à la langouste, ramassage des clams, travaux de charpenterie ou de couture. Ruth leur était reconnaissante de lui rendre ainsi la vie plus agréable malgré leurs propres difficultés. Mais elle ne parvenait pas à être véritablement touchée par ces attentions, comme si tous ces gestes émanaient d'un monde auquel elle se sentait étrangère. Jour après jour, elle essayait de se plier aux rythmes d'une vie normale : se lever, se doucher, s'habiller, boire le café que quelqu'un – Marietta ? Gertrud ? – posait devant elle. Mais, à aucun moment, elle n'aurait su dire où elle se trouvait ni ce qu'elle était en train de faire. Tout son être n'était concentré que sur deux

75

priorités : préserver au mieux sa santé mentale et ne jamais oublier que Josie était toujours vivante quelque part.

Elle passait des heures à Caleb's Point, ses jumelles militaires suspendues autour du cou, scrutant sans relâche la surface vide de l'océan dans l'espoir d'y repérer un bras blanc, un morceau d'épave auquel Josie pourrait encore se raccrocher. Parfois, elle levait son visage vers le ciel pour crier le nom de sa fille, espérant follement qu'elle l'entendrait et retrouverait le chemin du rivage.

À d'autres moments, elle descendait sur la grève arpenter inlassablement les galets ou encore escalader les rochers. Les yeux fous, les mains en sang, elle se tordait les pieds sur les pentes escarpées recouvertes d'algues. La seule vue d'un morceau de bois emporté par les flots lui faisait battre le cœur. D'autres fois, un simple enchevêtrement d'algues suffisait à la faire tressaillir et elle se prenait follement à espérer qu'il s'agissait de Josie, échouée sur la grève, inconsciente mais... vivante. Certains jours, elle suivait la route de la côte en voiture et fouillait avec obstination chaque plage, chaque anse, jusqu'à en perdre la raison.

Personne n'aurait pu la convaincre de la vanité de ses recherches. Les bateaux bleu et blanc des gardes-côtes avaient déjà fouillé les eaux environnantes des douzaines de fois. Sans résultat. Tout le long de la côte reliant Portland à la frontière canadienne, les riverains avaient été alertés et les pêcheurs sommés de maintenir leur surveillance. Même les plaisanciers avaient participé aux recherches. Mais Ruth ne voulait pas abandonner. Chaque soir, elle rentrait en titubant, attrapait au hasard quelque chose dans le réfrigérateur et montait lourdement dans sa chambre pour se jeter sur son lit sans trouver le sommeil et attendre, les yeux grands ouverts, que les premières lueurs de l'aube frappent les vitres de ses fenêtres. Alors, elle se levait et tout recommençait.

Son apparence physique avait perdu toute importance à ses yeux. Les petites misères de la vie quotidienne ne l'importunaient même plus, ni les coupures et les meurtrissures qui recouvraient son corps, ni le manque de sommeil. Chaque jour, comme on reprend son bâton de pèlerin, elle reprenait sa quête désespérée, même lorsque l'espoir se mit à l'abandonner. Poursuivre, garder courage... ne pas laisser le temps ensevelir complètement Josie. Ruth ne se sentait pas encore prête à conjuguer son image au passé.

Deux jours après le drame, alors que chacun était accablé par l'absence de nouvelles, Paul avait téléphoné au directeur de l'école de Will. Naturellement, M. Fogarty exprima ses condoléances. Un nouveau semestre s'annonçant, il suggéra qu'il serait préférable que Will revienne à Boston, persuadé que le garçon pourrait séjourner dans la famille de son meilleur camarade, Ed Stein, qui l'accueillerait certainement avec plaisir et qu'ainsi il ne manquerait pas trop les cours.

— Je lui ai dit que c'était une bonne idée, annonça Paul. Et j'ai appelé Carmel Stein. Elle est d'accord.

Occupé à jouer sur sa Gameboy, Will leva les yeux.

— Je ne suis pas d'accord, protesta-t-il.

— Et, moi, je crois que ce serait mieux comme ça, insista Paul.

Will observa sa mère, assise dans la cuisine, le dos voûté.

— Je ne veux pas partir. Dis-lui, m'man.

— Je crois que ton père a raison, dit-elle d'une voix inexpressive.

— Mais ce n'est pas mon...

— Il ne faut pas que tu manques l'école, reprit Paul.

— Qu'est-ce que j'en ai à fiche de l'école ? C'était

77

ma sœur ! Je veux être là quand ils... Ce n'est pas juste de m'éloigner de la maison !

— Will..., murmura Ruth. Cela peut prendre des jours avant que... Oh, mon Dieu, les chances de la retrouver sont si faibles maintenant !

— Je te dis que je veux rester ici.

— Je sais parfaitement ce que tu ressens, Will, intervint doucement Paul en mettant les mains sur ses épaules. Mais il vaut quand même mieux que tu rentres, fiston.

— Je veux rester avec vous, gémit Will qui retenait difficilement ses larmes.

Il faisait de tels efforts pour garder son calme que son visage couvert de taches de rousseur en devint cramoisi. Sa colère retombée, il ne ressentait plus qu'une immense désespérance.

Enfin touchée par la détresse de son fils, Ruth sortit de sa torpeur et se leva pour le prendre dans ses bras.

— Oh, Will, mon pauvre amour...

Il la serra contre lui et posa sa tête contre sa poitrine, laissant enfin couler ses larmes.

— Je t'en supplie, maman, ne me renvoie pas.

— Je suis persuadé que c'est préférable pour toi, répéta Paul d'une voix blanche.

— S'il te plaît, reprit Will en sanglotant. Tout ça, c'est à cause de mon anniversaire...

Horrifiée, Ruth réalisa soudain qu'il se reprochait la mort de sa sœur. S'il n'y avait pas eu ce pique-nique, rien ne serait arrivé.

— Will, ce n'est pas ta faute.

— Ce n'est la faute de personne, renchérit Paul d'une voix éteinte.

— Je crois qu'il faut qu'il reste avec nous, reprit Ruth en se tournant vers son mari.

— Je ne vois pas en quoi c'est une bonne chose.

— Je ne veux pas qu'il parte.

— Ruth, il vaudrait vraiment mieux qu'il quitte la maison.

Elle comprit alors que Paul avait déjà fait son deuil de Josie. Trop épuisée par le chagrin pour poursuivre la discussion, elle préféra s'éloigner.

Paul serra tendrement Will contre lui.

— Nous t'appellerons, je te le promets. À la minute où nous recevrons des nouvelles.

— Mais...

— Tu pourras revenir dès que... dès qu'elle sera rentrée.

Comprenant qu'il était inutile d'insister, le jeune garçon céda.

— D'accord, fit-il d'un ton uni.

Mais, quand il se leva et regarda ses parents, Ruth lut dans ses yeux une détresse qui la bouleversa.

Les Stein retournaient en ville cet après-midi-là et acceptèrent volontiers d'emmener Will avec eux. Les lèvres serrées, muré dans un silence douloureux, il se laissa conduire par son père jusqu'au cottage des Stein, niché à la lisière d'un bois.

— J'espère que nous avons pris la bonne décision, dit Paul à son retour.

— Comment le savoir ?

— Mieux valait pour lui ne pas traîner ici. Il n'aurait fait que ressasser le drame et culpabiliser.

— Peut-être aurait-il mieux valu le garder auprès de nous.

— Je ne pense pas.

Mais Ruth ne l'écoutait déjà plus. C'est à peine s'ils échangeaient une demi-douzaine de mots par jour. Elle savait malgré tout que, chaque matin, lorsqu'elle quittait la maison, il restait à portée du téléphone, hagard, attendant sans relâche un improbable appel leur annonçant que Josie avait été retrouvée. Blessée, mais vivante.

Une semaine après l'accident, on frappa à la porte d'entrée. Il était encore très tôt. Les feuilles jaunissantes s'enveloppaient d'une brume marine qui ne s'évanouirait que dans deux bonnes heures. Les canards sommeillaient encore dans leur étang.

Le cœur de Ruth se gonfla d'espoir.

— Ils l'ont trouvée ! s'exclama-t-elle. Paul, ils l'ont trouvée ! Josie est de retour !

Elle repoussa violemment sa chaise et descendit le couloir en trébuchant pour gagner le hall d'entrée. Finalement tout cela n'aurait été qu'une épreuve qu'ils avaient gagnée haut la main grâce à leur amour. Josie serait de nouveau parmi eux et tout redeviendrait normal.

Mais c'était un inconnu qui se tenait sur le seuil.

— M'dame Connelly ? demanda-t-il en soulevant sa casquette.

— C'est moi, répondit Ruth en regardant derrière lui. Où est-elle ?

— Garde-côte, m'sieur-dame, articula le jeune homme d'un ton hésitant. Lieutenant Edwards. Permettez que j'entre ?

Ruth entendit les pas de Paul sur le plancher de bois de pin puis sa voix crispée :

— Vous l'avez retrouvée ?

— Où est Josie ? répéta Ruth en s'effaçant pour laisser entrer le garde-côte.

Elle le vit sortir quelque chose de son sac de marin.

— Reconnaissez-vous ceci ?

Serrant la main de Ruth, Paul observa l'objet que lui montrait le lieutenant.

— C'est son gilet de sauvetage, dit-il au bout de quelques instants. Vous voyez ? Il y a son nom imprimé dessus.

— On l'a trouvé rejeté sur des rochers à des kilomètres d'ici, presque à la frontière canadienne.

Ruth lui arracha l'objet.

— Non, fit-elle, non ! Mon Dieu, je vous en supplie... pas ça...

La toile rouge était détrempée, déchirée par la mer. Ruth comprit alors que son interminable quête prenait fin. Dès son premier regard sur ce gilet déchiqueté et maculé de sel, quelque chose se brisa en elle. Elle tenta en vain de repousser les questions qui se bousculaient dans sa tête. Pourquoi Josie ? Pourquoi notre famille ?

Elle pressa le gilet humide contre sa poitrine comme pour en extraire un peu de la substance de sa fille. C'était l'ultime lien qui la reliait à Josie, le dernier qu'elle posséderait jamais. Elle se souvint d'avoir remonté ce gilet de la cabine, revit sa fille l'enfilant avec difficulté tandis que les vagues commençaient à les submerger.

Paul fondit en larmes, les mains devant ses yeux. Embarrassé, le lieutenant Edwards lui tapa sur l'épaule en bredouillant quelques mots inaudibles. Chacun demeurait parfaitement conscient que toute parole était désormais inutile. Ruth savait qu'elle aurait dû prendre son mari dans ses bras et le réconforter, mais sa propre peine ne le lui permettait pas. Et, lorsqu'il essaya de passer son bras autour de ses épaules, elle recula malgré elle.

— On finira bien par la retrouver, murmura l'officier. Mais ça prendra du temps. Les eaux sont traîtres par ici.

Il se garda d'ajouter ce que tout le monde savait parfaitement : parfois, les corps ne remontent jamais à la surface. Il évitait leur regard mais son expression n'en était pas moins éloquente. Tout ce qui restait comme espoir à ce couple, c'était de donner une sépulture chrétienne à leur fille.

81

Incapables de prononcer le moindre mot, accablés par ce qu'ils vivaient comme une seconde disparition, ils regardèrent sans la voir la voiture bleu et blanc du garde-côte s'éloigner sur le chemin. Ruth contempla le pré d'un vert ardent qui descendait jusqu'à la mer, parsemé de fleurs brillantes et de rochers couverts de lichen.

— Je ne reviendrai plus jamais ici, dit-elle. Jamais, jamais.

Elle descendit les marches de la véranda et se dirigea vers l'étang. Les mains serrées sur son cœur pour tenter de réprimer la douleur qui l'étreignait, elle fit lentement le tour du plan d'eau. Non, plus jamais elle ne reviendrait à Carter's House. Il n'y aurait plus de souvenirs liés à ces lieux : la maison, Caleb's Point, les bois, l'étang.

Chaque été, son mari sortait le petit radeau de bois et l'arrimait au centre de l'étang. C'est en sautant de ce ponton improvisé que les deux enfants avaient appris à nager, comme Ruth elle-même lorsqu'elle était petite, des années auparavant. Marchant parmi les roseaux, troublant sur son passage les libellules et les sauterelles, les images du corps hâlé de sa fille en train de plonger du pont dans l'eau claire furent si vivaces qu'elle crut un instant entendre le « floc ! » du plongeon et le rire de Josie résonner dans la joie lumineuse de cette après-midi d'été.

Elle emprunta le petit sentier qui conduisait à Caleb's Point à travers bois. Elle avait besoin d'espace, de vastes horizons pour se prouver qu'il existait autre chose que cette douleur insupportable qui l'étouffait. Au cœur de ces arbres, sur cette falaise, Josie avait connu le bonheur.

Ruth se rappela l'époque où, enceinte de sa fille, l'étonnement le disputait chez elle à la peur devant cette expérience qu'elle savait irréversible. Elle avait imaginé son bébé nageant dans son ventre. Elle se souvint de la sensation qu'elle avait éprouvée lorsque l'enfant, nue et à peine formée, avait été expulsée de son corps pour plonger dans un monde nouveau.

Combien de temps Josie avait-elle lutté, jetée contre les récifs, étouffant dans l'eau furieuse, cherchant désespérément à reprendre son souffle ? Avait-elle accueilli la mort comme une délivrance ? Était-ce le froid qui avait eu raison de sa résistance ? Ruth imagina le corps de sa fille flottant au milieu des vagues, les crabes et les roussettes grignotant son visage, ses yeux... *Ses yeux étaient des perles.*

Je ne reviendrai plus jamais ici. Il ne me reste qu'un moyen de survivre : oublier le passé, ne plus se consacrer qu'au présent.

Souvenirs. Josie. Plus jamais... En haut, sur le palier du grand escalier d'où partaient deux autres volées de marches, on avait accroché des photographies prises au cours de lointains étés. Des clichés de groupe pour la plupart, sur lesquels se succédaient des générations de Carter posant devant la demeure : garçons en costumes marins, filles en tabliers de coton blanc, jeunes gens à l'expression maussade, vieux messieurs corpulents vêtus de costumes trois-pièces et coiffés de chapeaux de paille.

— Comment faisaient-ils pour supporter ces horribles vêtements ? avait demandé un jour Josie. Ils devaient étouffer là-dedans !

Elle arborait une casquette de base-ball et était vêtue, comme à son habitude, d'un short étriqué et d'un maillot déchiré. Ruth avait ressenti à cet instant une soudaine bouffée de tendresse envers sa fille, si ravissante avec ses longues jambes, ses genoux lisses et son corps à peine formé montrant déjà les premiers signes de la féminité.

Ruth avait répondu que ces vêtements avaient été

probablement portés pour la circonstance, à l'occasion d'un anniversaire ou de la visite exceptionnelle d'un hôte.

— Je suis bien contente de vivre aujourd'hui et pas à cette époque, avait conclu Josie en faisant la grimace.

Ruth se mit à frissonner malgré la chaleur de cette belle journée ensoleillée. Elle n'avait jamais eu aussi froid. Aucune peine ne pourrait dépasser celle qu'elle ressentait aujourd'hui. Comment oublier, pourtant, l'hostilité qui avait régné entre elles au cours des dernières semaines ? À ce souvenir, sa bouche se tordit en un sourire amer. La mort était survenue si brutalement qu'elle ne lui avait même pas laissé le temps de se réconcilier avec sa fille. Pas le temps non plus de parler de l'amour infini que les parents ressentent pour leurs enfants.

Elle se pencha sur le précipice surplombant les rochers dispersés au bord du rivage. Si elle se suicidait maintenant, ce serait l'oubli, la paix définitive. Il y avait aussi l'étang. Elle pouvait nager jusqu'à son centre et s'y laisser couler. Avec indifférence, comme si rien de tout cela ne la concernait, elle imagina la lumière évanescente au-dessus de sa tête, l'eau de plus en plus froide, la vase glacée se refermant sur elle.

Elle s'approcha de l'escarpement et abaissa les yeux sur la plage rocheuse en contrebas. De petits galets glissèrent sous ses chaussures. Pendant quelques secondes, la terre tourbillonna devant ses yeux, et elle pensa – espéra – qu'elle était en train de tomber. Un pas de plus, ce serait la fin. Là. Tout de suite.

Mais il y avait Will. En songeant à la peine affreuse que sa mort lui causerait, Ruth comprit qu'elle n'avait même pas le choix. Elle était condamnée à vivre et à souffrir de la perte de sa fille jusqu'à son dernier jour.

Ce serait sa punition.

Étendue sur le côté dans son lit, les yeux fixés sur l'ombre portée de la lampe contre le mur de sa chambre, elle réfléchissait. Les deux commodes en bois de santal rapportées de Chine cent cinquante ans plus tôt exhalaient encore un parfum entêtant. Par les fenêtres ouvertes, le murmure du ressac, calme et momentanément apaisé, n'était plus qu'un chuchotement montant de la plage.

Son enfant, sa première-née, perdue dans le monde sous-marin, percée par les épines des oursins, piquée par les cruels tentacules des méduses. Ruth sentit son cœur devenir lourd comme du plomb, aussi pesant qu'un cercueil. La souffrance était un poids insupportable qui la clouait sur le lit.

Paul sortit de la salle de bains. Elle l'entendit aller et venir dans la pièce, écouta sa respiration, le frottement de ses pieds nus sur le tapis. Cela faisait désormais vingt ans qu'ils étaient mariés et elle le connaissait aussi bien qu'elle-même. Il se promenait presque nu, une simple serviette de toilette nouée autour de la taille, ses cheveux mouillés dressés sur la tête. Elle savait qu'il allait prendre une brosse sur la coiffeuse pour tenter de les discipliner, et qu'il aurait l'air d'un petit garçon prêt à partir pour le catéchisme. Elle entendit le bruit léger de la serviette glissant sur le sol. Le lit s'enfonça lorsqu'il se coula sous la couverture, déployant son long corps mince à côté d'elle. Il voulut passer son bras sous ses épaules, ainsi qu'il l'avait fait des milliers de fois auparavant.

— Je suis là, chuchota-t-il. On va s'en sortir, Ruth. D'une manière ou d'une autre...

Elle se retourna.

— Non, fit-elle, les dents serrées. Ne me touche pas.

Il se redressa sur un coude. En voyant ses yeux rougis, Ruth comprit qu'il avait pleuré. Mais, au lieu d'en être émue, elle n'en fut que plus irritée. Après tout, il était le dernier à avoir le droit de se lamenter.

— Mais... qu'est-ce que tu racontes ? s'écria-t-il, abasourdi.

— C'est ta faute, dit-elle en baissant la voix, se forçant à un semblant de calme. C'est ta faute si Josie est morte.

— Ma chérie..., fit-il avec tristesse. Comment peux-tu... je comprends combien tout cela est affreux mais...

— Tu ne comprends rien. Rien du tout.

— Nous devons nous soutenir mutuellement, il le faut. Personne ne le fera à notre place.

— Si tu n'avais pas été ivre...

Paul se raidit.

— Et alors ?

— Tu aurais fait plus attention.

— Tu veux dire que je n'aurais pas dû laisser cette tempête – parfaitement imprévue, au demeurant – nous rattraper, c'est ça ?

Il lui parlait sur ce ton professoral et exagérément posé qui exaspérait toujours Ruth.

— Tu aurais au moins quitté Bertlemy avant que l'orage ne commence, insista-t-elle. Et tu aurais fait plus attention à la météo.

— Donc, tout est ma faute.

— Oui, répondit-elle, la gorge serrée. Absolument.

Il fallait bien trouver un responsable. Sinon, comment obtenir justice dans ce monde ? Rien n'aurait plus de sens. Il ne subsisterait plus que le chaos.

— Tu es en train de me dire que si je n'avais pas bu trois martinis, Josie serait encore avec nous ?

— Et presque toute la bouteille de vin.

Il poussa un profond soupir et tenta d'étouffer le sanglot qui montait dans sa gorge.

— Si tu ne l'avais pas obligée à venir, protesta-t-il, si tu nous avais laissés prendre le large au lieu d'insister pour regagner la côte coûte que coûte. Si tu n'avais pas été heurtée par une vague quand tu étais petite. Si tu... mais à quoi bon tous ces « si », Ruth ? Où est-ce que cette comédie va nous mener ? Voilà, nous n'y pouvons rien. C'est arrivé, et il ne nous reste plus qu'à trouver le moyen de survivre à ce drame.

— Tu devrais t'écouter ! explosa-t-elle. Tu parles de tout cela comme s'il ne s'agissait que d'un petit tracas de la vie quotidienne.

— Arrêtons de dire des bêtises, dit-il d'une voix douce en essayant de la prendre dans ses bras.

Mais elle le repoussa brutalement.

— C'est de notre fille que nous parlons, de notre *fille*, bon sang ! Et, toi, tu te comportes comme si ce qui s'est passé n'avait plus aucune importance !

Elle se recroquevilla, genoux serrés, bras repliés, le corps secoué de tremblements incontrôlables. Voyant que Paul esquissait un geste dans sa direction, elle hurla :

— Ne me touche pas ! Tu me dégoûtes !

Et, soudain, elle se jeta sur lui pour le frapper, marteler son corps de ses poings rageurs, avide de blesser, de lui faire du mal.

— Assassin ! Assassin !

Il recula, interdit. Tournant la tête, Ruth surprit son reflet dans la glace de la coiffeuse et ne se reconnut pas. Elle ne vit qu'une furie hirsute, la bouche tordue par la haine et la fureur.

Était-elle sincère ? L'accusait-elle à raison ou, simplement, afin de donner un sens à cette tragédie absurde ?

5

Le lendemain, un médecin légiste vint de Bangor pour
mener l'enquête publique. Une petite pièce lambrissée
située à l'arrière de l'auberge de Cabot Lodge avait été
réquisitionnée pour la circonstance.

Sans broncher, le légiste écouta les dépositions des
gardes-côtes et répertoria les preuves matérielles du
naufrage. Un météorologue présenta un état complet
des conditions climatiques au moment du drame. Puis
un expert maritime chargé d'examiner l'épave du
Lucky Duck déclara que, pour autant qu'il puisse l'affirmer, le bateau semblait solide et en état de prendre
la mer avant l'arrivée de la tempête.

Le légiste se tourna vers Ruth :

— Madame Connelly, je sais combien tout cela
vous est pénible. Pourriez-vous cependant nous dire
avec vos propres mots ce qui s'est passé dans les
minutes qui ont précédé la disparition de votre fille ?

Assise à une table à la surface usée, les mains crispées sur l'épais rebord en bois, Ruth ouvrit la bouche
pour répondre et tenta vainement d'articuler quelques
mots.

— Je... je..., commença-t-elle. Elle...

Elle secoua la tête, incapable d'évoquer une nouvelle fois les derniers instants de Josie.

Le légiste se tourna vers Paul.

— Professeur Connelly ?

D'une voix altérée par le chagrin, Paul décrivit la tempête, le filet qui avait entravé l'hélice, la dérive vers les récifs.

— Une fois que vous vous êtes retrouvés dans le canot, qu'avez-vous fait ? interrogea doucement le légiste.

Ruth lui jeta un regard inexpressif.

Paul s'éclaircit la voix :

— Le canot a chaviré, déclara-t-il. Nous avons été je... jetés par-dessus bord. Ma femme et mon fils ont pu s'accrocher mais Josie... ma fille... a été...

Sa voix se brisa tandis que les larmes roulaient sur ses joues. Comment réussir à expliquer ce qui s'était passé cet après-midi-là ?

Will, absent, avait déjà rédigé une déposition écrite, ce qui lui épargnait l'épreuve d'avoir, une fois encore, à raconter en détail comment sa sœur avait disparu de sa vue.

Embarrassé, le légiste tripotait ses papiers, tandis que les sanglots de Paul retentissaient dans la pièce. Il fixa ses ongles un moment, puis balaya l'assistance du regard à travers ses lunettes sans monture. Il se décida enfin à parler :

— Les circonstances de ce drame sont très particulières, remarqua-t-il d'une voix grave et posée. Nous menons une enquête sans avoir retrouvé de corps. Les témoins nous ont précisé la position du bateau et les conditions météorologiques au cours de cet après-midi-là. Toutes les mesures de sécurité requises semblent avoir été prises par le capitaine et son équipage. Les gilets de sauvetage et les harnais de sécurité ont été mis. Nous savons d'autre part que cette côte est particulièrement redoutable.

Il observa une pause et se racla la gorge sans quitter des yeux les Connelly.

— À mon avis, reprit-il, il n'y a aucune raison d'espérer plus longtemps que le corps de la jeune fille réapparaisse. Je conclus donc à la mort de Joséphine Connelly pour une ou des raisons inconnues.

Des murmures d'approbation coururent parmi les assistants – principalement des habitants du village rassemblés dans la salle de justice improvisée. Ils vivaient depuis trop longtemps en parfaite symbiose avec la mer pour ne pas savoir qu'elle refusait parfois de rendre ce qu'elle leur avait pris.

— Je présente mes plus profondes condoléances à la famille pour la perte qu'elle vient de subir, poursuivit le légiste. Il faut toujours se souvenir que la plus extrême vigilance n'empêche pas les accidents. Personne n'aurait pu prévoir la violence de cette tempête. Je considère que la famille Connelly a agi avec toutes les précautions nécessaires.

Un sourire grave aux lèvres, il salua respectueusement les Connelly.

En quittant la salle, Paul, soutenu par un inconnu, sanglotait. Ruth, elle, se sentait incapable de pleurer.

La mort de Josie avait été expédiée si rapidement...

Quelques jours plus tard, un service religieux fut célébré dans la petite église épiscopalienne de Hartsfield. Pour l'occasion, Will avait quitté Boston accompagné par Ed Stein et ses parents, Franklin et Carmel.

— Il ne s'agit pas d'un enterrement, expliqua Paul à son fils. Puisqu'il n'y a pas de... de corps.

— Est-ce que cela signifie qu'elle pourrait être encore vivante ? demanda le jeune garçon d'une voix tremblante.

Paul le serra contre lui.

— Toute la zone a été minutieusement fouillée.

— Mais elle a peut-être été rejetée sur la plage, s'entêta Will. Elle gît peut-être quelque part, inconsciente.

— Après tout ce temps ? On l'aurait déjà trouvée.

— On ne peut jamais savoir, papa. Suppose que quelqu'un l'ait emmenée quelque part. Un pétrolier libyen, par exemple. Ou... ou un bateau de pêche du Nouveau-Brunswick.

— Ils auraient pris contact avec les gardes-côtes.

— Peut-être qu'elle n'est pas arrivée à leur dire qui elle était. Et si elle avait perdu la mémoire ?

Paul étreignit l'épaule de son fils.

— Je ne crois pas, dit-il d'un ton calme.

Une plaque fut déposée sur la tombe de la famille Carter dans le cimetière qui jouxtait l'église. Des camarades de Josie, en petit groupe, se tenaient par la main, les yeux rougis par le chagrin. Les parents de Ruth ainsi que la mère et le frère de Paul s'étaient déplacés pour la circonstance, de même que la presque totalité de la population de Sweetharbor. Pendant quelques secondes, ces visages se mêlèrent dans l'esprit troublé des Connelly. Les yeux, les bouches et les pleurs des membres de l'assistance se fondaient en une brume vague : Chris Kauffman et Aileen, son épouse, visiblement mal à l'aise, une personne handicapée en fauteuil roulant, un inconnu au visage orné d'une barbe... des manteaux sombres, des chemises à carreaux, des bottes de pêche. Dehors, les arbres commençaient à jaunir, et leurs feuilles rouge et ocre tourbillonnaient au-dessus de l'assemblée réunie devant le caveau de la famille Carter. Le vent qui soufflait du Canada semblait s'être chargé de toutes les froidures de l'Arctique. De petits drapeaux, apportés pour le Memorial Day, flottaient encore sur les tombes des vétérans.

Silencieuse, les traits creusés, Ruth se tenait très

droite entre son mari et son fils. Paul pleurait, tandis que Will, engoncé dans une veste d'emprunt trop grande pour lui, le visage baigné de larmes, se serrait contre sa mère, la tête posée sur son bras.

Le cœur de Ruth continuait à battre mais elle se sentait totalement détachée de ce qui l'entourait, comme si la moindre émotion lui était dorénavant refusée. Josie si pleine de vie était morte, désormais. Puisque son corps restait introuvable, cette tombe ne serait jamais son lieu de repos. Elle gisait, quelque part, engloutie dans les profondeurs de l'océan. L'image de son pâle visage de noyée, de ses mains fines se balançant au gré des flots torturait Ruth chaque fois qu'elle fermait les yeux.

La voix riche et sonore du pasteur lui parvenait par bribes, comme portées par le vent : « Au cœur de la vie, nous trouvons la mort. » Mon Dieu, comme c'était vrai, songea Ruth. « Cette jeune vie si tragiquement interrompue... L'espoir d'une vie meilleure... promesses de l'au-delà... garder la foi... Chaque naissance sur cette terre... porte son propre but... »

Quel but ? se demanda Ruth en serrant les poings. Pourquoi devrions-nous avoir la foi ? Et en quoi ? Les mots avaient perdu pour elle toute signification. Soudain elle cria : « Josie ! » et le pasteur s'interrompit brièvement.

En cet instant précis, ce qui la faisait le plus souffrir, c'était d'avoir oublié d'acheter des freesias, les fleurs préférées de Josie.

Après le retour de son mari et de Will à Boston, Ruth prit rendez-vous à Sweetharbor avec l'agence immobilière Dee. Tout le long d'Old Port Street, des gens qu'elle reconnaissait à peine l'abordèrent pour lui parler de sa fille disparue, lui murmurer des mots de réconfort. À les entendre, Josie avait été une jeune fille exceptionnelle, serviable, intelligente, généreuse... Ruth les écoutait à peine, remerciait d'un sourire. Leurs paroles lui semblaient dépourvues de sens. Vivante, Josie avait été tout autre. Mais Josie était morte.

Les bureaux de l'agence Dee étaient situés au deuxième étage d'un immeuble battu par les tempêtes. Belle Dee, la propriétaire, était une petite femme énergique aux cheveux blonds coupés court. Elle serra chaleureusement la main de Ruth et remplit deux tasses d'un café agréablement parfumé.

— Que puis-je faire pour vous, madame Connelly ?

— J'ai l'intention de fermer la maison – du moins pour un certain temps.

Belle Dee lui jeta un regard de profonde sollicitude.

— J'ai entendu parler du drame qui vous a frappée. J'en suis terriblement désolée. C'est une chose vraiment épouvantable de...

— Nous ne souhaitons plus résider dans cette maison, interrompit Ruth. Du moins, pendant quelque temps. Je souhaiterais donc que votre agence s'occupe de l'entretien.

— L'entretien ?

— Cela fait partie de vos activités, n'est-ce pas ?

— Oui, mais...

— Alors, veuillez me donner un formulaire, je vais le remplir.

Belle Dee reposa sa tasse.

— Désirez-vous réellement fermer votre propriété, madame Connelly ?

— En effet.

— Pour longtemps ?

— Je l'ignore.

— Pensez-vous revenir l'été prochain ?

— Certainement pas.

— Et le suivant ?

— J'en doute.

Tout en parlant, Ruth se sentit misérable et glacée. La seule idée de pénétrer une fois encore dans les pièces aux senteurs boisées de la résidence Carter lui était insupportable.

Belle Dee ne se laissa pas troubler par les manières un peu brusques de sa future cliente.

— Alors, pourquoi n'envisageriez-vous pas de mettre votre propriété en location ? De nombreux touristes cherchent à louer dans la région pendant la saison estivale.

— Je ne veux pas d'étrangers chez moi, répliqua sèchement Ruth.

— Sans vouloir vous paraître trop romanesque, madame Connelly, il me semble toutefois que les demeures ont une personnalité semblable à la nôtre. Elles souffrent si on les laisse à l'abandon.

— Croyez bien que j'apprécie vos paroles.

Belle Dee tapota le dessus de son bureau avec sa petite cuillère, comme pour mieux souligner la fuite du temps.

— La résidence Carter n'a cessé d'être occupée pendant près d'un siècle et demi. Et aujourd'hui, pour la première fois de son histoire, vous projetez de la fermer.

Ruth se redressa.

— Il y a longtemps que vous vous occupez de gérer les propriétés vacantes pendant l'hiver, n'est-ce pas ?

— Certainement, mais...

— Alors, veuillez ajouter ma maison à votre liste.

— J'espère que vous reconsidérerez votre point de vue, soupira Belle Dee avec regret tout en fouillant dans les tiroirs de son bureau à la recherche d'un formulaire.

Ruth signa les documents et, sans plus attendre, se leva.

— Merci. J'ai été très contente d'avoir pu m'entretenir avec vous.

Dans la rue, elle tomba sur un homme de grande taille, barbu, vêtu d'une chemise de flanelle et d'un jean. Il s'empara de sa main, la serra contre sa poitrine.

— Madame Connelly ? Je suis Sam Hechst.

— Comment allez-vous ? dit-elle d'une voix neutre.

Elle crut entendre à nouveau la voix de Josie lui expliquer que Sam était le neveu de Dieter Hechst. Une vague de chagrin lui étreignit le cœur.

— Je suis vraiment désolé, dit-il d'une voix traînante. Tout cela est si... si...

— Je sais.

— Difficile de trouver les mots pour exprimer ce que l'on ressent.

— Difficile, en effet, acquiesça Ruth en souriant d'un air absent.

Elle oublia cette rencontre avant même qu'il eût tourné le coin de la rue.

Plus tard, dans l'après-midi, tandis que la voiture s'éloignait lentement du perron pour gagner la grille du parc, Ruth ne se retourna pas. Elle n'avait même pas envie d'accorder un dernier regard à Carter's House. La maison paraissait si paisible sous la lumière déclinante de l'automne, avec ses sombres volets clos, comme fermés sur ses souvenirs.

C'était la fin d'une époque. Une partie de sa vie s'achevait ici.

À la fin du mois de septembre, Paul annonça à sa femme qu'il avait rencontré Sam Hechst un après-midi à Brunswick.

— Vraiment ? fit Ruth avec indifférence. Et que t'a-t-il dit ?

— Nous avons bavardé. Je lui ai expliqué que nous souhaitions construire quelque chose qui nous rappelle Josie.

— À quoi penses-tu ?

— Je souhaiterais autre chose qu'une stèle dans un cimetière. Finalement, Hechst a suggéré de fabriquer un banc.

— Il est menuisier, n'est-ce pas ?

— Oui, Ruth, soupira Paul. Sam a refait le parquet de Carter's House il y a cinq ans.

Ruth n'avait aucune envie de parler cimetières et monuments commémoratifs en souvenir d'une fille morte.

— Figure-toi, reprit Paul, qu'il m'a demandé pourquoi je ne le construirais pas moi-même.

— Sam Hechst t'a dit ça ?

— Qu'est-ce que tu en penses ?

— Un banc...

— Mes outils sont dans la grange. Je sais que je peux arriver à le fabriquer. Je demanderai peut-être à Will de m'aider.

— Elle adorait la mer...

— Je sais. Will et moi pourrions confectionner un banc bien solide et le placer dans un endroit où nous irons nous asseoir pour penser à elle. Sam m'a dit qu'il serait heureux de nous donner un coup de main.

— Pourquoi pas à Caleb's Point, suggéra-t-elle.

— Sam m'a conseillé de prendre du teck.

— Josie aimait beaucoup cet endroit.

Ruth se rappela cet après-midi où elle s'était rendue sur la petite falaise. Ce jour-là, elle avait, elle aussi, pensé y faire installer un banc...

— Quelque chose qui dure, poursuivit Paul.

Quelque chose qui sera encore là longtemps après notre disparition.

— Elle aimait tant cet endroit.

Ruth avait l'impression de glisser sur une mare gelée, sans savoir si la glace allait tenir sous ses pieds. Même leur appartement spacieux avait l'air irréel. Les meubles de famille, la lampe de chez Tiffany offerte par la grand-mère de Paul à l'occasion de leur mariage, les tentures et les tapis qu'ils avaient choisis ensemble, autant d'objets autrefois familiers qu'elle ne reconnaissait pourtant qu'avec difficulté, comme s'ils appartenaient à une famille différente. Ce qui, d'une certaine façon, n'était pas faux. Des semaines plus tôt, Ruth avait demandé à Bess d'emporter toutes les affaires qui se trouvaient dans la chambre de Josie et de les ranger à la cave.

Il va falloir déménager, pensa-t-elle. Les souvenirs de ce bonheur disparu sont bien trop insupportables.

Je voudrais tellement être ailleurs... effacer tout ça.

Presque tous les week-ends suivants, Paul et Will se rendaient à Sweetharbor par la Route n° 1, consacrant leur temps à la fabrication du banc. Ruth avait insisté pour qu'ils ne passent pas la nuit dans la maison et choisissent plutôt de s'établir à l'auberge de Cabot Lodge. Chaque fois que Paul lui demandait de les accompagner, elle secouait la tête et détournait le regard.

— C'est un banc super, m'man, dit un jour Will, de retour du Maine. Papa a gravé un cœur dans le dossier. Il travaille vraiment bien.

— Tu n'es pas mauvais non plus, ajouta Paul en ébouriffant les cheveux de son fils.

Will baissa la tête pour échapper à cette caresse.

— Sais-tu, Ruth, que ton fils est passé maître dans l'art de poncer ? Je n'ai jamais vu un bois aussi lisse.

— Tu devrais voir comment papa découpe les planchettes, s'écria Will. Il m'impressionne.

— Tu ne te doutais pas que ton vieux père avait ça dans le sang, hein, fiston ?

— Tu te souviens de l'été où tu as fabriqué une boîte à bijoux pour maman ?

— C'est vrai. J'avais complètement oublié.

Père et fils, unis et complices. Ruth détourna le regard, soudain traversée par une vague d'amertume en les voyant si proches l'un de l'autre. Elle détestait l'idée qu'ils foulent de nouveau le sol de Carter's House alors qu'elle se l'était interdit. Ce soir-là, avant d'aller se coucher, elle prit la petite boîte de bois en forme de cœur enfouie au fond d'un tiroir et la posa sur la tablette de la salle de bains, à côté du nécessaire de toilette en argent de sa grand-mère. C'était Paul qui la lui avait fabriquée pour la naissance de Josie.

Lorsque le banc fut achevé, Paul fit graver sur une plaque de cuivre le nom de Josie ainsi que les dates de sa naissance et de sa mort. Il voulut la montrer à Ruth mais elle refusa d'y porter les yeux.

Elle s'obstina aussi à ne pas retourner dans le Maine, même pour voir le banc. Paul et Will accomplirent tous deux le trajet et rejoignirent Sam Hechst. À eux trois, ils réussirent à placer le banc dans le coffre de la fourgonnette de Sam pour l'emporter à Caleb's Point.

— Je ne m'étais jamais imaginé que le teck pouvait être aussi lourd, dit Will.

— J'espère que ce n'est pas une espèce de bois protégée, soupira Paul.

— Josie n'aurait pas apprécié, lança Will en souriant. Tu te rappelles comme elle avait été furieuse après Trotman ? Elle n'avait pas apprécié qu'il utilise du bois du Honduras pour sa terrasse...

— Oui, je m'en souviens.

Les trois hommes préparèrent les socles en ciment et fixèrent le banc bien droit, face à la mer. Puis ils le boulonnèrent et l'enduisirent d'huile de lin jusqu'à ce que le bois brille comme de la soie.

Sam toucha d'un doigt sa casquette de cuir bordée de fourrure.

— Bon, j'crois que j'ferais bien de partir, dit-il. S'rez mieux tout seuls pour penser à elle.

Paul lui serra chaleureusement la main.

— Merci, Sam.

Mais lorsque le vieux pick-up s'éloigna en crachotant, il ne réussit pas à éprouver de la peine. Il regarda fixement les eaux grisâtres du Sound. Était-ce sa faute si Josie était morte ? Aurait-il dû en faire plus ? Quelque chose qui lui aurait sauvé la vie ? Jamais il ne le saurait.

Le vent du large se mit à souffler, froid et salé. Surpris, Paul sentit des larmes mouiller ses joues. Mais son cœur demeurait vide.

— Tout va bien, papa, murmura Will en glissant sa main dans la sienne.

— Je l'espère.

— J'aimerais bien que m'man arrive à parler de tout ça.

— C'est sa manière à elle de gérer la situation, je suppose.

Le lendemain matin, avant de retourner en ville, Paul et Will remontèrent à Caleb's Point pour passer une dernière couche d'huile sur le banc.

— Ça sent bon, dit Will, lorsqu'ils eurent terminé.

Paul passa son bras autour des épaules de son fils.

— Elle te manque ? demanda-t-il.

— Bien sûr qu'elle me manque. Elle était mon... mon amie autant que ma sœur, répondit Will en se mordant les lèvres. Ouais. Elle me manque vachement.

— À moi aussi, tu sais.

— Papa...

— Oui, fiston ?

— Est-ce que tu crois qu'elle est... qu'elle pourrait être... enfin, je me demande parfois si elle n'est pas quelque part, vivante.

— Oh, Will... J'aimerais tant pouvoir te dire que c'est une éventualité envisageable. Je pourrais supporter son absence si je savais au moins qu'il reste un espoir de la revoir vivante. Mais ce n'est malheureusement pas le cas. Il faut affronter la réalité, mon fils : Josie ne reviendra jamais.

Le menton tremblant, Will se mordit la lèvre.

— Je... je suppose que tu as raison.

Plus tard, tandis qu'ils regagnaient Boston, ils discutèrent calmement de choses et d'autres mais ne mentionnèrent plus jamais le nom de Josie.

Dans la soirée, Paul, un verre de vin à la main, alla rejoindre sa femme au salon. Assise devant un tas de papiers épars sur la table, elle tentait d'y mettre de l'ordre.

— Je n'ai rien ressenti, avoua-t-il. Le banc était là, pour elle, *à cause* d'elle. Et tout cela, brusquement, n'avait aucun sens.

— Je comprends, fit-elle sans lever les yeux.

La lampe Tiffany jetait une lumière irisée sur les papiers. Paul ignorait si sa femme l'écoutait, mais le besoin de parler était plus fort que tout.

— J'ai passé mon bras autour des épaules de Will, poursuivit-il. Il a enfoui sa tête dans ma veste, comme lorsqu'il était petit, et nous sommes restés là à fixer le banc surplombant l'océan.

Un lourd silence s'installa entre eux.

— Je ne suis pas parvenu à pleurer, reprit Paul. Les larmes coulaient mais ce n'étaient pas des larmes de tristesse. C'était le froid.

— Un banc, répéta Ruth d'une voix absente.

— Avec son nom gravé dessus. Et un cœur. Tu vois, Ruth, le problème, c'est que je n'ai pas pleuré depuis le service funéraire. Enfin, pas *vraiment* pleuré.

— Un cœur gravé.

— J'ai toujours su jusqu'à maintenant exprimer mes émotions. Mais là-bas, avec Will, près du banc, je ne suis pas arrivé à éprouver du chagrin. Je ne ressentais rien.

— Je ne veux pas y penser, Paul.

Les traits défaits, il poursuivit d'une voix suppliante :

— Est-ce que tu crois que je me sens coupable de quelque chose ? Oh, Ruth, tu ne peux pas savoir le nombre de fois où je me suis demandé si les choses n'auraient pas pu se passer autrement.

— Qu'est-ce que vous avez fait après ?

— Après quoi ?

— Après avoir observé le banc. À Caleb's Point.

— Ah ! s'exclama Paul en essayant de reprendre ses esprits. Eh bien, on est restés là un moment, puis on est remontés dans la voiture pour rentrer. On s'est arrêtés au Dunkin' Donuts boire un café. Will m'a parlé de ses cours d'histoire et de l'équipe de basket. Je lui ai raconté l'histoire d'un de mes étudiants qui avait rédigé un scénario pendant ses vacances et réussi à obtenir une avance à Hollywood.

— Quel est son programme en histoire ? demanda soudain Ruth.

— Comment ça ?

— Le programme de Will.

— Abraham Lincoln. Enfin, je crois.

Fronçant pensivement les sourcils, il reprit :

— Pourquoi est-ce que je ne suis pas arrivé à pleurer, Ruth ?

— Josie adorait cet endroit.

— Ruth, je...

Elle posa sur lui des yeux vides, reprit son stylo et retourna à ses papiers.

Elle ne voulait plus penser au passé. Plus jamais. Seulement à l'avenir. Elle avait trouvé un moyen d'y parvenir. Elle travaillait tard presque tous les soirs et rentrait chez elle bien trop fatiguée pour parler. Elle se servait de cette excuse pour se coucher tôt, une heure après avoir pris un somnifère. Toutes ces précautions l'empêchaient de rester éveillée dans le noir, à ruminer ses chagrins. En fin de semaine, elle rapportait des piles de dossiers qu'elle semait un peu partout à travers l'appartement, comme pour mieux repousser tout ce qui pouvait encore évoquer le souvenir de Josie.

Consciente du fait que Will avait besoin d'une présence maternelle plus attentive, elle s'appliquait à libérer quotidiennement quelques instants de son emploi du temps pour se consacrer à son fils. Il pouvait alors lui confier ses préoccupations et profiter un peu de sa mère. Elle essayait d'imaginer des distractions pour les week-ends – un film, un match, un voyage à New York. À présent que Will se retrouvait fils unique, Ruth jugeait essentiel de lui manifester davantage de patience et d'indulgence, même lorsqu'il se montrait difficile.

— À partir de maintenant, j'ai décidé de manger végétarien, annonça-t-il un beau matin.

— Alors, ça non.

— Et pourquoi pas ?

— Tu es encore en pleine croissance, Will. La nourriture végétarienne ne t'apportera pas les éléments nutritifs dont tu as besoin.

— Je n'ai qu'à prendre des vitamines.

— Pourquoi ne pas plutôt manger de la viande de temps en temps ?

— Je ne veux pas, c'est tout.

— Mais, chéri, tu sais bien que tu adores faire la cuisine.

— Je cuisinerai végétarien, voilà. Quand on s'y connaît un peu, c'est bien autre chose que juste des salades vertes et des pousses de haricots.

— Mais tu t'es toujours moqué de...

Elle s'interrompit, incapable de poursuivre. Josie avait décidé de devenir végétarienne au début de l'été et s'était mise à confectionner toutes sortes de salades et de plats compliqués sans viande. Ruth avait commencé à trouver pénible de la voir froncer le nez devant les assiettes des autres membres de la famille en s'exclamant d'un air dégoûté : « Pouah ! Comment pouvez-vous manger cette horreur ! » À l'entendre, on aurait dit qu'ils se repaissaient de chair humaine.

— Ça va, j'ai compris, murmura Will, maussade, en s'éloignant d'une démarche maladroite, les épaules voûtées.

— J'espère que tu te rends compte que cela prendrait beaucoup plus de temps en courses et en cuisine. Je suis déjà très occupée.

— Je ferai tout moi-même, affirma l'adolescent.

Ruth regarda son fils et son cœur se serra en le voyant si douloureux, si solitaire. Mais elle se sentait encore trop faible, trop démunie, pour affronter ses problèmes. Elle avait trop besoin de toute son énergie pour survivre.

— Tu as déjà beaucoup de choses à faire, assénat-elle d'une voix exaspérée. Réviser tes cours, par exemple.

Elle savait bien qu'elle se montrait souvent injuste envers lui. Ainsi qu'à l'égard de Paul. Autrefois, l'ouvrage commandé à son mari par un éditeur universitaire avait servi de lien entre eux. Mais, maintenant, elle n'osait plus lui en parler, sachant parfaitement qu'il se rendait à Hartsfield et à Sweetharbor pour y rassembler de la documentation historique et que ce simple fait risquait de réveiller le souvenir de Josie. Ce n'était qu'en se repliant totalement sur elle-même que Ruth parvenait à adoucir un peu le désespoir qui la rongeait.

Mais la vie continuait. Ruth remplissait ses devoirs de mère, s'assurait que les vêtements de Will étaient propres, qu'il se rendait à l'heure à ses cours et portait bien son appareil dentaire. Pourtant, ce n'était qu'à son cabinet qu'elle se sentait pleinement en vie. Souvent, répugnant à retrouver l'atmosphère pénible de la maison, elle appelait pour prévenir qu'elle avait encore du travail et s'attardait au bureau pour étudier ses dossiers.

Les soirs où elle rentrait plus tôt, Ruth préparait le repas, s'asseyait à table sans presque rien manger, silencieuse. Elle avait désormais un appétit d'oiseau : avaler la moindre nourriture lui rappelait douloureusement sa propre enveloppe charnelle. Être en vie alors que sa fille chérie avait cessé de vivre lui semblait trop injuste.

— Avale au moins quelque chose, ordonna Paul un soir après que Will fut allé se coucher. Pour l'amour du ciel !

Il poussa les plats déjà refroidis dans sa direction, proposant même de les faire réchauffer. Mais elle secoua la tête.

— Je te dis que je n'ai pas faim.

— Tu dois manger. Tu as très mauvaise mine, tu sais.

— Je n'y peux rien.

— Arrête de jouer à ce petit jeu. Cela ne te mènera nulle part.

— Je ne joue pas.

— Tu sais très bien ce que je veux dire. Te détruire

la santé ne va pas aider ton fils à s'en sortir. Il a encore besoin de toi.

— Mais je m'occupe de lui.

— Pas tant que ça.

— Tu n'es pas juste, Paul. Je ne trouve pas que tu en fasses beaucoup, toi non plus.

— Je l'ai emmené voir un match le week-end dernier. Alors que toi, si je me souviens bien, tu es retournée au bureau.

— Qu'est-ce que tu sous-entends ?

— Tu le sais parfaitement...

Ignorant cette dernière remarque, Ruth se justifia :

— Nous sommes allés ensemble voir le dernier film de Robin Williams. Et aussi une exposition. De toute façon, Will commence à devenir trop âgé pour avoir encore envie de traîner dans les jupes de sa mère. Il passe la plupart de son temps chez Ed. Ou avec ses copains. Il n'a plus besoin de moi comme avant.

— Je n'en suis pas sûr. Parle-lui, Ruth. C'est de cela qu'il a besoin.

— Je n'y arrive pas. C'est tout.

Brusquement, le poids de ces longues semaines pendant lesquelles elle s'était efforcée de garder le contrôle d'elle-même parut l'accabler d'un seul coup. Penchée sur son assiette, elle se recroquevilla, au bord de l'effondrement.

— Paul, je n'arrête pas de me demander si elle est morte à cause de moi, gémit-elle en pressant ses mains sur sa poitrine. Cette pensée m'obsède. Peut-être aurais-je pu la sauver si j'avais agi différemment.

— On dirait que tu as changé d'avis sur la question, répliqua Paul d'une voix amère. À t'entendre, c'était *moi* le seul responsable de sa noyade.

— Je sais... Je t'ai dit des choses épouvantables et je le regrette. C'était autant à moi qu'à toi de la protéger. J'étais dans l'eau à côté d'elle. Peut-être que si j'avais nagé dans sa direction... tenté quelque chose...

Le visage blême de Josie surgit du fond de sa mémoire... petite tache blanche au milieu des eaux noires qui allaient l'engloutir.

— Quoi que nous ayons pu faire ou pas, elle est morte, murmura Paul avec douceur. Voilà la seule vérité.

— Ce n'est pas une consolation.

— Ruth, Ruth. Nous ne pouvons pas la faire revenir. Essayons de survivre du mieux que nous pouvons.

— Je n'ai pas envie de continuer, gémit-elle. Je n'y arrive pas. Je ne *peux* pas.

— Moi aussi, j'ai parfois envie de tout laisser tomber. Mais il ne faut pas. Pour notre fils. Pour nous.

Il lui jeta un coup d'œil et sourit timidement :

— Au fait, tu as changé de coiffure.

— Oui.

— Quand ça ? Comment se fait-il que je ne l'aie pas remarqué avant ?

— Ça ne date que d'hier. Je suis aussi allée dévaliser les magasins.

— C'est pour cela que tu as l'air si élégante.

Elle aurait voulu hurler. Ne pouvait-il donc pas se rendre compte qu'elle se fichait pas mal d'être jolie mais seulement d'avoir l'air différente. C'était pour cette raison qu'elle s'était fait teindre les cheveux dans une teinte plus sombre, pour cela qu'elle emmenait ses clients dans des restaurants qu'elle n'avait jamais fréquentés auparavant, pour cela aussi qu'elle avait jeté tout ce qui composait son ancienne garde-robe.

Jamais plus elle ne serait la même femme.

Jamais plus elle ne serait la mère de Josie.

6

Vers la fin du mois d'octobre, Bob Landers entra dans le bureau de Ruth.

— Avez-vous une idée de l'heure ?

— Non, répondit-elle en levant les yeux.

Elle consulta sa montre et s'exclama :

— Mon Dieu, déjà huit heures ?

— Dix, corrigea Landers. Vous travaillez trop, Ruth.

— Vous avez probablement raison, dit-elle en contemplant les dossiers épars sur son bureau. Mais il y a tant à faire.

— On dirait que vous n'avez pas de famille qui vous attend à la maison.

— En fait, c'est le cas. Paul est parti voir sa mère avec Will.

— Alors, vous vous retrouvez toute seule ?

— En effet.

Il se pencha et entreprit de rassembler les papiers éparpillés sur le bureau.

— La journée est terminée. Venez donc dîner avec moi.

— C'est que... je ne suis pas sûre d'avoir le temps.

— Si votre famille est partie, je suis certain que oui. Et je vous préviens, ce n'est pas juste pour le plaisir. J'ai une proposition à vous faire.

— Une proposition ? demanda-t-elle en rougissant.

— Nous en parlerons pendant le dîner.

Ils prirent un taxi et se rendirent dans un restaurant de fruits de mer sur le port. Bob choisit un chardonnay de Californie qui jetait de chatoyantes lueurs dorées dans leurs verres. Ils burent lentement en admirant les reflets de la ville sur l'eau du port. Ruth commanda une tourte au crabe, Bob de la langouste. Au beau milieu du repas, il demanda soudain :

— Comment vont les choses, Ruth ?

Elle comprit parfaitement qu'il ne faisait pas allusion au travail.

— Très bien. Tout à fait bien, même, répondit-elle en reposant sa fourchette pour siroter une gorgée de vin.

— Pourquoi, alors, ai-je l'impression du contraire ?

— Je vous répète que cela va aussi bien que possible, compte tenu des circonstances.

— Je vous trouve pourtant particulièrement tendue ces derniers temps. Et je ne suis pas le seul à l'avoir remarqué. Naturellement, je sais bien que cela ne me regarde pas mais... est-ce que tout va bien entre Paul et vous ?

— Bien sûr. Pourquoi cette question ?

— Vous avez beaucoup maigri et Dieu sait que vous n'étiez déjà pas bien grosse.

— J'ai l'impression de ne jamais avoir le temps de manger en ce moment, répliqua-t-elle. Aussi vous suis-je reconnaissante de m'inviter à dîner. Au fait, cette tourte est vraiment déli...

— N'essayez pas de détourner la conversation, Ruth.

Il avança une main vers elle, une main solide et carrée, couverte de poils noirs. Ruth la fixa, comme fascinée et, brusquement, d'inexplicables larmes lui montèrent aux yeux. Bob et elle se connaissaient de longue date. Depuis l'université, bien avant qu'elle eût commencé à sortir avec Paul.

D'une voix radoucie, Bob reprit :

— Bien sûr, je suis loin de comprendre ce que vous ressentez. Perdre un enfant est certainement la pire chose que quelqu'un puisse vivre. Je ne peux même pas imaginer comment je réagirais si une pareille tragédie arrivait à l'un des miens.

— Qui le pourrait ?

— Je suppose que vous allez devoir vous faire à l'idée que vous ne vous en remettrez jamais, tant que vous vivrez.

— Je fais face. Et puis, vous ne m'avez pas amenée ici pour m'entendre me plaindre de tous mes malheurs, non ?

— Bien au contraire, affirma-t-il avant d'ingurgiter un gros morceau de chair rose qu'il mâcha pensivement. Comment se présente l'affaire Phillipson ?

Ruth secoua la tête.

— Je sais bien que Dan veut toujours que les choses soient faites à son idée, et c'est d'ailleurs ainsi que ça se passe généralement. Mais les syndicats sont déchaînés. Cette fois-ci, il va avoir du mal à ignorer les accords salariaux.

Bob approuva d'un signe de tête.

— Je suis de votre avis. À propos, j'aurais dû commencer par vous dire que vous avez fait un superbe travail en nous apportant la clientèle de Phil Lavelle.

— Merci.

La réception des Trotman lui revint en mémoire. Cette journée où Josie avait paru si pleine de vie. Et si agressive.

La gorge de Ruth se serra à cette pensée. Elle reposa sa fourchette en avalant sa salive avec difficulté.

— Vous m'êtes d'une aide précieuse, poursuivit Bob en lui jetant un regard affectueux. Vous avez plus que justifié ma décision de vous offrir une promotion. Je dois vous avouer qu'à l'époque certains de mes associés trouvaient que vous étiez trop jeune pour ce poste.

Ruth se força à parler.

— Si seulement c'était vrai.

— D'autant plus que c'est toujours difficile pour une femme mariée de concilier famille et travail, ajouta Bob en plantant sa fourchette dans la chair juteuse de sa langouste. À présent, écoutez-moi bien. Voilà quelque temps que je comptais vous informer de ce projet. Ne faites pas encore de commentaires et réfléchissez-y lorsque vous rentrerez chez vous. Pas d'obligations, ni de fil à la patte. C'est entièrement à vous de décider. Que vous acceptiez ou non n'aura aucune incidence sur l'avenir de votre carrière chez nous.

— Vous m'intriguez, Bob. De quoi s'agit-il ?

— Comme vous le savez déjà, la McLennan Corporation va devoir affronter des poursuites pour violation de la loi antitrust devant les tribunaux britanniques. La procédure pourrait bien prendre six semaines et, pendant ce temps, nous – ou plutôt LKM – allons avoir besoin de quelqu'un sur place.

— Je ne peux pas plaider devant une cour britannique, Bob. Et, de toute façon, je ne m'occupe pas des litiges.

— Je le sais parfaitement, dit Bob, le tour de la bouche maculé de beurre. Mais vous iriez là-bas en tant que conseiller juridique. Voilà près de cinq ans que vous travaillez sur l'affaire McLennan. Personne ne connaît mieux que vous les tenants et les aboutissants du dossier. Vous possédez d'autre part un sens prodigieux du détail – une des raisons, d'ailleurs, pour lesquelles vous avez obtenu de l'avancement. Dave McLennan paiera nos factures sans trop rechigner. Voilà pourquoi j'ai pensé – ou plutôt, *nous* avons pensé, car j'en ai discuté avec certains des autres associés – que vous représentiez la personne idéale pour voir les choses *in situ*. Avec pouvoir de conseil, bien entendu. Vous vous êtes toujours très bien entendue avec Dave – et c'est d'ailleurs lui qui a demandé que vous fassiez partie de l'équipe. De plus, bien que ce ne soit pas mon rôle de soigner mon personnel, j'ai la vague impression que ce serait une bonne chose pour vous de quitter le pays quelque temps.

— Bob, je vous rappelle que je suis mariée et que j'ai un enfant. Il m'est parfaitement impossible de m'absenter six semaines.

— J'en suis parfaitement conscient. Mais Paul passe beaucoup de temps à la maison. Et votre voyage ne durera peut-être pas très longtemps. Surtout si nous réussissons à persuader les Anglais qu'il n'y a pas lieu de poursuivre.

— Je reconnais que la proposition est tentante, avoua posément Ruth.

L'occasion de souffler un peu : voilà exactement ce dont elle avait besoin. Restait le problème de Will.

— Il va falloir que j'en parle à Paul, évidemment.

— Bonne idée. Prenez votre temps et considérez la question sous tous ses angles.

— Quel délai m'accordez-vous ?

— Disons, jusqu'à la fin de la semaine, répondit-il avec un sourire entendu.

Elle prit une profonde inspiration.

— Si vite ? Je vous suis très reconnaissante mais...

Il l'interrompit en levant son verre.

— Ne dites rien pour le moment. Et pas besoin d'être reconnaissante. La décision n'a été prise que sur des critères strictement professionnels. On nous paie pour protéger les intérêts de nos clients. Nous avons tous beaucoup d'affection pour vous, Ruth, vous le savez bien, mais notre décision n'a rien à voir avec votre situation actuelle. Nous considérons seulement que vous êtes la plus compétente pour ce travail.

Lorsque Ruth lui fit part de la proposition de Bob, Paul en fut presque soulagé.

— Tu dois y aller, affirma-t-il.

— Mais qu'est-ce que Will va penser ?

— Demande-le-lui.

— Je ne veux pas l'inquiéter. Ai-je vraiment le droit de le quitter ainsi ? Penses-tu qu'il risque de se sentir abandonné ? Après tout, ça ne fait guère plus de six mois que...

— Pourquoi ne pas l'emmener avec toi ? Tu pourrais le mettre dans un collège anglais pendant un mois. Ce serait une bonne expérience pour lui, non ?

— C'est une idée. Mais d'après ce que Bob a dit, je risque d'avoir du travail jusque par-dessus la tête. J'aurais déjà bien du mal à trouver le temps de tout faire, et encore moins de m'occuper de Will. Ce n'est pas que sa présence me dérange, c'est juste que cela me fera un souci de plus.

Devant le regard ironique de son mari, elle ajouta :

— J'imagine, naturellement, que tu me juges horriblement égoïste. Je me trompe ?

— À toi de voir, répliqua Paul du même ton méprisant qu'il employait autrefois, au temps de leurs études, envers ceux qui s'opposaient à ses idées libérales.

— Tu as l'air d'oublier que tu es aussi son père, lança-t-elle, piquée par son air désapprobateur.

— Je crois que je remplis parfaitement mon rôle, étant donné les circonstances.

— Tu es vraiment un petit salaud imbu de lui-même.

— Peut-être, mais j'aimerais croire que je ne suis pas un salaud égoïste.

— Écoute, si tu n'es pas d'accord avec une aussi longue absence, pourquoi me pousses-tu à partir ?

— Parce qu'il est évident que c'est ce que tu veux.

Il avait raison. L'idée de quitter le cercle familial la stimulait tout en la rassurant. Quelque chose d'autre. Un nouveau départ.

— Je dois dire que...

— Alors, il vaut mieux que tu y ailles, non ?

Sa voix était si glacée que les larmes vinrent aux yeux de Ruth. Elle tourna la tête pour lui épargner ce spectacle. Seigneur, pensa-t-elle. Qu'arrivait-il à leur couple ?

Plus tard, lorsqu'elle informa Will de son projet, il refusa fermement de la suivre en Angleterre.

— Je risquerais de manquer trop de cours, prétendit-il.

— Tu pourrais aller à l'école là-bas. Ça serait drôle de voir comment ces petits Anglais s'en sortent. Et d'apprendre leur accent.

— Ils ne m'intéressent pas, répondit-il en détournant les yeux. Et puis je suis américain. Mes copains me manqueraient trop.

— Tu pourrais t'en faire de nouveaux.

— J'en ai bien assez comme ça. Et puis, je veux que les choses restent comme elles sont.

Il fixa sa mère avec une expression soigneusement étudiée avant de reprendre :

— Il faut vraiment que tu partes, maman ?

— Je ne suis pas obligée. Mais c'est un privilège plutôt rare dans mon métier, et mon cabinet m'a choisie entre tous. Je serais désolée de les décevoir. Disons qu'il s'agit d'une étape décisive dans ma carrière.

— Compris.

Elle le scruta avec inquiétude.

— Tu préférerais que je n'y aille pas ? Parce que si c'est le cas, il est encore temps d'avertir Bob Landers qu'il m'est impossible de partir.

— Pas question. Il ne faut pas rater les bonnes occasions, non ?

Les efforts qu'il déployait pour avoir l'air détaché brisaient le cœur de Ruth. Comment pouvait-elle ainsi l'abandonner ? Bob n'avait-il pas dit qu'il n'y avait aucune obligation, qu'un refus ne changerait rien à l'avenir de sa carrière ? Elle n'était pas certaine de pouvoir le croire. Mais Will passait en priorité. Elle allait le lui dire lorsque Paul intervint.

— Je suis sûr que nous arriverons très bien à nous débrouiller tous les deux en ton absence. Qu'en penses-tu, fiston ?

— Je suppose, lâcha Will, à moitié convaincu.

— Écoutez, je vais dire à Bob que je ne pars pas.

— Si tu fais cela, tu ne vas pas pouvoir nous ramener de la bonne bière anglaise bien tiède, dit Paul.

— Ni une casquette de chasseur, ajouta Will. Tu sais, celle avec des oreillettes. Alors, tu vois, il faut que tu y ailles. Parce que je rêve vraiment d'en avoir une comme ça.

Ruth le serra avec émotion dans ses bras.

— Je vais te manquer ?

Tout en prononçant ces mots, elle réalisa que, de toute façon, il était déjà trop tard pour faire marche arrière.

— Qu'est-ce que tu crois ? répliqua Will. J'organiserai une fête à la maison dès que tu auras le dos tourné. Papa est vachement plus coulant que toi.

— Hé ! Espèce de petit morveux ! s'exclama Paul. Tu avais promis de ne rien dire.

— Je suppose qu'il vaudrait mieux que je ne vous demande pas ce qui s'est passé pendant votre séjour chez mamie.

— Beaucoup mieux, approuvèrent en chœur Will et Paul.

Ils devaient ressembler à n'importe quelle famille ordinaire, songea Ruth, et non à trois cœurs déchirés.

— Et toi, Paul ? reprit-elle. Comment comptes-tu profiter de mon absence ?

— Oh, rassure-toi, rien de spécial. Travailler, écrire, m'occuper de mes étudiants, cette bande...

— ... d'affreux ingrats, acheva Will en riant.

C'était devenu un sujet de plaisanterie entre eux depuis des années.

— Voir quelques amis de temps à autre, enchaîna Paul. Et faire de la gym.

Il parlait comme si l'absence de sa femme lui offrait enfin l'occasion de s'amuser un peu. Autrefois, le simple fait d'être réunis et de faire des choses ensemble semblait lui suffire. Depuis quand la séparation lui paraissait-elle préférable ?

Elle ébouriffa les cheveux de son fils.

— Non, m'man ! s'écria-t-il avec raideur. Tu sais bien que je déteste ça !

— Excuse-moi, dit Ruth en riant. Écoute, tu pourras toujours venir me faire une petite visite à Londres.

— Bien sûr. Super, répondit Will sur un ton poli.

Le lendemain, Ruth annonça à Bob qu'elle acceptait sa proposition.

— Eh bien, qu'en pensez-vous ? demanda Jim Pinkus, le collaborateur de Ruth.

Il venait de s'apercevoir qu'elle manquait singulièrement de concentration. Avec un peu de chance, les autres participants n'auraient rien remarqué. Ruth tressaillit et rassembla vivement les papiers éparpillés devant elle.

— Pardonnez-moi. J'étais en train de penser à l'Internet, dit-elle.

En réalité, elle continuait à se demander si elle avait pris la bonne décision en acceptant cette affectation à Londres.

— Comme vous le savez, reprit-elle, il s'agit d'un segment de marché qui jouera un rôle de plus en plus important dans le secteur bancaire au cours de la prochaine décennie.

Nathan Yancey, président de la Merchant's Commercial, frappa la table de la paume de sa main.

— Précisément. Nous ne pouvons pas nous permettre d'ignorer l'explosion technologique dans le domaine de l'informatique. Il faut suivre le mouvement.

— Suivre ne suffit pas, corrigea Ruth. Les choses ne fonctionnent pas aussi simplement. De nos jours, aller au même pas, c'est rester en arrière. Il ne s'agit pas seulement de jouer, il faut mener le jeu. Et, pour le moment, ce n'est pas le cas. Raison pour laquelle les actions de votre société fondent comme neige au soleil.

Don Seigel, le collaborateur de Yancey, approuva d'un signe de tête.

— Voilà pourquoi nous avons absolument besoin de réaliser cette acquisition. C'est une question de synergie. Nous devons nous développer pour avoir une chance de survivre au siècle prochain.

— Mais vous savez ce qu'ils vont dire ! objecta Pinkus.

Seigel n'avait pas encore pris la parole. C'était un petit homme chauve à l'air perpétuellement de mauvaise humeur mais doté d'un esprit remarquablement pénétrant. Il poussa une sorte de grognement.

— Comme si nous n'avions pas déjà entendu ce genre de rengaine des centaines de fois ! Les banques se comportent à leur guise parce qu'elles savent qu'elles sont protégées par leur taille sur le marché, et cette taille, elles ne l'ont obtenue que grâce à des législations protectionnistes.

— On peut aussi se représenter cette négociation comme une partie de football, affirma Yancey en balançant ses larges épaules d'ancien joueur.

Seigel ferma les yeux. Il avait déjà entendu cette comparaison dans le passé. Comme tout le monde d'ailleurs.

— Le football, répéta Yancey. C'est exactement ça. N'est-ce pas, Don ?

— D'accord avec toi, Nate.

— L'esprit de compétition. Deviner le prochain mouvement de l'adversaire. Exploiter ses faiblesses. Le talent et le travail d'équipe, scanda Yancey en balayant le petit groupe d'un regard assuré. La vie, les affaires... c'est comme le football, non ?

— Vous avez raison, Nate, approuva Ruth, se demandant comment cet homme, avec ses comparaisons imbéciles et sa mentalité de joueur de terrain, était parvenu à sa position actuelle. Je vous rappelle cependant que, tout au long des négociations, nous devrons faire profil bas.

Ruth essaya d'imaginer un cliché qui satisferait son interlocuteur et reprit :

— Je n'ai pas besoin de vous répéter qu'une législation en faveur des moutons ne sert à rien si les loups s'y opposent. (Elle sentit que Jim Pinkus commençait à s'énerver et se hâta d'en finir.) En ce moment, vous prêtez le flanc à une accusation de concurrence déloyale.

— La concurrence ! s'esclaffa Yancey, en crispant ses puissantes mâchoires. Je n'ai jamais dit que je n'acceptais pas la concurrence. C'est juste que je déteste perdre...

— Personne n'aime ça, intervint Seigel.

— ... mais j'accepte la compétition. C'est toute la question de cette proposition de fusion avec Tomorrow Technologies. Il s'agit bien de synergie. Ils ont le produit, nous avons les capacités financières et la puissance de notre marketing. En menant à bien ce projet, nous favorisons la concurrence, et non le contraire.

— Au point où en est la négociation en ce moment, les syndicats risquent de se battre pied à pied, observa Ruth. Tout le monde sait qu'il y aura des licenciements.

Tous les regards se tournèrent vers elle en signe d'approbation, et elle en éprouva une bouffée d'orgueil. Elle se sentait bien dans cette réunion, c'était son univers et elle avait la situation bien en main. Et, surtout, elle pouvait oublier Josie pendant un moment.

— ... et des licenciements chez vous, acheva-t-elle.

— On ne fait pas d'omelette sans casser des œufs, grogna Yancey en lissant ses cheveux argentés parfaitement coiffés. Je ne vais pas prétendre qu'il n'y aura pas quelques pertes d'emplois à court terme ni des dégraissages. Nous devons optimiser la productivité. Mais, dans mon esprit, il ne s'agit que de préparer les conditions d'embauches futures, et non le contraire.

— Dans cinq ans, affirma Seigel, la position sur le marché de TTI et de Merchant's sera bien plus solide. Donc davantage d'emplois stables, et non, encore une fois, le contraire.

Yancey frappa de nouveau sur la table.

— Je comprends le problème des syndicats mais je ne me laisserai pas intimider. Et je ne laisserai pas non plus mes émotions m'empêcher de conclure une affaire que je considère comme très profitable. Cette fusion s'avère excellente pour tout le monde : nous, nos actionnaires et nos employés.

— À vous entendre, ricana Seigel, elle profitera au pays tout entier.

— Notre travail est de faire passer ce message, reprit Ruth. Et ça ne va pas être facile. Le chauvinisme n'évoque pas grand-chose à quelqu'un qui vient d'être licencié, conclut-elle en regardant sa montre – ils avaient une minute d'avance sur l'horaire prévu – et en se levant. Merci, messieurs. C'est donc décidé, nous allons de l'avant. Tout indique que la plus grande partie des négociations devrait se dérouler sans accroc. Je vais demander à mes collaborateurs d'organiser une réunion avec les dirigeants syndicaux les plus concernés par cette affaire. La législation COBRA nous oblige à garantir à nos employés une couverture sociale. Mais je pense qu'un programme d'*outplacement*, associé à une offre alléchante de désintéressement, contribuera à les mettre de notre côté. Nous devrions être en mesure de vous en apprendre plus au cours des deux prochaines semaines.

Au moment où ils quittaient la salle, Ruth se demanda pourquoi elle ne réussissait pas à gérer sa vie familiale aussi bien que sa vie professionnelle.

De retour à son bureau, le téléphone sonna.

— Madame Connelly ?

C'était une voix chaude, masculine.

— Elle-même.

— Rob Farrow, de Harvard. Je suis... enfin, j'étais un ami de Josie.

Ruth resta silencieuse.

— Je voulais vous dire combien je suis désolé de ce qui est arrivé.

— Merci, fit Ruth d'une voix tendue.

Qui était donc ce plaisantin ? Pourquoi l'appelait-il au bureau ? Josie n'avait absolument pas sa place ici. C'était un sanctuaire, une zone de non-Josie.

— Je suppose qu'ils n'ont pas encore retrouvé son corps ?

— En effet.

119

— C'est terrible.

Ruth raccrocha en tremblant avant de se pencher sur ses dossiers.

À l'occasion de Thanksgiving, les trois membres de la famille Connelly s'envolèrent pour la Californie. Luke, le frère de Paul, leur avait offert de venir se détendre quelque temps chez lui, à La Jolla. Photographe spécialisé dans la faune sauvage, il venait de rompre avec sa compagne de toujours et, comme eux, ressentait le besoin d'un peu de chaleur familiale. À Boston, les Connelly menaient une existence très éloignée de la décontraction californienne, et les rigueurs du climat de la Nouvelle-Angleterre n'avaient pas grand-chose à voir avec la douceur ensoleillée de la côte Ouest. Sans l'avouer, chacun essayait de se forger de nouveaux souvenirs. Paul et Ruth espéraient offrir à Will – tout comme à eux-mêmes – un champ inconnu d'expériences et de sensations.

Ils firent avec lui toutes sortes de choses qu'ils n'avaient jamais partagées avec leur fille. Ils mangèrent du poisson chez Antony, visitèrent les Studios Universal et, un jour, franchirent la frontière pour se rendre à Tijuana. Là, dans une petite rue sombre, Will dépensa toutes ses économies afin d'offrir à sa mère une bague en argent. De son côté, Ruth dénicha à l'intention de Paul une ceinture de cuir dont la boucle était ornée d'une turquoise aussi grosse qu'une balle de golf. Ils se promenèrent au zoo de San Diego, s'émerveillèrent de la taille gigantesque des éléphants, de la couleur éclatante des flamants roses, de l'adorable fourrure des koalas. Ils allèrent à Carmel écouter le grognement des phoques batifolant au large de Point Lobos. Ils burent du café sur Pebble Beach face aux rayons du soleil sur l'écume de l'océan.

Pourtant, en dépit de leurs efforts, rien ne parvenait à apaiser la peine de Ruth. Elle souriait pour faire plaisir à Will, acceptait de disputer de longues parties de Monopoly, fredonnait avec les autres des airs connus diffusés par la radio de la voiture. Mais, tout au fond de son cœur, l'absence de Josie continuait de la hanter.

— Vous devriez venir vous installer ici, dit Luke. C'est vraiment un pays de cocagne.

— J'ai tenté plusieurs fois d'en parler à Ruth mais c'est une vraie fille du Nord, répondit Paul en soupirant.

— Maman ne supporte pas très longtemps le soleil, expliqua Will à son oncle.

— Ton père le savait parfaitement lorsqu'il m'a épousée, intervint Ruth en souriant.

— J'espérais parvenir à te faire changer, ma chérie.

— Aucune chance.

— J'aime l'hiver, affirma Will, en regardant successivement ses parents comme s'il craignait de les contrarier. Enfin, je veux dire... la Californie est sympa, mais la côte Est n'est pas mal non plus. Pas vrai, maman ?

— Tout à fait d'accord, chéri.

— N'empêche, soupira Will. C'est vraiment super de pouvoir lézarder au soleil.

Pour leur dernier après-midi, Ruth et Will voulurent profiter de la piscine de l'immeuble pendant que les deux frères allaient faire un tour en voiture sur la côte.

Paul et Luke décidèrent de faire halte près d'un rocher surplombant l'estuaire, un marais salant voué à la préservation de la faune sauvage. Ils cheminèrent l'un derrière l'autre le long d'un étroit sentier qui serpentait entre les salines, les joncs et les roseaux desséchés. Sur le bord de la plage couverte de vase, ils respirèrent à pleins poumons l'air parfumé de senteurs d'eucalyptus.

— Qu'est-ce qui ne va pas ? demanda brusquement Luke.

— Comment ça ?

— Toi et Ruth. Je ne sais pas mais... on dirait qu'il n'y a plus rien entre vous. Ou plutôt, s'il y a quelque chose, ce serait de l'agacement, de l'impatience. Pourtant, avant, vous incarniez vraiment le genre de couple qui donne envie de se marier. Vous étiez si... comment dire ? si liés. Est-ce que cette crise a simplement commencé après la... disparition de Josie ?

— « Simplement » n'est pas vraiment le mot qui convient, Luke.

— Tu sais très bien de quoi je veux parler. Êtes-vous tous deux en train de vous battre parce que c'est le seul moyen que vous avez trouvé pour surmonter ce drame ? Ou bien le fossé qui s'est creusé entre vous a-t-il des causes antérieures ? Parce que c'est vraiment l'impression que ça donne à un observateur extérieur. Et à Will aussi, non ?

Paul dévisagea son frère.

— Will ?

— Tu n'as pas remarqué à quel point il est nerveux chaque fois que vous vous disputez ? Comme à Pebble Beach, lorsque nous avons évoqué l'idée que vous veniez vous installer ici ? Rappelle-toi comment ton fils est intervenu pour tenter de calmer le jeu. On dirait qu'il se croit tout le temps obligé de jouer les arbitres.

— Je ne parviens pas à savoir exactement ce qui ne va pas, répondit Paul pensivement en ramassant un morceau de coquillage sur le rivage. C'est vrai, Luke, je ne sais plus quoi faire. C'est comme si Ruth se trouvait ailleurs, dans un lieu où je ne peux pas la rejoindre.

— Avez-vous songé à une séparation provisoire ? Le temps de réfléchir chacun de votre côté ? Une sorte de mise à l'épreuve respective ou quelque chose du même genre ?

— Je ne veux pas me séparer de Ruth.

— Écoute, mon vieux, de mon point de vue, c'est comme si vous l'étiez déjà, que cela te plaise ou non.

— Tu ne peux pas comprendre. Cette tragédie est arrivée il y a seulement quelques mois. Il lui faut du temps pour se remettre – comme nous tous d'ailleurs. En ce moment, j'ai l'impression de vivre avec un jouet cassé. Ruth fait semblant d'exister, elle va et vient, remplit ses tâches domestiques et professionnelles. Mais ce n'est plus *ma* Ruth. Elle agit comme un robot.

— Tu as essayé de lui parler ?

— Bien sûr. J'ai *besoin* de lui parler. Mais, chaque fois, elle s'arrange pour disparaître comme dans une trappe et refermer le couvercle. Je crois qu'elle me tient encore pour responsable du drame que nous avons vécu cet été.

— Et toi ? Quel est ton avis ?

— J'ai repensé des centaines, des milliers de fois à cet accident. Nous n'avons pas eu de chance, voilà la vérité. C'est comme si la tempête avait surgi de nulle part. Si nous nous étions dirigés vers le large, nous l'aurions sans doute évitée. Mais Ruth a toujours été paniquée par la mer. Je l'admire – je l'ai toujours admirée, d'ailleurs – d'avoir le courage de monter sur un bateau. Cela représente un énorme effort pour elle. Ce jour-là, je me rappelle, elle n'avait qu'une envie : retrouver la terre ferme.

— Qu'est-ce que tu racontes ? Que c'est sa faute ?

— Non. Mais j'ai dû jongler avec trop de choses : sa peur, notre sécurité, faire le meilleur choix... Il me fallait prendre des décisions au quart de tour. Et le moteur qui s'est mis de la partie ! Quand j'ai pu enfin demander du secours, il était déjà trop tard, expliqua Paul en regardant son frère au fond des yeux. Je ne peux m'en prendre qu'à moi-même, Luke. Ainsi que je te l'ai dit, j'arrive parfaitement à rationaliser les événements, à me répéter que nous n'avons pas eu de chance. Seulement, quand on me pousse dans mes derniers retranchements, je suis incapable de faire porter la responsabilité sur quelqu'un d'autre que moi.

Paul baissa la tête, cueillit une herbe et la roula entre ses doigts. Ses épaules se mirent à trembler.

— Oh, Luke, qu'est-ce que je vais faire ? Je me sens si coupable. C'est moi qui ai laissé ma fille se noyer.

— Allons, dit Luke doucement, calme-toi.

— Et, le pire, c'est de ne pas pouvoir en parler avec Ruth. Ma femme ! Chaque fois que j'essaie, elle... elle se ferme. Elle se replie dans ce monde secret qu'elle a dans la tête. Crois-moi, Luke, ce silence me tue, articula-t-il en laissant échapper un long gémissement. Oh, Seigneur ! Toute cette affaire est si horrible. Et je ne crois pas que cela va s'améliorer.

Il se mit à sangloter, la tête contre l'épaule de son frère.

Au loin, l'océan poussait vers eux ses flots d'écume blanche et ses petites vagues déferlantes d'un vert brillant. Un vol de sarcelles au plumage couleur de cannelle traversa le ciel, criblant l'azur de petites taches dansantes. Une aigrette d'un blanc neigeux pêchait dans les basses eaux tandis qu'un grèbe barbotait avec énergie dans une nappe d'eaux saumâtres.

— Regarde, reprit Luke après un moment de silence, un pélican brun.

Paul s'essuya les yeux du revers de sa manche et saisit ses jumelles. À quelques centaines de mètres de là, un gros échassier plongea la tête la première dans les vagues, pour émerger quelques instants plus tard, un poisson frétillant dans son bec. Il battit maladroitement des ailes en tendant le cou jusqu'à ce que le poisson disparaisse dans sa gorge.

— Et maintenant, reprit Luke. Que comptes-tu faire ?

— Si ce n'était Will, je partirais, sans doute, répondit Paul d'une voix brisée.

— Et cela arrangerait les choses ?

— Je n'en sais rien. Simplement, je ne vois pas d'autre solution. Par chance – et dire que j'appelle ça de la chance ! –, Ruth se rend à Londres le mois prochain pour quelques semaines. Cela nous laissera le temps de réfléchir. De reprendre nos esprits.

— Et Will ? Que pense-t-il du départ de sa mère ?

— Les choses seront peut-être plus faciles pour lui ainsi, répondit Paul en se mordant la lèvre. Pauvre gosse. Comme si perdre sa sœur ne suffisait pas ! Avoir des parents qui n'ont pas l'air de vivre sur la même planète doit être difficile à supporter.

— Et le sexe ?

— Néant, si tu veux vraiment savoir. Ruth et moi partageons le même lit mais c'est tout. J'ai essayé mais elle ne veut pas en entendre parler.

— Avant, ça marchait plutôt bien entre vous, non ?

— Si, très bien même. Dès le début. Bien sûr, certaines fois l'un de nous n'en avait pas vraiment envie – ce genre de choses arrive dans tous les couples – mais c'était bon pour tous les deux et même de mieux en mieux avec le temps. Depuis la mort de Josie, il n'y a plus rien.

— Tu crois que ta femme voit quelqu'un d'autre ?

— Elle dit que non.

— Et toi ?

— Moi ? Pourquoi est-ce que je ferais ça ? Il n'y a que Ruth. Je ne veux qu'elle. C'est ma femme. Et je l'aime.

7

Lorsque Will entra dans la cuisine, il vit sa mère assise, les yeux fixés sur sa tasse de café.

— Maman, est-ce que nous irons à Carter's House pour Noël ?

— Je ne crois pas que cela sera possible, répondit Ruth d'un ton ferme.

— Pourquoi ça ?

— Parce que... parce que je ne suis pas prête.

— Moi, j'en ai envie ! s'écria Will, la gorge nouée par l'émotion. J'en ai même *besoin.*

— Et pourquoi ?

— Je... j'en ai besoin, c'est tout.

— Tu y es déjà retourné. Avec ton père. Quand vous avez travaillé à construire le banc.

— Mais pas *dans* la maison.

— Je crois que tu le supporterais mal, Will.

— Écoute, maman ! Je ne suis plus un petit garçon !

Elle aurait voulu lui dire que si. Un tout petit enfant. Oh, Will, ne me demande pas ça ! Ne me demande pas de retourner dans ces lieux où nous avons été jadis si heureux. Parce que cela me détruirait.

Mais tout ce qu'elle trouva à répondre fut :

— Je le sais bien. Il faut juste que tu me fasses confiance.

— Je me suis toujours senti bien là-bas, lança Will

126

d'une voix où couvait l'orage. On y allait tout le temps, avant.

Avant. Voilà le problème. Avant. Avant, nous vivions une belle histoire. Mais tout est fini, désormais.

— Tu en parleras à ton père quand il rentrera, dit-elle.

— Oh, maman. J'appelle ça se défiler.

Au retour de Paul, Will fit une nouvelle tentative.

— Papa, est-ce qu'on ira dans le Maine pour Noël ?

Devant sa surprise, Ruth comprit que cette idée n'était pas venue un instant à l'esprit de son mari.

— À Carter's House ? s'exclama-t-il en regardant sa femme. Je ne crois pas.

— Pourquoi ?

— Tu n'as pas besoin de moi pour l'imaginer.

— Eh bien, si, justement, s'entêta Will dont les taches de rousseur se firent plus visibles que jamais.

— Alors, fais un effort, lança Paul sèchement.

— S'il te plaît, maman...

Ruth se demandait dans quelle mesure Will avait réellement envie de retourner là-bas. Si c'était juste pour régler la question de la perte de sa sœur, il lui faudrait attendre. L'image de la maison s'imprima dans son esprit, belle et empoisonnée. Elle secoua la tête.

— Non, Will.

Il la fixa d'un regard inexpressif.

— Je ne comprends toujours pas pourquoi nous ne pouvons pas y aller, insista-t-il.

Ces derniers temps, Ruth n'avait pas manqué de remarquer qu'il évitait la moindre manifestation de tendresse de sa part, exactement comme sa sœur juste avant sa disparition. Elle se retint de lui caresser la joue et de le prendre dans ses bras. Comment réagirait-il si elle lui avouait qu'il était à présent sa seule raison de vivre ? Qu'elle n'existait que grâce à lui ?

— Si c'est ce que tu penses, tu manques totalement de cœur, dit Paul. Je n'aurais pas cru ça de ta part.

— Je veux y aller avec vous deux. Comme une vraie famille.

Une famille ? Ruth faillit éclater de rire. La question n'était vraiment plus à l'ordre du jour.

— Non, répéta-t-elle, consciente d'être en train d'interdire à son fils une chose à laquelle il semblait pourtant tellement tenir.

La simple idée d'ouvrir les portes refermées sur les fantômes du passé était au-dessus de ses forces.

— Et puis, pourquoi ne pas aller y vivre toute l'année, de toute façon ?

— Nous avons déjà eu cette discussion, et plus d'une fois, répliqua Ruth. Nous vivons en ville parce que c'est là qu'est notre travail.

— Le Maine est une région qui connaît des difficultés économiques, renchérit Paul. Comment imagines-tu que nous pourrions maintenir le train de vie auquel tu es habitué s'il fallait renoncer à nos carrières ?

— On pourrait réduire nos dépenses. Vivre plus simplement, argumenta Will en lançant à sa mère un regard si douloureux qu'il lui brisa le cœur.

Elle revit le visage de Josie et son expression de mépris au moment où elle crachait : « Nous n'avons pas besoin de toutes tes merdes ! On a déjà assez de choses pour le reste de notre vie ! »

— La discussion est close, coupa Ruth.

— Tu ne veux jamais discuter de rien. Jamais. Tu me demandes toujours de me taire. Et papa aussi ! explosa Will.

Il sortit en claquant la porte derrière lui.

— Je n'arrive pas à réagir autrement, dit Ruth d'une voix découragée.

— Il a besoin de parler. Et nous aussi. Tous les

trois. On devrait peut-être se faire aider. Aller voir un conseiller familial, par exemple.

— Pas question. Je ne suis pas prête.

Cette idée l'effrayait trop. Un professionnel l'obligerait à révéler toute l'étendue de son chagrin, à retirer la carapace qui la protégeait encore.

— Je ne crois pas que la situation puisse durer bien longtemps ainsi.

— Que veux-tu dire ?

— Vivre dans le mensonge comme nous le faisons, murmura Paul en s'approchant d'elle. Refuser d'exprimer sincèrement nos sentiments. Ce que nous vivons n'est pas sain. Et surtout, cela nous empêche de faire notre deuil.

Ruth sirota son café pour se donner une contenance. Le corps de Josie n'ayant jamais été retrouvé, la réalité de sa mort était toujours demeurée incertaine. Jusqu'à son dernier souffle, Ruth s'accrocherait à l'idée de la savoir en vie, quelque part.

— Est-ce qu'il t'arrive de penser qu'elle pourrait être encore vivante ? demanda-t-elle brusquement.

— Non.

— Vraiment jamais ?

Paul se laissa tomber dans un fauteuil, face à Ruth.

— Will m'a déjà posé cette question. Écoute, Ruth, Josie est morte. Croire le contraire serait vraiment insensé.

— C'est juste que je me demande de temps en temps s'il n'y aurait pas une petite chance pour que...

— Arrête ça, Ruth. Arrête de te mentir à toi-même.

— J'ai simplement dit qu'il m'arrivait d'y penser.

— Elle est *morte*. Tu dois te mettre ça dans la tête. Et nous aussi. Toute autre manière de voir nous mènerait lentement vers la folie.

Ruth se mura dans le silence. Paul la contempla sans

savoir quoi dire puis, impulsivement, il quitta son siège et alla s'asseoir à côté d'elle sur le canapé.

— Excuse-moi, dit-il. Je n'aurais pas dû réagir comme ça.

— Ne t'inquiète pas.

— Ne penses-tu pas que nous devrions consacrer un peu plus de temps à notre couple ? reprit Paul en l'enlaçant pour l'attirer contre lui.

En sentant le poids de son bras sur ses épaules, Ruth se rappela la première fois où ils avaient fait l'amour. Elle n'avait jamais connu d'homme avant lui.

— Nous sommes tout le temps ensemble, sauf lorsque nous travaillons, fit-elle en lui lançant un sourire indifférent.

— Oui, mais pas comme ça. Je parle de quelque chose de plus profond.

Elle avait été si nerveuse le jour où il avait osé une approche plus sensuelle, ne sachant pas trop de quoi il retournait, ce qu'on attendait d'elle. Il lui avait embrassé doucement les seins. Même si elle ne l'avait jamais avoué, ce premier épisode de leur vie amoureuse ne l'avait pas transportée.

— Nous venons de traverser de très rudes épreuves, reprit-il. Et cela fait près de six mois.

— Six mois ne sont rien ! s'exclama Ruth, incapable de penser à autre chose qu'à sa fille, perdue en mer, emportée par les marées. Ce drame nous poursuivra jusqu'à la fin de nos jours.

— Nous devrions essayer de nous retrouver, tous les deux.

— Rien n'a changé, s'obstina-t-elle. Nous sommes ensemble comme nous l'avons toujours été.

Ruth savait que ce n'était pas vrai mais elle refusait d'en discuter pour l'instant. Son regard balaya les dossiers qui s'amoncelaient sur la table.

Avec effort, elle se leva.

— J'ai du travail à faire pour demain.

Paul la retint par le bras.

— Laisse tomber tes foutus dossiers, supplia-t-il, en s'approchant pour l'embrasser.

Elle détourna la tête.

— Ne fais pas ça.

— Et pourquoi pas ? Nous n'avons pas fait l'amour depuis...

— Le sexe ? C'est donc tout ce que tu as en tête ?

— La vie ne s'arrête pas comme ça. Il faut continuer. Il le faut. J'ai besoin de toi, Ruth. J'ai besoin que nous partagions notre intimité. Il n'y a pas de mal à ça.

— Je ne peux pas, coupa-t-elle d'une voix sifflante. Cette idée me fait horreur. Après ce qui est arrivé !

Elle baissa les yeux pour regarder ses mains et fut effrayée par leur maigreur. Les articulations saillaient sous la peau mince. Elle posa sa paume sur ses cuisses et fit coulisser rêveusement son anneau de mariage. Quand elle avait rencontré Paul pour la première fois, sa droiture, sa sollicitude l'avaient impressionnée. Il avait des idées sur le monde auxquelles elle n'avait jamais songé auparavant, fréquentait un groupe d'étudiants qui savaient prendre leurs distances par rapport à l'enseignement de leurs professeurs et n'hésitaient pas à descendre dans la rue pour manifester leurs convictions. À l'époque, ils adoraient parler pendant des heures et des heures. Et voilà comme tout cela finissait.

Il lui prit le menton pour la forcer à le regarder.

— Ruth, je suis ton mari et je veux faire l'amour avec toi. J'ai besoin de sentir que la vie continue.

Cet homme avait su l'émouvoir dans le passé. Les mots qu'il prononçait autrefois l'attendrissaient, l'excitaient. Elle se serait lovée contre lui, lui aurait ouvert son corps comme toute épouse amoureuse, attendant avec impatience qu'il la possède, en éprouvant chaque fois un infini plaisir. Mais, aujourd'hui, ce même corps se recroquevillait, révulsé à la seule idée d'une caresse. Faire l'amour avec Paul lui semblait une véritable trahison à l'égard de leur pauvre Josie.

— Je ne crois pas que tu te rendes compte de la portée de tes actes, Ruth ? Tu détruis notre couple. Ne ressens-tu donc plus rien pour moi ?

— Bien sûr que si.

— Tu as été si... fermée, si froide, ces derniers mois.

— Qu'est-ce que tu attendais d'autre ? Tu ne vois donc pas à quel point j'ai mal ? À l'intérieur, je suis morte, Paul.

— C'est pareil pour nous tous.

— Depuis l'accident, j'ai déjà bien du mal à me lever le matin. Je parviens à peine à assurer mon travail, même lorsque mes souvenirs ne me poursuivent pas.

— Comment ne pas te comprendre ? Mais il n'y a pas que moi qui ai besoin de toi. Tu oublies Will.

— Tu sais bien que j'essaie de trouver du temps à lui consacrer.

— Allons donc ! Je serais même prêt à parier qu'il y a une note sur ton agenda : une heure avec Will, entre deux rendez-vous professionnels et un déjeuner d'affaires.

Les paroles de son mari lui étaient insupportables. Les lèvres tremblantes, elle leva les yeux vers lui.

— C'est faux.

— J'ai du mal à m'imaginer en train de *trouver du temps* à consacrer à mon propre fils. Alors que toi, apparemment, cela ne te dérange nullement.

— Tu sais très bien ce que j'ai voulu dire. Personne n'a le droit de prétendre que je suis une mère négligente.

— Et une épouse négligente ?

132

— Comment ?

— Tu m'as parfaitement entendu, répliqua Paul en lui lançant un regard dur. Bon sang ! Pourquoi cherches-tu ainsi à refouler tes émotions ?

— Je te l'ai déjà dit : je ne peux pas me permettre de me laisser aller à mes sentiments. Tout est si difficile ! (Elle leva vers lui un regard douloureux.) Je suis si terrifiée, Paul. J'ai vraiment l'impression que tout va s'effondrer.

— Tu prétends trouver du temps pour ton fils. Mais t'arrive-t-il de penser à ton mari ?

Elle secoua la tête, agacée.

— Tu es une grande personne, non ? Tu devrais être capable de t'en sortir seul.

Il prit ses mains dans les siennes et la força à lui faire face.

— Nous sommes mariés, Ruth. Nous nous sommes engagés à tout partager jusqu'à notre mort. Ne peux-tu comprendre que j'ai des besoins ? Et Will aussi ?

— Moi aussi, j'ai des besoins, répondit-elle d'une voix triste. Et, pour le moment, c'est la seule façon que j'ai trouvée pour m'en sortir.

Will eut beau continuer à les supplier d'aller passer Noël dans le Maine, ils choisirent la Floride pour y séjourner quelques jours chez les parents de Ruth. Chacun fit mine d'y prendre du plaisir mais le cœur n'y était pas et le silence entre eux devenait de plus en plus lourd. La souffrance de chacun était palpable. Ils savaient bien que s'ils laissaient l'image de Josie s'imposer, tout risquait de basculer autour d'eux.

La mère de Ruth finit par trouver cette situation insupportable. Un jour qu'elle préparait le repas à la cuisine avec sa fille pendant que Will se promenait sur la plage avec son grand-père et que Paul faisait les courses de dernière minute au supermarché, elle ne put retenir plus longtemps les questions qui se bousculaient dans sa tête.

— Mais pourquoi ?

— Que veux-tu dire, maman ?

— Pourquoi Josie ? Pourquoi fallait-il que ce drame arrive ? Je ne parviens pas à comprendre ce qui s'est passé... Est-ce que l'un ou l'autre d'entre vous n'aurait pas pu tenter quelque chose ?

Ruth secoua la tête. Elle aurait tant voulu se débarrasser de cette image qui la hantait chaque seconde : le visage livide de Josie flottant dans le noir ardent de la tempête, ses boucles d'oreilles disparaissant dans l'eau, sa bouche ouverte sur un hurlement silencieux. Et sa terreur...

— Nous n'avons rien pu faire, maman. *Absolument rien*, tu comprends ? Et, de toute façon, je préfère ne pas en parler.

— Moi, si. J'en ai besoin, Ruthie. C'était ma petite-fille. Tu ne peux pas savoir combien ton père et moi avons souffert. Et maintenant encore.

Pas autant que moi, pensa Ruth. Pas autant. La douleur est encore béante en moi. Aigre, odieuse. Torturante.

— Je sais bien. Mais en parler n'arrange rien. Cela ne fera que rouvrir nos blessures.

Elle avait cru que ses souvenirs allaient finir par s'évanouir avec le temps mais cet espoir avait été cruellement déçu. Ils remontaient sans cesse à la surface de sa mémoire, aussi aigus et horribles qu'au premier jour.

— C'est bien ce qui m'inquiète, ma chérie. D'oublier et de la voir disparaître pour de bon avec le temps. Toi et Paul, vous avez l'air de prendre ce qui est arrivé... si bien... alors que cette tragédie nous mine, ton père et moi.

Ruth fut saisie d'un accès de rage.

— Comment veux-tu que nous le prenions ? Pouvions-nous faire autrement ? Ne penses-tu pas que cela nous détruit, nous aussi ? Nos vies ne seront plus jamais les mêmes. Crois-tu un seul instant que nous nous sentirions mieux en hurlant et en nous tapant la tête contre les murs ?

— Ce serait naturel, après tout, répondit doucement sa mère.

— Eh bien, ce n'est pas ainsi que nous réagissons, Paul et moi.

— Je vous admire de continuer à vivre comme si de rien n'était. Je ne crois pas que j'aurais votre force.

— Je ne le croyais pas non plus.

Sa mère éclata en sanglots :

— C'est tellement horrible, Ruth. Tellement.

— Je sais.

— Nous étions si... je me rappelle la nuit où elle est née... une drôle de petite poupée... j'ai encore une très belle photographie prise d'elle à six ans... Elle était si jolie... Et ses cheveux... comme les tiens quand tu étais bébé... Oh, Seigneur, elle était si jolie !

— Maman...

Mme Carter se moucha et profita de cette courte pause pour tenter de remettre un peu d'ordre dans ses propos plutôt décousus.

— Elle était si douée... Tiens, regarde ses peintures... ton père a toujours pensé que... eh bien, qu'elle serait certainement devenue quelqu'un de célèbre si... enfin, si elle en avait eu le temps. On l'a su dès le premier instant, quand elle nous observait de ses grands yeux graves. Ton père m'a dit un jour : « En voilà une qui sait déjà ce qu'elle veut. Elle ira loin. »

Ruth sentit les larmes lui monter aux yeux.

— Arrête, maman, s'il te plaît.

— Mais vous vous montriez si durs avec elle.

— Hein ? Que racontes-tu ?

— Quoi qu'elle fasse... rien n'avait l'air de trouver grâce à vos yeux.

— *Quoi ?*

La mère de Ruth s'essuya les yeux.

— Pauvre bébé. Elle faisait de son mieux mais ce n'était jamais assez pour vous.

— Tais-toi ! cria Ruth. C'est affreux, ce que tu dis là.

— Pourtant, c'est la vérité. Ton père et moi, nous avons toujours pensé que...

Elle baissa le ton devant le regard que Ruth lui lança.

— ... tout de même, vous vous êtes montrés si intransigeants avec elle. Je sais bien que vous ne souhaitiez que son bonheur mais parfois...

— Parfois quoi ? demanda Ruth avec hauteur.

— Vous auriez pu vous montrer plus coulants. Lui faire plus souvent des compliments.

— Je n'en crois pas mes oreilles.

— Vous étiez bien plus accommodants avec Will, voilà tout, dit sa mère en ouvrant d'un geste sec une laitue qu'elle entreprit de couper en julienne.

Ruth fut étonnée de l'effet que cette accusation exerça sur elle. Et si sa mère avait raison ? S'était-elle réellement montrée plus dure avec Josie qu'avec Will ? Dès les premiers temps, ce dernier leur avait semblé, à Paul et à elle, un enfant merveilleusement facile. Et c'était vrai qu'elle avait toujours souhaité voir Josie exprimer toutes ses capacités. Même s'il fallait, pour cela, la secouer un peu. Alors, où était le mal ?

Sa dernière dispute avec sa fille lui revint en

mémoire. Josie ne cessait de lui reprocher de se désintéresser de ses préoccupations. Elle revit, dans la cuisine de Carter's House, les grands yeux gris de sa fille posés sur elle.

Elle s'approcha de la fenêtre et contempla les palmiers et les plantes exotiques qui entouraient l'immeuble de ses parents. Plus loin, la surface brillante de la mer courait vers l'horizon. Vivre sous un soleil perpétuel n'était pas dans sa nature, et elle s'imaginait mal prendre sa retraite dans une région où tout avait l'air fait pour rendre la vie trop facile. Une vague d'angoisse s'empara d'elle. L'une de ses amies avait raconté jadis devant Josie comment son neveu de quinze ans, considéré par ses parents comme trop indiscipliné et méritant une sévère correction, s'était retrouvé enchaîné et menotté au milieu de la nuit avant d'être expédié dans une île perdue de la Jamaïque. Josie avait-elle pu croire un instant que Ruth aurait été capable de lui infliger un tel traitement ?

— Et Will ? demanda sa mère, interrompant ses réflexions moroses.

— Eh bien ?

— Est-ce qu'il prend les choses aussi bien qu'il en a l'air ?

— Impossible à dire. Je l'espère, c'est tout.

De retour à Boston, Will tomba malade. Une grosse bronchite le cloua au lit pendant plusieurs jours. Ruth dut se débattre avec un emploi du temps surchargé pour quitter plus tôt son travail. Elle ne pouvait toutefois éviter de penser qu'elle allait ainsi peut-être obérer l'avenir de sa carrière. Elle dirigeait en ce moment une équipe chargée de mener à bien une fusion délicate que combattait une coalition de groupes de consommateurs. Ces derniers prétendaient que les grandes banques abusaient de lois fédérales protectrices en vue d'augmenter leurs profits. En plus des auditions auxquelles elle devait se rendre, il lui fallait dégager du temps pour s'immerger dans les arcanes du plan de fusion de la McLennan et préparer le dossier concernant la question de l'abus de position dominante qu'elle devait plaider devant les cours britanniques au cours des prochaines semaines.

Si elle s'inquiétait pour Will, elle ne pouvait toutefois s'empêcher d'éprouver quelque irritation. Elle avait beau se répéter que c'était seulement un enfant en manque d'amour qui avait besoin de temps pour oublier la disparition de sa sœur, il n'en demeurait pas moins que le moment était mal choisi ! De l'amour, voilà ce qu'il lui fallait. Et du temps. Elle se sentait capable de lui donner le premier mais, avec le travail qui s'amoncelait au cabinet, bien peu du second.

— Les antibiotiques n'ont pas l'air d'entraîner la moindre amélioration, annonça-t-elle à Paul.

— Je pense qu'ils ne font que masquer le symptôme sans s'attaquer à la maladie elle-même.

— C'est une réaction psychosomatique à... à ce qui est arrivé, selon toi ?

— Et toi ? Il n'est presque jamais tombé malade jusqu'ici.

Ruth se massa les tempes pour effacer la fatigue qui l'envahissait.

— Je sais que cela va te paraître affreusement égocentrique mais ce contretemps n'aurait pas pu survenir à un pire moment.

Paul lui jeta un regard de profond dégoût.

— Ce dont Will a besoin, à cette minute, c'est de soutien. Ce n'est vraiment pas le moment de le charger d'un peu plus de culpabilité.

— Je sais, dit-elle, sous l'emprise d'une incontrôlable panique. Simplement, je suis déjà très occupée ces jours-ci. J'ai des tonnes de dossiers à étudier. Franchement, si Will ne se remet pas rapidement, mon avenir chez LKM risque de se trouver sérieusement compromis. Il y a des milliers de gens prêts à toutes les compromissions pour prendre ma place.

— Voilà donc tout ce qui t'intéresse en ce moment ? Ta carrière ?

— Il se trouve qu'elle représente la seule chose à peu près tangible qu'il me reste.

— Que fais-tu de Will et moi ?

— Après... après ce qui est arrivé, je suis poursuivie par la pensée que rien ne va durer, gémit-elle en jetant un regard de profonde tristesse à son mari. Bien sûr, je sais qu'il y a vous deux mais, au fond de moi, je ne peux pas m'empêcher de penser que tout peut s'écrouler à n'importe quel moment. Est-ce que tu... est-ce que tu peux me comprendre ?

— Non, rétorqua-t-il sèchement.

L'indifférence qu'elle perçut dans sa voix lui donna envie de rentrer sous terre.

— J'ai sans cesse l'impression de marcher sur une corde raide, plaida-t-elle. Comme si j'étais au-dessus d'un puits sans fond dans lequel je risque d'être précipitée. Je sens que, si je fais un faux pas, je vais vous perdre, toi et Will... Comme je l'ai perdue, *elle*.

— Oh, Ruth, arrête, je t'en supplie, s'impatienta Paul. Tu te conduis de manière totalement irrationnelle.

— Tu trouves ?

— Personne n'a jamais prétendu que ce serait facile, répondit son mari en s'emparant nerveusement de la télécommande.

— Tu as sûrement raison, répondit Ruth d'une voix morne.

La nuit précédant son départ pour l'Angleterre, Ruth s'inquiéta une nouvelle fois :

— Tu es sûr que ça ira ? Je peux vous laisser tous les deux, Will et toi ?

Il évita son regard.

— Mais oui. Ne te fais pas de souci. En fait, cela ne pouvait pas mieux tomber.

— Que veux-tu dire ?

— Nous avons besoin de prendre un peu de recul, non ? Enfin... c'est ce que je pense depuis déjà un bon moment.

— Du recul ?

— Se séparer un certain temps ne peut que nous faire du bien.

— Tu essaies de me dire quoi, au juste ?

— Bon sang, Ruth, fit Paul en secouant la tête avec exaspération. Même toi, tu as dû remarquer que les choses ne vont pas très bien entre nous.

— Comment voudrais-tu que ce ne soit pas le cas après ce qui est arrivé cet été ?

— Ça pourrait quand même aller mieux. Si tu pars, nous aurons tous les deux l'occasion de réfléchir chacun de notre côté.

— À quoi ?

— À nous, tiens.

— Tu veux parler de notre couple ?

— De ça aussi.

Elle demeura silencieuse, espérant qu'il ne devinerait pas son désespoir. Puis, d'une voix dont elle maîtrisa le tremblement, elle reprit :

— Paul, je ne pourrais pas supporter l'idée de te perdre. Je ne pourrais vraiment pas.

— Le lien entre nous est rompu. Je me demande d'ailleurs parfois s'il a jamais existé, même avant l'accident.

— Comment peux-tu dire une chose pareille ?

s'écria-t-elle. Un événement comme celui-là, une chose si horrible, ne pouvait que nous déstabiliser. Notre mariage était solide. Avec des efforts, tout peut redevenir comme par le passé.

Mais les mots qu'elle prononçait ne parvenaient pas à la convaincre tout à fait. Elle était même sûre qu'ils sonnaient faux.

— Je ne sais plus qui tu es, lança Paul d'une voix épuisée.

— La même qu'avant.

— Oh, non ! Ça non ! Tu peux me croire !

Elle sentit les sanglots remonter vers sa gorge et redressa les épaules : il ne fallait pas s'abandonner au désespoir, au risque de se retrouver totalement submergée.

— Que veux-tu dire, exactement ? Que tu souhaites une sorte de divorce à l'essai ?

— Cette solution me conviendrait parfaitement.

— Eh bien, je te remercie, Paul. C'est juste ce que j'avais besoin d'entendre.

— Je suis désolé, affirma-t-il avec le plus total manque de sincérité. Je sais bien que tu te moques pas mal de mes propres sentiments mais j'ai cru qu'il valait mieux mettre les choses au clair avant ton départ, voilà tout.

Ruth ne répondit pas. Que pouvait-on ajouter à cela ?

8

La société McLennan avait octroyé à Ruth un superbe deux pièces à Chelsea. Luxueux, mais sans âme. Ce n'était d'ailleurs pas plus mal. Ainsi, elle n'aurait pas besoin de lui accorder la moindre attention. Une femme de ménage passait deux fois par semaine pour s'occuper de l'entretien et faire les quelques courses de base.

Un petit balcon surplombait la Tamise. Ruth aimait s'y asseoir parfois, bien enveloppée pour affronter le froid d'un mois de janvier londonien, les yeux fixés sur les jeux de lumière à la surface de l'eau tout en sirotant une tasse de café. Après quoi, elle rejoignait les bureaux de la McLennan.

Le trafic du fleuve était intense à cette heure. D'énormes barges glissaient lentement sur les eaux sombres tandis que des bateaux-mouches poussifs emportaient leurs cargaisons de touristes vers Greenwich. Descendant et remontant le courant, de petites embarcations s'éparpillaient dans tous les sens.

Ruth s'efforça d'oublier les dernières paroles que Paul lui avait lancées juste avant son départ. Si elle voulait mener à bien la tâche qui lui avait été confiée, elle ne pouvait laisser le problème de ses relations avec son mari interférer dans sa vie professionnelle. Et d'ailleurs, ici, loin de Boston, ses souvenirs devenaient peu à peu supportables. Elle parvenait à penser plus calmement à Sweetharbor et à Carter's House. Et même à Josie, la petite fille qui sautait d'un gros rocher avec son frère et qui ouvrait ses cadeaux de Noël avec de grands yeux émerveillés.

Ruth avait d'abord craint d'être un peu seule en Angleterre. Mais ce fut le sentiment de liberté qui l'emporta. Elle décida d'en profiter au maximum. Elle s'aperçut alors que, depuis plus de vingt ans, jamais encore elle ne s'était retrouvée seule. Et l'Angleterre était un territoire vierge à explorer. À Boston, lorsque le soir arrivait, elle devait se transformer en épouse de Paul et en mère de Will. Ici, elle n'était que Ruth Connelly, une femme qu'on ne jugeait que sur ses actes. C'était une expérience merveilleusement libératrice.

Les jours passant, elle commença à reconnaître que Paul avait eu raison : cet entracte était exactement ce dont leur couple avait besoin. En attendant, l'affaire McLennan réclamait son entière attention et générait des tonnes de paperasseries. Ruth s'était donné une règle : elle consacrerait toute la semaine à son travail et se réserverait les dimanches. Ces jours-là, bravant la pluie et le froid, elle prenait des bus qui la menaient à Cambridge, à Oxford ou à Canterbury, visitait des bâtiments gothiques, se promenait dans d'anciens cloîtres, émerveillée. Elle n'avait jamais rien vu de semblable. La perception de la continuité historique l'émouvait. Ce monde était à mille lieues de celui qu'elle connaissait. S'il l'enchantait, Ruth n'avait pas pour autant envie d'en faire partie. Elle languissait même de rentrer chez elle et d'y retrouver sa vie.

Le soir, elle occupait son temps à démêler les ramifications d'un litige extrêmement complexe concernant des filiales de McLennan, aussi bien en Angleterre qu'en France, en Espagne ou en Allemagne. Deux

semaines après son arrivée, malgré d'intenses consultations avec les équipes européennes, les juristes anglais
et les représentants de la Commission de la concurrence, aucune avancée n'avait eu lieu.

Ruth appela le numéro privé de Dave McLennan à
Boston.

— Les Allemands pensent que nous devrions négo-
cier, lui dit-elle.

— Pas question.

— Je suis de votre avis. On ne peut prouver l'abus
de position dominante et on ne le prouvera pas. La CC
n'a aucun argument valable. Nous devrions facilement
l'emporter. J'aimerais pourtant que vous soyez à mes
côtés pour le leur dire vous-même. L'affaire est trop
importante pour souffrir la moindre compromission.

— Écoutez, proposa McLennan, je me rends à
Francfort à la fin de la semaine. J'arriverai avec un jour
d'avance en passant par Londres. Organisez-moi une
réunion, d'accord ?

— Entendu.

— Vendredi, huit heures, heure anglaise, dans les
bureaux de Holborn.

— Huit heures ? Du matin ?

— Évidemment.

— Les Français vont sûrement adorer ça, dit Ruth
en éclatant de rire.

— Alors, disons sept heures et demie.

— Dave !

— Eh bien quoi ?

— Ils sont censés être de notre côté. Vous devriez
les ménager un peu.

— C'est ce que je fais, non ? De toute façon, pourquoi croyez-vous que j'emploie ces salopards ? Pour
qu'ils soient là quand j'ai besoin d'eux, voilà la raison.
J'arrange les choses avec mon équipe de mon côté, dès
que nous aurons raccroché.

McLennan reprit plus doucement :

— Et maintenant, Ruth, dites-moi comment ça va.

— Très bien, merci. Parfaitement, même.

Le vendredi matin, Ruth se retrouva assise devant la superbe table circulaire en bois veinuré qui occupait la presque totalité de la salle de réunions de la compagnie McLennan. Toute la troupe des juristes et des conseillers était là également, certains à peine réveillés. Dave McLennan les considéra tour à tour d'un regard hostile.

— Je crois comprendre qu'il existe des divergences sur la manière de procéder. Certains d'entre vous me pressent de conclure un arrangement. Je veux vous faire comprendre avant toute chose que je suis totalement opposé à cette solution. Nous devons bien au contraire durcir notre position. Ruth, voudriez-vous nous éclairer sur cette question ?

Ruth avait déjà donné son sentiment sur cette affaire mais fut ravie d'avoir à préciser sa pensée.

— Je... ou plutôt nous, c'est-à-dire Landers, Keech et Millsom, pensons qu'il serait tout à fait prématuré de chercher un arrangement pour l'instant. Outre le risque de créer un précédent, nous pensons que nous avons de bonnes chances de l'emporter si nous parvenons à tenir la distance.

Nick Pargeter, le juriste britannique, approuva d'un signe de tête :

— Nous partageons cette opinion. Très franchement, je ne vois pas très bien où se situe le problème.

C'était l'homme le plus élégant que Ruth eût jamais rencontré. Avec ses costumes superbement coupés, il incarnait l'idée même qu'elle se faisait d'un gentleman anglais à son club.

— Mais qu'arrivera-t-il si nous perdons ? intervint un Allemand grisonnant, tout habillé de gris.

— Voilà le problème, expliqua un Français. Dans ce cas, nous assisterions à un véritable désastre.

— Il est exclu d'envisager un échec, coupa Pargeter.

Les yeux au ciel, il ne cachait pas son exaspération. Ils avaient envisagé cette éventualité à maintes reprises au cours de la semaine passée.

— Inutile de vous dire, messieurs, reprit Ruth, qu'il n'existe que deux manières d'aborder un procès. Lorsque les faits nous sont favorables, il faut les utiliser. Dans le cas contraire, mieux vaut faire appel à la loi. Dans cette affaire, les faits jouent en notre faveur.

— Précisez votre pensée, demanda l'Allemand.

Ruth se rappelait lui avoir déjà expliqué plusieurs fois ce processus. Dissimulant son impatience, elle posa calmement ses mains sur la table.

— Herr Jacob, comme j'ai déjà eu l'occasion de vous le dire, si la Commission veut garder une chance de nous poursuivre pour avoir enfreint la loi antitrust, elle doit d'abord démontrer qu'il y a eu abus de position dominante. En d'autres termes, que la concurrence a été empêchée ou qu'elle risque de l'être. Nous pensons que le marché actuel est bien trop volatil pour permettre à une telle accusation de convaincre les tribunaux.

— Nous le répétons depuis le début, insista Pargeter.

— Alors, comment se fait-il qu'ils ont réussi à faire *venir* l'affaire en première instance ?

— Nick, voudriez-vous expliquer ce point à Herr Jacob ?

Pargeter poussa un soupir un peu exagéré.

— Mme Connelly a mentionné combien le marché qui nous concerne est volatil. La raison en est que de nouveaux acteurs apparaissent chaque jour, y compris les Japonais et les Allemands. Vos propres compatriotes, Herr Jacob. Personne n'est donc en mesure de prétendre en avoir le contrôle, parce que personne ne connaît avec certitude la taille exacte de ce marché.

— Cela pourrait changer dans les prochains dix-huit mois, au plus dans les deux prochaines années, assura Ruth. Mais, en attendant, l'accusation peut toujours courir.

— Tout cela est très joli, Herr Pargeter, mais vous semblez mal mesurer les conséquences en cas d'échec. Quant à vous, Frau Connelly, ce n'est pas vous qui ramasserez les pots cassés. Nous, oui.

— Et moi aussi, coupa McLennan. Je ne tiens pas davantage à perdre cette affaire. Si je pensais une seconde qu'il y ait le moindre risque de perdre, je me rangerais à votre avis en faveur d'un arrangement. Mais puisque Mme Connelly s'y oppose, cela me suffit.

— Je puis vous assurer, ajouta Ruth, que LKM n'offre pas ses services à la légère. Vous vous souvenez peut-être de l'affaire Texaco contre Pennzoil ?

Le groupe français acquiesça en chœur.

— Rappelez-leur les faits, Ruth, ordonna McLennan d'un ton impatient.

— Il y a quelques années, les juristes de la banque d'investissement de la Texaco furent de mauvais conseil, ce qui entraîna des poursuites contre leur société pour rupture de contrat. Les pertes mirent littéralement la compagnie au bord du dépôt de bilan. Ils durent faire appel à l'article 11 [1] et tout recommencer à partir de zéro. La banque d'investissement n'a d'ailleurs toujours pas retrouvé sa crédibilité.

---

1. L'article 11 du droit commercial américain permet à une société en faillite de poursuivre son activité en gelant provisoirement ses dettes. (*N.d.T.*)

— Je m'en souviens, à présent, déclara le Français en levant les mains au ciel en signe de désespoir. Êtes-vous en train de nous demander de considérer cet exemple comme rassurant ?

— Pas le moins du monde. J'en fais état juste pour vous prouver que nous sommes parfaitement conscients de votre responsabilité en cas d'échec – et de la nôtre ! Mais M. McLennan nous paie chaque année des honoraires à six chiffres afin d'obtenir le meilleur conseil possible. Et, en ce qui me concerne, je trouve que vous et lui seriez idiots de ne pas en tenir compte.

Les Européens émirent quelques grognements inarticulés et s'entretinrent avec leurs collaborateurs en remuant force papiers. Nick Pargeter, les yeux au plafond, martelait la table du bout des doigts. McLennan fit un clin d'œil à Ruth dont il venait de croiser le regard.

— J'ai demandé qu'on nous serve un petit déjeuner continental, annonça-t-il à la ronde. Café, croissants, fruits. Et du fromage à l'intention de Herr Jacob.

L'Allemand tout en gris se permit enfin un demi-sourire.

— Merci, Herr McLennan.

— Alors, messieurs, nous commençons ?

En l'absence de Ruth, Paul avait réaménagé le programme de ses cours afin de pouvoir passer la plus grande partie de son temps à Boston et se trouver ainsi plus souvent auprès de Will. Pour la première fois de sa vie, il se demanda s'il avait vraiment consacré assez de temps à son fils. Son propre père, toujours sur les routes à essayer de vendre les produits de la société qui l'employait, n'avait jamais eu beaucoup de temps à lui accorder. Au cours de sa jeunesse, Paul ne l'avait guère vu plus d'un week-end par-ci par-là. Et même en ces rares occasions, il n'apercevait qu'un homme mal rasé, prématurément vieilli, effondré devant le poste de télévision en train de regarder un match de football avant de repartir avec sa grosse mallette d'échantillons à l'arrière de la voiture. Paul ne se rappelait pas une seule conversation avec lui. À sa mort soudaine, à Pensacola, sa disparition ne laissa guère de vide dans le cercle familial. Par la suite, Paul s'était toujours promis de se montrer meilleur père lorsque, à son tour, il aurait des enfants.

L'absence de Ruth avait bien arrangé les choses. Avant même l'offre de Bob Landers, il avait prévu de s'offrir un semestre sabbatique pour donner le coup de pouce final à son livre. Avec un peu de chance, il serait en mesure de le remettre à son éditeur avant la fin du mois.

De retour de l'aéroport où il venait d'accompagner sa femme, il eut une sérieuse discussion avec Will sur le délicat problème de l'heure des repas.

— Je te préviens, déclara Paul avec force, je n'ai pas l'intention d'ingurgiter de la mauvaise cuisine végétarienne à cause de ta nouvelle lubie.

— Qu'est-ce qui te fait croire que c'est mauvais ? Il y a des plats végétariens qu'un fin gourmet apprécierait.

— Prouve-le.

— D'accord. Tu vas voir. Je te parie qu'avant le retour de maman, tu ne voudras plus rien manger d'autre.

— Ça m'étonnerait.

— Tu verras. Mais, attention, je ne veux pas me retrouver de corvée de cuisine tous les soirs. Ça ne serait pas juste. Moi aussi, j'ai des choses à faire. Le groupe de rock, l'équipe...

149

— Et que dirais-tu de quelques études ?

— Ça aussi.

— Bon. Soyons équitables. Nous ferons chacun la cuisine un jour sur deux. Ce qui signifie que tu mangeras également de la viande un jour sur deux, si je dois me farcir des légumes.

— Papa, crois-moi. Quand tu auras goûté à mes trucs, tu ne voudras plus jamais voir de viande.

Le père et le fils passèrent de longs moments à faire des achats à Farmer's Market, à imaginer les menus les plus raffinés que chacun comptait faire goûter à l'autre, à cuisiner, à partager les repas. En résumé, à jouir du plaisir d'être ensemble. Ruth n'était plus là pour donner à l'appartement cette atmosphère mortuaire et étouffante qu'ils subissaient depuis de longs mois, et Paul se surprit à retrouver cette joie de vivre d'avant la mort de sa fille. Non qu'il eût voulu minimiser sa disparition. Il reconnaissait tout simplement que la vie devait continuer sans elle, et que donc on pouvait encore se permettre d'en tirer quelques plaisirs. Il avait décidé de mettre sa relation avec Ruth entre parenthèses. Du moins pour le moment.

Un soir qu'il regardait un film à la télévision, il entendit Will gémir et, doucement, entrouvrit la porte de sa chambre. Le garçon paraissait dormir mais son sommeil semblait agité. Le lit était froissé, les draps retournés, les oreillers avaient glissé à terre. Inquiet, Paul l'entendit gémir de nouveau et le vit agiter le bras comme s'il cherchait à repousser quelque chose.

— Réveille-toi, fiston, murmura Paul en posant une main sur son épaule.

Will articula quelques mots incompréhensibles.

— Tout va bien, reprit son père d'une voix rassurante. Je suis là.

L'adolescent ouvrit lentement les yeux et posa sur

lui un regard affolé, encore lourd des frayeurs de la nuit.

— Que se passe-t-il ? demanda Paul. Un cauchemar ?

— Oh, papa ! C'était vraiment affreux. J'ai rêvé que j'étais... (Il s'interrompit un instant.)... que nous étions tous...

— Tous quoi ?

— Tous en train de nous noyer, gémit Will en serrant si fort la main de son père que les articulations craquèrent. J'ai revu le bateau, et la mer qui se déchaînait... Une énorme vague nous a submergés et nous a précipités dans l'eau.

Paul s'assit sur le lit et l'enlaça.

— Allons, calme-toi. Ce n'était qu'un rêve.

— Elle nageait vers le large. Elle disait que sans moi et mon anniversaire, rien ne serait arrivé. Ensuite, elle a disparu sous l'eau. Papa, je pouvais voir son visage sombrer dans la mer, sa peau toute blanche, et elle me criait que c'était ma faute si elle se noyait.

— C'est absurde ! s'exclama Paul en secouant son fils par les épaules. Je te l'ai déjà dit. Et maman aussi. Tu n'as rien à voir avec cette histoire.

— Non. Ce n'est pas vrai. C'est bien moi qui ai insisté pour qu'on aille à l'île Bertlemy. Et on y est allés. Et l'accident a eu lieu. Si on était restés à la maison...

— Tu n'es pas responsable de la tempête. Ni de tout ce qui est arrivé ce jour-là.

— Si. C'est parce que je voulais qu'on aille faire ce maudit pique-nique. Si je n'avais pas...

— Un accident de ce genre peut se produire à tout instant, répéta Paul. Et ce n'est la faute de personne.

Il aperçut le cadran lumineux du réveil posé sur la table de chevet et reprit :

— Will, il est tard. Près de deux heures du matin.

151

Tu seras fatigué demain. Veux-tu venir dormir avec moi, comme lorsque tu étais petit ?

— Non, papa, ça ira.

— Tu es sûr ?

— Sûr.

Paul se penchait pour border son fils lorsqu'il vit quelque chose tomber sur le sol. Il le ramassa et le posa sur l'oreiller, à côté de Will. C'était un ours en peluche. Il reconnut le nœud papillon à pois et les deux grands yeux de verre brun à l'expression étonnée.

— Est-ce que... ce ne serait pas celui de Josie ?

Will hocha la tête.

— Ouais, Hardy. C'est oncle Luke qui le lui avait rapporté d'Angleterre.

— Où est-ce que tu l'as pris ?

— À Carter's House. Après l'accident.

— Will... Cela ne va pas être facile d'oublier la mort de Josie. Seul le temps nous y aidera. Tu le sais, n'est-ce pas ?

— C'est ce que dit le type à l'école.

— Quel type ?

— Le psy. Je suis allé le voir l'autre jour, pour lui parler.

Paul sentit son cœur s'emballer.

— Vraiment ? demanda-t-il avec un détachement affecté. Pourquoi voulais-tu le voir ? Quelqu'un de l'école te l'a conseillé ?

— Non. C'est juste qu'il m'avait dit il y a long-temps que si j'éprouvais le besoin de lui parler, il ne fallait pas hésiter. Alors, c'est ce que j'ai fait.

À ces mots, Paul se sentit traversé par une vague de culpabilité. Son fils était-il donc si malheureux qu'il lui avait fallu consulter un conseiller scolaire ? Oh, Will, que pouvons-nous faire pour t'aider ?

Lorsque Ruth appela de Londres et demanda des nouvelles de leur fils, il répondit franchement :

— Il ne va pas bien, Ruth.

— Comment cela ? Qu'est-ce qui ne va pas ?

— Il dort mal et fait toutes sortes de cauchemars.

— Quel genre ?

— Tu ne vas pas le croire. Il rêve de mort. Surtout de noyade.

— Oh, non...

— Et pas seulement la sienne. La nôtre aussi. Et celle de Josie...

— Moi qui pensais qu'après tout ce temps...

— Je sais. Il ne parle pas beaucoup de ce qui est arrivé. J'imagine qu'il a trop intériorisé son chagrin et qu'aujourd'hui son désespoir s'exprime de cette manière.

— Il a peut-être besoin d'en parler avec quelqu'un qui soit plus objectif que ses parents, comme un psychologue scolaire, par exemple.

— Eh bien, justement, c'est ce qu'il a fait une ou deux fois. De son propre chef.

— Oh, non ! gémit Ruth. Le pauvre petit. Il doit se sentir affreusement perdu.

— J'ai parlé au psychologue. Il m'a déclaré qu'il fallait nous faire à l'idée que Will allait avoir besoin de beaucoup de temps pour faire son deuil. Si jamais il y parvenait. Il m'a même annoncé que les choses pourraient bien empirer avant de s'améliorer. Et que les bronchites dont il souffre pourraient bien venir de là.

— Il se sent toujours coupable.

— Oui, il me l'a avoué la nuit dernière. Il rêvait que sa sœur l'accusait d'être responsable de sa mort.

— C'est affreux. Et quoi que nous disions, il continuera de le croire.

— Est-ce que tu savais qu'il dort avec... l'ours en peluche de sa sœur ?

— Comment s'appelait-il, déjà ? Harvey ? Non,

Hardy. Je croyais qu'on l'avait laissé à Carter's House. Paul, reprit-elle après une pause, crois-tu que je... (Il sentit qu'elle parlait à contrecœur.)... que je devrais rentrer ? Je le ferai immédiatement si tu juges que c'est préférable. Mais, tu comprends, les choses, ici, sont déjà assez difficiles et...

— Je n'en vois pas l'intérêt. Et je ne pense pas que nous puissions faire grand-chose pour Will, répliqua Paul, finalement assez content de se retrouver seul avec son fils.

L'absence de Ruth rendait leur vie tellement plus facile. Du moins pour le moment.

— Le plus important, c'est de tout faire pour lui montrer à quel point nous l'aimons, dit-elle pensivement.

— C'est ce que je fais, fit sèchement Paul. Sans arrêt.

— Moi aussi.

Paul préféra ne pas répondre.

Ruth rappela quelques jours plus tard afin d'annoncer son arrivée le week-end suivant.

Devant son évident manque d'enthousiasme, elle ajouta d'une voix acide :

— Merci de te montrer aussi enchanté de mon retour.

— Ce n'est pas que nous ne sommes pas contents de te revoir. Simplement... Will et moi avions des projets.

— Dans ce cas, puis-je me joindre à vous ?

— Eh bien, Will pensait partir quelque part avec Ed. J'ai décidé d'en profiter pour aller à Brunswick pour un ou deux séminaires, des trucs comme ça. Ça me changerait les idées.

— Dis-moi...

Une question lui brûlait les lèvres.

— Est-ce que tu... ?

— Eh bien vas-y !

— Est-ce que tu vois quelqu'un en ce moment ?

— Non, Ruth, je ne vois personne. Mais, étant donné ton comportement ces derniers temps, cela ne serait pas très étonnant, tu ne crois pas ?

Elle choisit de ne pas insister. Après tout, c'était elle qui avait décidé de partir à des milliers de kilomètres. Et de les laisser se débrouiller seuls. Elle pouvait donc difficilement leur reprocher de faire des projets sans elle.

— Pourquoi ne viendriez-vous pas passer un week-end ici pendant les vacances scolaires ? suggéra-t-elle. Cela pourrait être amusant. Bien sûr, je serai encore très occupée mais vous trouveriez facilement des distractions à Londres. Et puis, nous pourrions visiter Stratford-upon-Avon. Will est justement en train d'étudier *Macbeth*, n'est-ce pas ?

— Oui, répondit Paul lentement. L'idée ne me semble pas si mauvaise.

— Mais elle n'a pas l'air de t'enchanter.

— C'est beaucoup de tracas et de dépenses pour à peine deux jours. Et, très franchement, je m'inquiète pour Will. Il ne se nourrit pas bien.

— Il ne peut pas se permettre de perdre son appétit, avec son régime végétarien.

— Pas la peine de me le dire.

— J'aimerais d'ailleurs qu'il renonce à cette lubie. Au fait, n'oublie pas de vérifier qu'il prend bien ses suppléments vitaminés. C'est impératif pour son équilibre.

— Ne t'inquiète pas.

— Et ses cauchemars ? Est-ce qu'il les a toujours ?

— De temps en temps. Il travaille tellement à

155

l'école qu'il est vraiment fatigué certains jours. Pensant qu'il avait de l'anémie, le médecin a jugé bon de lui prescrire du fer. Et j'ai pris rendez-vous pour lui dans un laboratoire où on lui fera un examen sanguin.

Ruth fit semblant d'ignorer le sous-entendu critique de ces informations.

— C'est probablement psychosomatique, non ?

— C'est ce qu'a laissé entendre le psy de l'école. Ces derniers mois ont été durs pour lui. Évidemment, si tu étais vraiment inquiète, tu rentrerais à la maison.

Elle comprit parfaitement l'accusation implicite.

— Comme je te l'ai dit, il m'est difficile de quitter Londres tout de suite. Les négociations sont serrées et je travaille du matin au soir.

— Bien sûr.

L'ironie de cette réponse n'échappa pas à Ruth. Irritée, elle tenta de se justifier.

— Personne ne connaît aussi bien que moi les tenants et les aboutissants de cette affaire. Voilà pourquoi McLennan a tant insisté pour me faire venir ici.

— Comme tu voudras.

— Paul, il est quasiment impossible de trouver quelqu'un pour me remplacer à ce stade des négociations.

— Quand penses-tu en avoir fini ?

Elle se retint de lui avouer que les discussions prenaient un tour plus compliqué que prévu. Mais, après tout, Paul lui-même l'avait encouragée à partir. Ils avaient décidé ensemble d'accepter la proposition de Bob Landers. Si l'université de Paul souhaitait qu'il se rende à l'étranger pendant un semestre, elle l'y encouragerait et en accepterait les conséquences.

— Dans une ou deux semaines, dit-elle d'un ton volontairement vague.

Ce n'était vraiment pas le moment de philosopher sur cette pulsion qui l'amenait à accepter des choses contre sa volonté, pensa-t-elle en regardant de son balcon le trafic fluvial. Il était préférable de se jeter à corps perdu dans des affaires dépourvues d'implication émotionnelle.

Elle n'en ressentait pas moins une grande inquiétude à l'égard de son fils. Cependant, elle se demandait si elle supporterait le mépris de ses collègues et de Bob Landers s'il lui fallait leur annoncer un retour précipité à Boston. Elle justifia sa décision en se disant qu'elle ne pourrait de toute façon pas faire grand-chose pour Will en ce moment. Il aurait des cauchemars, qu'elle soit auprès de lui ou non. Puisqu'il semblait s'entendre si bien avec son père, mieux valait lui laisser l'espace qu'il réclamait.

Et dont elle avait besoin, elle aussi.

— Tu veux qu'on aille dans le Maine ce week-end ? proposa Paul.

— Génial.

— On partirait dans l'après-midi et on serait là-bas pour le dîner.

— Pas la peine de demander si on dormira à Carter's House, hein ?

— Pas cette fois-ci, mon vieux. Je vais nous réserver une chambre à Cabot Lodge. J'ai pensé que nous pourrions faire une balade, nous aérer les poumons et vérifier l'état de notre banc.

— Il va faire froid.

— Si j'en crois la météo, il va même faire sacrément froid.

— Je survivrai.

— Moi aussi.

Il faisait presque nuit lorsqu'ils arrivèrent à Sweetharbor. Ils montèrent les bagages dans la chambre qu'ils partageaient à l'auberge avant de descendre Old Port Street afin de se promener sur les quais. La neige tombait. Les rayons du soleil couchant se reflétaient sur la glace entourant les eaux du port. Des langoustiers usés et rouillés flottaient sur les eaux sombres. Paul eut l'impression qu'ils étaient moins nombreux qu'autrefois. Au cours de ses recherches pour la rédaction de son livre, il avait entendu assez d'histoires de licenciements et de cessations d'activité pour ne pas constater, année après année, le déclin de l'industrie de la pêche. Au-delà du port, le morne littoral s'étendait à perte de vue avec ses arbres et ses rochers enneigés. Les bateaux tiraient sur leurs amarres sous le souffle du vent. Les chaînes grinçaient. Les lignes de pêche fouettaient l'air en claquant.

— On se réjouit de ne pas être pêcheur, non ? fit remarquer Paul.

Tout en parlant, il vit de la buée s'échapper de ses lèvres. La morsure du froid transperçait les chaudes doublures de ses vêtements.

— Un hiver, raconta Will, Josie est allée à la pêche avec Ben Cotton. Elle m'a dit qu'elle n'avait jamais eu aussi froid de toute sa vie. Il leur a fallu trente minutes pour franchir la couche de glace qui les séparait du mouillage.

Paul se mit à frissonner.

— Pas étonnant que ta grand-mère soit partie en Floride.

Ce soir-là, ils allèrent voir un film au cinéma local avant de regagner leur hôtel. Le lendemain, après un copieux petit déjeuner, ils prirent la voiture pour se rendre à Carter's House, se garèrent devant la grange et traversèrent les bois jusqu'à Caleb's Point. La neige épaisse rendait leur progression difficile. À tout instant, ils risquaient de tomber dans une dépression du terrain ou de trébucher sur des racines et des plantes rampantes.

— Tu veux toujours vivre ici toute l'année ? plaisanta Paul en reprenant péniblement son souffle. Il fait un froid polaire !

Il s'appuya contre un arbre et se battit les flancs à plusieurs reprises.

— Reconnais quand même, papa, que ça ne manque pas de charme.

— Oh, tu sais, je ne suis pas un grand aventurier et j'adore me pelotonner dans mon nid douillet.

— Pense aux Cotton et aux Hechst, répliqua Will. Et à tous les résidents permanents.

— C'est bien pourquoi je n'ai nulle envie de passer mes hivers ici, renchérit Paul. Il y a des limites à ce qu'un homme peut endurer.

— On en a déjà pas mal enduré, non ?

Il paraissait tout petit dans ses chauds vêtements d'hiver. Son visage était blême sous la casquette de laine. Paul se sentit envahi d'une intense émotion à la vue de ses traits défaits. Ses dernières paroles le troublaient également. Il y avait tellement de non-dits chez lui. Chez eux tous.

— Tu as raison.

Parvenus au bord de la falaise, ils s'assirent un moment sur le banc qu'ils avaient confectionné ensemble. On aurait cru qu'il était là depuis toujours, en harmonie avec l'herbe enneigée, les rochers et la végétation desséchée par les embruns et le vent. De violentes rafales soufflaient du nord, projetant sur eux des éclats de glace, s'insinuant dans leurs vêtements.

— J'ai froid, dit Will en frissonnant.

Il se leva pour caresser de sa main gantée le cœur sculpté sur le dossier du banc.

— Josie, murmura-t-il. Elle adorait cet endroit.

159

— Josie, reprit Paul comme en écho en prenant la main de son fils.

— On a eu des bons moments ici, pas vrai, papa ?

— Il y en aura d'autres, fiston.

— Sauf que maman ne veut plus revenir.

— Un jour, peut-être..., affirma Paul sans conviction, incapable de promettre quoi que ce soit.

La maison appartenant à Ruth, il n'avait pas son mot à dire sur un éventuel retour. L'image du garde-côte apportant le gilet de sauvetage de Josie lui revint en mémoire. Et le cri de désespoir de Ruth : « *Je ne reviendrai plus jamais ici. Plus jamais.* »

En rebroussant chemin, ils aperçurent la camionnette de Ben Cotton derrière la maison et le vieil homme ployé sous une cargaison de bûches recouvertes de gelée blanche. À leur arrivée, Ben extirpa du véhicule son corps raidi par le froid, serra la main de Paul et administra une affectueuse bourrade au jeune garçon. Will eut l'impression d'être embrassé par un ours.

— C'ment va ? demanda-t-il en exhalant un nuage de buée.

Tous ces hivers passés dans le froid du Maine avaient tanné ses traits comme du vieux cuir.

— Très bien. Et vous, Ben ?

— Bien. Bien. Mais tout va au ralenti.

— Toujours pareil, à cette époque de l'année.

— Pas souvenir d'avoir connu un tel froid avant, affirma le vieil homme. Entendu dire que vous étiez de retour, alors vous ai apporté un peu de bois. La réserve, l'avait l'air un peu basse.

— C'est très gentil, Ben.

Secouant ses épaules pour se réchauffer, Paul défit la fermeture de sa veste et glissa sa main dans sa poche intérieure.

Ben recula d'un pas en levant ses mains en signe de refus.

— Non. Veux pas d'argent.

— Mais Ben...

— Le vieux Dr Carter a été bon pour nous. S'est bien occupé de Marietta. Jamais d'mandé un centime. Et puis, c'est quoi un stère de bois ?

— C'est du temps, Ben. Et de l'argent. Vous pourriez le vendre ailleurs. Et de toute manière, nous ne restons pas.

— Ah non ?

— Pas cette fois-ci.

— Z'étiez pas là non plus à Noël.

— Peut-être l'année prochaine.

Ben sourit et son visage se creusa de rides.

— T'as été à Caleb's Point, pas vrai ?

— Ouais, fit Will en lui rendant son sourire.

— Joli, mais y fait fichtrement froid, là-haut. Enfin, z'êtes chaudement vêtus, fit le vieil homme en tâtant la veste de Will. Vu un beau siège, là-bas. L'avez fait vous-mêmes, à c'qu'on m'a dit.

— Moi et papa, répondit Will en se rengorgeant.

— Comment va Mlle Cotton ? demanda Paul.

— Gentil à vous de l'demander. Marietta, elle est à peu près bien. Mais Josie lui manque. Elle v'nait nous rend' visite dès qu'elle pouvait. Ça nous f'sait plaisir. Bonne fille, c'était, vot' Josie.

— C'est vrai.

Ici, en plein hiver, dans ce lieu tant aimé par sa fille, Paul n'éprouvait aucune difficulté à parler d'elle. Il se sentait si loin de l'atmosphère compassée et sinistre qui régnait dans l'appartement de Boston. Il se surprit à se réjouir de l'absence de sa femme.

— À la prochaine, lança le vieil homme en faisant de grands signes de la main avant de remonter dans son pick-up.

De retour à Sweetharbor, Paul et Will passèrent voir Belle Dee qui les accueillit chaleureusement.

— Il est plutôt rare de vous voir à cette saison, vous autres de la ville.

— Nous avons pensé que cela nous ferait du bien de quitter Boston un moment.

— Que dites-vous de ce temps ?

— Magnifique, affirma Paul. J'adore avoir froid comme ça. Mais si je reste plus longtemps, j'ai l'impression que je vais y laisser mes doigts de pied.

Mme Dee éclata de rire.

— En ce qui concerne la maison, il y a eu un problème de fosse septique. Rien de grave. Je l'ai fait réparer.

— Bien.

— Un volet s'est aussi détaché mais j'ai fait venir le menuisier et il a arrangé tout ça.

— C'était Sam Hechst, je parie.

— En effet. Un excellent ouvrier, soit dit en passant. Ah, je dois également vous avertir que certaines maisons inoccupées ont été cambriolées. Nous faisons de notre mieux pour surveiller mais ce n'est pas toujours facile.

Paul hocha la tête.

— On ne peut pas faire grand-chose. D'après ma femme, c'est comme ça chaque hiver.

— À propos, comment va Mme Connelly ?

— Elle est en Angleterre, pour affaires.

— Ah bon, fit Belle Dee en déplaçant quelques dossiers sur son bureau. Elle m'avait demandé de ne pas faire suivre le courrier, alors je l'ai laissé chez vous.

— Parfait. Nous irons le chercher à l'occasion.

— Et pourquoi pas aujourd'hui ? demanda aussitôt Will.

— C'est vrai, pourquoi pas ? renchérit Belle Dee.

— Ma femme préfère que nous nous abstenions de retourner dans la maison.

162

— Elle m'a dit que vous n'aviez pas l'intention de revenir cet été. Rien de changé sur ce point ?

— Non.

— C'est complètement idiot ! s'exclama Will. Je ne vois pas pourquoi nous ne pouvons pas y retourner.

— Parce que ta mère ne le souhaite pas.

Paul savait très bien qu'il était en train de se défausser à peu de frais en mettant tout sur le compte de Ruth. Alors que, sur cette question, il était parfaitement d'accord avec elle : lui non plus ne se sentait pas prêt à retourner dans une maison où vibraient encore tant de souvenirs de Josie.

— Nous sommes allés à Carter's House, annonça Paul au téléphone.

— Vraiment ?

Ruth se ferma aussitôt. Elle ne voulait pas entendre parler de ça.

— Nous ne sommes pas entrés, bien sûr. On a juste fait le tour pour jeter un coup d'œil et voir si tout était en ordre. Mme Dee a fait réparer un volet et réglé un problème de fosse septique.

— Bien.

— Nous sommes également montés à Caleb's Point. Vérifier comment survivait notre banc. Tu sais, celui que Will et moi avons fabriqué.

— Ah oui ?

Ruth fut soudain saisie d'un horrible sentiment de perte et de déréliction à l'idée de savoir que son fils et son mari partageaient tant de choses alors qu'elle souffrait tellement de sa solitude.

— Il arrive à supporter l'hiver ?

— Parfaitement. À propos, Belle Dee a laissé du courrier dans la maison.

— Je lui avais demandé de ne pas le faire suivre, dit Ruth précipitamment.

Elle savait qu'il n'y aurait que des lettres de condoléances et elle ne se sentait pas la force de lire des pages de regrets polis. Préférant changer de sujet, elle demanda :

— Et ton livre, ça avance ?

— Assez bien. L'éditeur a suggéré quelques corrections et je vais devoir réécrire un chapitre. Mais, à part ça, il en est très satisfait.

— Je suis vraiment fière de toi, Paul. Je vais pouvoir dire à tout le monde que je suis la femme d'un auteur de talent.

— Ce n'est pas plus valorisant que d'être le mari d'une femme qui travaille dans un célèbre cabinet d'avocats.

Ne sachant trop comment elle devait prendre cette déclaration, Ruth choisit de revenir au précédent sujet de conversation.

— Quand va-t-il sortir ?

— Probablement l'année prochaine, à temps pour le début des cours. Enfin, si tout va bien. Les programmes de publication des éditions universitaires sont complètement déconnectés de la vie réelle. Mon bouquin pourrait tout aussi bien être publié dans cinq ans que dans une semaine. Impossible de savoir.

Une bouffée d'amour la submergea et elle éprouva tout à coup le besoin de briser le mur qui les séparait.

— Paul, je...

— Tiens, voilà Will, je te le passe.

— Paul...

Mais il était parti.

— Salut, m'man.

— Bonjour, mon chéri, comment vas-tu ?

Une immense nostalgie s'empara d'elle en entendant la voix de son fils résonner dans l'écouteur.

164

— Bien.

— Bien bien, ou *vraiment* bien ?

— Vraiment bien, m'man.

— Tu as une voix fatiguée.

— Toi aussi tu serais fatiguée si tu avais un prof d'anglais comme la mienne. Quelle casse-pieds !

— Il ne faut pas parler comme cela de Mlle Carling, William.

— C'est Marling, m'man. Si tu étais allée à la réunion de parents d'élèves, tu aurais compris ce que je veux dire en la voyant.

— Désolée, chéri.

Pourquoi avait-elle donc raté cette réunion ? Ruth essaya de se rappeler. Pour autant qu'elle s'en souvenait, c'était à cause d'une conférence qui s'était prolongée tard dans la soirée, suivie d'un dîner avec le client, sur ordre de Bob Landers.

— Alors, il n'y a que ton travail qui te fatigue, c'est ça ?

Ruth s'efforçait de parler d'un ton léger et de ne pas paraître trop angoissée. C'était vrai que Will avait l'air épuisé. Elle avait beau faire confiance à Paul, elle savait que c'était son rôle à elle de prendre soin de son fils. Le rôle de toutes les mamans du monde.

— Tu parles !

— Je vais bientôt rentrer, mon chéri. Très bientôt. Promis. Tu me manques tellement.

— Hé, dis donc, s'écria Will, soudain mal à l'aise. Ne te mets pas à pleurer sur mon sort.

— Pleurer ? *Moi ?* s'écria-t-elle en tentant vainement de prendre un ton enjoué.

— J'ai été bien sage et j'ai bu tout mon lait, ironisa Will, tâchant de détendre l'atmosphère.

Les émotions éprouvées par les adultes l'effrayaient par leur intensité. Il enchaîna très vite :

— Et je promets d'arrêter de fumer, de boire, de

165

jouer au poker et de jeter l'argent par les fenêtres, d'accord ?

Cette fois, elle réussit à rire.

— D'accord, fit-elle avant de raccrocher.

Jamais elle ne s'était sentie aussi seule.

Deux jours plus tard, assise devant la table encombrée de papiers de sa salle à manger londonienne, Ruth jetait un dernier coup d'œil à ses dossiers avant d'assister, le lendemain, à une réunion entre Nick Pargeter et les gens de la Commission. Si Pargeter avait déjà bénéficié d'un briefing complet et possédait tous les éléments de l'affaire, Ruth n'en avait pas moins exigé d'être présente, dans l'éventualité où on lui poserait des questions épineuses sur les opérations de McLennan.

Un crachotement s'échappa de l'Interphone. Elle enclencha le haut-parleur et, surprise, entendit la voix de Chris Kauffman résonner dans l'appartement. Il désirait monter.

— Troisième étage, répondit-elle en pressant le bouton qui actionnait l'ouverture de la porte.

— Chris ! s'exclama-t-elle en le voyant debout sur le seuil. Que fais-tu ici ?

Il lui sourit, de ce sourire un peu oblique qui lui était habituel.

— Je suis en ville pour quarante-huit heures. Bob Landers m'avait informé il y a une quinzaine de jours que tu te trouvais à Londres et j'ai pensé à te faire une petite visite.

Il lui tendit un bouquet de freesias et leur délicat parfum enchanta Ruth. Tout en proposant un verre à son invité, elle remarqua qu'il avait pris du poids depuis la dernière fois, même si son costume extrêmement bien coupé en dissimulait l'ampleur. Puis elle demanda des nouvelles d'Aileen et des enfants. Pendant qu'ils bavardaient de tout et de rien, elle s'interrogeait sur l'objet de sa visite. Que pouvait-il bien vouloir ? C'est alors qu'au son de la voix de Chris, à sa manière de détourner les yeux, elle devina avec horreur qu'il allait parler de Josie. Elle tenta en vain de détourner la conversation sur d'autres sujets mais il posa son verre et se pencha vers elle :

— Ruth, dit-il. Je ne t'ai pas vue depuis la cérémonie pour Josie. Tu sais à quel point je... enfin... nous avons tous été si bouleversés...

— Oui, Chris, je sais.

— C'est affreux, ce qui est arrivé.

— Nous ne nous en remettrons jamais, répondit-elle d'une voix blanche.

Pourtant, dans son for intérieur, elle avait envie de lui crier : Arrête ! Ne parle pas de ça ! Pas maintenant !

Mais il ne parut pas s'apercevoir de son trouble et poursuivit imperturbablement :

— Seize ans... comme c'est jeune... Elle était si jolie.

Non !

— Elle te ressemblait tellement. Cela m'a toujours frappé, tu sais.

Arrête !

Trop tard. Ses défenses s'effondraient à présent. Le chagrin, refoulé depuis si longtemps, la submergea.

— Nous l'aimions tant, murmura-t-elle.

Il lui prit la main.

— Tu ne peux pas imaginer la peine que j'ai. Cet après-midi-là, Paul et moi étions encore en train de nous quereller. Pour des riens. Je ne peux pas me le pardonner. Mais il n'y a pas que cela. Le dernier souvenir que Josie a gardé de moi, c'est le cri que j'ai poussé alors qu'elle était en train de mourir. Ce souvenir me hante sans cesse.

Elle se mordit les lèvres.

— Et en plus, elle était si... si agressive avec moi.

Des images de ce dernier jour lui revinrent en mémoire : la voix de Josie, méprisante, le mouvement de sa tête en direction de Kauffman lorsqu'elle avait craché : « Pas lui, quand même ! » Se pouvait-il qu'elle fût au courant de leur brève aventure ? Et, si cela avait été le cas, quelle opinion pouvait-elle avoir de sa mère ? Les joues de Ruth s'enflammèrent.

Chris saisit ses mains.

— Les enfants sont comme ça à cet âge.

— Je ne lui ai jamais dit à quel point je l'aimais. Aujourd'hui, lorsque j'y repense, je ne peux m'empêcher d'espérer qu'elle l'a deviné...

— Je crois que tous les enfants savent que nous les aimons.

— Cet été-là, Josie semblait souffrir d'une étrange dépression, mais j'étais trop occupée pour en chercher la raison.

Ruth avait l'impression que les parois de son cœur se déchiraient. On aurait dit que cette ultime protection se défaisait devant les questions trop directes de Chris. Ce qu'elle avait tenté d'éviter à tout prix se produisait : elle se retrouvait de nouveau vulnérable, impuissante devant la force de son désespoir.

— Je veux qu'elle revienne, sanglota-t-elle. Je veux que les choses soient différentes. Elle me manque tellement. Je veux retrouver ma petite fille.

Ses larmes paraissaient jaillir d'une source inépuisable. Ruth pressa ses poings contre son visage trempé.

— Elle voulait savoir si je donnerais ma vie pour elle. Et elle ne m'a pas crue lorsque je lui ai affirmé que oui. Mais j'étais sincère. Je l'aurais fait, Chris. Avec joie.

Elle s'effondra sur le canapé, la bouche ouverte comme pour laisser échapper d'autres gémissements de douleur.

— Oh, Josie ! Ma petite fille. Mon Dieu ! Je ne peux plus supporter tant de souffrance.

— Arrête, Ruth ! supplia Chris. Arrête, cela ne sert à rien.

Il l'enlaça tendrement et l'attira contre lui pour la bercer.

— Je ne m'en remettrai jamais. Je le sais. Cette certitude est la pire de toutes. Josie est partie. Jamais plus je ne la reverrai.

— As-tu essayé d'en parler à quelqu'un ? Il y a des spécialistes pour ça. Ils peuvent t'aider.

— Je dois y arriver toute seule.

— Ruth, Ruth, murmura-t-il en inclinant doucement le visage de la jeune femme vers le sien. Tu n'en es peut-être pas capable. Nous avons tous besoin d'aide à certains moments de notre vie. Et le drame que tu connais actuellement est particulièrement lourd à porter.

Il se pencha et déposa un baiser léger sur sa joue au moment où Ruth tournait la tête. Leurs lèvres se rencontrèrent.

— Fais-moi l'amour, dit Ruth brusquement.

— Ruthie...

Soudain, elle se rappela ce que lui avait dit Paul quelques semaines plus tôt dans leur chambre : faire l'amour, c'est affirmer que la vie continue, même après les plus sombres tragédies.

— Ruth, je ne crois pas que ce soit exactement ce que tu veux...

— Je t'en prie, Chris. C'est exactement ce dont j'ai envie.

Cette fois, ce fut elle qui l'embrassa, enfonçant violemment sa langue dans la bouche de Chris.

Il l'attira contre lui.

— Je t'en supplie, Ruth, arrête. Ce n'est pas pour cela que je suis venu, je te le jure.

— Je sais.

Elle commença à défaire sa chemise et sa cravate. Il passa sa main sous son chemisier, glissa sa paume dans le soutien-gorge et caressa sa poitrine. Lorsqu'il lui pinça délicatement les seins, une vague de désir la souleva. D'une main fébrile, elle se libéra de ses derniers vêtements.

— Chris, gémit-elle. J'ai besoin de toi. Viens... viens en moi. Vite. Fais-moi l'amour. Aime-moi comme tu sais si bien le faire.

Dans la chambre, elle s'écroula sur le lit, jambes ouvertes, son corps offert tout entier au plaisir. Quand donc Paul et elle avaient-ils fait l'amour pour la dernière fois ? Cela semblait si loin, à présent. Elle se rappela ses dernières paroles : « *Je ne te reconnais plus.* » Et sa réponse : « *Je suis celle que j'ai toujours été.* »

Chris s'enfonça en elle, et ce feu qu'elle connaissait si bien embrasa son corps, effaçant sa peine, balayant les épreuves.

9

Quelques jours plus tard, elle reçut un appel de Nick Pargeter.

— Ils ont cédé ! hurla-t-il, surexcité. Et je parle de capitulation sans condition.

Ruth s'était couchée à deux heures du matin après avoir passé sa soirée à étudier une clause que l'OFT jugeait particulièrement difficile à accepter. Elle jeta un coup d'œil au réveil posé sur la table de nuit : à peine sept heures.

— Quoi ? balbutia-t-elle. Qui a capitulé ?

— La Commission. Que le diable les emporte ! Je viens de recevoir ce matin un courrier parfaitement explicite à cet égard. Ils reconnaissent qu'il n'y a pas lieu de poursuivre et que nous sommes tirés d'affaire.

— Mais c'est génial !

— Encore deux ou trois jours pour aller au fond des choses et, après ça, nous pourrons tous rentrer chez nous.

Ruth reprit soudain ses esprits. Une capitulation totale, pensa-t-elle, toute son énergie retrouvée. Quelle musique agréable à entendre !

— Eh, on forme une équipe super, hein ?

— Imbattable. Mais je parle seulement de vous et moi. Pas de cette poule mouillée d'Allemand.

— Si j'avais entendu Herr Jacob dire une fois de

plus : « Medons-nous pien d'agord sur cette avaire », je crois que j'aurais hurlé ! dit Ruth en riant.

— Je crois bien avoir hurlé à plus d'une reprise.

— Oui, mais il avait une très jolie collection de cravates grises, vous ne trouvez pas ?

— Des cravates gris perle aux couleurs de sa personnalité. Mais c'est surtout ce maudit mangeur de grenouilles qui m'a tapé sur les nerfs.

— Est-ce que je ne devinerais pas un soupçon de xénophobie dans vos paroles ?

— Nous sommes tous européens désormais, et personne ne peut me soupçonner de ne pas être le plus fervent admirateur de ce qu'offre la France...

— Bien sûr, bien sûr.

— ... mais voyons les choses en face, son aftershave était une abomination. Je vote pour le retour de la guillotine.

Ruth se sentit le cœur léger et euphorique en reposant le récepteur. Il lui aurait fallu remonter loin dans le passé pour retrouver un tel sentiment de bien-être. Ils avaient gagné ! Ils avaient construit une défense si serrée que leurs adversaires avaient finalement rendu les armes. Dave McLennan allait être aux anges. Et ses collègues de Landers, Keech et Millsom, encore plus.

Paul accueillit la nouvelle du retour de sa femme avec des sentiments partagés.

— C'est merveilleux, réussit-il à articuler.

Il aurait aimé être plus sincère.

— Dès que nous en aurons terminé avec les derniers détails, je serai auprès de vous. Probablement vers la fin de la semaine. Au plus tard vendredi.

L'excitation de sa voix troubla son mari. Cela faisait si longtemps que Ruth était refermée sur elle-même. Et voilà que, brusquement, elle semblait s'ouvrir de nouveau au monde.

— Je... je suis impatient de te revoir, bredouilla-t-il.

— Tu n'as pas l'air très enthousiaste.

— Bien sûr que si, voyons. Tu nous as manqué.

— Vraiment ? Tu as réfléchi... à nous ?

Elle hésitait, redoutant la réponse.

— Beaucoup.

— Eh bien ? Quelle est ta conclusion ?

— Nous en parlerons à ton retour.

Cette réponse fut loin de calmer l'inquiétude de Ruth.

— Paul, s'il te plaît...

— Quand tu reviendras, répéta-t-il d'un ton définitif.

Il annonça la nouvelle à son fils lorsqu'il rentra de l'école.

— Oh non !

— Que se passe-t-il ? Tu n'as pas envie de revoir ta mère ?

— Ce n'est pas ça, fit Will en jetant un regard inquiet autour de lui. Mais je pense qu'on devrait ranger un peu l'appartement.

— Il me paraît très bien ainsi.

— À moi aussi. Mais je ne crois pas que maman serait enchantée. Surtout après que Bess a attrapé la grippe. Elle n'est pas venue faire le ménage depuis deux semaines. Regarde, tes chaussures de sport traînent dans l'entrée. Et je ne parle pas de ce sweat-shirt infect que tu as mis pour faire ta gym. Il traîne dans un coin de la salle de bains depuis deux jours.

— J'ai dû rater le bac à linge sale, s'esclaffa Paul. Mais tu as raison, fiston.

— La cuisine est vraiment dégueulasse. Le truc que j'ai préparé hier soir a brûlé, et je n'arrive pas à nettoyer le fond de la casserole.

Du bout du doigt, Paul vérifia la poussière sur la surface de la table basse.

— Tu veux dire qu'on a vécu comme des cochons, c'est ça ?

— Des supergros cochons, même.

— Il faut faire quelque chose.

— Et c'est toi, papa, qui vas t'y coller. J'ai justement un devoir d'histoire à finir ce soir.

— Oh, je vois. Quand les choses vont mal, tu te défiles, hein ?

— T'as tout compris.

Le départ de Ruth avait au moins permis à Paul de découvrir une chose : plus question de vivre avec ce mur qu'elle avait édifié entre eux. Il avait besoin d'espace pour respirer et c'était précisément ce que Will et lui avaient trouvé en son absence. La seule chose qu'il partageait avec Ruth, c'était leur fils. Leur peine, il s'agissait d'autre chose. Ils la vivaient chacun de leur côté, secrètement. Plus il y réfléchissait, et plus il avait envie de quitter la maison dès le retour de sa femme. Peut-être pas pour toujours mais, au moins, pour quelque temps. Il avait déjà repéré un appartement près de l'université, un petit studio qu'il pourrait louer pendant six mois, parfait pour un célibataire.

Malgré tout, il ne se sentait pas très fier de lui. Qu'est-ce que Will allait penser de tout cela ? Pouvait-il l'abandonner ainsi sans explications ? Il aurait bien voulu en parler à quelqu'un mais son frère avait été nommé en Amérique du Sud et il ne voulait pas inquiéter sa mère. Paul ne connaissait personne d'autre à qui confier ses doutes et ses angoisses.

Deux jours plus tard, il se dirigeait vers le parking du campus en fin d'après-midi, lorsqu'il croisa Carole Barwick, du département de philosophie. À sa vue, il se rappela qu'elle avait pris un congé sabbatique de six mois mais il n'arrivait plus à se souvenir de ce qu'elle avait déclaré vouloir en faire.

— Salut, Paul !

Elle tenta vainement de glisser sa clé dans la serrure de sa voiture, gênée par la brassée de livres qui l'encombraient.

— C'est sympa de te revoir.

— J'en suis heureux également. Alors, as-tu bien profité de ton temps libre ?

— Très bien. J'ai abattu énormément de boulot.

Quelques classeurs glissèrent à terre et Paul se baissa pour les ramasser. Il s'étonna de ne s'être jamais rendu compte auparavant à quel point elle était séduisante. Manifestement, ce congé lui avait réussi.

— Et toi ? As-tu des projets en ce moment ? Tu termines un livre, je crois ?

— Pas simplement un livre, mais *le* livre.

Elle lui jeta un regard pénétrant.

— Tu n'as pas l'air très en forme. Il y a quelque chose qui ne va pas ? Ou c'est juste la vie en général ?

Elle parlait d'une voix douce et bienveillante qui rappela à Paul à quel point un peu de gentillesse lui avait manqué ces derniers temps. Il essaya de se rappeler si elle avait un mari, une famille.

— Tu as le temps de boire un café ? demanda-t-il, espérant que sa voix ne trahissait pas trop sa solitude. Une bière ? Du vin ?

— Juste un verre, alors.

Ils finirent par atterrir dans un bar bondé tout proche de la faculté et se retrouvèrent dans une pièce voûtée au plafond blanchi à la chaux, serrés comme des sardines sur un banc capitonné. La musique, assourdissante, était résolument années soixante, la clientèle en majorité étudiante et la sélection de vins étonnamment bonne. Carole s'était finalement laissé convaincre de partager une bouteille entière. Au cours de la conversation, Paul découvrit avec plaisir que la voix calme de sa compagne exerçait sur lui un effet apaisant. Comme il aurait voulu que Ruth eût été ainsi ces derniers mois. Si seulement ils avaient su se confier leur peine au lieu de se refermer sur eux-mêmes.

Au troisième verre de vin, stimulé par le rythme endiablé des Stones, il se sentit enclin aux confidences.

— Je pense déménager bientôt, annonça-t-il.

Présenté en ces termes, cet aveu pouvait paraître un peu trop direct mais il ne savait pas comment annoncer la nouvelle autrement. Carole l'écoutait avec une bienveillance sincère.

— Est-ce que tu ne devrais pas en parler à Ruth avant de partir ?

— Parler ? Ruth ne parle plus. En tout cas, pas à moi. C'est le gros problème. Nous parlions, autrefois, mais depuis que nous avons perdu Josie...

Elle posa délicatement sur son bras une main qu'elle retira aussitôt.

— J'ai beaucoup pensé à vous lorsque j'ai appris...

Il se rappela vaguement le petit mot qu'elle lui avait adressé, perdu parmi le flot de condoléances de confrères qu'il connaissait à peine.

— Depuis le drame, je ne parviens plus du tout à communiquer avec Ruth. Elle va bientôt rentrer après avoir réglé une affaire en Angleterre et, j'ignore pourquoi, cette perspective me fait peur. Partir me semble la moins mauvaise solution. Je ne sais pas quoi faire d'autre. Ni comment le faire.

— Tu vis seul en ce moment ?

— Mon fils est avec moi, je ne suis donc pas vraiment seul, dans le sens où tu l'entends. Simplement sans femme.

— As-tu l'intention de divorcer ?

Il secoua la tête.

— J'aime toujours ma femme. Enfin, je crois. Ou, du moins, j'aime la Ruth d'avant.

— Tu as l'air de l'accuser d'avoir rompu la communication entre vous.

— Je suis en partie responsable, je le sais bien. Mais j'ai vraiment le sentiment d'avoir tenté l'impossible pour maintenir le dialogue, alors qu'elle a tout de suite renoncé.

— Comment crois-tu qu'elle va réagir si tu la quittes ?

Paul éclata d'un rire amer.

— Si j'en juge par les événements récents, elle ne va même pas remarquer mon absence.

— Tu es sûr ?

— Elle est bien assez forte pour faire face à la situation.

Le Grateful Dead avait succédé aux Stones, réveillant des souvenirs du temps de sa vie d'étudiant. Il balaya du regard les visages adolescents alentour et songea qu'il aimerait bien retrouver cette confiance en l'avenir qui était le propre de la jeunesse.

— Il y a plus important encore, reprit Carole, comment ton fils va-t-il le prendre ? Le crois-tu capable de supporter ton départ ?

Ses yeux, un curieux mélange de marron et de vert, évoquaient deux petits lacs à l'ombre d'une forêt. Derrière elle, deux de ses étudiants se faisaient face à s'en toucher le front tout en jetant des coups d'œil dans leur direction, soupçonnant probablement une idylle entre eux.

— C'est surtout lui qui m'inquiète, avoua Paul. Will a déjà été très secoué par la mort de sa sœur. Il a eu l'air de résister pendant un certain temps mais c'est maintenant qu'il subit le contrecoup. Des cauchemars, des épisodes infectieux. Et surtout un inquiétant repli sur lui-même.

— Est-ce qu'il voit quelqu'un pour ça ?

— Juste le psy de l'école. Si je pensais pouvoir lui venir en aide, je le ferais. Mais, dans l'état actuel des choses, je me sens impuissant.

— Alors, tu vas l'abandonner ?

— À t'entendre, j'ai l'air d'un irresponsable.

— Tu ne trouves pas que c'est le cas ?

La cave était si bondée qu'il se retrouva collé contre sa compagne dont le parfum et la légère odeur de transpiration commençaient de le troubler.

— Ne me juge pas comme un salaud. Simplement, j'ai l'impression d'être complètement perdu.

Il surprit de nouveaux coups d'œil intrigués dans leur direction. À la réflexion, cela ne le gênait pas d'être pris pour le nouveau soupirant de Carole Barwick.

— Reste, conseilla-t-elle. Affronte la situation.

— J'ai déjà essayé et cela n'a pas marché. Ce n'est pas vraiment une situation rêvée pour Will, tu sais. Voir ses parents vivre en état de guerre froide n'est pas l'idéal pour un jeune garçon de son âge. Je ne cesse de me dire que je serais un meilleur père si j'étais un peu plus heureux.

— J'ai l'impression que tu me sors le discours classique de tous les hommes qui cherchent à justifier leur besoin de fuir et d'abandonner leurs responsabilités. C'est exactement pareil que mon mari lorsqu'il m'a quittée pour une autre, ajouta-t-elle en baissant les yeux. Tu sais ce qu'il m'a dit ? « Pense que nous créons deux foyers heureux pour les enfants, plutôt qu'un seul malheureux. » Si je n'avais pas été si contente de le voir partir, je crois que je l'aurais giflé.

— Mais, moi, je ne pars pas pour quelque chose ou quelqu'un de nouveau. C'est juste que je ne veux pas revenir à la situation que nous avons connue avant le départ de Ruth pour l'Angleterre. Cette froideur, cette distance.

— Elle a perdu un enfant, Paul. La chose que les parents redoutent le plus. Qu'est-ce que tu imaginais ?

— J'ai l'impression que nous ne pouvons parler de rien. Ou, du moins, de rien d'important. Peut-être qu'un jour nous arriverons à repartir du bon pied mais, pour le moment, je ne vois pas d'autre solution que de m'éloigner.

— J'appelle ça se défiler.

— Tu trouves ?

— Absolument.

Tandis qu'il la raccompagnait à sa voiture, Paul songea qu'il aimerait lui demander de passer avec lui une autre soirée comme celle-ci. Et, d'ailleurs, il l'aurait fait s'il avait perçu la moindre chance, si mince soit-elle, de la voir accepter.

— Venez donc dîner avec moi ce soir, Ruth, proposa Pargeter. Et célébrons dignement l'heureuse conclusion des négociations.

— Il faut que je fasse mes valises. Je prends l'avion demain et j'ai encore plein de choses à ranger dans l'appartement.

— Laissez tomber. Après toutes ces heures de travail, nous méritons largement un bon repas et une bouteille de vin qui pétille. Aux frais de la McLennan.

Ruth hésita en songeant au désordre qui régnait dans l'appartement de Chelsea. D'un autre côté, elle avait très envie de dîner avec Nick Pargeter.

— D'accord, mais à une condition.

— Allez-y.

— N'invitez pas Herr Jacob.

Pargeter éclata de rire.

— Je suis peut-être un Anglais guindé, mais j'ai quand même une idée précise de ce qui constitue une bonne soirée. Soyez assurée que Herr Jacob n'en fait pas partie.

Plus tard, devant un excellent dîner, les deux collègues parlèrent de tout et de rien, et surtout pas d'affaires. Ils en avaient eu leur compte ces derniers jours. Mais ils avaient besoin de cette petite récréation.

— Vous allez me manquer, avoua Nick en levant son verre. Peu d'avocates sont à la fois fines et drôles comme vous. Ce mélange me ravit.

— Merci.

— Sans parler de votre beauté, ajouta-t-il en l'observant à travers ses paupières mi-choses. À propos, Ruth, pourquoi êtes-vous devenue juriste ?

La jeune femme sirota son vin pour se donner le temps de réfléchir.

— Difficile de répondre. Comment savoir pourquoi les gens font certaines choses ?

— Là, vous cherchez une échappatoire.

Elle soupira.

— J'imagine que je voulais changer le monde. Comme tous les adolescents, non ?

— En ce qui me concerne, je n'arrive pas à remonter si loin.

— C'est pourtant la vérité. Et, au lieu de cela, j'ai renié mes idéaux de jeunesse et suivi la pente la plus facile. J'ai choisi le droit des affaires dès que l'occasion s'est présentée. Ce n'était d'ailleurs pas l'argent qui me tentait mais plutôt le prestige, l'occasion de montrer que j'étais aussi bonne, sinon meilleure, que la plupart des autres.

Pargeter remplit une nouvelle fois son verre qu'elle porta à ses lèvres en repensant à ses années d'université, aux projets qu'elle partageait alors avec Paul.

— C'est vrai, j'ai choisi le droit parce que je voulais

180

jouer les redresseurs de torts, accomplir toutes sortes de miracles. J'avais décidé de faire de ce monde un lieu plus accueillant pour les faibles.

Les images de ce temps heureux affluèrent à sa mémoire et elle fut envahie par une soudaine vague de nostalgie.

— Je me souviens de mon dégoût le jour où j'ai compris que la loi pouvait être détournée, reprit-elle. Et qu'il y avait une loi pour les riches et une autre pour les pauvres.

— N'en va-t-il pas ainsi depuis toujours ?

L'émotion empourprait les joues de Ruth – une émotion qu'elle croyait oubliée.

— Sans doute. Mais cela ne rend pas les choses plus faciles à accepter. Je me suis toujours sentie si révoltée par les injustices de la vie. J'étais choquée de constater que la loi, destinée à protéger l'innocent, finissait souvent par jouer en faveur du coupable.

Elle sourit en songeant à sa naïveté d'autrefois.

— Ma fille était exactement semblable. L'injustice la faisait bondir.

C'était bien la première fois qu'elle parvenait à parler calmement de Josie, sans qu'une douleur insupportable l'envahisse.

— Elle avait seize ans..., commença-t-elle d'une voix qui se brisa.

— Avait ?

— Elle... elle est morte. L'année dernière.

— Cela a dû être terrible, murmura Nick en posant sa main sur la sienne. Quel drame épouvantable.

— En effet. Et c'est toujours très dur à vivre. Je n'ai pas su affronter la situation. J'ai cru que la meilleure façon de m'en sortir serait de tout enfouir au fond de moi. Je me suis servie de mon travail pour me protéger.

— Qu'est-il arrivé ?

Le souffle du vent dans les voiles et le fracas des

vagues lui revinrent en mémoire avec une insupportable précision.

— Un accident en mer.

— Qui en est responsable ?

— Responsable ? articula-t-elle en pâlissant soudain.

— Pardonnez-moi, Ruth, je n'aurais pas dû évoquer ce...

— Nous avons été surpris par une tempête, reprit-elle d'une voix altérée, acceptant pour la première fois de reconnaître ses torts. Mon mari voulait diriger le bateau vers le large, mais j'avais si peur que j'ai insisté pour que l'on regagne la côte. Nous avons dérivé sur des rochers... Je suppose que si quelqu'un est responsable de la mort de ma fille, c'est bien moi.

Petit à petit, elle recouvra son calme. Nick, qui avait espéré un intermède galant avec une collègue agréable, se retrouvait bien malgré lui entraîné dans une conversation qui n'était pas des plus gaies. Au bout de quelques minutes, Ruth jeta un coup d'œil à sa montre et s'écria d'un ton faussement léger :

— Oh, mon Dieu ! Déjà ? J'ai encore tant de choses à faire. Cela ne vous ennuie pas, Nick, si nous rentrons ?

Paul se rendit à l'aéroport pour accueillir Ruth. Malgré l'énorme travail abattu au cours des dernières semaines, elle semblait avoir tiré profit de son voyage. Ses traits étaient détendus, sa bouche moins amère, et les rides qui creusaient le tour de ses yeux s'étaient estompées. Pour la première fois depuis longtemps, elle paraissait plus jeune, plus insouciante, mais aussi plus chétive et vulnérable. Paul l'observa, partagé entre la joie et l'inquiétude. Ce n'était plus l'ambitieuse juriste qui lui faisait face mais la jeune fille dont il était jadis tombé amoureux.

Il se rappelait encore ce petit mouvement de tête qu'elle avait lorsqu'elle le voyait, comme pour lui dissimuler le plaisir qu'elle éprouvait à le retrouver. Il se souvint d'autres rencontres, d'autres retrouvailles, et de ces élans de tendresse qui les jetaient l'un vers l'autre.

Mais cela, c'était le passé. Il glissa un bras autour de ses épaules.

— Où est Will ? demanda-t-elle.

— Il reste à l'école après les cours. Son entraînement de basket.

— Je suis tellement impatiente de le revoir.

— Il s'est finalement débarrassé de son angine. À présent, il ne mange pas, il dévore. Je suis obligé d'aller au supermarché trois ou quatre fois par jour si je veux l'empêcher de manger le mobilier.

— Je suis contente qu'il ait repris de l'appétit. Après ce que tu m'avais dit, j'étais très inquiète.

— Pas tant que ça.

— Pardon ?

— Sinon, tu serais rentrée plus tôt.

— C'est injuste ce que tu dis là.

— Tu trouves ?

Ruth sentit la colère la gagner.

— Oui, parfaitement. Et tu le sais.

— Si tu veux savoir ce que j'en pense...

— Figure-toi que non. Et je n'ai plus envie d'en discuter pour le moment : je suis bien trop fatiguée.

Ils gagnèrent le parking dans un silence lourd et s'installèrent dans la voiture. Paul lança le moteur et prit le chemin de l'autoroute. Au bout de quelques instants, il l'interrogea sur l'affaire McLennan.

— Tu es contente des conclusions ?

— Ça s'est plutôt bien passé.

— Tu veux me donner des détails ?

— Plus tard, Paul. Je suis claquée.

— Pourquoi n'essaierais-tu pas de fermer un peu les yeux ? proposa-t-il en crispant ses mains sur le volant. Nous parlerons plus tard.

Il se tourna vers elle pour lui sourire.

— Cela te ferait du bien...

En vérité, il aurait donné cher pour la voir dormir. Seigneur, ce qu'il pouvait être salaud, parfois. Mais il est vrai que l'autoroute n'est pas le lieu le plus favorable pour avouer à sa femme qu'on s'apprête à la quitter. À son grand soulagement, il l'entendit bâiller et la vit poser la tête sur le dossier de son siège.

Comment allait-elle réagir à sa décision ? En l'observant du coin de l'œil, il contempla la ligne familière de sa mâchoire, le minuscule grain de beauté juste en dessous de son oreille gauche. Comme ces petits détails lui avaient été chers, si peu de temps auparavant. Ils avaient été si intimes. Mais aujourd'hui ? Un abîme, désormais, remplaçait l'amour. Même après avoir repassé cent fois dans sa tête les mêmes arguments, il n'arrivait toujours pas à prendre une décision définitive. Faisait-il le bon choix ? Qu'adviendrait-il de leur fils ?

Ils n'échangèrent pas une parole dans l'ascenseur qui les menait à l'appartement, évitant soigneusement que leurs regards se croisent. Ruth considéra d'un regard approbateur l'appartement immaculé. Le mobilier avait été ciré. Pas une poussière sur les tapis, et un bouquet de freesias égayait délicatement la table basse. Quant aux vitres, elles étincelaient.

— Bravo ! Bess a dû faire des heures supplémentaires pour que ce soit aussi propre !

— En fait, elle est malade.

— Tu essaies de me dire que c'est toi qui as tout fait ?

— J'aurais essayé si j'avais pensé te le faire croire.

En réalité, j'ai trouvé quelqu'un dans les Pages jaunes. Une personne compétente qui a tout nettoyé de fond en comble. Et qui m'a réclamé un salaire exorbitant !

— C'est magnifique, Paul.

— Will et moi, nous avons pensé que c'était ça ou se jeter par la fenêtre plutôt que de subir tes remontrances. Heureusement que tu ne l'as pas vu avant !

— Tout est si propre que Bess n'aura plus rien à faire pendant six mois, approuva Ruth d'un ton léger.

Il déposa ses valises dans leur chambre et se dirigea vers la cuisine.

— Que dirais-tu d'un bon café ?

Ruth secoua la tête, l'air soudain complètement perdue.

— Avant tout, laisse-moi prendre une douche.

Elle ferma les yeux pendant que l'eau bienfaisante ruisselait sur son corps. Si l'on oubliait leur petit différend à l'aéroport, les choses ne se passaient pas si mal que ça, au fond. Il y avait si longtemps qu'ils n'avaient pas fait l'amour. Mais c'était sa faute à elle, bien sûr. À présent, elle avait changé et se sentait disposée à reconnaître tous ses torts. Leur séparation lui avait fait comprendre combien elle tenait à lui. Et, par-dessus tout, elle voulait lui faire oublier les terribles accusations lancées après le drame, lui dire que ce n'était pas sa faute à lui si Josie était morte.

Une serviette nouée autour de la taille, elle sortit de la douche et lança à brûle-pourpoint :

— Allons au lit.

— Quoi ?

— J'ai de nouveau envie de faire l'amour avec mon mari. Paul, dépêchons-nous avant que Will ne rentre...

— Ruth, je...

— C'est si bon de se retrouver tous les deux. Tu m'as tellement manqué.

— Toi aussi, dit-il en s'approchant d'elle lentement pour la prendre dans ses bras. Tu mets plein d'eau par terre.

Elle monta sur la pointe des pieds, l'embrassa en se pressant contre lui, murmura tendrement son nom. Elle déboutonna sa chemise, laissa glisser sa serviette de bain à terre, posa doucement ses mains sur la poitrine de Paul. Quel plaisir de retrouver la douceur de sa peau, de respirer son parfum viril, de sentir le contact rugueux de sa veste en tweed contre son corps. Comme au ralenti, elle caressa ses épaules, son thorax, promena rêveusement ses doigts le long de ses hanches jusqu'à percevoir les muscles fermes de ses cuisses. Lorsqu'elle passa sa main dans la fourrure bouclée de son entrejambe, elle pensait sentir son érection, chaude et forte, prête à la prendre sur-le-champ. Mais...

— Paul, chuchota-t-elle. Qu'est-ce qui ne va pas ?

— Je ne sais pas.

— Tu n'as pas envie ?

— Si, mais...

— Mais quoi ? dit-elle en s'écartant de lui, brusquement dégrisée.

— Pas maintenant.

— Alors, quand ?

Il posa un regard dur sur elle mais Ruth vit ses yeux briller de larmes contenues.

— Je ne sais pas.

— J'ai vraiment l'air d'une idiote, cracha-t-elle en s'éloignant.

— Mais non. C'est ma faute, pas la tienne.

Elle ramassa la serviette sans répondre, la noua autour de sa taille et passa dans la chambre. Elle en revint quelques instants plus tard, complètement habillée. Paul était retourné dans la cuisine où il sirotait un café, les yeux fixes.

— D'accord, parlons, puisque c'est ça que tu veux, lança-t-elle, glaciale.

Paul prit une profonde inspiration.

— Je vais partir, Ruth.

— Tu veux dire que... que tu nous quittes ?

— Pas Will, bien sûr. Toi, oui. Toi, telle que tu es.

— Tu ne me laisses même pas une seconde chance ?

Il haussa les épaules sans répondre.

— C'est parce que je suis allée à Londres ?

— Non. C'est bien plus grave que ça.

— Je n'ai pas pris cette décision toute seule, tu te rappelles ?

— Je te répète qu'il ne s'agit pas de ton voyage. Disons plutôt que j'ai l'impression de ne plus rien partager avec toi depuis un certain temps.

— Je trouve cette explication un peu faible. Surtout après vingt ans de vie commune.

— Pourtant, c'est la principale.

— Est-ce que c'est à cause de... ce qui est arrivé ?

— Regarde les choses en face, Ruth. Tout allait déjà mal avant.

— Pas au point de prendre ta valise et de partir comme ça.

— Tu n'as donc pas la moindre idée de ce que je ressens ? Voilà bien, d'ailleurs, ce qui ne va pas entre nous : cette incapacité que tu as à comprendre le point de vue de l'autre.

— Nous n'étions pas comme cela avant, protesta-t-elle.

— Alors, c'est que nous avons changé à un moment quelconque. Lorsque tu es entrée chez LKM, tu es devenue différente, quelqu'un que je ne connaissais pas. Ton travail s'est mis à devenir plus important que nous.

187

— J'ai toujours essayé de faire au mieux. Pour tout le monde.

— Surtout pour toi.

— C'est vraiment injuste ! s'écria Ruth, furieuse. Il *fallait* que je travaille. Pendant tout le temps où nous avons été mariés, tu n'as pas trouvé le moyen d'obtenir un poste à plein temps.

Paul poussa un soupir d'exaspération.

— Je me demandais combien de temps il te faudrait avant de remettre ça sur le tapis.

— C'est pourtant la vérité, non ?

— Tu sais aussi bien que moi pourquoi je n'ai pas pu obtenir de situation satisfaisante lorsque je suis arrivé sur le marché du travail. Et, ensuite, il y a eu de plus en plus de réductions de crédits.

— Tu as été contrarié dès le premier jour parce que je gagnais plus que toi.

— Tous les hommes auraient eu la même réaction. J'ai fait de mon mieux. Personne ne pourrait dire que je n'ai pas toujours travaillé dur. Et encore maintenant. Deux postes de professeur à mi-temps et la rédaction d'un livre, sans oublier les trajets hebdomadaires entre Boston et Brunswick. Mais, quoi que je fasse, je ne pourrai jamais espérer gagner le même salaire astronomique que toi.

— Je n'ai jamais jugé qu'il s'agissait de *mon* salaire mais du nôtre.

— Exact. Mais cela t'accordait le droit de contrôler à ta guise la façon de le dépenser. Puisque ce n'était pas moi qui pourvoyais à l'entretien de la famille, je me sentais parfaitement inutile.

— Ce n'est pas vrai. Je t'ai toujours considéré comme partie intégrante de...

— Écoute, coupa-t-il, je sais très bien ce que tu penses de moi. À tes yeux, je ne suis qu'un minable.

— Tu te trompes ! gémit-elle en cachant son visage

au creux de ses mains. Même lorsque tu te montres aussi injuste que maintenant, je ne pense nullement cela de toi.

— À dire la vérité, Ruth, je ne peux plus supporter ta désapprobation constante.

— Je ne te désapprouve pas.

— C'est pourtant l'impression que cela donne, de mon point de vue. Tu mets une telle distance entre nous deux que je ne vois pas comment nous pourrions la franchir.

— Ne dis pas ça, Paul, je t'en supplie, pas ça !

— Nous sommes séparés depuis près de quatre semaines, non ? Eh bien, figure-toi que ça m'a fait plaisir de me retrouver seul avec Will. Ça a été un véritable soulagement de ne plus me sentir repoussé par toi.

— J'ai changé. Le temps m'a toujours aidée à voir les choses plus clairement.

Paul secoua la tête.

— Moi aussi, j'ai changé. Je t'ai aimée autrefois. Peut-être même que je t'aime toujours. Mais, lorsque je pense à nous, tout ce qui me vient à l'esprit, c'est ta façon de m'ignorer, de me tenir à distance.

— Tu as raison. Je sais tout cela. Mais je ne l'ai compris que maintenant. Oh, Paul... (Ruth éclata en sanglots.)... Ne t'en va pas ! Je t'en supplie !

— Nous ne voulons plus les mêmes choses, aujourd'hui.

— Non, ce n'est pas vrai.

Si je fais un faux pas, je vais tomber dans un abîme, s'était-elle souvent répété. Eh bien, voilà. Le moment était arrivé. Et elle tombait, tombait...

— J'ai le sentiment que ton travail te donne plus de satisfactions que moi, enchaîna Paul.

— Encore une fois, tu te trompes.

189

— Il me semble que je n'ai plus de place dans ta vie.

Elle essuya les larmes qui coulaient le long de ses joues et, d'un geste nerveux, souleva sa tasse de café. Le temps de se donner une contenance. Lentement, la colère la gagnait et venait remplacer l'angoisse et la frustration. Comment osait-il lui annoncer aussi froidement son départ ? Sans doute avait-il retourné cette idée dans sa tête au cours de son absence... Elle n'aurait jamais dû partir.

— Tu as pris ta décision, j'imagine ?

— C'est exact.

— Si tu veux partir, alors pars. J'imagine qu'il y a une autre femme, non ?

Il allait répondre mais elle lui coupa la parole.

— Qui est-ce ? Une de tes étudiantes ? Une petite jeunesse qui flatte ton ego ? Qui te fait retrouver tes ardeurs d'étalon ? Je suppose qu'elle te regarde avec de grands yeux admiratifs chaque fois que tu ouvres la bouche. Eh bien, crois-moi, Paul, ça ne durera pas. Combien de fois as-tu assisté à ce genre d'aventures à la fac ? Dans dix ans, tu te retrouveras dans la même situation avec elle qu'avec moi aujourd'hui. Sauf que, cette fois, tu auras deux familles à entretenir et dix ans de plus. Tu es fou si tu crois que...

Paul posa une main sur la sienne.

— Ruth, il n'y a personne d'autre que toi.

— Mais alors, pourquoi ?

— Si tu avais pris le temps de me parler, au lieu de te plonger dans ton travail...

— Encore ma faute, n'est-ce pas ?

Et voilà, la discussion revenait à son point de départ... Il décida de se montrer plus direct.

— J'ai besoin de parler de Josie.

Elle tressaillit.

— Je ne peux pas, Paul. Pas encore. Bientôt, peut-être, mais pas maintenant.

— C'est pour cela que je dois partir. Mille fois, depuis la mort de Josie, j'ai essayé de me rapprocher de toi la nuit. Mais tu m'as toujours repoussé.

— Si je te comprends bien, répéta-t-elle, tout est ma faute.

Il refusa de répondre.

— Est-ce que Will est au courant ?

— J'ai pensé qu'il serait plus correct d'attendre ton retour.

— Correct ? Tu as bien dit *correct* ?

Il resserra son étreinte sur sa main.

— La première fois que je t'ai rencontrée, j'ai cru que tes yeux pouvaient lire au fond de moi à livre ouvert. La première fois que nous... quand j'ai senti ta poitrine nue contre la mienne, je me suis dit : Voilà une femme que je veux connaître, auprès de laquelle je veux passer le reste de ma vie. Voilà une femme que je veux aimer.

Un bref instant, elle fut sur le point de se jeter dans ses bras pour le supplier une fois encore de changer d'avis. Puis elle se rappela son visage lorsqu'elle s'était mise nue devant lui, quelques minutes plus tôt. Et comment il s'était détourné.

— Très touchant, fit-elle.

— Oh, Ruth, murmura Paul d'un ton navré. C'est peut-être ma faute si tu es devenue comme ça.

— « Comme ça » ? C'est-à-dire quelqu'un que tu ne désires plus, n'est-ce pas ?

— Je veux dire quelqu'un de si difficile à atteindre. Je ne voudrais pas être obligé de faire ce que je vais faire. Nous avons marché côte à côte pendant long-temps et nous pensions que ça nous mènerait quelque part...

— Et nous avons découvert une voie sans issue.

— Mais la vérité, c'est... (il eut un moment d'hésitation)... c'est que je me sens plus à l'aise quand tu n'es pas là. Je m'en sors mieux tout seul.

Elle lui jeta un regard incrédule.

— Comment peux-tu être aussi blessant ?

— Si tu te laissais aller à tes émotions. Si seulement tu acceptais de te confier...

— Combien de fois faudra-t-il te dire que j'ai changé ? Ce séjour en Angleterre a eu exactement l'effet que tu avais prévu : il m'a donné le temps de réfléchir. Mais, puisque tu as déjà pris ta décision, que puis-je ajouter ?

Les larmes ruisselaient à présent le long de ses joues.

— Si tu me disais que tu m'aimes encore, je resterais, lança Paul d'un ton de défi. Dis-le-moi, Ruth.

Elle hésita un instant avant de détourner les yeux.

— Si tu dois partir, fais-le avant le retour de Will, finit-elle par dire.

10

Paul quitta l'appartement avant que son fils ne rentre de l'école. Les bagages étaient prêts et déjà rangés dans le coffre de la voiture. Assis au volant, il se pencha pour ouvrir la boîte à gants où il conservait toujours une photo de Ruth. Elle regardait l'objectif, ses yeux rieurs plissés par la lumière du soleil. De grands yeux gris clair, comme ceux de Josie.

Chaque fois qu'il regardait cette photo, il revoyait sa fille. Mon Dieu, comme elles se ressemblaient ! Pas la Ruth d'aujourd'hui, mais celle qu'il avait connue à leur première rencontre, cette adolescente de dix-huit ans qui traversait la cour de College Green avec sa petite jupe de coton bleu et ses cheveux blonds en queue de cheval. La Ruth qui avait accepté son baiser pour la première fois, elle qui n'avait jamais été embrassée auparavant si ce n'est par un stupide étudiant de seconde année qui, au cours d'une soirée trop arrosée, lui avait enfoncé la langue jusqu'au fond de la gorge.

Et, soudain, il fondit en larmes. Seigneur, pensa-t-il en s'essuyant les yeux du revers de la main. Que diraient les gens s'ils le voyaient, lui, un homme mûr, en train de sangloter comme un gosse ? Mais il se moquait bien de leur opinion. La seule chose importante était de savoir si, oui ou non, il avait choisi la bonne solution. Difficile à dire. Il balaya d'un œil hagard le vaste espace de béton qui l'entourait. Si la porte de l'ascenseur s'ouvrait et que Ruth s'avançait vers lui pour le supplier de rester, il serait trop heureux d'accepter.

Il tourna brusquement la clé de contact, appuya sur l'accélérateur et sortit du parking comme une bombe, manquant de renverser la Mobylette d'un coursier. Il freina en pestant et remarqua le tremblement de ses mains crispées sur le volant. Bon sang ! Que faisait donc cet imbécile sur le trottoir ? À l'autre bout de la ville l'attendait un nouvel appartement dont il se moquait éperdument.

Il hésita à nouveau sur le chemin à prendre. Pourquoi ne pas tout quitter ? Partir à l'aventure, traverser l'Amérique et gagner la Californie, là où il était né, abandonnant derrière lui le gâchis de sa vie personnelle ? De l'autre côté de la rue, le patron du salon de coiffure l'observait derrière sa vitrine. Pour échapper à sa curiosité, Paul démarra en flèche dans un strident crissement de pneus. La voiture s'inséra dans la circulation après avoir coupé la route d'un taxi et failli entrer en collision avec un autre. Bon sang ! Il allait finir à l'hôpital s'il ne faisait pas plus attention.

Il avait cessé de fumer à la naissance des enfants. Pourtant, aujourd'hui, le désir de sentir la nicotine irriguer ses veines se fit presque intolérable. La sueur coulait de son front et de sa lèvre supérieure comme s'il avait la fièvre. Au feu rouge, il mit son clignotant, prêt à faire demi-tour, prêt à rentrer.

« Ruth, dit-il tout haut, je crois que je t'aime. » Mais, s'il changeait d'avis, il ne ferait que revenir à la situation précédente. Sa femme – car c'était encore sa femme, n'est-ce pas ? – affirmait qu'elle avait changé. Malheureusement, il ne parvenait plus à la croire. « *Dis-le-moi, Ruth* », avait-il supplié. Dis-moi que tu m'aimes. Mais, pour une raison qu'il ignorait, elle s'y était refusée.

À la dernière seconde, au moment où les feux passaient du rouge au vert, il bondit en accélérant brutalement, indifférent aux coups de Klaxon des conducteurs furieux qui attendaient derrière lui.

Après toutes ces semaines passées dans le décor anonyme de l'appartement de Chelsea, Ruth s'était réjouie de retrouver ses objets familiers, son mobilier, sa vaisselle. Elle rêvait de choisir des livres de sa bibliothèque et de préparer des petits plats dans sa cuisine. Et voilà qu'elle était seule, errant, hébétée, dans ce grand appartement. Le décalage horaire l'avait épuisée et elle avait du mal à garder les yeux ouverts. Les chambres auraient bien besoin d'un coup de peinture, et la salle de bains qu'elle partageait avec Paul depuis tant d'années sentait vaguement le renfermé. En dépit des efforts de la femme de ménage, des moisissures commençaient à courir sur les murs.

Paul. Penser à lui la faisait frissonner. Il n'y avait jamais eu personne d'autre que lui dans sa vie. À part Chris Kauffman. Mais il ne comptait pas. Personne ne comptait.

Elle approcha de la fenêtre et regarda sans la voir la circulation qui bruissait en contrebas. Lorsqu'elle était enceinte de Josie, ils avaient décidé d'acheter un appartement, plutôt que d'être locataires. Celui sur lequel ils avaient jeté leur dévolu paraissait un peu miteux mais il n'en demeurait pas moins très au-dessus de leurs moyens. Pourtant, au premier coup d'œil, ils avaient aussitôt décidé que c'était l'endroit rêvé pour y couler des jours heureux.

Après avoir étudié les chiffres d'un budget familial déprimant, Paul avait affirmé avec enthousiasme :

— Cela peut sembler cher aujourd'hui mais, dans cinq ans, nous aurons largement les moyens de rembourser notre crédit.

À cette époque, rien n'avait d'importance à part le bonheur d'être ensemble. De construire ensemble.

— On y arrivera, avait déclaré Ruth en se tenant le ventre, comme pour rassurer le bébé à venir.

— Oui, à condition de marcher au lieu d'avoir une voiture et de réduire notre consommation d'alcool et de nourriture, prévint Paul.

— Tant que nous pouvons nous offrir le service de nettoyage des couches, ça va, fit Ruth en riant. Parce que je n'ai pas l'intention de les laver moi-même.

Ils avaient partagé une hilarité un peu crispée, car ni l'un ni l'autre n'ignorait les risques financiers qu'ils allaient devoir affronter. C'était ici que Josie était née. Ici aussi que Will avait fait son entrée dans le monde un peu plus tard. Et, lorsqu'ils en avaient assez de la ville, des encombrements, de ce mélange explosif de fumée, de bruit et de criminalité, un havre de paix les attendait dans le Maine : Carter's House.

Pour le moment, seule la pensée du départ de Paul occupait l'esprit de Ruth. Dans les jours à venir, elle apprendrait à panser ses plaies. Mais, pour l'instant, elle n'était habitée que par un immense sentiment de perte et d'abandon. Elle n'était que désespoir.

Beaucoup plus tard, elle entendit le bruit d'une clé dans la serrure.

— Maman ! Tu es là !

Dès qu'il avait vu sa mère, le visage de Will s'était illuminé.

— Tu pensais que je ne reviendrais jamais ?

— Bien sûr que non.

Mais son instinct de mère lui fit deviner qu'il ne disait pas toute la vérité. Elle le serra très fort dans ses bras, recula pour l'observer de pied en cap. Quelque chose n'allait pas. Il semblait avoir tellement changé pendant son absence. Il avait l'air souffrant. Épuisé.

À la cuisine, où elle sirota une tasse de café pendant qu'il ingurgitait près d'un demi-litre de lait, elle lui annonça prudemment :

— Ton père est parti.

— Où ça ? demanda Will en s'essuyant la bouche du dos de la main.

— Je l'ignore.

Paul avait essayé de le lui dire au moment où elle quittait la pièce, incapable de supporter plus longtemps sa présence. Avant son départ, elle se souvint de l'avoir entendu mentionner l'existence d'un petit mot griffonné sur la table de la cuisine mais elle n'avait pas encore eu le courage de le lire.

Will la dévisagea.

— Tu veux dire, parti, *parti* ?

— C'est cela.

— Je n'y comprends rien. Est-ce qu'il veut vivre avec une autre femme ?

Comment pourrait-il comprendre, songea Ruth, quand elle n'y parvenait pas elle-même ?

— Il prétend que non.

— Tu es triste ?

— Nous sommes mariés depuis vingt ans, répondit-elle en le serrant dans ses bras pour cacher ses larmes. Mon chéri, je suis désolée. Vraiment désolée.

— Ce n'est pas ta faute.

— D'une certaine manière, si. Du moins, c'est ce qu'il croit, ce qui revient au même.

Will se mit à gratter nerveusement la cire à la surface du carton de lait.

— Tu l'aimes encore ?

— Bien sûr que je l'aime.

L'adolescent se mordit la lèvre, le visage fermé. Elle voyait bien qu'il essayait d'affronter la nouvelle avec bravoure, comme si tout cela n'avait pas d'importance. Elle souffrait devant les efforts qu'il déployait pour éviter de montrer à quel point il était bouleversé.

— Mais pourquoi maintenant ?

— Pendant ma longue absence, il a eu le temps de se rendre compte qu'il était plus heureux tout seul.

— Et moi ? s'écria Will, la bouche tremblante. Je suis quand même son fils !

— Oh, Will ! Mon chéri ! s'écria Ruth, fondant en larmes.

— On était bien ensemble pendant que tu étais en Angleterre. Je croyais qu'il m'aimait.

— Bien sûr qu'il t'aime. Son départ n'a rien à voir avec toi. Ce n'est pas ta faute, je te le jure. Il faut te convaincre de ça.

— D'abord Josie, maintenant papa, fit-il d'une voix mal assurée. Comment ça se fait que des merdes comme ça arrivent ? Qu'est-ce qu'on a fait ? Qu'est-ce qui va encore nous arriver, maman ?

Il éclata en sanglots.

— Rien du tout, Will, je te le promets. Le pire est passé. Les choses n'iront qu'en s'améliorant à partir d'aujourd'hui, assura Ruth en le serrant encore plus fort entre ses bras. Espérons simplement que papa se rendra vite compte qu'il était plus heureux avec nous.

— Il avait dit qu'on reconstruirait le *Lucky Duck*, gémit Will, le corps secoué de sanglots. Lui et moi, on allait... Il avait dit qu'on ferait ça au printemps.

— Vous le ferez. Ce n'est pas parce que... parce qu'il va vivre ailleurs que tu ne vas plus voir ton père.

Ruth ne pouvait s'empêcher de trouver étrange que Paul veuille réparer le bateau qui avait causé la mort de leur fille. C'était un projet tout simplement absurde.

Mère et fils restèrent longtemps enlacés, jusqu'à ce que Will se redresse en essuyant son visage trempé de larmes dans la manche de son pull.

— Ne pleure pas, maman, lui dit-il en lui prenant le menton dans un geste extraordinairement adulte. Tout ira bien.

— Je l'espère, soupira-t-elle. Je l'espère, mon chéri.

— Paul est parti, papa.

— Parti ? répéta la voix ensommeillée de son père. Parti où, Ruthie ?

Elle devina qu'il devait être en train de faire sa sieste devant la télévision.

— Il nous a quittés, répéta-t-elle patiemment. Tu comprends ? Il a quitté la maison.

Il y eut un long silence.

— Oh, mon Dieu ! s'exclama le Dr Carter. Ma chérie, je suis navré.

— Papa, je...

Elle l'entendit crier à sa femme de couper cette maudite télévision. Dans la seconde qui suivit, une mère inquiète lui arrachait le téléphone et s'écriait :

— Ruthie, que se passe-t-il ? Quelque chose ne va pas ? Est-ce que ton père aurait mal compris ? Il entend assez mal depuis quelque temps...

— Il a très bien entendu.

— Alors, Paul est vraiment parti ?

— C'est ça.

— Il t'a quittée ?

— Oui.

— Mais pourquoi ? Pourquoi ? s'exclama Mme Carter d'une voix aiguë. Pourquoi est-ce qu'il ferait ça ? Je n'arrive pas à comprendre. Vous étiez toujours si...

— Je sais.

— C'est parce que tu es allée en Angleterre, n'est-ce pas ? Je le savais. Je me suis toujours demandé si

199

c'était bien sage de le laisser tout seul. Les hommes sont...

— Il n'y a personne, pas d'autre femme. Du moins, à ce qu'il prétend.

— Ruthie. Oh, ma Ruthie. Comment te sens-tu ? reprit sa mère en se mettant à sangloter. Suis-je bête ! Évidemment que tu ne te sens pas bien, comment pourrait-il en être autrement ? C'est tellement horrible. Je n'arrive pas à le croire.

— Moi non plus, maman.

— Et Will ?

— Le pauvre enfant. Il prend les choses avec beaucoup de courage.

— Veux-tu que nous venions te rejoindre pour être à tes côtés ?

— Pas encore. Pas avant d'avoir le temps de...

Elle voulait dire : le temps de se ressaisir. Mais elle ignorait combien de jours, de semaines ou de mois cela exigerait.

— Nous t'aimons, ma chérie.

Le Dr Carter reprit le téléphone.

— Rappelle-toi que tu seras toujours notre petite fille, articula-t-il d'une voix voilée par l'émotion. Oh, Ruth, je suis tellement bouleversé...

— Papa, gémit Ruth, je ne sais plus quoi faire...

La tête appuyée contre le mur, elle s'abandonna à son chagrin et pleura, bouche ouverte, comme lorsqu'elle était petite et qu'elle savait que, quoi qu'il arrive, ses parents seraient là pour arranger les choses. Elle pouvait entendre dans le lointain les pleurs de son père et les cris de douleur inarticulés de sa mère. Ils étaient à ses côtés, comme ils l'avaient toujours été. Comme *elle* ne l'avait pas été pour Josie.

— Oh, papa, qu'est-ce que je vais devenir ?

Soudain, elle se retrouva submergée par un surcroît de travail et les journées lui parurent bien trop courtes. Épuisée, elle rentrait le soir pour entendre des messages de Paul sur son répondeur qu'elle effaçait aussitôt. Elle fonctionnait comme un automate, consciente que la vie de famille ne venait qu'en second dans l'ordre de ses priorités. Le départ de Paul avait terriblement ébranlé son équilibre psychique et, pour ne rien arranger, l'image déjà bien pâle qu'elle avait d'elle-même. Mais les blessures d'amour-propre n'étaient rien comparées à la douleur d'être seule. Sans Paul. Sans Josie.

Au bureau, en revanche, on la traitait avec un respect qui lui permettait d'oublier provisoirement sa peine. L'heureux dénouement de l'affaire McLennan avait vu son triomphe. Le bruit s'en était répandu et de nouveaux clients affluaient pour lui demander conseil. Bob Landers suggéra qu'elle devrait déménager dans un plus grand bureau et laissa entendre une nouvelle promotion.

Au fil du temps, ses premières inquiétudes concernant la santé de Will perdirent de leur intensité. Elle mit sa pâleur sur le compte d'une croissance trop rapide, comme cela était fréquent chez les adolescents de son âge. Il avait l'air de grandir chaque jour. Ses vêtements rapetissaient comme par magie, les manches lui arrivaient à mi-bras, les pantalons remontaient presque jusqu'au mollet. Tous les soirs, avant de se mettre au lit, elle restait un moment sur le seuil de sa chambre pour s'assurer qu'il dormait bien, que son sommeil était tranquille. Les cauchemars évoqués par Paul semblaient avoir cessé. En regardant son visage sur l'oreiller, en écoutant sa respiration régulière, elle tentait de se rassurer en se répétant qu'il allait bien, très bien même. Et que les troubles dont il avait souffert n'étaient qu'une expression de son stress.

Difficile, pourtant, d'ignorer que Will avait terriblement changé. Autrefois si ouvert et rieur, il était devenu difficile à vivre et renfermé, répondant aux questions de sa mère sur un ton de plus en plus hostile. De son côté, elle essayait de s'adapter à l'absence de Paul et de rendre la vie de son fils aussi facile que possible. Mais, en échange, il lui opposait la plus ostensible mauvaise volonté.

— Comment t'es-tu entendu avec ton père pendant mon absence ? lui demanda-t-elle un jour. J'imagine que vous vous êtes organisés entre vous, non ?

— Où veux-tu en venir ?

— Papa m'avait dit au téléphone que vous cuisiniez chacun votre tour. Veux-tu que nous continuions ?

— Tu es revenue, maintenant. De toute façon, je n'ai pas le temps de faire des petits plats, figure-toi. J'ai plein de boulot, à l'école.

— Alors, nous mangerons plus souvent dehors, proposa Ruth. Ou on se fera livrer des repas, parce que moi aussi je croule sous le travail, au bureau.

— Je ne mange pas de ces saletés.

— Les plats à emporter ne sont pas des saletés.

Il lui jeta un regard exaspéré.

— La nourriture préparée à la maison est bien meilleure pour la santé. Et puis, la cuisine, c'est le rôle des mères, non ?

— Entendu. Mais si tu crois que je vais te proposer de la haute gastronomie, tu te trompes... Moi non plus, je n'ai pas le temps.

Elle savait bien qu'il voulait la punir. D'être allée en Angleterre. Du départ de Paul. Il lui faudrait s'armer de patience.

— Au fait, reprit-elle, sais-tu que Bess est encore malade ? Le problème, c'est que je n'ai pas le temps de trouver une remplaçante.

— Tu n'as pas entendu parler des Pages jaunes ?

— Merci pour tes bons conseils, répondit-elle d'un ton qu'elle voulait léger, déterminée à ne pas s'énerver. Mais, d'ici là, j'aimerais bien que tu cesses de jeter tes serviettes de toilette sales dans toute la salle de bains. Et que tu ranges un peu ta chambre.

— Pourquoi ?

— Disons que cela me ferait plaisir, William. Ça ne te suffit pas ?

— À t'entendre, tout ce qui compte, c'est la façade. Nous n'habitons pas dans un appartement-témoin, non ?

— N'empêche. Je suis allée dans ta chambre. On dirait qu'une bombe est tombée sur la maison. Tes affaires sont éparpillées dans tous les coins.

— C'est comme ça que ça me plaît.

— Eh bien, pas à moi, rétorqua-t-elle sèchement. Obéis-moi et range-la, s'il te plaît. Il n'y a pas à discuter.

— Moi, je m'y retrouve parfaitement. Je sais parfaitement où sont les choses.

— Range, Will !

— Si je le fais, je ne pourrai plus rien trouver.

On aurait cru entendre Josie.

— Arrête de me contredire sans cesse, insista Ruth.

Un jour qu'elle rentrait de son travail, elle le trouva vautré devant une rediffusion de *Star Trek* au lieu de faire ses devoirs. Il avait pourtant une interrogation écrite le lendemain. Du pop-corn était éparpillé un peu partout sur le tapis.

La patience de Ruth avait atteint ses limites. Elle avait passé l'après-midi avec le conseil d'administration au grand complet d'une société texane dont les membres ne semblaient pas avoir la moindre idée de la fiscalité des entreprises. Pour couronner le tout, trois d'entre eux s'étaient permis de fumer des cigares pendant toute la réunion, malgré la note affichée sur les murs de la salle de conférences. Et, maintenant, elle avait mal à la tête et la gorge sèche.

— Will, lança-t-elle d'un ton cassant. Qu'est-ce que c'est que ce foutoir ?

— Quoi ? fit-il en faisant semblant de regarder partout.

— Des pop-corn bien gras dans tous les coins. Des miettes sur le canapé. Regarde-moi ça !

Il n'y avait plus qu'a appeler une entreprise de nettoyage, pensa-t-elle, furieuse.

— Oh, c'est rien, dit nonchalamment Will. J'ai dû laisser tomber la poêle.

— Alors, nettoie ça tout de suite. Et ferme la télé. Tu connais les règles de la maison : pas de film avant d'avoir fait tes devoirs.

— Mais pourquoi ? C'est une série très pédagogique !

— Bêtises ! trancha Ruth en éteignant le poste.

— Ne fais pas ça ! hurla-t-il.

— N'essaie pas de me faire croire que M. Spock est pédagogique, comme tu le dis si bien.

— Bien sûr que si ! C'est l'épisode où ils remontent le temps jusqu'aux années vingt.

— Et alors ?

— Alors, justement, c'est l'époque que nous étudions en ce moment à l'école.

— Tu en apprendras plus dans les livres qu'en regardant une stupide série télévisée.

Il s'empara de la télécommande et ralluma la télévision.

— *Star Trek*, c'est pas stupide.

— Will, je t'ordonne d'éteindre ce poste !

— Je veux regarder ma série !

— Tu m'entends ? J'ai dit non ! ordonna-t-elle en posant ses sacs sur la table. En plus, j'ai terriblement mal à la tête.

— Tu ne penses qu'à toi, hein ?

— Ne me parle pas sur ce ton ! coupa-t-elle d'une voix tranchante.

— Pas étonnant que papa soit parti, murmura Will.

— Ne te montre pas insolent, Will !

Il quitta le canapé et s'avança vers elle d'un air menaçant.

— C'est pourtant la vérité !

Elle recula, le cœur battant. Mon Dieu, que se passait-il encore ? Will avait toujours été si posé, si gentil, si obéissant.

— Je refuse de discuter avec toi, dit-elle, espérant calmer le jeu.

— C'est parce que tu sais foutrement bien que j'ai raison.

— Peu importe ce que tu fais à l'école mais je t'interdis de parler comme cela à la maison.

Elle se pencha pour débrancher la prise du poste.

— Et dépêche-toi de faire tes devoirs.

Espérant que l'incident était clos, elle alla à la cuisine préparer le dîner. Pour se calmer, elle respira plusieurs fois à pleins poumons tout en épluchant les légumes.

Pendant quelques terribles secondes, elle avait presque cru qu'il allait la frapper.

Elle décida un jour de passer chercher son fils à la sortie de l'école pour aller faire des courses avec lui dans le centre. De loin, elle le vit arriver flanqué d'Ed Stein et de Dan Baxter. Ils riaient trop fort, faisaient les idiots, se comportaient comme tous les garçons de leur âge. Elle trouva rassurant de voir qu'il n'était en aucune manière différent de ses amis : ils avaient tous le teint pâle, des boutons sur la figure, des corps gauches qui les embarrassaient comme des vêtements trop larges.

Will cessa de rire dès qu'il l'aperçut. Son visage changea, se renfrogna. Il s'approcha.

— Je peux m'acheter mes vêtements moi-même.

Ses deux camarades lui avaient emboîté le pas.

— Bonjour, madame Connelly, lança Ed.

— Ed, Dan, comment allez-vous ? Voilà longtemps que vous n'êtes pas passés à la maison.

— On essaie de monter un groupe, expliqua Ed.

— On s'appellerait les Kiwanis ou quelque chose comme ça, précisa Dan.

Ruth se demandait pourquoi Will ne lui en avait jamais parlé.

— Peut-être le premier pas vers la gloire, dit-elle en riant. Vous savez ce qu'on dit : « Petit poisson deviendra grand... »

Derrière elle, Will reniflait avec impatience.

— C'est ce que papa répète sans arrêt, dit Dan en souriant. Bon, vaudrait mieux que je rentre, sinon ma mère va me tuer.

— Moi aussi, fit Ed. Content de vous avoir vue, madame Connelly.

— Au revoir, les garçons.

— Oh ! là, là ! s'écria Will dès qu'ils furent partis. Pourquoi est-ce que tu es venue ? C'était vachement embarrassant !

— Comment ça ?

— Toi et tes dictons de grand-mère, fit-il d'une voix suraiguë. « Petit poisson deviendra grand... » Tu nous prends pour qui ? Des minus ?

— Ça suffit, William ! De toute façon, nous n'avons pas de temps à perdre en discussions inutiles. Il faut t'acheter des vêtements.

— Je suis assez grand pour le faire tout seul.

— Je te signale qu'il faut bien que quelqu'un paie.

206

— Pourquoi tu ne me donnes pas d'argent de poche ? Ed Stein y a bien droit, lui.

— Ed a un an de plus que toi.

— Personne ne va s'acheter des vêtements avec sa mère, fit Will d'un ton dégoûté.

— Eh bien, William Carter Connelly, si.

— Pourquoi est-ce que je n'aurais pas une carte de crédit, comme Josie ?

— Elle avait presque dix-sept ans. Et elle était plus mûre que toi.

— Va te faire foutre.

Elle le prit par le bras, le serra à le faire hurler et le tira brutalement vers la voiture.

— Fais attention à ce que tu dis ! cria-t-elle d'une voix excédée. Je ne te permettrai pas de me parler aussi grossièrement !

Le spectacle du visage renfrogné et hostile de son fils la fit chavirer. Elle avait l'impression que tout s'écroulait autour d'elle.

De retour à la maison, Will se traîna en ronchonnant vers sa chambre dont il n'accepta de sortir que lorsque sa mère frappa à sa porte pour annoncer que le dîner était prêt.

Vautré sur sa chaise, il fixa d'un œil maussade les lasagnes aux légumes qu'elle lui avait préparées et repoussa son assiette.

— Tu n'as pas faim ? s'inquiéta-t-elle.

Il plongea la main dans le panier à pain et s'en tartina généreusement une tranche qu'il s'enfourna dans la bouche.

— Je meurs de faim. Mais ce truc-là a vraiment l'air dégueulasse.

Ruth dut faire un immense effort pour ne pas laisser éclater sa fureur.

— Tu te moques de moi ? C'est un plat végétarien, comme tu me l'as demandé. Il m'a fallu un temps fou pour le cuisiner hier soir, alors que j'avais des milliers de choses à faire pour le bureau. Je ne suis peut-être pas le plus grand cordon-bleu du monde mais tu sais aussi bien que moi que la recette est excellente. Alors, mange.

— Ça me fait vomir.

— *Mange !* hurla-t-elle. Mange, Will, ou je te le fais avaler de force !

— Qu'est-ce que tu as dit ? fit-il, les yeux écarquillés.

— J'ai dit que j'allais te le faire avaler, comme quand tu étais bébé. Et je ne plaisante pas. J'en ai plus qu'assez de ton comportement. Tu pourrais avoir un peu de respect envers moi, non ? Je sais bien que ton père te manque. Mais tu n'es pas le seul à souffrir. C'est triste pour moi aussi. Nous ressentons tous les deux les mêmes choses. Cette année a été horrible, avec... avec ta sœur, l'accident et maintenant ton père.

— Merde ! Ce n'est pas ma faute !

Ruth avait l'impression de revivre le passé. Elle se souvenait de cette même expression fermée et agressive sur le visage de Josie, de ce même constant ressentiment entre elles. Jamais elle ne supporterait de revivre ces moments-là. Fermant les yeux, elle compta jusqu'à dix avant de reprendre le plus calmement qu'elle put :

— On ne peut pas continuer ainsi, Will. Je ne supporte plus ta grossièreté, ton air maussade, ni ta manière d'agir. A te voir, on dirait que tu ne supportes même plus de rester dans la même pièce que moi.

— Peut-être que c'est ce que je ressens.

— Alors, il vaut peut-être mieux que tu ailles vivre chez ton père.

Il jeta bruyamment son couteau sur la table en hurlant :

— Tout est de la merde ! Tout !

— Parle-m'en, alors, lui proposa-t-elle d'une voix radoucie.

Il prit une autre tranche de pain en la fixant du regard. Ruth tenta d'avaler une gorgée d'eau mais sa main tremblait si fort qu'elle en renversa la moitié sur la table.

— Moi aussi, j'ai des sentiments, reprit-elle. J'ai mal, comme toi. Alors, je sais très bien ce que tu peux éprouver.

Soudain, vaincue par l'émotion, elle enfouit sa tête dans ses mains et se mit à pleurer.

— Je... je ne pense pas que... que l'on puisse continuer à vivre comme ça.

Will parut ahuri devant la tournure des événements.

— Eh, dis donc, calme-toi.

— Arrête de t'en prendre à moi pour tout !

— Écoute, je suis désolé...

— Je fais de mon mieux. Tu ne le crois peut-être pas mais j'essaie vraiment de faire de mon mieux, dit-elle en reniflant.

— Bon, bon. Je suis désolé, répéta-t-il en se servant une énorme part du plat cuisiné par sa mère. Ça va, comme ça ? dit-il en plantant sa fourchette dans la pâte.

Ruth releva la tête un long moment plus tard.

— Tu as raison.

— À propos de quoi ?

— C'est vrai que ça n'a pas l'air très ragoûtant, fit-elle en s'efforçant de rire.

— Tu l'as dit. Tu vois, maman, le problème, c'est que tu n'as pas fait une sauce au fromage pour mettre entre les couches de pâtes.

— J'ai oublié de faire ça ?

— Eh oui. C'est pour ça que ce truc tombe en quenouille.

— Excuse-moi, chéri.

— Le goût n'est pas mauvais, concéda Will en buvant une longue rasade de Pepsi Light.

Puis, évitant de croiser le regard de sa mère, il proposa :

— Je pourrais peut-être faire la cuisine, le week-end, par exemple. Te faire voir deux ou trois trucs.

— J'aimerais beaucoup, tu sais, fit-elle d'une voix humble.

— Je t'avais demandé de sortir le linge de la machine et de le plier, lui reprocha Ruth un soir, une semaine plus tard.

Ils étaient parvenus à une sorte de *modus vivendi* plus ou moins bancal. L'explosion couvait en permanence sous la surface, mais Will faisait visiblement des efforts pour paraître moins grognon. Ruth, quant à elle, devait s'obliger à de terribles efforts pour cacher son irritation devant l'air apathique qu'arborait son fils pour errer dans l'appartement.

— Je sais, répondit Will, vautré sur le canapé du salon.

— Alors, comment se fait-il qu'il soit tout écrasé au fond de la machine ? Maintenant, je vais devoir le repasser.

— J'étais trop fatigué quand je suis rentré de l'école.

— Tu étais également trop fatigué hier soir pour mettre les assiettes dans le lave-vaisselle, alors c'est moi qui ai dû le faire. À propos, as-tu fait tes devoirs ?

— Pas encore.

— Et pourquoi ça ?

— Parce que j'étais crevé, voilà pourquoi.

— Pas assez, pourtant, pour aller à Sweetharbor avec ton père le week-end dernier.

— On n'y est pas allés finalement. On est restés chez lui à se la couler douce. Ciné l'après-midi, et match de foot à la télé le soir.

— À ton âge, tu ne devrais pas être fatigué, asséna Ruth.

— Qu'est-ce que tu crois, avec tout ce qu'ils nous donnent à faire à l'école ? Plus les entraînements sportifs. Et puis le groupe de rock me prend vachement de temps.

— Tu devrais peut-être laisser tomber pour le moment.

Il la fixa droit dans les yeux.

— Pas question.

— Est-ce que tu ne serais pas en train d'en faire un peu trop ? Ou est-ce qu'il y a autre chose dont tu ne veux pas me parler ?

Il demeura un moment sans répondre. Puis il avoua avec réticence :

— Je ne me suis pas senti très bien ces derniers temps. Je n'arrête pas de vomir. Et puis, j'ai des douleurs aux articulations.

— Il faut que tu ailles voir un médecin. Immédiatement.

— Il suffirait peut-être que je prenne un peu de repos.

— Mais tu n'as jamais manqué l'école un seul jour de toute ta vie !

— Raison de plus pour commencer maintenant.

Ruth se leva soudain et s'approcha de lui, les sourcils froncés.

— Qu'est-ce que c'est que ça ? demanda-t-elle en découvrant deux méchants furoncles à tête jaune sur le cou de Will et un autre sur son bras.

Il s'écarta vivement pour esquiver le geste de sa mère.

— C'est rien.

211

— Il y en a d'autres ?

— Peut-être un ou deux.

Ruth alluma une lampe.

— Est-ce que tu dors assez ? Tu as des cernes affreux sous les yeux.

Son cœur se mit à battre d'inquiétude. Et si c'était la drogue ?

— Ne fais pas tant d'histoires, je suis juste un peu fatigué, c'est tout.

— Est-ce que tu traînes toujours avec Ed et Dan ?

— Bien sûr. Ce sont mes copains. Qu'est-ce que tu crois ?

— J'ai entendu dire que Dan avait des problèmes.

— Dan *est* un problème à lui tout seul, dit Will en riant, exhibant des gencives d'une blancheur inquiétante.

Ruth nota la présence de petits boutons pleins de pus à un coin de sa bouche. S'agissait-il d'acné ?

— Je voulais parler d'un problème de drogue.

— Et alors ?

— Est-ce que tu es mêlé à ce genre d'histoire ?

— Mais non.

— Tout le monde essaie ces trucs de nos jours. Je l'ai fait moi-même quand j'étais jeune.

— Je ne m'étais pas rendu compte qu'il y avait déjà de la drogue à ton époque.

— William, je te promets de ne pas me mettre en colère si tu me dis que tu as pris des... enfin, tu sais bien... certaines substances.

— Mais je t'assure que je n'ai rien pris.

— Tu me le dirais, sinon ?

— Oh ! là, là... que d'histoires !

Manifestement peu convaincue, Ruth secoua la tête avec inquiétude.

— Je n'ai aucun moyen de savoir si tu me dis la vérité ou non. Mais tu n'as vraiment pas l'air en forme.

212

Et, en plus, tu ne manges rien. Je me demande quand tu arrives à étudier. Si tu as des ennuis, laisse-moi t'aider.

— Merde ! Puisque je te dis que je n'ai pas d'ennuis !

— J'espère que tu te rends compte à quel point je suis impuissante. Je ne peux que te poser des questions en espérant que tu me diras la vérité.

Des larmes se formèrent au coin de ses yeux, et elle détourna la tête pour ne pas lui laisser deviner son angoisse. Elle subissait bien trop de pression en ce moment. La charge était trop lourde. Elle sentait qu'elle ne contrôlait plus rien.

— Lis sur mes lèvres, maman, répéta-t-il d'un air las. Je-n'ai-pas-de-problème-de-drogue. Compris ? Papa dit que je grandis trop vite, c'est tout. C'était pareil pour lui quand il avait mon âge.

Ruth devrait se contenter de cette explication en attendant mieux. Épuisée, elle retourna à la pile de dossiers qui l'attendait sur son bureau.

Le lendemain matin, en entrant dans la chambre de Will pour le presser d'aller à l'école, Ruth le trouva blotti sous les couvertures. Après avoir jeté un rapide coup d'œil à sa montre, elle songea qu'elle n'avait vraiment pas besoin de ça : le temps de le harceler pour que Will enfile ses vêtements et prenne son petit déjeuner, il lui resterait à peine quelques minutes pour l'accompagner à l'école si elle ne voulait pas être en retard elle-même.

— Allons, dépêche-toi ! lança-t-elle d'une voix pleine d'entrain. Debout, debout. Nous allons être en retard.

— Je ne peux pas me lever, gémit-il du fond de son lit. Fiche-moi la paix.

Ruth se demanda s'il n'avait pas pris froid une fois encore.

— On se sent tous comme ça de temps en temps, chéri. Mais il faut prendre sur soi.

— Laisse-moi ! Je te dis que je suis crevé. Je ne peux vraiment pas.

— Pas quoi ?

— Me lever.

Ruth tira sur ses couvertures en riant.

— Si c'est encore un truc pour sécher l'interro de maths, ça ne prend pas. Allons, mon garçon, je vais être en retard si tu ne t'agites pas un peu.

— Maman. Je suis sérieux. J'ai l'impression de... Je me sens si faible.

— Faible ?

— Ouais.

— Trop faible pour sortir du lit ?

— Mmm.

Il avait l'air sincère. Ruth lui tâta le front.

— Tu n'as pas de fièvre.

Elle se livra à un rapide calcul mental. La seule chose vraiment importante, c'était la réunion de dix heures. Si elle pouvait réorganiser son emploi du temps, elle arriverait peut-être à tirer Will hors de son lit pour l'emmener à l'école.

Aussi calmement que possible, elle fit une nouvelle tentative.

— Écoute, je vais appeler le bureau pour dire que je serai en retard.

— Désolé, m'man. Je t'assure. C'est pas à cause de l'interro de maths.

— Je te crois, mon chéri.

— Je... Je sais pas ce que j'ai...

Son regard laissa soudain transparaître la peur. Ruth se mordit les lèvres en l'observant. Pouvait-elle le laisser seul à la maison ? Et si elle allait au bureau, annulait son déjeuner d'affaires et revenait vers midi ? Mais s'il ne parvenait pas à se lever ? S'il se sentait mal ? Elle se dirigea vers le téléphone.

Ruth savait ce que cet incident allait lui coûter. C'était exactement ce genre de situation qui faisait hésiter la boîte à embaucher des femmes : leurs enfants tombaient malades et elles accordaient toujours la priorité à leurs familles plutôt qu'à leur travail. Bien sûr, officiellement, chacun affichait des opinions politiquement correctes et affirmait haut et fort le droit de toutes les femmes d'occuper des situations élevées. Mais plusieurs de ses associés ne faisaient pas mystère de leurs réticences à offrir des postes de responsabilité aux femmes. Quelques semaines auparavant, l'une des collègues de Ruth avait appelé pour prévenir qu'elle ne pourrait pas se rendre à une importante réunion de clientèle parce que son mari avait la grippe.

— Vous, les femmes, vous parlez tout le temps d'égalité, avait pesté Jack Finley. Mais comment pouvez-vous vous considérer comme des égales si vous laissez tout tomber dès qu'il y a un petit problème à la maison ? Vous vous battez pour faire carrière et, à la minute où vos enfants se mettent à parler du nez, vous abandonnez tout pour courir leur tenir la main et les moucher.

Ruth n'ignorait pas qu'il faisait partie de ceux qui s'étaient opposés à sa promotion.

— Qu'est-ce que vous diriez si votre femme allait à son travail en laissant votre enfant malade à la maison ? avait-elle répliqué. Est-ce que c'est vous qui vous occuperiez de lui ?

— J'ai une situation plus importante que celle de ma femme.

— Vous délirez, Jack. Le salaire de Nancy est peut-être inférieur à vos honoraires mais ses responsabilités professionnelles sont tout aussi écrasantes. Comment réagiriez-vous si, après une grave opération, elle vous laissait en plan en prétextant que son travail la réclamait et en se contentant de vous appeler à l'heure du déjeuner pour voir si tout va bien ?

Jack se garda bien de lui répondre que c'était exactement ce que Nancy aurait fait...

Ruth décida d'appeler sa secrétaire.

— Je vais probablement être en retard, Marcy.

— Rien de grave, j'espère ?

— Mon fils ne se sent pas très bien. Contactez Jim Pinkus, voulez-vous ? Dites-lui que j'ai un empêchement et essayez de repousser mon rendez-vous de dix à onze heures. Ou, plutôt, onze heures et demie.

— Et votre déjeuner avec Baker Industrial ?

— Je suis certaine d'être au bureau avant onze heures.

Elle réfléchit :

— Malgré tout, ce ne serait peut-être pas une mauvaise idée d'appeler la secrétaire de Petrinelli. Prévenez-la qu'il pourrait y avoir un problème. Prenez peut-être un autre rendez-vous. Inventez une excuse, demanda-t-elle avant de se rappeler que Baker Industrial était un client potentiel. Bon... Écoutez... Ne prenez pas de rendez-vous avant que j'aie rappelé pour vous tenir au courant.

Elle téléphona ensuite à la clinique, expliqua que son fils n'avait pas de fièvre mais paraissait très faible. La réceptionniste la mit en contact avec une infirmière, et Ruth dut recommencer à raconter son histoire. On lui demanda de quand dataient les derniers examens sanguins de son fils. Pour autant qu'elle s'en souvenait, c'était juste après Noël, lorsqu'on avait vérifié son anémie.

— Vous dites qu'il se sent faible. De quelle manière ?

— Il est trop fatigué pour quitter son lit.

— Et il a quatorze ans ?

— C'est cela.

— Voulez-vous l'amener ici afin que nous puissions l'examiner ?

Ruth, de plus en plus inquiète, retourna dans la chambre de Will. Lorsqu'elle le vit tourner vers elle son visage blême, elle fit un effort pour dissimuler son anxiété.

— Tu veux quelque chose, mon chéri ?

Elle serait allée lui décrocher la lune s'il le lui avait demandé. Mais il secoua la tête.

— As-tu besoin d'aller aux toilettes ?

Il eut l'air embarrassé.

— Eh bien, je crois que ce ne serait pas une mauvaise idée...

— Laisse-moi t'aider.

Glissant un bras autour de ses épaules, elle l'aida à s'asseoir. Mon Dieu... comme il avait maigri... Il se leva, les genoux tremblants comme un poulain qui vient de naître, et cependant déjà plus grand que Ruth d'une bonne tête.

— Bon, maintenant, mets ton bras autour de ma taille.

Elle le serra fermement contre elle et, ensemble, ils partirent en chancelant vers la salle de bains. Comme d'habitude, il sentait légèrement la sueur mais aussi la cigarette. Elle se doutait bien qu'il fumait depuis quelque temps.

— Je peux y arriver tout seul, m'man. Merci.

— Tu es sûr ?

— Absolument. Peut-être que j'ai dormi dans une mauvaise position ou un truc comme ça.

— Appelle-moi si tu as besoin de quelque chose.

Elle entendit le bruit de la chasse d'eau, puis la voix de Will, plus assurée à présent.

— Je vais essayer de prendre une douche.

Il ouvrit la porte et Ruth poussa un soupir de soulagement en le voyant apparaître sur le seuil et s'appuyer contre le montant de la porte pour la regarder.

— Tu as envie de grignoter quelque chose ?

— Pas vraiment.

— Tu es sûr ?

Il secoua la tête en souriant. Soudain, elle eut l'impression absurde qu'il tentait de la rassurer. C'était pourtant davantage son rôle à elle. Des larmes lui vinrent aux yeux. Se pouvait-il qu'il soit réellement malade ? Une vague de panique l'envahit, la laissant faible, abattue.

— Je crois que tu devrais essayer d'avaler quelque chose. Ensuite...

— Ensuite quoi ?

— Je vais t'accompagner à la clinique.

— Oh, maman !

— Il faut être fixé, dit-elle d'un ton ferme.

Elle appela Paul pendant que Will terminait sa douche. Il n'avait pas toujours cours le matin. Mais c'était apparemment le cas aujourd'hui. Tâchant de conserver son calme, elle laissa un message sur son répondeur et lui demanda de rappeler de toute urgence, précisant qu'il s'agissait de Will. Même si elle ne voulait pas le reconnaître, elle craignait qu'il ne rappelle pas, croyant, sans doute, qu'elle téléphonait pour son propre compte. Après réflexion, elle décida de passer également un coup de fil au bureau de Paul. Ce fut Melda, la secrétaire du département, qui décrocha.

— Bonjour, madame Connelly, heureuse de vous entendre.

— Bonjour, Melda, dit Ruth en se demandant si elle savait que Paul l'avait quittée. Est-ce que mon mari est là ?

— Le Pr Connelly est en cours pour le moment.

Voulez-vous que je lui demande de vous appeler dès son retour ? Il devrait être là au milieu de la matinée.

— Je vous remercie, Melda. Dites-lui que c'est important.

— Rien de grave, j'espère ?

Oh, mon Dieu, pensa Ruth, moi aussi, je l'espère.

— Dites-lui juste qu'il s'agit de Will.

— Comment va votre jeune garçon ? demanda Melda. Le professeur nous l'a amené un jour pendant que vous étiez là-bas en Europe. Je ne lui ai pas trouvé très bonne mine.

— Je l'emmène à la clinique à l'instant. Demandez simplement à mon mari de me contacter.

Elle raccrocha sans attendre la réponse de Melda.

Pourquoi l'infirmière avait-elle voulu le faire venir ? Que redoutait-elle ? Ruth se sentait si impuissante ! Personne n'avait jamais été gravement souffrant dans sa famille, si l'on omettait les maladies d'enfance habituelles.

L'eau coulait toujours dans la salle de bains. Elle se dirigea vers la chambre de Will. La pièce n'avait guère changé depuis les dix ans du garçon. Un skateboard était posé contre le mur, des rollers encombraient le tapis, un gant de base-ball gisait sur l'étagère. L'une de ses deux guitares traînait au pied du lit.

Ruth entreprit de changer les draps sales. Will entra en traînant les pieds, une serviette autour de la taille. Exactement comme son père, pensa Ruth. Mêmes épaules, même musculature. C'était encore un adolescent mais l'adulte perçait déjà à certains détails. Un léger duvet sombre commençait à recouvrir son bas-ventre.

Elle aurait voulu le prendre dans ses bras, lui dire à quel point elle l'aimait. Depuis quand ne l'avait-elle pas fait, sauf de façon machinale ? Le corps de son fils était couvert d'hématomes, aux coudes et à l'épaule.

De nouveaux boutons avaient poussé sur son dos, plus enflammés et rouges que jamais. Quelques gouttes d'eau brillaient encore sur son cou et sa nuque.

Elle lui avait préparé des vêtements.

— Tu es capable de t'habiller tout seul ?

— Oui, je me sens un peu mieux, merci, répondit-il en s'asseyant lourdement sur le bord du lit, les yeux fermés. Enfin, je crois.

— Tu n'as pas changé d'avis pour le petit déjeuner ? demanda Ruth qui ne voulait pas donner l'impression de le presser. Est-ce que des céréales te tenteraient ? Des œufs ? Des gaufres ? Je peux même te préparer des crêpes aux myrtilles.

Mange, avait-elle envie de le supplier. Mange, cela m'ôtera un peu de culpabilité.

Will prit la chemise qu'elle lui tendait et commença à l'enfiler. Les os de ses bras étaient visibles sous la peau presque transparente, dont toute chair semblait absente.

— Je n'ai pas vraiment faim, maman.

Mon Dieu, pensa Ruth, serait-il devenu anorexique ? Est-ce là son problème ? Elle avait toujours cru que ce genre de maladie affectait surtout les filles.

— Couvre-toi bien. Il fait très froid, dehors. Plusieurs degrés en dessous de zéro.

— D'accord.

— Je vais t'aider à descendre dans l'entrée de l'immeuble. Tu m'y attendras le temps que j'aille chercher la voiture.

Mais, en allant à la cuisine, elle fut prise d'un vertige et dut s'appuyer sur le plan de travail pour ne pas tomber. Pendant quelques secondes, elle demeura immobile, la tête penchée, tâchant de reprendre son souffle en respirant par la bouche, à plusieurs reprises, lentement. L'anorexie pouvait expliquer la faiblesse de Will, sa perte d'appétit, sa fatigue. Et même éventuellement ses douleurs articulaires. S'il devait réellement être malade, autant que ce soit de cela. Heureusement, il s'agissait d'une maladie guérissable même si, très rarement, certains enfants en mouraient.

L'impatience la gagna le long du chemin qui menait à la clinique. Les feux semblaient comploter pour se mettre au rouge, les autres conducteurs lui paraissaient tous ivres, et les bus s'ingéniaient à s'arrêter toutes les centaines de mètres pour la ralentir. Personne n'avait l'air de comprendre à quel point elle était pressée. Hier, les préoccupations des autres l'indifféraient. Aujourd'hui, les choses avaient changé. Effondré à l'arrière de la voiture, Will respirait avec difficulté, ses poumons sifflaient, comme en écho au souffle oppressé de Ruth.

Anémie. Anorexie. Anémie. Anorexie. Ces maladies n'étaient pas mortelles, il fallait s'en convaincre. Et puis, s'adapter. Au besoin, quitter son travail. Penser à appeler Bob Landers demain. Elle était prête à tout sacrifier pour que Will se porte mieux. Anémie. Anorexie. L'une ou l'autre. Will était souffrant mais il guérirait. Elle en était certaine.

Elle s'arrêta à la hâte devant l'immeuble sans respecter les emplacements réservés. Sous un vent glacé, elle se précipita vers le bureau d'accueil pour y décliner son identité. Quelqu'un l'aida à sortir Will de la voiture et à l'installer dans un fauteuil roulant. Ils attendirent dans le hall d'entrée pendant qu'elle se garait plus correctement. On véhicula son fils à travers de longs couloirs. Pourvu que rien ne lui arrive... il fallait effacer ces pensées de son esprit.

Greg Turner, le pédiatre, les attendait dans son bureau. Ruth vit l'expression du médecin se transformer tandis qu'il examinait l'adolescent. Après avoir ausculté sa bouche, il remonta une manche pour observer l'état de sa peau. Avait-il mal quelque part ? Will

mentionna son estomac, et le Dr Turner le palpa doucement, suspendant son geste dès que l'adolescent gri-
maçait de douleur. Puis il décrocha son téléphone et
murmura quelques mots rapides.

À la fin de la communication, il se tourna vers Ruth
et la regarda droit dans les yeux.

— Il faut l'hospitaliser. Immédiatement.

— Mais pourquoi ? Dites-moi ce qui se passe,
docteur.

Le médecin n'essaya pas de lui cacher la gravité de
la situation.

— Je veux lui faire subir quelques examens.

Le cœur de Ruth bondit dans sa poitrine. Une sueur
froide coula le long de son dos. Elle s'approcha du
pédiatre et demanda en chuchotant :

— Est-ce que c'est grave ?

Il lui prit la main.

— Ruth, je ne peux avancer aucun diagnostic sans
avoir vu les résultats des examens.

— Alors, c'est vraiment grave, n'est-ce pas ?

— Je suis dans l'impossibilité de vous en dire plus
pour le moment. Une ambulance va arriver d'une
minute à l'autre.

— Une ambulance ? répéta Ruth, abasourdie.

— Je préfère le conduire à l'hôpital. Vous pouvez
l'accompagner. On vous dira ce qu'il faut faire sur
place.

Ruth se tourna vers son fils. Il eut un pâle sourire.

— Ça va, maman. Reste cool.

Sous son regard, elle se raidit pour maîtriser son
émotion et ne pas l'alarmer. Avait-elle donc l'air si
bouleversée ? Au moment de quitter la clinique, elle
surprit son image dans la glace de l'entrée. Son visage
était aussi blême que celui de son fils, et les rides si
profondément creusées qu'on les aurait crues dessinées
au fusain.

En cet instant précis, elle eut besoin de la présence de Paul à ses côtés.

Plus que de toute autre personne au monde...

11

— Il paraît que c'était important, annonça Melda en
remettant à Paul un Post-it. Votre femme emmène Will
à la clinique et voudrait que vous l'appeliez.

Dans les couloirs, un étudiant éclata de rire. Le murmure des voix se mêlait au frottement des chaussures
sur les parquets.

— Quand a-t-elle téléphoné ?

— Il y a moins d'une heure.

— Vous a-t-elle dit de quoi il s'agissait ?

— Non, monsieur.

— Rien du tout ?

Melda secoua la tête. Paul saisit le récepteur du téléphone pour appeler l'appartement. Il n'obtint que la
voix froide et compétente de sa femme sur le répondeur. Au cabinet, Marcy ne savait rien, sinon que Ruth
n'était toujours pas arrivée. Paul chercha fébrilement
dans son carnet le numéro de la clinique. Il obtint le
standard et demanda à parler au pédiatre.

— Lequel ? demanda une voix féminine.

— Greg, répondit-il en essayant désespérément de
retrouver le nom du médecin. Euh... Greg Turner.

Qu'est-ce que c'était donc que cette histoire ? Il était
clair que Ruth ne l'appellerait pas à l'école s'il ne
s'agissait de quelque chose de grave. Mais pourquoi
n'était-elle pas à son travail ? Will aurait-il eu un
accident ?

— Allô ?

— Docteur Turner... ici le professeur Connelly. Le père de Will Connelly. J'ai reçu un message me demandant de rappeler ma femme mais elle n'est pas...

— Je viens de l'envoyer à l'hôpital accompagner votre fils.

— Mais pourquoi ? Il y a quelque chose qui ne va pas ?

La voix du pédiatre se fit distante, impersonnelle.

— Je ne peux pas l'affirmer, monsieur. Ainsi que je l'ai dit à votre femme, je ne puis porter aucun diagnostic dans les conditions actuelles. Le mieux serait que vous la rejoigniez là-bas.

Paul reposa l'appareil en fixant Melda d'un air absent. Ses yeux regardèrent sans la voir cette pièce dont il avait fait son bureau, un cadre familier qu'il avait toujours apprécié. À côté, dans un autre bureau de la faculté, un téléphone ne cessait de sonner. Deux hommes dont il ne reconnaissait pas les voix passèrent dans le couloir en discutant de la dernière pile de copies à corriger. « Quelque chose de grave », avait déclaré Ruth à Melda.

— Annulez mes cours de la journée.

Roulant avec difficulté à travers la circulation de la mi-journée, Paul sentait l'angoisse gagner toutes les fibres de son corps. Un accident... ça ne pouvait être que cela. Mais alors sans gravité, sinon Ruth serait venue le chercher immédiatement. À moins que...

C'était vrai que Will lui avait semblé souvent fatigué les mois précédents. Il s'était même posé des questions à ce sujet au cours du week-end dernier, se demandant si son fils ne prenait pas de la drogue ou s'il se nourrissait mal. Mais, devant le refus obstiné de l'adolescent d'en parler, il avait mis cela sur le compte de problèmes émotionnels – parfaitement compréhensibles, au demeurant. Et s'il s'était trompé ? S'il s'agissait de malaises réellement physiologiques ?

Il arriva à l'hôpital juste avant midi. Jamais encore il n'avait eu l'occasion de s'y rendre auparavant. La réception lui indiqua le service d'hématologie où il retrouva Ruth, seule dans la salle d'attente, séparée de l'agitation qui régnait dans les couloirs par un petit mur bas décoré de plantes d'intérieur. Elle était assise, un magazine ouvert sur les genoux, les yeux fermés. Paul s'arrêta un instant sur le seuil pour l'observer. Elle lui parut amaigrie, la mâchoire saillant, son corps anguleux flottant dans le petit tailleur à la mode. Comme elle avait l'air fragile ! Elle n'avait vraiment plus que la peau sur les os. Était-ce la conséquence de la disparition de Josie huit mois plus tôt ? Et dire que leur vie semblait si sereine avant ce drame. Ils n'étaient alors qu'une simple et banale famille heureuse. Ou assez heureuse, en tout cas. Il se rappela le ciel bleu au-dessus de l'étang, les enfants sautant depuis le petit ponton en bois. Le chant des oiseaux.

Comment avait-il pu la quitter ?

Et quitter Will...

Quand il prononça son nom, elle sursauta et ouvrit les yeux. À sa vue, elle courut se jeter dans ses bras. Il se prit à rêver que tout redevenait comme avant.

— J'ai peur, Paul.

— Ruth... Que se passe-t-il, bon sang ?

— On est en train de lui faire subir toutes sortes d'examens. C'est... très grave, Paul. J'en suis certaine.

Une femme passait dans le couloir, tenant par la main un petit enfant de huit ou neuf ans, vêtu d'un pantalon trop large et d'un T-shirt. Ses orbites creuses et son crâne rasé à l'exception d'une mince couronne de cheveux en haut de la nuque ne permettaient pas de savoir s'il s'agissait d'un garçon ou d'une fille.

— Grave ? répéta Paul, abasourdi. Jusqu'à quel point ?

Pour toute réponse, Ruth éclata en sanglots.

— Ils parlent de... Oh mon Dieu, Paul. J'ai entendu un des laborantins dire que...

Elle était trop effrayée pour seulement prononcer le mot.

— Bon sang, explique-moi ! fit-il en lui secouant le bras avec impatience.

— Un cancer. Une leucémie.

Les mots franchissaient ses lèvres avec difficulté.

— Oh, mon Dieu !

— Ce n'est pas absolument sûr. Mais c'est ce que le laborantin a dit.

— Tu es certaine qu'ils parlaient bien de Will ?

— Je... je ne sais pas. Paul. Aide-moi..., murmura-t-elle tandis que les larmes lui montaient aux yeux.

Il la fit asseoir à côté de lui, lui prit la main et la serra de toutes ses forces, comme s'il voulait lui infuser un peu de sa propre énergie.

— Une leucémie. Oh, Seigneur !

Il se souvenait de ce documentaire vu récemment sur le petit écran. À l'époque, la leucémie, c'était pour les autres. Son seul nom évoquait les transfusions sanguines, les appels à des donneurs, les émissions télévisées. La douleur et les ravages subis par le corps. La mort de jeunes enfants.

Mais quel rapport avec Will ?

Ruth tremblait de tous ses membres, comme si le froid qui régnait au-dehors l'avait rattrapée. Or cette aile de l'hôpital était surchauffée.

— J'aurais dû m'en apercevoir, gémit-elle. Mais j'étais si absorbée par mon travail que je n'ai pas repéré les symptômes. Et pourtant, je voyais bien qu'il n'avait pas l'air en forme. Sans cesse épuisé. D'ailleurs, tu me l'avais dit. Même Melda l'a remarqué.

— Melda ?

— Je lui ai parlé ce matin, poursuivit-elle en ayant l'impression de parler d'un lointain passé où rien de grave n'arrivait jamais. Elle lui avait trouvé mauvaise mine. Ta propre secrétaire, Paul. Et moi, sa mère, j'étais tout bonnement trop occupée par mon boulot de merde !

Elle hurla ce dernier mot en s'arrachant aux bras de son mari. Ramassant le magazine glissé à terre, elle le jeta avec rage contre le mur avant de reprendre :

— Tout cela parce que je suis une mauvaise mère qui n'a jamais mérité les enfants que Dieu lui a donnés.

Paul la secoua avant de finir par la gifler.

— Arrête, Ruth ! Calme-toi ! Nous ne sommes même pas certains de ce qu'il a. Greg Turner ne voulait sans doute pas prendre de risques en l'envoyant ici.

Il savait bien que ses paroles étaient destinées à se rassurer lui-même.

— De plus, si... si *jamais* – Dieu veuille que je me trompe – il s'agissait d'une leucémie, nous ne sommes en rien responsables de ce fait. Rien ne pouvait l'empêcher. Alors, cesse de culpabiliser.

Ils levèrent tous deux les yeux en entendant des pas. Un médecin s'approcha d'eux, un bloc-notes à la main.

Il salua Paul.

— Bonjour. Vous devez être le Pr Connelly ? Je suis Mike Gearin, du service d'hématologie. Désolé de vous avoir fait attendre.

— Je vous en prie..., balbutia Ruth, la gorge sèche. Dites-nous de quoi souffre notre fils ?

Le médecin eut un pâle sourire.

— Il est normal que vous vous montriez impatients. Mais je préférerais ne pas aller plus loin avant d'avoir la conclusion de tous les examens.

— Tout de même, s'écria Paul, vous pouvez bien nous donner quelques précisions !

— Bon, fit le Dr Gearin en consultant ses notes. Pour le moment, il semblerait que votre fils soit affecté de graves troubles sanguins.

— Oh, mon Dieu, murmura Ruth.

— Quel genre de troubles ? insista Paul.

— Mon équipe est en train d'étudier son dossier ainsi que le résultat de ses analyses. Un hématologue, un oncologue, un urologue et un neurologue, énuméra le médecin en souriant de la manière la moins convaincue que Paul eût jamais vue. Les meilleurs spécialistes. Et, croyez-moi, ces types-là ne laissent jamais rien passer. Nous avons terminé les tests sanguins mais il faut encore en faire d'autres. S'il y a quelque chose à trouver, faites-moi confiance, nous le trouverons.

Mais son regard démentait ses propos. Paul sentit un grand froid l'envahir. Ces yeux disaient qu'ils avaient déjà découvert le véritable mal de Will.

Lorsqu'il fut parti, Paul et Ruth restèrent immobiles et silencieux, prostrés sur la banquette de la salle d'attente, semblables à des condamnés attendant leur exécution.

Il était près de six heures lorsque Gearin revint les trouver. Cette fois-là, il leur demanda de le suivre dans une petite pièce meublée d'un canapé bas et de deux chaises chromées. L'une d'elles était déjà occupée par un médecin d'un certain âge qui examinait des documents contenus dans un dossier à couverture bleue.

Il abandonna sa lecture pour leur serrer la main.

— Heureux de vous rencontrer. Je suis le docteur Caldbeck, chef du service d'hématologie.

— Voilà qui ne me paraît pas très rassurant, marmonna Paul.

Gearin s'assit en face d'eux en les fixant d'un regard franc, direct, presque encourageant. Utile, pensa Ruth, si vous êtes porteur de mauvaises nouvelles. Il observa son collègue du coin de l'œil, croisa les doigts. Les décroisa. Prit une profonde inspiration, comme un athlète au départ d'une compétition.

— Inutile de vous raconter des histoires. Comme nous le soupçonnions, votre fils est gravement malade.

Les mains de Ruth se mirent à trembler. Elle se sentait incapable de parler. Effrayée, comme si elle était en équilibre sur une corde raide surplombant un précipice. Le sol se déroba sous ses pieds.

— De quoi souffre-t-il ? parvint enfin à articuler Paul.

— Probablement une LLA, répondit Gearin. Leucémie lymphoblastique aiguë.

— Mais la leucémie est presque incurable, non ? dit Ruth, secouée de frissons.

— En aucune façon. La LLA est très réceptive à la thérapie. Nous – c'est-à-dire tous les chercheurs concernés par cette pathologie – comprenons de mieux en mieux cette affection. En d'autres termes, les chances de guérison ne cessent de s'améliorer car nous découvrons chaque jour de nouveaux traitements.

— J'ai un peu l'impression que vous nous racontez ça pour faire passer la pilule, observa Paul d'un ton sceptique.

Le Dr Caldbeck comprit qu'il était temps d'intervenir.

— Pas du tout. Nous tablons actuellement sur quatre-vingts pour cent de réussites pour ce type de cas.

— Êtes-vous absolument certain de votre diagnostic ?

— Je regrette de devoir vous dire que oui, répondit Gearin. Les examens sanguins sont parfaitement

230

concluants, même s'il faudra effectuer un prélèvement de moelle osseuse afin d'affiner nos conclusions. Lorsque nous aurons les résultats, nous connaîtrons l'étendue de la maladie et nous pourrons alors entamer le traitement. Maintenant, pouvez-vous me dire ce que vous savez de la leucémie ?

Une fois de plus, ce fut Paul qui prit la parole. Ruth donnait l'impression de s'être repliée sur elle-même, comme si elle ne voulait plus rien entendre, même si elle savait parfaitement qu'elle écouterait la moindre parole prononcée et que chacune d'entre elles serait d'une importance vitale.

— C'est un cancer des cellules sanguines, non ?

— Exact. Le sang est composé de trois types de cellules, les globules blancs, les rouges et les plaquettes. Les globules blancs – les leucocytes – sont ceux qui combattent les infections. Lorsqu'un patient est atteint de leucémie, son corps se met à produire un grand nombre de globules blancs qui ne fonctionnent pas normalement. La maladie commence dans la moelle osseuse, qui sert essentiellement à produire des cellules sanguines. Si l'une de ces cellules subit une mutation, elle se multiplie avec rapidité et envahit les tissus encore sains. Au regard du passé médical récent de Will, il semble avoir souffert d'une bronchite, de manque d'appétit, de fatigue et de douleurs articulaires. Tous ces symptômes sont classiques de cette maladie.

— Nous pensions que c'était psychosomatique, dit Ruth. À cause de... de l'accident.

— Quel accident ?

Elle se tut, incapable de parler de Josie. Surtout pas en cette circonstance.

— Si nous avions eu la moindre idée qu'il y avait quelque chose de grave...

— Notre fils a subi un examen sanguin il y a seulement quelques semaines, enchaîna Paul. Comment se fait-il que rien ne soit apparu à ce moment-là ?

Gearin considéra le couple de ses immenses yeux brillants. Ruth songea malgré elle qu'ils lui faisaient penser à ceux du nounours de Josie. Est-ce que Paul avait remarqué à quel point les yeux de Gearin ressemblaient à ceux de Hardy ?

— Les analyses n'ont pas été poussées assez loin, répondit Gearin. D'après son dossier, on a recherché une anémie, pas une leucémie. Les symptômes étant assez similaires, il leur arrive de cacher l'autre pathologie. Par ailleurs, il est tout à fait possible que votre fils n'ait pas encore développé de leucémie à cette époque. Les choses peuvent parfois être très soudaines, achevat-il en faisant sauter sa pomme d'Adam.

Caldbeck approuva d'un signe de tête.

— Certains examens ne révèlent rien un jour, refaites-les le lendemain et ils sont positifs.

— Si vite ?

— Hélas, oui.

Ruth avait l'impression de se retrouver plongée dans l'un de ses pires cauchemars. Son cerveau était envahi d'une brume cotonneuse à travers laquelle elle entrapercevait le visage de Will qui s'éloignait jusqu'à ne plus devenir qu'une petite tache à peine visible.

— Quelles sont ses chances ? demanda Paul. C'est la seule chose à laquelle nous puissions penser pour le moment.

— Je ne peux prononcer aucun pronostic à ce stade. Tout dépendra du patient lui-même et de sa réaction au traitement. La LLA est très sensible à la chimiothérapie.

— Il est bon de se rappeler que de nombreuses pathologies malignes qu'on croyait jusqu'ici fatales sont désormais guérissables, intervint Gearin. Et même dans les cas où la réponse aux traitements est insuffisante, il reste toujours l'espoir de nouvelles thérapies. Bien sûr, aucun traitement n'est envisageable tant que nous ne disposons pas de toutes les informations sur ce type de pathologie.

— Et pourquoi pas ?

— Professeur Connelly, je suis certain que vous comprenez que je ne puis vous donner toutes les réponses à ce stade. Les métabolismes soumis à un traitement chimique réagissent chacun à leur façon, sans se soucier de respecter la théorie scientifique. D'où l'importance du bilan préliminaire. Notre objectif, vous vous en doutez, est d'obtenir la rémission la plus rapide possible.

— A quels types de traitements faites-vous allusion ?

Ruth essayait de se convaincre que le Dr Gearin n'était en rien responsable de ce qui arrivait à Will et qu'il faisait de son mieux dans ces circonstances difficiles. Avoir à annoncer à des parents que leur enfant souffrait d'une maladie probablement incurable était déjà éprouvant. Mais le faire presque chaque jour, comme c'était vraisemblablement le cas, devait le désespérer. Pourtant, il se montrait patient et efficace.

Gearin commença à énumérer les différents traitements disponibles.

— La chimiothérapie fait usage de médicaments pour détruire les cellules cancéreuses. Mais la radiothérapie peut se révéler également très positive. On se sert dans ce cas de rayons pour court-circuiter les cellules malignes et les empêcher de se reproduire. Nous utilisons parfois une combinaison des deux, en fonction de l'évolution du patient.

Le « patient ». Comme le mot paraissait froid et si étranger au petit garçon qui attendait dans une chambre de l'hôpital.

— Il y a bien sûr des effets secondaires à ces traitements, n'est-ce pas ? demanda Paul.

— La chimiothérapie à hautes doses détruit la

moelle, l'informa calmement Gearin. Si la perte de moelle devient critique, il faut alors trouver un donneur sain pour une transplantation. En d'autres termes, remplacer celle de Will par celle du donneur.

À ce stade de la conversation, Ruth se rendit compte qu'elle ne pouvait supporter d'en entendre davantage. Le choc avait déclenché une réaction de stress qui s'emparait de tout son corps.

— J'ai froid. Tellement froid...

Elle avait l'impression de se retrouver dans une glacière. *Mon sang se glace. Mes pieds sont gelés.* C'étaient là des expressions si souvent utilisées qu'elles en avaient perdu tout sens. Jusqu'à aujourd'hui. Ses mâchoires s'entrechoquaient. *Je claquais des dents.* Les yeux secs, elle fixait les deux médecins, mais la terreur brouillait son regard. Seules leurs paroles lui parvenaient. Transplantation de moelle... Globules blancs... Radiothérapie... Quel rapport avec Will ? Avec son petit garçon tant aimé, qu'au fond d'elle-même elle avait su souffrant et qu'elle avait tout bonnement négligé ? Quelle mère était-elle donc pour l'avoir ainsi abandonné ?

Elle commençait à manquer d'air et chercha désespérément à reprendre son souffle. Will... Avec lui, elle perdrait la seule personne qui comptait vraiment dans sa vie. Quelle importance, sa carrière, désormais ? Ce qui avait été le moteur de toute son existence n'était rien à côté de cette horrible maladie. Lorsque Will n'était encore qu'un tout petit enfant, elle savait soigner ses chagrins et ses petites blessures, apaiser dans ses bras aimants la moindre de ses peines. Mais il était seul à présent. Elle ne pouvait plus le suivre là où on l'emmenait. Seulement attendre son retour. Le froid lui enserra le cœur. Elle se sentit infiniment petite et misérable.

Gearin lui jeta un regard inquiet.

— Pourrions-nous avoir du café ? demanda-t-il au téléphone. Tout de suite.

— Couvre-toi de mon manteau, murmura Paul en le glissant sur ses épaules.

— Merci.

Son corps se réchauffa mais elle ne parvenait toujours pas à faire cesser les tremblements. Une douce chaleur se répandit le long de ses membres. Elle s'appuya doucement contre son mari, réconfortée par le contact de ses mains sur elle.

— Will va s'en sortir, murmura-t-il. Quatre-vingts pour cent de cas sont guéris.

— Ce qui veut dire que vingt pour cent ne le sont pas.

— Ne parle pas comme ça !

— J'aurais dû m'en rendre compte. J'aurais dû l'amener ici plus tôt.

— Ne vous rendez pas responsable, intervint Caldbeck. Tous les parents ont cette réaction lorsqu'ils entendent ce type de diagnostic. Ils pensent toujours que c'est leur faute.

Ruth n'en crut pas un mot. *C'était* sa faute. Elle était *responsable*.

Comme s'il lisait dans ses pensées, Caldbeck lui sourit.

— Vous devez vous persuader que vous n'auriez rien pu faire pour éviter ce drame. Nous connaissons encore mal les causes de la leucémie. Nous savons qu'elle affecte plus souvent les hommes que les femmes, qu'elle survient davantage chez les Blancs que parmi les autres groupes ethniques. C'est à peu près tout.

Ils passèrent en revue quelques détails mais Ruth n'était plus en mesure de se concentrer. Son garçon. Son fils. Pourquoi avait-elle été si aveugle ? Si elle n'était pas allée en Angleterre, peut-être que tout cela ne serait pas arrivé. La tête entre les mains, elle se mit à sangloter.

Gearin leur donna des papiers à signer, autorisant un prélèvement de moelle.

— Il va devoir séjourner ici un certain temps.

— Pouvons-nous rester auprès de lui ?

— Si vous le souhaitez.

— Bien sûr que nous le voulons, s'indigna Ruth d'une voix haut perchée. C'est mon fils, mon enfant. Comment pourrais-je le laisser seul dans cet univers inconnu ? Il est probablement terrifié. Il faut que je reste à ses côtés. Je le dois. C'est mon...

— Ruth, interrompit Paul d'un ton ferme.

Elle se rendit compte enfin qu'elle divaguait et que ses nerfs étaient sur le point de lâcher.

— Certaines chambres ont des lits supplémentaires pour la famille, d'autres ne sont équipées que de fauteuils transformables, les informa Caldbeck. Mais, avant tout, je...

Son bip sonna et le médecin dut se lever précipitamment en leur tendant la main.

— Écoutez, je voudrais vous dire combien je suis désolé. Sincèrement désolé. Vous venez d'apprendre aujourd'hui la pire nouvelle que l'on puisse annoncer à des parents. Mais nous avons bon espoir de terrasser cette maladie. Je vous assure que votre fils ne saurait être en de meilleures mains. Nous allons avoir, hélas, d'autres occasions de nous revoir. Entre-temps, soyez forts. Pour le bien de votre fils.

Après son départ, le Dr Gearin leur expliqua les avantages et les inconvénients de la chimiothérapie. Il ne leur cacha pas la possibilité d'effets secondaires désagréables. Mais la plupart ne seraient que provisoires. Et, pendant ce temps, des cellules saines parviendraient à se développer.

— Quelles sortes d'effets secondaires ? demanda Paul.

— Perte des cheveux, inflammation de la bouche et de la gorge, nausées, vomissements, modification du goût. Ce genre de choses. Déplaisantes sur le moment mais, comme je vous l'ai dit, elles ne sont généralement que temporaires.

— Généralement ?

— Presque toujours. Et tous les patients traités par la chimiothérapie ne souffrent pas de ces effets secondaires.

Les lèvres du médecin s'ouvraient et se fermaient. Des mots en sortaient. Seulement des mots. Des mots qui disaient à une mère des choses qu'elle ne voulait pas entendre. Nausées. Perte des cheveux. Inflammation. Mon pauvre petit Will. Mon pauvre garçon. Elle voulait quitter cette pièce, se retrouver à son chevet, le rassurer alors qu'il était perdu au milieu d'autres enfants, malades comme lui. Des images de Caleb's Point lui revinrent en mémoire. Les reflets du soleil sur la mer, la fraîcheur du vent. Le bruissement des branches des sapins. Où s'étaient-ils donc enfuis, ces trésors qu'elle avait jadis possédés – des enfants, un mari, un foyer ? L'or semblait s'être transformé en poussière.

— N'hésitez pas à demander à me voir à tout moment, conclut le médecin.

Elle savait bien qu'ils seraient inévitablement amenés à se revoir au cours des prochaines semaines, des prochains mois. Leurs destins étaient désormais liés. Ils étaient enchaînés l'un à l'autre, tels des forçats. Ou plutôt comme un kidnappeur et sa victime, un maître et son esclave. Le gardien et sa captive.

Elle appela Bob Landers chez lui dès qu'elle put trouver un téléphone.

— Ruth ! J'ai entendu dire que vous n'étiez pas venue au bureau aujourd'hui. Ne vous inquiétez pas : Jim Pinkus s'en est parfaitement sorti avec Phillipson. En revanche, Dan a eu sa petite crise de nerfs habituelle...

— Bob, je démissionne.

— Quoi ? !

— Je laisse tomber le boulot.

— Démissionner ? Mais pourquoi donc, bon sang ?

— Je vous appelle de l'hôpital.

— De l'hôpital ? Quel hôpital ?

— On vient juste de m'apprendre que Will a une leucémie.

— Oh, mon Dieu ! C'est affreux. Je suis vraiment navré.

— Je sais.

— Une leucémie... Comment allez-vous supporter une chose pareille ?

— Je l'ignore. Et il va bien falloir que je le découvre seule. Mais, pour l'instant, c'est au jour le jour. Je ne peux rien faire d'autre.

Landers poussa un énorme soupir.

— Ruth, je ne sais plus quoi dire. En tout cas, je vous conjure de ne pas prendre de décision définitive à ce stade. Et surtout de ne pas démissionner.

— Je n'ai pas le choix.

Ruth pouvait presque entendre Bob penser à l'autre bout du fil, peser le pour et le contre. La perte temporaire d'une excellente collaboratrice... les difficultés de trouver et former une remplaçante.

— Nous allons vous mettre en congé de longue durée. En plus, n'oubliez pas que vous aurez besoin de conserver votre régime de sécurité sociale. Les frais d'hospitalisation risquent d'être élevés.

— Je dois avouer que je n'y avais pas pensé.

L'avenir s'étendait devant elle, froid et lugubre.

— Ne démissionnez pas, Ruth. Pas encore. Si... Enfin, je veux dire, quand...

— Il n'y aura peut-être pas de « si » ni de « quand », Bob. Will est gravement malade. Il peut...

Quatre-vingts pour cent de chances, avait dit Gearin. Vingt pour cent de cas mortels... Les chiffres s'entrechoquaient dans sa tête et clignotaient comme des enseignes de néon. Une chance sur cinq de mourir, une chance sur cinq...

— Je suis atterré, Ruth, murmura Bob. Si vous avez besoin de...

Elle l'interrompit. Le temps était compté, désormais.

— Croyez bien que je suis touchée, Bob. À propos, ne vous inquiétez pas pour l'affaire Phillipson. Il n'y a pas grand-chose à faire avant l'arrivée de la lettre d'intention de Washington. En attendant, Jim peut s'occuper du reste : il connaît le dossier ainsi que la stratégie que nous avons décidé d'adopter au cours des semaines à venir.

— Je comprends combien tout cela ne doit plus guère avoir d'importance pour vous aujourd'hui.

— Pas pour moi, peut-être, mais certainement pour vous, Bob, répondit Ruth avant de raccrocher.

Les coups de téléphone qu'elle dut donner à la mère de Paul et à Luke furent bien plus pénibles. Leur peine ne fit que souligner ce que Paul et elle avaient à endurer.

Puis ce fut le tour de ses parents.

— Maman, c'est moi. Je t'appelle pour...

Sa mère l'interrompit, comme si elle devinait déjà que quelque chose d'horrible était survenu.

— Qu'est-il arrivé ?

Ruth se vit contrainte d'expliquer une fois de plus la

tragédie qui les frappait et d'écouter les sanglots douloureux à l'autre bout de la ligne. Son père prit le téléphone. Son émotion était palpable.

— Mais pourquoi ? Pourquoi cela t'arrive-t-il à toi ?
De tels coups du sort en si peu de temps... Joséphine,
le départ de Paul, maintenant William. Pourquoi ?

— Si je le savais, papa...

Soudain, Ruth se sentit plus forte et plus calme
qu'elle ne l'avait été au cours des derniers mois.
Comme si la maladie de son fils était parvenue à éradi-
quer ses anciennes faiblesses. Pour survivre, il lui fallait rassembler toute son énergie, pas seulement pour
Will, mais pour elle-même et ses parents.

— Nous partons tout de suite te rejoindre, reprit son
père. Nous louerons un appartement près de chez toi et
nous resterons tant que nous pourrons être de quelque
utilité. Si nous trouvons un vol, nous partirons demain
– rien ne nous retient ici.

— Papa, écoute-moi, dit doucement Ruth. C'est
gentil de me proposer ton aide mais, pour le moment,
ce n'est pas nécessaire. Reste à la maison et prends
soin de maman.

Sa mère reprit l'appareil, la voix déformée par le
chagrin.

— Ruthie, nous voulons t'aider. Être auprès de toi.
Et de Will. Le cancer... oh, mon Dieu. Nous sommes
si loin de vous, ici, en Floride.

— Vous ne pouvez absolument rien faire pour le
moment.

Jonathan Carter arracha le téléphone des mains de sa
femme.

— Tu promets de nous dire quand nous pourrons
venir ?

— Promis, papa.

— Tu es sûre ?

— Ne t'inquiète pas.

— Et l'argent ?

— Paul et moi sommes assurés. Ce n'est pas le problème pour l'instant.

— Rappelle-toi, ma petite, que nous sommes prêts à te soutenir. Will est notre seul petit-fils. Et toi, tu es notre unique enfant, notre fille bien-aimée. Nous avons toujours été si fiers de toi...

Sa voix faiblit, laissant Ruth au bord de l'effondrement.

— Je sais, papa. Et je vous suis très reconnaissante à tous les deux. Pas seulement pour aujourd'hui mais pour...

Sa voix se brisa. Pourquoi ne leur avait-elle jamais dit auparavant à quel point elle les aimait et appréciait ce qu'ils avaient fait pour elle ? Toujours présents, toujours forts. Elle n'avait jamais très bien su exprimer ses sentiments.

— ... pour tout, acheva-t-elle, la gorge nouée.

— Nous t'aimons, ma chérie, dit son père, comme s'il devinait ses pensées.

— Je vous aime aussi tous les deux, bien plus que vous ne pouvez l'imaginer.

On les autorisa enfin à voir Will. Il avait été installé dans une chambre près de la salle des infirmières. Une pièce aux murs couleur pêche ornée de quelques tableaux. Dans une alcôve, un lit pliant destiné à la famille et une penderie. L'adolescent était couché, vêtu d'une grande chemise verte fournie par l'hôpital et de ses sous-vêtements. Une perfusion en intraveineuse coulait d'une poche en plastique remplie d'un liquide clair. À la tête du lit, une table couverte d'un fouillis de tubes transparents et une boîte ressemblant à un élément de chaîne stéréo. Au-dessus, un écran sur lequel s'affichaient des lignes vertes mouvantes.

Will avait l'air épuisé, prématurément usé, comme si son corps de petit garçon avait été remplacé par celui d'un vieillard. Sa chemise, son jean et son sweat-shirt étaient bien pliés sur la table de nuit, ses bottes bien alignées. L'ordre méticuleux de la pièce ne faisait que souligner le chaos menaçant de les engloutir.

Dès qu'il vit ses parents, Will sourit, essayant comme à son habitude de désamorcer la situation par un trait d'humour.

— Salut ! Qu'est-ce qui vous a retenus ? Je commençais à penser que vous étiez partis en vacances.

— Oh, mon chéri..., commença Ruth en lui prenant la main.

Will eut une grimace de douleur.

— Attention, maman. J'ai tellement d'aiguilles plantées dans les bras que je n'ose même pas boire de peur que tout se défasse. Je dois avoir l'air d'une pelote d'épingles.

— Ne t'inquiète pas. Tout se passera bien.

Paul se sentit étreint par le remords devant le regard éperdu de sa femme. Il savait que Ruth aurait voulu en dire plus, bien plus. Que, comme lui, elle rêvait de caresser les cheveux de Will, de se pencher sur lui pour le fixer au fond de ses immenses yeux bleus et lui murmurer : Tu n'as pas l'air si mal que ça, tu sais. Ce n'est rien qu'un petit malaise. Tu sortiras bientôt. Tu verras, tu guériras. Oui, tu guériras...

Paul toussa pour s'éclaircir la gorge.

— Sympa, la chambre.

Sa voix tremblait légèrement. Seigneur, pensa-t-il, pas le cancer. Pas Will. Comment allaient-ils surmonter cette épreuve ? Pris d'un accès de faiblesse, il s'assit brusquement sur le bord du lit. Mon Dieu... pas Will.

— J'espère que les copains ne vont pas se pointer, dit l'adolescent. Ma réputation est foutue s'ils me voient habillé comme ça.

Son père essaya de sourire.

— Dis-leur que c'est la nouvelle tendance.

— Tu parles qu'ils vont me croire ! s'exclama Will en riant.

Son regard se fit interrogateur.

— On rentre bientôt ?

— Pas tout à fait, répondit Ruth. On doit encore te faire subir certains examens.

— J'aimerais vraiment rentrer pourtant, dit Will en détournant les yeux. Je ne veux plus qu'on me pique.

Sa bouche tremblait.

— Allons, fiston, tiens bon, dit doucement Paul en lui prenant la main.

— Ils m'en ont mis partout, reprit Will, les yeux baignés de larmes. Ça fait mal.

— Il n'y en aura pas pour longtemps. Jusqu'à... Jusqu'à ce qu'on découvre ce que tu as et comment le guérir.

Will les fixa l'un après l'autre au fond des yeux.

— Je suis vraiment malade, hein ?

Paul comprit qu'ils n'avaient plus le choix. Ils pouvaient faire semblant de ne pas prendre les choses au sérieux et mentir. Ou bien dire la vérité. La seconde solution était évidemment la seule à adopter. Il se mordit les lèvres et répondit enfin :

— On dirait bien.

— Est-ce que je vais mourir ?

— Nous ferons tout pour que ça n'arrive pas, répondit Ruth en s'efforçant de tout son être de paraître calme et rassurante.

Paul aurait aimé quitter cette chambre au plus vite. Il avait besoin d'un verre. Au lieu d'être obligé de se montrer fort vis-à-vis de Ruth et de Will, il n'avait plus qu'une idée en tête : trouver quelqu'un qui l'écoute et le comprenne, quelqu'un qui serait fort à sa place. Il se sentit envahi par l'envie irrépressible de s'abandonner au chagrin et au désespoir.

— Est-ce que j'ai un cancer ?

La voix faussement détachée de son fils l'arracha à ses sombres pensées. Il croisa le regard de sa femme. Le visage blême, elle hocha lentement la tête.

— Oui, murmura-t-il en prenant la main de son fils.

— Est-ce que je peux guérir ?

— Nous ne le savons pas encore. Mais toutes les chances sont de ton côté. Les meilleurs spécialistes s'occuperont de toi.

— Ils nous ont affirmé que la plupart des malades guérissent, ajouta Ruth.

— Je dois rester combien de temps ici ?

— Encore un peu.

— J'aimerais bien avoir mon Walkman.

— J'irai te le chercher à la maison un peu plus tard, promit sa mère. As-tu besoin d'autre chose ?

— Des livres, peut-être. Ma prof, tu sais, Mlle Marling, elle sera furax. Je devais lui rendre un devoir demain.

— Ne t'inquiète pas, je vais l'appeler.

— Dis-lui bien que je n'essaie pas de sécher les cours.

— Je suis persuadée qu'elle comprendra.

Will soupira.

— On voit que tu ne la connais pas, fit-il d'une voix lugubre. Ce serait bien si tu m'amenais mes enregistrements de cours. Je suis censé étudier le Mouvement pour les droits civiques. Et je dois aussi lire *Les Sorcières de Salem*.

— Je connais cette pièce de théâtre, dit Paul de sa voix de professeur. Cette critique de notre culture contemporaine apporte une perspective entièrement nouvelle sur...

— Laisse tomber, papa, coupa Will avec un petit

rire entendu. Lâche-moi un peu, pour une fois, d'accord ?

— Ne t'en prends pas à moi si tu rates tes examens de fin d'année.

Après cet échange de plaisanteries, Paul retrouva un certain optimisme. Malgré le diagnostic du médecin, il lui paraissait inimaginable que Will ne pût reprendre ses cours.

Ils passèrent la première nuit auprès de leur fils, attentifs au rythme de sa respiration. Des infirmières allaient et venaient, prenaient des notes, surveillaient l'écran de contrôle, vérifiaient l'intraveineuse, le pouls et la température. S'allongeant à tour de rôle sur le lit de camp, Ruth et Paul ne purent fermer l'œil. Les lignes et les chiffres qui s'alignaient sur l'écran projetaient une lueur surnaturelle sur le lit du jeune garçon. Une ampoule rouge clignotait dans la petite boîte en dessous de l'écran. Malgré le rideau fermé sur la vitre séparant la chambre du couloir, une lumière diffuse pénétrait dans la pièce.

Pendant ces longues heures passées au sein de cette demi-obscurité, Ruth souffrit alternativement de froid et de chaleur. Des vagues de terreur l'envahissaient, refluaient, menaçaient de l'engloutir. Elle écoutait attentivement le souffle régulier de son fils, parfois interrompu par de faibles gémissements, et se sentait liée à lui d'une manière qu'elle n'avait plus connue depuis sa naissance.

Lorsque Paul l'avait quittée, elle avait promis à son fils que désormais les choses iraient en s'améliorant. Et voilà qu'une fois encore elle avait déçu ses espérances. S'il ne guérissait pas, si on ne parvenait pas à combattre la maladie, il allait mourir.

Et s'il mourait, elle mourrait aussi.

12

— Nous proposons six séances supplémentaires de chimiothérapie, annonça le Dr Gearin. Chaque traitement impliquera un séjour à l'hôpital de quelques jours. Entre-temps, Will pourra rentrer chez lui, mais sous certaines conditions. J'insiste notamment pour que certaines règles de vie soient respectées, afin de donner au sang le temps de se rétablir.

Paul était furieux. L'amertume ne lui permettait plus de fonctionner correctement. Tout le hérissait et il se sentait prêt à éclater d'un instant à l'autre. Il tentait bien de se convaincre que ce n'était pas la faute du médecin, que Gearin faisait de son mieux, cela ne changeait rien. Sa colère se nourrissait de sa propre impuissance. Le spectacle de Will emprisonné entre les montants métalliques de son lit d'hôpital était déjà difficile à supporter. Mais assister à la perte visible de sa vitalité, savoir que, chaque jour, les tuyaux de plastique de sa perfusion infusaient du matin au soir des doses massives de médicaments dans son corps affaibli, tout cela était au-dessus de ses forces. Lorsque, à travers les couloirs, il poussait le fauteuil roulant de son fils, autrefois si plein de vie et si actif, pendant que les drogues s'infiltraient lentement par l'aiguille intraveineuse, un cri silencieux s'élevait du plus profond de son âme. Pourquoi Will ? Pourquoi notre famille ?

— Il y en aura pour combien de temps ?

— Difficile à dire avec certitude. Plusieurs semaines, probablement. Le sang se régénère à son propre rythme et le temps de récupération varie selon les patients.

— Comment saurons-nous si le traitement marche ?

— Les résultats sont variables. Aucun patient ne réagit exactement de la même manière. Ce que nous espérons, c'est que les médicaments feront au mieux leur travail et amèneront une rémission rapide.

Prenant une profonde inspiration, laissant ses épaules et sa tête aussi détendues que possible, Paul faisait des efforts surhumains pour se relaxer. Les muscles de son visage se relâchèrent. Il essaya de prendre une voix plus aimable.

— Et quand connaîtrons-nous les résultats ?

— Les examens sanguins montreront que les cellules cancéreuses ont été éliminées et que l'organisme ne produit plus que des cellules saines. Il n'y aura plus alors qu'à croiser les doigts et à espérer que la maladie disparaisse à jamais.

— La rémission est différente de la guérison ?

— Appelez ça une guérison provisoire. On ne peut pas en dire plus. Une rechute est toujours possible.

— À l'aube du XXIe siècle, on aurait pu espérer que quelqu'un ait trouvé le moyen de guérir cette maladie.

— Une partie du problème réside dans le fait que c'est précisément ce siècle lui-même qui est à la racine de la maladie, *via* la pollution et l'exposition aux radiations. Il y a également des facteurs génétiques mais, pour l'heure, nous ne pouvons émettre que des hypothèses et continuer à chercher les causes pour travailler sur la prévention et le traitement.

Paul baissa les yeux sur ses mains. Il sentait la colère monter en lui.

— Avez-vous des enfants, docteur Gearin ?

— Oui.

— Dans ce cas, il vous est facile de comprendre mon désespoir.

— Bien entendu. À votre place, j'aurais la même réaction. Les petits malades dont je m'occupe ici m'obligent à une extrême humilité. Après quelque temps passé dans le service, ils se rendent compte que le vrai courage ne consiste pas à faire la guerre ou à combattre des dragons mais à affronter l'adversité avec dignité et fierté.

— Je vois parfaitement ce que vous voulez dire, docteur. Mais mes préoccupations ne concernent pas vos autres patients, elles ne se partagent pas entre de nombreux enfants malades, comme pour vous. Je m'inquiète à cent pour cent pour mon fils.

— Je comprends.

— Pouvez-vous imaginer ce que je ressens, en tant que parent, d'avoir à veiller sur un innocent qui n'a pas mérité toute cette souffrance ?

— Croyez bien que je...

— Devant toutes ces aiguilles, ces médicaments, et sachant que je ne peux rien faire pour lui, comprenez-vous combien je me sens coupable de l'avoir abandonné ? Tout parent est censé protéger ses enfants, et je ne l'ai pas fait. Je n'ai pas su sauver Will... ni sa sœur.

La voix de Paul se brisa et ses yeux se remplirent de larmes.

— Professeur Connelly... vous n'êtes coupable de rien.

— Mais pourquoi lui ? s'exclama Paul d'une voix découragée.

— Et pourquoi pas ?

Interdit, Paul leva la tête et croisa le regard du médecin.

— Qu'avez-vous dit ?

— Pourquoi pas vous ? Pourquoi pas Will ? Nous

savons tous les deux que c'est parfaitement injuste. Mais si ce n'avait pas été votre fils, cela aurait été quelqu'un d'autre. Et un autre père me poserait la même question en cet instant.

— Vous avez raison, soupira Paul. Comprenez-moi, docteur Gearin, je donnerais ma vie pour lui venir en aide.

— Cela ne servirait à rien.

— Le plus dur à supporter, c'est justement qu'il soit seul à souffrir.

— C'est pourquoi il ne reste qu'à continuer ce que nous avons commencé.

Paul passa la main sur son visage.

— Qu'arrivera-t-il si la maladie réapparaît ?

— Nous essaierons encore. Soit en augmentant la chimiothérapie, soit par la radiothérapie, soit enfin par une greffe. Mais, dans ce dernier cas, il faudra trouver un donneur compatible.

— Magnifique ! fit Paul en se levant brusquement. Que voilà une perspective réjouissante !

— Qui des deux est le plus concerné, professeur Connelly ? dit doucement le médecin. Vous-même ou votre fils ?

La chimiothérapie laissa Will dans un tel état de faiblesse et d'hébétude qu'il ne pouvait guère se prendre en charge. À son retour de l'hôpital, Ruth dut s'occuper de lui avec autant d'attention que s'il n'avait été encore qu'un bébé dont on devait changer les couches. Lui qui venait tout juste d'acquérir son indépendance se voyait contraint, désormais, de compter sur les autres. Ruth savait à quel point son fils haïssait ce nouvel état et la faiblesse induite par le traitement. Lui, d'un naturel si vif, découvrait qu'il lui fallait de l'aide pour des gestes aussi simples que de se retourner dans son lit. Cette toute nouvelle impuissance était sans doute à ses yeux l'aspect le plus déplaisant de sa maladie.

Il trouvait aussi terriblement embarrassant de voir son intimité si totalement envahie. Les Connelly n'avaient jamais été le genre de famille dont les membres déambulaient nus dans l'appartement. Si Will avait à l'occasion pris une douche avec son père, sa pudeur demeurait extrême à l'égard de sa mère. À un stade particulièrement sensible de son développement, il ne souhaitait pas qu'elle pût voir son corps d'adolescent en pleine croissance.

En plus des médicaments destinés à combattre la maladie, les médecins en avaient prescrit d'autres chargés d'enrayer l'infection. Mais ils entraînaient souvent des nausées et des réactions dermatologiques très déplaisantes. De graves ulcères apparurent dans la bouche ou la gorge, rendant chaque gorgée douloureuse. Autant de petites misères quotidiennes extrêmement pénibles pour l'adolescent. Et, ce qui n'arrangeait rien, il était désormais trop mûr, trop lucide, pour ne pas comprendre que ces vicissitudes ne garantissaient pas pour autant une guérison certaine.

Une immense tristesse envahissait Ruth lorsqu'elle le voyait aussi faible et handicapé. Jeune mère, elle s'était toujours crue en mesure de protéger ses enfants. Pour eux, elle aurait affronté les pires dangers. Mais, aujourd'hui, il ne restait rien de cette belle assurance. Car elle n'avait pas plus sauvé Josie que Will. En contemplant les yeux lourds et le visage émacié de son fils, en constatant chaque jour les progrès de son mal, elle était au supplice. Et, quand il était saisi de toux déchirantes ou de haut-le-cœur, elle se bouchait les oreilles pour ne pas l'entendre. Malgré son ardent désir de lui venir en aide, elle se sentait accablée par l'impuissance. Le mal qui rongeait son fils lui déchiquetait lentement le cœur.

Le retour à l'hôpital se révéla pour tous deux une expérience affreusement traumatisante. Pas seulement à cause des traitements écrasants, des odeurs déprimantes de l'hôpital, ni même de la perspective de nouvelles souffrances physiques. Mais, surtout, à cause des autres petits malades en traitement plus avancé que Will, armée fantomatique d'enfants chétifs au crâne chauve.

— Tu as vu, maman. On dirait des extraterrestres.

— Je sais, répondit Ruth d'une voix brisée.

Ces yeux cerclés de noir et ces visages décharnés ne cessaient de la hanter.

— Est-ce que moi aussi je vais perdre mes cheveux ? Oh, maman, je ne veux pas leur ressembler !

— Ne t'inquiète pas. Si jamais cela arrive, tes cheveux repousseront.

Ruth avait lu quelque part que presque tous les parents qui venaient d'apprendre le cancer de leur enfant étaient persuadés de leur mort imminente. Ce n'était pas son cas. Du moins, pas au début. Lors des premières étapes du traitement, elle avait réussi à se convaincre que Will allait s'en sortir, se répétant sans cesse que le seul lien avec les autres enfants ne tenait qu'à un simple mot : cancer. Un mot qui cachait des réalités différentes. Car, elle en était persuadée, Will ne partageait en rien l'avenir lugubre de ce petit groupe d'innocents.

Pourtant, au fil des jours, elle avait compris peu à peu combien ce raisonnement était illusoire. Assise à son chevet, heure après heure, elle ne pouvait éviter de remarquer le masque de fausse bonne humeur que Will s'efforçait d'afficher malgré le goutte-à-goutte fixé dans ses veines, les aiguilles plantées entre les disques de sa moelle, le sang qui s'en écoulait sans relâche, les prélèvements incessants. Ruth s'émerveillait du stoïcisme de son fils. Mais, à bien y regarder, tous les enfants perdus de ce service manifestaient le même courage exemplaire. Mon Dieu, quelle dignité était la leur, alors que nombre d'entre eux n'ignoraient pas la gravité de leur maladie. Comment leurs pauvres parents parvenaient-ils à trouver le courage de jouer avec leurs enfants, de leur faire la lecture, de décorer les murs de la chambre d'hôpital de cartes postales et de photos ? Comment pouvaient-ils se comporter en permanence comme s'il était naturel qu'une petite fille soit dévorée de l'intérieur par un mal horrible, et que les yeux d'un petit garçon de six ans reflètent cette abyssale sagesse de ceux contemplant l'origine du monde ?

Depuis son dernier séjour, Will s'était mis à haïr plus que jamais les aiguilles. Cette répulsion s'était transformée en véritable phobie. La douleur des piqûres le faisait hurler. Parfois, son bras se mettait à enfler comme un ballon. Mais comment éviter ces souffrances nécessaires ?

Un jour, à la suite d'une séance particulièrement pénible, il pleura.

— Je veux arrêter ce traitement.

Ruth lui prit la main et la posa sur son cœur. C'est moi qui devrais être couchée sur ce lit ! avait-elle envie de hurler aux infirmières. Laissez-moi souffrir à sa place !

— Tiens bon, chéri. Il n'y en a plus pour très longtemps.

— Je préférerais mourir plutôt que de repasser par toute cette horreur. J'en ai marre.

Les larmes coulaient le long de ses joues blêmes. Ses lèvres exsangues étaient agitées d'incontrôlables tremblements.

— Je ne te laisserai jamais faire ça, mon chéri.

Parce que je t'aime. Avec qui vais-je me chamailler si tu n'es plus là ?

Lui, généralement si prompt à réagir à la moindre des plaisanteries, n'avait plus la force de sourire.

Lorsqu'il se fut enfin assoupi d'un sommeil agité, Ruth gagna la salle de bains pour se rafraîchir. Elle contempla son reflet dans le miroir au-dessus du lavabo. Les doutes l'assaillaient. Avait-elle raison d'infliger à Will ces nouvelles souffrances ? Allait-il guérir ? Et, dans le cas contraire, ne serait-il pas préférable de le laisser en paix ?

La mère d'une petite malade pénétra dans la pièce. Ruth lui jeta un regard distrait et se souvint de l'avoir déjà croisée. C'était une petite blonde pétillante, un peu trop mince, toujours parfaitement habillée. Elle sourit en apercevant Ruth.

— Vous êtes bien madame Connelly ?

— En effet. Je suppose que vous êtes la maman de Michelle ?

Michelle, une petite fille de huit ans, en était à sa troisième chimiothérapie et tout le monde savait parfaitement dans le service qu'elle ne survivrait plus très longtemps.

— Je me présente, dit la jeune femme. Lynda Petievitch. (Son sourire s'effaça soudain et le masque de l'angoisse recouvrit ses traits.) J'aimerais avoir votre courage, vous savez.

— Courageuse ? Moi ?

Était-elle donc si bonne actrice pour que les gens soient amenés à croire à ce courage dont elle se sentait, pourtant, tellement dépourvue ?

— Vous semblez si forte, affirma Lynda dont les yeux se remplirent de larmes. Will est un si gentil garçon. Si patient. Il passe des heures à jouer avec ma petite Michelle, bien qu'elle soit plus jeune que lui. La plupart des garçons de son âge ne s'intéressent pas, en principe, à une fillette comme elle.

— Elle est tellement jolie.

— Vous auriez dû la voir quand elle avait encore ses cheveux. Heureusement, votre fils ne les a pas encore perdus.

— Pas pour l'instant.

— Touchez du bois. Ce serait tellement dur si quelque chose... s'il... enfin, vous savez ce que je veux dire.

— Cela n'arrivera pas, affirma Ruth avec détermination. Je suis sûre que non.

— J'aimerais pouvoir en dire autant, gémit Lynda.

Ruth lui prit la main et la serra.

— Je ne suis pas courageuse. Ni forte. Pas le moins du monde. Au contraire, je suis terrifiée. Chaque seconde de la journée. Quand je vous vois, vous, Jamie et Michelle, si dignes, tout comme les autres parents et enfants qui viennent dans cet hôpital, j'ai l'impression de devenir plus humble. Et vous avez toujours l'air si élégante, ajouta Ruth en baissant les yeux sur son propre jean fripé.

— C'est pour Michelle que je m'habille ainsi. Avant sa maladie, je ne songeais pas à mon apparence. Et puis j'ai compris que prendre soin de mon image était important pour ma fille. Soigner ma tenue, c'est lui montrer combien chaque visite à cet hôpital compte pour moi. Une façon, en somme, de respecter Michelle, de lui témoigner mon amour. Depuis cette prise de conscience, je fais des efforts pour rester coquette. Je ne sais pas si cela l'aide vraiment mais cela me fait énormément de bien.

— Bien sûr que cela l'aide. Tout le monde, ici, a remarqué comment son regard s'illumine lorsque vous entrez dans sa chambre. Vous êtes aussi belle et élégante qu'une actrice de cinéma !

— N'exagérons rien ! sourit Lynda. Mais c'est gentil à vous de le dire.

— Je suis sincère. Je n'y avais jamais pensé avant, mais c'est vrai que je devrais, moi aussi, prendre exemple sur vous. Jusqu'ici, j'ai toujours cru que Will n'avait pas besoin de cela pour savoir à quel point je tiens à lui.

— Il le sait, j'en suis persuadée.

Les larmes montèrent aux yeux de Lynda et elle éclata d'un rire nerveux.

— Regardez-moi. C'est vraiment étrange que je sois si troublée par le drame de votre garçon, alors que je n'ose pas montrer mes émotions en présence de ma fille.

— Je devrais peut-être pleurer sur le sort de Michelle et vous laisser verser vos larmes sur mon petit garçon. Nous n'aurions plus à nous préoccuper d'être courageuses ou pas, puisque nous pleurerions sur l'enfant de l'autre.

— C'est vraiment... vraiment une merveilleuse idée, murmura Lynda dont le visage s'illumina un bref instant.

Ruth lui sourit.

— N'est-ce pas ?

— Je n'ose jamais me laisser aller au chagrin, cela bouleverse trop mon mari. Michelle était – enfin, elle est – la prunelle de ses yeux et il refuse de reconnaître la réalité de sa maladie. Il a été au chômage pendant des années mais, à présent, il se consacre entièrement à elle. Vous ne pouvez pas savoir l'énergie qu'il a dépensée depuis que notre fille est malade. Il organise des campagnes en faveur du don de moelle, voyage dans tout le pays pour participer à des fêtes de charité en faveur des malades du cancer. Je dois tout le temps dissimuler mon chagrin, même à la maison. Mais je peux pleurer sur votre William et savoir que vous pleurez pour ma Michelle. C'est vraiment une idée magique. *Merci*.

Elle prit Ruth dans ses bras et les deux femmes restèrent un long moment enlacées. En silence.

Au moment où elle quittait la pièce, Lynda lança :

— Vous n'oublierez pas de pleurer pour elle, hein ?

— Je vous le promets.

Il conduisait bien trop vite. Sous ces latitudes, l'hiver gardait son emprise glacée sur toutes choses. La neige s'amoncelait de chaque côté des routes désertes. Une neige sale, souillée par la boue projetée par les lourds camions roulant à pleine vitesse vers la frontière. Le ciel était noir comme l'asphalte qui s'étirait à perte de vue devant lui. À perte de vue aussi, saupoudrée de neige, la masse d'un vert obscur de la forêt, silencieuse sous le fardeau glacé de l'hiver.

La colère lui nouait la gorge. Will... son enfant. Son fils. Ils avaient l'intention de reconstruire le *Lucky Duck* dès que le printemps reviendrait. Le dernier week-end avant son admission à l'hôpital, Will avait espéré accompagner son père à Sweetharbor pour évaluer les travaux. Mais, à la dernière minute, il avait dû se rétracter : désolé, papa, je suis épuisé, je sens que je ne vais pas supporter le voyage...

J'aurais dû m'en douter à ce moment-là, songea Paul. J'aurais dû faire attention. D'ordinaire, Will ne montrait jamais le moindre signe de fatigue. Et voilà que, trois jours plus tard, il apprenait que son fils avait le cancer. La leucémie. Mon Dieu ! Oh, mon Dieu... Les larmes lui montèrent aux yeux. Il avait davantage pleuré au cours de ces dernières semaines que dans toute sa vie.

Un vieux refrain lui revint en mémoire : *Big girls don't cry*... – « Les grandes filles ne pleurent pas » – et cela valait aussi pour les garçons. Mais, lui, il pleurait. Sur son fils. Sur lui-même.

Will. William Carter Connelly. Comment oublier les battements de son cœur, le choc ressenti le jour où on lui avait annoncé sa naissance. Il adorait Josie, mais l'arrivée de Will remuait au fond de lui des pulsions ataviques. La transmission du nom. La continuation de la famille. Et ces liens forgés autour de la virilité : le ballon, la voile, l'escalade, les matchs de foot. Le vent dans les cheveux, la voile qui s'enfle, les embruns qui fouettent le visage. Les courses du week-end, le passage des concurrents et des bouées. Et, plus tard, la récompense, la douche, la joyeuse réunion du yacht-club autour d'un verre aux côtés de son fils. Il y avait d'autres plaisirs encore à partager, comme regarder à deux un match à la télévision, soutenir leur équipe favorite en grignotant des pop-corn, une bière à la main, en échangeant des plaisanteries dont ils étaient les seuls à posséder la clé...

Et puis il y avait eu ce banc confectionné ensemble pour Josie. Les journées passées dans la grange à polir les planches de bois, à dessiner les plans, à voir les copeaux s'entasser sur le sol, à regarder avec bonheur le banc prendre forme.

Mon fils.

La rage le tenaillait, remontait dans sa gorge comme une nausée. Il n'avait aucune idée de l'endroit où il se trouvait. Les arbres défilaient, sombres, le long de la route, les pneus crissaient sur la chaussée glacée. Par instants, les phares capturaient des plaques de neige brune. Paul repéra au loin l'enseigne lumineuse d'un relais autoroutier et comprit soudain qu'il avait besoin de manger quelque chose après cet après-midi passé à l'hôpital. Après que Ruth l'eut remplacé au chevet de

Will, il avait regagné sa voiture et là, dans la demi-obscurité du parking, il s'était mis à pleurer. Et puis la rage avait remplacé le chagrin.

Pourquoi Will ? Pourquoi lui ?

Brusquement, il avait ressenti le besoin impérieux de partir, quelque part, n'importe où. Il avait mis le contact et, deux heures plus tard, réalisait qu'il faisait route vers le Maine.

Vers Sweetharbor et Carter's House.

Il se gara sur le parking et pénétra dans la chaude atmosphère du café lourde d'effluves appétissants. La plupart des tables étaient occupées mais il réussit à s'asseoir au fond.

Il commanda un double cheeseburger avec un supplément de frites et d'oignons. De quoi se réconforter. Avoir l'illusion de remplir le vide qui l'habitait.

La serveuse revint quelques minutes plus tard avec sa commande.

— Vous allez dans quelle direction ?

En fait, il n'en avait pas la moindre idée. Tout juste s'il savait comment il avait atterri ici.

— Hartsfield.

— C'est joli là-bas, l'été.

— Je sais.

— Vous y habitez ?

— Non, je fais juste un tour.

Le café lui brûla la gorge. Il le sirota par petites gorgées en jetant un coup d'œil aux autres clients. Des hommes, pour la plupart, en chemise de flanelle à carreaux, les yeux rivés à leur assiette, emmurés dans le silence. Il les connaissait bien. Il en avait rencontré des dizaines comme eux au cours des interviews qu'il menait pour la rédaction de son livre. Des hommes d'ici, répétant les mêmes histoires, la même nostalgie d'une vie passée, condamnée par la modernité. Parfois, Josie l'avait accompagné au cours de ces rencontres.

Elle savait écouter, interroger, soutirer à ses interlocuteurs des informations précieuses qu'il aurait été bien en peine d'obtenir sans son aide.

Il mordit à pleines dents dans le cheeseburger, l'appétit aiguisé par les odeurs de fromage, d'oignon cru, de jus de viande grillée. L'un de ses voisins leva enfin le nez de son plat et croisa son regard. Ils se saluèrent d'un petit signe. Ou ce qu'on aurait pu prendre pour tel. La tête n'avait bougé qu'imperceptiblement. On n'en faisait jamais trop par ici.

Il n'aurait pas dû partir ainsi. Ce n'était pas le moment de s'enfuir, alors que Will souffrait là-bas, sur son lit d'hôpital, le corps criblé d'aiguilles et relié à une forêt de tuyaux et de perfusions. Il donnait l'impression d'être tellement malade. Quant à Ruth, elle était épuisée. Sans doute cette épreuve était-elle encore pire pour une mère. Elle venait de perdre Josie, et voilà que Will allait peut-être la quitter. Que pouvait-elle ressentir ?

Pour la première fois depuis la mort de leur fille, il était en mesure de comprendre pourquoi le déni avait constitué pour Ruth la seule réponse possible à cette situation insupportable. Il en allait à présent de même pour Will et lui. Il ne voulait pas en parler. Pas même à son frère Luke. Bien que, jusqu'ici, ils aient tout partagé, surtout après la mort de leur père.

Ruth, en revanche, avait étonnamment changé. Maintenant, elle éprouvait en permanence le besoin de mettre les choses en mots, de décrire les symptômes, les traitements, chaque étape de ce douloureux parcours. Certains jours, il aurait voulu lui hurler de se taire. Il suffisait de savoir que Will était malade, sans avoir à entendre tous les détails.

— Bonne journée ! dit machinalement la serveuse en apportant l'addition.

— Ça m'étonnerait.

Dehors, il respira profondément, laissant l'air glacé lui remplir les poumons. Mieux valait se rendre à Brunswick pour y passer la nuit, décida-t-il. Là-bas, il téléphonerait à Ruth et prendrait des nouvelles. Il avait un cours lundi, des réunions prévues à la faculté, des examens blancs à surveiller. Il fallait qu'il se reprenne. Ses élèves s'étaient plaints du trop grand nombre d'interrogations écrites qu'il leur imposait. Il leur avait répondu que c'était bon pour eux. « Ce n'est pas juste ! » avait affirmé bien haut une étudiante. Il l'aurait volontiers étranglée à ce moment-là. « Qui prétend que la vie est juste ? » avait-il rétorqué brutalement.

Lundi soir, il retrouverait son appartement vide de Boston... l'hôpital, et Will.

Ruth commença à discuter avec les parents des autres malades comme si elle les avait toujours connus. Des femmes aux traits tirés, aux orbites creuses. Des hommes dont la nervosité tendait la peau du visage comme un ballon trop gonflé. Elle se demandait si elle serait capable de se montrer aussi forte qu'eux. À l'instar des autres parents, elle se surprit à essayer d'instaurer quelque chose qui ressemblât à une vie normale dans la chambre de Will. Elle apporta des posters et des livres, accrocha aux murs des cartes postales de camarades d'école, recouvrit son lit d'une couverture de laine jaune tricotée par sa grand-mère et décorée d'un motif de balles de base-ball brodées au nom de Will. Mais, en dépit de ses efforts, tout ce qu'elle tentait ne faisait que souligner davantage l'étrangeté de cette chambre d'hôpital.

— Ruth... c'est Paul.

Il détestait avoir affaire au répondeur mais il insista :

— J'aimerais bien passer ce soir voir Will, si...

Ruth décrocha enfin :

— Bonsoir.

— Est-ce que je peux venir un peu plus tard ?

— Je vais le dire à Will, ça lui fera plaisir.

— Je serai content de te voir aussi, reprit Paul un peu gauchement. On pourrait boire un verre. J'apporterai une bouteille, si tu veux.

Il se sentait un peu ridicule. Elle était toujours sa femme, après tout. Qu'y avait-il d'extraordinaire à ce qu'ils boivent quelque chose ensemble ? Il se souvint qu'elle aimait le chardonnay et apporta une bouteille de stag's leap. Un souvenir remonta à la surface de sa mémoire : des années auparavant, bien avant la naissance des enfants, ils étaient allés flâner au milieu des vignes de Napa Valley, goûter toutes sortes de vin et rapporter une douzaine de bouteilles. Pour finir, Paul était tellement ivre que Ruth avait dû prendre le volant pour rentrer à San Francisco pendant qu'il ronflait sur la banquette arrière.

Il l'embrassa sur le pas de porte en lui tendant la bouteille accompagnée d'un paquet.

— Qu'est-ce que c'est ? demanda-t-elle en le palpant avec curiosité.

Il s'efforça de prendre un ton léger.

— Eh bien, tu as deux possibilités : soit tu restes là toute la soirée à te demander ce qu'il y a dedans. Soit tu l'ouvres. Quatre-vingt-dix-neuf personnes sur cent choisissent la seconde solution.

Elle sourit et entreprit de défaire le joli papier d'emballage. Sous le couvercle, elle découvrit du papier de soie noué par un fin ruban doré et, bien enveloppé, un collier composé de quatre cœurs en bois accrochés à un lacet de cuir.

Son visage s'éclaira.

— Oh, comme c'est joli ! Où as-tu trouvé ça ?

— Me croirais-tu si je te disais que je l'ai fait moi-même ?

— Eh bien franchement... oui.

— Depuis que Will et moi avons fabriqué le banc de... de...

— De Josie, reprit-elle avec calme. Tu peux prononcer son nom devant moi, Paul. Je suis capable de l'entendre, maintenant.

— Depuis, j'ai retrouvé le goût du travail du bois. J'ai rapporté quelques outils de Carter's House et un confrère me laisse l'usage de l'appentis du fond de sa cour.

Il faisait le maximum pour qu'elle ne perçoive pas sous ce discours banal toute la solitude de son existence. En fin de journée, après les cours, quel que soit le volume de travail rapporté à la maison, les heures lui paraissaient interminables. Il éprouvait alors de l'apaisement à travailler le bois, à en sentir sous ses doigts la texture.

Ruth posa les cœurs sur la table basse et caressa les délicates ciselures.

— Ils sont magnifiques. Et si originaux. Merci, Paul.

Il déboucha la bouteille et remplit leurs verres.

— Permettez-moi de vous dire, madame Connelly, que vous êtes particulièrement en beauté ce soir.

— Merci.

— Tu as dû prendre un ou deux kilos. Cela te va bien.

— Tu n'as pas l'air trop mal non plus.

— Où est Will ?

— Au lit. Il n'a pas eu une très bonne journée – des nausées et des crampes.

— Je vais aller le voir tout de suite.

Son verre à la main, il traversa le couloir en songeant qu'elle n'avait pas jugé bon de reprendre le collier pour le mettre autour de son cou. Elle avait dû le trouver trop rustique pour aller avec son élégante robe. Il se demanda d'où elle revenait, si bien habillée. Avec qui avait-elle déjeuné ? Une relation d'affaires ? Après tout, cela ne le regardait plus. Quatre cœurs. Un pour chaque membre de ce qui avait été, autrefois, leur famille.

Il frappa à la porte.

— Je peux entrer ?

— Salut, papa.

— Comment vas-tu, fiston ?

La tête appuyée contre ses oreillers, Will paraissait pâle et fatigué.

— Pas trop mal.

Paul sentit la rage le brûler comme de l'acide. Will n'était qu'un petit garçon de quatorze ans, bon sang !

— Je t'ai apporté une nouvelle cassette.

L'adolescent jeta un regard rapide sur l'emballage et tenta de manifester un minimum d'enthousiasme.

— Les Barenaked Ladies. Super. Ed ne l'a pas encore.

— Est-ce que je peux faire quelque chose pour toi ?

— Eh bien, tu sais, papa...

— Vas-y...

— Je me sens un peu fatigué.

— Trop pour parler ?

— Presque.

— Tu veux que je te laisse ?

— Non. Mais...

— Mais quoi ?

— J'aimerais bien que... que tu me fasses la lecture. Tu sais, comme quand j'étais petit.

— Ça me ferait plaisir.

— J'ai bien essayé tout seul mais mes yeux m'ont lâché.

— Tu peux avoir des livres enregistrés sur cassette, tu sais ? proposa Paul, bouleversé. Je t'en apporterai la prochaine fois. J'en écoute souvent quand j'ai un long voyage à faire en voiture.

— Super.

Will se renversa sur ses oreillers en fermant les yeux.

Paul prit la main de son fils.

— Qu'est-ce qui t'amuserait ? Des trucs pour grandes personnes ? Des contes ? Tu as le choix : poésie, théâtre, histoire, géographie, philosophie, religion – bref, tout ce qui existe dans ce vaste monde.

— En fait, j'ai commencé une histoire de vampires.

— Des vampires ? Tu veux rire ?

— C'est superbien, papa. Ça raconte l'histoire d'un jeune et beau vampire tombé amoureux d'une superbe fille dont le frère a été assassiné par...

— Oh, euh... eh bien, pardonne-moi mais je viens juste de me rappeler un travail à finir de toute urgence...

Will éclata de rire. Mais d'un rire calme et las, si inhabituel chez lui que Paul faillit en pleurer.

— J'en suis à la page cinquante-sept. Tu vas adorer, une fois que tu rentres dedans. Bon, tu commences ?

Puis vint le moment où Will dut retourner à l'hôpital pour une nouvelle série de traitements. En approchant de sa chambre, Ruth entendit depuis le couloir un écho de voix par la porte entrouverte. Elle jeta un coup d'œil discret par la fenêtre dont les rideaux n'étaient qu'à demi tirés, et aperçut Michelle, assise sur le bord du lit.

La petite fille tenait la main de Will sur ses genoux

et lui vernissait les ongles de différentes couleurs. Elle surveillait avec la plus grande attention le déroulement du séchage.

— Ça va être très joli, tu verras. Comme un arc-en-ciel.

— Eh, dis, Michelle...

— Quoi ?

— Tu sais que les garçons ne mettent pas de vernis à ongles ?

— Évidemment, espèce d'idiot.

Elle revissa le capuchon d'un minuscule flacon de vernis couleur bronze et choisit une autre couleur.

— Celui-là s'appelle « Or Inca ». Ma maman le met pour les soirées spéciales. Quand elle sort danser avec papa, par exemple.

— Ils font ça souvent ?

— Tous les vendredis. Ma mère porte une de ces robes de princesse, tu sais, ces trucs couverts de choses brillantes. Elle les coud elle-même. Elle m'en a fait une, et à Kelly aussi.

— Ça doit vous aller bien à toutes les deux.

— Mon père dit qu'on est les plus jolies petites filles du monde.

— Elle est de quelle couleur, la robe de Kelly ?

— Une sorte de bleu brillant. Ma maman l'a choisie pour aller avec ses yeux. La mienne est rose.

— Pour aller avec tes yeux ?

— Personne n'a les yeux roses, affirma Michelle le plus sérieusement du monde. Elle est rose parce que c'est la couleur que je préfère. Ma maman porte surtout du vert parce que c'est la couleur qu'elle portait quand papa et elle sont tombés amoureux. Où est-ce que ton papa et ta maman sont tombés amoureux ?

Nous traversions College Green, se rappela Ruth. Le ciel était bleu, les arbres couverts de bourgeons. L'air sentait déjà le printemps, vibrant de mille espérances.

C'était là qu'ils étaient tombés amoureux. Elle avait presque oublié le doux contact de la main de Paul dans la sienne, la certitude que quelque chose d'essentiel et de magique était en train d'arriver. Qu'il était l'homme qu'elle attendait depuis toujours.

— Je ne sais pas, répondit Will. Peut-être dans notre maison du Maine. Elle s'appelle Carter's House.

— Pourquoi ça ?

— Parce qu'elle a été construite par quelqu'un qui s'appelait Carter. Mon arrière-arrière-arrière-grand-père. Ou peut-être mon arrière-arrière-arrière-grand-père.

— Elle est comment ?

— Peinte en blanc avec des volets noirs. Il y a des arbres tout autour et la mer en face. C'est très beau. Toutes les chambres sentent le sel et le sapin. Et tout le monde y est très heureux.

Ruth avait l'impression qu'une lame lui traversait le cœur. Ils auraient dû passer Noël là-bas, comme il l'en avait suppliée. Mais il y avait Josie... Elle était toujours là-bas. Ou, du moins, ce qu'il en restait. Ruth n'avait rendu l'appartement de Boston supportable qu'en vidant complètement la chambre de sa fille, en la faisant repeindre et en réaménageant le mobilier. Mais Carter's House n'avait pas changé. La maison était telle qu'en cet après-midi ensoleillé, lorsque Josie l'avait quittée pour la dernière fois.

— Le soleil brille toujours là-bas et les oiseaux chantent, reprit Will.

— Tout le temps ?

— Tout le temps.

— Même la nuit ?

— Surtout la nuit.

Michelle pencha la tête et observa d'un regard satisfait l'ongle doré qu'elle venait juste de vernir. Ses minuscules petits doigts se posèrent sur la main rude du garçon.

— Je parie que personne ne t'a manucuré aussi bien de toute ta vie, non ?

— Les garçons ne se font pas manucurer.

— Mon frère, si. Et mon père aussi. Mais c'est parce que Kelly s'entraîne avec eux.

— Dis à Kelly qu'elle peut s'entraîner sur moi quand elle veut.

— D'accord. Elle me manucure aussi.

— Elle est assez jolie, non ?

— Elle est *très* jolie, rectifia Michelle en dévissant un flacon de vernis vert. Elle va travailler dans un salon de beauté quand elle sera grande. Continue à me parler des oiseaux qui chantent la nuit. Ils ne t'empêchent pas de dormir ?

— J'ai un bonnet spécial. Je le mets sur mes oreilles quand je veux dormir.

Michelle porta la main au bonnet rose qu'elle portait sur la tête pour cacher son crâne nu.

— C'est ma sœur qui me l'a fait.

— Il est vraiment joli. Tu crois qu'elle m'en ferait un ?

— Non. Parce que t'aurais l'air bête avec ça. Bon, qu'est-ce qu'on fait maintenant pour le dernier ongle ?

— Pourquoi pas du mauve ?

— D'accord. Je préfère le rose mais le mauve n'est pas mal. Qu'est-ce que tu fais encore là-bas dans ta maison au bord de l'eau ?

— Je fais de la voile. Je pêche des langoustes et des crabes.

— Je n'ai jamais mangé de langouste. J'aime surtout les frites et les tartes aux pommes.

— Les langoustes sont difficiles à préparer. Il faut les casser en morceaux et tirer la chair avec des fourchettes spéciales. Mais, crois-moi, c'est tellement bon que ça en vaut le coup !

267

— Qu'est-ce que tu fais d'autre dans ton bateau ?

— Je me balade, c'est tout. Je regarde les rochers et les arbres.

Ruth sentit tous les regrets derrière ces paroles.

— Est-ce que je pourrai venir voir ta maison quand je serai mieux ?

— Bien sûr. Je t'emmènerai faire un tour en bateau.

— Je ne sais pas nager.

— Je t'apprendrai. Et Kelly aussi, si elle veut venir.

— Elle aura trop peur d'être décoiffée. Elle fait toujours des tas d'histoires avec ses cheveux.

Will aperçut soudain sa mère de l'autre côté de la vitre. Elle lui fit un petit signe de la main pour ne pas l'interrompre. Mais il l'appela aussitôt, le visage éclairé d'un sourire.

— Maman ! Entre.

Ruth se décida à entrer.

— Eh bien, on dirait que quelqu'un s'est fait une beauté.

Will frotta ses ongles sur son T-shirt d'un geste exagérément féminin.

— Hein, qu'en penses-tu ?

— Absolument superbe.

— J'ai l'impression d'être un *drag queen*.

— Qu'est-ce que c'est ?

— Il vaut mieux que tu ne le saches pas.

— Bonjour, madame Connelly ! dit Michelle.

— Comment vas-tu aujourd'hui, ma chérie ?

— Très bien, merci.

Les joues de la petite fille étaient anormalement bouffies, gonflées par les médicaments. Son visage d'un blanc de craie, sauf autour des yeux profondément enfoncés dans leurs orbites. Elle paraissait très fragile.

— J'adore ton bonnet, dit Ruth.

Mon Dieu, comme il lui semblait difficile d'avoir l'air naturelle devant une telle misère.

— C'est ma sœur qui l'a fait. Will voudrait qu'elle lui en fasse un aussi mais je pense qu'il aurait l'air bête avec ça.

Ruth sourit pendant que la petite fille commençait à ranger ses flacons de vernis dans un joli sac orné de jacinthes.

— C'est possible... Tu veux rester un moment avec nous ?

— Il faut que j'aille voir Billy, répondit Michelle. Il se sent mal aujourd'hui.

Debout sur le seuil, Ruth regarda la fillette s'éloigner. De dos, elle ressemblait à n'importe quelle gamine gambadant et sautillant le long du couloir.

Le lendemain soir, Bob Landers appela Ruth chez elle. Après avoir demandé des nouvelles de Will, il adopta un ton plus professionnel :

— Ruth, j'ai besoin de vous demander un service.

— De quoi s'agit-il ?

— Dan Phillipson est en train de faire des siennes.

— Ce n'est pas vraiment un scoop.

— D'accord. Mais il m'a téléphoné hier. Il m'a dit qu'ils ne veulent pas continuer si vous ne participez pas aux négociations.

— Leur avez-vous dit qu'ils n'ont pas vraiment le choix ?

— Évidemment. J'ai expliqué les circonstances. Mais Dan n'a rien voulu entendre. Devinez ce qu'il a dit.

Connaissant le caractère buté de Phillipson, Ruth avait sa petite idée sur la question.

— Je parie qu'il est revenu à la charge. Il vous a déclaré qu'il n'en était pas arrivé où il est en se laissant freiner par un refus.

Il y avait quelque chose de réconfortant à constater qu'au moment où sa vie subissait de tels bouleversements, le train-train du bureau continuait comme si de rien n'était.

Bob éclata de rire.

— Gagné. Il a insisté pour que nous vous fassions revenir. Alors j'ai dit que j'allais essayer.

— Pas question, Bob.

— Évidemment, pas à plein temps.

— Pas même à mi-temps.

— Juste un jour ou deux par semaine. À votre convenance.

— Bob, je souhaite me consacrer entièrement à Will.

— C'est ce que j'ai dit à Dan. Il m'a répondu : « Bon sang, si j'étais gosse, même très malade, je n'aimerais pas que ma "moman" soit tout le temps sur mon dos. » Alors...

— Alors quoi ?

— Alors, je me suis demandé si, par hasard, Will ne sentirait pas aussi les choses comme ça.

— Je ne le lui ai pas demandé.

— Cela vous permettrait de ne pas perdre la main. Vous passez tout votre temps à courir entre votre appartement et l'hôpital pour le moment, mais Will ne sera pas toujours malade, non ? Un de ces jours, il va aller mieux, et vous vous retrouverez sans emploi.

Si Ruth voyait bien que Bob essayait de la manipuler, il n'en demeurait pas moins que ses arguments étaient solides. Après tout, on l'avait engagée pour sa compétence et son habileté à manier les gens et les idées. Elle avait également travaillé dur pour en arriver là.

— Deux jours par semaine, avez-vous dit ?

— Quand vous le souhaiterez. La flexibilité sera de règle.

— Vous n'auriez pas revêtu votre manteau de bon Samaritain, par hasard ?

— Il y a belle lurette que je l'ai jeté aux orties. Il ne m'allait pas du tout. Non, pour dire la vérité, il n'y a pas beaucoup de bons avocats d'affaires, et je n'en connais aucun qui soit aussi brillant que vous. Aussi, quand je trouve une perle rare comme vous, je m'y cramponne. Par ailleurs, le client a toujours raison, même s'il s'agit de Dan Phillipson. C'est pourquoi nous nous efforcerons malgré tout de le satisfaire. Il vous veut, Ruth.

Troublée, elle réfléchit à ses paroles. Travailler un peu ne pouvait qu'être gratifiant au milieu de toute cette tension. Prendre soin de William ne l'occupait pas à plein temps. Chaque semaine, elle se retrouvait de nombreuses heures sans rien à faire lorsque Will était à ses séances de chimiothérapie ou encore sommeillait – ce qui était fréquent. Elle avait alors le sentiment d'être désœuvrée, inutile. Finalement, la proposition de Bob ne pouvait tomber à un meilleur moment.

— Laissez-moi y réfléchir, Bob.

Assise, un matin, dans la cafétéria de l'hôpital, elle vit s'approcher Lynda, une tasse de café à la main.

— Je peux m'asseoir ?

Elle lui sembla plus amaigrie que jamais.

— Je vous en prie.

— Nous emmenons Michelle à Disney World la semaine prochaine. Je crois qu'elle va aimer ça. C'est grâce au programme « Faites un vœu ». Vous connaissez ?

— J'en ai entendu parler, dit Ruth en serrant gentiment la main de la jeune femme.

Autrefois, elle était incapable d'accomplir ces gestes de simple humanité. Mais, au cours des dernières semaines, elle avait découvert le bonheur d'aller vers les autres. De s'ouvrir à leurs problèmes, leurs différences. De faire partie de la communauté des hommes.

— Je suis sûre que Michelle va adorer cette excursion. Nous y avons emmené nos enfants en vacances, autrefois. Ils étaient fous de joie.

Lynda esquissa un mouvement de surprise.

— Je ne savais pas que vous aviez d'autres enfants.

— Je n'en ai pas.

— Mais vous venez de dire...

Ruth prit une profonde inspiration. C'était le moment ou jamais de prononcer à nouveau ce nom qu'elle gardait emprisonné au fond de son cœur.

— Josie, murmura-t-elle.

Puis elle répéta d'une voix plus forte :

— Josie. Ma fille s'appelait Josie. Elle est morte.

— Mais c'est... affreux, balbutia Lynda. Surtout maintenant que...

Elle se tut, incapable de conclure.

— Cela va faire un an.

— Mais votre souffrance est toujours aussi vive, n'est-ce pas ?

— Toujours, avoua Ruth. On dit pourtant que le temps guérit les blessures. Parfois, c'est vrai, j'oublie son absence pendant un court instant. Mais, comme vous l'avez dit, la douleur ne cesse jamais.

— Voulez-vous que nous en parlions ?

Je n'aurais jamais pu me confier ainsi auparavant, pensa Ruth. Surtout à quelqu'un que je connais à peine.

— Elle s'est noyée, murmura-t-elle en serrant les lèvres. Nous faisions de la voile, dans le Maine. Il y a eu un accident et Josie a été emportée.

— Oh, mon Dieu, Ruth. Quel âge avait-elle ?

— Seize ans, répondit Ruth d'une voix brisée. Presque dix-sept.

La conversation aurait pu en rester là, mais, pour la première fois, Ruth avait vraiment envie de poursuivre.

— Et vous savez le pire, Lynda ? Le plus affreux ?

— Non, chuchota Lynda, le regard attentif.

— On n'a jamais retrouvé son corps.

— Seigneur, Ruth. C'est vraiment horrible. Alors, vous n'avez jamais pu lui dire adieu.

— En effet. Je n'ai pas pu vivre un véritable deuil.

Ni lui acheter des freesias blancs. Ni même m'asseoir sur son banc. Le banc de Josie, fabriqué par son père et son frère. Un joli banc surplombant la mer.

— Vous savez, je n'arrive pas complètement à croire à sa disparition. Une partie de moi croit encore qu'elle est quelque part, attendant que je la trouve.

Pourquoi donc racontait-elle à cette femme des choses qu'elle se laissait rarement aller à penser ?

— Mais..., dit lentement Lynda, c'est peut-être vrai.

Ruth la fixa, interdite.

— Que voulez-vous dire ?

— Peut-être qu'elle attend que vous lui disiez adieu. Même si son corps a disparu, son âme est toujours là-bas.

Lynda serra les poignets de Ruth et les caressa de son pouce.

— La perdre à seize ans, c'est tellement triste. Kelly, mon aînée, vient juste d'avoir dix-sept ans. Ils sont bizarres à cet âge-là. Surexcités un moment, abattus le lendemain. Et si agressifs. J'ai parfois envie de la gifler, croyez-moi ! Et puis je me rappelle que c'est une étape incontournable. Et je me calme. Enfin... j'essaie !

— C'est exactement ce qui se passait avec Josie. L'été dernier avant qu'elle... qu'elle ne meure, j'avais l'impression qu'elle me détestait.

— C'était probablement le cas, dit Lynda en riant.
Je sais que ma Kelly me déteste puisqu'elle passe son
temps à me le dire. Sauf que ce n'est pas vrai. Pas au
fond d'elle-même. Pas plus que votre Josie. Vous avez
une photo d'elle ?

— Non.

Lynda fouilla dans son sac.

— Je vais vous en montrer une de Kelly, si vous
voulez. Une maman qui gâte ses enfants, voilà ce que
je suis. Je serais très bien en mère juive. Je ne vais
nulle part sans mes photos et j'embête tout le monde
avec ça. Tenez, voici les frères de Kelly. J'ai quatre
enfants. Michelle est la plus jeune.

— J'ai l'impression que Will a un faible pour Kelly,
dit Ruth en souriant. Il n'arrête pas de me parler d'elle.
Ce serait bien qu'elle passe le voir un jour.

— Elle l'a déjà fait, répondit Lynda en se penchant
vers Ruth. Regardez, voilà mon Mickey...

Les enfants de la jeune femme étaient particulièrement charmants. Ruth fit ainsi la connaissance des
deux fils, du chien de la maison et de la blonde et
mince Kelly.

— Vous avez une bien belle famille.

— C'est vrai, n'est-ce pas ? s'écria Lynda avec chaleur avant de se perdre dans la contemplation d'une
photographie de Michelle vêtue d'une robe blanche
serrée d'une ceinture rose à la taille. C'est le jour où
elle a été demoiselle d'honneur au mariage de mon
cousin, au printemps dernier.

Son visage s'affaissa soudain et elle leva des yeux
désespérés vers Ruth.

— J'ai beaucoup pleuré pour Will cette semaine.

— Merci, répondit Ruth avec douceur.

Elle savait qu'on avait diagnostiqué d'autres cancers
chez Michelle et que la petite fille était perdue. Il était
malheureusement probable que la journée à Disney

World serait son dernier voyage avant de mourir, son dernier regard sur le ciel bleu et les rayons du soleil.

— Elle va mourir, dit Lynda. J'arrive à voir cette réalité en face, maintenant. Pas Mickey. Il veut y croire encore. Chaque fois qu'il entend parler d'un miracle de la médecine ou d'un nouveau traitement, il voudrait que nous sautions dans le premier avion pour l'Angleterre, l'Australie ou la Suède. Naturellement, je refuse. Trop c'est trop. Je ne peux pas imposer toute cette agitation à ma pauvre Michelle.

— Oh, mon Dieu, Lynda. Je suis désolée. Je ne sais pas ce que je ferais si nous en étions à ce stade avec Will.

— Il est plus grand que Michelle. Plus fort aussi. Il va surmonter tout ça. J'en suis sûre.

Les yeux de Ruth se remplirent de larmes.

— Et s'il n'y arrive pas ?

— Je passerai le voir la prochaine fois pour lui dire qu'il doit se battre de toutes ses forces. Ou, encore mieux, j'enverrai Kelly.

— Pour Michelle, murmura Ruth.

— Oui. Pour Michelle.

13

Un soir, Ruth reçut un coup de téléphone de son
père.

— J'ai rencontré Rick Henderson l'autre jour. Tu te
souviens de lui ?

— Vaguement.

Rick était un ancien confrère de son père, dans le
Maine.

— Il m'a dit que son fils part en vacances pour une
quinzaine de jours et que son appartement serait libre.

— Désolé, papa, mais je ne vois pas bien où tu veux
en venir.

— C'est juste à côté de chez toi.

— Qu'est-ce qui est à côté de chez moi ?

— Son appartement, je viens de te le dire. Ou, plutôt, celui de Rick junior. Ta mère et moi avons pensé
que ce serait une bonne idée de venir vous voir, toi et
Will.

Il se tut mais sa tension était perceptible.

— Ce serait merveilleux, papa, mais vraiment ce
n'est pas...

— On pourrait te donner un coup de main. Te permettre de souffler un peu.

— Je vais très bien, tu sais.

— Donne-nous l'occasion de nous rendre utiles,
insista le Dr Carter d'une voix pleine d'entrain. Seigneur, tu n'as pas idée du sentiment d'inutilité que

nous éprouvons ici. Ta mère passe son temps à pleurer dans son fauteuil.

Ruth hésita. Mais elle comprit qu'elle ne pouvait qu'accéder à cette requête.

— Cela me ferait très plaisir. Simplement...

— Nous arriverons à la fin de la semaine. Inutile de venir nous chercher, nous prendrons un taxi à l'aéroport.

— Will va être content de vous voir. Et moi aussi.

— Comment va-t-il ?

— Assez bien. Les médecins semblent satisfaits de ses progrès.

— Mais il est encore trop tôt pour se prononcer, n'est-ce pas ?

— Trop tôt pour espérer, répondit Ruth d'une voix calme.

Si la présence du Dr Carter et de sa femme facilitait évidemment les choses, elle ne manquait également pas de poser quelques problèmes. Le chagrin qu'ils manifestaient à tout instant ne faisait qu'exacerber les propres souffrances de Ruth. Elle avait l'impression qu'il lui fallait faire preuve de plus de courage encore. En revanche, elle pouvait se laisser aller de temps en temps à son désespoir. Ses parents appartenaient à une génération qui n'exprimait qu'avec difficulté ses émotions mais, parfois, ils trouvaient le temps de se réunir tous les trois pour essayer de parler. Mais, surtout, pour pleurer.

Son père s'inquiétait à tout instant des dépenses liées au traitement.

— J'ai entendu parler d'un petit garçon à Daytona Beach. Il était atteint d'un cancer mais ses parents n'avaient pas souscrit une assurance convenable. Ils n'ont pas pu continuer à payer les frais médicaux et l'enfant est mort.

— Allons, papa. Cela ne risque pas de nous arriver, répliqua Ruth avec impatience. Nous sommes couverts. Rassure-toi. L'argent est le dernier de mes soucis. Le tout dernier.

— Will a l'air plus en forme que je ne m'y attendais, observa le Dr Carter.

— Malheureusement, il ne va pas si bien que ça. Il est extrêmement faible.

Quel soulagement de pouvoir enfin exprimer ses craintes, pensa Ruth. Comme elle avait changé depuis la disparition de Josie.

— La dernière fois que je lui ai rendu visite, reprit son père, j'ai parlé au Dr Gearin, son médecin traitant. Il m'a affirmé que Will réagissait bien au traitement et s'est montré raisonnablement optimiste.

— Je suis certaine que Will va aller de mieux en mieux, intervint Mme Carter. Tu verras, ma chérie.

— Je l'espère, répondit Ruth.

Elle n'osait se laisser aller à l'espoir, de crainte de perdre le dernier contrôle qu'elle avait sur le cours des événements. Mieux valait s'attendre au pire. Entendre des paroles de réconfort n'en demeurait pas moins agréable. Pourtant, chacun d'eux savait au fond de son cœur que, si Will ne guérissait pas, aucune famille ne serait plus malheureuse que la leur.

Ruth emmena ses parents subir un examen sanguin à l'hôpital. Le Dr Gearin se voulut rassurant.

— Nous espérons que cette procédure sera parfaitement inutile, leur affirma-t-il. Will est en bonne voie. Nous avons bon espoir de vaincre son cancer. Comme vous le savez, nous avons prélevé du sang chez les parents de votre petit-fils quelques mois auparavant. Ainsi que chez son oncle. Sans succès, hélas.

— Je croyais que la proche famille offrait les meilleures chances de compatibilité, dit tristement la mère de Ruth.

Gearin prit une seringue jetable et l'enfonça doucement dans le bras du Dr Carter.

— Même dans ces cas-là, il ne subsiste guère qu'une chance sur trois. Le problème est de trouver quelqu'un qui ait la même combinaison de protéines que Will. Avec de la chance, un prélèvement de moelle ne sera pas nécessaire. Mais, si c'est le cas, nous saurons au moins où chercher.

— Et où ne pas chercher, conclut le Dr Carter.

— Seigneur... je ne sais pas si je vais réussir à supporter tout cela..., dit Ruth d'une voix lasse.

Elle avait rejoint ses parents au salon à la fin de la journée. Le lendemain, ils quitteraient Boston pour regagner la Floride.

— Si quelque chose arrive à Will, j'en mourrai.

Sa mère la serra contre elle et la berça comme si elle était redevenue une toute petite fille.

— Calme-toi, ma chérie.

— Il a l'air si malade... Si terriblement malade.

— Souviens-toi que la chimiothérapie y est aussi pour beaucoup, intervint le Dr Carter.

— Tout le monde serait au plus mal avec toutes ces saletés qu'ils injectent à ce pauvre gosse, renchérit Mme Carter.

Ruth leva les yeux pour regarder sa mère. Le visage creusé par la fatigue, elle semblait, en quelques jours seulement, avoir vieilli de plusieurs années.

Will n'était pas dans sa chambre d'hôpital. Paul partit à sa recherche, le cœur lourd d'angoisse. Il fit de son mieux pour se maîtriser. Rien de grave n'était arrivé. Rien ne *pouvait* être arrivé puisqu'il avait parlé à Ruth le matin même.

Les longs couloirs brillants et monotones lui parurent interminables. Il détestait cette vilaine teinte pêche qui recouvrait les murs. Pourquoi n'avaient-ils pas choisi une couleur plus gaie, plus vivante ?

Lorsqu'il atteignit enfin le bureau des infirmières, il demanda d'une voix aussi détachée que possible où se trouvait son fils. Sans grand succès, d'ailleurs.

— Il va très bien, professeur Connelly, répondit l'une des infirmières.

Paul jeta un coup d'œil à son badge et vit qu'elle s'appelait Lucille.

— C'est juste qu'il n'est pas dans sa chambre, bredouilla-t-il. Alors j'ai pensé... enfin, je craignais que...

Si elles lui disaient que l'état de Will avait empiré, il sentait qu'il allait hurler et se mettre à frapper du poing sur le comptoir. Le stress de ces dernières semaines devenait difficilement contrôlable.

— Ne vous inquiétez pas, dit Lucille d'une voix apaisante. Il est avec Michelle.

— Michelle ?

— Une autre de nos petits malades. Votre fils est dans sa chambre en train de lui lire une histoire. C'est un bien gentil garçon que vous avez là, professeur. Il ne sait pas quoi inventer pour distraire nos jeunes malades.

— M-merci, articula péniblement Paul que le soulagement faisait bégayer. Où... où sont-ils ?

— Prenez le couloir. La chambre de Michelle est sur la droite.

Paul remonta le couloir d'un pas rapide. Le soulagement lui faisait tourner la tête. Au loin, un éclat de rire étouffé, comme tous ceux qu'on pouvait entendre ici, arraché à des poumons gavés de médicaments et privés d'air. Une petite fille en fauteuil roulant franchit la porte de l'une des chambres, poussée par Will. Son crâne nu couvert d'un bonnet rose, elle avait le visage renversé, les yeux clos, les traits presque transparents. Will portait lui aussi un bonnet identique.

La gorge de Paul se serra.

— Salut, fiston, dit-il doucement.

— Salut, p'pa.

— J'imagine que voici Michelle.

— Exact, répondit Will en se penchant sur le fauteuil. Tu veux bien dire bonjour à mon papa ? demanda-t-il doucement à la petite fille.

Au prix d'un immense effort, elle réussit à ouvrir les yeux.

— Salut, articula-t-elle avant de refermer presque aussitôt ses paupières.

— Je lui fais faire une promenade, dit Will. Elle est trop fatiguée pour jouer aujourd'hui.

Paul hésita.

— Je peux venir avec vous ?

— Bien sûr.

Le père et le fils marchèrent côte à côte le long du couloir.

— Ce bonnet te va bien, Will.

— C'est Kelly qui me l'a fait. La sœur de Michelle.

— Il... l'air idiot... avec. Comme... le mien est...

Elle était incapable de terminer cette simple phrase.

— Je vois ça. Tu es très jolie en rose.

— C'est ma couleur préf...

— Est-ce que tu as déjà vu ce film, Michelle ? demanda Will. Tu sais, *Rose bonbon*[1]. Tu l'as vu ? insista-t-il d'une voix proche du désespoir.

---

1. Film américain de Howard Deutch. Cette romance qui se déroule dans l'univers des teenagers connut un immense succès à sa sortie en 1986. (*N.d.T.*)

La petite fille esquissa un signe de tête impercep-
tible.

— C'était bien. J'ai super aimé. Mais pas autant que
Maman, j'ai raté l'avion[1].

Toujours coiffé de ce bonnet comique qu'il portait
pour faire plaisir à sa petite protégée, Will continuait à
pousser le fauteuil. Il parlait, parlait, pendant que
Michelle reposait la tête en arrière, les yeux clos, la
bouche entrouverte, ses lèvres exsangues, ses sourcils
délicats comme de la soie.

Will était autorisé à rentrer chez lui entre les traitements, mais il était encore trop tôt pour retourner à
l'école. Ses camarades venaient souvent lui rendre
visite et lui apportaient les sujets de devoirs à faire.
Des conversations qu'elle parvenait à surprendre, Ruth
comprenait qu'ils étaient tous sous le charme de
Mlle Marling, leur professeur d'anglais qu'ils surnom-
maient « la Sorcière ». Le jour où, peu après l'arrivée
d'Ed Stein, celle-ci se présenta en personne à la porte
de l'appartement, Ruth remarqua que les enfants
étaient comme saisis d'une crainte respectueuse. Parlant avec un fort accent du Sud qui rappelait celui des
personnages d'*Autant en emporte le vent*, Mlle Marling
avait les cheveux à peine plus longs qu'un élève de
West Point et ses yeux d'un bleu délavé étaient aussi
chaleureux que ceux d'un piranha. Vêtue de noir des
pieds à la tête, elle portait ce jour-là un pantalon de
cuir, un pull à col roulé en cachemire et un blouson
de cuir à boutons de métal. Toute sa personne irradiait
l'énergie d'un cheval au galop.

---

1. Comédie américaine de Chris Columbus, 1990, avec Macau-
lay Culkin. Un petit garçon oublié par ses parents à l'aéroport en
fait voir de toutes les couleurs aux malfaiteurs venus cambrioler la
maison familiale. (*N.d.T.*)

— Ne croyez pas que je ne comprenne pas tout le poids de votre épreuve, madame Connelly, commença-t-elle d'un ton décidé devant une tasse de café. Mais mon frère Dean a eu une leucémie à peu près au même âge que William, et je vous prie de croire que ma mère n'était pas le genre de femme à autoriser son fils à rater ses examens. Elle l'a obligé à poursuivre ses études pendant toute sa maladie. Et laissez-moi vous dire qu'elle avait raison.

— Vous en êtes sûre ?

— Absolument. Parce que, le jour où Dean a été guéri, il n'a eu que de bonnes notes à l'école, même après avoir manqué les cours. Et maintenant qu'il prépare sa médecine, c'est un élève zélé qui consacre encore tout son temps à ses études.

Le regard acéré de Mlle Marling balaya comme un rayon laser la cuisine en désordre. Qu'est-ce qui avait bien pu amener une femme dotée d'un tel physique et d'une telle détermination à venir s'enterrer à Boston ? se demanda Ruth, intriguée. C'est à Washington, aux commandes du pays, qu'elle aurait dû être.

— La maladie qui frappe Will est terrible, bien sûr, et je comprends qu'il n'ait guère envie d'étudier. Mais il faut pourtant l'y encourager, madame Connelly, sinon il se sentira vite complètement exclu. C'est un garçon brillant. Il peut y arriver.

Mlle Marling repoussa sa chaise et arpenta à grands pas la cuisine, rangeant sur son passage les objets qui traînaient sur les tables.

— Il souffre tellement, parfois, argumenta Ruth. Dans ces moments-là, je n'ai pas le cœur de l'obliger à quoi que ce soit.

Mlle Marling redressa un cadre mal accroché, recula pour vérifier son travail et parut satisfaite.

— Il ne faut pas l'écouter. Les garçons sont tous les mêmes, prêts à tout pour ne pas faire leurs devoirs.

Vous n'ignorez pas, j'en suis certaine, qu'au même âge les filles obtiennent de bien meilleures notes que les garçons aux tests d'aptitude. C'est tout simplement qu'elles s'appliquent tandis que les garçons se moquent bien de leurs résultats. Ils sont incapables de concentration.

Elle revint s'asseoir, souleva sa tasse à café et la reposa bien au centre de la soucoupe.

— Vous devez avoir raison, dit Ruth, à court d'arguments.

— Je *sais* que j'ai raison. Je dis toujours à mes élèves qu'ils partent tous avec les mêmes chances. Je ne veux pas voir les filles surclasser les garçons. J'exige qu'ils travaillent dur, madame Connelly, tonnat-elle en frappant du poing sur la table. Qu'ils se donnent à cent pour cent, surtout ceux qui sont doués comme William et Ed Stein. Alors, voilà ce que je vais faire : je passerai lui faire réviser ses cours tout le temps que durera son absence. Il n'aura ainsi aucune excuse pour prendre du retard.

— C'est vraiment très...

— Je ne lui permettrai pas de se servir de sa maladie pour flemmarder.

Se retournant brusquement, elle cria :

— N'est-ce pas, William ?

Ruth entendit des gloussements et des chuchotements dans le couloir et comprit que les garçons n'avaient pas manqué un mot de cette conversation.

— D'accord, mademoiselle Marling, répondit un invisible Will.

— Edward ?

— Oui, oui, mademoiselle Marling.

— J'ai l'impression qu'ils ont bien de la chance de vous avoir, observa Ruth en la raccompagnant à la porte.

Mlle Marling hocha gravement la tête.

— Voilà qui est on ne peut plus juste, madame Connelly.

Le soir, Ruth appela Paul.

— Puisque Will est de retour, ce serait une bonne chose que tu viennes passer la nuit ici de temps en temps. Il aimerait te voir plus souvent, je crois.

La perspective de retourner dans leur appartement effrayait Paul. S'il lui arrivait souvent de se sentir seul dans son petit studio, au moins y résidait-il par choix et non par obligation. Y avait-il rien de pire que de se retrouver dans la même pièce que sa femme et de s'y sentir seul ?

— Pourquoi ? demanda-t-il sur un ton peu engageant.

— Je n'approuve pas ton comportement dans cette affaire, rétorqua Ruth d'une voix sèche. J'ai énormément de travail sur les bras. Non que je prive Will d'une minute ni même d'une seconde de mon temps ou de mon amour. Mais j'estime que tu devrais me venir en aide. Pour lui autant que pour moi.

— Je sais tout cela. C'est juste que je... que je ne veux pas revenir à la situation précédente.

— Aucun risque, crois-moi.

— J'ai du travail par-dessus la tête ce semestre. J'aurais bien aimé pouvoir suspendre toute activité pendant la maladie de Will mais ce n'est pas possible.

— Tu peux changer les choses si tu le veux vraiment. C'est ton problème. Tout ce que je veux, c'est le bien de notre fils. Et je trouve que, pour le moment, sa vie est déjà assez difficile sans parler de ses problèmes physiques.

— De quels problèmes physiques parles-tu ?

— Si tu étais un petit garçon de quatorze ans, imagine ce que tu ressentirais si, comme lui, tu vomissais du matin au soir. Et si tu étais si malade que tu en serais devenu presque incontinent et que tu aurais dû demander, la mort dans l'âme, qu'on te vînt en aide ? Oui, toi, Paul, qu'éprouverais-tu s'il fallait que l'on examine tes excréments pour y chercher des signes de saignements avant de tirer la chasse d'eau ? Tu aurais perdu toute intimité. Et tu serais incapable de contrôler ton corps. Est-ce que tu ne détesterais pas ça ?

Le tableau qu'elle lui peignait le mit mal à l'aise. Peut-être n'en avait-il pas fait autant qu'il aurait dû. S'il était souvent allé rendre visite à Will, s'il l'avait emmené à l'hôpital, avait passé du temps avec lui – et même des heures –, ce n'était pas grand-chose comparé au quotidien que sa femme lui décrivait. Un quotidien qu'il n'avait cessé d'écarter de son esprit. Si Will avait besoin de sa présence, il ne pouvait se dérober.

— D'accord, fit-il en poussant un soupir. Je vais me débrouiller pour passer plus de temps avec vous.

— Pas avec moi, Paul, avec Will. Si tu préfères, je peux même m'organiser pour libérer l'appartement les jours où tu viendras.

— Ruth..., commença-t-il en hésitant. Dis-moi simplement ce que tu veux que je fasse.

— J'aimerais que tu passes au minimum trois nuits à la maison, jusqu'à ce que la dernière chimiothérapie soit achevée et que l'on en connaisse les résultats. Pas la peine de faire double emploi...

— Ruth...

— Je peux très bien aller passer la nuit chez les Stein.

— ... Ce n'est pas nécessaire, pour l'amour du ciel ! À moins que tu ne le souhaites vraiment.

— Bien sûr que non.

— Quand veux-tu que je vienne ?

— Aujourd'hui, nous sommes lundi, dit-elle d'un

ton qu'il aurait voulu moins impersonnel. Disons, après le week-end. Que dirais-tu de mardi prochain ?

Il tourna les pages de son agenda.

— Ça me va très bien.

— N'oublie pas que cela peut durer des mois, avertit Ruth. Pas juste quelques jours ou quelques semaines.

— J'en suis parfaitement conscient, affirma-t-il avant de s'éclaircir la voix. Ruth...

— Eh bien, quoi ?

Il songea, mais un peu tard, qu'il aurait dû tourner sept fois sa langue dans sa bouche avant de parler.

— Est-ce que... tu vois quelqu'un d'autre en ce moment ?

— Tu as abandonné tout droit de poser ce type de question, répliqua-t-elle d'une voix glaciale.

— Alors, ça veut dire que oui.

L'image de Ruth avec un autre homme le rendait horriblement malheureux.

— Qu'est-ce que cela peut bien te faire ?

— Je suis toujours ton mari, bon sang. Et tu es la mère de mon fils. Je tiens... je tiens toujours à vous.

— Alors que tu as décidé de nous quitter ?

— Je t'ai déjà expliqué pourquoi.

— C'est plus facile de partir que de rester pour tenter de résoudre les problèmes, n'est-ce pas ?

Mon Dieu, que leur arrivait-il ?

— Tu ne voulais rien comprendre.

— Et *toi* ? Est-ce que tu sors avec quelqu'un ? demanda-t-elle d'une voix aussi neutre qu'elle le put.

— Je vois quelqu'un de temps en temps, puisque tu me le demandes, fit-il d'un ton dégagé, alors que ce n'était pas tout à fait vrai. Rien de sérieux.

Un verre avec Carole Barwick, un dîner avec une collègue de travail à l'occasion.

287

— J'espère que tu seras seul lorsque tu viendras à la maison, dit froidement Ruth.

— Je ne suis pas complètement idiot.

Comme dans un murmure, il l'entendit répondre : « Je ne l'ai jamais pensé. »

Ce lundi matin-là, Ruth était en train de lire le journal dans la cuisine tout en sirotant une tasse de café. Son cœur se serra en entendant Will se lever pour se rendre dans la salle de bains, ses pas lourds et lents comme ceux d'un vieillard résonner le long du couloir. Elle écouta le glissement du rideau de la douche sur son rail, le bruit de l'eau giclant sur le corps de son fils. Les bruits du quotidien. Rassurants. Soudain, Will poussa un hurlement, un cri de détresse inarticulé. Ruth, épouvantée, se rua vers la salle de bains et frappa comme une folle sur la porte.

— Will ! Mon chéri ! Que se passe-t-il ?

— Rien, répondit Will d'une voix étouffée.

— Mais si, il y a quelque chose.

Puis, après une courte pause :

— Maman, gémit-il. Oh, maman.

— Est-ce que je peux entrer ?

N'obtenant aucune réponse, Ruth poussa la porte. L'eau de la douche continuait à couler inutilement, tandis que Will se tenait debout, entièrement nu, face à la glace qui couvrait l'un des murs, fasciné par son reflet, si glacé d'horreur qu'il n'eut même pas la présence d'esprit de se couvrir d'une serviette à l'entrée de sa mère.

— Oh, mon Dieu !

Bouche bée, Ruth fit un pas dans la pièce. Si l'on faisait exception de quelques mèches éparses, le crâne de Will brillait sous la lumière du plafonnier, d'une effrayante nudité sur son visage émacié. Pour la première fois, il ressemblait aux autres enfants qu'elle avait si souvent vus à l'hôpital. Une vision de cauchemar. La plus grande partie des poils de son corps avait également disparu. Paralysée par l'angoisse, Ruth dut faire un effort surhumain pour se mettre en mouvement et fermer le robinet de la douche. Ses yeux tombèrent sur un enchevêtrement de poils et de cheveux accrochés à la bonde.

— J'étais seulement en train de me savonner quand... quand le shampooing a...

Il bégayait, suffoquait, prononçait des sons inarticulés. Son visage, terriblement livide, était l'image même de la désolation. Ruth lut dans ses yeux le dégoût que lui inspirait la vue de son propre corps.

— Maman, *regarde*-moi.

Il aurait été bien difficile de regarder ailleurs.

Ruth avait toujours su que ce moment viendrait. Elle le redoutait et s'y était préparée. Mais, aujourd'hui, les mots restaient coincés dans sa gorge. La nausée, les vomissements, les ulcères de la bouche, elle pouvait les supporter. Mais cela, c'était au-dessus de ses forces. Rassemblant ses esprits, elle parvint enfin à articuler quelques mots.

— C'est comme ça que Kojak a fait carrière, tu sais.

— Kojak est mort ! hurla Will. Et moi aussi, je voudrais mourir.

Il se mit à tousser et à pleurer en même temps.

— Oh, Will, ne dis pas cela ! s'écria Ruth en lui tendant une serviette de bain. Ne dis jamais cela !

— Et pourquoi pas ? Puisque c'est... c'est vrai.

Ses yeux horrifiés contemplaient toujours le reflet déprimant renvoyé par le miroir. Derrière lui, Ruth essayait vainement de ravaler ses larmes, incapable de trouver le moindre mot de réconfort.

— Le Dr Gearin nous avait prévenus, mon chéri,

finit-elle par articuler. Il s'agit d'une réaction normale à la chimiothérapie. Souviens-toi des autres enfants à l'hôpital.

— Je ne pensais pas..., balbutia-t-il, les yeux remplis de pleurs. Oh, maman, j'espérais tant que ça ne m'arriverait pas.

— Mon chéri, je te promets que tes cheveux repousseront. C'est provisoire, seulement provisoire.

— C'est de la merde, c'est tout ! cria Will, ravalant ses larmes, le visage décomposé. Regarde-moi ! J'ai l'air d'un horrible monstre de l'espace. Et en plus... je ne me sens pas bien, dit-il en se tenant le ventre. Je crois que je vais vomir.

— Ce n'est pas aussi affreux que ça, tu sais, mentit Ruth.

Will tenta de rire avant de vomir dans le lavabo.

Plus tard, après que Ruth eut lavé et nettoyé la salle de bains, elle retourna dans la chambre de son fils.

— Est-ce que ce n'est pas la mode de se mettre un foulard autour de la tête ?

— Il n'y a que les Blacks qui font ça, répliqua Will d'un ton boudeur.

— Et ceux qui font du skateboard ou du jogging !

— Oh, maman, ce n'est pas drôle, gémit Will en s'observant dans le petit miroir de son bureau.

Les larmes ruisselaient le long de ses joues.

— Si tu te sens bien demain, pourquoi n'irions-nous pas t'acheter un chapeau ?

— Un chapeau ? Il n'y a que les ringards qui portent des chapeaux.

— Eh bien, justement, je pensais t'acheter un chapeau ringard.

C'était dur d'avoir l'air de bonne humeur.

— Et que dirais-tu d'un bonnet de marin ? Ou d'une toque de cosaque ? Ou même d'un de ces feutres à la Borsalino ?

290

— Tu veux dire les trucs que portent les maque-
reaux ? s'exclama Will, les yeux brillants. Eh ! Ça, ce
serait cool. Un noir avec un large rebord et un ruban
en peau de serpent ? Superclasse !

— Pourquoi pas ? Tu as la taille qu'il faut. Ça t'irait
très bien.

— Avec, je pourrais aussi mettre un costume rose.
Et toi tu ferais tapisser la voiture en faux léopard.

— Compte là-dessus...

— Et j'aurais plein de superfilles qui travailleraient
pour moi, poursuivit Will, tout à son scénario. Je pourrais même peut-être mettre « la Sorcière » sur le
trottoir.

— Hum, dit Ruth en souriant, ton imagination est
un peu trop débordante à mon goût. Et que dirais-tu
d'une perruque ?

— Une perruque ? Moi ? Pas question !

— Pourquoi pas ?

— Et si elle s'envole ? De toute façon, quoi qu'on
fasse, rien ne pourra cacher le fait que je suis chauve
comme... comme...

— Un œuf ?

— Une boule de bowling.

— Un navet ? Un vautour ?

Elle réussit enfin à lui arracher un sourire. Elle aurait
voulu le persuader qu'il n'avait pas l'air aussi repoussant qu'il le croyait, que l'absence de cheveux lui donnait un air plus viril, plus adulte. Elle aurait voulu
l'embrasser et lui dire à quel point elle l'aimait. Mais
sans doute la soupçonnerait-il de ne parler ainsi que par
compassion.

De retour de l'école, Ed Stein apportait un devoir
que Mlle Marling avait distribué à toute la classe.
Avant même que Ruth puisse le prévenir, il avait
poussé la porte de la chambre de Will. Il y eut un long
silence stupéfait. Puis Ruth l'entendit s'exclamer :

— Eh, mec, t'as un look d'enfer !

— Va te faire foutre.

— Non, je suis sincère. T'es génial, tu sais. Mince, ça fait des mois que j'essaie de persuader ma mère de me laisser me raser la tête.

— Mais je ne les ai pas rasés ! Ils sont tombés, imbécile !

— Tombés ? Oh, tu veux dire à cause de tous ces trucs que tu prends ? Eh bien, mec, c'est géant.

— Tu trouves ?

Ruth devina qu'il devait être en train de se regarder une fois encore dans la glace, troublé par le ton envieux de son ami.

— J'te jure. Attends que les autres te voient. Tu pourrais même passer de l'huile dessus pour te faire briller le crâne. Eh ! Tu sais ce qu'il te faudrait ?

— Quoi ?

— Un de ces anneaux qu'on porte à l'oreille. Un diamant. Ça serait suuuupercool. Tu crois que ta mère accepterait ?

— C'est pas elle qui m'inquiète, c'est la mère Marling.

Will semblait redevenu complètement normal. Comme n'importe quel enfant de son âge.

— Cette chère Sorcière. Tu crois qu'elle aura une attaque en te voyant comme ça ?

Ed se mit alors à parodier la Sorcière :

— « Will, huuum, chaque jour que Dieu fait, huuum, vous devez vous donner à cent pour cent à votre travail, huuum. »

Will ne put s'empêcher de rire aux éclats. Merci, Ed, oh, merci, pensa Ruth.

Plus tard, alors qu'Ed se préparait à partir, Ruth l'appela dans la cuisine.

— Je te suis vraiment très reconnaissante.

— Pourquoi ?

— D'avoir dit à Will que cela lui allait. Il ne voulait pas me croire.

— Mais j'étais sincère, vous savez.

Ed avait près d'un an de plus que Will. Aussi grand mais plus costaud, déjà bien plus fort que son ami ne le serait jamais.

— Ed, dis-moi ce que je dois faire pour lui. Que pourrais-je lui acheter pour le distraire ? Je sais qu'il aime jouer de la guitare mais, en ce moment, avec ses plaquettes en chute libre, il n'y arrive pas...

— Pourquoi ?

— Ses doigts saignent souvent. Sa peau est fine et très fragile à présent.

Ruth expliqua que les plaquettes, qui contribuent à la coagulation du sang, sont détruites par la chimiothérapie. La plus petite égratignure entraînait des saignements importants et augmentait les risques d'infection.

Ed réfléchit.

— Et s'il essayait un autre instrument, jusqu'à ce qu'il aille mieux ? Le saxo ne serait pas trop difficile. Ou bien... mais, oui, pourquoi pas la batterie ? Vous avez entendu parler du groupe ?

— Bien sûr.

— On est tous assez bons à la guitare et Stu se débrouille pas mal au saxo. Quant à moi, j'ai fait du trombone à l'école. Mais si on avait une batterie, on pourrait vraiment démarrer notre groupe.

— Will y a fait souvent allusion pour son anniversaire, mais j'avais refusé. À cause du bruit. Et des voisins.

— Mon paternel aussi a flippé là-dessus, acquiesça Ed en secouant la tête. Mais, ouah, je suis sûr que Will *adorerait* avoir une batterie.

— Tu es sûr qu'il arriverait à en jouer ? Il se fatigue si facilement.

— Et alors ? Il s'arrêtera quand il sera fatigué.

— C'est vrai que, s'il joue dans la journée, la plupart des voisins sont absents, réfléchit Ruth. Ils travaillent.

— Vous pourriez faire insonoriser sa chambre, par exemple.

— J'en parlerai au gérant. Et aux habitants de l'immeuble. Je leur expliquerai qu'il est souffrant. Je veux qu'il ait tout ce qui peut lui faire plaisir. Au diable les autres considérations.

Le bonheur était une denrée rare ces derniers temps. Ses yeux se mouillèrent à cette pensée, et elle chercha son mouchoir.

— Excuse-moi, Eddie. Les mères ne devraient pas se laisser aller à pleurer.

— Mais non, madame Connelly. Vous inquiétez pas. Ma mère pleure tout le temps.

Cette phrase eut au moins le don de la dérider et Ruth ne put s'empêcher de rire.

— Connaissant Carmel, j'ai du mal à le croire.

— Non, c'est vrai. Il faut toujours qu'elle se lamente à propos de trucs idiots. Tenez, la semaine dernière. Mon père était sorti. Bon. Alors ma mère a préparé une sorte de sauce pour les pâtes avec plein de trucs verts dedans – du pesto ou quelque chose de ce genre. Et voilà que ma sœur fait « Beurk » en disant que ça sent la merde de cochon. Et ma mère lui dit : « Comment tu peux savoir, puisque tu n'as jamais mangé de merde de cochon de ta vie ? » Et v'là ma sœur qui lui répond qu'on ne mange que ça à la maison. Du coup, ma mère s'est énervée. « Tu n'as qu'à faire la cuisine toi-même », qu'elle lui lance. Et vous savez ce que ma sœur a répliqué ? Qu'elle y comptait bien parce que c'était le seul moyen de manger un truc correct à la maison. Et alors, ma mère s'est mise à chialer.

— Ça ne m'étonne pas.

Ruth était absolument fascinée par cet aperçu de la vie familiale de Carmel Stein. De l'extérieur, Carmel avait toujours donné une telle impression de sérénité et de perfection.

Tout en s'épongeant les yeux, Ruth ne put s'empêcher de se demander si cette longue sortie n'était pas un moyen imaginé par Ed pour lui permettre de se remettre. Auquel cas, il méritait un coup de chapeau pour ses talents diplomatiques.

— Euh, madame Connelly, est-ce que je peux vous demander quelque chose ?

— Bien sûr, vas-y.

— Will est assez malade, pas vrai ?

— On pourrait difficilement l'être plus.

— Il ne va pas... vous savez... enfin, je veux dire, il ne va pas mourir ?

Elle avait envie de crier haut et fort que non. Mais elle n'y arrivait pas. Les larmes se mirent à couler le long de ses joues.

— Je n'en sais rien, Ed. Et c'est la vérité. Je ne sais pas.

Pour la première fois depuis qu'il avait quitté la maison, Paul passa la nuit suivante auprès de son fils. Ruth s'aperçut qu'elle avait consacré plus de soins qu'à l'accoutumée à son apparence. Elle avait ouvert une bouteille d'excellent vin et préparé un steak au poivre vert, l'un des mets préférés de Paul.

— Will est allé se coucher de bonne heure, annonça-t-elle en l'embrassant sur la joue avant de le précéder dans le salon. Tu as pris le soleil, on dirait. Joli bronzage.

— Une de mes collègues de Bowdoin a un fils qui fait de la voile. Nous sommes allés en mer ce week-end.

— Ah, bon.

Qu'avait-elle donc espéré de sa présence ici ? En fait, rien. Rien du tout. Tout était fini entre eux. Cependant, la facilité avec laquelle il avait évoqué cette collègue – probablement celle dont il lui avait déjà parlé –, son air détaché pour dire « nous », la peinaient bien plus qu'elle ne l'aurait imaginé. S'ils n'avaient pas mentionné une seule fois le mot de « divorce », Ruth savait qu'ils finiraient bien par en parler un de ces jours. Et, lorsqu'ils seraient légalement séparés, seul Will leur rappellerait le bonheur jadis partagé.

L'annonce du cancer de leur fils les avait d'abord rapprochés. Mais, depuis, Paul semblait s'éloigner chaque jour davantage. Devant son visage bronzé et ses yeux bleus, elle ne put s'empêcher de se rappeler l'époque où il l'attendait après les cours pour l'emmener dans des bars d'étudiants, partager une pizza au restaurant italien à côté du campus, partir en randonnée dans le Montana avec des camarades, ou voir un bon film au cinéma en se tenant tendrement la main. Elle ne lui avait pas cédé facilement. À cette époque, le mouvement féministe n'était pas encore très répandu et il n'était pas bien vu de précipiter les choses. On attendait d'un homme qu'il prenne les initiatives et d'une femme qu'elle se laisse courtiser. Mais elle avait été attirée par Paul au premier regard, et il avait été son premier amant.

— J'ai fait des steaks, de la salade et des pommes de terre.

Il regarda sa femme, interdit.

— Oh, non ! Désolé, je ne pensais pas que tu... J'ai déjà dîné, tu sais. Je me trouvais chez des amis et ils m'ont offert de partager leur saumon à la sauce hollandaise.

— Une femme ? ne put se retenir de demander Ruth.

Comme si elle s'en inquiétait.

Il détourna les yeux.

— Oui.

Eh bien, voilà qui est agréable à entendre, pensa Ruth, déterminée à ne rien laisser paraître de sa déception.

— Aucune importance, marmonna-t-elle très vite. Je mettrai les steaks au congélateur.

— En revanche, je boirais bien un verre. Mais je vais aller jeter un coup d'œil à Will avant.

— Ne le réveille pas. Il dort très mal en ce moment.

À son retour, elle lui tendit un verre de vin.

— Il a l'air... si épuisé, soupira Paul.

— C'est la chimio. Elle absorbe toutes ses forces.

— Tu crois qu'il va s'en sortir ?

— J'ai bon espoir. Mon père en a discuté avec Gearin. De médecin à médecin. Ils semblent très optimistes.

— Bonne nouvelle.

Ils restèrent assis sans prononcer une parole.

— Est-ce que tu vas aller à Sweetharbor prochainement ? demanda brusquement Ruth.

— Peut-être le week-end prochain.

— Encore de la voile ? Avec ta collègue ?

— Pas cette fois-ci, répondit Paul d'une voix égale. Pourquoi me demandes-tu ça ?

— La directrice de l'agence a téléphoné. Elle pense que quelqu'un s'est encore introduit dans la maison.

— Je ne vois pas ce que je pourrais faire de plus qu'elle.

— Elle doit vouloir vérifier que rien n'a été volé.

— Elle a un inventaire. Elle en sait probablement plus que moi sur la question.

Il se versa un autre verre avant de lui tendre la bouteille. Mais Ruth refusa d'un signe de tête.

Il lui fut soudain insupportable de se retrouver avec

297

lui ainsi, dans ce salon où ils avaient autrefois connu tant de moments d'intimité. À présent, ils se comportaient comme s'ils étaient des étrangers.

— Je crois que je vais aller me coucher. Tu n'as rien oublié de ce que je t'ai dit concernant Will ? Ce que tu dois faire s'il se réveille ?

— Je crois.

Elle se tint debout devant lui, hésitante, se demandant si elle devrait l'embrasser. Comme tout cela était absurde ! Ils étaient là, tous deux, dans cet appartement acheté ensemble, partagé pendant près de vingt ans, et elle en était à se poser ce genre de question. Elle se décida pour un bref sourire et s'éclipsa sans un mot de plus.

Aurait-il décelé un soupçon de jalousie dans la voix de Ruth lorsqu'il avait mentionné son dîner chez une amie ? Pour être tout à fait honnête, il aurait dû ajouter qu'il ne s'agissait que de l'épouse d'un de ses collègues auquel il avait promis de rapporter des documents. Lorsqu'elle lui avait proposé de rester dîner, il avait immédiatement accepté, las de se nourrir depuis si longtemps de surgelés ou de plats préparés et réchauffés au micro-ondes. À vrai dire, il ne lui était pas venu à l'esprit que Ruth lui aurait préparé quelque chose. Et il regrettait de ne pas l'avoir prise dans ses bras pour lui souhaiter bonne nuit.

Il alluma la télévision, zappa quelque temps avant de se décider pour un épisode d'*Inspecteur Morse* qu'il avait bien dû voir déjà quatre fois. Ce flic anglais était décidément nul. Jamais un sourire. Pas étonnant que le scénariste lui ait inventé des malheurs en amour...

Il commençait à s'assoupir tandis que résonnait la musique du générique. La voix de Will s'éleva soudain tout près de lui.

— Papa...

Paul sursauta, un peu désorienté, se demandant un instant où il se trouvait. Son fils se tenait sur le seuil de la porte du salon.

— Salut, fiston.

C'était la première fois qu'il le voyait depuis la perte de ses cheveux. Il fit de son mieux pour paraître naturel.

Will vint s'asseoir à côté de lui sur le canapé.

— Qu'est-ce que tu regardes ?

— Un truc anglais. *Inspecteur Morse*. Tu l'as déjà vu ?

— Une ou deux fois.

— Quels sont tes programmes préférés en ce moment ?

— *Les Simpsons. South Park. Friends.*

— *Frasier* ?

— Ouais, pas mal non plus. J'aime bien aussi les documentaires sur la nature. Les condors. Les castors qui modifient l'environnement. Il y en avait un vraiment super l'autre jour sur les baleines.

— Je l'ai vu.

C'était le moment d'aborder le vif du sujet.

— Eh, dis donc, j'adore ta nouvelle coupe.

— Merci d'avoir fait semblant de ne rien voir.

— Qu'est-ce que c'est que ce diamant fixé à ton oreille ?

— C'est un faux, expliqua Will. Je suis allé me le faire poser avec maman l'autre jour. J'aurais bien cru qu'il me faudrait des années pour la convaincre mais elle a tout de suite dit oui. Alors, on n'a pas hésité. Tu en penses quoi ?

Paul sourit.

— Ma foi...

— On a aussi acheté un chapeau. Seulement on voit quand même que je suis chauve.

— Tu as pensé à mettre une perruque ?

— Évidemment.

— Et alors ?

— J'ai immédiatement abandonné cette idée. Dis, papa, comment sais-tu qu'un toupet a été acheté au rabais ?

— Je ne sais pas.

— Quand il est vendu avec une jugulaire.

Paul rit à gorge déployée, émerveillé par le courage de son fils. Serait-il capable d'en faire autant dans les mêmes circonstances ? Certainement pas.

— Est-ce qu'il y a d'autres chauves célèbres, à part Kojak ?

— Sûrement. Laisse-moi le temps de réfléchir et je vais t'en trouver. Shakespeare, par exemple.

— Ça ne compte pas. Il avait des cheveux sur les côtés.

— Michael Jordan. Magic Johnson ?

Paul énuméra quelques autres athlètes. Des rappers. Des acteurs.

— Et aussi un grand acteur hollywoodien, ajouta Paul. Yul Brynner. Il a joué dans *Le Roi et moi.*

— Je l'ai vu.

— Tu te souviens de la musique ? *Shall we dance*, di di da, *On a bright cloud of music. Shall we fly* ? di di da. *Shall we then...*

— Papa, je t'en prie.

— Eh bien, quoi ?

— J'ai déjà assez d'ennuis comme ça, sans que tu chantes en plus.

— Tu n'aimes pas ma voix ?

— Rien à lui reprocher. C'est la chanson que je ne peux pas supporter. N'oublie pas que je suis malade.

Ils éclatèrent tous deux de rire. Paul étendit le bras le long du dossier du canapé, et Will vint se blottir contre lui, comme lorsqu'il était petit garçon. Son père appuya sur le bouton de la télécommande.

— Hé, regarde ! s'exclama Will. Clint Eastwood dans *Impitoyable*. Tu l'as déjà vu, p'pa ?

— Bien sûr. C'est un de ces films dont la somme est plus grande que les parties, lança Paul d'une voix solennelle. Une analyse pertinente de notre culture contemporaine qui réussit à...

— Boucle-la, tu veux, papa ? Ça vient juste de commencer.

Ils restèrent assis en silence, comme deux vieux compagnons, Will bien à l'abri dans les bras de son père.

Incapable de trouver le sommeil, Ruth les entendait bavarder et rire. Elle aurait tant voulu s'inviter dans leur petit monde. Être assise avec eux, partager ce moment d'intimité familiale. Et non demeurer comme une âme en peine dans l'obscurité triste de sa chambre...

Elle aurait tant aimé ne pas se retrouver aussi seule.

14

Will dut retourner à l'hôpital au début du mois de mai pour sa dernière séance de chimiothérapie. Tandis que Ruth poussait son fauteuil roulant le long des couloirs, tous deux ne purent s'empêcher en passant de jeter un regard par la porte entrouverte de la chambre de Michelle. Un autre enfant était étendu sur le lit, ses parents inconnus à son chevet.

Ruth sentit son cœur se serrer. Mais c'est d'une voix légère qu'elle suggéra :

— Elle est probablement partie pour quelques jours.

Elle n'ignorait pas que Michelle était bien trop malade pour quitter l'hôpital, ne serait-ce qu'une seule journée.

Will saisit avec anxiété la main de sa mère.

— Il faut demander de ses nouvelles à quelqu'un, supplia-t-il. Oh, maman. J'espère qu'elle n'a pas... qu'elle n'est pas...

— Moi aussi, mon chéri.

Ruth demanda à une infirmière où se trouvait la petite fille. Toute réponse était inutile : l'expression sur le visage de la jeune femme était assez éloquente. Les épaules secouées par les sanglots, Will laissa ses larmes couler le long de ses joues.

— Non, oh, non ! Je vous en prie... non.

— Will...

Ruth posa sa main sur son épaule pour le calmer. Qu'aurait-elle pu dire ?

— Quand ? demanda-t-elle à l'infirmière.

— Il y a deux jours.

— Michelle, murmura Will d'une voix qui renfermait toute la tristesse du monde. Oh, non !

Ruth se cacha le visage au creux des mains. Pauvre Lynda. Pauvre, pauvre Will. Tout devenait si dur pour lui. Un enfant de quatorze ans ne devrait pas savoir ce qu'est la mort.

Il n'y a pas d'autre mort après la première, avait-elle lu quelque part. Les larmes coulèrent à travers ses doigts à la pensée de la courageuse petite fille qui venait de disparaître.

— Cela s'est passé dans la sérénité, dit l'infirmière. Tout le monde savait qu'elle était perdue.

— Ça ne rend pas les choses plus faciles lorsque cela arrive.

— Je sais. Mais les proches acceptent mieux leur deuil lorsqu'ils sont préparés.

Ruth retira les mains de son visage baigné de larmes et lui jeta un regard dur.

— Qui pourrait être réellement préparé à la mort d'une petite fille de huit ans ?

Mal à l'aise, l'infirmière détourna les yeux.

— Ses parents étaient présents, ainsi que ses grands-parents. Et sa grande sœur. Elle leur a juste souri avant de fermer les yeux. Elle ne les a pas rouverts.

— Ce n'est pas juste, gémit Will d'une voix brisée. Elle était si petite.

— Pourquoi ces innocents doivent-ils souffrir ? lança Ruth avec amertume. C'est insupportable.

— Dieu a ses raisons, répondit l'infirmière en pointant du doigt la petite croix agrafée au revers de son uniforme.

— J'aimerais bien les connaître, s'insurgea Ruth.

Sur le chemin de la chambre, elle trouva la force de parler à Will.

— Michelle adorait être avec toi. Tu lui as fait beaucoup de bien, tu sais.

— C'est elle qui m'a fait du bien.

Will fouilla dans le sac posé sur ses genoux et en sortit le bonnet rose que Kelly lui avait confectionné. Il resta ainsi un long moment en silence, tremblant de tous ses membres, le bonnet serré contre sa poitrine.

Lorsqu'il fut enfin installé dans sa chambre, le Dr Gearin vint l'examiner. Ruth sortit téléphoner à Lynda et laissa un message sur le répondeur.

— Ici Ruth Connelly, la maman de Will. Je suis de tout cœur avec vous. Je vous en prie, Lynda, rappelez-moi.

Elle laissa son numéro.

Depuis l'annonce de la maladie de Will, elle s'était efforcée de ne pas penser à l'éventualité de sa mort, même si le spectre de sa disparition rôdait à tout instant. À présent que Michelle était décédée, Ruth ne pouvait plus échapper à la réalité. Il lui fallait affronter son pire cauchemar : perdre Will. Comme elle avait perdu Josie.

Lynda rappela. Les funérailles devaient avoir lieu le lendemain après-midi et elle espérait la présence de Ruth.

— Est-ce que William est au courant ?

— C'est la première chose qu'il a demandée en arrivant à l'hôpital. Il est profondément bouleversé.

— J'espère que cela ne va pas lui rendre les choses plus difficiles. C'est dur à encaisser à son âge.

— Il sera en traitement demain après-midi. Il ne pourra malheureusement pas venir à l'enterrement.

— C'est peut-être mieux ainsi, dit Lynda.

— C'est vrai. Je ne veux pas le déprimer alors que

la chimiothérapie semble réussir. Les médecins sont très optimistes.

— J'en suis heureuse pour vous.

Le lendemain, Ruth passa un long moment à choisir ce qu'elle allait porter pour dire adieu à Michelle. Des couleurs trop sombres ne lui paraissaient pas appropriées à la mort d'une enfant de huit ans. Elle finit par se décider pour un tailleur jaune en fine laine rehaussé d'un foulard de soie vert autour du cou. Les couleurs du printemps. Celles de l'espoir.

Elle se rendit en voiture à l'adresse que Lynda lui avait indiquée et fut surprise de voir qu'il ne s'agissait ni d'un oratoire ni d'une église, mais d'une grande pièce située derrière un restaurant appelé *Le Vieux Varsovie*. Il y avait foule. Tout le monde parlait et riait dans un bruit assourdissant. Ruth remarqua que l'assistance portait des costumes traditionnels – jupes noires avec des corsages ornés de motifs vert et rouge, bandeaux brodés de fleurs. Les hommes arboraient des costumes sombres et des chemises blanches sans cravate, boutonnées jusqu'au cou. Ruth comprit pour la première fois que Lynda était d'origine polonaise. Elle aperçut une longue table couverte de mets divers et une autre, à peine plus petite, sur laquelle s'entassaient des bouteilles de vin et de vodka.

Quelqu'un lui offrit un verre, et elle se fraya un chemin vers Lynda qui se tenait debout, au fond de la pièce, entourée de son mari et de ses trois enfants. Un grand portrait de Michelle trônait sur une table, drapé de rubans roses et blancs, entouré de jouets et de poupées. Des ballons de toutes les couleurs étaient accrochés aux murs ou pendaient au plafond. Des roses ornaient la pièce à profusion.

Lynda portait une robe couleur de glace à la fraise.

— Nous donnons une petite fête en son honneur, dit-elle en serrant Ruth dans ses bras. Pas des funérailles. Pas de deuil. Je ne pleure pas sur elle. Vraiment pas.

— Elle aurait adoré cela, j'en suis sûre, affirma Ruth en regardant tout autour d'elle. Ces fleurs sont si belles.

— Le rose était sa couleur préférée.

Lynda lui présenta son mari, un gros homme engoncé dans un costume d'un bleu flamboyant. Il s'empara de la main de Ruth et la serra contre sa poitrine.

— Merci d'être venue, dit-il, les yeux rougis mais avec un grand sourire chaleureux. Lynda m'a beaucoup parlé de votre petit garçon.

— Je suis navrée, balbutia Ruth. Michelle était une si gentille petite fille.

— Un ange, approuva son père avec simplicité. Un petit ange.

— C'est vrai.

Ruth erra à travers la pièce. Elle reconnut le pédiatre de Michelle, une assiette pleine à la main, qui agita la main dans sa direction. D'autres parents rencontrés à l'hôpital se trouvaient là également.

— Vous faites maintenant partie d'un club bien particulier, lui dit une jeune mère.

Elle avait appris que son petit garçon de six ans souffrait d'une tumeur inopérable et que le pronostic demeurait très réservé.

— Je n'avais pas fait acte de candidature.

— C'est notre cas à tous. Et nous devons nous en accommoder.

Un homme vêtu d'un large pantalon noir et d'une veste de velours grise s'avança au milieu de la pièce, un accordéon accroché à son cou par une courroie brodée. Il laissa éclater quelques notes et la foule fit silence. Lynda saisit la main de son mari avant de prendre la parole.

— Vous savez tous pourquoi nous nous sommes réunis ici. Il est temps de dire adieu à Michelle.

Quelqu'un se mit à sangloter doucement derrière Ruth. Plusieurs vieilles femmes, la tête couverte d'un fichu blanc, s'assirent en pleurant sur des chaises éparpillées le long des murs. Des grand-mères. Des grand-tantes. Tout ce qui fait le tissu d'une nombreuse famille d'immigrants.

— Chacun d'entre nous lui a dit au revoir ce matin à l'église, poursuivit Lynda. Mais Michelle rêvait de donner une fête lorsqu'elle irait mieux. Voilà pourquoi nous avons tenu à réaliser son vœu. Si vous voulez pleurer, faites-le. Mais rappelez-vous qu'elle n'était qu'une petite fille, la plus courageuse de toutes, et qu'elle n'a pas beaucoup pleuré au cours de sa brève existence. Je crois donc pouvoir affirmer qu'elle n'aurait pas souhaité voir trop de tristesse dans nos yeux. Nous tenions beaucoup à elle et nous sommes heureux de l'avoir eue avec nous pendant ces huit années...

Les larmes coulaient sur le visage toujours souriant de Lynda.

— ... certains d'entre vous penseront peut-être que ces années ont été perdues. Mais non. Elles nous ont permis de la connaître. Et grâce à notre petite fille, Mike, mon mari, a tout fait pour que d'autres enfants n'aient pas à souffrir ce qu'elle a enduré. Je suis très fière de lui. Et je sais que Michelle le serait aussi.

Tout le monde applaudit. Le mari de Lynda, les lèvres serrées, étouffait ses sanglots. Ses deux fils pleuraient également tout en essayant vaillamment de sourire comme leurs parents.

Lynda termina son petit discours par ces mots :

— Kelly, la grande sœur de Michelle, va maintenant vous lire un petit texte. Puis nous chanterons tous ensemble les chansons préférées de Michelle.

Nous n'avons pas pensé à faire la même chose pour Josie, notre fille, notre sœur, pensa Ruth. Bien au contraire, nous avons étouffé nos sentiments, tout gardé à l'intérieur. Comme le service funèbre du Maine a été différent ! Si stérile. Les feuilles d'automne tombaient pendant que le vent du nord nous traversait les os.

Kelly se tenait bien droite. Elle portait un petit haut rose sur sa minijupe noire, et ses cheveux blonds étaient noués par un ruban rose.

— C'était le poème préféré de Michelle, annonçat-elle en parcourant la salle d'un regard attristé. Je le lui ai souvent lu pendant sa maladie. Elle m'énervait parfois quand elle me chipait mes produits de beauté ou farfouillait dans mes vêtements. Mais je l'aimais tellement ! Elle... elle va me manquer tout le reste de ma vie.

Elle ouvrit le livre qu'elle avait entre ses mains.

Le chagrin et la culpabilité envahirent le cœur de Ruth tout le temps que dura la lecture du poème. Ils avaient laissé Josie quitter leurs vies sans rien qui ressemblât à ce qu'elle voyait aujourd'hui. Et c'était sa faute. C'était elle qui avait refusé toute cérémonie digne de ce nom.

Lorsque Kelly eut terminé, l'accordéoniste commença à interpréter une chanson que la mère de Ruth lui chantait lorsqu'elle était petite. « *Hush, little baby, don't say a word, Momma's gonna buy you a mocking bird.* » Tout le monde autour d'elle se mit à chanter, à se prendre la main en pleurant. « *And if that mocking bird don't sing, Momma's gonna buy you a diamond ring...* »

Comme c'est étrange, songea Ruth, malgré le deuil, l'ambiance est si gaie, si chaleureuse. Si... festive.

La musique changea. Un homme s'avança et, la main tendue vers l'auditoire, se mit à chanter dans une langue inconnue. Un air triste, si triste que des gémissements s'élevèrent du groupe de vieilles femmes assises sur les bas-côtés.

— Il chante l'exil et la nostalgie du pays, lui confia un vieil homme debout près d'elle. Une chanson très triste, précisa-t-il en portant son verre à ses lèvres et en secouant la tête d'un air désolé. Nous aimons tant l'écouter.

La salle applaudit. Trois autres musiciens surgirent, posèrent chacun une main sur l'épaule de leur partenaire et, au son de l'accordéon, se lancèrent dans une sorte de chanson à boire. Ils frappaient le sol de leur talon, tapaient dans leurs mains en imitant le comportement d'un homme pris de boisson. Une jeune fille s'avança et récita un poème. Puis quatre femmes plus âgées, vêtues de châles et de jupes à fleurs, entamèrent une danse solennelle en se tenant par la main.

L'aîné des fils de Lynda saisit l'accordéon et, très concentré, joua un air nostalgique.

— Michelle adorait chanter cette chanson, annonça Lynda à l'assistance. Son arrière-grand-père la lui avait apprise alors qu'elle n'était qu'un bébé.

Chacun se tourna vers un côté de la salle où se tenait un vieillard qui salua à la ronde en souriant. Accompagnés par le jeune garçon, les anciens entonnèrent le refrain dans leur langue natale.

Lorsqu'ils se turent, le mari de Lynda leva son verre.

— À notre petite Michelle.

Tout le monde l'imita.

L'humeur de la salle se modifia une fois encore. Les gens se mirent à parler, à manger, à boire. Des couples s'enlacèrent pour danser. La température grimpa de plusieurs degrés. La nourriture disparut, les bouteilles se vidèrent. Ruth se laissa emporter par la foule, dansa avec de blonds jeunes gens, avec des vieillards édentés, avec le pédiatre et même avec Lynda.

— Vous êtes merveilleux, lui dit Ruth, haletante. Michelle aurait adoré cela.

— N'est-ce pas ?

Accrochées l'une à l'autre, elles virevoltèrent à travers la salle.

— J'espère que nous demeurerons en relation, dit Ruth.

Le visage empourpré par la danse, Lynda secoua la tête.

— Si William s'en sort, je ne crois pas que vous souhaiterez qu'on vous rappelle ces tristes moments.

Où une femme aussi simple avait-elle acquis un pareil tact, une telle sagesse ? Où avait-elle appris à lire ainsi dans le cœur humain ?

Sur le chemin du retour, Ruth ne put que passer en revue ses propres manques.

Si les cours étaient terminés, il restait encore toutes sortes de papiers en retard. Paul avait prévu ce soir-là de s'atteler aux rapports de fin d'étude et de dresser la liste des polycopiés dont il aurait besoin pour ses cours de la rentrée. Il espérait en avoir fini assez tôt pour regarder un match à la télévision. Il se prépara un gin-tonic et portait le verre à ses lèvres lorsque le téléphone se mit à sonner.

— Oui ?

— Paul ?

La voix était si faible qu'il eut du mal à la reconnaître.

— Ruth ? C'est toi ? Du nouveau ?

310

— C'est Will, parvint-elle enfin à articuler.

— Quoi ? Qu'est-ce qu'il a ?

La panique s'empara de Paul devant le silence de sa femme.

— Je t'en prie, Ruth, dis-moi ce qui se passe.

— Je ne sais pas. J'ai trouvé un message du Dr Gearin en rentrant. Il veut que je l'appelle dès mon retour. Paul... Je ne crois pas que je pourrais supporter une mauvaise nouvelle de plus.

— J'arrive.

Ruth s'inquiétait-elle inutilement ? Will paraissait en meilleure forme depuis quelque temps malgré les pénibles réactions aux médicaments. Dans la voiture, Paul tourna le bouton de la radio. Il cherchait de la musique et passa de Michael Jackson à Alison Kraus, puis à Mahler. Pour lui, tout cela n'était qu'une bouillie indifférenciée dont les notes se mêlaient avec cacophonie dans son cerveau embrumé. Il fallait que Will aille bien. Il le fallait absolument.

Il se gara, se précipita à l'intérieur de l'immeuble, salua rapidement le portier et constata que l'ascenseur était arrêté au quatrième. Trop impatient pour attendre, il grimpa l'escalier quatre à quatre et introduisit nerveusement la clé dans la serrure.

Ruth l'attendait dans l'entrée. Comme elle était pâle ! Il la serra contre lui et ils restèrent un long moment enlacés.

Lorsqu'il la sentit plus calme, Paul s'écarta en gardant sa main dans la sienne.

— Tout va bien, ma chérie. Nous sommes deux maintenant.

Il composa le numéro de Gearin pendant que Ruth demeurait à ses côtés, les yeux agrandis par l'appréhension.

Lorsque le médecin décrocha enfin, le brouhaha de

l'hôpital résonnait en fond sonore : des voix, le crissement des semelles sur le sol, les pleurs d'un bébé. Deux infirmières discutant de dossiers égarés.

— Ici le professeur Connelly, annonça Paul. Vous nous avez demandé de vous rappeler.

— Parfaitement.

Le ton du Dr Gearin s'était modifié en une fraction de seconde, abandonnant l'épuisement pour une sorte de gaieté.

— Oui, je voulais vous annoncer la bonne nouvelle aussi vite que possible.

Paul refusa de se laisser aller trop vite à l'espoir. Et c'est de sa voix la plus détachée qu'il demanda :

— Je vous en supplie, dites-nous ce qui se passe.

— La leucémie est en rémission. Les derniers examens ne montrent aucune trace de la maladie. Les cellules cancéreuses ont disparu. Pour le moment, Will est débarrassé de son cancer.

— Oh, merci, mon Dieu !

— Bien sûr, nous espérons que la maladie ne fera pas une réapparition. Nous continuerons donc à surveiller Will de très près dans les prochains mois. Il devra prendre ses médicaments, se rendre à des consultations régulières, subir des examens sanguins. Nous ne pouvons jamais être totalement certains de sa guérison. Prions seulement pour qu'il en soit ainsi. C'est le cas pour de nombreux patients. De très nombreux patients.

En d'autres termes, c'est fini, songea Paul. Ou, du moins, pour le moment. La vérité, c'est que nous ne dormirons plus jamais en paix.

Mais il se garda d'exprimer ses pensées. Ruth avait porté un lourd fardeau au cours des derniers mois et il n'allait pas l'accabler davantage.

— Je ne sais comment vous dire à quel point nous vous sommes reconnaissants de ce que vous avez fait.

— C'est presque aussi merveilleux pour nous que pour les parents, vous savez.

— Merci, Mike. De tout notre cœur, dit Paul en raccrochant.

Il serra Ruth dans ses bras.

— Tout va bien. Tout va très bien. Ils n'ont pas trouvé de trace de cancer dans les derniers examens. La chimiothérapie a donné des résultats. Will a vaincu sa maladie. Le cancer est parti, Ruth !

Elle s'effondra en larmes sur le canapé.

— Il va s'en sortir, fit-elle d'une voix blanche. Je n'arrive pas à le croire. Je n'y arrive pas.

Paul se pencha vers elle, prit son visage entre ses mains et couvrit de baisers ses lèvres, ses joues baignées de larmes, ses yeux clos.

— Moi non plus. Dis-moi, est-ce qu'il y a du champagne dans le réfrigérateur ?

— Bien sûr. Je vais chercher des verres.

Ils s'assirent l'un à côté de l'autre sur le sofa, et Ruth s'appuya contre lui, la tête sur son épaule.

— J'ai souvent essayé de croire en sa guérison mais j'avais tellement peur de le perdre. Tous ces mois à l'observer, à me demander quel était le degré de sa souffrance, à voir les autres enfants mourir. Et voilà... il est guéri.

Paul la serra plus fort contre lui, refusant de se souvenir des réserves émises par Gearin.

— Guéri... C'est un mot si fort, si doux.

— Le plus merveilleux des mots.

Il se pencha vers elle, lui retira le verre des mains et le posa sur la table.

— Oh, Paul...

La joie faisait resplendir les yeux de Ruth. Ses cheveux en paraissaient presque incandescents et éclairaient ses joues de reflets dorés. Elle posa la main sur la poitrine de Paul, juste au-dessus de son cœur, glissa un doigt entre les boutons de sa chemise et lui caressa la peau. Lorsqu'elle leva vers lui des yeux illuminés par le bonheur, il se rappela le jour où leurs regards s'étaient croisés pour la première fois sur le campus. Comme aujourd'hui, il avait été ébloui par leur merveilleuse candeur.

Mais, lorsqu'il se pencha vers elle pour embrasser ses lèvres, elle détourna rapidement la tête.

— Will nous attend. Il faut aller lui annoncer la nouvelle.

Ils prirent ensemble le chemin de l'hôpital. Tout en conduisant, Paul demeurait silencieux. Ils avaient été si proches tout à l'heure. Quelque chose d'infiniment précieux avait été sottement gâché. Quand donc parviendraient-ils enfin à oublier les fantômes du passé ?

15

La vie de Will reprit un cours plus normal. Il retourna progressivement en classe et termina son semestre. De son côté, Ruth recommença à travailler à plein temps. Elle redécouvrait les rues bruyantes et surpeuplées, l'air enfumé et légèrement salé qui flottait sur la ville. Retrouvait avec bonheur les vitrines, les fleurs des parcs publics, réalisant à quel point son existence lui avait échappé ces derniers mois.

Tant que l'état de santé de Will demeurait stable, ils pouvaient faire des projets d'avenir. Tout en sachant qu'elle ne cesserait de s'inquiéter, de l'observer discrètement, d'écouter le moindre de ses bruits de gorge. Une petite toux sèche la ferait tressaillir. Une légère contusion, et elle saurait que le cancer était de retour. Une nuit blanche, et dans son imagination elle verrait le spectre de la mort.

Le jour où elle lui demanda ce qu'il souhaitait pour son anniversaire, il n'eut pas une seconde d'hésitation :

— Une batterie.

— Nous en avons déjà discuté, Will. Il n'y a donc rien d'autre qui te ferait plaisir ?

— Pas vraiment.

— Mais, où est-ce que tu vas jouer ?

— Dans ma chambre, évidemment.

— Ça risque d'être très gênant. Tu sais que je travaille souvent à la maison le soir.

— Tu pourrais mettre des protège-tympans. Je t'en prêterai, si tu veux.

— Redescends sur terre, Will. Je n'ai aucune intention de me balader dans mon appartement avec ce truc-là sur les oreilles. Et les voisins, tu y as pensé ? J'en ai déjà parlé au gérant et je dois t'avouer qu'il n'est pas très enthousiaste.

— Alors, c'est non ? Définitivement ?

— En tout cas, c'est peu probable.

Le mince visage de Will s'allongea.

— Mais, m'man, les copains et moi, on y comptait... J'étais sûr que tu dirais oui.

Comme c'est triste de devoir lui refuser ce plaisir, songea Ruth, la mort dans l'âme. Elle s'éclaircit la gorge pour tenter d'affermir sa voix.

— Bon. Essayons d'être concrets. N'y aurait-il pas un endroit où tu pourrais entreposer cette maudite batterie ? Je ne sais pas, moi... Le garage d'un copain, ou quelque chose comme ça ?

— Stu est le seul à avoir un garage. Mais son père n'est pas d'accord. Il a dit qu'il ne s'était pas offert une Mercedes superchère pour la laisser dans la rue.

— Voilà un raisonnement qui se tient, observa Ruth en souriant. Écoute, l'année scolaire n'est pas encore terminée. Si tu réussis tes examens, peut-être que tu pourras aller l'acheter avec Ed.

— Oh, maman...

— Je n'ai pas encore dit oui.

— Mais presque, rectifia Will, les yeux brillants. On pourrait tous aller au magasin. Je veux dire, notre groupe. Il faudra qu'on prenne un taxi. Il y aura plein de trucs à rapporter.

— Parfait. Mais choisissez-en une qui soit bien. Peu

importe ce que ça coûte. Je me moque du prix tant que... tant que tu...

Will serra tendrement sa mère dans ses bras.

— Tu es super...

— N'empêche... le bruit continue de me préoccuper.

— Si nous vivions à Sweetharbor, je pourrais...

— Mais nous n'y habitons pas, coupa Ruth. À propos, une autre question : où aimerais-tu aller pour ton anniversaire ?

— À Carter's House ! s'exclama aussitôt l'adolescent. Cela fait des siècles que nous n'y sommes pas allés.

— Oh, Will...

— Eh bien, quoi ?

— Je... je ne peux pas.

— Et pourquoi donc ?

— Parce que depuis... depuis que...

— Depuis la mort de Josie, tu veux dire ?

Ruth hocha lentement la tête.

— Essaie de comprendre, Will. Depuis ce moment, j'ai peur de retourner là-bas, de voir... de *la* voir partout.

Incapable de dissimuler plus longtemps son exaspération, Will explosa soudain.

— Josie, m'man. Elle s'appelle Josie. *Joséphine*, tu te rappelles ? Pourquoi est-ce que tu ne peux jamais plus prononcer son nom ? Ce n'est pas parce qu'elle est morte qu'elle n'a jamais existé ! C'est normal que nous nous souvenions d'elle et que nous en parlions en famille. Tu l'as rejetée de notre vie. Tu agis comme si tu voulais effacer jusqu'à son souvenir. Et ce n'est pas gentil envers nous. C'est pour ça que papa est parti. Parce qu'il ne supportait plus de te voir la rayer de notre vie. En plus, je parie que nous y pensons tous les trois tout le temps, qu'elle nous manque et que nous voudrions la revoir et... et...

Des sanglots d'une force surprenante jaillirent de sa mince poitrine.

— C'était ma sœur, reprit-il enfin. Ta fille. Pourquoi ne veux-tu pas l'accepter et en parler normalement au lieu de nous obliger à nous comporter comme si elle n'était jamais née et que rien n'était arrivé ?

— Tu as raison. Je...

— Josie s'est noyée. Elle est partie et nous ne sommes pas normaux, fit Will en redoublant de sanglots et de larmes qu'il effaça d'un mouvement de main. Nous ne *pouvons* plus être normaux. Jamais plus. Pourquoi fais-tu toujours comme si nous l'étions ?

— Probablement que..., balbutia-t-elle, essayant désespérément de trouver les mots justes. Je pensais que c'était un signe de force de continuer comme si de rien n'était.

— Mais pourquoi ? Quel est l'intérêt ?

— J'estimais plus digne de ne pas nous abandonner à notre chagrin. Il aurait été si facile de se laisser aller. Si tu savais le nombre de fois où j'ai eu envie de m'effondrer...

— Tu aurais sûrement mieux fait... En tout cas, je sais que ça aurait été mieux pour moi. J'ai envie de parler d'elle, de Josie. Mais, avec toi, c'est impossible. J'aimerais parler du fait que papa est parti mais...

Épuisé, Will posa son front contre le mur.

— ... je suis même allé boire un Coca avec cette espèce d'idiot de petit ami de Josie. Juste pour pouvoir parler d'elle.

— Rob Farrow ?

— Rob, Bob, peu importe le nom de cet imbécile, s'écria Will en jetant un regard dur à sa mère. Au moins, il m'a écouté, lui. Il ne m'a pas coupé la parole chaque fois que je prononçais le nom de ma sœur.

— Tu dis ça comme si c'était mal d'avoir continué à peu près normalement, alors que c'est plutôt le contraire, non ?

Voyant qu'il s'apprêtait à quitter la pièce, elle insista d'une voix forte :

— Tu ne crois pas ?

Deux ou trois semaines après le début des vacances d'été, Ruth trouva Ed Stein dans la cuisine en rentrant du bureau.

— Bonjour, madame Connelly.

— Bonjour, Ed. Comment vont tes parents ?

— Très bien, fit-il en jetant un regard oblique en direction de Will. À propos, nous partons demain dans le Maine et ils voudraient savoir si Will peut venir passer quelque temps avec nous.

— Je me demande qui peut leur avoir mis cette idée en tête, répliqua Ruth.

— C'est moi, madame Connelly, affirma Ed avec un air de parfaite innocence. Ce serait vraiment super d'avoir Will à la maison cet été.

— Ce n'est pas mon avis, coupa Ruth sans ménagement.

— Pourquoi ça ? s'indigna Will.

— Nous en avons déjà parlé, souviens-toi. Et je n'ai pas changé d'avis. C'est non.

— Il y a une raison spéciale, madame Connelly ? se permit de demander Ed, d'un ton poli mais déterminé.

Will avait dû lui faire la leçon, songea Ruth.

— Vous savez, on aimerait vraiment l'avoir avec nous. Mes parents aussi. Et puis, c'est vrai, il a toujours passé ses vacances là-bas. Pourquoi changer tout ça ?

— Ed, l'année dernière, nous avons traversé une épreuve qui... Écoute, l'endroit est encore trop plein de souvenirs. Je ne crois pas que Will se rende compte à quel point cela risquerait d'être pénible pour lui.

— Alors ça ! Tu peux me laisser mener ma vie à ma façon, s'il te plaît.

— Je pense qu'il est tout à fait capable de le supporter, madame Connelly. Vraiment. Je sais qu'il est plus jeune que moi mais ça ne veut pas dire qu'il ne puisse pas surmonter ce... ce sale truc.

« Un sale truc ? » Était-ce donc à cela que se réduisait la mort de Josie ?

— De plus, reprit-elle, n'oublie pas qu'il sort juste d'une grave maladie. Il doit se ménager.

— Et où peut-il mieux le faire qu'à Sweetharbor ? Pas de devoirs, pas de cours, pas de loubards dans les rues. Et pas de pollution.

— C'est un discours appris par cœur ou tu viens juste d'y penser ? demanda Ruth en éclatant de rire. Tout de même, je dois reconnaître que tu viens de marquer un point.

— Eh, c'est bientôt fini, vous deux ? s'exclama Will, furieux. Je ne suis pas un bébé. Et je vous rappelle que je suis parfaitement capable de prendre mes décisions moi-même !

— Je vais y réfléchir, dit Ruth, décidée à clore le débat.

— Si c'est comme ça, je me tire.

Will sortit de la cuisine en les bousculant, suivi par Ed.

Mais, avant de quitter la pièce, il se retourna pour adresser son plus beau sourire à Ruth.

— Ne vous inquiétez pas pour tout ça, madame Connelly. Franchement, je suis certain qu'il sera bien. La seule chose qui, moi, m'inquiète, c'est ma sœur Mamie. Elle est vraiment d'un casse-pieds !

Le soir même, Ruth reçut un appel de Carmel Stein.

— Laissez-moi deviner la raison de votre coup de téléphone, plaisanta Ruth. Vous souhaiteriez que Will vienne passer quelques semaines avec vous dans le Maine.

— Mais comment...

— Ed me l'a déjà demandé. Et je lui ai répondu que cette idée ne m'enchantait pas. La vérité, c'est que je n'ai pas très envie de le savoir aussi loin de l'hôpital.

— En fait, vous voulez dire : de vous.

— Mais non, je...

— Ruth, vous allez finir par faire de ce garçon un fils à sa maman si vous continuez comme ça. Vous ne le lâchez jamais d'une semelle.

— Vous dites des sottises, Carmel...

— Vraiment ?

— Son système immunitaire est terriblement vulnérable, vous le savez bien. Je suis encore très inquiète.

Devant le silence de son interlocutrice, elle ajouta :

— Bon, d'accord, je le dorlote peut-être un peu trop. Mais vous savez très bien pourquoi.

— Je peux parfaitement le comprendre, Ruth. Cependant, je ne vous approuve pas complètement. Will se sent emprisonné chez vous. Vous ne le quittez jamais et ne le laissez jamais sortir, sauf pour aller à l'école.

— Il a été tellement malade.

— Raison de plus pour lui donner un peu de liberté maintenant. Appelez donc son médecin, et voyez ce qu'il en dit. Vous ne pouvez pas garder votre fils dans un cocon et l'enfermer éternellement. Vous devez lui donner un peu de liberté. C'est un grand garçon, à présent. Et intelligent, en plus. Il sait qu'il doit faire attention. Et puis, dites-vous qu'il sera bien mieux au bon air qu'à respirer l'air vicié de Boston.

— Je m'inquiète, pourtant. Comment réagira-t-il en

se retrouvant dans le Maine ? Cela lui rappellera tant de souvenirs !

— Il faut bien essayer, non ? Ed est un garçon attentionné, il saura prendre soin de lui. Sans parler, bien sûr, de Franklin et de moi.

— Je ne sais vraiment pas si...

— Faites-nous confiance, Ruth. Permettez-lui de venir.

— Vous savez qu'il a un régime alimentaire très strict.

Carmel laissa échapper un petit rire entendu.

— Avec ma fille Mamie, j'ai appris à m'adapter à tout.

— Naturellement, je sais bien que cela ferait plaisir à Will, murmura Ruth d'une voix pensive. Il aime tellement être là-bas.

— Alors, c'est entendu ?

Ruth réfléchissait. Will était en train de s'éloigner d'elle. Il était temps de l'autoriser à faire ses propres choix. Elle prit une profonde inspiration.

— D'accord.

— Bien. C'est super. Mamie viendra avec une amie à elle et le pauvre Ed risque de se retrouver à leur merci si on ne lui envoie pas de renforts, dit Carmel en riant. Et vous, Ruth ? Pourquoi ne viendriez-vous pas nous rejoindre ?

— Je... je ne peux pas.

— Et pourquoi donc ?

— Vous savez très bien pourquoi. À cause de... de ce qui est arrivé.

Carmel eut un instant d'hésitation.

— Ma chérie, je ne vous l'ai peut-être pas encore dit, mais nous avons été de tout cœur avec vous au cours de ces derniers mois.

— Merci, Carmel. Au moins, Will s'en est sorti. Je n'osais pas l'espérer. Les médecins disent qu'il va bien maintenant. Si je le laisse aller dans le Maine, vous m'appellerez immédiatement au moindre problème, n'est-ce pas ?

— Je vous l'ai dit : faites-moi confiance.

— Et assurez-vous qu'il s'enduit copieusement de crème solaire. C'est vital, même si le temps est couvert. Ses médicaments le rendent très sensible aux coups de soleil. Et obligez-le à porter une casquette, même à l'ombre !

— Je ne l'oublierai pas. Il m'obéira probablement plus facilement qu'à vous, dit Carmel en riant, avant de s'exclamer : Au fait, Ruth ! L'anniversaire de Will !

— Eh bien, quoi ?

— Si vous le fêtiez là-bas ? Pas besoin d'aller dormir dans votre maison, si vous n'y tenez pas. Vous pourriez très bien venir chez nous. Ça vous ferait du bien après ces derniers mois si difficiles.

— Je vais y réfléchir. Je vous le promets.

— Réglons ça tout de suite.

— Je ne suis pas sûre de pouvoir...

— Arrangez-vous. Je veux absolument vous avoir avec nous dans le Maine pour l'anniversaire de Will.

— Je ne saisis pas le sens de cette lettre de la FTC, Ruth.

Dan Phillipson posa ses mains largement ouvertes sur la table. Avec son épaisse chevelure d'un blanc de neige et ses petits yeux noirs, il ressemblait plus à un ours polaire qu'au puissant dirigeant d'une grande entreprise d'électronique.

— Dites-moi ce qui vous échappe.

Derrière les vitres du bureau, la ville étouffait sous la canicule. L'asphalte semblait fondre sous les rayons du soleil renvoyés par les vitres des gratte-ciel. Ruth se mit à penser à Will. Au moins, à Sweetharbor, il n'avait pas à supporter cette chaleur étouffante.

— Est-ce que ce texte a force de loi ? Imaginons que les gens de Washington changent d'avis.

— Dan, nous vous avons déjà expliqué que c'est dans ces termes que la Federal Trade Commission a l'habitude de faire savoir qu'elle donne son accord.

— Cela veut dire que vous avez les mains libres, intervint Jim Pinkus. Vous pouvez procéder à votre acquisition.

Ruth hocha la tête. Malgré l'air conditionné, elle souffrait terriblement de la chaleur. Elle se rappela avec nostalgie l'air si pur du Maine, les frais effluves montant de la mer, chargés de parfums balsamiques.

Souvenirs.

— Je n'ai pas vraiment confiance dans ce document, insista Phillipson. Est-il contraignant ? Après tout, ce n'est qu'un bout de papier.

— Cessez donc de vous inquiéter. La FTC est très à cheval sur ses principes et ne revient jamais sur ce qu'elle a dit.

Pinkus approuva vigoureusement de la tête.

— La seule fois où elle a dérogé à ses règles, elle s'est fait traîner devant les tribunaux.

— Exact, confirma Ruth. Et la cour d'appel a décrété que ce courrier avait force de loi.

— Croyez-moi, la FTC n'a plus jamais récidivé, insista Pinkus.

Dan Phillipson l'observait de ses petits yeux en bouton de bottine.

— Ne le prenez pas mal, mon garçon, mais vous me paraissez bien jeune, fit-il avant de se tourner vers Ruth. Il sait vraiment de quoi il parle ?

— Ne vous laissez pas influencer par ses allures de jeune premier, le rassura Ruth en souriant. Jim a déjà assuré quatre plaidoiries devant la Cour suprême du Massachusetts, et il n'a pas perdu une seule fois.

Pinkus leva les mains d'un air modeste.

— Que puis-je ajouter à tant de louanges ?

— OK. Vous m'avez convaincu. Mais je veux une lettre de LKM – rédigée par vous, Ruth – qui m'assure que nous sommes légalement en droit d'agir. Je dois être en mesure de rassurer mon conseil d'administration avant d'aller de l'avant.

— Je vous la ferai parvenir par fax cet après-midi, promit Ruth.

Ils avaient beau se trouver au douzième étage, toutes fenêtres fermées, elle pouvait entendre au loin la sirène d'une voiture de police et les coups de Klaxon des conducteurs impatients. Comme il faisait chaud ! Elle repoussa une mèche de cheveux sur son front moite.

— Tout va bien se passer, Dan. Cessez de vous inquiéter.

— J'essaie.

Phillipson repoussa sa chaise et se leva tandis que les autres membres de l'équipe commençaient à ranger leurs dossiers et à fermer leurs ordinateurs portables. Il s'approcha de Ruth avec un pâle sourire. Comme toujours, son haleine sentait la menthe. C'est sur un ton d'extrême gentillesse qu'il lui demanda :

— Comment va votre garçon, maintenant ?

— Il bénéficie d'une rémission, Dan. Il va même si bien que je l'ai autorisé à passer ses vacances dans le Maine cet été, dit-elle en regardant sa montre. Je vais également m'y rendre dans quelques semaines. Il va bientôt avoir quinze ans, vous savez.

— Quelle bonne nouvelle ! Je suis vraiment heureux pour vous. Verna sera très contente de l'apprendre. Nous avions un neveu qui... Mais vous êtes au courant, naturellement.

— En effet, dit Ruth en posant doucement une main

sur son bras. C'est très triste. Croyez bien que je suis parfaitement consciente de ma chance.

Will appela son père depuis le Maine.

— Viens me rejoindre, papa. On pourrait faire de la voile.

— C'est une bonne idée, répondit Paul. Même une *merveilleuse* idée.

— On a toujours formé une bonne équipe, pas vrai, papa ?

— Sûr, fiston. Dommage seulement que nous n'ayons plus le *Lucky Duck*.

— M. Stein nous prêtera un de ses bateaux. Tu voudras bien qu'Ed vienne avec nous, hein ?

Paul aurait voulu lui crier qu'il pouvait amener tous les membres du Parlement, s'il le voulait. Entendre la voix de son fils, à présent si joyeuse et pleine d'entrain, lui paraissait un vrai miracle.

— Bien sûr qu'Ed pourra venir. À propos, William...

— Quoi ?

— Est-ce que tu as vérifié auprès des Stein ? Tu sais, peut-être qu'ils n'ont pas envie de me voir, avec cette histoire entre ta mère et moi.

— Bien sûr que je leur ai demandé. Tu crois que j'aurais accepté que vous me gâchiez mes vacances ?

— Si jeune, et déjà si cruel, dit Paul en riant.

Il suivit l'autoroute 95 jusqu'à Brunswick, puis bifurqua pour emprunter les petites routes secondaires. Il n'était pas originaire du Maine, comme Ruth, mais se sentait fier de se considérer comme une sorte de fils adoptif du pays. Chaque fois qu'il venait dans cette magnifique région, il en goûtait tous les plaisirs avec une joie de propriétaire. Le parfum de la balsamine et du lilas embaumait la voiture. Par chance, le ciel était ce jour-là d'un bleu totalement pur. Son exaltation se nourrissait des enseignes qu'il reconnaissait, de l'odeur des pins et du varech, du spectacle que lui offrait la mer parfaitement étale. Ce sentiment d'euphorie l'obligea à s'arrêter sur le bord de la route et à sortir prendre l'air.

L'été dans le Maine. Et Will rétabli.

Il se rappela les vacances passées sur l'eau avec Josie. Il lui avait enseigné les rudiments de la voile alors qu'elle n'avait que cinq ou six ans, d'abord sur le *Beetle Cat*, puis sur le *Lucky Duck*. Il revit les lumières se refléter sur les cuivres, l'équipage prêt à relever le défi, les oiseaux tournoyant au-dessus de leurs têtes, l'air iodé. Entendit comme dans un rêve le clapotis de l'eau qui venait frapper les flancs du bateau. Josie ne craignait absolument pas le danger. Bien au contraire, plus le vent soufflait, plus ils étaient secoués par la houle, et plus elle avait l'air contente. Lorsque Will eut l'âge de se joindre à leurs jeux, ils furent heureux de se retrouver tous à bord, en famille.

Mais, au bout d'un certain temps, Josie commença à avoir moins envie de partir avec eux. La voile ne l'intéressait plus. Le dernier été, elle n'avait pas accepté une seule sortie en mer. Paul ne s'en était pas rendu compte jusque-là. Il réfléchit à cela tout en s'enfonçant dans les bois. Elle avait fait de la voile avec Will, mais plus jamais avec son père. Aurait-elle eu l'impression qu'il lui préférait son frère ? Prenait-elle ombrage des liens étroits qui unissaient le père et le fils ? Se serait-elle sentie exclue ?

Il remonta en voiture, son enthousiasme brusquement évanoui.

Franklin et Carmel étaient assis dans le jardin sous un parasol, une carafe remplie de limonade fraîche sur la table. Quelques magazines, un livre et un exemplaire du *Wall Street Journal* étaient éparpillés dans l'herbe à leurs pieds.

— Vous avez l'air très occupés, dit-il en riant.

Carmel lui tendit une main molle.

— Mais oui. Très occupés à ne rien faire.

Franklin amorça une vague tentative pour se lever de sa chaise et renonça, apparemment épuisé d'avance.

— Content de te voir, Paul.

— Moi aussi, dit Paul en se penchant pour embrasser Carmel.

— Seigneur, comme tu es pâle ! Voilà ce qu'on devient à vivre ainsi en ville. Combien de temps crois-tu qu'il te faudra pour perdre ce teint blafard ?

— N'exagère pas, quand même. Tiens, je n'entends pas les cris joyeux des enfants en train de jouer.

— Ils sont descendus au yacht-club. Peut-être pour faire de la voile ou une partie de tennis avec les filles.

— Je vais voir si je peux les trouver avant de me transformer en Roi fainéant, annonça Paul.

— Nous déjeunons à une heure ! lui cria Carmel.

Le yacht-club n'avait presque pas changé depuis la première fois qu'il y était venu. Il était alors tout juste fiancé à Ruth Carter. Il y avait toujours des rocking-chairs sous la véranda, dont la moitié étaient occupés par de charmantes vieilles dames qui tricotaient, papotaient ou somnolaient – les mères, grand-mères ou grand-tantes des membres du club qui, elles-mêmes, avaient passé tous leurs été dans la région depuis près de soixante ou soixante-dix ans.

Quelques bateaux étaient encore ancrés aux quais du petit port. Les autres étaient déjà en mer. Le bruit sourd des balles frappant les raquettes et les cris des joueurs montaient des courts voisins. L'atmosphère était à la gaieté.

Dans le club, les pièces sombres étaient désertées.

Paul les traversa pour voir la mer. Ce moment lui rappelait tant d'autres semblables. Tant de choses avaient changé.

— Professeur Connelly ?

Il se retourna. Deux jeunes adolescentes arborant des T-shirts à l'effigie du Sweetharbor Yacht-Club se tenaient côte à côte sous le ventilateur électrique dont les pales s'agitaient lentement.

— Bonjour, fit l'aînée. Je suis Amy Prescott. Et voici ma sœur Lizzie.

— Prescott ? Vous devez être les filles de Sue Prescott, alors ?

— Oui, monsieur, répondit Amy avec un sourire poli. Je suppose que vous cherchez Will. Il est parti ce matin faire de la voile avec Ed.

— Ils ne rentreront pas avant quelques heures, ajouta Lizzie en découvrant un superbe appareil dentaire.

— Dommage.

— Will a vraiment l'air en pleine forme, déclara Amy.

Sa sœur confirma d'un hochement de tête.

— Il y a deux ans, notre cousin CJ a eu la même chose.

— Et maintenant, il va très bien, affirma Amy.

— Comme Will.

Puis, jetant un regard en coin à sa sœur, elle poursuivit :

— Il est vraiment mignon, hein, Amy ?

Le rouge monta aux joues de cette dernière.

— Il n'est pas mal, avoua-t-elle en jetant un regard de reproche à sa sœur.

— Pas mal ? C'est tout ?

— Écoute, sale petite...

— Bon. Merci, les filles, interrompit Paul qui se retenait pour ne pas éclater de rire.

Amusé, Paul les regarda s'éloigner. Apparemment, les filles commençaient à s'intéresser à Will. Cette pensée le rendait étonnamment heureux. Mieux que ça, même : c'était fantastique. Au bar, il se commanda une bière qu'il sirota en se demandant si Will avait remarqué son tout nouveau pouvoir de séduction sur la gent féminine...

Un mois après que Will fut parti dans le Maine, Carmel appela Ruth à son cabinet.

— Ruth, je ne veux pas que vous commenciez à paniquer.

— Commencer ainsi la conversation est le meilleur moyen pour me rendre complètement hystérique, répondit Ruth, soudain alarmée. Qu'y a-t-il ?

— C'est au sujet de Will. Il a de la fièvre.

— Oh, non.

— Seulement un peu, Ruth.

— Non, gémit Ruth qui sentait une sorte de néant l'envahir.

— Nous l'avons immédiatement conduit à l'hôpital de Hartsfield. Les médecins ne paraissent pas du tout inquiets. Paul dit que...

— Paul ?

— Il était là. Il a dit...

— Paul est chez vous ?

— Il est venu voir Will deux ou trois fois, oui.

Ruth resta silencieuse.

— Ne réagissez pas ainsi, lui reprocha Carmel. Nous vous aimons tous les deux. Nous sommes vos amis. Nous ne voulons pas perdre l'amitié de l'un de vous.

— Je comprends, s'excusa Ruth. Bien sûr, vous avez raison.

Carmel avait raison, bien entendu. N'empêche. Elle avait l'impression d'être abandonnée.

— Will est de retour chez nous, à présent. Tout va bien et Paul a insisté pour que nous ne vous disions rien afin de ne pas vous inquiéter. Néanmoins, j'ai pensé qu'il valait mieux vous tenir au courant.

— Merci, murmura Ruth.

Elle se sentait terriblement coupable. Paul était déjà allé deux fois voir son fils et elle pas une seule.

— Voulez-vous que je vienne le chercher ?

— Il n'y a aucune raison. Je vous l'ai dit, les médecins considèrent qu'il va très bien.

— Je vais tout de même essayer de joindre son médecin traitant à l'hôpital.

Ruth tenta vainement de repousser la vague d'angoisse et de terreur qui la submergeait. Elle avait lu tant d'articles sur la maladie de Will au cours des derniers mois. Chaque mot était resté gravé au fer rouge dans sa mémoire. Une fièvre : qu'est-ce que cela signifiait ? Mais, enfin, il n'était plus malade ! Il avait bénéficié d'une rémission.

— Il mange de bon appétit, poursuivit Carmel. Il s'amuse toute la journée avec Ed, comme n'importe quel adolescent normal en vacances. Il est vraiment en pleine forme, Ruth. D'ailleurs, je ne vous aurais même pas appelée s'il n'y avait pas eu ces antécédents. Et aussi, parce que je vous l'avais promis.

Ces assurances n'apaisèrent en rien la panique de Ruth. Elle était au bord de la nausée.

— Merci, Carmel. Je vous rappellerai.

Pas ça, mon Dieu, je vous en prie. Pas de nouveau.

Elle téléphona aussitôt à la clinique. Le secrétariat du Dr Gearin promit de se mettre immédiatement en relation avec l'hôpital de Hartsfield. Ruth prit aussi contact avec l'hôpital de Boston où on lui répéta la même chose. L'appartement de Paul ne répondait pas.

Elle se rendit à un rendez-vous avec un client, déjeuna avec un autre, assista à une réunion, prenant des notes, discutant de points importants. Mais son esprit était ailleurs. Will était au centre de toutes ses pensées. Elle savait désormais que la peur ne la quitterait pas pendant de longues années, jusqu'à ce que le temps lui permette enfin de penser que son enfant avait définitivement échappé aux griffes de la mort.

À la fin de la journée, elle rappela la clinique. La surveillante l'informa que Greg Turner n'était pas joignable pour le moment. À l'hôpital de Boston, le Dr Gearin restait introuvable. Quant au docteur Caldbeck, il était en vacances.

Ruth regagna son appartement, plus anxieuse encore que jamais. Elle découvrit qu'elle ne connaissait personne à qui se confier. Personne pour apaiser ses craintes. Paul n'était toujours pas rentré. Elle n'osait pas téléphoner à ses parents de peur de les alarmer inutilement. La plupart de ses amies, du moins celles dont elle pouvait espérer compréhension et réconfort, passaient leurs vacances en famille. Elle finit par composer le numéro de Lynda et lui raconta les faits.

— Ce n'est vraisemblablement rien de grave, affirma Lynda.

— Vous êtes sûre ?

— Attention, je ne suis pas médecin. Mais une fièvre ? Ce n'est peut-être qu'un excès de soleil.

— J'espère que vous avez raison.

— J'aimerais vous dire de ne pas vous inquiéter. Mais je sais que, quoi que je fasse, l'angoisse ne vous quittera pas. Pas avant des années. C'est ça, la dure réalité de parent. Nous nous inquiétons en permanence, même si nos enfants ne sont pas malades. Nous nous demandons sans cesse ce qu'ils sont en train de faire, avec qui ils passent leurs loisirs, pourquoi ils ne sont pas encore rentrés le soir...

— C'est le prix à payer, admit Ruth. Je n'avais jamais vu les choses ainsi auparavant. Le prix pour avoir donné la vie. On ne cesse jamais de se tourmenter, de prier pour que rien ne leur arrive. C'est bon de vous entendre, Lynda. Vous êtes si sage.

Elle revit ce dernier été passé en famille dans le Maine. Elle aurait tant souhaité pouvoir revenir aux temps de l'innocence. Avant l'accident...

— C'est ce que me dit toujours ma fille Kelly, répondit Lynda en riant.

— À propos, comment va-t-elle ?

— Très bien. Bien sûr, sa petite sœur lui manque terriblement. Elle nous manque à tous. Je crois que Will lui a envoyé une carte du Maine. Il lui demandait de venir le rejoindre quand elle le voulait.

— Je crois qu'il aime beaucoup.

Les deux jeunes femmes parlèrent tranquillement de Michelle. De Will. De la manière dont les deux garçons de Lynda supportaient la mort de leur sœur.

— Ils ont eu le temps de se faire à l'idée de sa disparition. Et de l'apprécier. J'ai toujours pensé que la pire chose au monde serait de perdre quelqu'un sans avoir eu l'occasion de lui dire à quel point on l'aime.

Voilà exactement ce qui m'est arrivé, pensa Ruth.

Comme si elle lisait dans les pensées de son amie, Lynda reprit :

— Mais il ne faut pas trop en demander aux pauvres humains que nous sommes. À quoi ressemblerait notre existence si nous devions vivre chaque instant comme s'il s'agissait du dernier ?

— Je comprends, répondit Ruth avec reconnaissance.

— On ne peut qu'essayer de faire au mieux.

— C'est vrai.

Mais, malgré les paroles de réconfort de Lynda, elle

ne se sentit pas vraiment consolée. Jamais elle ne parviendrait à éliminer le sentiment d'avoir failli à son devoir de mère envers Josie.

Les vagues la submergeaient. Elle tentait d'échapper à leur étreinte et découvrait qu'elle était incapable d'esquisser le moindre mouvement. Les eaux jetaient de cruels éclats de lumière aiguisés comme des rasoirs, avant de reculer pour mieux se ruer sur elle juste à l'instant où elle se croyait rassurée. Terrifiée, elle voyait les flots monter jusqu'à ses genoux, sa poitrine, sa gorge, glacés comme les mers polaires. C'est la mer, la mer, criait une voix au-dessus de sa tête pendant qu'une lame paraissait se détacher du reste des eaux pour la recouvrir et l'engloutir. Toute sa vie, elle avait craint de mourir noyée. Et voilà, ce moment était arrivé. Après ces longues secondes d'étouffement et d'agonie, il n'y aurait plus rien que l'oubli.

Elle se réveilla en sueur, à demi étouffée par les plis du drap, un goût de sel dans la gorge. Le souffle court, elle se redressa, s'efforçant de sortir de ce cauchemar. Mais il semblait collé aux fibres de son cerveau. La panique refusait de se laisser dominer, même après que Ruth eut allumé la lampe de chevet. Même lorsqu'elle se leva pour aller boire un verre d'eau à la cuisine.

Il était vain de réinventer le passé. Rien ne pourrait faire revenir Josie, rien ne les ramènerait à cette journée ensoleillée d'été où tout s'était brusquement arrêté. Jusqu'à ce jour maudit, elle avait joui avec insouciance de tout ce que la vie lui avait généreusement offert. Assise à la table de la cuisine, elle se mit à trembler malgré la chaleur moite qui imprégnait encore la maison. De ces bienfaits innombrables dont la vie lui avait fait cadeau, il ne restait plus que Will.

Elle s'habilla en hâte, jeta quelques affaires dans un sac et chercha ses clés de voiture. Dehors, la nuit régnait sur une ville désertée. Seuls, au loin, quelques échos de Klaxon et de musique électronique rappelaient une présence humaine. Une mouette cria au-dessus de sa tête. La nuit lui parut presque fraîche.

La route du Maine, peu fréquentée à cette saison, lui permit quelques excès de vitesse. Elle conduisit, fenêtres ouvertes, profitant de l'air frais qui s'engouffrait dans l'habitacle. Les souvenirs refluèrent : les voyages avec ses parents, lorsqu'elle était enfant, sur cette même route, au temps où l'avenir semblait si pur et ouvert. Elle repensa à ses grands-parents, de petites gens extrêmement bien élevés, à des années-lumière de ce qu'elle était devenue, désormais. Que savaient-ils de sa vie ? Et elle, de la leur ? Pourtant, le cottage, les vacances d'été, les photographies jaunissantes sur les murs de l'escalier la reliaient pour toujours à ce passé.

Carmel Stein ne cacha pas sa surprise en la voyant arriver ainsi sans prévenir.

— Vous auriez dû téléphoner.

— À dire vrai, je l'ai décidé au dernier moment, s'excusa Ruth. Je me suis réveillée en pleine nuit, follement inquiète.

— Will va très bien. Je vous l'ai dit.

— J'ai pensé qu'il valait mieux venir, si je voulais me sentir totalement rassurée. Et puis, c'est si beau, ici. Si reposant. C'est comme une caresse qui apaise toutes les peines et les douleurs.

— Alors, vous devriez venir plus souvent. Surtout l'été. C'est trop tard pour cette année, bien sûr, mais il y en aura plein d'autres.

— J'irai voir Belle Dee un peu plus tard, mentit Ruth.

— Elle en sera très heureuse. Je l'ai rencontrée récemment à un dîner. Elle m'a dit combien elle était triste de voir cette maison fermée.

— Où est Will ?

— Au yacht-club. Avec Ed.

— Je vais essayer de le trouver.

— Au fait, Ruth, Paul est là-bas aussi. Will avait envie de le voir.

Ruth demeura silencieuse quelques instants.

— Je comprends, dit-elle finalement. Eh bien, je crois que je vais aller faire un tour à Sweetharbor et y boire un café. Ensuite... ma foi, je ne sais pas. En fait, je pensais ramener Will à Boston avec moi.

— Et son anniversaire ? s'écria Carmel en fronçant les sourcils. J'ai déjà lancé des invitations. Commandé un gâteau, et tout le reste.

— J'ai besoin de garder un œil sur lui.

Carmel passa son bras autour des épaules de son amie.

— Tout va bien, Ruth, dit-elle d'un ton radouci. Il faut vous convaincre qu'il est en pleine forme. Après ce qu'il a traversé, laissez-le jouir de ces merveilleuses journées d'été. C'est ici qu'il se sent le plus heureux.

Ruth se gara derrière le petit magasin de quincaillerie de Sweetharbor et resta un long moment assise dans sa voiture, les mains crispées sur le volant, le regard perdu, s'abandonnant à ses souvenirs. Deux jours avant l'accident, Josie et elle étaient descendues en ville. Assises sur les hauts tabourets d'un petit snack, elles avaient commandé du café et des gâteaux – la spécialité de la maison, des beignets aux pommes et à la cannelle. Ruth se rappelait encore la bouche maculée de sucre de sa fille, toute blanche sur le bronzage, et leurs rires lorsqu'elle l'avait essuyée avec ses doigts en lui disant qu'elle ressemblait à un vieux monsieur qui aurait oublié de se raser. C'était un des rares moments où Josie s'était comportée en adolescente insouciante.

Elle se décida enfin à se promener dans la foule qui envahissait Maine Street : la présence de Josie était inextricablement imbriquée dans tout le tissu de la ville. Beaucoup de choses avaient changé mais les souvenirs demeuraient, plus vivaces que jamais. Elle les explora avec précaution, délicatement : la petite galerie d'art, le trottoir où Josie avait trébuché et s'était fait une entorse, l'auberge de Cabot Lodge où ils déjeunaient tous ensemble lors des grandes occasions, la boutique où, chaque Noël, les enfants achetaient une décoration nouvelle pour le sapin qu'ils seraient allés déterrer dans les bois. Ruth s'aperçut que c'était plus facile qu'elle ne l'aurait imaginé : le temps avait fait son œuvre et arrondi les angles de sa douleur.

Sur les quais, là où les eaux venaient mourir sur les pilotis de bois, les langoustiers ballottaient au gré de la houle, et des odeurs de poisson et de sel flottaient dans l'air. Ruth prit le temps d'admirer un harle qui traversait le ciel suivi de sa progéniture. En un an, la petite bourgade avait beaucoup perdu de sa superbe. On était en pleine saison touristique et pourtant nombre de magasins étaient fermés. Elle s'approcha de la vitrine d'une petite boutique d'artisanat et contempla des objets de bois sculpté exposés dans la vitrine – bols, assiettes, saladiers, cadres de photographie...

— Madame Connelly ?

La voix était chaude et agréable.

Ruth se retourna. Un homme barbu se tenait à ses côtés. Elle le reconnut vaguement, sans réussir à mettre un nom sur son visage. Heureusement, il se présenta de lui-même.

— Sam Hechst, dit-il en lui tendant la main.

337

Des doigts chauds, durcis aux extrémités. Un large sourire découvrant de grandes dents solides et carrées. Des yeux si sombres qu'ils en paraissaient presque noirs.

— Vous devez être le neveu de Trudi, dit Ruth.

Tout à fait hors de propos, et bien qu'on fût en plein été, elle pensa à Noël, au réconfort d'un verre de lait de poule ou de vin chaud. Un refrain lui revint en mémoire. *A gift from a true love...*

— C'est bien ça.

Il portait un jean et une chemise de toile bleue aux manches roulées au-dessus des coudes.

— Êtes-vous venus en famille pour l'été ?

Ruth pensa très vite qu'il n'y avait pas la moindre raison pour que Sam ait appris que Paul et elle étaient séparés.

— Je suis venue voir mon fils, expliqua-t-elle un peu gauchement. Il passe ses vacances chez des amis.

— Vous n'habitez pas Carter's House ?

— Non, fit-elle, la gorge sèche, bien obligée à présent de donner un minimum d'explications. Josie – ma fille – est... enfin, je suppose que vous avez appris qu'elle s'est noyée l'été dernier. Notre maison est devenue trop... Bref, je ne supporte pas l'idée de m'y retrouver, sachant qu'elle n'y reviendra plus jamais.

Sam désigna d'un geste l'auberge de Cabot Lodge de l'autre côté de la rue :

— Est-ce que vous avez le temps de prendre un café ?

— Bonne idée.

Ils s'installèrent devant la fenêtre ouvrant sur Old Port Street. Sam commanda un café et Ruth un petit déjeuner complet : boulettes de viande, deux œufs, bacon, crêpes. Elle se sentait brusquement une faim de loup. Il était vrai qu'elle avait quitté Boston sans rien avaler.

— Vous m'avez dit que vous étiez venue voir votre fils.

Ruth regarda l'énorme assiette qu'on venait de déposer devant elle puis reporta les yeux sur l'homme qui lui faisait face.

— Il... vient d'être gravement malade. Une leucémie.

— Désolé de l'apprendre. Je l'ignorais.

— Vous ne pouviez pas savoir.

— Sauf qu'ici tout le monde sait tout sur tout le monde. Est-ce qu'il va mieux ?

— Pour le moment. Et, avec un peu de chance, il se pourrait que ce soit définitif.

Elle s'attendait à quelques banales paroles de réconfort et fut surprise de l'entendre dire simplement :

— Vous ne rouvrez pas Carter's House ?

— Non, je... Je ne reste pas longtemps. Et, comme je vous l'ai dit, je n'ai pas envie d'y habiter. Trop de fantômes. De souvenirs.

— De Joséphine ?

— De... bonheur.

— Madame Connelly... Ruth. S'il ne vous reste que des souvenirs, vous devriez en être fière plutôt que de les ignorer, dit Sam en posant sur elle ses yeux chauds et doux. Il faut retourner là-bas. Les souvenirs de votre fille sont de bons souvenirs, j'en suis persuadé.

— C'est vrai. En tout cas, la plupart. Mais quelque chose perturbait Josie l'été dernier. Elle semblait m'en vouloir. Le pire en ce qui concerne la mort, c'est de ne plus pouvoir rattraper les choses.

— Alors, essayez d'oublier les mauvais moments et rappelez-vous seulement les bons. Souvenez-vous, par exemple, que Josie avait beaucoup de talent comme peintre. Mais, bien sûr, vous le savez déjà.

— Oui, bredouilla Ruth. Bien entendu.

Elle aurait voulu pouvoir lui répondre : « Eh bien, non, je ne le savais pas. Lorsque je regardais ses toiles, je faisais quelques commentaires distraits mais je ne les voyais pas vraiment... » Instinctivement, elle devinait qu'un homme tel que lui aurait su la comprendre.

— J'ai eu l'occasion de lui donner quelques conseils, de temps à autre, reprit Sam. Non qu'elle en ait eu vraiment besoin. Joséphine était extraordinairement sensible. Elle possédait une grande intuition artistique... J'aimerais avoir dans ma classe des élèves de sa trempe. (Il s'interrompit en souriant.) Votre fille avait une très forte personnalité.

— En effet.

— Mais on la sentait mélancolique.

Ruth commençait à se faire une image entièrement nouvelle de Josie. La petite fille disparaissait au profit d'une véritable personne. Une adulte.

— Je me demande parfois si je la connaissais vraiment, dit-elle prudemment. Avez-vous une idée de ce qui la tracassait ainsi ?

— Sans doute les personnes dotées d'un tempérament d'artiste souffrent-elles plus que les autres... J'en suis arrivé à la conclusion — même si je ne suis pas le mieux qualifié pour en parler — que l'aspect matériel de la vie les accable plus que la moyenne. Elles ressentent plus de choses et en souffrent. Le monde les terrifie. Mais, en retour, elles sont capables de s'émerveiller d'un rien et leur bonheur est alors infini.

— Êtes-vous également un créateur ?

— Je ne suis qu'un bon artisan, rien de plus. Joséphine, elle, avait de l'étoffe.

Ruth regarda à travers la fenêtre la foule qui envahissait la rue.

— Voilà qui fait de sa mort une perte bien plus grave.

— Rien n'est jamais complètement perdu. Qui sait ce qui sortira de la terrible expérience que vous venez de vivre ? Allez de l'avant, Ruth. Pendant la guerre, il y avait une chanson très populaire qui disait : *Keep right on the end of the road.* « Va jusqu'au bout de ta route. » Je me souviens que mon oncle me la chantait lorsque j'étais petit.

— Je ne suis pas certaine de voir les choses ainsi.

— Que peut-on faire d'autre ?

— Si mon fils était mort de sa leucémie, je me serais certainement suicidée.

Prononcés devant du sirop d'érable et des tranches de bacon, les mots prenaient une coloration un peu trop dramatique. Mais elle s'en moquait, certaine que Sam la comprenait.

— Et alors, cela aurait été votre fin, affirma-t-il avec calme.

— Vous considérez cela comme une lâcheté, n'est-ce pas ?

— Tout dépend de ce que vous entendez par là.

Ruth reporta son regard vers la rue.

— Que faites-vous dans la vie, Sam ?

— Un peu de tout.

— Vous m'avez dit que vous étiez artisan.

— C'est vrai. Je travaille le bois. Mais, avec mes mains, je fais un peu n'importe quoi. Repeindre une maison, réparer un toit, sculpter un escalier... C'est indispensable par ici. La pêche ne suffit pas à nourrir son homme.

Devant son air surpris, il éclata de rire.

— J'ai des casiers à langoustes depuis mon plus jeune âge, reprit-il. La plupart des habitants du Maine en ont, d'ailleurs. J'adore aller en mer sur cette côte.

Peut-être voudriez-vous venir avec moi un de ces jours ?

— C'est gentil mais je ne crois pas.

Malgré son refus, l'idée d'embarquer de nouveau sur un petit bateau effrayait moins Ruth qu'elle ne l'aurait cru. Aux côtés de Sam Hechst, elle se sentirait rassurée. Josie lui avait raconté un jour être allée pêcher la langouste : était-ce avec lui ? Elle jeta un coup d'œil à sa montre. De l'autre côté de la rue, une queue s'était formée devant l'échoppe de sandwichs.

— Je dois partir. Excusez-moi.

Ils quittèrent l'auberge et cheminèrent quelques instants ensemble.

— Au fait, Ruth, votre fils est-il guéri ? demanda Sam au moment de la quitter.

— Oui.

— Définitivement ?

Ruth se força à sourire.

— Pour autant que ce genre de maladie le permette.

— C'est une bonne chose, dit Sam en prenant ses mains dans les siennes. Oui, vraiment une bonne chose.

Elle le regarda un instant s'éloigner avant de pénétrer à l'intérieur de l'agence Dee. Belle se leva en souriant pour l'accueillir.

— Madame Connelly ! Je suis si contente de vous revoir !

Bien qu'il n'y eût aucune ressemblance entre elles, Belle Dee lui rappelait Mlle Marling.

— Bonjour, Belle.

— Cela fait un an que nous prenons soin de Carter's House. Une si jolie maison, si pleine de caractère ! Soyez assurée que mon équipe d'entretien s'y rend régulièrement et gère toutes les urgences. Mais, à la longue, une maison ne doit pas rester inoccupée.

— Vous devez certainement comprendre pourquoi il m'est difficile d'y retourner.

— Ma pauvre amie, bien entendu. Mais une maison, c'est un peu comme une personne. Imaginez ce que vous ressentiriez si vous vous retrouviez abandonnée après avoir été tant aimée.

Vous ne croyez pas si bien dire, pensa amèrement Ruth. Elle s'efforça de conserver un ton uni et répondit :

— C'est encore trop tôt, voilà tout.

— Envisagez-vous de la rouvrir cet été ?

Ruth secoua la tête.

— Alors, vous devriez songer à la louer, suggéra vivement Belle. Je peux vous proposer une liste de clients de toute confiance, avec les meilleures références. (Belle s'éclaircit la gorge.) Ne croyez surtout pas que je vous fasse cette proposition pour toucher une commission – bien qu'il n'y ait pas de mal à ça, n'est-ce pas ? Simplement, je tiens à cette maison. Et puis, il y a le problème des cambriolages.

— Vous m'avez parlé de cela au téléphone. Avez-vous constaté quelque chose ?

— Presque toutes les résidences du coin ont été visitées. Vous avez eu beaucoup de chance jusqu'ici.

Ruth soupira, consciente de toute l'ironie involontaire de ces derniers mots.

— Il y a également du courrier qui vous attend, reprit Belle. Il s'empile depuis votre départ. Nous vous l'aurions fait parvenir si votre mari ne nous avait pas affirmé que vous préfériez le garder dans la boîte.

— J'irai le prendre plus tard.

Un peu désemparée, Ruth regagna sa voiture à pas lents. Belle Dee avait raison : il n'était pas bon de négliger une maison qui avait fait partie de la famille depuis tant de générations. Elle ferait bien d'aller voir.

Mais, au lieu de cela, elle choisit de descendre la rue

conduisant au petit port et observa le chenal ouvrant sur la haute mer. Des mouettes se disputaient une invisible proie. Le vent charriait des odeurs de goudron et de poisson. Sur le quai, un casier de langoustes était posé à côté d'un chaudron d'eau bouillante. Plus loin s'élevait la fumée d'un barbecue. Ces bruits et ces senteurs lui parurent si familiers, si précieux qu'elle comprit qu'ils n'avaient jamais quitté sa mémoire, ni son cœur. Ses pensées retournèrent vers le passé. À l'époque où ils étaient réunis. Où ils ne formaient qu'une seule famille.

A gift from a true love... Paul lui avait lu ces mots un après-midi d'été. Ils étaient assis à l'ombre d'un arbre, partageant un rare moment de tranquillité tandis que les enfants nageaient dans l'étang avec des amis. L'ombre des bois s'allongeait sur l'herbe verte. Les grillons chantaient. Paul avait levé les yeux de son livre.

— Écoute ce qu'a écrit E. B. White de son retour dans le Maine après une longue absence : « Je n'ai pas pour habitude d'observer les perdrix dans les poiriers... ni ces trois faisans, et pourtant, en les regardant, j'ai la sensation d'avoir reçu le don d'un véritable amour. »

Elle avait ri.

— J'aime bien cette façon de voir les choses. C'est exactement ce que je ressens chaque été lorsque nous arrivons de Boston et que la voiture émerge enfin du bois. J'adore apercevoir la maison au détour du chemin. C'est toujours une joie immense.

Il lui avait rendu son sourire en prenant sa main.

— Nous avons bien de la chance, Ruth. Bien plus que la plupart.

Et elle s'était dit que c'était vrai.

Sur le chemin du retour, elle dépassa la bifurcation menant à Carter's House et ralentit pour fouiller du regard la sombre futaie. Bercées par le vent, des fleurs sauvages longeaient le sentier sableux qui serpentait à travers la pelouse. Au-delà de la ligne des arbres, un soleil jaune très pâle éclairait le jardin. S'y promènerait-elle de nouveau un jour ? Peut-être. Mais le moment n'était pas encore arrivé.

Will et Ed l'attendaient, assis sous le porche de la maison des Stein. Les chiens couchés à leurs pieds haletaient sous la chaleur, langues pendantes. Les deux garçons portaient des bermudas et des espadrilles délavées par l'eau et le sel. La scène lui parut d'une telle banalité et les deux garçons si conformes à l'idée qu'on se fait de jeunes adolescents en pleine santé que Ruth ne put s'empêcher de laisser échapper un rire heureux. Des parfums d'iode, d'algues et de pins imprégnaient toute chose.

Elle sortit en hâte de sa voiture et courut vers Will.

— Maman ! Je suis content de te voir.

— Mon chéri ! Tu es superbe.

En quelques semaines, son visage blême avait retrouvé de bonnes couleurs, accentuées par un léger hâle. Depuis que ses problèmes d'ulcère digestif étaient réglés, il avait visiblement repris de l'appétit et du poids.

— Vous aussi, vous avez l'air en pleine forme, madame Connelly, lança Ed du haut des marches.

— Merci, Ed.

— Vous avez changé de coiffure, non ?

— C'est gentil de le remarquer.

— Je remarque toujours des trucs comme ça.

— Alors, crois-moi, tu auras un sacré succès avec les filles, Ed.

— Pourquoi emploies-tu le futur ? intervint Will. C'est déjà le cas. Elles courent toutes après lui !

— C'est vrai, renchérit Ed, l'air faussement attristé. Elles ne me lâchent plus !

Ruth hésita.

— Où est ton père ? demanda-t-elle enfin. Je croyais qu'il était ici.

— Il est parti avec Sam Hechst.

— Mais je suis certain que s'il avait su que vous arriviez..., ajouta Ed.

— Bien sûr, interrompit Ruth en espérant que son fils n'aurait pas remarqué le soulagement qui perçait dans sa voix.

— Maman, regarde ! dit Will en enlevant sa casquette de base-ball.

Son crâne légèrement bronzé était recouvert d'un mince duvet.

— Tu crois que je devrais le raser ?

— À toi de voir, mon chéri.

— J'aime bien le look que ça me donne, dit Will d'un ton pénétré. D'ailleurs, tout le monde est persuadé que je me suis coupé les cheveux exprès.

Ruth sourit.

— C'est très théâtral, je suis obligée de le reconnaître.

— Et puis, ma boucle d'oreille n'aura pas le même effet avec des cheveux.

— Fais comme tu le sens, si tu veux mon avis, intervint Ed.

— Je suis d'accord, approuva Ruth. Laisse-toi pousser les cheveux et, si ça ne te plaît pas, tu pourras toujours les couper plus tard.

— Okay, acquiesça Will.

Il était heureux d'avoir un choix à faire après tant de mois où tout lui était imposé. Si c'était ce qu'il voulait, parfait. Ruth aurait accepté qu'il se teigne la tête en vert si ça devait lui faire plaisir. Ces détails n'avaient, d'ailleurs, aucune importance. Seules comptaient sa santé et son énergie retrouvées.

Will prit brusquement un air gêné.

— Au fait, m'man, il faut qu'on parte. On nous attend au yacht-club. On se revoit plus tard, d'accord ?

— Je suppose que vous avez rendez-vous avec des jolies filles, fit Ruth avec une mimique expressive.

— Des jolies filles ? s'esclaffa Ed en bourrant de coups de poing l'épaule de Will. Vous voulez dire, *une* fille ! Une fille dont le nom commence par A !

— Traître ! lui cria Will. Tu n'as jamais su garder un secret !

Ruth se tourna vers son amie Carmel au moment où les garçons s'enfuyaient en se chamaillant.

— Merci, dit-elle d'une voix émue. Will a l'air si heureux et si bien portant !

— Vous n'imaginez pas combien j'ai dû tempêter pour qu'il accepte de s'enduire de crème solaire, dit Carmel en riant.

Ruth lui jeta un regard reconnaissant.

— Merci, Carmel. Pour tout.

Will et Ed revinrent plus tard. Mais toujours sans Paul.

— Je pense te ramener à Boston avec moi, annonça Ruth, sachant parfaitement que cette proposition ne risquait pas d'enchanter son fils.

Il s'immobilisa pour la dévisager.

— Mais pourquoi *maintenant* ?

— Et pourquoi pas maintenant ?

Will fronça les sourcils.

— Je ne veux pas encore rentrer, maman.

— Il le faut, pourtant. Carmel m'a dit que tu avais eu de la fièvre. Je veux que tu passes des examens.

— Mais je n'ai rien ! Ils me l'ont dit à Hartsfield !

Ruth ne parvenait pas à le quitter des yeux, elle contemplait ses cheveux fraîchement poussés, ses yeux bleu clair, son visage hâlé. Son corps s'était étoffé et de nouveaux muscles apparaissaient sous son T-shirt. Il semblait en si grande forme qu'elle regretta soudain de l'arracher à des vacances aussi idylliques. Personne n'aurait pu deviner qu'il sortait d'une grave maladie.

— Tout le monde avait de la fièvre ce jour-là, reprit Will, maussade. Il faisait presque quarante degrés. Même Ed La Main Froide avait de la fièvre.

— C'est vrai, madame Connelly, confirma Ed. J'étais en nage. J'avais l'impression de me transformer en flaque d'eau. Je crois vraiment que vous devriez laisser William sous ma bonne garde.

— Un de ces jours, il fera une très bonne mère, ironisa Will.

— Je pense quand même que tu devrais rentrer avec moi, insista Ruth. Après tout, l'été est presque terminé.

— C'est bien pourquoi ce ne serait vraiment pas sympa de me faire revenir plus tôt. Et, en plus, mon anniversaire approche. Tu m'avais promis de le fêter ici. Regarde-moi... Je suis en pleine forme, non ?

— Laissez-le-nous, madame Connelly, insista Ed. Il est si heureux ici.

Ruth leva les mains en signe de reddition.

— D'accord. D'accord. Vous m'avez convaincue.

— Super ! s'écrièrent les deux garçons, levant le pouce en signe de triomphe avant de se lancer dans une danse du scalp à travers la pièce.

Ruth ne put s'empêcher d'éclater de rire.

— Alors, à bientôt, mon chéri, lui dit-elle en l'embrassant. Oh, Will, tu ne peux pas savoir comme je suis heureuse de te voir en si bonne forme.

— Tant mieux, m'man, fit Will d'un air embarrassé. Viens, je te raccompagne à ta voiture.

Elle le serra très fort dans ses bras, plus fort que jamais, désolée d'avoir à le quitter si vite. Il la laissa faire un moment avant de s'écarter.

— Maman, ne t'inquiète pas pour moi. Je vais très bien. On l'a bien eue, à nous deux, tu ne trouves pas ? La maladie, je veux dire.

— Oui, dit-elle, la gorge nouée. Tu as raison, Will. On l'a bien eue.

16

— J'ai décidé d'aller à Sweetharbor pour l'anniversaire de Will, annonça-t-elle à Paul au téléphone.

— Ah, bien.

Paul ne put éviter un léger pincement au cœur. S'il
voyait plus rarement Ruth depuis la guérison de Will,
il n'en était pas moins rassuré de savoir qu'ils vivaient
dans la même ville, respiraient le même air. Il éprouvait d'ailleurs une certaine excitation à l'idée qu'ils
pouvaient se rencontrer par hasard – à une soirée, par
exemple.

Il eut aussitôt envie de lui proposer de l'accompagner mais préféra garder le silence, songeant au drame
qui avait marqué le dernier anniversaire de Will. La
mort de Josie lui paraissait à la fois remonter très loin
dans le passé et dater d'hier. Le souvenir de sa fille
n'était jamais bien loin de son esprit.

— Comment va-t-il ?

— D'après Carmel, on a du mal à imaginer qu'il
sort d'une grave maladie. Elle affirme qu'elle ne voit
pas souvent les deux garçons – ils font de la voile ou
du tennis au yacht-club. Bien sûr, Will se fatigue plus
vite que son ami mais cela ne semble pas l'arrêter.

— Il rattrape le temps perdu. Tu seras absente longtemps ?

— Pas plus de deux jours.

— Et la maison ? Quand comptes-tu la rouvrir ?

Il y eut une longue plage de silence.

— Pas cette fois-ci, finit-elle par répondre.

— Il faudra bien te décider un jour, Ruth.

— Je sais... Tu as probablement raison. Mais c'est juste que... Après la perte de Josie, j'étais certaine de ne plus jamais pouvoir y retourner mais je comprends maintenant qu'il le faudra bien, ne serait-ce que pour Will. Il est vraiment impatient d'y aller.

Paul s'éclaircit la voix.

— Si tu as besoin de soutien moral pour cet anniversaire, je me porte volontaire.

Il eut l'impression de l'entendre sourire à l'autre bout du fil.

— C'est très gentil de le proposer.

Le message était clair. Une fin de non-recevoir polie.

— Ruth, tu sais, j'ai beaucoup réfléchi ces derniers temps.

— Moi aussi.

— J'ai dit des choses parfaitement injustes. Beaucoup trop.

— Moi également.

Il aurait tant souhaité qu'elle le rassure. Mais, apparemment, cela ne semblait guère dans ses intentions.

— On pourrait dîner ensemble à ton retour, non ? proposa-t-il.

— Avec plaisir.

Si elle s'était laissée aller à son impulsion, Ruth aurait volontiers mis le cap directement sur Sweetharbor. Mais, après réflexion, elle décida qu'il serait plus sage de ne pas continuer à suivre pas à pas son fils en craignant à chaque instant le moindre signe d'infection.

351

C'était devenu une mauvaise habitude. Elle avait donc prévu de passer la nuit à Brunswick chez une cousine âgée de sa mère.

La vieille maison de bois avait résisté au temps. Ruth y éprouva tout de suite une impression de calme et de paix qu'elle n'avait plus ressentie depuis longtemps. Rien ne semblait avoir changé depuis trente ans. Les mêmes assiettes, la même nourriture, les mêmes conversations, aimables et légères. La chambre à coucher était telle qu'elle l'avait toujours connue, avec son lit de cuivre recouvert de coton blanc, ses draps de lin, ses taies brodées et, sur la commode en bois de merisier, ses brosses à cheveux en écaille de tortue incrustée d'argent. La cousine Thalia mentionna la disparition de Josie et la leucémie de Will avec un détachement dont Ruth comprit qu'il n'était pas empreint d'indifférence, mais plutôt d'une profonde acceptation des aléas de la vie. Ruth se rappela que la vieille dame avait perdu des frères au cours de la Seconde Guerre mondiale et, plus tard, un fils au Vietnam. Depuis la mort de son mari, un professeur de théologie, elle vivait en solitaire. Pour elle, la mort et la maladie participaient de la même essence, elles appartenaient à la vie au même titre que les mariages, les naissances et les fêtes.

Le lendemain matin, avant de reprendre la route, Ruth alla se promener dans Bowdoin Quad. Elle se rappela les promenades qu'elle y faisait jadis le soir en compagnie de Paul et du mari de Thalia lorsque les feuilles d'automne recouvraient le sol en un épais tapis dans lequel on s'enfonçait jusqu'aux chevilles. Elle revit les maisons d'étudiants, joyeuses et bruyantes, les monuments historiques soigneusement entretenus. Elle traversa la cour pavée du Walker Art Building, flâna dans les galeries supérieures, admirant les portraits de gens depuis longtemps disparus, songeant à la brièveté de la vie accordée aux hommes. Et elle pensa que ce qui importait le plus, à la fin, ce n'était pas la mort mais ce que l'on avait fait de sa vie.

Profitant de l'absence des enfants, retournés à leurs jeux, les adultes faisaient traîner le dîner. Une chaude brise apaisante montait de la mer.

— J'ai croisé Sam Hechst, lors de ma dernière visite, annonça distraitement Ruth.

— Hechst ? Le menuisier ? Il nous a posé un parquet neuf l'hiver dernier dans le salon, dit Carmel.

— C'est un bon artisan, ajouta Franklin en avalant une énorme rasade de vin. Beaucoup de savoir-faire. Et quel goût ! Vraiment un type intéressant. Avant, il était prof d'histoire de l'art dans une école de jeunes filles du Connecticut. Il a tout laissé tomber pour reprendre le flambeau de ses ancêtres et travailler le bois. Il ne fait d'ailleurs pas que de la menuiserie. Il sculpte également.

Carmel fit passer un plateau de langoustes du pays ainsi que des bols de mayonnaise et de beurre fondu.

— Justement, j'ai acheté l'une de ses œuvres l'autre jour. Vraiment superbe !

Sur la table, la fumée des bougies dessinait d'étranges figures animées par le vent.

Ruth sirota pensivement son verre de vin.

— Il m'a dit qu'il avait donné des conseils à Josie pour sa peinture et qu'il l'avait trouvée comme une âme en peine. Il est clair que quelque chose la tourmentait l'été dernier. J'aimerais tellement savoir ce que c'était. Enfin, j'imagine que les enfants d'aujourd'hui ne contrôlent pas plus leurs émotions que nous ne le faisions à leur âge...

— Rien de plus vrai, observa Carmel. Ils sont

confrontés à des problèmes qu'ils sont incapables de résoudre.

— Une âme en peine, répéta Ruth.

Carmel éclata brusquement de rire.

— D'après Mamie, toutes les femmes sont des âmes en peine. À cause des hommes, bien entendu.

— Épargne-moi ce féminisme à deux sous, grogna Franklin en ingurgitant un morceau de langouste. J'entends déjà ce genre de rengaine toute la journée au bureau. De nos jours, on ne peut même plus dire à une collègue qu'elle est en beauté de peur de se retrouver au tribunal pour harcèlement, s'exclama-t-il, la bouche luisante de beurre. Et puis, après tout, je ne suis qu'un pauvre imbécile de cadre qui s'échine pour gagner le pain d'une famille ingrate.

— Oh, toi..., murmura Carmel d'une voix tendre.

Plus tard, dans sa chambre, Ruth demeura un long moment accoudée à la fenêtre pour contempler la nuit. L'obscurité était totale. Pas de lune, ni le moindre reflet sur la mer. Elle respira le parfum riche des genévriers qui entouraient la maison, écouta le doux bruissement de la terre endormie.

Quelle pouvait bien être l'origine du désarroi de Josie ? Avait-elle été confrontée à une situation trop difficile à affronter ? J'ignore même si elle était encore vierge, se dit Ruth. En réalité, je ne connaissais pas ma propre fille. Cet été-là, les deux enfants n'en faisaient qu'à leur tête. Ils auraient pu aller n'importe où et faire n'importe quoi, je ne m'en serais même pas rendu compte.

Elle pensa à Paul. Où pouvait-il bien être ce soir ? Peut-être était-il, lui aussi, en train de méditer dans l'obscurité, en souhaitant, comme elle ce soir, être à ses côtés...

Tôt le lendemain matin, Ruth se glissa sans bruit hors de la maison. Le ciel était gris, assombri par de lourds nuages. La mer brillait entre les arbres. Elle descendit le sentier qui menait à la route. Comment croire que douze mois s'étaient écoulés depuis le dernier anniversaire de Will ? Douze mois pendant lesquels cette famille, qu'elle avait crue si solide, s'était désintégrée, détruite par le chagrin. Par la perte. Et la mort.

Aujourd'hui, c'était l'anniversaire de Will. Et celui de la mort de Josie. Pour le reste de leurs vies, ces deux événements seraient inextricablement liés. La voix de sa fille résonna dans son cerveau : « Est-ce que tu m'aimes par-dessus tout ? Donnerais-tu ta vie pour moi ? » Pourquoi Josie avait-elle posé ces questions ? Qu'avait-elle donc en tête ? Avait-elle eu l'intuition de sa propre mort ?

La plaie qui déchire mon cœur ne se refermera jamais, pensa Ruth, en marchant sur ces chemins si familiers. Peut-être en demandait-elle trop et devrait-elle se contenter de la guérison de Will. N'était-ce pas déjà beaucoup ? Pourtant, la perte de Josie resterait tapie au fond d'elle-même comme une plaie béante, incurable.

La couche de nuages s'éclaircit au moment où elle atteignait le chemin bordé de genévriers et de fenouil sauvage courant à travers les prés qui s'étendaient devant Carter's House. L'odeur des pins embaumait l'air déjà chaud du matin. Des rayons de lumière d'un jaune acide filtraient à travers la futaie.

Elle s'était juré de ne jamais remettre les pieds ici. Et elle était là. La femme désespérée qui avait fait ce serment s'était transformée. Une force nouvelle l'habitait.

Elle songea aux nombreuses fois où, au sortir du petit bois, elle avait remonté le sentier pour se garer près de la grange rouge, impatiente de retrouver ce lieu béni, d'y abandonner le stress accumulé à Boston. C'était ici que rôdait le fantôme de la jeune fille qu'elle avait incarnée jadis. Ici aussi, désormais, que se trouvait celui de sa fille disparue.

Des images l'assaillirent, insupportables et belles. Josie courant dans les escaliers, traînant dans la cuisine, les doigts maculés de peinture à l'huile. Peut-être un jour aurait-elle la force d'ouvrir la porte et d'entrer. Pour l'instant, en tout cas, elle se sentait incapable d'aller chercher la clé cachée sous le porche et de tourner la poignée de la porte d'entrée.

De l'extérieur, la maison paraissait comme desséchée et fanée. Ruth essaya de chasser sa mélancolie naissante et remarqua que les revêtements de bois méritaient un bon coup de peinture : les hivers étaient rudes dans le Maine, et le sel, comme un acide, rongeait tout.

Elle remonta le chemin qui serpentait entre les bois, traversa le petit pont qui enjambait le canal, dépassa la grosse roche d'où Josie était tombée en s'ouvrant le front. *Je suis la reine du château !* avait-elle crié joyeusement avant de perdre l'équilibre. Les arbres à présent plus clairsemés dégageaient la vue, et Ruth atteignit l'avancée qui surplombait le Sound. Le banc de teck y était solidement arrimé, robuste, chargé de souvenirs. Elle caressa rêveusement le cœur sculpté sur le dossier et finit par s'asseoir, percevant sous ses cuisses le contact lisse et doux des planches.

Elle suivit du bout des doigts le dessin de la plaque de cuivre gravée au nom de sa fille. Avec le temps, le métal avait pris une couleur vert-de-gris. *Joséphine Carter Connelly*. En soupirant, Ruth porta son regard vers les eaux scintillantes du Sound. Les arbres, l'eau, les rochers, le soleil. Des choses élémentaires. Elle s'était attendue au pire et voilà qu'une immense paix s'emparait d'elle.

Josie était partie. Elle ne reviendrait pas. Il allait falloir apprendre à aller de l'avant, à vivre sans elle.

Les Stein avaient lancé des invitations pour l'anniversaire de Will. La plupart des invités étaient de vieux amis, des gens que Ruth n'avait pas vus depuis l'été dernier. Heureuse de passer un moment en leur compagnie, elle sourit, bavarda de choses et d'autres, et sentit enfin le fardeau qui alourdissait ses épaules depuis si longtemps s'alléger brusquement. Tout semblait rentrer dans l'ordre. Ainsi que Paul l'avait toujours dit, la vie continuait.

Elle se retrouva par hasard aux côtés de Chris Kauffman.

— Pardonne-moi, Chris, lui dit-elle doucement.

— Et de quoi, mon Dieu ? s'exclama-t-il en posant un bras puissant autour de ses épaules.

— Londres... cette soirée où... où tu es passé me voir. Je t'ai mis dans une situation délicate et je suis...

— Londres ? répéta-t-il d'un air surpris. (Il sourit d'un air entendu.) Je ne vois pas du tout de quoi tu parles.

— Merci, Chris, murmura-t-elle au moment où Ted Trotman s'approchait d'elle.

— Ruth ! Je suis heureux de vous voir. Vous avez une mine superbe !

— Vous aussi, Ted.

— Lorsque tout le monde sera revenu à Boston, j'aimerais déjeuner avec vous.

— Vous avez mon numéro...

Trotman jeta un coup d'œil autour de lui comme s'il craignait d'être entendu.

— Je ne veux pas que la chose s'ébruite, mais j'ai l'intention de retirer un important pourcentage de mes affaires à mes actuels gestionnaires.

— Et pourquoi ?

— Pour plusieurs raisons. D'abord, ne pas mettre tous mes œufs dans le même panier. C'est toujours une erreur. Et puis, j'ai une série de petits accrocs avec eux. Pensez-vous que LKM accepterait de s'occuper de nous ?

Cela faisait des années qu'elle tentait d'attirer Ted dans sa société. Bob Landers allait pousser des hurlements de joie.

— Cela ne fait aucun doute, répondit Ruth.

— D'après ce que j'ai entendu dire, vous obtenez toujours d'excellents résultats, Ruth. L'affaire McLennan, par exemple. J'ai rencontré Dan Phillipson l'autre jour. Il m'a déclaré que vous étiez le plus brillant élément de la société.

Il posa sa main sur l'épaule de Ruth.

— Je voulais aussi vous dire à quel point j'ai été navré pour votre fille Josie. Elle ne manquait pas de courage, il faut le reconnaître. Elle me harcelait souvent mais je suis quand même arrivé à la remettre à sa place une ou deux fois. (Il eut un petit sourire entendu.) Voilà une fille qui aurait fait un bon avocat.

— Vous croyez ?

Était-ce donc cela que voulait Josie ? pensa Ruth, désemparée. Devenir avocate comme sa mère ?

— Et votre fils... William, c'est bien son nom ? Il a été souffrant à ce qu'on m'a dit ?

— C'est exact, Ted.

— J'ai été vraiment soulagé d'apprendre qu'il était sauvé. Cette année a dû être très éprouvante pour vous.

— En effet.

Il s'éloigna après l'avoir saluée d'un petit signe de la main. Ruth se retrouva seule. La lumière filtrait entre les branches des genévriers, l'air était lourd de parfums. Elle éprouva une douce sensation de bien-être.

Jamais elle n'aurait cru pouvoir revivre un tel moment de paix.

Le même soir, ils dînèrent tous au yacht-club. Will s'assit à la place d'honneur, plein de gaieté, chahutant avec Ed. Ruth prit place à ses côtés. Elle n'avait pas très envie de parler. Le bonheur de le voir ainsi, fort et éclatant de santé, lui suffisait. Même si le souvenir de sa fille perdue agitait encore son esprit. De retour à la maison, elle appellerait Paul. Pour le moment, l'heure était à la fête et elle devait oublier son deuil.

Franklin porta un toast à Will, et la tablée leva son verre. L'un des serveurs en jaquette blanche lança un premier *Happy Birthday to You*, bientôt repris en chœur par le reste de l'assemblée. Certains convives du restaurant, informés de la récente maladie de Will, s'approchèrent de la table pour faire chorus.

Au moment où l'on entamait le gâteau d'anniversaire que Ruth avait commandé, Will se pencha vers sa mère :

— Merci d'être là, maman, dit-il tendrement.

— Peux-tu imaginer que je puisse manquer cette fête ?

— Sauf que ce n'est pas seulement mon anniversaire, c'est aussi le jour où... où...

— Où Josie est morte, acheva Ruth d'une voix calme.

Will baissa les yeux sur son assiette, tripotant sa part de gâteau de la pointe de sa fourchette.

— J'ai pensé à elle toute la journée. Tous ces souvenirs... Ça fait mal, tu sais.

Il y aurait eu tant de choses à dire ! Ruth serra sa main dans les siennes.

— Moi aussi, Will. Josie fait partie de nous, de cet

endroit. Il en sera toujours ainsi. Il m'a fallu longtemps pour accepter que je ne la reverrais plus que dans mes souvenirs.

Ils restèrent silencieux un long moment. Puis Will ajouta :

— Désolé de ne pas avoir passé plus de temps avec toi pendant ton séjour, m'man.

— Ne t'inquiète pas.

— C'est juste que c'est les vacances, il y a plein de trucs à faire et je...

— Je te le répète, mon chéri : ne te fais aucun souci pour moi. Je suis merveilleusement heureuse en cet instant. Te voir en aussi grande forme est un véritable miracle. Tu n'as pas besoin de t'excuser pour quoi que ce soit. Jamais.

— Vraiment jamais ? fit Will en lui jetant un regard moqueur.

— Il se peut que je revienne sur cette déclaration un de ces jours, corrigea-t-elle avec un sourire. Mais, pour le moment, te voir est plus que je n'aurais osé demander. Et te savoir heureux, de juste... eh bien... d'exister, me suffit parfaitement. D'accord ?

— D'accord, m'man.

D'un geste maladroit, il la prit dans ses bras et la serra contre sa frêle poitrine. Sa peau sentait l'été et le soleil. Un jour, pensa Ruth, une autre femme le prendra dans ses bras. Et ce sera très bien ainsi.

17

Puis vint le moment de la rentrée. Si Will dut mettre les bouchées doubles pour rattraper son retard, il n'en trouvait pas moins le temps de faire de la musique et passait la plupart de son temps libre avec Ed, Stu et Dan.

— C'est à cause du groupe, se justifia-t-il après que sa mère lui eut demandé de ne pas trop se fatiguer. Le concert que le père de Stu a organisé pour nous.

Il jeta quelques feuilles d'épinard dans un saladier et secoua la poêle dans laquelle grillaient des pignons.

— S'agit-il de cette danse des Kiwanis dont tu m'as parlé ?

Will hocha la tête.

— Le spectacle aura lieu une semaine après Thanksgiving et les gens vont réellement payer pour nous écouter. Alors, il faut qu'on soit vraiment bons.

— Est-ce que je peux venir ?

— *Toi ?* s'écria Will avec une expression horrifiée.

— Oui, William. Moi, ta mère.

Le garçon poussa un énorme soupir.

— Pourquoi est-ce que les parents veulent toujours venir à nos petites fêtes ?

Il vida les pignons dans le saladier et entreprit de râper du parmesan pendant que Ruth savourait son martini en l'observant d'un œil attendri.

— J'ai souvenir qu'il fut un temps où ça t'ennuyait que je ne vienne pas.

— Là, c'est différent.

— Comment ça ?

Il sortit du four un plat noirci rempli d'aubergines, de courgettes et d'oignons, et goûta un peu de cette mixture du bout de sa fourchette avant de la tendre à sa mère.

— Mmm, fit-il. C'est bon. Goûte ça.

La bouche pleine, il lui jeta un long regard pensif avant de reprendre :

— Écoute, m'man, pour le concert... c'est juste que tu risques d'être un peu vieille.

Ruth retint un sourire.

— Merci infiniment pour l'appréciation. Je me demande quel est l'âge moyen d'un Kiwani.

— C'est une danse pour jeunes handicapés. Pas pour les grandes personnes. De toute façon, tu détesterais. On ne joue pas ton genre de musique.

— Connais-tu seulement le genre de musique que j'aime ?

Will leva les yeux au ciel.

— D'accord, viens si tu y tiens vraiment, répondit-il en écrasant une gousse d'ail du plat de son couteau. La mère d'Ed sera là. Et le père de Stu aussi.

— Eh bien, tout le monde s'est donné rendez-vous, alors, dit Ruth en souriant.

— Attention, ne fais rien qui porte atteinte à ma réputation, hein ?

— Quoi, par exemple ? Danser nue sur la table ?

— Euh... m'embrasser, ou un truc idiot dans ce genre.

Will se mit à mélanger adroitement avec sa fourchette l'huile, la moutarde, le vinaigre et l'ail.

— Je te le promets, dit Ruth en éclatant de rire.

— Il est drôlement abîmé, constata Paul.

Les mains bien enfoncées dans les poches de leurs vestes, le bonnet sur les oreilles, Will et son père procédaient à une dernière inspection du *Lucky Duck*. Un épais brouillard salé et humide recouvrait le port et s'insinuait dans leurs gorges et leurs poumons. Les tempêtes d'automne avaient commencé, et les vents s'abattaient sur la côte, s'enroulant autour des mâts des bateaux arrimés aux quais. Les drisses tambourinaient contre le métal, tandis que, dans le ciel, les mouettes criaient, ballottées comme des feuilles de papier par le vent.

— Qu'est-ce que tu en penses ? demanda Paul.

Will avait le nez tout rouge et ses yeux larmoyaient sous la morsure du froid. Il passa la main sur la coque de bois qui recelait un trou béant, cerné de planches déchiquetées.

— Il va y avoir du boulot.

C'était la première fois que Paul se rendait réellement compte de la puissance de la tempête qui les avait emportés.

— L'intérieur n'est pas en trop mauvais état. C'est la coque qui a tout pris. On pourrait demander à un type comme Sam Hechst de nous filer un coup de main. Il en sait plus que moi sur le sujet.

— Alors, toi et moi, nous pourrions nous occuper de la cabine, non ?

— Et aussi de la coque, si tu en as envie.

— Ça me va.

— Ce que j'aimerais, reprit Paul d'un air songeur, ce serait le remettre en état pour la saison prochaine. Comme ça, nous pourrions faire quelques régates dès qu'il sera remis à l'eau.

— Bonne idée.

— Oui. Mais il faudra venir ici presque tous les week-ends avant l'arrivée de l'hiver.

— Là, je ne sais pas, dit Will d'un ton ennuyé. Il y a le groupe. Je dois me préparer pour le concert.

— Quand est-il prévu ?

— Une semaine après Thanksgiving. Je ne vais pas pouvoir faire grand-chose pendant les week-ends avant.

Will balaya du regard le port et les bateaux tout encapuchonnés pour l'hiver, les grues du petit chantier naval et les armatures des bateaux en construction.

— Et si on leur demandait d'amener le *Lucky Duck* à Carter's House ?

— Pour quoi faire ?

— On pourrait nettoyer un peu la grange – toi et moi, je veux dire. Le *Duck* y tiendrait très bien. Enfin, jusqu'à ce que le mât soit remonté. Comme ça, après Thanksgiving, on pourrait passer l'hiver à faire nos réparations.

— Eh ! C'est une bonne idée ! s'écria Paul en lui administrant une affectueuse bourrade.

Il adorait quand Will disait : Toi et moi.

— Il y a déjà du chauffage dans la grange. Mais cela risque de coûter cher de faire transporter le bateau jusque là-bas.

— Allons, papa. Ça vaut le coup. De toute façon, ce sera moins cher que d'acheter un nouveau bateau.

Paul ôta les gouttes d'humidité qui s'étaient formées sur sa veste et remit en hâte sa main dans sa poche.

— Tu as sûrement raison. Figure-toi que, depuis toutes ces années, je ne m'étais pas aperçu que ta mère et moi avions fabriqué un génie.

Will sourit.

— Ce n'est pas faute de vous l'avoir répété !

Ils se dirigèrent vers les grilles fermant le chantier naval.

— Tu veux manger quelque chose ? demanda Paul.

— Tu parles ! Je meurs de faim.

Ils prirent la voiture en direction du restaurant le plus proche. Avec les premiers gels, l'herbe qui bordait les chemins sableux de Sweetharbor avait pris un ton jaune cendré. Le pourpre des épines-vinettes et des sorbiers brillait entre les arbres. Dans les prairies, les graines de lupin desséchées pendaient sur leurs tiges noircies. Les feuilles de vinaigrier, d'un rouge écarlate, se penchaient doucement au bord des routes. Invisible en raison de l'épais brouillard, la mer d'un bleu d'acier se soulevait et retombait au loin avec fracas.

Will mordit à belles dents dans son sandwich au crabe et, la bouche pleine, articula :

— J'adore être ici.

— Moi aussi.

— J'aimerais y habiter toute l'année.

— Je te comprends.

Une hypothèse malgré tout bien improbable, songeat-il. Ruth n'accepterait jamais de quitter Boston. Soudain, il se rappela qu'ils étaient séparés.

Comme s'il lisait dans ses pensées, Will demanda d'un ton dégagé :

— Tu viendras à la maison pour Thanksgiving ?

— Ta mère ne me l'a pas proposé.

— Et si elle le faisait ?

— Alors, je viendrais.

Maintenant que Will était guéri, Ruth et lui semblaient s'éloigner chaque jour un peu plus l'un de l'autre. Difficile, même, de se rappeler leur dernière conversation téléphonique.

— La prochaine fois que tu viens, papa, on devrait aller chez les Cotton. Voir comment va l'arthrite de Marietta.

— D'accord.

— On apportera des bonbons – elle aime surtout ceux au beurre de cacahuètes, poursuivit Will, tandis qu'ils retournaient à la voiture. C'est ce que Josie faisait. Lui apporter des bonbons. Tu savais ça ?

— Pas du tout.

— Est-ce que papa peut venir pour Thanksgiving ? Ruth dévisagea son fils.

— Papa ?

— Tu sais, m'man : l'homme avec lequel tu es mariée. Oui, mon *père*. Est-ce qu'il peut venir dîner pour Thanksgiving ?

— Qu'est-ce qui te fait croire qu'il en a envie ?

— Je le lui ai demandé, voilà. Il a dit qu'il viendrait s'il était invité.

— Je trouve ça un peu... étrange.

— Thanksgiving, c'est le moment où tout le monde est gentil avec tout le monde, affirma Will. Où les familles se réunissent. Et même si toi et papa ne vivez plus ensemble, vous êtes ma famille.

— Écoute...

— Tu ne vas quand même pas me dire que tu le détestes, si ?

Le regard de Will semblait implorer une réponse rassurante.

— Bien sûr que non.

— Alors, tu vas le lui demander ?

— D'accord.

— Merci, m'man. C'est sympa.

— Oui, enfin, vraiment, je ne...

— Fais-le, maman.

Depuis la guérison de Will, Paul s'était éloigné d'elle et cet état de chose ne la gênait pas. Elle ne pensait que rarement au passé, à cette existence qu'ils avaient tous les quatre partagée autrefois.

366

— Je lui passerai un coup de fil ce soir.

Bien plus tard, tandis qu'elle dormait, des sons inhabituels tirèrent Ruth de son sommeil. Encore à demi endormie, elle entendit des haut-le-cœur venant de la salle de bains. Elle sauta du lit et enfila une robe de chambre. Will avait laissé la porte ouverte et, du couloir, Ruth put le voir accroupi devant la cuvette des toilettes.

— Que t'arrive-t-il ? lança-t-elle, en sentant avec horreur ses vieilles hantises l'assaillir de nouveau.

D'un signe de main, Will lui demanda de le laisser en paix mais elle resta appuyée contre le mur jusqu'à ce qu'il eût terminé.

— Qu'est-ce qui ne va pas ? répéta-t-elle une fois qu'il se fut rincé la bouche et lavé le visage.

— Mais rien, maman, fit Will d'un air faussement détaché. Je suis juste sorti avec les copains après la classe. On a mangé des frites et des sandwichs au fromage. Plus deux ou trois Coca. Le mélange n'a pas dû me réussir.

— Tu es sûr qu'il n'y a rien d'autre ?

— Bien sûr, répondit Will en haussant les épaules.

Le lendemain matin, Ruth l'observa sous toutes les coutures, cherchant des furoncles, des cernes sous les yeux, des contusions inexpliquées. Mais elle ne trouva rien de suspect. Il avait l'air en forme, encore hâlé du soleil des vacances. Ruth essaya de chasser ses inquiétudes. Les adolescents vomissaient souvent, surtout lorsqu'ils mangeaient trop d'aliments indigestes. Ce n'était rien.

Deux semaines plus tard, de retour du bureau, elle trouva Will endormi sur le canapé du salon. Ed était assis à côté de lui, en train de regarder la télévision, le volume du son au minimum.

— Que se passe-t-il, Ed ? demanda-t-elle en posant son sac et ses dossiers sur la table.

Elle lui fit signe de la tête de la suivre à la cuisine. Ils pourraient ainsi parler sans risquer de réveiller Will.

— Je suis revenu à l'appartement avec lui, madame Connelly. C'est Mlle Marling qui me l'a demandé.

— Pourquoi ?

— Il a vomi tout l'après-midi.

— Oh, Ed...

— Ne vous inquiétez pas, madame Connelly. On a mangé du poisson pour le déjeuner, et je crois que c'est ça qui l'a rendu malade. Deux ou trois copains ont été mal fichus, eux aussi. Mlle Marling s'est un peu inquiétée, alors elle m'a demandé de ramener Will ici en taxi et de vous attendre.

— Merci, Ed. Tu es un chef.

— Will aussi est un chef, dit Ed.

— Ça, je le sais depuis longtemps.

Après le départ du jeune garçon, Ruth retourna au salon observer son fils toujours endormi. Rien n'indiquait le moindre signe de récidive.

Alors pourquoi se sentait-elle, brusquement, aussi inquiète ?

Les parents de Ruth arrivèrent au début de la semaine. Le Dr Carter examina Will de haut en bas d'un air approbateur.

— Eh bien, mon garçon, tu m'as l'air en pleine forme, on dirait.

— J'espère que tu as apporté des vêtements chauds, grand-père...

— Tu sais, j'ai passé la plus grande partie de ma vie sur la côte Est. Ce n'est pas toi qui vas m'apprendre qu'il faut s'habiller chaudement.

— Oh, mon chéri, s'écria Mme Carter en serrant son petit-fils dans ses bras. Tu es superbe.

— Toujours végétarien ? demanda le Dr Carter.

— C'est le seul moyen de garder la santé, grand-père.

— Est-ce qu'on pourra quand même manger de la dinde jeudi pour Thanksgiving ? Ces trucs sans viande ne me réussissent pas du tout. À mon âge, j'ai besoin de planter mes vieilles dents dans quelque chose de consistant et de goûteux.

— Qu'est-ce que tu dirais d'un bon nutburger ? proposa Will.

— Essaie un peu, pour voir. Je préférerais encore manger du ragoût de rat musqué.

— Quelle coïncidence ! Maman vient justement d'en préparer pour ce soir. Pas vrai, m'man ?

— Si. Et du pâté de hérisson pour commencer.

— Bon, tant qu'il y aura de la dinde jeudi, dit le Dr Carter en souriant.

Plus tard, assise tranquillement dans le salon, Ruth interrogea son père :

— Alors ? Qu'est-ce que tu en penses ?

— Il a l'air bien portant.

— Il a vomi deux ou trois fois au cours des dernières semaines.

— Ça pourrait être n'importe quoi. A-t-il encore des hématomes ?

— Pour autant que je sache, non. Il ne veut pas se montrer nu devant moi, et je suis bien obligée de respecter sa pudeur. Mais il me le dirait, tu ne crois pas ?

— J'espère bien.

— Ruthie, intervint sa mère en posant le magazine qu'elle était en train de lire, tu ne peux pas savoir comme c'est bon de le voir guéri. Après ces mois horribles où nous avons cru... qu'il n'allait pas s'en sortir.

— Je sais, maman, l'interrompit Ruth en la serrant

contre elle. À propos, Paul sera là pour le déjeuner de Thanksgiving.

Elle l'avait invité à contrecœur, non sans remarquer son manque d'enthousiasme. Tous deux avaient reconnu, peut-être avec un peu trop d'empressement, qu'ils faisaient cela pour Will. Pour lui donner l'image d'une famille à nouveau rassemblée.

Ruth surprit le regard échangé par ses parents. Mme Carter prit une profonde inspiration avant de se lancer.

— Et Paul ? Comment allez-vous, tous les deux ? Nous n'avons jamais très bien compris ce qui est arrivé et pourquoi il t'a quittée.

— Je ne le sais pas très bien non plus, répondit Ruth en se tordant les mains. Non. À vrai dire, ce n'est pas tout à fait vrai. Je le sais parfaitement. Nous avions pas mal de griefs l'un envers l'autre. Je... je crois que je n'ai pas fait preuve de suffisamment de délicatesse quant au fait que je gagnais plus d'argent que lui. Cela le gênait et je l'ai pris un peu de haut. Mais ce n'est pas la seule question qui nous oppose. Il y a aussi la mort de Josie. Je ne l'ai pas supportée et me suis repliée sur moi-même. Paul avait besoin de parler et moi, je ne voulais pas. Finalement, partir était pour lui la meilleure solution.

Sa mère posa sa main sur la sienne.

Le jour de Thanksgiving, Will se plaignit de douleurs à l'oreille. Une fois le hâle d'été disparu, son teint était redevenu aussi blême qu'auparavant. Devant les questions insistantes de sa mère, il finit par reconnaître qu'il se sentait assez fatigué depuis quelque temps et qu'il avait eu des vomissements au cours des derniers jours.

— Pourquoi ne me l'as-tu pas dit ? s'écria Ruth en essayant de refouler la panique qui montait en elle.

— Mais ce n'est rien. J'ai l'impression de faire des tas d'histoires pour pas grand-chose.

— Bien sûr que non. Tu oublies que tu as été malade. Il faut te surveiller encore pendant un bon bout de temps.

— J'ai juste un peu mal à l'oreille.

— Je vais te donner un analgésique en attendant.

Ruth traversa le couloir qui menait à la chambre de ses parents.

— Will a mal à l'oreille, annonça-t-elle d'une voix calme.

Elle vit aussitôt une lueur d'inquiétude dans les yeux de son père.

— Se plaint-il aussi d'autre chose ?

— Il se sent fatigué. Et il a encore vomi.

— Il avait l'air si bien quand nous sommes arrivés, s'écria Mme Carter.

Le Dr Carter se laissa tomber sur le rebord du lit.

— Oh, mon Dieu, gémit-il.

— Est-ce que tu as l'impression qu'on s'inquiète inutilement ?

— Je n'en sais rien.

— Crois-tu que je devrais l'emmener tout de suite à l'hôpital ?

Elle scrutait le visage de son père avec anxiété et vit son visage se crisper.

— Il a rendez-vous après-demain. Un jour de plus ne changera rien.

Ruth regagna le salon et se garda d'informer Paul du nouveau malaise de leur fils. Un peu plus tard, Paul offrit à Mme Carter un bol de merisier qu'il avait sculpté lui-même et le fit admirer à Will avant de verser du vin à la ronde. Ruth ne put se retenir de penser qu'ils offraient l'image d'une famille ordinaire, heureuse. Mais, en voyant son fils picorer sans appétit le beau plat de légumes qu'elle lui avait préparé avec amour – des patates douces, une purée de tubercules, des pommes de terre rôties aux petits oignons, des haricots à l'ail, une énorme salade mixte, toutes choses qu'il aurait dévorées auparavant –, elle comprit qu'il était désormais impossible de nier plus longtemps la réalité.

Plus tard, pendant que Paul et ses parents rangeaient la cuisine dans un silence lourd d'inquiétudes partagées, elle rejoignit Will dans sa chambre. Il gisait sur son lit, l'air épuisé.

— C'est revenu, n'est-ce pas ? dit-il en voyant le visage défait de sa mère.

— Ne sois pas ridicule, répondit Ruth d'une voix qu'elle voulut aussi rassurante que possible. On ne peut rien dire tant qu'on n'aura pas procédé à des examens. Il s'agit sans doute d'une petite infection sans gravité.

— C'est revenu, répéta Will d'un ton buté en se tournant vers le mur. D'ailleurs, ça fait un moment que je ne me sens pas bien.

— Pourquoi ne m'as-tu rien dit ?

Il secoua la tête.

— J'sais pas.

Ruth, elle, le savait. Lui aussi avait eu peur d'affronter la réalité.

— Ça pourrait être n'importe quoi, poursuivit-elle en se forçant au calme. Les traitements... et tous ces médicaments que tu as pris, c'est normal qu'ils laissent des traces.

— J'étais très bien tout l'été.

— Et tu vas aller mieux.

Son ton était-il suffisamment convaincant ?

— Tu crois ?

Il a raison : c'est revenu, pensa Ruth. Si les cellules

mutantes sont de nouveau à l'œuvre, il y a des recours : la chimio, la radiothérapie. Une greffe de moelle. Il y a des solutions, des possibilités. Et puis, tout cela n'est peut-être rien. Je suis certaine qu'il va bien.

— Peut-être que certains des médicaments que tu as pris ont des effets retardés, après tout ?

— Ouais. C'est ça, fit Will d'un ton las.

Ruth s'assit sur le lit et le serra contre elle.

— On va te faire examiner par les médecins. Oh, Will, je t'aime. Tu le sais, n'est-ce pas ?

Il fit signe que oui.

— Ne désespère pas, mon chéri. Tu es mon amour, tu sais. Mon bébé d'amour.

Elle n'avait jamais été du genre à se laisser aller à des mots tendres. Ce changement marquait assez le désarroi dans lequel elle se trouvait.

— Je ne peux plus le supporter, gémit Will. C'est vrai. Je ne veux pas revivre tout ça. Les aiguilles. Les douleurs partout. Les nausées en permanence.

— Tu abandonnes avant même de savoir.

— Je *sais*.

— Mais non.

— Et même si je suis un nouveau traitement, ça ne servira finalement à rien.

Ruth le secoua par les épaules.

— Tu te trompes. La vie vaut la peine d'être vécue. Tu dois continuer à y croire.

— Sans moi. Pas si je suis encore malade. Je préfère mourir.

Avec rage, elle prit la tête de Will entre ses mains et la serra, sans se préoccuper de ses cris de douleur.

— Ne dis plus jamais ça, Will. Jamais.

— Et pourquoi pas ? C'est la vérité.

— Tu vas vivre ! Je te l'affirme.

Elle éclata brusquement d'un rire tremblant.

— Non mais, regarde-nous ! On n'est même pas sûrs qu'il y ait quelque chose qui ne va pas !

Will la fixa d'un regard d'où toute étincelle de vie semblait déjà s'être échappée.

— Tu crois vraiment ça ?

Paul comprit au premier regard. Dès son arrivée, il avait senti la tension au sein de la petite famille. Il était clair que quelque chose perturbait les grands-parents mais il avait d'abord pensé qu'ils éprouvaient une certaine gêne à le revoir et ne savaient comment se comporter avec lui. Par ailleurs, Will avait l'air d'aller bien. Jusqu'au repas.

L'expression du visage de sa femme était pourtant éloquente. Il se leva pour la prendre dans ses bras. Elle posa sa tête sur son épaule, et il la serra contre sa poitrine. Les mots n'étaient pas nécessaires. Sur le canapé, Mme Carter s'était mise à sangloter.

— Nous l'emmènerons à l'hôpital dès demain, murmura Paul à l'oreille de Ruth. Je serai auprès de vous.

Mais il ne parvenait pas tout à fait à croire à ce qu'il disait. Serait-il assez fort pour revivre l'horreur qu'ils avaient déjà connue ? Et Will ?

Le repli sur soi, le refus de s'impliquer, le retrait, c'est ainsi qu'il s'en était à peu près sorti la dernière fois. Si le cancer était de retour – et il en était convaincu –, cette fois-ci, ce serait pire. Les chances de guérison allaient se faire encore plus minces.

Il se força à fermer les yeux, repoussant les images d'un Will malade et souffrant. Mon fils... mon fils. Le vent dans tes cheveux. Les jeux de ballon. Le *Lucky Duck*... L'avenir se retirait, se perdait dans les brumes.

Ils attendaient dans une pièce basse de plafond dont les fauteuils recouverts de velours brun encadraient une petite table en bois carrée. Aux murs, des vues de montagnes enneigées. Un petit carré de ciel bleu apparaissait par les fenêtres. Ce n'était pas la pièce où, si longtemps déjà, ils avaient attendu lors des premières hospitalisations de Will. Ruth se demanda fugitivement si on n'avait pas choisi celle-ci pour éviter de raviver de pénibles souvenirs.

Les Drs Caldbeck et Gearin entrèrent, l'air préoccupé.

— Professeur Connelly. Madame Connelly.

Ils leur serrèrent la main avant de s'asseoir et ouvrirent leurs dossiers.

— Nous sommes extrêmement déçus, déclara le Dr Caldbeck au bout d'un moment. Après une aussi prompte rémission, nous avions bon espoir d'obtenir de meilleurs résultats.

— Auriez-vous arrêté le traitement trop tôt ? demanda Ruth sans ménagement.

La peur et l'angoisse qui l'avaient d'abord étreinte s'étaient évanouies. Elle n'abandonnerait pas. Et ne permettrait pas à Will de se décourager.

— Je ne le pense pas. Son sang était revenu à la normale. La maladie était vaincue.

— Nous ne voulions pas injecter de telles doses de médicaments à un corps en bonne santé, ajouta Gearin.

— Quelles sont ses chances ? insista Paul. La dernière fois, vous aviez affirmé qu'elles étaient de quatre-vingts pour cent. Qu'en est-il lorsque la maladie réapparaît ?

Gearin reprit la parole :

— Bien moins de quatre-vingts pour cent. Je ne peux pas vous dire le contraire. Mais nous avons bon espoir de le voir affronter la maladie avec succès.

— Vous nous avez déjà dit cela la dernière fois, protesta Ruth.

— Certes. Et d'ailleurs, il...

— Vous vous êtes donc trompés cette fois-là.

— Pas du tout, coupa Gearin en levant la main comme pour l'arrêter. N'oubliez pas qu'il a bénéficié d'une rémission.

Aujourd'hui, ses yeux bruns semblaient se camoufler derrière des lunettes à monture dorée qui le faisaient paraître beaucoup plus vieux.

— Et le revoilà malade. Comment voulez-vous que je croie ce que vous me dites ?

Caldbeck tira sur son nœud de cravate comme s'il l'étouffait.

— Je comprends parfaitement, répondit-il. Faites comme nous : espérez que nous trouverons la bonne combinaison de traitements.

Ruth se sentait d'humeur combative.

— Comment pourrais-je espérer ? Et, plus que tout, comment parviendra-t-il à garder espoir ? Il a vécu tous ces mois d'horreur pour rien.

— Certainement pas pour rien, croyez-moi, protesta le Dr Caldbeck.

— Il y a à peine quelques mois, vous nous affirmiez qu'il était guéri, s'emporta Paul. Et le revoilà à l'hôpital, plus malade que jamais.

Le Dr Gearin parcourut des yeux le dossier de Will.

— Justement, parlons-en. Sachant que la maladie de votre fils est résistante aux médicaments les plus courants, nous pensons qu'il faudrait passer à la vitesse supérieure et combiner désormais chimio et radiothérapie.

— Il déteste tellement les aiguilles.

De la tête, Caldbeck fit signe qu'il comprenait.

— La radiothérapie, expliqua-t-il en fixant un point invisible derrière Ruth, n'est pas aussi douloureuse que la chimio, en termes de traitement. Toutefois, les effets secondaires sont sensiblement les mêmes : nausées, vomissements, douleurs dans les articulations. Par chance, comme pour la chimio, ils ne sont que temporaires.

Les mains de Ruth se crispèrent farouchement sur les bras de son fauteuil. Si les choses étaient si pénibles pour elle, qu'en était-il alors pour Will ? Elle fut brusquement saisie d'un doute.

— Êtes-vous certains que nous sommes en train de faire le bon choix ?

— N'en doutez pas, affirma Gearin en tripotant ses lunettes.

— En devenant pédiatres, nous nous sommes voués au maintien de la vie, ajouta le Dr Caldbeck.

— Quel qu'en soit le prix ?

— Évidemment.

— Aucun de vous deux ne me paraît très convaincu.

— Lorsqu'un de nos patients revient nous voir, comme Richard l'a fait la semaine dernière, totalement guéri, en bonne santé, menant une vie normale, pour nous annoncer qu'il se marie le mois prochain, alors, là, je sais que j'ai raison. Même si vous avez du mal à le croire, il existe un nombre croissant de patients comme lui. Des survivants. Des gens qu'on peut montrer en disant : Vous voyez, c'est peut-être dur, mais ça marche.

— Au cours de ces derniers jours, Will s'est mis à sombrer de plus en plus dans une sorte de dépression, dit Paul. Pensez-vous qu'il soit psychologiquement prêt à affronter un nouveau cycle de traitements ?

— Nous allons lui faire rencontrer le psychologue de l'établissement. Cela pourra l'aider. Quant à vous, il faut lui parler, tous les deux. Nous savons que ces moments sont tout aussi difficiles à vivre pour les parents que pour le malade.

Ruth aurait voulu paraître forte, combattante. Mais elle ne put soudain retenir ses larmes. Elle enfouit son visage dans ses mains et s'abandonna à sa douleur.

— C'est bien pire que ça, Mike. Je n'en peux plus. Je ne sais pas comment je vais faire si... si...

Gearin passa derrière le bureau et posa sa main sur l'épaule de la jeune femme.

— Laissez-vous aller, Ruth. Cela vous fera du bien.

— Avez-vous annoncé à Will ce qu'il en était ? demanda Paul.

— Non, pas encore.

— Il le sait, fit Ruth d'un ton brusque. Ça fait des jours qu'il est au courant. Il ne voulait pas l'admettre, c'est tout.

— Que fait-on dans l'immédiat ? dit Paul.

— Nous commençons le traitement dès que possible. Aujourd'hui, par exemple. Tous les examens préliminaires sont terminés.

— Quand pourrons-nous le voir ?

— Comme la dernière fois, répondit Gearin. C'est-à-dire aussi souvent que vous le souhaitez. Vous pourrez même l'accompagner à certaines radiothérapies. Je dois toutefois vous avertir que le spectacle ne sera pas des plus agréables.

Cinq jours plus tard, Will subit sa première radiothérapie. La pièce où s'effectuait le traitement était particulièrement sinistre : l'éclairage insuffisant et l'ombre portée des différents équipements contribuaient à produire une atmosphère maléfique aggravée par l'épais silence qui y régnait. Les techniciens avaient beau faire de leur mieux pour afficher leur bonne humeur, Ruth ne vit là rien qui permette de susciter la gaieté. Elle serra la main de Will dans la sienne lorsqu'on le déposa sur une table recouverte de vinyle mais fut contrainte de l'abandonner au moment où le personnel commença à envelopper le corps frêle du garçon dans des draps, telle une momie. On plaça autour de lui des protections de plomb destinées à éviter des radiations superflues. Son visage lui-même s'en retrouva couvert. Elle croisa son regard un instant avant que le drap ne lui cache ses yeux. C'était ce même regard traqué qu'elle avait vu, des mois auparavant, dans les yeux des autres petits malades.

La table glissa lentement dans la bouche sombre de la machine. Devant ce spectacle intolérable, Ruth porta la main à sa bouche pour retenir un sanglot. Oh, William, mon petit garçon... À quoi pouvait-il bien penser, tout seul dans cette boîte d'acier, épouvanté, souffrant ?

L'un des techniciens s'approcha d'elle :

— Ne vous laissez pas impressionner, madame Connelly. Ça a l'air pire que ça n'est en réalité. Je vous assure qu'on ne sent absolument rien.

— Pauvre enfant, ajouta-t-elle en regardant la lueur sinistre qui émanait de la machine.

Ses défenses immunitaires encore jugées très faibles après la première série de radios, Will dut rester plus de deux semaines à l'hôpital. Sa phobie des aiguilles transformait chaque piqûre en calvaire. Se tenir près du lit et regarder l'infirmière chercher la veine et piquer ensuite la chair blême se révélaient aussi pénibles pour Ruth que pour Will. C'est le corps de mon fils, avait-elle envie de hurler. Laissez-le tranquille. Arrêtez de le faire souffrir. Laissez-moi prendre sa place. Je ne supporte plus de me sentir si inutile et impuissante.

Elle aurait voulu lui dire d'être courageux, mais à

quoi bon ? L'orgueil était la seule dignité qui restait à Will. Elle se réfugia dans l'agression verbale :

— Trouvez-vous normal qu'il soit ainsi mêlé aux autres enfants ? demanda-t-elle rageusement en frappant du poing le comptoir du bureau des infirmières.

— C'est ainsi que nous...

— Il est sujet aux infections. On devrait l'isoler.

— Les médecins savent ce qu'ils...

— Croyez-vous ? La dernière fois, ils m'ont annoncé que mon fils était guéri.

— Madame Connelly, je ne crois pas que vous puissiez reprocher aux...

— Il faut mettre toutes les chances de notre côté si nous voulons le guérir !

— Ce n'est pas ainsi que nous procédons.

— Alors, les choses doivent changer. Je devrais peut-être en parler au directeur de cet hôpital.

— Il serait de notre avis, madame Connelly, affirma calmement une infirmière plus âgée sans lever les yeux du dossier qu'elle consultait.

— Alors..., fit Ruth en tambourinant une dernière fois sur le comptoir avant de battre en retraite.

Elle se rendait parfaitement compte de l'absurdité de son attitude. Mais elle refusait de laisser l'hôpital lui dire ce qu'elle devait faire, comme la dernière fois. Elle avait fait confiance aux médecins et ils l'avaient trompée. Elle ne pouvait s'empêcher de penser que Will avait été renvoyé à la maison bien trop tôt. Cette fois-ci, elle voulait agir davantage.

Elle observa Will à travers la vitre du couloir. Lorsqu'il l'aperçut, il lui fit signe d'entrer dans sa chambre mais elle préféra rester sur le seuil.

— Il vaut peut-être mieux que je ne m'approche pas trop près de toi.

— Pourquoi ?

— À cause des infections.

— Maman ? Qu'est-ce qui se passe ? On dirait que tu ne vas pas bien...

— Non, rassure-toi, parvint-elle à articuler d'une voix calme. J'essaie juste de faire au mieux.

— Noël approche, dit Ruth. As-tu envie de quelque chose en particulier ?

— Surtout une. Mais tu ne vas pas être d'accord.

— Dis toujours.

De petites taches de couleur criblaient les joues de Will, soulignant encore la maigreur de son visage.

— J'ai envie d'aller à Carter's House. On y passait toujours Noël lorsqu'on était petits... Jusqu'à...

Il s'interrompit, mais Ruth savait bien ce qu'il voulait dire. Jusqu'à ces réunions, ces déjeuners importants, ces conférences auxquelles elle avait dû se rendre depuis qu'elle s'était remise à travailler. Toutes ces occupations qui l'empêchaient d'organiser les festivités qu'elle aurait tant souhaité offrir à sa famille. Pourtant, aujourd'hui encore, tout son être se rebellait à l'idée de pénétrer dans cette maison. Surtout à Noël.

— Je... je ne sais pas, mon chéri...

Will détourna la tête. La vue de son petit crâne dégarni déchira le cœur de Ruth. Allait-elle tout perdre une fois de plus ?

— C'est marrant, non ? réussit-il à articuler dans un murmure, comme si toute force s'était échappée de lui. Je t'ai entendue dire à Gearin que tu ferais n'importe quoi pour me sauver la vie.

— C'est vrai, mon bébé, tu sais que c'est la vérité.

— Alors, pourquoi ne veux-tu pas me donner ce que je veux le plus au monde ?

Prise de court, Ruth ne trouva plus que quelques pauvres arguments.

— Il va faire horriblement froid à cette saison.

— C'est chauffé. Et on peut aussi faire du feu. Il y a des tonnes de bois sous la véranda et dans la grange. On y est allés deux ou trois fois pendant l'été, Ed et moi.

— Et s'il neige ? Imagine que tu tombes malade et que je ne puisse pas t'emmener voir le docteur ?

— Alors, ce serait l'endroit idéal, dit calmement Will.

— Donne-moi le temps d'y réfléchir.

Elle alla voir Gearin dans son bureau.

— Will veut passer Noël dans le Maine. Qu'en pensez-vous ?

Le médecin ôta ses lunettes pour se frotter le nez. Il avait l'air fourbu.

— Cela me paraît une bonne idée.

— Pourra-t-il supporter le voyage ?

— Je ne vois pas d'obstacles.

— Il va se retrouver sans toutes les structures qu'il y a ici. Vous, l'hôpital...

— Écoutez, Ruth, vous n'ignorez pas que le meilleur traitement contre le cancer, c'est une attitude positive. Si vous pensez que Will serait heureux de passer Noël dans le Maine, laissez-le faire.

— Vous êtes sûr ?

— Si vous vous décidez, je peux faire appeler l'hôpital de Hartsfield afin de m'assurer qu'ils seront prêts à le prendre en charge en cas d'urgence.

Ruth réfléchit, les sourcils froncés. Elle n'était pas convaincue.

— Très bien..., finit-elle par dire à contrecœur.

Les supplications de Will n'y faisaient rien. Plus elle y pensait, plus elle se sentait incapable de retourner dans le Maine. Pour circonscrire le problème, elle s'efforça de chercher un compromis, de trouver une solution qui permettrait à Will d'obtenir ce qu'il souhaitait tant, tout en s'épargnant la douleur de revoir la maison où ils avaient tous été si heureux autrefois.

Une idée jaillit alors dans son esprit, et elle en parla à Will dès le lendemain.

— Supposons que nous allions passer Noël à Sweetharbor...

— Chic ! C'est vraiment...

— ... mais pas à la maison.

Le visage de Will était l'image même de la déception.

— Alors, quel est l'intérêt ?

— Supposons que nous allions au Cabot Inn.

— Un hôtel ? Pour Noël ? Non, merci.

— On l'a déjà fait. Rappelle-toi la fois où la chaudière était tombée en panne. Nous y étions tous allés dîner le soir de Noël.

Le regard de Will s'égara sur le mur derrière elle.

— Ce ne serait pas la même chose.

Elle s'avança finalement pour lui caresser doucement la tête.

— William, je veux que tu sois heureux, vraiment. Je sais que tu as terriblement envie de retourner à Carter's House. Mais voilà, je ne suis pas prête. Lorsque je suis venue te voir chez les Stein l'été dernier, je suis montée à Caleb's Point m'asseoir sur le banc de Josie. Je me sentais bien et je croyais sincèrement que je pourrais retourner à la maison. Mais, à présent qu'il faut sauter le pas, je dois t'avouer que c'est encore au-dessus de mes forces.

Les yeux du jeune garçon s'écarquillèrent, brillants d'une intense souffrance. Il poussa un profond soupir.

— Après tout, ce sera peut-être mieux pour grand-père et grand-mère si nous allons au Cabot Inn.

Ruth se garda de lui dire que ses parents auraient accepté de passer Noël dans un igloo pour contenter leur petit-fils. Mais Will aussi, malgré son état, s'efforçait de se montrer conciliant.

— Alors, qu'est-ce que tu en dis ?

— C'est mieux que rien.

— Tu es sûr ?

— Pas aussi bien que d'aller à Carter's House, mais ça va.

— On leur téléphone pour leur demander ce qu'ils en pensent ?

— Si tu veux.

Ruth s'empressa d'appeler sa mère sur son portable.

— Ruth ! Que se passe-t-il ? s'inquiéta immédiatement Mme Carter.

— Rien, maman, rassure-toi. Figure-toi que Will et moi avons envie de passer Noël dans le Maine.

— À Carter's House ? Il y fait un froid de canard l'hiver.

— On pensait plutôt réserver des chambres au Cabot Inn. Et on espérait que vous viendriez avec nous.

— Tu sais bien qu'on irait n'importe où pour être avec vous deux.

— Alors, s'il y a de la place à l'hôtel, on peut compter sur vous ?

— Et comment, ma chérie !

Ruth appela le Cabot Inn et tomba sur Tyler Reed, le directeur.

— Madame Connelly, s'exclama-t-il avec chaleur. Je suis très heureux de vous entendre.

— Cela fait bien longtemps, en effet. Je comptais venir chez vous avec mes parents et...

— Nous serons ravis de recevoir le Dr Carter et sa femme.

— Mais je viendrai aussi avec mon fils. Il est...

384

j'ignore si vous êtes au courant mais il a été très souffrant et il aimerait beaucoup passer Noël à Sweetharbor. Le problème, c'est que nous ne souhaitons pas ouvrir la maison pour si peu de temps, ajouta Ruth en pensant qu'il s'agissait là d'un doux euphémisme. Auriez-vous des chambres libres ? Et, surtout, pourrions-nous apporter quelques affaires avec nous ? Un arbre de Noël, des décorations, enfin tout ce qui permettrait de donner à mon fils l'impression d'une fête de Noël familiale ?

— Que diriez-vous alors de louer deux suites ? Vous pourriez ainsi vous installer à votre convenance.

— Cela me paraît une très bonne idée.

— Dans ce cas, nous serons heureux de vous accueillir, madame Connelly, conclut Reed avant de reprendre d'un ton plus hésitant : J'ignore s'il s'en souvient, mais le Dr Carter a accouché ma femme de nos deux filles, et l'une des naissances s'est révélée particulièrement difficile. Je me souviens avec reconnaissance qu'il est resté toute la nuit au chevet de ma femme.

— Votre fille sera-t-elle là pour Noël ?

— Elle viendra du Norfolk. Avec ses enfants.

— Mon père sera certainement très heureux de les voir.

— Et papa ? demanda Will au moment où elle reposait le combiné.

— Eh bien, quoi ?

— Est-ce qu'il vient avec nous ?

— Si c'est ce qu'il désire..., répondit Ruth d'un ton léger.

Les médecins autorisèrent enfin Will à retourner chez lui. Mais il se sentait beaucoup plus faible que la fois précédente. À le voir lutter ainsi contre les nausées ou, pire, rejeter les aliments les plus délicats, à observer sa silhouette voûtée et comme déjà vaincue, Ruth ne pouvait s'empêcher de se demander s'il ne serait pas plus sage de laisser la nature suivre son cours. Elle avait tenté de se convaincre que les choses seraient plus simples la seconde fois, mais il n'en avait rien été. Will réagissait plus durement encore au nouveau traitement. Jamais auparavant les piqûres n'avaient marqué sa peau martyrisée de taches si sombres. Les médicaments destinés à combattre les infections le laissaient dans un état de profonde faiblesse, et les ulcères qui accompagnaient inévitablement le traitement le faisaient terriblement souffrir. Il se repliait plus que jamais sur lui-même et sa mère le sentait s'éloigner chaque jour davantage.

Une fois qu'il était allongé, les yeux fermés, sur le canapé du salon, elle remarqua que ses paupières étaient devenues si fines qu'elle crut y voir transparaître le bleu de ses yeux.

— À quoi bon tout ça ? demanda-t-il d'un ton maussade. C'est complètement inutile.

Ruth repoussa de la main les papiers qui jonchaient sa table de travail pour bien montrer qu'elle était attentive à ses paroles.

— Absolument pas, et tu le sais bien, objecta-t-elle d'une voix calme.

— Ce que je veux dire, c'est que même si on arrive à me guérir cette fois encore, je ne pourrai plus jamais avoir une vie normale.

— Tu te trompes complètement.

— J'ai lu un truc là-dessus, m'man. Je ne pourrai probablement pas avoir d'enfants.

Ruth voulu détendre l'atmosphère par un peu d'humour.

— Certains considéreraient ça comme une bénédiction du ciel, dit-elle en souriant.

— Sois sérieuse.

Elle vint s'asseoir sur le bras du canapé en évitant soigneusement de le toucher. Elle avait dû se rendre aux arguments des infirmières et de Paul : tout contact physique risquait de meurtrir sa peau diaphane.

— La dernière fois, à l'hôpital, le Dr Gearin m'a parlé de l'un de ses malades qui va se marier cet été.

— Et alors ? demanda Will.

— Il a eu une leucémie à l'âge de treize ans, à peu près comme toi, et il lui a fallu également deux doses de chimio pour s'en débarrasser. Et si tu le voyais maintenant, tu comprendrais qu'il ne faut jamais désespérer.

— Tu penses que c'est ce que je fais ?

Ruth s'empressa de rectifier la mauvaise impression que ses dernières paroles avaient pu laisser.

— Pas du tout ! Je trouve au contraire que tu montres beaucoup de courage, Will. Je ne sais pas si je réagirais aussi bien à ta place.

Le jeune garçon ne répondit pas. Il serra contre sa poitrine ses fines mains dont les jointures pointaient à travers la peau exsangue. Sur le dos de sa main gauche, une large meurtrissure sombre s'étendait comme une tache de vin. Il paraissait si fragile, presque transparent.

Au bord du désespoir, Ruth appela Lynda avant d'aller se coucher.

— Bonsoir, c'est Ruth Connelly.

— Ruth ! Comment allez-vous ? Et surtout, comment va Will ?

Reprise par ses horribles angoisses, Ruth se sentit brusquement incapable d'articuler le moindre son.

— Il est retombé malade, devina Lynda d'une voix navrée.

387

Pour toute réponse, Ruth éclata en sanglots. Elle entendait le bruit de ses pleurs amplifié par le téléphone et la respiration régulière de son amie. Elles demeurèrent silencieuses, s'abandonnant à la tristesse qui les étreignait.

— Je ne peux rien faire pour vous, hélas, avoua finalement Lynda. C'était comme ça aussi pour Michelle. Il faut juste continuer à croire que tout finira par s'arranger, Ruth. Jusqu'au bout.

— Je n'y arrive plus. Je sais qu'il va mourir.

— Vous n'avez pas le droit de dire ça, affirma Lynda avec force.

— Il est tellement épuisé. Et je me sens complètement impuissante, incapable de soulager ses douleurs. Si... si inutile.

— Ce n'est pas vrai, Ruth. Vous devez vous montrer courageuse pour deux, à présent. Quel que soit votre chagrin. Il le *faut*.

— Je sais bien. Mais cela ne change rien. C'est mon fils, mon enfant, il est en train de mourir et je ne peux rien y changer.

— Vous pouvez au moins rester auprès de lui. Être forte. Ne pas lui laisser voir votre inquiétude.

— Oh, Lynda !

— Tout ira bien, Ruth, tout ira bien.

Le murmure de la voix de son amie finit par l'apaiser. Mais, lorsqu'elle reposa le combiné, Ruth eut parfaitement conscience que rien n'avait changé.

Rien du tout.

Désormais, Paul ne voyait presque plus sa femme. Ils se croisaient parfois dans les couloirs de l'hôpital ou se rencontraient brièvement dans le parking. C'était tout. Rien de concerté. Les choses étaient ainsi. Ils préféraient souffrir chacun de leur côté. Lors de leur dernière rencontre, elle lui avait paru horriblement défaite, amaigrie, les yeux trop brillants. Elle fronçait tellement les sourcils qu'il s'était demandé si elle pouvait encore le voir.

Il ne parvenait pas à oublier les tremblements de son corps mince dans ses bras, tandis qu'ils se tenaient, désarmés, devant la chambre de leur fils. Ce drame allait la détruire.

Il se força à lui téléphoner.

— Veux-tu que je vienne ? Tu pourrais te reposer un peu.

— C'est à toi de voir.

— Si je peux t'aider...

— Tu peux surtout aider Will. Au point où nous en sommes, c'est plus important que nos petits différends.

— Toi aussi, tu es importante à mes yeux.

— Merci, Paul, dit Ruth d'une voix radoucie.

— Quels sont vos projets pour Noël ?

— Mes parents arrivent de Floride.

— Will m'a vaguement parlé d'aller dans le Maine.

— C'est exact.

— Et de résider à Cabot Inn.

— C'est vrai, fit-elle avant de reprendre d'une voix hésitante : Et toi ? Que penses-tu faire ?

— Rien de particulier.

— Et Luke ?

— Il sera à Prague à cette époque.

— Tu seras tout seul, alors.

— C'est probable.

Un ange passa avant que Ruth ne demande à contrecœur :

— Je ne suis pas sûre mais je crois que Will serait content que tu nous rejoignes à Sweetharbor.

— Ta voix manque un peu d'enthousiasme...

— N'oublie pas que c'est toi qui nous as quittés.

— C'est une erreur que je regrette amèrement, avoua-t-il. J'aimerais pouvoir revenir en arrière.

— Après ce qui est arrivé, rien ne sera plus jamais comme avant, murmura Ruth.

— Nous nous sommes choisis il y a des années et tu es toujours la femme avec laquelle je veux passer le reste de ma vie, dit doucement Paul, à peu près sûr d'être sincère. Avec toi et avec Will.

— Dommage que tu n'y aies pas pensé avant.

J'aimerais tant que nous affrontions ces épreuves main dans la main, pensait-il. Je voudrais tellement partager tes peines. Mais c'était lui qui avait décidé de partir. Il devait en subir seul les conséquences. Et penser avant tout à Will.

— Tu ne m'as pas laissé t'aider cette fois-ci.

— Tu ne l'as pas proposé.

— Je te le demande maintenant.

Un long silence s'installa, lourd de sous-entendus.

— Pourquoi ne viendrais-tu pas nous rejoindre pour Noël ? demanda-t-elle enfin en retenant un soupir.

18

Ruth se retrouva prise dans le tourbillon de la prépa-
ration des fêtes qu'elle voulait le plus parfaites possible
pour le bonheur de son fils. Négligeant les décorations
de Noël qui s'entassaient pourtant déjà dans la cave,
elle courut frénétiquement les magasins pour en acheter d'autres. Des chapelets de petites ampoules de
toutes les couleurs, des bougies et des guirlandes scintillantes. Des chandelles de glace, des boules de verre
dépoli argentées, des pommes rouges brillantes, des
fruits confits. Un seul arbre de Noël ne lui paraissant
pas suffisant, elle en acheta trois – un pour l'entrée, un
autre pour le salon, le dernier, plus petit, pour la cuisine. Avec l'aide de Will, elle chargea leurs branches
d'étoiles dorées, de décorations iridescentes, de
cloches d'argent et de longs cheveux d'ange en papier
argenté. Elle dévalisa le fleuriste, recouvrant le dessus
de la cheminée et les meubles de branches de pin, de
houx et de feuilles d'eucalyptus au point que l'appartement se mit à ressembler à une forêt. Elle passa ses
nuits à façonner des guirlandes d'airelles et de pop-
corn, acheta encore des nappes et des serviettes aux
couleurs de l'hiver ainsi que des dizaines de disques de
chœurs de Noël.

Ce serait un merveilleux Noël. Le plus beau. Aussi
beau qu'elle le pourrait. Car, tout au fond d'elle-même,

il y avait une éventualité qu'elle préférait ne pas imaginer.

Elle ne pouvait que se féliciter d'avoir accepté d'emmener Will à Sweetharbor. Depuis ce moment, l'adolescent avait repris des forces et retrouvé le courage de surmonter les effets secondaires des cocktails de médicaments qu'il ingurgitait pour combattre les nausées, les infections et les ulcères.

— Qu'est-ce que tu fais ? demanda-t-il un soir en la regardant composer un assortiment de raisins secs, de cerises glacées, de noix de pécan, d'amandes et d'oranges confites.

— Je prépare des tourtes aux fruits. Tu te souviens, tu m'aidais à les hacher quand tu étais petit ?

— Je me souviens surtout qu'on avait besoin d'un burin pour briser la pâte...

— Voilà une remarque bien cruelle de ta part, répliqua-t-elle en retenant un sourire.

— Mais non, je plaisante, m'man. N'empêche... Il faut reconnaître que tu n'es pas la meilleure pâtissière de ce pays.

— Parce que toi, tu l'es, peut-être ?

— En tout cas, je suis meilleur que toi. Grand-mère m'a appris, affirma-t-il en l'observant travailler la pâte. Maman ! Franchement !

— Eh bien, quoi ?

— Tu ne peux pas tout écraser comme ça. Il faut laisser passer l'air. Écoute, laisse-moi m'occuper de la pâte et toi, tu coupes les fruits, d'accord ?

Il prit la place de sa mère devant la table de la cuisine. Ses vêtements, sa peau, tout sentait la pharmacie. Ses doigts étaient blancs, ses ongles cassants bordés de bleu. Elle faillit lui demander s'il s'en sentait capable mais sut se retenir à temps.

— D'accord, fit-elle en se détournant afin de lui dissimuler son angoisse.

Les parents de Ruth avaient prévu d'arriver à Boston quelques jours avant Noël et de repartir pour Sweetharbor dans une voiture de location.

— Veux-tu que nous prenions Will avec nous, chérie ? lui demanda son père. Cela te laisserait le temps de t'occuper des préparatifs de dernière minute.

— Bonne idée. Vous pourriez en profiter pour l'emmener faire une petite promenade.

— C'est ce qu'on se disait.

— Paul et moi passerons le reprendre à Brunswick, puisque vous comptez passer deux jours chez la cousine Thalia.

Le Dr Carter s'éclaircit la gorge.

— Comment va-t-il ?

Les épaules de Ruth s'effondrèrent brusquement.

— Pas bien, papa. Pas bien du tout. Mais il est tellement excité à l'idée de revenir dans le Maine.

— Nous aussi. Ça sera... un merveilleux Noël, tu verras, ma chérie...

Mais les mots étaient trompeurs et renvoyaient à de douloureux souvenirs. Ils lui rappelaient à quel point elle avait adoré toutes ces fêtes de Noël qu'ils avaient passées ensemble autrefois. Elle croyait encore voir son père, tout heureux, se frotter les mains en répétant : « Tu verras, ma chérie, ce sera le plus beau Noël qu'on ait jamais eu. »

Paul vint prendre Ruth chez elle, et ils firent route en direction de Brunswick sans presque s'adresser la parole. Si l'initiative de l'inviter venait de Will, Ruth n'avait pu retenir une bouffée de compassion à l'idée de savoir Paul seul et malheureux devant un petit arbre de Noël pauvrement décoré et un plat de surgelés passé au micro-ondes, s'enivrant sans joie avec une bouteille de vin. Mais, à présent, la situation semblait le mettre aussi mal à l'aise qu'elle. Ils firent un bref arrêt à Portland pour boire un café, battant la semelle, la tête enfoncée dans les épaules afin de se protéger du froid. Leurs regards évitaient avec soin de se croiser.

Chaudement vêtu, Will les attendait sur le perron de la vieille et charmante maison occupée par la cousine Thalia dans Federal Street. Le visage rayonnant de joie, il se précipita dans les bras de Ruth.

— Vite, allons-y. Je voudrais déjà être arrivé. Ça va être tellement cool.

Sa mère ne l'avait pas vu si pleinement heureux depuis la rémission de son cancer. Elle se prit même un instant à espérer que l'issue de sa maladie ne serait pas aussi fatale qu'elle le craignait.

Sur la Route n° 1, la dure réalité des hivers du Maine parut les replier sur eux-mêmes et les éloigner les uns des autres. Le ciel d'un gris de plomb obscurcissait la route, entourée par la haie sombre des hauts arbres dont les branches ployaient sous le poids de la neige. Le brouillard rendait la visibilité presque nulle et les pneus neige peinaient sur la chaussée.

Assis à l'arrière, Paul et Will avaient l'air profondément assoupis. Mais, à l'approche de Sweetharbor, le jeune garçon se redressa brusquement au moment où Ruth sortait de l'autoroute. À l'instant où la voiture négociait le virage devant la maison des Hechst, il s'écria :

— On s'arrête à Carter's House, m'man ?

— Will, je ne crois pas que...

— Bonne idée, renchérit Paul. Profitons-en pour voir si tout va bien.

Était-il conscient de ce qu'elle ressentait ?

— Alors, juste un coup d'œil, pas plus, concéda-t-elle. D'accord ?

Le tremblement de sa voix la surprit elle-même. Elle

était passée à Carter's House l'été dernier, avait marché jusqu'à Caleb's Point, y avait même trouvé quelque réconfort, mais la présence de son mari, désormais un étranger pour elle, et de son fils souffrant ne lui donnait pas la force de renouveler cette expérience.

— D'accord, promit Will.

La voiture amorça le dernier virage qui menait à la maison. La neige s'était amoncelée sur les arbres et le mur d'enceinte qui menaçait de s'écrouler. L'écriteau de bois au-dessus de la boîte aux lettres était à demi effacé, presque illisible à présent. Les branches des arbres en bordure de l'allée avaient assuré une certaine protection contre la neige, et la voiture parvint à franchir les derniers mètres sans encombre.

— Oh ! s'exclama Will. Regardez !

La maison et la grange luisaient doucement sous la lumière déclinante de ce soir d'hiver. Le soleil perçait difficilement la brume, à peine distinct et comme submergé sous une couche de glace. Au-delà du tapis bleu pâle des pelouses, les noirs épicéas se dressaient de toute leur hautaine et glaciale stature.

Serrant la main de sa mère, Will poussa un long soupir de plaisir.

— C'est tellement beau.

— Exactement comme dans mes souvenirs, déclara Paul. Quel bonheur d'être revenus !

Tout en parlant, il se pencha vers Ruth et elle sentit son souffle lui chatouiller la nuque.

— Je peux sortir de la voiture ? demanda Will.

Ruth s'inquiéta aussitôt.

— Si tu veux, mais n'oublie pas de...

Mais, déjà, il avait ouvert la porte et sauté dans la neige. Paul et Ruth l'observèrent avancer péniblement jusqu'à la porte de la maison, poussant de petits cris de joie entrecoupés de quintes de toux convulsives, trébuchant pour mieux se relever. Sa respiration laissait échapper une petite buée glacée.

— Tu crois que c'est raisonnable ? demanda Paul.

— Demain, il sera couvert de bleus et ses articulations le feront souffrir. Mais tant pis ! C'est si bon de le voir heureux.

— Il ressemble à un petit lutin dans ses vêtements de ski rouges.

— Il n'est plus si petit, tu sais.

— Et ce ridicule bonnet de laine. D'où est-ce qu'il sort ?

— C'est Amy Prescott qui le lui a tricoté, répondit Ruth, la gorge nouée.

— Il ne faut pas penser à l'avenir, déclara Paul comme s'il devinait ses pensées.

— Plus facile à dire qu'à faire.

— Je sais.

— J'ai tellement peur qu'il ne s'en sorte pas, murmura Ruth.

La scène qui se déroulait sous ses yeux lui faisait penser à un tableau de Wyeth : la neige immaculée, un petit garçon vêtu de rouge et, plus loin, la sombre maison aux volets fermés. Aucune lumière aux fenêtres, pas de voix dans l'entrée, pas de rires dans les escaliers. La demeure semblait refermée sur ses hordes de fantômes, recroquevillée sur ses souvenirs.

— Je n'ai aucun moyen de te rassurer, dit Paul en lui prenant la main. Je ne possède pas de baguette magique.

— Je le sais bien.

— Essayons au moins de profiter des quelques jours qui viennent. Et offrons à notre fils le meilleur Noël possible.

— Oui, c'est tout ce que nous pouvons faire pour le moment.

Le Dr Carter et sa femme arrivèrent à l'auberge le lendemain matin. Tandis que chacun s'installait, Will leur annonça son intention de les emmener – *tous*, précisa-t-il – à Carter's House après le déjeuner et d'en rapporter un sapin.

— Et pas n'importe quel vieux sapin, précisa-t-il. Mais *le* sapin.

Il prononça ces derniers mots en souriant à sa mère d'un air complice : c'étaient ceux-là mêmes qu'elle prononçait chaque année avant d'emmitoufler ses enfants dans de chauds vêtements et d'emporter la hache.

— Je crois que ton grand-père et moi allons rester pour défaire nos valises, déclara Mme Carter en jetant un regard au ciel gris d'où quelques flocons commençaient à tomber. Cela ne t'ennuie pas, mon chéri ?

— Vous n'allez pas vous enterrer ici pendant toutes les vacances ! s'indigna Ruth.

— À dire vrai, je ne compte pas m'enterrer, comme tu dis, mais simplement m'installer confortablement, et regarder un match de foot en sirotant une bière ou deux, répliqua le Dr Carter.

— Il faudra bien que vous sortiez à un moment ou à un autre, non ?

— Mais pourquoi n'avez-vous pas apporté l'un des sapins de l'appartement de Boston ?

— Parce que, dans le Maine, il faut un sapin du Maine, décida Will d'un ton péremptoire.

— Bon, d'accord, mais pas besoin d'aller le chercher cet après-midi, essaya de plaider sa grand-mère. Donne-moi le temps de m'adapter. Et, d'ailleurs, je déteste la neige, ajouta-t-elle en frissonnant.

— Moi aussi, avoua le Dr Carter. N'oublie pas que je me fais vieux et que je ne tiens plus très bien sur mes jambes.

— Tu n'es pas vieux, s'indigna Will. Et tu tiens très bien sur tes jambes.

— Je ne peux pas laisser ta grand-mère toute seule.

— Maman peut parfaitement rester ici jusqu'à notre retour, objecta Ruth.

— J'ai une idée ! s'exclama Will. Et si on allait tous les quatre en reconnaissance ? Après, on reviendrait chercher grand-mère.

— Refusé, intervint Paul. Si je dois souffrir, je veux que tout le monde souffre aussi.

— Il vaut vraiment mieux que je reste tenir compagnie à ta grand-mère, insista lâchement le Dr Carter. Et si vous trouvez le sapin idéal, allez-y. Ne vous fatiguez pas à venir nous chercher.

— Grand-père, tu ne peux pas te défiler comme ça !

— Et pourquoi pas ?

— Parce qu'il faut que tu viennes. Tu l'as toujours fait, avant.

Le Dr Carter regarda un instant le visage plein d'espoir de son petit-fils.

— Bon, concéda-t-il enfin d'un ton faussement exaspéré. Je viens. Mais j'ai le droit de déjeuner d'abord, entendu ?

— D'accord.

Après le repas, tandis que Paul et les Carter s'attardaient autour d'un café, Will et sa mère sortirent dans Old Port Street. Le ciel était couvert mais le froid redonnait des couleurs à Ruth. Comme chaque fois, ce pays avait le pouvoir de la détendre. Le rythme effréné de la ville, le stress occasionné par la maladie de Will, tout semblait s'évanouir soudain. Elle retrouvait un sentiment de liberté depuis longtemps oublié.

Arc-boutés contre le vent, ils se promenèrent le long du front de mer. En une nuit, la température s'était effondrée. Dans le port, une eau grise et trouble s'acharnait avec violence contre les piliers des docks.

Plus loin, elle se ruait obstinément sur les rochers de la petite baie, projetant de hauts nuages d'écume. Les mouettes s'abattaient sur les bateaux de pêche qui tanguaient sous la houle, plongeant et se chamaillant pour quelques restes. Les casiers à langoustes enveloppés dans des filets de pêche s'empilaient sur les quais. Le ciel bas retirait toute couleur aux choses, à l'exception des langoustiers aux peintures bariolées.

Ruth frissonna.

— L'eau a vraiment l'air glaciale, tu ne trouves pas ?

Les mains plongées dans ses poches, Will avait enfoncé jusqu'aux oreilles son bonnet de bûcheron.

— Elle est toujours comme ça, dit-il. Même en été.

— Tu veux aller manger quelque chose chez Dunkin' Donuts ? proposa Ruth.

— D'accord.

Ruth alla commander deux cafés et un beignet à la confiture, pendant que Will, assis près de la fenêtre, observait les allées et venues de la foule.

— Tiens, fit Ruth en revenant avec les cafés.

Elle l'observa qui léchait sur son doigt le sucre qui enrobait le gâteau, exactement comme le faisait jadis sa sœur.

— Pommes et cannelle. Le préféré de Josie, dit-elle.

— Non, m'man, rectifia patiemment Will en secouant la tête. Ce n'est pas celui-là.

— Mais si, j'en suis sûre.

— Peut-être quand elle avait quatorze ans. Mais, après, elle préférait ceux au chocolat.

— Ah bon ? fit Ruth en fronçant les sourcils d'un air de doute. Tu es sûr ?

Il fit signe que oui de la tête tout en mordant dans son beignet. Une fine couche de sucre s'étala sur le pourtour de ses lèvres. Sous l'implacable lumière renvoyée par la mer, son visage ravagé par la maladie désespéra Ruth au point qu'elle n'avait presque plus la force de soulever sa tasse.

— Tu as du sucre sur ton..., commença-t-elle sans parvenir à achever sa phrase.

Comme s'il lisait dans ses pensées, Will eut un léger sourire tout en effaçant sur la vitre la buée qui l'empêchait de regarder dehors.

— C'est joli, tu ne trouves pas ?

— Si. J'adore les décorations de Noël.

Des lampions étaient accrochés en travers de la rue et aux gouttières des maisons. La neige s'empilait sur le bord de la chaussée. Des guirlandes de feuilles vertes enrubannées de rouge décoraient la devanture des magasins. De l'autre côté de la rue, au-dessus du porche d'entrée, le Cabot Inn avait installé de petits épicéas ornés d'ampoules clignotantes. Les boutiques étaient pleines de paillettes, de lumières et de reproductions du père Noël sur son traîneau. Ce qui aurait semblé clinquant en ville paraissait ici parfaitement naturel.

Leur collation terminée, Will retourna à l'hôtel pendant que Ruth allait faire quelques courses au drugstore. Une voix s'éleva derrière elle tandis qu'elle choisissait des rouleaux de papier cadeau.

— Ruth ! Quel plaisir de vous revoir !

— Madame Hechst ! Trudi ! Comment allez-vous ?

— Très bien, répondit Gertrud Hechst en étudiant la jeune femme de ses grands yeux pâles. Et vous, Ruth ?

— Moi ? Très bien, affirma Ruth en inclinant plusieurs fois la tête comme pour donner plus de poids à ses paroles.

— Je suis heureuse de vous voir ici pour les fêtes de Noël.

— Nous aussi.

— Alors, Carter's House est de nouveau pleine de vie : c'est une bonne chose.

— À vrai dire, nous n'y résidons pas.

— Comment cela ?

— Nous sommes descendus au Cabot Inn.

— Mais pourquoi donc ? Ce n'est pas chez vous. Vous ne devriez pas passer les vacances dans un hôtel.

— Will mourait d'envie de venir, mais je n'arrivais pas à me décider à ouvrir la maison. Alors, nous nous sommes mis d'accord sur un compromis.

— Quel compromis ! s'exclama la femme qui avait l'air très affectée par cette nouvelle. J'ai entendu dire que Will était souffrant.

— Il est *gravement* souffrant, rectifia Ruth en s'essayant à un pauvre sourire. Et très heureux de se retrouver ici.

— Mais il devrait être dans sa propre maison, insista Mme Hechst.

— On dirait qu'il se plaît bien à l'auberge. Tyler Reed a eu la gentillesse de nous permettre de nous installer comme chez nous.

— C'est le fils du cousin de mon mari, précisa Trudi en souriant. Évidemment qu'il est gentil.

— Il a dit à Will qu'il pouvait installer un sapin dans notre suite. Alors, nous allons en chercher un à Carter's House cet après-midi.

— Bien. Bien. Pourtant, ce n'est pas une bonne chose de passer les fêtes dans un hôtel, insista la vieille dame en prenant brusquement le bras de Ruth. J'ai une idée. Pourquoi ne pas venir dîner chez nous le soir de Noël avec votre famille ?

— C'est très gentil de votre part mais...

Trudi souriait avec ravissement.

— C'est une bonne idée, non ?

Ruth secoua la tête.

— Merci, mais je ne voudrais pas vous déranger. Et puis, nous sommes bien trop nombreux. Mes parents nous ont accompagnés et...

401

... et, en plus, nous vous connaissons à peine, avait-elle envie d'ajouter. Bien sûr, nous nous croisons de temps à autre mais nous ne sommes pas liés.

— Plus on est de fous, plus on rit, c'est ce que dit le proverbe, non ? Surtout le soir de Noël.

— Je suis extrêmement touchée, répéta Ruth. C'est si gentil de votre part. Mais je ne crois pas que...

— Cela nous ferait très plaisir, ajouta Trudi en posant sur elle un regard insistant.

Ruth crut entendre à nouveau la voix de Josie : « À tes yeux, les résidents ne sont que des spécimens, des pièces de musée. Moi, je les considère comme des gens réels qui mènent des existences réelles. »

Ruth se décida brusquement.

— Eh bien, entendu ! dit-elle très vite. Je pense que c'est une merveilleuse idée. Mais à condition que vous nous permettiez d'apporter notre contribution.

— C'est inutile. Il y a toujours trop à manger.

— Il n'est pas question que nous n'apportions pas quelque chose, objecta fermement Ruth. Du vin ? Des fruits ? Du fromage ? Que préférez-vous ?

— Ce n'est vraiment pas nécessaire, répéta Gertrud.

— Bien, nous verrons cela plus tard, fit Ruth en essayant de sourire. Merci, Trudi.

Elle fut surprise de constater à quel point les muscles de son visage étaient raides, tant ils avaient perdu l'habitude du moindre sourire.

Elle traversa la rue pour regagner l'hôtel. Will était assis sur le canapé, plongé dans la lecture d'un album d'Astérix, les écouteurs de son baladeur collés aux oreilles. Elle lui donna une petite tape sur l'épaule qui le fit sursauter.

— Gertrud Hechst nous a invités à dîner pour Noël et j'ai accepté. J'ai bien fait ?

— Cool ! J'aime bien les Hechst.

— Moi aussi. Pour autant que je les connaisse.

Si la petite communauté de Sweetharbor avait toujours joué un rôle important dans sa vie, il n'en demeurait pas moins que Ruth avait à peine fréquenté les gens qui la composaient. Certes, elle les connaissait de vue, leur souriait lorsqu'elle les rencontrait en ville, s'arrêtait même pour bavarder lorsqu'elle les croisait dans les bois. Elle leur achetait des langoustes ou des framboises, rapportait en ville des pots de confiture, se réjouissait à l'annonce des mariages et des naissances, partageait leur chagrin à la mort de l'un d'eux. Mais elle n'avait aucune idée de ce qu'ils étaient, ni de leur vie passée. Les estivants, en général, ne s'intéressaient guère aux résidents permanents. La vie locale n'empiétait pas sur celle des citadins.

La température se mit à chuter brutalement au cours de l'après-midi. Paul emmena toute la famille à Carter's House et se gara devant la grange. Des chandelles de glace garnissaient la toiture de la véranda, aiguisées et mortelles comme des dents de dragon. Le bassin gelé était recouvert d'une couche de glace d'un bleu argenté, assez épaisse pour y patiner.

— Allons-y ! Tout le monde dehors, ordonna Paul en observant Ruth à la dérobée.

Elle était pâle, les traits tirés. Avaient-ils bien fait de venir ? Serait-elle en mesure d'affronter tous ces souvenirs ? Comme toujours, elle se garderait d'y faire allusion et ferait face à sa manière, sans un mot.

— Seigneur, marmonna le Dr Carter en mettant un pied dans la neige pour aider sa femme à s'extirper du véhicule. Qu'avons-nous fait pour mériter ça ?

Il entoura affectueusement les épaules de Mme Carter.

— Qu'en penses-tu, chérie ? On reste ici ou on repart en Floride ?

Paul observait d'un œil critique les larges portes de la grange. Will avait raison : on pouvait facilement y faire passer le *Lucky Duck*. Ils pourraient aller tous les deux au chantier après Noël, et demander à ce qu'on leur livre le bateau. Si Will s'en sentait la force, bien entendu.

Il examina son fils. Les premiers sentiments d'euphorie avaient fait place à l'épuisement, et de grands cernes gris cerclaient ses yeux.

Quoi qu'il ait pu dire à Ruth, Paul savait parfaitement au fond de lui-même que vivre au jour le jour était loin d'être suffisant. Pour le bien de Will, il fallait se comporter comme si l'avenir conservait toutes ses chances, toutes ses promesses.

— On va chercher les patins dans la grange ? suggéra Will.

Mme Carter frissonna sous son chaud manteau d'hiver.

— Pas pour moi, merci, mon chéri.

— Grand-père m'a dit que, petite, tu étais championne.

— C'était il y a bien longtemps.

— Je suis sûr que tu aurais encore fière allure dans ton costume de patineuse, affirma le Dr Carter.

— Tu veux rire !

— Je parie que tu saurais encore exécuter une ou deux figures, insista son mari.

— Eh bien, ne comptez pas sur moi pour montrer mes jambes à mon âge, surtout par cette température, rétorqua Mme Carter en menaçant du doigt son petit-fils. Alors, silence, monsieur Carter, et toi aussi, William. En revanche, je serais ravie de te voir patiner, Will, si tu es prêt à essayer.

— Pas aujourd'hui, grand-mère.

Paul frappa dans ses mains gantées pour attirer l'attention de tous, donnant des ordres à chacun, prenant la direction des opérations comme il l'avait toujours fait.

— Bon ! Si nous ne voulons pas être épuisés ni trempés, je propose de limiter notre recherche du « sapin idéal » aux abords de la maison. Que diriez-vous de nous retrouver ici dans, disons, dix, quinze minutes ?

— Et pourquoi ne pas sauter dans la voiture pour aller nous mettre au chaud dans nos appartements à l'hôtel ? suggéra le Dr Carter.

— Silence dans les rangs, ordonna Paul.

— Grand-père, tu n'es qu'une poule mouillée, plaisanta Will.

— Mes pieds ne sont plus que deux blocs de glace, protesta le Dr Carter.

Paul savait parfaitement qu'il en rajoutait, espérant ainsi susciter l'hilarité de son petit-fils.

— Ça suffit, grand-père, arrête de gémir, protesta Will. Tu peux quand même marcher dans la neige pendant dix minutes, non ?

— Est-ce que j'ai le choix ?

— Non, s'écria Will en riant.

— Tant pis si j'attrape une pneumonie, s'indigna le Dr Carter sur un ton faussement dramatique.

— Rappelez-vous que nous ne cherchons pas un arbre géant mais un sapin d'environ un mètre cinquante, c'est tout, dit Paul avant de s'approcher de sa femme.

Une toque de fourrure enfoncée jusqu'aux oreilles, elle semblait frigorifiée et battait la semelle pour se réchauffer.

— Tu vas bien ? lui demanda-t-il en prenant sa main.

— Parfaitement bien. Si on y allait maintenant, au lieu de rester là à geler sur place ? proposa-t-elle en s'éloignant vers l'orée des bois.

Paul la suivit en écrasant la neige sous ses lourdes bottes. Le brouillard montait vers eux depuis l'océan, humide et glacé. Paul tira sur la manche de sa femme.

— Arrête-toi un instant, Ruth.

— Pourquoi donc ?

— Regarde les reflets de la lumière sur la maison.

— Je vois, fit Ruth en se retournant.

— On a eu de bons moments ici, non ?

— C'est vrai.

— Tout pourrait recommencer, tu ne penses pas ?

— Ça m'étonnerait.

— Mais si. De manière différente, évidemment.

Le cœur lourd, il la contempla. Elle paraissait si abattue qu'il aurait voulu la prendre dans ses bras, comme autrefois. La consoler, lui dire que les choses allaient s'arranger.

— Je suis content d'aller dîner chez les Hechst demain soir.

— Tu sais, c'est vraiment étrange, dit Ruth. J'ai vécu toute ma vie ici et pourtant je ne suis jamais entrée chez eux. C'est en partie ce que... ce que Josie nous reprochait, non ? Que les estivants fassent comme si les résidents à l'année n'existaient pas.

— Josie exagérait. Mais elle n'avait pas tort.

— Nous devrions nous investir davantage.

— Oui, mais comment ?

— Je ne sais pas vraiment.

La voix de Will parvint jusqu'à eux.

— Ça y est ! Je l'ai trouvé. Le sapin idéal !

— Ne bouge pas ! cria Paul en retour. On arrive !

Il prit doucement Ruth par le bras. Cette fois-ci, elle renonça à le repousser, et ils s'avancèrent lourdement vers leur fils.

Après avoir dîné au restaurant de l'hôtel, la famille remonta dans les chambres. Dans l'âtre, un feu de bois artificiel les attendait. Le Dr Carter versa à la ronde du whisky et du Pepsi pour Will.

— On se sent presque chez soi, dit-il en levant son verre.

— Et il fait merveilleusement chaud, renchérit sa femme.

Ruth s'assit par terre pour envelopper les cadeaux de Noël destinés aux Hechst. L'odeur épicée du sapin fraîchement coupé embaumait la pièce. Will et son père l'avaient décoré avant le dîner, et il brillait à présent de tous ses feux, ses délicates et éclatantes guirlandes se balançant au gré du moindre courant d'air.

— Tu aurais dû aller faire du patin, grand-mère, dit Will.

— Désolée, mon chéri.

Ruth revit l'image fugitive de sa fille, toute vêtue de bleu, virevoltant sur la glace de l'étang comme une ballerine, inscrivant des courbes gracieuses dans l'air poudré de l'hiver. La sensation de réalité fut si forte que Ruth, prise de vertige, ferma les yeux un long moment.

— Vous vous rappelez comme Josie patinait bien ? demanda-t-elle soudain.

— Jusqu'au jour où elle a pris peur, répondit Will. À cause de ce qui était arrivé à une camarade de classe.

— Elle s'était noyée un hiver en allant patiner, c'est ça ?

— Oui. Elle s'appelait Ashley Brandon. La glace s'est rompue sous elle.

— Comme c'est triste, murmura Mme Carter. Je me souviens que Josie m'en avait parlé.

— Je n'arrêtais pas de lui dire qu'elle ne risquait rien, intervint Paul. Mais elle ne voulait pas me croire. Quelle que soit l'épaisseur de la glace, elle n'y aurait pas posé un doigt de pied.

Nous voilà en train de bavarder comme une famille normale, songea Ruth qui se laissa brusquement emporter par une vague d'optimisme. Les choses allaient s'arranger. Tout irait bien.

— Il recommence à neiger, annonça Will joyeusement en regardant à travers les lourds rideaux qui garnissaient les fenêtres.

— Oh, Seigneur, je t'en supplie, laisse-moi retourner en Floride, plaida le Dr Carter.

— Pas question. Tu boiras la coupe jusqu'à la lie.

Toute la famille éclata de rire.

Comme c'est bon d'être tous ensemble, songea Ruth. Nous avons bien fait de venir ici.

Elle pensa à Carter's House, isolée au milieu du paysage enneigé, refermée sur ses fantômes, et regretta d'avoir manqué de courage pour ouvrir la maison à Noël. Mais elle était encore bien trop triste et abattue. Elle s'aperçut que Will l'observait en silence et se força à sourire.

Ils roulèrent sur les routes enneigées jusqu'à la grande maison décrépite des Hechst. Le temps était de nouveau couvert, les arbres enveloppés de brouillard, le ciel voilé comme si le soir tombait déjà. La voiture atteignait à peine la barrière que les chiens se mirent à aboyer. La véranda s'illumina brusquement et la haute silhouette de Dieter Hechst apparut sur le seuil.

— Joyeux Noël ! leur cria-t-il. Et bienvenue.

— Salut, monsieur Hechst, fit Will en escaladant trop vite les marches verglacées.

Il finit par glisser et s'écroula dans un nuage de neige aux pieds de leur hôte.

— Comment vas-tu, fiston ? s'esclaffa Dieter en l'aidant à se remettre sur ses pieds. Bonsoir, madame Connelly, bonsoir, professeur. Prenez vos affaires et rentrez vous réchauffer à l'intérieur.

Lorsque Ruth fut arrivée en haut des marches, Dieter prit ses mains dans les siennes et les pressa contre sa poitrine.

— Bienvenue dans notre maison.

— C'est très gentil de nous recevoir.

— Trudi est aux anges.

Ruth l'entendit souhaiter la bienvenue aux autres alors qu'elle pénétrait dans une petite entrée encombrée de raquettes, de bottes et de vêtements d'hiver. Des géraniums tardifs éclataient de couleur. Les murs étaient recouverts de clayons de bois remplis d'oignons de plantes et de fleurs. Ruth retira son manteau, l'accrocha à une patère, changea de chaussures et entra dans la maison où Gertrud l'attendait, vêtue d'une épaisse veste de laine et d'un châle fleuri jeté sur ses épaules.

L'immense salon lambrissé s'étendait sur toute la longueur de la maison. Des poutres sculptées recouvertes de peinture rouge et vert couraient le long du plafond. Des étagères encombrées d'un fouillis éclectique de livres de poche, d'ouvrages d'art, de volumes de philosophie populaire, de traités de cuisine et de recueils de photographies couvraient la moitié de l'une des cloisons. La pièce renfermait une multitude d'objets de prix : de l'argenterie et du cristal qui reflétaient la lumière du feu de cheminée, des statues de bois, un immense cygne, des céramiques, des assiettes décorées à la main, des anges sculptés aux ailes et aux visages dorés. Partout, des bougies, des douzaines de bougies, sur le sol, les meubles, la grande table soigneusement dressée, le piano qu'on avait repoussé au fond de la pièce et la harpe qui lui faisait face. Entre les fenêtres, un sapin de Noël, sans ornements, à l'exception de petites bougies blanches fixées sur des supports d'un vert sombre. À côté de la cheminée où crépitait un bon feu de bois, un vieux chat ronronnait paisiblement dans son panier. Par les fenêtres, Ruth pouvait apercevoir les ruines du jardin d'été de Gertrud et, plus loin encore, une prairie enneigée jusqu'où la mer devait monter, légèrement bleutée sous la lumière d'hiver, qui allait jusqu'aux sombres bois de sapins.

Plusieurs personnes étaient déjà confortablement assises dans de profonds canapés de chaque côté de la cheminée : une dame âgée, un homme revêtu d'un pull-over scandinave, une femme dont les traits ressemblaient singulièrement à ceux de Trudi, un autre homme portant une veste verte à boutons dorés, une jeune femme blonde qui tenait un bébé dans ses bras. Des senteurs variées embaumaient le salon : odeurs de bois de cheminée, de viande rôtie, d'orange et de graines d'anis, de vin et d'épices, de cire de bougie.

Ruth resta un instant bouche bée devant ce spectacle enchanteur.

— C'est vraiment beau, s'écria-t-elle. Mon Dieu, mais c'est charmant !

Comme dans un rêve, elle aperçut le visage de son fils dont les traits creusés semblaient s'être adoucis à la lumière des bougies, Paul en train de saluer les invités, ses parents entrer en secouant la neige de leurs manteaux, tapant de la semelle avant d'enfiler des chaussons d'intérieur. Paul alla déposer à la cuisine les grands cartons de courses qu'ils avaient apportés. Le Dr Carter prit Gertrud dans ses bras, affirmant à quel point il était heureux de la revoir depuis tout ce temps, avant de se frotter les mains pour les approcher des flammes de la cheminée.

— C'est merveilleux, dit-il. Joyeux Noël à vous tous.

On les présenta aux autres convives. Il y avait la mère de Dieter, la sœur de Trudi et son mari ainsi que leur fille, la jeune femme au bébé, et enfin le frère de Dieter. On fit passer de grandes tasses de vin chaud et épicé, sur lesquelles flottaient des zestes d'orange percés de clous de girofle. Will prit le bébé dans ses bras pendant que Paul écoutait avec attention la sœur de Trudi, que la jeune fille blonde éclatait de rire aux propos de la mère de Dieter et que l'homme à la veste verte bavardait avec son beau-frère, l'homme au pull-over.

Un peu à l'écart du reste de l'assemblée, plus spectatrice que réellement participante, Ruth était envahie par un sentiment ambigu d'envie et de tristesse. *A gift of true love*... « Un don de véritable amour »... Paul lui avait lu ces mots à haute voix jadis. Comme ils étaient heureux et insouciants à cette époque, assurés que rien ne saurait troubler leurs vies dorées. Maintenant, elle comprenait ce que l'auteur avait voulu dire en parlant de revenir dans le Maine : c'était pour y retrouver la plénitude du bonheur partagé. Je désire ce qu'ont ces gens, songea-t-elle. Je veux participer à ces vies riches et chaleureuses. Mais je suis tellement repliée sur moi-même, coupée du monde. L'image de sa propre maison vide traversa son esprit, et elle pensa à tous ces Noëls à jamais enfuis.

Trudi lui proposa de la suivre dans la cuisine. Une grande pièce chaude, aux murs recouverts de bois blanc poli. Un autre chat faisait sa toilette près de la fenêtre. Au centre, une immense table encombrée d'assiettes et de pichets, de plats prêts à recevoir des mets divers, de pots de beurre, de bols en cristal, de fourchettes, de paniers de noix et de pommes rouges, un plateau de fromage, des tartelettes, des *stollen*, d'innombrables gâteaux et des tartes au chocolat au bon goût d'anis.

— Puis-je vous aider ? demanda Ruth, essayant de ne pas paraître trop distante.

Gertrud soulevait les couvercles de toutes les casseroles pour en respirer le contenu.

— Mmm, cette sauce est un délice, fit-elle en tendant une cuillère à Ruth.

— Qu'est-ce que c'est ?

— La sauce de la dinde.

— Oui, opina Ruth, elle est absolument délicieuse.

— C'est une recette spéciale. Le jus de la bête avec un peu de farine, bien sûr, pour l'épaissir, beaucoup de vin et un petit trait de Cointreau. De l'oignon, des zestes d'orange et toutes sortes d'autres petites choses.

Ruth s'assit sur le rebord de la table en balançant sa jambe.

— C'est vraiment très gentil de votre part, Trudi, de nous inviter ainsi.

— Ce n'est rien.

— Cinq personnes de plus, ce n'est pas rien.

— Nous sommes heureux de vous compter parmi nous.

Quelle femme généreuse et chaleureuse ! songea Ruth, se souvenant de l'aide qu'elle lui avait apportée à Carter's House dans les jours qui avaient suivi la mort de Josie.

— Et Will, demanda Gertrud, de quoi souffre-t-il exactement ?

— Il a une leucémie, répondit Ruth en serrant ses mains sur sa poitrine, comme pour se protéger.

Les mots semblaient totalement incongrus dans cette atmosphère si gaie, si chaleureuse.

— Oh, mon Dieu, c'est terrible.

— Cet été, nous avons cru qu'il était guéri, mais il a fait une rechute.

— Le pauvre garçon. Pourtant, à le voir, on ne dirait pas qu'il est malade. Vous devez avoir beaucoup de force intérieure, Ruth.

— Moi ? s'écria la jeune femme. Je ne crois vraiment pas.

— Je suis sûre que si, insista Trudi, occupée à

remuer et à goûter les sauces, et à ouvrir le four pour surveiller la dinde pendant que Ruth commençait à défaire le carton déposé par Paul sur la table. Avoir de si merveilleux enfants est l'accomplissement de toute une vie. Josie aussi était exceptionnelle.

— C'est vrai... mais je n'y étais pas pour grand-chose.

— Les enfants ne grandissent pas en serre. Ils dépendent largement de ce que leur offrent leurs parents. Je retrouvais beaucoup de vous en Josie. Je l'ai souvent remarqué lorsqu'elle était à Sweetharbor.

— Je pense que je l'ai négligée. Surtout sur le plan émotionnel.

— Josie ne donnait en aucune manière l'impression d'être négligée.

— En tout cas, elle le pensait. Elle me l'a reproché, dit Ruth en se penchant sur le carton afin de cacher les larmes qui lui montaient aux yeux. Nous nous disputions tout le temps. En particulier l'été dernier, avant que... avant l'accident.

— C'est tellement normal, Ruth. Et habituel chez les jeunes de son âge. Dieter et moi n'avons pas eu d'enfants, mais nous avons observé les familles de nos amis. Josie était en pleine adolescence. Elle cherchait sa voie, et ce n'était pas la même que la vôtre. C'est tout.

Cette femme avait-elle raison ? Ruth sortit du carton les bouteilles de vin et de whisky, des chocolats suisses, un jambon rôti au miel et un camembert.

— Je crois qu'elle me détestait, reprit-elle.

— Il ne faut pas dire des choses pareilles, Ruth. Josie parlait toujours de vous avec affection et admiration.

— Vraiment ?

Si elle était vraie, cette pensée la consolait un peu.

— Écoutez ce que je vous dis : les bons enfants ont de bons parents. Croyez-moi.

— Voulez-vous que je mette ces paquets sous le sapin ? demanda Ruth en retenant ses larmes.

— Vous n'auriez pas dû apporter de cadeaux.

— J'en avais envie, plaida Ruth avant d'ajouter avec maladresse : Trudi, lorsque Josie s'est noyée l'année dernière, je ne crois pas vous avoir suffisamment remerciée pour tout ce que vous avez fait.

— Nous étions tellement navrés pour vous. Nous aussi, nous aimions Josie. C'était comme si nous perdions un proche.

— Oh, Trudi..., murmura Ruth d'une voix étranglée.

Apercevant soudain tout ce que Ruth avait posé sur la table, Gertrud poussa un cri de surprise.

— Qu'est-ce que c'est que tout ça ?

— Je vous avais prévenue que nous n'acceptions de venir qu'à condition de contribuer au dîner.

— Oui, mais il y a tellement de choses, du fromage, du vin..., s'exclama Trudi en essuyant son front couvert de sueur. Merci.

Elle jeta un coup d'œil dans le four.

— Je crois qu'il est temps de passer à table. La dinde est prête.

Il leur fallut plus de deux heures pour rendre justice au repas pantagruélique que Gertrud leur avait mitonné. La dinde était tendre à souhait, les légumes délicieux, la sauce à l'orange et aux airelles digne des plus grands éloges. Il y avait des tonnes de pain bien doré, un plat de purée de patates douces accompagnées de noix pilées, du chou rouge aux oignons et aux pommes, du riz, des pommes de terre rôties, et des saucisses préparées à la maison.

Paul et le frère de Dieter se lancèrent dans une

conversation politique animée sur le rôle des États-Unis en Amérique latine. Mme Hechst et Mme Carter évoquèrent la vie à Sweetharbor dans l'ancien temps. Dieter Hechst, de son côté, donna au Dr Carter des nouvelles des nombreux enfants qu'il avait mis au monde au cours de sa longue carrière de médecin local.

Assis entre Trudi et la jeune fille blonde, Will, un léger sourire aux lèvres, observait l'assemblée sans prononcer une parole. Il était extrêmement pâle. En face de lui, à côté de Paul, Ruth ne pouvait que remarquer ses efforts pour ne rien manquer de ce moment exceptionnel.

Les conversations s'apaisèrent après le café. Le jour commençait à tomber. Le vent se mit à faire trembler les vitres.

— Pourquoi ne nous interpréterais-tu pas quelque chose ? demanda Dieter à sa femme.

— Dans une minute, Dieter, soupira Trudi. Laisse-moi d'abord me reposer un peu. Après, nous chanterons, d'accord ?

— Est-ce que vous jouez d'un instrument ? demanda Dieter à Ruth.

— Non, je regrette.

— Pourquoi dis-tu cela ? s'indigna Mme Carter. Tu as pris des leçons de piano quand tu étais petite.

— Je n'ai jamais eu le temps de poursuivre, répliqua Ruth. Du moins, après m'être mise à travailler.

Elle se rappelait pourtant à quel point elle avait aimé jadis s'asseoir devant son clavier et laisser les notes courir sous ses doigts.

Paul, légèrement enivré après cet excellent repas, éclata de rire.

— Elle avait vraiment du talent, vous savez, s'exclama-t-il en posant affectueusement sa main sur celle de Ruth.

Gertrud avala le reste de son café, s'essuya les lèvres avec sa serviette et se leva en souriant à la ronde.

— Je vais vous jouer quelque chose. Mais juste quelques notes.

Elle s'assit sur le tabouret du piano à queue et resta un instant à regarder fixement le clavier. Puis elle commença à jouer, ses gros doigts de travailleuse manuelle passant sans effort de Debussy à Mozart et à Chopin.

Ruth était transportée. La musique la pénétrait, faisant resurgir au fond de son cœur la nostalgie de quelque chose qu'elle croyait pouvoir saisir et qui cependant lui échappait aussitôt. Elle n'aurait jamais pensé trouver autant de talents et de joie dans cette demeure. Croisant le regard calme et profond de Dieter Hechst, elle ne put s'empêcher de rougir, honteuse, priant pour qu'il ne puisse lire ses pensées. Au léger sourire qu'elle lut sur ses lèvres, Ruth comprit qu'il avait deviné.

Une autre idée la frappa : toute sa vie, elle avait considéré les Hechst comme des gens simples qui travaillaient dur. C'était la première fois qu'elle mettait les pieds chez eux. Pourtant, l'arrière-arrière-grand-mère Carter avait également passé sa vie à Sweetharbor. Et le propre père de Ruth avait, lui aussi, séjourné ici durant de nombreuses années.

— Et voilà, annonça finalement Trudi. J'ai assez joué.

Refusant de se laisser fléchir par les prières des uns et des autres, elle ajouta :

— À votre tour, maintenant.

Dieter remit du bois dans le feu qui se mit à gronder en jetant des étincelles et de petites flammes bleutées. Trudi se rendit dans la cuisine. Elle en rapporta des verres remplis de lait de poule.

— Dans une minute, nous chanterons tous

ensemble, dit-elle. Mais, en attendant, chacun doit porter un toast. Je commence : À notre famille. Quelle chance d'être ensemble cette année encore !

Tous levèrent leur verre.

— À Noël ! s'écria Dieter.

— Et à la prospérité, dit son frère.

— Aux amis, fit la sœur de Trudi.

Avec son accent allemand, sa mère ajouta :

— Et aux nombreux enfants.

— À la musique et à la gaieté, s'exclama le mari de la sœur de Trudi.

— À la dinde rôtie, dit Paul en se caressant le ventre sous les bravos.

Will leva alors son verre et, parcourant l'assemblée de son regard brillant :

— À Josie, déclara-t-il. À ma sœur. Je voudrais tant qu'elle soit là.

Au moment où chacun levait son verre en l'honneur de Josie, Ruth eut soudain l'absolue certitude que Josie *était* là. Cette conviction fut si forte qu'elle faillit l'affirmer tout haut. Comme dans un rêve, elle eut la vision de Noëls futurs, de vacances, de réunions de famille et de quelqu'un racontant le destin funeste de Joséphine Connelly, la jeune fille qui s'était noyée dans les eaux glacées de Caleb's Point. Josie devenait une nouvelle légende de la famille Carter, éternellement jeune, éternellement belle. Elle prenait place à côté du prêcheur Downey et de l'arrière-arrière-grand-mère qui, imbibés d'alcool, s'étaient lentement enfoncés dans le marécage. Il y avait là une sorte de continuité. Si Josie les avait quittés depuis longtemps déjà, elle faisait toujours partie des lieux.

Ruth surprit le regard de son fils et lui sourit, en se demandant quelles pourraient bien être ces futures familles. Pas des Carter, songea-t-elle. Pas même des Connelly.

Oh, Will... mon enfant, mon fils bien-aimé. Ruth repoussa sa chaise, se leva et s'approcha de la fenêtre, clignant les yeux pour faire disparaître ses larmes. Peu après, la main de Trudi fut sur son bras. Ruth posa sa tête sur l'épaule de son hôtesse, et les deux femmes restèrent ainsi de longues minutes, immobiles et silencieuses...

— Trudi, dit finalement Ruth, je ne peux vous dire à quel point cette journée m'a paru merveilleuse. C'était si important pour Will.

— Je crois surtout que c'était nécessaire.

Ruth comprit qu'elle faisait allusion à la réunion de deux mondes qui s'étaient jusqu'ici ignorés.

— Pour nous aussi, avoua-t-elle.

— À présent, chantons ! Allons, Ruth, voulez-vous commencer ?

— Moi ? Chanter ? Toute seule ?

— Joignez-vous au moins à nous.

— Non, non, pas question.

— Alors, nous demanderons à mon mari. Il a une très belle voix, affirma Trudi en retournant au piano. Dieter, à toi, s'il te plaît.

Elle plaqua quelques accords sur le clavier, tandis que Dieter se levait. Debout devant l'assemblée, il rayonnait de bonheur. Accompagné par sa femme, il chanta un *lied* de Schubert de sa belle voix de ténor. Aux derniers mots d'allemand, tout le monde applaudit.

— Eh bien ! s'exclama Mme Carter. Vous chantez comme un professionnel !

— J'avais espéré le devenir à une époque mais il y a trop de jeunes gens dotés de belles voix dans ces parages et la concurrence était rude ! Et puis mes parents avaient besoin de mon salaire. Alors, je suis devenu charpentier.

418

— Vous avez bien fait, affirma Paul. Car vous êtes un véritable artiste dans ce domaine, Dieter. Un génie.

— Merci, Herr Professor. Et si vous chantiez aussi à présent ?

— Je ne sais pas chanter. Mais je veux bien vous réciter un poème, proposa Paul.

Il se leva, se racla la gorge, tira sur les jointures de ses doigts et se concentra afin de se plonger dans l'esprit de la fête.

— Je pourrais vous offrir une interprétation attendrissante de *Father, Dear Father, Come Home with Me Now*. Ou peut-être de *Little Orphan Annie*, en dialecte de l'Indiana. Ou même *Christmas Day in the Workhouse*, sauf qu'il fait plus de vingt et un longs quatrains. Mais, puisqu'il semble que nous ayons pas mal ingurgité d'alcool à la table de nos amis Gertrud et Dieter Hechst, je vais vous réciter un édifiant poème intitulé : *The Lips That Touch Liquor Shall Never Touch Mine*.

Il déclama cette ballade avec force gestes et roulements d'yeux, prenant une voix de fausset pour imiter la voix de la jeune fille et de baryton pour interpréter l'homme. Ravie, l'assemblée applaudit à tout rompre.

Comme il est en harmonie avec ces gens, songea Ruth, avec un léger pincement au cœur. Il appartient à ces lieux. Bien plus que moi.

— Bravo, Herr Professor ! s'exclama Dieter lorsque Paul finit par se rasseoir. Alors, qui sera le prochain ? demanda-t-il en fixant sa mère des yeux. Qu'en dis-tu, *mutti* ?

— Je n'ai plus de voix, répliqua Mme Hechst. Mais je vais tout de même vous interpréter un air du pays, une mélodie très ancienne. Hélas, on l'a beaucoup chantée lors de la dernière guerre.

D'une voix douce, elle entonna les premières

mesures de *Lili Marlene* et chacun se mit à l'accompagner, à l'exception de Will et de la jeune fille blonde, trop jeunes pour connaître ce morceau. Emportée par la musique, Ruth se sentit de nouveau au bord des larmes.

— Oh, je vous en prie, chantez-la-nous encore, supplia-t-elle après que la voix de Mme Hechst se fut éteinte. C'était tellement beau.

Lorsque l'assemblée eut entonné pour la deuxième fois les couplets, Gertrud demanda doucement :

— Et maintenant, Ruth, voulez-vous nous chanter quelque chose ?

Mais Ruth se recroquevilla sur son siège, paralysée, incapable de se lever.

— Je ne peux pas, articula-t-elle avec difficulté.

— Allons, fais un effort, l'encouragea son mari. Chante n'importe quoi. Pourquoi pas un petit poème ?

Ruth secoua la tête en un refus désespéré. Comprenant qu'il valait mieux ne pas insister, Gertrud se tourna vers quelqu'un d'autre. La sœur de Trudi apporta son violon, et les deux femmes jouèrent une pièce de Bach. Le Dr Carter et sa femme chantèrent *Drink To Me Only With Thine Eyes*, la jeune fille blonde exécuta un duo avec son père, et Will articula plus qu'il ne chanta un morceau de rap accompagné par Paul qui frappait des mains sur le bord de la table.

Ils finirent autour du piano à fredonner en chœur des airs de Noël, tandis que, dehors, la neige tombait à gros flocons et que les bougies s'éteignaient lentement.

Plus tard, au moment des adieux et des remerciements, pendant que chacun enfilait ses bottes et son manteau, et se préparait à courir vers la voiture dans la neige épaisse, Dieter Hechst prit la main de Ruth et la porta à ses lèvres en un geste démodé, très européen.

— Cessez de vous inquiéter, lui murmura-t-il. Les choses vont s'arranger.

— Je n'en ai pas l'impression, répondit-elle en lui jetant un regard d'une infinie tristesse.

— Soyez forte, Ruth.

Paul s'approcha, posa un bras sur son épaule et l'embrassa dans le cou.

— Allons-y, dit-il doucement. Il vaut mieux rentrer.

Sur la route du retour, Ruth évita soigneusement de tourner la tête en direction de leur maison désertée avec ses fenêtres closes.

Une fois à l'hôtel, toute la famille s'assit autour du feu pour ouvrir les cadeaux de Noël. Mme Carter se servit, ainsi qu'à Will, un verre de lait de poule. Le Dr Carter et Paul choisirent un scotch. Will avait les joues si rouges qu'il ressemblait à un clown.

— C'était super, dit-il.

— C'est vrai, renchérit sa grand-mère. Je ne me souviens pas de m'être autant amusée depuis long-temps.

— On chantait comme cela autrefois, murmura son mari d'une voix rêveuse. On devrait le refaire plus souvent.

— Ça remonte à l'époque où tout le monde chantait aux dîners.

— Voilà qui change de la télé, non ?

— Maman, tu aurais dû chanter quelque chose, toi aussi, fit Will d'un ton de reproche.

— Ne commence pas à ennuyer ta mère, intervint rapidement Paul. Elle est fatiguée.

— Mais c'est la seule à...

— Vous ne trouvez pas que Mme Hechst a joué magnifiquement ?

— Je n'avais pas la moindre idée qu'elle savait jouer du piano, répondit Ruth en lui jetant un regard de gratitude. Et avec autant de talent.

— Presque comme une virtuose, renchérit Paul.

— Elle était professeur de piano dans le temps, affirma Will. Vous ne le saviez pas ?

— C'est vrai, dit le Dr Carter. J'avais oublié.

— Josie allait chez eux et jouait des duos avec elle.

— Ah bon ? s'étonna Ruth.

Sa fille lui avait-elle délibérément caché certaines facettes de sa vie ? Ou Ruth était-elle trop occupée par ailleurs pour s'y intéresser ?

— Mme Hechst voulait être concertiste quand elle était jeune. Puis, elle a rencontré M. Hechst et il l'a enlevée. C'est comme ça qu'elle raconte l'histoire. D'après ce qu'elle dit, il était très beau dans sa jeunesse.

— Il l'est encore, assura la mère de Ruth. Si j'avais vingt ans de moins...

Le Dr Carter, sa pipe allumée et un verre à la main, s'installa dans son fauteuil.

— J'ai un peu honte, avoua-t-il. Depuis le temps que la famille Carter réside ici et que les Hechst habitent au coin de la rue, nous n'avons jamais trouvé le moyen de les inviter chez nous. Pas une seule fois.

— Nous sommes des vacanciers, objecta Will. C'est une des choses qui énervait le plus Josie. Cette manière que nous avons de regarder de haut ceux qui vivent ici toute l'année.

— Je ne me suis jamais comporté ainsi, se défendit Paul.

— Peut-être pas toi. Mais les Trotman, si, par exemple. Ou les Kauffman. Ou même les Stein. Comme s'ils pensaient que les Hechst, les Cotton et les Coombs n'étaient que des inférieurs.

— La famille des Coombs remonte aux premiers émigrants, dit Paul. Elle est bien plus ancienne que la nôtre.

— J'aimerais habiter ici toute l'année. Vraiment,

déclara Will en s'allongeant sur le canapé pour se reposer de toute la fatigue de cette journée.

— Ma foi, pourquoi pas ? s'écria Paul.

— Bon, alors, on se décide ? insista l'adolescent d'une voix vibrante d'espoir. Ce serait génial, papa, tu sais.

— Les hivers sont épouvantables ! protesta Mme Carter en frissonnant.

— Il faudrait que je m'organise, si nous venons nous installer ici, réfléchit Paul. Et que je quitte mon poste. Je pourrais donner des cours une ou deux fois par semaine à Bowdoin, mais aller chaque jour à Boston risquerait d'être un calvaire, surtout en hiver.

C'était comme s'il avait oublié qu'il avait fait d'autres choix, suivi d'autres chemins.

19

Quelques jours avant le week-end de Pâques, le Dr Gearin invita Ruth à le rejoindre dans son bureau. Elle savait d'avance ce qu'il allait lui annoncer. Il aurait été difficile de prétendre ignorer que la santé de Will était loin d'être florissante.

Elle remarqua aussitôt qu'il avait l'air mal à l'aise et n'osait pas poser sur elle ses bons grands yeux bleus.

— Le dernier CBC de votre fils n'est pas encourageant, Ruth. Les résultats sanguins ne se sont pas améliorés. Bien au contraire.

— Que voulez-vous dire exactement ?

— Que nous poursuivons le traitement.

— Mais vous n'en espérez plus grand-chose...

— Nous gardons toujours l'espoir. De nouvelles découvertes pourraient survenir à tout moment.

— Mais s'il n'y en a pas...

Le médecin lui jeta un regard accablé.

— Alors, les choses pourraient apparaître sous un jour moins favorable que nous ne l'avions espéré.

Jusqu'ici, Ruth avait lutté au mieux contre ses doutes et ses craintes. Mais, désormais, face aux révélations du Dr Gearin, le désespoir s'emparait de tout son être, brisait ses dernières défenses, la renvoyait à son immense chagrin. Elle porta soudain la main à sa bouche, le corps penché en avant.

Le médecin se leva à la hâte.

— Vous allez bien, Ruth ?

Des râles de douleur s'échappaient de la gorge de la jeune femme.

— Non, Mike. Je ne vais pas bien du tout. Je vais même mal. Comment voulez-vous que je reste là à le regarder mourir ?

— Nous n'en sommes pas encore là, murmura doucement Gearin en venant s'installer à ses côtés. Comme vous le savez, vos parents n'étaient pas compatibles. Notre meilleur espoir, à présent, est de trouver un donneur.

— Mais, même dans ce cas, cela ne fera aucune différence à long terme, répliqua Ruth d'une voix abattue.

— Ce n'est pourtant pas votre genre d'être défaitiste.

— Mais si, Mike. Pendant tous ces mois, j'ai fait semblant de paraître courageuse, gaie et pleine d'espoir. Il le fallait bien, non ? Qu'est-ce que je pouvais faire d'autre ? Mais maintenant... Il vaut mieux que j'accepte l'idée que mon fils va mourir.

— Si c'est comme ça que vous voyez les choses, dit Gearin d'un ton volontairement dédaigneux. Si c'est ainsi que vous choisissez d'affronter les difficultés, alors, allez-y. Mais Will risque de sentir ce changement en vous, et les choses n'en seront que plus difficiles pour lui. Vous devriez peut-être voir un autre spécialiste...

Ruth le dévisagea, sidérée.

— Quoi ?

— Voyez-vous, je ne crois pas pouvoir poursuivre avec quelqu'un qui abandonne si facilement. Quelqu'un qui ne s'intéresse qu'à ses propres problèmes.

Un lourd silence s'installa entre eux. Ruth tripotait son alliance, les yeux baissés.

— D'accord, finit-elle par articuler, d'une voix plus calme.

— Bien, approuva Gearin avec un pâle sourire. Nous allons, à partir de maintenant, tenter de trouver un donneur non apparenté, puisque nous n'avons pas décelé de compatibilité parmi les membres de votre famille. Pour ce faire, il nous faudra consulter le registre mondial.

— Comment est-ce que cela marche ?

— Il s'agit d'un registre des donneurs non apparentés, des gens qui sont volontaires pour donner de leur moelle à ceux qui en ont besoin. Leurs groupes sanguins ont déjà été analysés et enregistrés. Il y a plus de trois millions de personnes. Alors, nous avons de bonnes chances d'y trouver notre bonheur. Voilà en gros comment les choses vont se passer : le technicien va entrer toutes les données biologiques de Will dans son ordinateur, en espérant les faire coïncider avec celles d'un donneur éventuel.

Ruth ne put s'empêcher de penser que les chances de Will auraient été meilleures si Josie avait été toujours vivante. La compatibilité des enfants issus de mêmes parents était infiniment supérieure.

Une sorte de torpeur l'envahit brusquement.

— Il n'arrête pas de me dire de le laisser partir en paix.

— Je sais que c'est dur pour lui.

— Pouvez-vous préciser un peu ce qu'il en est de ces nouvelles « bombes intelligentes » que la presse a récemment évoquées ? Vous savez... ces médicaments produits génétiquement. J'ai lu un article là-dessus l'autre jour. Il parlait de médicaments miracles capables de cibler les cellules cancéreuses sans léser les tissus sains.

Le Dr Gearin leva les yeux au ciel. Il paraissait exaspéré.

— Ces satanés journalistes ! À la moindre rumeur, ils se précipitent pour annoncer que le cancer est définitivement vaincu en sachant pertinemment que c'est beaucoup trop tôt. Mais ils le font quand même parce que c'est ce que les gens veulent entendre. Et cela crée de faux espoirs. Dès qu'une percée se fait entrevoir, nous sommes submergés d'appels. En vérité, aucun de ces traitements miracles n'a encore été testé sur l'homme. Il faut attendre au moins deux ou trois ans.

— Will ne dispose pas d'assez de temps.

Gearin posa doucement sa main sur son épaule.

— Il semble bien que non.

— Cela me rend folle de savoir qu'un traitement est à l'horizon, qu'il va probablement arriver sur le marché mais trop tard pour sauver la vie de mon fils.

— Des centaines, des milliers de parents sont dans votre cas. Nous faisons de notre mieux, c'est tout.

— Je ferais n'importe quoi pour le sauver ! s'exclama Ruth en tremblant de tous ses membres.

Elle criait presque. Avec colère. Elle aurait voulu pouvoir s'abandonner à ses pulsions, hurler des obscénités, démolir les murs, casser les vitres, mettre le mobilier en pièces.

Deux semaines plus tard, le Dr Gearin attendait Ruth devant la chambre de Will. Anormalement surexcité, il essayait de parler mais les mots se bousculaient sur ses lèvres.

— Je viens de discuter avec notre technicien, finit-il par s'écrier. Ruth... je crois que nous l'avons enfin trouvé !

— Un donneur compatible ?

— Exactement.

— Vous croyez, ou vous en êtes sûr ?

Après la rechute de Will, Ruth préférait se montrer prudente. Elle n'avait plus envie de connaître à nouveau la morsure douloureuse des faux espoirs.

— J'en suis absolument certain. Sinon, je ne vous aurais rien dit.

— Mais pas certain à cent pour cent ?

— Pas encore. L'équipe de transplantation est en train de vérifier.

— Si vous avez raison, que va-t-il se passer maintenant ?

Ruth tentait de camoufler son soulagement et son ravissement derrière un écran d'efficacité agitée. Inutile de trop s'enthousiasmer. Même s'ils avaient trouvé un donneur compatible, rien ne prouvait que Will serait pour autant sauvé.

— Voilà ce que nous allons faire. Il a encore une dose de chimiothérapie à prendre. Ensuite, il ira en convalescence chez lui. Nous le laisserons récupérer. Après quoi, ce sera l'opération.

— Si Dieu le veut..., murmura Ruth comme elle le faisait enfant, lorsqu'elle souhaitait que les choses s'arrangent.

— C'est exactement mon sentiment, approuva Gearin.

— Quand serons-nous tout à fait certains que vous ne vous êtes pas trompé ?

— Bientôt. Peut-être demain. Dans deux jours au maximum. Nous devons garder espoir, Ruth, dit-il en lui tendant la main.

Sur le chemin du retour, Ruth se mit à penser au jeune docteur qu'elle venait de quitter comme à une personne et non comme à celui qui soignait son fils. Quelle sorte de vie pouvait-il bien mener, hors des murs de l'hôpital ? Elle l'imaginait dans la jolie maison d'une riche banlieue, entourée d'un jardin soigneusement entretenu, avec un barbecue et un garage pour

quatre voitures. Était-il croyant ? Et si la foi le soute-
nait, allait-il à l'église avec sa femme le dimanche,
accompagné de deux ou trois enfants qui leur ressemblaient ? Elle n'avait pas remarqué de photographies
sur son bureau. Peut-être parce qu'un tel rappel de la
réalité paraîtrait cruel à des parents auxquels il annonçait trop souvent les graves maladies dont leurs enfants
étaient atteints.

La transplantation de moelle osseuse allait-elle réussir à guérir Will ? Elle en avait lu suffisamment sur le
sujet pour savoir que, même s'il y avait compatibilité,
il restait de fortes possibilités de rejet. Et cette éventualité exigeait de nouveaux médicaments, de nouvelles
aiguilles dans sa peau fragile, de nouveaux effets
secondaires.

— Quel est le résultat ? demanda bien inutilement
Paul lorsqu'elle arriva au restaurant.

Le corps et l'expression du visage de sa femme
valaient toutes les réponses.

Elle secoua la tête, accablée, incapable de prononcer
une parole.

— Oh, Ruth ! murmura-t-il d'un ton navré en lui
servant un verre de vin. Je suis désolé.

L'angoisse est en train de la tuer à petit feu, songea-
t-il. Et moi aussi. Le soir de Noël, il avait eu la sensation que leurs rapports se détendaient, qu'un espoir
était permis. Mais, depuis lors, avec la dégradation de
l'état de santé de Will, elle se montrait plus distante
que jamais. Il ne put retenir une bouffée de colère
injustifiée envers son fils.

— Où en est-on maintenant ? demanda-t-il.

— Il y a encore une chance de trouver un autre donneur, vraiment compatible cette fois.

Paul se reversa un verre de vin.

— Veux-tu que nous passions la commande ?

— Quoi ? fit-elle d'un ton égaré.

— Je te demande si tu veux que nous commandions.

Des émotions contradictoires s'agitaient sous l'air faussement dégagé de la jeune femme. Puis la colère finit par l'emporter.

— Comment peux-tu être si indifférent ? s'écriat-elle d'une voix pleine de reproches. Comment peuxtu penser à manger alors que ton fils est affreusement malade ?

— Ne sois pas ridicule, c'est...

— On commande ? On commande ? Comme s'il n'y avait que ça dans la vie, siffla-t-elle en jetant avec rage sur la table le menu qu'il venait de lui tendre. Notre fils est en train de mourir et tu ne penses qu'à la nourriture.

— Calme-toi, Ruth. Je t'en prie.

— Non, je n'ai pas l'intention de me calmer. Mon enfant, mon fils...

Les larmes se mirent à couler le long de ses joues, formant de petites taches sur son chemisier.

— C'est mon fils aussi, Ruth.

Il aurait voulu poursuivre mais elle était visiblement bien trop tendue.

— C'est la première fois que je réalise à quel point tu es égoïste, scanda-t-elle avec amertume, tremblant de tout son corps.

— Oh, Ruth, fit Paul d'une voix lasse. Je suis fatigué de toutes ces histoires.

— Tu vois, tu recommences. Tu ne t'intéresses qu'à tes petits problèmes. Au lieu de penser à Will.

— Je pense à lui tout le temps, bon sang ! S'accorder une petite pause, grignoter un repas à peu près correct pour une fois, ne va pas lui faire du mal et ne peut nous faire que du bien.

Il s'aperçut que l'inquiétude et l'angoisse avaient effacé les derniers restes de jeunesse sur le visage de sa femme.

— Paul, j'ai tellement peur.

Le coin des lèvres de Ruth était agité de tremblements incontrôlés. Elle tenta de porter son verre à sa bouche mais faillit le renverser et le reposa sur la table.

Paul prit ses mains dans les siennes.

— Depuis le début, j'ai assumé le fait que Will pourrait ne pas s'en sortir. Tu sais combien je l'aime. Tu sais que je suis aussi angoissé que toi...

— Non, personne ne peut savoir ce que je ressens.

— Mais il faut savoir faire une pause de temps en temps, Ruth. Quoi qu'il arrive à Will, il faut continuer de vivre.

— Voilà une philosophie bien commode.

Elle se mit à jouer avec sa fourchette en évitant le regard de son mari.

— Écoute-moi, Ruth. Nous ne pouvons pas veiller à l'hôpital vingt-quatre heures sur vingt-quatre. Ce qui ne veut pas dire que nous nous désintéressons de Will. Mais que nous existons également.

— Je n'ose pas le quitter, gémit-elle. Je l'ai trop laissé tomber.

Elle saisit brusquement son sac en reculant sa chaise.

— C'est sans espoir, Paul.

— Ruth, pour l'amour du ciel. C'est...

— Sans espoir, répéta-t-elle en partant, le dos raide.

Il la regarda s'éloigner en se versant un autre verre de vin. Elle lui manquait tellement. Sa présence. *Elle.* Son odeur sur l'oreiller. Sa tasse de café dans la cuisine. Ses papiers étalés sur la table de la salle à manger. Il se rendait compte à quel point il avait détesté sa profession, l'énergie qu'elle y consacrait. Mais, depuis leur séparation, il avait commencé à comprendre que son désir de réussir faisait partie de sa personnalité, comme son rire ou sa manière de marcher. Et elle ne lui manquait que plus.

Il repensa à cet après-midi fatidique, au retour de la réception chez les Trotman. Il l'avait suivie dans sa chambre, poussée sur le lit avant de l'écraser sous son poids d'homme. Glissant ses mains sous son pull bleu marine, il avait senti ses seins durcir sous ses doigts. Il était peut-être un peu éméché ce jour-là.

— Non, Paul, avait-elle balbutié en le serrant contre sa poitrine, non, on ne peut pas... les enfants... le pique-nique...

Il avait soulevé ses hanches pour lui retirer son short et ses sous-vêtements et l'avait pénétrée d'une poussée tandis que leurs langues se cherchaient avidement. Un moment inoubliable. Josie avait soudain appelé d'en bas, et il avait joui dans le ventre de sa femme qui gémissait d'incompréhensibles mots à son oreille, se tordant sous lui avant de jouir aussi, murmurant des « Oh, Paul, c'est merveilleux, merveilleux... », arc-boutant une dernière fois son corps avant de retomber, alanguie, sur les draps.

Ils n'avaient plus jamais goûté de tels instants de bonheur.

Qu'y aurait-il de mal, pourtant, à envisager une vie hors de l'hôpital ? N'avait-il pas également le droit de penser par moments à d'autres choses qu'aux cathéters, aux médicaments et à la mort ?

Dehors, la pluie s'était remise à tomber, et il caressa un instant l'espoir que Ruth rebrousserait chemin et reviendrait s'asseoir à sa table.

Un serveur s'approcha.

— Bonjour, professeur Connelly. Comment allez-vous ?

— Vous êtes... euh... Jon, c'est ça ?

Un ancien étudiant. Il y avait bien deux ans de cela.

Et pas des plus brillants, pour autant qu'il se souvienne.

— C'est exact, monsieur. J'économise pour partir en voyage. Je prends une année sabbatique avant de m'installer.

— Vous avez bien de la chance.

— Je sais, s'exclama Jon en riant. Voulez-vous connaître le plat du jour ?

— Pas vraiment. Servez-moi juste quelque chose de simple. Une salade César, par exemple, d'accord ?

Lorsque Jon lui apporta la grande assiette débordant de salade, de croûtons et de parmesan, Paul sentit qu'il serait incapable d'en avaler une bouchée. Il termina sa bouteille de vin en regardant le ciel bas et humide par la fenêtre. Il ne pouvait pas continuer comme ça, songea-t-il. À se laisser ainsi ronger par l'angoisse de Ruth.

Il ajouta un pourboire de vingt dollars à l'addition. Une contribution au voyage de son ancien élève. Et se demanda si Will aurait un jour la chance de voyager.

— Il faut voir les choses en face, Ruth. À moins d'un miracle et qu'un donneur apparaisse tout à coup, nous ne pouvons presque plus rien faire pour William. Tout le registre a été vérifié. Il n'existe aucun autre donneur compatible.

Ruth écoutait, entendait parfaitement ce que lui disait le chef du service d'hématologie mais ne ressentait qu'un vide immense.

— Combien de temps nous reste-t-il ? réussit-elle enfin à articuler.

Gearin jeta un regard à son supérieur avant de répondre. Ses yeux paraissaient plus lumineux que d'habitude, comme s'il retenait lui-même ses larmes. Son visage s'affaissa.

— Je ne peux pas vous le dire. La volonté de vivre
– ou de mourir – est un facteur déterminant dans ces
cas-là. Je dirais – je suis vraiment désolé, Ruth – six
mois peut-être. Peut-être plus. Les possibilités de l'esprit humain nous surprennent toujours.

Il écarta les mains en un geste de désespoir avant de
se pincer l'arête du nez.

— Mais vous m'aviez dit que vous n'abandonniez
jamais, s'indigna Ruth. Que vous faisiez tout pour
maintenir la vie. Quel qu'en soit le coût.

Le médecin évita de croiser le regard insistant de la
jeune femme.

— Que pourrais-je vous dire ? Nous nous sommes
tous battus mais nous nous retrouvons à court de
moyens.

— Et s'il refaisait un cycle de chimiothérapie ?

— Je ne crois pas qu'il pourrait physiquement le
supporter. Même s'il était d'accord.

— Vous êtes en train de me dire que tout est fini,
c'est ça ?

Gearin demeura un moment sans répondre. Puis, très
lentement, il acquiesça d'un signe de tête.

Ruth se tenait debout à côté du lit d'hôpital. Will
dormait sur le dos, ses bras marbrés de bleus reposant
de chaque côté de son corps exsangue. Mon Dieu,
comme il semble chétif, songea-t-elle. Si misérablement amaigri, à l'exception du visage, gonflé par les
médicaments. Il nous a déjà presque quittés. De quel
droit continuerais-je à le torturer ? Un rai de lumière
frappait sa pauvre poitrine creuse. Ruth n'avait même
pas remarqué le retour de l'été.

Will ouvrit les yeux et s'essaya à un pauvre sourire.

— Salut, m'man.

— Bonjour, mon chéri.

— La réponse est non.

— Qu'est-ce que tu veux dire ?

— Je sais parfaitement ce que tu souhaites.

— Je souhaite que tu guérisses. Je te souhaite en forme. Je souhaite que...

Elle avait failli dire « que tu vives » mais les mots étaient restés dans sa gorge.

— Je sais tout ça, dit Will en détournant le regard. Ils n'ont pas trouvé de donneur compatible, c'est ça ?

— Pas encore, chéri.

— Ils ne le trouveront jamais, maman. Regarde les choses en face.

— Tu ne peux pas...

— Et même s'ils trouvaient un donneur, je ne veux plus subir de traitement.

— Tu as déjà dit ça par le passé.

— Et je continuerai à le dire jusqu'à ce que tu me croies. Je ne suis plus un enfant, je sais ce que je ressens.

— Will, je sais que tu es très mûr pour ton âge. Et Dieu sait que tu as payé cher pour cela. Mais tu n'as même pas quinze ans. Tu ne vois les choses qu'à court terme.

— Le court terme, c'est tout ce qui me reste.

— Ne parle pas comme ça.

— C'est vrai. Et tu m'as déjà dit tout ça avant. Avant les premiers traitements. Et, tu vois, je suis toujours malade.

— Tu vas aller mieux, Will. Je te le promets.

— C'est fini, m'man. Je suis épuisé. Laisse tomber. Ne me culpabilise pas là-dessus.

— Laisser tomber ne fait pas partie du programme, William.

— Donne-moi une seule bonne raison.

Parce que, songea-t-elle, si tu meurs, ma vie n'aura servi à rien.

— Parce que je ne le permettrai pas.

— Tu te crois très maligne, hein ?

— William, j'aimerais pouvoir te donner une bonne fessée. Pour te débarrasser de ces idées noires. Essaie juste de te montrer courageux encore un peu.

— J'en ai marre d'être courageux. Je veux en finir avec toute cette merde. Bien sûr que je ne veux pas mourir mais, même si je survis à un nouveau traitement, quel genre de vie vais-je mener ? La seule chose qui puisse me faire plaisir est de retourner à Carter's House. Avec vous deux. Papa et toi.

— Papa a sa propre vie, à présent. Il a moins envie d'être avec nous.

— Papa a simplement peur.

— Qu'est-ce que tu veux dire ?

— Tu ne vois pas ? Il s'estime responsable de la mort de Josie. Et maintenant que je suis malade, il se dit que c'est aussi sa faute. Alors, il préfère regarder ailleurs.

— Il vaut mieux rester à Boston. À proximité de l'hôpital.

— J'en ai assez des chambres d'hôpital, des intra-veineuses et de tous ces types en blouse blanche, maman. Je veux aller dans le Maine. Retourner à Carter's House.

— Écoute, Will. Tu es très malade. Tu dois rester proche de l'hôpital. Celui de Hartsfield est bien, mais il ne peut pas te donner les soins dont tu as besoin, comme ici.

— Je m'en moque. Je veux aller là-bas, s'entêta Will. Ce sera la dernière fois.

— Ne dis jamais ça ! hurla Ruth. Jamais !

Elle se vit dans la glace accrochée au mur, les cheveux en bataille, le visage dépourvu de maquillage.

Elle se rappela à l'instant Lynda, si bien habillée et pomponnée lorsqu'elle venait rendre visite à Michelle.

— Bon, tant pis, dit Will d'une voix mourante en se tournant de l'autre côté. J'espère que tu te souviendras que tu m'as refusé ma dernière volonté.

— Tais-toi !

Ruth se rua hors de la chambre pour se réfugier dans les toilettes. Elle s'observa avec stupeur dans le miroir au-dessus de la tablette. Sa dernière volonté... Non ! En tremblant, elle sortit une brosse de son sac et se démêla les cheveux. Le désespoir faisait d'elle une vieille femme pour laquelle chaque mouvement représentait un effort pénible. Un monde sans Will. Des images s'agitèrent dans sa tête, si clairement qu'elle pouvait presque les lire dans le reflet de ses yeux. Son cercueil. Porté en terre. Recouvert. Parti.

— Non ! hurla-t-elle en frappant le lourd évier de porcelaine jusqu'à s'en meurtrir les poignets. Non !

L'angoisse l'emportait comme un tourbillon. Tout s'effondrait autour d'elle. Il n'y aurait plus rien. Elle pressa son front contre le miroir et ferma les yeux.

Ne meurs pas, Will... Ne meurs pas, je t'en supplie.

Une femme qu'elle n'avait jamais vue auparavant sortit d'une cabine à l'autre extrémité de la pièce. Elle posa une main compatissante sur l'épaule de Ruth en passant.

Ruth prit une profonde inspiration. Will avait raison. Comment pourrait-elle se regarder dans une glace en continuant à lui refuser son unique souhait ?

20

Un soir, Ruth appela Paul chez lui.

Lorsqu'il décrocha, elle entendit des voix et de la musique, et devina qu'il n'était pas seul. Ils s'étaient rarement parlé depuis l'épisode du restaurant, hormis quelques coups de téléphone pour échanger des nouvelles de Will. Ils ne s'étaient pas non plus croisés à l'hôpital.

Dès qu'il reconnut la voix de Ruth, Paul se fit circonspect.

— Que se passe-t-il ?

— Will désire retourner à Carter's House. Il veut passer l'été dans le Maine.

— Tu envisages de rouvrir la maison ?

— Je ne parviens pas à savoir si...

Une voix de femme résonna dans l'appareil, et Paul lui intima l'ordre de se taire.

— Je ne trouve pas que ce soit une bonne idée d'aller là-bas.

— C'est ce qu'il veut. Je vais l'accompagner. Parce que... parce que... oh, Paul, il va mourir ! À moins d'un miracle.

— Ne pleure pas, Ruth. Je t'en supplie. Essayons de garder notre calme. Il est bien trop malade pour faire le voyage. La dernière fois que je l'ai vu, il avait horriblement mal aux articulations. À l'hôpital, ils peuvent au moins s'occuper de lui et rendre les choses moins pénibles. Tu sais très bien qu'il ne devrait pas voyager.

— Il veut absolument y aller, insista Ruth. J'ai déjà appelé Belle Dee pour l'avertir de notre arrivée.

— Ruth, bon sang, ne cède pas.

— Donc, tu ne m'aideras pas ?

— Je n'ai pas dit ça.

— Mais tu veux que je m'occupe de tout, n'est-ce pas ? Aller seule là-bas, ouvrir la maison, et revenir le chercher, c'est ça ?

— Ruth, je n'ai pas...

— Qui s'occupera de lui pendant que je serai dans le Maine ? Qui lui rendra visite ? lui parlera ?

— Arrête, Ruth. C'est juste que l'idée de retourner à Carter's House...

— Will n'a plus que cette idée en tête. Et cela me suffit. Il veut... (La voix de Ruth trembla.)... il veut *être* là-bas. Avec nous.

— Est-ce vraiment raisonnable ?

Toute honte bue, Ruth décida de jouer le tout pour le tout :

— Quand il sera mort, j'espère seulement que tu te rappelleras que tu as refusé d'exécuter la dernière volonté de ton fils.

— Je suis incapable d'affronter tout ça, avoua Paul. C'est... c'est trop dur.

— Et tu crois que c'est facile pour moi ? Tu crois que ça ne me fait rien de voir mon fils mourir à petit feu sous mes yeux ? Pourrais-tu arrêter de ne penser qu'à toi pendant deux secondes ? Espèce de salaud. *Salaud !* hurla-t-elle avant de fondre en larmes.

Paul l'écouta encore un moment avant de raccrocher.

Il avait tort. Et il en était conscient. Errant dans les rues, titubant après quelques verres de trop, ne sachant où ses pas le portaient. Ni même où il se trouvait. Il voulait fuir, fuir ces murs qui l'entouraient, qui menaçaient de l'écraser. La soirée était étouffante, le ciel s'assombrissait, les effluves pollués du trafic flottaient dans l'air lourd. De l'autre côté de la rue, quelqu'un se mit à crier au viol depuis le troisième étage d'un immeuble. Paul tourna le coin de la rue.

Will avait besoin de lui. Ruth aussi. Si seulement elle parvenait à s'ouvrir un peu. À lui dire : Paul, j'ai besoin de toi. Sa voix au téléphone. Lui demandant son aide.

Des SDF se préparaient à passer la nuit sous les porches sombres, rassemblant autour d'eux leurs misérables sacs. Des yeux l'observaient. Des silhouettes furtives, cols remontés sur des cheveux en broussaille. Relents de poubelles. Un café au carrefour, un pub plus bas. Était-il déjà venu ici ? Il trébucha sur des pieds qui dépassaient. Entendit des grognements et des jurons.

Ce sont les dernières volontés de notre fils, avait crié Ruth. Paul retint un sanglot. On se serait cru en pleine lecture de testament. Mon fils... mon fils qui va mourir. Ruth avait raison. Comment pourrait-il se regarder à nouveau dans la glace s'il n'acceptait pas de réaliser l'ultime vœu de Will ? Il ne pouvait pas faire grand-chose d'autre pour lui : même son sang n'était pas compatible.

Les sanglots l'étouffaient à présent. Le whisky qu'il avait ingurgité lui râpait la gorge. Deux grands Noirs s'approchaient de lui, de véritables armoires à glace, occupant toute la largeur du trottoir. Ils le regardèrent en riant. Mais il était trop soûl pour s'en inquiéter.

Si Will tenait tant à retourner à Carter's House, il l'y conduirait. Il ferait tout ce que Ruth lui demanderait. Son fils était mourant.

Il se mit à pleurer, trébucha contre l'un des deux hommes. L'autre l'attrapa par le bras et le remit d'aplomb.

— Qu'est-ce qui se passe, mec ?

— Cruel, balbutia Paul. C'est trop cruel.

— Eh, tu me dis ça à moi !

Ils le dépassèrent en s'écartant prudemment. Peut-être un fou. Pas besoin de ça dans la nuit des villes. Les voix s'éteignirent.

Paul se retourna pour les regarder s'éloigner. Sur ses joues, les larmes brillaient à la lumière d'un pub.

— C'est cruel, inutilement cruel ! leur cria-t-il une dernière fois.

Seul l'écho étouffé de leur rire lui répondit.

Un garçon de quinze ans. Quand je pense à tous ces cinglés, à ces voyous, à tous ces parias, qui ne contribuent en rien à la société, ne font rien de leur vie, et pour eux, tout va bien. Mais Will, ce petit garçon, si gentil, lui, il doit mourir. Sans raison. Sans aucune raison.

On chantait dans le pub. Écho de notes aigrelettes s'échappant d'un piano. Avec un nom comme Connelly, il devait être irlandais lui aussi, du moins dans un lointain passé. *Letter from America*... C'est quoi toute cette histoire, finalement ? La vie, la mort. La grande question : Pourquoi naissons-nous ? Pourquoi arrivons-nous sur cette foutue terre ? Trois années d'écart entre Josie et Will.

Une succession de restaurants chinois à l'abandon. Une voiture conduite par de jeunes Portoricains qui ralentit au bout de la rue, quatre garçons coiffés de casquettes de base-ball et deux filles. Ils le regardèrent en passant et le conducteur claqua des doigts. Paul essuya ses larmes en tentant de reprendre le contrôle de lui-même. La boisson l'empêchait de penser. Trop occupée par sa carrière, Ruth n'avait pas voulu d'un second enfant. Madame la grande juriste qui ne s'intéressait ni à lui ni à Josie. Il l'avait forcée. Pas tout à fait violée, mais elle avait résisté, surtout en constatant qu'il ne se protégeait pas. Furieuse lorsqu'elle s'était retrouvée enceinte de Will. Après la naissance, elle avait quitté quelque temps son travail pour redevenir mère. Comme avant. Des pique-niques, des sorties. Des promenades au parc. Noël dans le Maine. Préparer des gâteaux. Être présente.

Être de nouveau sa femme.

Il trébucha encore, porta les mains en avant pour se protéger, heurta le trottoir, s'écorcha les paumes. Une crotte de chien à deux doigts de son nez, la fumée noire crachée par le pot d'échappement d'un camion qui passe.

Il se remit sur ses pieds, remua le cou pour faire disparaître les brumes du whisky. Elle avait le droit. Tous les droits. Celui de se créer une vie en dehors de la famille. On n'était plus dans les années cinquante. Les rôles avaient changé. Oh, mon Dieu.

Il grogna en sentant la nausée lui tordre l'estomac. Où tout cela l'avait-il mené ? Qu'était-il donc arrivé ? Les Connelly. Les Connelly d'Irlande. Il y a cent ans. Pas un couple modèle. Rien de spécial. Une famille ordinaire, heureuse, s'efforçant de donner le meilleur à ses enfants. Il tituba jusqu'au croisement, vit des lumières, la circulation, un taxi. Rentrer chez lui. Prendre une douche.

Quelle sorte de père était-il ? Si c'était ce que Ruth voulait, il emmènerait Will en voiture dans le Maine. Oh, bien sûr, il n'approuvait pas ce projet. Fallait pas... fallait pas faire ça. Mais si c'était ce que... Oui, il le ferait.

Bien sûr qu'il le ferait.

— Je partirai une semaine avant, annonça Ruth. Pour ouvrir la maison, tout préparer.

— Belle Dee ne pourrait pas s'en occuper ?

— Ils me l'ont proposé. Il ne s'agit pas seulement de faire le ménage et d'ouvrir les volets. L'agence se chargera de ces détails. Mais il y a le reste... arranger la chambre de Will, par exemple. Brancher mon ordinateur pour me maintenir en contact avec le bureau. J'ai pensé installer Will dans la chambre à côté de la tienne.

— Ça va lui plaire. Elle donne sur l'étang.

— Il y a encore plein de choses à organiser. Trouver une infirmière à mi-temps s'il... s'il en a besoin. Un équipement d'urgence. Et tout son cher fouillis qu'il veut emmener là-bas.

— Combien de temps penses-tu rester ?

— Aussi longtemps qu'il le faudra, répliqua-t-elle d'un ton brutal.

— Ruth...

— Quoi ?

— Tu ne crois quand même pas... Je veux dire... il ne va pas vraiment mourir, n'est-ce pas ? Pas là-bas ?

Ruth demeura silencieuse pendant de longues minutes. Puis elle reprit d'une voix ferme :

— Je vais demander à Dieter Hechst de m'aider à déplacer les meubles. Et faire de menus travaux.

— Je pourrais passer quelque temps avec vous, du moins... si tu acceptes.

— Will en serait si heureux.

— Et toi ?

— Moi aussi.

Au volant de sa voiture, Ruth n'avait qu'une image en tête : cette maison qui l'attendait. Vide depuis près de deux ans. Abandonnée. Aurait-elle le courage de déranger enfin les fantômes qui rôdaient dans les pièces désertes ?

Une fois à Sweetharbor, elle parut hésiter, comme tétanisée, et se gara sur un parking. Pendant de longues minutes, elle demeura assise, moteur allumé, rassemblant péniblement ses esprits. Puis elle trouva la force de se ressaisir, fit demi-tour et repartit.

De nouvelles fougères envahissaient les bas-côtés de la route, petits îlots de verdure remplaçant les couleurs dorées de l'hiver. La nature était en fleurs, les arbres couverts de nouvelles feuilles et les prés parsemés de clochettes et de marguerites. Au tournant de Carter's House, elle s'engouffra dans le chemin sableux qui serpentait sous les arbres et descendit complètement sa vitre pour respirer l'air de l'océan. Lorsque la voiture sortit lentement du bois donnant sur le pâturage, Ruth aperçut enfin la maison, baignée de lumière. Elle semblait l'attendre, patiente et immuable, comme toujours au début de l'été.

C'était cela qu'elle redoutait par-dessus tout : entrer et, au lieu des vibrants souvenirs du passé, n'être plus confrontée qu'à des ruines. Elle eut soudain envie de faire demi-tour, de fuir à tout jamais ces lieux chargés de joie et de souffrance. Comme il serait dur d'ouvrir une fois de plus son cœur à cette demeure, à son insupportable passé ! Assise derrière le volant, elle resta immobile, écoutant la respiration de la mer et le cri solitaire des mouettes. Quand elle se décida enfin à sortir de la voiture, elle ne referma pas la portière, comme pour se ménager une issue de secours. Puis, à pas lents, elle s'approcha du porche, posa un pied sur la première marche et leva les yeux vers la porte d'entrée. Sans Will, elle aurait déjà battu en retraite sans demander son reste.

Mais il n'était plus l'heure de fuir ni même de réfléchir. Ruth monta les marches en courant, glissa la clé dans la serrure et poussa la porte.

Elle s'attendait à une atmosphère renfermée, peut-être même à de sourds effluves chargés de reproche émanant des pièces abandonnées. Mais, alors qu'elle redoutait la morsure de la douleur, ce fut une profonde paix qui l'envahit. Chaque parfum, chaque bruit lui était familier. Belle Dee avait fait du bon travail : elle avait réussi à donner l'illusion d'une maison occupée. On aurait dit que quelqu'un venait juste de quitter la pièce. Une odeur de bon café persistait dans l'air, un coussin un peu déformé, comme si on venait de s'y asseoir. Les meubles avaient été cirés, toutes les surfaces brillaient. Belle avait même pensé aux fleurs. Un vase de freesias posé sur la table. Une lumière d'un jaune diaphane perçait à travers les stores baissés pour garder les pièces fraîches. La vieille demeure grinçait et paraissait tanguer autour de Ruth, ses poutres s'étirant comme des branches vers la chaleur du soleil, là-bas, dehors. La jeune femme franchit les espaces déserts, comme un fantôme d'elle-même, sans substance, étiolée.

Elle n'arrivait pas à croire à son retour. Elle s'étonnait d'être là, sous les plafonds lambrissés, sans se retrouver paralysée par l'angoisse. Elle se rappela les jours enfiévrés qui avaient suivi l'accident. Elle se revit fouillant la côte de long en large, sentit de nouveau les rochers humides sous ses paumes, l'odeur d'algues et de bois détrempé, le désespoir qui l'avait envahie.

Le salon était resté plus ou moins tel qu'on l'avait laissé après l'accident. Le piano, ouvert, semblait attendre qu'on vienne poser ses mains sur le clavier. Elle fit sonner quelques notes sous ses doigts. Après une aussi longue absence, elle constata avec surprise que l'instrument était encore parfaitement accordé.

Devant ses yeux, une partition ouverte d'une vieille chanson de Dylan, *Mr Tambourine Man*. D'où pouvait-elle bien venir ? *In that jingle-jangle morning I'll come following you...*

Ainsi que Ruth l'avait redouté, la présence de Josie était perceptible dans toute la maison. Chaque objet rappelait sa présence : le vase chinois ébréché, le piano sur lequel elle adorait jouer, les livres qu'elle lisait cet été-là, un tableau peint par elle et accroché à la place d'honneur sur le mur de la salle à manger. Ruth monta les escaliers mais s'arrêta à mi-chemin. Combien de fois Josie, toujours si brusque, si vive, avait grimpé ces marches, elle aussi ! Plus haut, sur le demi-palier, Ruth eut l'impression de la revoir passer comme une flèche devant elle, les cheveux en bataille sous sa casquette de base-ball, en criant : « Je suis si contente de vivre, maintenant. »

Elle aurait cru que l'écho de ce passé lui serait insupportable mais, à sa grande surprise, il n'en était rien. Le temps avait fait son œuvre.

Attrapant ses lunettes de soleil, elle franchit brusquement la baie vitrée, tourna derrière la maison pour rejoindre le chemin qui menait aux bois et à la mer. Le sentier disparaissait presque sous les herbes et les branches tombées des arbres. La senteur familière des pins envahit ses narines : une odeur de terre humide et de feuilles mêlée aux prometteurs parfums de la floraison. Des pluies récentes avaient laissé quelques mares qui scintillaient parmi les fougères, les prêles et les hautes herbes. Les féroces tempêtes de l'hiver dernier avaient entraîné de gros dégâts, ravageant les bois.

Dans la clairière, elle aperçut au loin les cimes arrondies de Mont Desert Island et demeura un moment au bord de la falaise à regarder la plage rocailleuse à ses pieds. La mer, d'un gris bleuté, s'étendait devant elle, sourde, secrète, menaçante.

La lumière, reflétée par l'océan, l'aveuglait. La même lumière que ce jour fatidique où elle avait perdu sa fille. La même chaleur, annonciatrice d'orage. Ruth s'assit sur le banc – le banc de Josie. Elle se demanda qui d'autre venait encore s'y asseoir. C'était une propriété privée mais l'agence prétendait qu'on apercevait parfois des gens s'y promener. Elle était bien trop épuisée pour s'en inquiéter.

Les yeux fermés, elle offrit son visage aux rayons du soleil. Le silence, à peine dérangé par le doux murmure trompeur de la mer, les piaillements des oiseaux, le murmure des sapins derrière elle.

Elle se laissa envahir par la présence de Josie. Elle est ici... quelque part, toute proche. Son esprit est ici. Ruth ne se trompait pas. Le banc avait bien été construit pour sa fille, donnant sur cette mer qu'elle avait tant aimée. Le fantôme d'une noyée pouvait-il être ailleurs que sur les lieux où il avait connu le bonheur ?

Ruth se leva enfin. Il était temps de rentrer et de préparer la maison avant l'arrivée de Will. Elle allait partir lorsque à ses pieds un éclat brillant attira son attention. Des gens étaient venus ici, avaient peut-être piqueniqué, abandonné des ordures. Elle se pencha pour ramasser un petit objet qui luisait doucement à la lumière de l'été. Métallique. Une boucle d'oreille.

— Oh, mon Dieu ! s'écria-t-elle, en jetant des regards égarés autour d'elle, le souffle coupé et le cœur battant. Josie !

Seul le ressac lui répondit. Comme brusquement vidée de ses forces, Ruth se laissa retomber sur le banc pour examiner le bijou. Il reposait dans sa paume comme un insecte aux longues pattes, au corps d'acier. Elle le retourna. De l'argent. Un petit cœur en cuivre. Exactement comme les boucles d'oreilles portées par

Josie le jour de sa mort. Ruth pressa le bijou contre sa poitrine.

Essaie de réfléchir, se dit-elle. Sois logique. Ce bijou n'était pas, ne *pouvait* pas être à Josie. Elle l'aurait remarqué l'été dernier. Quelqu'un doit l'avoir perdu ici. Un passant, un couple d'amoureux, un promeneur. Quelqu'un s'était assis sur le banc de Josie pour admirer la mer, était parti en le perdant. Ce ne pouvait être qu'une coïncidence.

— Salut, le tigre ! s'exclama Paul, regrettant aussitôt d'avoir choisi cette métaphore.

Les tigres étaient forts, alertes, pleins d'énergie.

— Salut, p'pa.

Paul approcha une chaise du lit de son fils et lui pressa doucement la main.

— Comment vas-tu, fiston ?

— Un peu sonné. Ed est passé me voir. Et Dan aussi.

— Tu veux que je te lise quelque chose ?

— Pas aujourd'hui.

Un silence, puis Will reprit, comme s'il se parlait à lui-même :

— Le pire, c'est quand Michelle est morte. Je ne pouvais pas l'accepter. Impossible... Tu crois en Dieu, papa ? demanda-t-il en tournant ses yeux immenses vers son père.

— Question difficile. Je crois que nous avons tous besoin d'une certaine spiritualité. Je crois que nous aspirons tous à quelque chose de plus grand et de meilleur que nous-mêmes. Si tu veux appeler ça Dieu..., fit Paul en haussant les épaules. Et toi ? Est-ce que tu y crois ?

— Avant, oui. Mais maintenant, je ne sais pas. Je

448

crois bien que non. Grand-mère raconte toujours à quel point Il est bon et miséricordieux. Alors, pourquoi est-ce qu'Il a tué Michelle ?

— Je n'ai pas de réponse à cette question.

— Mais si tu n'es pas croyant, tout est différent, non ? Il suffit de dire que tout n'est qu'une question de hasard. Et pas un type avec une longue barbe qui pointe son index sur toi et te choisit parmi tous les autres. C'est juste, disons, le destin. Que ce soit Michelle ou moi ou les autres enfants – ou les gens assassinés au journal télévisé – ou les accidents : c'est le hasard. Ça doit arriver à quelqu'un. Alors, pourquoi pas toi ?

Paul se disposait à répondre lorsqu'une femme inconnue apparut sur le seuil de la chambre. Elle semblait entièrement vêtue de cuir noir, mais portait en réalité un T-shirt de coton sombre sous son manteau de peau. Ses cheveux également noirs étaient coupés extrêmement court.

— William, dit-elle.

— Salut, mademoiselle Marling, s'exclama Will dont le visage s'illumina soudain de bonheur.

Il se redressa sur son oreiller. La femme se mit à fouiller dans une mallette et en ressortit des papiers retenus par un trombone.

— Je dois te dire que ce dernier devoir est...

Elle s'interrompit de manière théâtrale.

— ... est quoi ? demanda Will. Est-ce que j'ai une bonne note, mademoiselle Marling ?

Elle poussa un soupir et s'assit sur le bord du lit.

— Vous êtes son père ? dit-elle en levant les yeux vers Paul.

— En effet, je suis Paul Connelly, répondit Paul, plutôt surpris.

— Permettez-moi de me présenter. Barbara Marling, le professeur de lettres de William.

449

— Barbara ? s'écria Will, les yeux écarquillés. *Barbara ?*

Elle se tourna vers lui, un sourire aux lèvres.

— Mon prénom ne te plaît pas, William ?

— Oh, ce n'est pas ça, répondit précipitamment le jeune garçon en rougissant.

— Vous devriez être fier de ce jeune homme, monsieur. J'aime que mes élèves se donnent à cent pour cent à leur travail. Et c'est exactement le cas de Will. C'est un excellent devoir, ajouta Mlle Marling en tapant du doigt sur les feuilles de papier. J'avais demandé aux élèves d'écrire sur le sujet de leur choix, pour autant que cela ait un rapport avec la littérature.

— Et qu'est-ce que tu as choisi ? demanda Paul.

— Les îles de Shoals.

— Sur les côtes du Maine ?

— Ouais.

— Comme vous devez le savoir, professeur Connelly, il s'agit d'un endroit extrêmement intéressant. La première colonie américaine d'artistes et de musiciens.

Paul dut faire un effort de mémoire.

— Celia Thaxter et, euh, Childe Hassam, c'est ça ?

— Parmi d'autres. Bravo, fit Barbara en inclinant la tête.

Paul se sentit bêtement flatté.

— Quelle note m'avez-vous donnée, mademoiselle ? demanda Will. Vingt sur vingt ?

— Tu te moques de moi, mon garçon ?

— C'est ce que je mérite, considérant tous les efforts que j'ai faits.

— Hmm, tu as peut-être bien raison, William, dit le professeur en jetant un dernier coup d'œil au devoir. Oui, tu pourrais bien avoir raison.

Elle lui tendit la copie.

Il regarda le haut de la première page et leva les mains en signe de triomphe.

— Ouah ! Vingt sur vingt ! Mademoiselle, combien a eu Ed ? Est-ce qu'il a eu une bonne note aussi ?

Pour toute réponse, la jeune femme se rua soudain sur la plante que Ruth avait apportée quelques jours auparavant.

— Elle a besoin d'eau, déclara-t-elle d'un ton sévère. On voit bien que personne ne s'occupe d'elle, William.

— Combien est-ce qu'Ed a eu pour son devoir ? insista le jeune garçon.

— Eh bien, je dois avouer qu'il n'a pas eu vingt.

— Super ! s'écria Will, les yeux brillants.

Relevant la manche de sa veste, Mlle Marling consulta la montre de plongée qu'elle portait au poignet.

— Il faut que je parte, maintenant. Au revoir, William.

— Merci de votre visite, mademoiselle Marling.

Sur le seuil, elle se retourna une dernière fois. Son expression se fit plus douce devant la pâle silhouette qui gisait sur le lit.

— Je dois te dire, William, que, si ce n'est pas ta première bonne note, c'est sûrement la plus méritée.

— Merci, dit Will, avant d'ajouter, au moment où Mlle Marling tournait les talons, *Barbie*.

La jeune femme passa la tête à travers la porte.

— J'ai entendu, tu sais, fit-elle avec un sourire.

— Ouah ! s'exclama Paul, après qu'elle eut disparu dans le couloir. J'ai des hallucinations ou bien c'est un missile de croisière qui vient de passer ?

— Tu devrais la voir quand elle n'a pas pris de Prozac. Maintenant, tu comprends ce que je dois endurer à l'école.

— Je ne savais pas que tu avais repris les cours.

— Non. C'est juste que, la dernière fois qu'elle est venue, elle m'a dit que mon cerveau risquait de s'atro... euh... comment dit-on, déjà ?

— S'atrophier, corrigea Paul.

— Ouais, c'est ça. Elle m'a dit qu'elle venait de donner un devoir à toute la classe et qu'elle souhaitait que je le fasse aussi. Et comme j'étais juste en train de lire un livre sur le Maine que maman m'avait acheté, je me suis dit que ça pourrait être marrant. Surtout si je pouvais battre Ed. Je suis sûr qu'il va être furieux de ma note.

Peut-être que je crois en Dieu, après tout, songea Paul. C'est juste que je ne l'imaginais pas vêtu de cuir noir.

Des chiens jouaient sous la véranda de la maison des Hechst, aboyant à la vue de Ruth. Elle leur murmura quelques mots d'apaisement. Avant d'avoir même le temps de sonner, Gertrud Hechst apparut sur le seuil.

— Ruth ! Quel plaisir de vous voir.

— Trudi ! s'exclama la jeune femme avec chaleur. Comment allez-vous ?

Gertrud pencha la tête pour l'examiner.

— Parlez-moi plutôt de vous.

Maintenant qu'elle était là, Ruth se sentit un peu perdue. La question qu'elle voulait poser lui sembla brusquement ridicule. Et même folle.

— Je vais très bien. Will vient passer l'été ici.

— Comment va-t-il ?

— Pas très bien, Trudi. L'hôpital l'a renvoyé chez lui. Ils ne peuvent plus rien faire pour lui.

Gertrud descendit les marches pour serrer Ruth dans ses bras.

— Je suis navrée. Mais il ne faut pas désespérer.

— J'ai l'impression que nous avons épuisé toutes les solutions.

— On ne sait jamais ce qui peut arriver.

Ruth parut s'affaisser un instant, mais elle se redressa.

— Trudi, je suis venue vous demander si votre mari accepterait de m'aider à déplacer quelques meubles. J'aimerais que tout soit prêt pour l'arrivée de Will. Ce dernier Noël l'a enchanté, et il avait terriblement envie de revenir.

Elle espérait que Gertrud comprendrait à demi-mot ce qu'elle n'osait avouer.

— Je vais en parler à mon mari dès son retour. Il viendra chez vous demain matin à la première heure ou il vous enverra notre neveu Sam.

— Merci beaucoup.

De retour à Carter's House, Ruth fut saisie par le parfum entêtant des freesias. Elle venait à peine de fermer la porte derrière elle lorsque le téléphone sonna.

— Madame Connelly ? C'est Belle Dee. Est-ce que tout est à votre convenance ?

— Oui, Belle. C'est parfait, je vous remercie. La maison a été merveilleusement entretenue.

— Si vous avez encore besoin de quelqu'un, n'hésitez pas à m'appeler.

— Un ami va venir m'aider à préparer une chambre au rez-de-chaussée pour mon fils. À part ça, tout est en ordre.

Un ami ? Elle connaissait Dieter Hechst depuis toujours mais pouvait-elle l'appeler ainsi ?

— Alors, c'est très bien.

Ruth se rappela soudain quelque chose :

— Ah, et merci aussi pour les fleurs.

— Les fleurs ?

— Les freesias dans le salon. Quel merveilleux parfum ! Et, en plus, c'étaient les fleurs préférées de ma f...

— Écoutez, j'aurais aimé avoir pris moi-même cette initiative. Mais il se trouve que nous ne laissons jamais de fleurs chez nos clients : ils pourraient être allergiques ou avoir, en la matière, des goûts spécifiques que nous ignorons. C'est pourquoi nous ne fleurissons les maisons que si on nous le demande expressément.

— Dans ce cas, c'est plutôt étrange. Je me demande qui a bien pu apporter ces freesias.

— Il y a sûrement une explication toute simple, assura Belle Dee. En attendant, n'oubliez pas : si vous avez besoin de quoi que ce soit, faites-le-moi savoir.

Dans le salon, le bouquet de fleurs blanches paraissait bien trop petit et fragile pour dégager d'aussi fortes senteurs. Elle toucha du doigt l'une des fleurs en forme de trompette, et les paroles de Josie lui revinrent en mémoire : « Ce sont les fleurs que j'aime par-dessus tout. »

Les mots semblèrent résonner en écho, flotter dans l'air. « ... par-dessus tout. » Ruth en fut comme pétrifiée. Elle resta un long moment immobile. Avait-elle vraiment entendu cette voix ? Était-ce un effet de son imagination ? Dans le silence, elle essaya de distinguer des pas, une respiration, le moindre indice signalant une présence. *Ce sont les fleurs que j'aime par-dessus tout...* La voix de sa fille résonna encore mais, cette fois, elle comprit que ce n'était rien d'autre qu'un écho de ses propres souvenirs.

Plus tard, dans la fraîcheur du soir, Ruth s'assit sous la véranda avec un verre de vin et un coupe-papier. Mieux vaut tard que jamais, songea-t-elle en ouvrant des enveloppes postées depuis deux ans. Des lettres de condoléances ampoulées. *Notre plus profonde sympathie... Une si gentille fille...* Josie s'ouvrait devant Ruth telle une fleur qui se déroule à la lumière du soleil. *Elle va nous manquer... Elle m'a aidé dans une période difficile... Tellement de talent... Si pleine de sollicitude envers les autres...*

Josie, sa propre fille. Et, pourtant, plus que cela aux yeux de bien des gens, une présence, une personne, *une perte tragique.*

La lecture de ces lettres ne manquait pas de la troubler. Nombre d'entre elles émanaient d'habitants de la région qu'elle connaissait à peine. Au souvenir des reproches que lui adressait sa fille sur la manière dont elle traitait les résidents, Ruth eut honte de ses mauvaises habitudes de repli.

Renforcée par du carton, l'une des enveloppes arborait la mention NE PAS PLIER. Elle l'ouvrit avec précaution et en sortit un dessin au fusain d'une jeune fille, la tête penchée, tenant quelque chose dans sa main – une fleur, un pinceau, difficile à dire. Ruth en eut la respiration coupée. Le modèle ne pouvait être que Josie.

Ce dessin était infiniment plus poignant qu'une lettre. Ruth ne put retenir ses larmes à la vue du cou, des épaules gracieuses, d'une oreille à demi cachée. Mais ses sanglots se perdirent dans le murmure de la mer. Josie. Ma Josie perdue à tout jamais. Cependant, avec le recul du temps, elle avait l'impression de contempler une étrangère.

Ruth retourna le dessin et découvrit un mot écrit au crayon : *J'ai pensé que cela vous ferait plaisir. Annie Lefeau.* Ce nom n'évoquait rien dans la mémoire de Ruth. Préoccupée, elle regagna la maison et accrocha le dessin à la cuisine. Elle le verrait ainsi chaque fois qu'elle lèverait la tête.

Elle demeura à demi assoupie dans la chambre qu'elle avait partagée avec Paul, bercée par le murmure de la mer et le bruissement des sauterelles. Annie Lefeau... De qui donc s'agissait-il ? Qui était l'auteur de ce dessin ? Quand donc Josie avait-elle posé pour cette inconnue ? Questions oiseuses, alors qu'elle ferait mieux de penser à Will dont l'arrivée était imminente. Il restait encore mille choses à organiser. Ruth commença à établir une liste dans sa tête. Très doucement, de façon presque inaudible, l'air se fit entendre, la chanson de Josie... *In that jingle-jangle morning...*

Ruth se redressa brutalement, l'oreille aux aguets. Avait-elle réellement entendu ces notes flotter dans le vent ou n'était-ce qu'un effet de son imagination ? Une fois de plus, elle perçut une timide musique, des notes évanescentes, des mots... *on your magic swirling ship*.

Sauf que personne ne chantait.

Épuisée, elle décida d'aller se coucher. En haut des escaliers, elle tendit une dernière fois l'oreille. La vieille demeure était parfaitement immobile et silencieuse. Pas le moindre bruissement dans l'obscurité. Seul le parfum des freesias lui tenait compagnie.

— Josie ?

Le cri lui avait échappé. Il résonna dans l'air embaumé de la maison et s'évanouit presque aussitôt. Le silence se referma sur Ruth qui frissonna.

De retour dans sa chambre, elle se coucha sous les couvertures, consciente qu'elle ne trouverait pas le sommeil.

Elle fut surprise de s'éveiller dans la lumière du matin.

L'après-midi, elle prit la voiture pour faire des

courses à l'épicerie de Sweetharbor. Des steaks pour Paul. Un jambon rôti au miel. Des légumes pour Will, sa nourriture préférée – dans la mesure où il parvenait à manger quelque chose. Les plats mexicains qu'il adorait étaient, hélas, prohibés ainsi que tout ce qui était épicé. Même les chips au sel et au vinaigre dont il raffolait.

Elle acheta également de la confiture d'airelles, un bouquet de fleurs séchées, du papier toilette à fleurs, du sirop d'érable et une assiette décorée de motifs floraux. Elle se laissa tenter aussi par la reproduction d'un phare et par une baleine sculptée dans le bois. Ruth dépensait sans compter, désireuse de satisfaire le moindre désir de Will. Après avoir rangé ses achats dans le coffre de la voiture, elle eut envie de se promener quelques instants le long de l'artère principale. Des touristes, des badauds et des employés rentrant chez eux envahissaient les trottoirs.

Soudain, en passant devant Dunkin' Donut Shop, une musique flotta dans l'air. Un air insistant qui s'élevait au-dessus des bruits de la circulation.

Ruth marqua le pas si brusquement que quelqu'un trébucha derrière elle. Dans le matin clair, les paroles lui parvinrent, parfaitement distinctes. C'était la même chanson qu'elle avait entendue la nuit dernière. *In that jingle-jangle morning I'll comme following you...* Ruth descendit en courant la petite rue qui séparait le supermarché du pressing. Elle menait à un minuscule square, orné en son centre d'un parterre de fleurs, d'une petite fontaine et d'un banc. Des promeneurs y flânaient en regardant la vitrine de la boutique d'articles de pêche, buvaient à la terrasse du café, examinaient les fleurs et les légumes exposés sur des tréteaux.

La musique avait cessé, à présent. Pas le moindre musicien de fortune n'était là. Avait-elle imaginé tout cela ? Un groupe de collégiens en shorts et polos kaki, pieds nus dans leurs bottes rongées par le sel, étaient assis sur le muret du rond-point central. Elle s'arrêta devant eux.

— Avez-vous entendu quelqu'un chanter ici, il y a quelques minutes ?

Ils la fixèrent avec étonnement. L'un des adolescents, un garçon blond à la peau tannée par le soleil, répondit d'une voix traînante.

— Non, m'dame.

— Une fille, insista Ruth. Elle chantait. Un air de Bob Dylan.

Ils avaient tous l'air perplexes : Bob Dylan, c'était le passé. Carrément rétro.

Le jeune garçon aux cheveux blonds esquissa un geste vague en direction du square.

— Peut-être là-bas.

— Vous l'avez vraiment vue ?

— Qui ça, m'dame ?

— Cette fille, voyons ! hurla presque Ruth. Celle qui chantait.

Le gamin haussa les épaules.

— J'ai vu personne, m'dame.

— Oh, mon Dieu, fit Ruth, en se tordant les mains, je deviens folle...

Elle crut lire de la peur dans les yeux des jeunes gens qui s'égaillèrent à la hâte, la laissant seule avec son désarroi. Ils avaient sûrement dû la prendre pour une folle, en effet.

Ruth partit de son côté. Elle se sentit envahie par une colère sourde. Ces enfants étaient assis au milieu du square et n'avaient rien entendu, rien vu. Toutefois, dans Old Port Street, la musique lui était parvenue avec netteté.

Elle passa devant une boutique de mode, ouverte pendant la période touristique. Puis devant un magasin de souvenirs qui vendait des coquillages, des bougies parfumées, des pierres polies ramassées sur la plage et ornées d'inscriptions du genre : *Bonne chance. Carpe diem. Vas-y.* Ruth scruta la vitrine. Rien. Les deux magasins étaient séparés par une petite allée qui permettait de sortir du square pour rejoindre Old Port Street.

Josie. Josie, songeait-elle. Même si ce n'est que ton essence spirituelle, tu es quelque part, ici. Je le sais. J'en suis sûre.

Elle observa la rue sur toute sa longueur, sans grande conviction, espérant entrevoir le léger balancement d'une jupe, un mouvement de cheveux, un fugitif sourire. Elle n'aperçut qu'une foule composée de visages anonymes. Elle traversa la rue, se frayant un chemin à travers les voitures, indifférente aux coups de Klaxon impatients. Descendit une autre allée qui menait au parking situé derrière l'épicerie. La vive lumière de l'été l'éblouissait. Une voiture la frôla. Visage effrayé d'une femme. Pas *sa* Josie. Une vieille femme avec un chien sur la banquette arrière.

La ville se mit à tourner autour d'elle. Les mouettes flottaient comme des poissons blancs dans le bleu du ciel. Un couple revenant des courses, encombré de sacs d'épicerie. L'odeur d'algues marines et d'essence de voiture.

— Josie ! cria-t-elle avant de faire demi-tour. Josie, où es-tu ?

Pas de réponse. Des passants se mirent à l'observer avec curiosité. Elle prit sa voiture, parcourant les rues en tous sens. Qu'espérait-elle ? Ce n'était qu'un fantôme.

À bout de forces, elle rentra enfin chez elle, épuisée.

Paul dormait lorsque le téléphone sonna à côté de son lit. Grognant, la tête lourde du whisky ingurgité la veille, il chercha l'appareil à tâtons, finit par le trouver en râlant et le porta à son oreille.

— Ruth ! s'écria-t-il, tâchant de chasser les dernières brumes de la nuit. Que se passe-t-il ?

— Mais, rien.

— Pourquoi appelles-tu, alors ?

— Je... je ne sais pas comment t'expliquer, mais...

Paul avait tant de mal à reconnaître sa voix qu'il crut une fraction de seconde avoir quelqu'un d'autre au bout du fil.

— Paul...

— Quoi ? coupa-t-il avec impatience, les yeux fixés sur le cadran du réveil.

Deux heures du matin.

— Ne ris pas mais... Est-ce que tu crois aux fantômes ?

— Pardon ?

— Je te parle des fantômes. Est-ce que tu y crois ?

S'il ne l'avait pas mieux connue, il l'aurait accusée d'avoir bu autant que lui. Il préféra garder son calme.

— Non, répondit-il d'une voix exagérément patiente. Ni aux lutins, ni aux goules ou aux gremlins, ni à rien de ce genre.

— J'ai l'impression que Carter's House est hantée.

— Hantée ? Mais qu'est-ce que tu...

— Par Josie.

Paul se redressa brusquement sur son lit, clignant les yeux, la tête douloureuse. Des fantômes, il ne manquait plus que ça !

— Tu devrais peut-être parler à quelqu'un, Ruth, murmura-t-il le plus doucement possible.

Pourtant, au même instant, il fut traversé par l'irrépressible envie de lui dire qu'il l'aimait.

— Je ne suis pas folle, si c'est ce que tu crois.

— Bon, bon, d'accord. Mais...

Ruth se lança dans des explications confuses, d'une voix qui enflait de minute en minute. Elle parlait si vite qu'il ne comprit qu'une infime partie de son discours. Une histoire de coussin sur le canapé, de piano, de peinture, de square.

— Bob Dylan ? bredouilla-t-il. Qu'est-ce que ça vient faire là-dedans ?

Ruth repartit de plus belle. D'une voix plus aiguë encore.

— Sa boucle d'oreille, Paul, celle qu'elle portait le jour où... et les fleurs, les freesias, leur parfum dans toute la maison. Et cette chanson, je croyais que je me trompais mais c'était peut-être...

Paul commençait péniblement à reprendre ses esprits.

— Calme-toi, veux-tu ? coupa-t-il sur un ton plus ferme. Ces deux dernières années ont été très dures, Ruth. Will, Josie, notre séparation, tu as subi un incroyable stress. Il faut te ressaisir.

— Elle est ici, Paul. Ou, du moins, une partie d'elle-même.

Il poussa un profond soupir.

— Écoute, chérie, je vais venir ce week-end. Alors, tiens bon jusque-là, d'accord ? Reste calme. Nous parlerons de tout cela plus tard.

— Tu crois que je perds la tête, n'est-ce pas ?

— Bien sûr que non. Mais il est deux heures du matin et je suis épuisé. Recouche-toi et essaie de dormir.

— Désolée, dit-elle froidement. Pardonne-moi de t'avoir réveillé.

Paul laissa échapper un nouveau soupir.

— Appelle-moi quand tu veux.

Mais elle avait déjà raccroché.

Enveloppée dans une couverture, elle s'assit dans la fraîcheur de la nuit sous la véranda, se balançant dans le rocking-chair de sa grand-mère, un bol de café sur les genoux. Des lucioles miroitaient dans l'obscurité. Au-delà des prairies, on entendait le murmure de l'océan. Elle arrangea le vieux coussin rembourré de foin dans son dos, tout en songeant : Elle est là quelque part, je le sais.

Un renard hurla dans les bois et, une nouvelle fois, la même certitude la traversa. Elle est là. Non pas son fantôme, ni son être spirituel, mais sa présence *physique*. Elle est ici, pensa Ruth, bouleversée. Et elle sait que je suis ici.

C'était impossible, évidemment. Cependant, depuis qu'elle avait laissé cette idée s'échapper de son esprit, elle en était obsédée. Tandis qu'elle était bien installée dans le vieux fauteuil qui grinçait à chaque mouvement, l'éventualité de l'existence de Josie enflammait son imagination. Rejetant brusquement la couverture, elle se leva, fit quelques pas jusqu'au bord de la véranda, s'accouda à la rambarde, tremblante d'excitation.

Le destin lui offrait-il une seconde chance ? La possibilité de se réconcilier avec sa fille ?

Tout autour d'elle, la nuit bruissait d'attente et d'espoir. Levant la tête, Ruth fixa l'obscurité en lançant un message muet : Josie, reviens. Je suis là. Je t'aime.

Oui, j'ai besoin de toi, Joséphine. Et Will aussi. Tu es la seule à pouvoir l'aider.

21

Dans la remise, une puissante paire de jumelles était accrochée à une rangée de crochets de cuivre. Ruth l'emporta dans sa chambre et se mit à scruter les bois qui entouraient la maison. Après tout, si Josie l'observait également, elle pourrait peut-être l'apercevoir.

Ruth balaya le paysage avec soin, à l'affût du moindre mouvement, de la moindre tache de couleur ressortant sur la verdure. Elle vit un pigeon ramier virevolter dans les hautes branches d'un sapin, capta le passage rapide d'un animal, peut-être un cerf, aperçut les silhouettes de trois promeneurs. Sur la mer, de petits bâtiments, certains encore ancrés, se préparaient à disputer les courses.

Qu'espérait-elle ? La recherche de sa fille avait tout de ces quêtes impossibles, comme attraper des licornes ou décrocher la lune. Trouver Josie aurait exigé l'habileté d'un professionnel.

Dans ce qui avait été autrefois le bureau de Paul, elle consulta les Pages jaunes à la rubrique *Enquêteurs*. Parmi les trois noms mentionnés, l'un semblait s'occuper surtout de la sécurité des entreprises, tandis qu'un autre offrait toute une liste de prestations, allant de l'escroquerie à la vidéo-surveillance. Les bureaux du troisième étaient situés à Hartsfield. Elle composa son numéro de téléphone.

Une voix masculine bourrue répondit.

— Enquêtes Fielding. Derrick Pearson à l'appareil.

— J'aimerais prendre rendez-vous, demanda Ruth.

— De quoi s'agit-il ?

— Euh, je... je suppose qu'on appelle ça « recherche de personne disparue ».

— Vous n'avez pas l'air d'en être sûre.

— Il s'agit d'une personne disparue, insista Ruth d'un ton plus ferme. Ma fille, plus précisément. Je voudrais la retrouver.

— Depuis combien de temps est-elle partie ?

— Peut-être deux ans.

— Peut-être ? Vous n'en êtes pas sûre ?

Ruth s'éclaircit la gorge.

— Eh bien... Disons que c'est... une histoire compliquée.

— Toutes les histoires sont compliquées. Dans mon métier, en tout cas.

Le ton de l'homme lui parut si dubitatif qu'elle hésita un instant à appeler une autre agence. Par chance, Pearson parvint à lui soutirer quelques détails et lui proposa finalement un rendez-vous pour le lendemain matin.

— Serait-ce possible aujourd'hui ? C'est urgent.

Maintenant que la décision était prise, elle ne voulait plus attendre.

Après discussion, il accepta de la recevoir à son bureau à quatre heures.

Fébrile, la respiration coupée par cet effort, elle reposa l'appareil. Un détective privé. Elle n'en parlerait pas à Paul. Du moins, pas encore.

L'homme lui avait demandé d'apporter tout ce qui serait susceptible de l'aider dans son enquête. Elle prit une profonde inspiration, se ressaisit et monta au second. Le long couloir qui traversait la maison dans toute sa longueur avait été soigneusement ciré, toujours recouvert des tapis persans ramenés par Josiah Carter. Ruth le parcourut à petits pas. Elle avait foulé ces tapis dès son plus jeune âge, comme son père l'avait fait avant elle. Quel que soit le destin de ses occupants, la vieille maison demeurait, solide et séduisante.

Devant la porte, elle fit tourner la clé dans la serrure. La chambre de Josie. Fermée depuis sa disparition. L'odeur de peinture, de crème solaire, de vieille cire et de patchouli la saisit comme dans le passé. Mme Dee avait reçu pour instruction de ne jamais laisser quiconque pénétrer dans cette pièce. Rien n'avait été touché au cours des deux dernières années. Des jeans avaient été jetés en boule sur le sol, un slip de coton dépassait d'un tiroir entrouvert, une brosse à cheveux traînait sur le lit défait. Un fouillis de cassettes, de magazines et de mouchoirs en papier envahissait la table. La poussière recouvrait tout. Quelques cadavres de mouches desséchées s'accrochaient à de vieilles toiles d'araignée ; sous la fenêtre gisait un papillon jaune dont les ailes s'étaient effilochées à force de frapper vainement contre la vitre.

Ruth se demandait ce qui pourrait bien servir à l'enquête de Derrick Pearson. Ah, oui, il avait parlé de son portefeuille, de son permis de conduire, de son numéro de Sécurité sociale. Tout ce qui serait susceptible de l'aider.

C'était la première fois qu'elle fouillait les affaires personnelles de Josie. Mais, aujourd'hui, il n'était plus temps d'hésiter. La table près de la fenêtre était couverte de vieux papiers poussiéreux. Elle les examina un à un, en quête d'informations utiles. Rien. Ce n'étaient guère que des mémentos ou des listes de choses à faire, un rendez-vous, acheter des serviettes hygiéniques et de la crème solaire au supermarché, emprunter un livre à la minuscule bibliothèque publique de Hartsfield.

Quelques numéros de téléphone hâtivement griffonnés. Un pot de beurre de cacahuètes fermé.

Elle ne savait pas très bien ce qu'elle cherchait. Peut-être les détails d'une histoire d'amour avec un homme à la recherche duquel Ruth aurait pu se lancer, ou des photographies de Josie en compagnie de quelqu'un susceptible d'être identifié. Mais il n'y avait rien. Pas de journal intime, pas de photos révélatrices, pas de carnet d'adresses. L'ours Hardy avait disparu. Mais elle savait que Will l'avait pris. Elle ne voyait pas le matériel de peinture de sa fille, de première qualité et hors de prix. Elle croyait pourtant se souvenir qu'on l'avait remonté dans cette chambre après l'accident. Il s'agissait probablement d'un faux souvenir.

Elle imagina soudain sa fille, remontant l'allée à travers le bois, saisissant la clé dans sa cache habituelle sous le porche, se glissant dans la maison pendant que toute la famille se désolait à Boston. Elle la vit s'asseoir au piano. Chanter *Hey Mr Tambourine Man, play a song for me...* Cette image lui parut à la fois troublante et insoutenable. Avait-elle considéré que la famille serait mieux sans elle, ou qu'elle serait mieux sans sa famille ?

Ruth souleva le store, encore déchirée entre l'incrédulité et la certitude. Cette chambre, Ruth l'avait également occupée, jeune fille. Le papier peint décoloré avec ses campanules et ses lis décorait les murs depuis sa plus tendre enfance – et celle de Josie. Par la fenêtre, elle vit l'étang scintiller sous le soleil de l'après-midi. Les deux canards sauvages y barbotaient, jetant de petits cris de crécelle à la recherche de nourriture.

Des toiles s'entassaient dans un coin. Ruth les retourna pour les examiner. Des paysages des environs. Un portrait de Will. Un autre de Dieter et Trudi Hechst, exécuté dans le style des primitifs américains. Un bateau inachevé. Une marine représentant l'île Bertlemy. Une forêt d'arbres étroits baignée de soleil, un homme, à moitié humain à moitié arbre, solennel, hiératique. Josie avait seize ans lorsqu'elle avait peint ces tableaux, mais l'exécution en était déjà extrêmement maîtrisée, étonnante chez quelqu'un de si jeune. Ruth se demanda pourquoi elle ne l'avait pas remarqué à l'époque, pourquoi elle n'avait pas davantage prodigué d'encouragements à sa fille. Et pourquoi elle n'avait pas vraiment cru en son talent.

Sur l'étagère au-dessus du lit, des livres, une rose de tissu dans un bol aux armes du collège Bowdoin, un canard sculpté. Contrairement aux autres canards habituellement peints de couleurs vives, celui-là était en bois brut. Le dessin, très délicat, épousait avec naturel les courbes des ailes et de la poitrine, suggérait les plumes. C'était superbe, à des années-lumière de ce que l'on trouvait d'ordinaire dans les boutiques pour touristes. Ruth le retourna. Les initiales SH y étaient gravées ainsi qu'une date remontant à deux années plus tôt. SH..., s'interrogea Ruth. Probablement les initiales de Sam Hechst.

Toujours à la recherche du portefeuille de Josie, elle reposa le canard sur l'étagère. Sa fille ne pouvait pas savoir qu'elle ne reviendrait jamais de ce pique-nique d'anniversaire. Il devrait donc être resté encore sur la table ou jeté sur le lit. Il devrait y avoir de l'argent dedans, des cartes de crédit, des affaires personnelles susceptibles d'aider Derrick Pearson dans ses recherches.

De l'argent : cette idée en amena une autre. Ruth traversa en courant le couloir qui menait à la lingerie et fouilla derrière les sacs où l'on rangeait les couvertures d'hiver. Dans la plus pure tradition américaine, c'était là que, souvent, les familles dissimulaient un petit pécule de secours. Au cas où. La dernière fois qu'elle l'avait vu, il s'élevait à cinq cents dollars.

Aujourd'hui, il était vide.

Vide !

C'était la confirmation qu'elle attendait. Seule Josie pouvait savoir où était cachée la boîte, elle seule était en mesure de la trouver et de la remettre sans déranger le bel ordonnancement des couvertures et des couettes.

Ruth ferma la porte derrière elle en souriant.

— Je sais que tu es là, dit-elle à haute voix. Je le *sais*.

— Vous ne me donnez pas beaucoup d'éléments, fit Derrick Pearson d'un ton sceptique.

L'homme avait le physique de l'emploi. Grand, le teint hâlé, d'aspect plutôt négligé. Prenant parfois des notes, il avait écouté, impassible, le récit de l'accident, Josie emportée par les vagues, la découverte de son gilet de sauvetage. Probablement avait-il entendu des histoires bien plus extraordinaires, songea Ruth.

— Hmm, dit-il finalement. Je peux donner quelques coups de fil, regarder dans nos banques de données mais je dois me montrer honnête avec vous : ça ne va pas être facile. Surtout si l'on considère que le décès de votre fille a été officiellement déclaré. Même si elle est toujours en vie, elle peut très bien avoir pris un autre nom. C'est d'ailleurs très vraisemblable. Après tout, elle a l'âge de se marier, non ?

— Je ne peux pas croire que...

— C'est pourtant l'explication la plus plausible. Sinon, comment aurait-elle réussi à survivre pendant ces deux années sans prendre contact avec sa famille ? Une gosse de seize ans... presque dix-sept.

Mariée ? pensa Ruth, interloquée. Mais Josie n'était

encore qu'une enfant ! Sans savoir pourquoi, cette éventualité lui semblait inconcevable.

— Des enfants se marient tous les jours, vous savez.

— Vous disiez qu'elle aurait pu prendre un nom d'emprunt.

— Elle aurait pu, mais... à seize, dix-sept ans ? C'est un peu tiré par les cheveux. Il lui aurait fallu être diablement habile. J'ai moi-même une fille de cet âge et je l'imagine mal se débrouiller dans des circonstances semblables. À moins qu'elle n'ait des amis – ou plus précisément *un* ami, pour lui venir en aide. En dehors de ces quelques centaines de dollars, dont vous reconnaissez vous-même qu'elle n'a pu mettre la main dessus que longtemps après l'accident, elle était livrée à elle-même, en mauvaise condition physique, trempée jusqu'aux os et sans un sou. Plus on y réfléchit, plus il paraît évident qu'elle a trouvé de l'aide auprès de quelqu'un, du moins au début.

— Vous voulez parler d'un homme ?

— C'est le plus vraisemblable, vous ne croyez pas ? Un type dont elle était amoureuse. Et voilà qu'on la présume noyée. C'est l'occasion rêvée pour s'enfuir avec lui, non ?

— J'ai du mal à croire qu'elle connaissait quelqu'un d'assez irresponsable pour l'aider sans même essayer – au moins une fois – de nous faire savoir qu'elle est vivante.

Il était encore plus difficile d'imaginer Joséphine mariée, vivant quelque part avec un enfant à elle. Jusqu'où allait son désespoir à l'époque ? Quelle sorte d'homme aurait-elle pu choisir ? Était-ce un inconnu qui troublait ainsi Josie cet été-là ? Lui qui aurait été à la source de son hostilité envers sa mère ? Lui, l'homme immobile parmi les arbres sur le tableau de Josie ?

— Elle a sûrement inventé une fable, expliqua Pearson. Sa famille a été décimée dans un accident de voiture, elle est une orpheline qui s'efforce de s'en sortir seule. Ou bien, elle a parlé de parents indignes ou d'un oncle qui tente de capter son héritage. N'importe quoi. Une histoire susceptible de lui attirer la sympathie.

Il jeta un coup d'œil à la mince feuille de papier dans le dossier au nom de Josie.

Ruth se sentait désemparée. Si c'était là l'univers dans lequel Pearson avait l'habitude de grenouiller, il lui restait, à elle, parfaitement étranger.

— D'un autre côté, votre fille semble être intelligente, poursuivit l'homme. Elle a probablement assez de jugeote pour savoir qu'elle ne pourra pas faire renouveler son permis de conduire ni se servir de son numéro de Sécurité sociale. En attendant, vous feriez bien de me communiquer les noms et les téléphones de ses fréquentations connues.

— Ses fréquentations connues ? On dirait un rapport criminel.

— Je veux parler de gens auxquels elle a pu demander de l'aide. Des professeurs, des amies intimes. Et les lieux qu'elle aimait fréquenter.

Ruth nota ces informations sur un carnet.

— Est-ce possible que vous ne connaissiez pas tous ses amis ? demanda Pearson en la fixant droit dans les yeux.

— Je ne sais pas, avoua-t-elle en secouant la tête.

— Ce qui me frappe, madame Connelly, c'est qu'il y a vraiment beaucoup de choses que vous ignorez à propos de votre fille.

— D'accord avec vous, monsieur Pearson. Et croyez bien que je suis la première à le regretter.

— Quels genres de passe-temps avait-elle ? Quelles étaient ses distractions ?

— Qu'est-ce que ses distractions ont à voir avec notre affaire ?

— Chaque détail est important, répliqua le détective. Ou plutôt, nous ne savons pas ce qui n'a pas d'importance. Disons qu'elle soit fan de cha-cha-cha, nous irions dans tous les festivals de cette danse pour y montrer sa photo. Ou bien, admettons qu'elle soit folle des Smashing Pumpkins et qu'ils donnent un concert, nous irions voir si elle n'y assiste pas. En deux ans, il est probable que ses goûts n'ont pas beaucoup changé.

— Je comprends.

— Elle avait déjà son permis de conduire, c'est ça ?

— En effet.

— Mais pas de numéro de Sécurité sociale ?

— C'est exact.

— En général, les gens qui souhaitent disparaître laissent presque toujours une trace. Mais votre fille, si elle a réellement survécu à son accident, a eu deux années pour se forger une nouvelle identité, effacer les indices, se faire établir de nouveaux papiers. Et elle est trop jeune pour qu'on la retrouve par une enquête policière classique. Pas de numéro de Sécurité sociale, peut-être pas de permis de conduire. Comme je vous le disais, nous risquons de faire chou blanc.

— Mais vous allez tout de même essayer ?

— Évidemment. Avec les moyens informatiques, ça ne devrait pas prendre trop de temps. Mais je n'ai pas grand espoir d'obtenir des résultats. Je préfère vous avertir. Vous affirmez qu'elle n'a pas touché à son compte en banque ni à ses cartes de crédit depuis l'accident. Est-ce qu'il y a autre chose qui pourrait nous aider dans nos recherches ? Des signes distinctifs, comme des cicatrices ou des taches de naissance ? Quelque chose de ce genre ?

Ruth réfléchit. Certains souvenirs s'étaient effacés avec le temps.

— Il est possible qu'elle se soit cassé le poignet au cours de l'accident. J'avais complètement oublié ça.

— Le radiologue de l'hôpital du coin est un ami à moi. J'irai vérifier auprès de lui, déclara Pearson.

Il montra la photographie de Josie :

— Nous pourrions, bien sûr, faire agrandir ce cliché, le retoucher pour lui faire prendre deux années de plus. Mais elle a probablement bien changé depuis. Coiffure différente, coloration. Peut-être qu'elle a grossi. Tout est possible.

— Pensez-vous avoir une chance, si faible soit-elle, de la retrouver ?

— Si elle a gardé son identité, nous la trouverons demain. Dans le cas contraire... Il est quasiment certain qu'elle en a changé. Sinon, vous auriez su depuis longtemps qu'elle était encore en vie. Je vous dis cela afin que vous n'entreteniez pas trop d'illusions.

— Je ne saurais vous dire à quel point c'est important pour moi.

— Nous ferons de notre mieux, assura Pearson. C'est tout ce que je peux vous promettre. Si nous trouvons quelque chose, nous vous en informerons aussitôt.

— Pourquoi aurait-elle poussé les choses si loin à seule fin de ne pas retrouver sa famille ?

— C'est à vous de me le dire.

— Nous ne sommes pas... nous n'étions pas une famille désunie, affirma Ruth.

— Désolé, mais je ne peux pas croire ça, affirma froidement Pearson. Il y avait forcément quelque chose qui n'allait pas. Sinon, comment se fait-il que vous soyez persuadée que votre fille – votre fille de *seize* ans – bien élevée puisque nous ne parlons pas d'une délinquante – a décidé de ne pas retourner dans son foyer ? Pour moi, il est clair qu'elle veut signifier haut et fort qu'elle ne souhaite plus avoir affaire à vous.

— Je ne peux pas croire ça, s'insurgea Ruth. Quoi

qu'il se soit passé à cette époque, je suis convaincue qu'elle désire qu'on la retrouve. Les indices qu'elle a laissés, comme la boucle d'oreille, et le reste...

— Si ce sont vraiment des indices.

— Je suis certaine qu'elle essaie de me faire savoir qu'elle veut rentrer.

— Madame Connelly, laissez-moi vous dire que tout ce que vous m'avez confié ne vaut pas tripette. De simples incidents qui ne prouvent strictement rien.

— Peut-être que si, insista Ruth.

— Peut-être. Mais si vous voulez mon opinion...

— Eh bien ?

— Je dirais que la pauvre fille s'est noyée il y a deux ans. Point final. Il n'empêche que je vais me décarcasser pour la trouver.

— Je vous remercie pour votre franchise.

— Je vous contacte dès que j'ai quelque chose.

De retour à Carter's House, Ruth passa un coup de fil à Belle Dee.

— C'est Ruth Connelly. J'ai oublié de vous demander depuis quand vous avez ouvert la maison.

— Trois ou quatre jours avant votre arrivée, répondit la femme d'un ton hostile. Êtes-vous en train de sous-entendre que nos services ne vous ont pas donné satisfaction ? Nous sommes en pleine saison et nous ne pouvons pas toujours organiser notre planning en fonction des...

— Je vous ai déjà dit que tout était parfait, madame Dee. Absolument parfait.

Rassurée, la voix de Belle se fit plus amicale.

— Je suis heureuse de votre retour, madame Connelly. J'étais contente de pouvoir dire à tout le monde que la maison serait occupée pendant l'été.

— À qui, par exemple ?

— En réalité, il ne s'agit que de deux personnes. L'une était ce monsieur de Montréal qui souhaitait la louer.

— Mais comment a-t-il entendu parler de la maison, d'abord ?

— De bouche à oreille, peut-être ? La plupart des habitants savent que la maison est vide.

— Et l'autre personne ?

— Une jeune femme. Elle a appelé il y a deux jours.

— Après que vous avez rouvert la maison ?

— C'est exact.

— D'où venait-elle ?

— Elle ne me l'a pas dit.

— Vous a-t-elle donné son nom ?

— Non. Elle a juste déclaré qu'elle désirait louer la maison pour l'été. Elle a raccroché quand je lui ai annoncé votre venue.

Était-ce insensé d'imaginer que cet appel pouvait venir de Josie ? Mais, dans ce cas, pourquoi ne se manifestait-elle pas ? Qu'est-ce qui pouvait bien la retenir ?

Plus tard, dans la soirée, Ruth téléphona à Boston pour prendre des nouvelles de Will.

— Il est d'excellente humeur, la rassura Paul. Il est sur un petit nuage depuis qu'il sait qu'il va retourner à Carter's House et il trépigne d'impatience.

— Comment va-t-il, à part ça ?

Paul se racla la gorge.

— Pas mal, je crois. Les médecins semblent penser qu'ils ne peuvent plus faire grand-chose.

Ruth ne s'était pas sentie aussi énergique depuis des mois. La tâche de retrouver Josie lui offrait l'illusion de travailler en faveur de Will, lui donnait un but.

— On ne peut pas le leur reprocher, dit-elle. Ils ont été admirables depuis le début. S'il reste une chance de sauver Will, Paul, je vais la saisir. S'il venait à mourir, je pourrais au moins me dire que j'ai fait de mon mieux.

— Tu sais ce qui serait bien ? De prendre son professeur de lettres en soutien scolaire.

— La Sorcière ?

— C'est comme ça qu'ils l'appellent ? En tout cas, elle a réussi à galvaniser Will.

— Il n'est pas le seul. Mais je crois qu'elle risquerait d'être fatigante à la longue, tu ne penses pas ?

— Probablement. Ruth...

— Oui ?

— Tu as l'air en meilleure forme.

— Le fait d'avoir quitté la ville, de me retrouver ici, me fait voir les choses différemment. Je me rends mieux compte de ce qui est important et de ce qui ne l'est pas. J'ai perdu beaucoup de temps jusqu'ici.

Paul préféra ne pas relever.

— Plus de fantômes ?

— C'est terminé. Quand arrivez-vous, tous les deux ?

— Les médecins affirment que Will sera en mesure de voyager à la fin de la semaine.

— Tout sera prêt à ce moment-là.

J'aurai peut-être même retrouvé notre fille, songea Ruth.

Elle prépara le lit de Paul dans la pièce voisine de celle qu'ils partageaient autrefois. La salle de bains commune créait un semblant d'intimité, tout en les séparant.

Ruth se souvenait qu'ils avaient décidé de passer leur lune de miel à Carter's House, alors que sa mère les poussait à faire un voyage en Europe.

— Tout le monde va en Europe, avait-elle affirmé.

— Pas moi, avait répliqué Ruth. Pas nous.

— Paris, avait insisté sa mère. Vienne. Rome. Londres.

— Eh bien quoi, Londres ?

— Tu n'as pas envie de voir Buckingham Palace, Trafalgar Square, la cathédrale Saint-Paul ?

— Je m'intéresse plus à Paul qu'à saint Paul.

Déjà, à cette époque, elle s'était dit : Ça ne durera pas, il a beau me le jurer, je sais qu'il ne m'aimera pas toujours. Lorsque ce sera fini, j'aurai bien le temps de visiter Paris et Vienne. J'aurai même tout le temps.

Ruth sirotait un café dans la cuisine lorsqu'elle entendit Sam Hechst frapper doucement à la porte avant d'entrer.

— Ma tante m'a dit que vous aviez besoin d'un coup de main.

— C'est vrai. Vous prendrez du café ?

— Merci.

Sam s'assit à la table, face à Ruth, et la regarda fixement. La jeune femme voulut rompre le silence, mais il l'interrompit :

— Qu'est-ce qui s'est passé ? Voulez-vous que nous en parlions ?

Les mains de la jeune femme se mirent à trembler. Elle les enfonça dans les poches de son short. Les senteurs boisées du vent s'engouffraient par la porte restée ouverte. D'un coup, la cuisine parut à Ruth bien trop petite pour eux deux.

— Sortons. Le problème, c'est juste que... je ne sais pas par où commencer.

Dehors, elle observa la lumière se refléter sur l'étang. Espérant quelques morceaux de pain, les canards s'avancèrent en claudiquant vers elle.

— D'abord, je sais que ça a l'air complètement fou,

surtout après tout ce temps, mais... j'ai la conviction, si incroyable que cela puisse sembler, que... que Josie est toujours vivante. Ne dites rien avant que j'aie terminé, s'empressa-t-elle d'ajouter devant son regard.

Elle énuméra rapidement toutes les raisons qui l'avaient conduite à cette conclusion. Soudain, elles lui firent l'effet d'être si fragiles, si invraisemblables, qu'elle se sentit stupide sous le regard de Sam.

Il la laissa terminer avant de demander :

— Si Joséphine a survécu à la tempête, pourquoi croyez-vous qu'elle ne soit pas revenue ?

— Peut-être ne le voulait-elle pas.

— Mais pourquoi ?

— Je ne suis pas certaine. Au cours de ces derniers mois, je me suis rendu compte que je savais très peu de choses sur elle. Ce qu'elle pensait, ce qu'elle espérait, ce qu'elle faisait. Je ne connaissais même pas ses amis.

— Je trouve ça assez naturel. Comment auriez-vous su, d'ailleurs ? Au même âge, disiez-vous tout ce que vous faisiez ou ressentiez à vos parents ?

— Non, mais...

— Les adolescents ont besoin de garder des choses pour eux.

— J'ai tenté d'être une bonne mère, dit Ruth d'une voix tendue. J'ai cru que je l'étais. Mais je sais maintenant que je n'ai pas été assez attentive, que je m'occupais plus de ma carrière que de mes enfants.

— Il ne faut pas sacrifier sa vie pour ses enfants. Ils doivent partir un jour ou l'autre. Et alors, qu'est-ce qu'on fait une fois qu'ils nous ont quittés ? Il faut s'y préparer. Il faut garder à l'esprit que notre existence est aussi importante que la leur.

— On dirait que vous avez des enfants.

— C'est exact, deux. Ils vivent à New York avec leur mère. Nous nous étions installés là-bas lorsque j'ai laissé tomber mon job dans le Connecticut. Mais je ne supportais pas la vie citadine, et ma femme ne voulait pas subir l'isolement de la campagne. Surtout en hiver.

— Vous les voyez souvent ?

— Dès que je le peux – ce qui est beaucoup moins que je le souhaiterais. Ils viennent parfois en vacances ici et habitent chez mon oncle et ma tante.

— J'aurais dû me consacrer davantage à mon rôle de mère.

— Croyez-vous que ça aurait suffi à remplir votre existence ?

— Peut-être pas.

— Alors, ne vous reprochez pas d'avoir agi comme vous l'avez fait. Arrêtez de porter la culpabilité du monde sur votre dos. Ça ne rime à rien d'essayer de vous faire autre que vous n'êtes.

— Je n'ai pas consacré assez de temps à ma fille.

— Personne n'aurait pu lui consacrer assez de temps.

— Vous croyez vraiment ça ?

— Je vous l'ai déjà dit, les gens sensibles et créatifs comme elle vivent les choses, bonnes ou mauvaises, avec beaucoup plus d'intensité. Ils en deviennent terriblement exigeants. Ils veulent tout, tout de suite. Que tout soit parfait, tout le temps. Ils en deviennent difficiles à vivre. Vous ne pouvez pas vous le reprocher.

— Il y a autre chose, dit Ruth. Si elle est ici, la retrouver est d'autant plus important que mon fils est... est mourant.

— Je le croyais en bonne voie.

La jeune femme se tourna vers les arbres qui s'étendaient sur la colline.

— Je le croyais aussi. Mais il n'en est rien. Il a épuisé tous les traitements possibles. Nous avions mis nos derniers espoirs dans une greffe de moelle. Hélas, aucun donneur compatible n'a été trouvé. Josie est notre dernière chance. Si elle est vivante, nous pourrions sauver Will.

Elle se dirigea vers l'étang où les deux canards s'ébattaient.

Hechst la suivit et vint lui prendre doucement la main.

— C'est terrible. Je n'imaginais pas...

— Le temps joue contre lui, à présent. Si elle est en vie, elle pourrait... elle devrait... Elle est vraiment notre ultime espoir. Paul arrivera ici avec Will dès que l'hôpital donnera son feu vert et... nous resterons jusqu'à ce que... jusqu'à ce qu'il... Oh, mon Dieu...

Ruth éclata en sanglots, étreignant désespérément la main de Hechst.

— Puis-je vous aider en quoi que ce soit ?

— Je voulais vous demander si vous aviez la moindre idée de l'endroit où Josie aurait pu aller lorsqu'elle... enfin, si elle avait survécu après l'accident. Ou avec qui elle pourrait habiter. Il semble qu'elle vous parlait plus librement qu'à moi.

— Il est vrai que nous bavardions beaucoup. Il est également vrai qu'elle rêvait de fuir. Elle envisageait avec romantisme de vivre avec des gens « réels », comme elle disait. Elle entendait par là des personnes concernées par l'environnement, qui ne vivent pas sur le dos de leurs parents, qui s'intéressent aux autres et travaillent de leurs mains.

— À la différence de ses propres parents.

— C'est possible, répondit Sam en souriant. J'ai tenté de lui expliquer que l'insécurité matérielle n'était pas aussi drôle qu'elle l'imaginait, mais elle ne voulait rien entendre. Elle ne supportait pas qu'on vienne lui enlever ses illusions.

— Y avait-il un homme dans sa vie ?

Oh, mon Dieu. Pourquoi ne me parlait-elle pas ?

L'aurais-je écoutée si elle l'avait fait ? *Tu as toujours été dure avec elle...*

— Je n'en ai pas la moindre idée. Mais elle évoquait souvent le genre d'endroit où elle aimerait vivre. Elle aurait aimé rejoindre une communauté. Si elle a survécu à l'accident, elle en a peut-être profité pour vérifier sa théorie. Voir si elle pouvait vivre de sa peinture. Faire ses preuves.

— En nous faisant croire à sa mort ? Je n'arrive pas à imaginer ça, s'écria Ruth, horrifiée.

— J'ignore si elle avait un endroit précis à l'esprit mais, si vous êtes décidée à la retrouver, je peux vous en citer quelques-uns où elle aurait très bien pu se rendre. Des communautés. Je sais que ça fait un peu années soixante, mais il en existe encore. On pourrait appeler ça des « colonies d'artistes ».

— Je vais tâcher d'obtenir des informations.

— Ça ne mènera peut-être à rien mais c'est un début.

— J'ai engagé un détective privé mais il n'a pas grand espoir de la retrouver.

— Ça ne m'étonne pas. Il doit manquer d'indices et d'informations.

— C'est ce qu'il m'a dit. Je n'en ai pas encore parlé à Paul. Il considère que c'est totalement irrationnel de conclure que Josie est en vie à partir d'une simple boucle d'oreille. Je ne suis pas d'accord avec lui. Il y a aussi les fleurs. Et le piano..., fit-elle d'une voix éperdue, incapable de contrôler son débit.

Hechst l'attira contre lui, lui caressa doucement les cheveux de sa puissante main d'artisan. Il sentait bon le bois et la térébenthine. Respirait la force. Ruth percevait les battements de son cœur. Elle lui était reconnaissante de n'avoir pas cherché à la contredire. Si sa quête lui paraissait sans espoir, au moins n'essayait-il pas de l'en détourner.

22

Loin de la côte, à l'intérieur des terres, le Maine présente une physionomie bien différente. On quitte les décors enchanteurs des guides touristiques pour une région sous-développée, presque primitive, où l'eau, la nourriture et le toit redeviennent des préoccupations quotidiennes. Le long d'interminables routes désertes, bordées de champs de marguerites et d'incroyables cimetières parsemés de pierres tombales en granit plantées dans la terre comme de monstrueuses dents, Ruth ne croisa guère que quelques mobile homes. De loin en loin, des bâtiments de bois abandonnés, anciennes fermes retournées à l'état de friche.

Ruth se dirigea vers le minuscule hameau de Colbridge.

— Il y a là un genre de « collectif », lui avait dit Sam Hechst. Des artistes et des artisans qui se regroupent pour commercialiser leur production. La saison touristique est si courte qu'ils préfèrent mettre leurs ressources en commun.

— Comment Josie aurait-elle entendu parler d'eux ?

— Elle y est venue avec moi un jour où j'essayais de me débarrasser de quelques-unes de mes sculptures. Elle a bien aimé l'endroit.

Mais Sam en ignorait l'adresse exacte.

— Dans le village, tout le monde connaît la maison.

Il y a un noyau de résidents permanents mais on y voit sans arrêt de nouvelles têtes. Des gens viennent pour l'été et repartent lorsque la saison est terminée. Tout est très décontracté.

— C'est pour cela que Josie a aimé.

Il fallait quitter l'autoroute pour atteindre Colbridge, un petit hameau triangulaire avec une église à l'un des angles, une poste à l'autre et une minuscule épicerie au dernier. On y trouvait également une école communale, un garage et une bâtisse surmontée d'une pancarte annonçant *Salon de Coiffure Cary*.

Ruth se gara devant le magasin et entra. Elle choisit un pot de sirop d'airelles et une bouteille de jus de fruits. Au moment de payer, elle demanda à la vendeuse s'il y avait une communauté d'artistes dans le coin.

— Mais oui, juste au bout de la rue, répondit la femme en l'accompagnant jusqu'à la porte du magasin. Vous voyez cette vieille maison délabrée là-bas, toute grise ? Ils sont là. Seigneur, j'ai parfois l'impression que cette baraque va s'écrouler sur eux. Je vous jure qu'un de ces jours le balcon va s'effondrer. Ce sera un miracle s'il n'écrase pas quelqu'un.

Ruth se demanda qui pourrait bien se faire tuer : le village était désert. À l'exception d'une voiture garée devant l'entrée du bureau de poste, rien n'indiquait la présence d'habitants. Ruth sortit la photographie de Josie qu'elle avait apportée avec elle.

— Avez-vous déjà vu cette jeune fille ? demanda-t-elle. Il se pourrait qu'elle habite là, ou qu'elle y soit venue.

La femme fixa la photo pendant si longtemps que Ruth se prit à espérer. Mais elle finit par secouer la tête en disant :

— Je ne crois pas. Mais il faut dire qu'ils se ressemblent tous. Difficile de les reconnaître. Des cheveux longs, des jupes à la cheville et des anneaux dans le nez, s'esclaffa-t-elle. On ne faisait pas des trucs comme ça quand j'étais jeune. Mais ça doit être amusant.

Ruth descendit la rue. À cette distance de la côte, l'air était lourd et poussiéreux. La chaleur pesait sur ses épaules, prégnante. Arrivée en nage devant la maison, elle grimpa les marches de bois et appuya sur la sonnette. Pas de réponse. Ruth se dit que la sonnette était probablement hors service et se décida à frapper. Au bout d'un moment, la porte s'ouvrit. Un homme apparut, une serviette à la main. Il sentait la marijuana.

— Oui ? fit-il en souriant.

Ses cheveux courts teints d'un jaune incertain laissaient entrevoir des racines de couleur sombre. Il portait plusieurs anneaux à l'oreille. Son T-shirt noir et son pantalon étaient maculés d'argile.

— Je m'appelle Ruth Connelly. Je suis à la recherche de ma fille, Joséphine.

— Qu'est-ce qui vous fait penser qu'elle se trouve ici ? demanda l'homme d'une voix calme et cultivée.

— Elle est venue jeter un coup d'œil ici il y a deux ans. Je me suis dit qu'elle pourrait avoir eu l'idée de passer une nouvelle fois vous voir.

— Ah ! Laissez-moi deviner. Elle a quitté la maison, c'est ça ? Et n'a pas donné de nouvelles depuis ?

— Quelque chose comme ça.

Il la scruta un long moment d'un regard pénétrant. Puis, comme s'il prenait brusquement une décision :

— Bon. Vous avez une photo ?

Il regarda brièvement le cliché que lui tendait Ruth et secoua la tête.

— Désolé.

— Vous en êtes certain ?

Ruth avait la conviction qu'il lui cachait la vérité.

— Absolument. Vous êtes sûre qu'elle travaille dans l'artisanat ou quelque chose comme ça ?

— Je sais qu'elle a toujours rêvé de rejoindre une de ces communautés d'artistes qui existent dans la région. J'ai entendu parler de deux ou trois autres groupes de ce genre : l'un près de Bangor et l'autre à Millport. Vous connaissez ?

— Non, je regrette. C'est sur la côte que vous aurez le plus de chance. Bar Harbor ou Northeast Harbor. C'est là que les gens achètent des tableaux.

— Je vais essayer.

Elle se disposait à partir lorsque l'homme lui demanda tout à coup :

— Est-ce qu'il vous est jamais venu à l'esprit qu'elle pourrait ne pas souhaiter qu'on la retrouve ?

— J'aimerais qu'elle me le dise elle-même, répondit Ruth avec calme.

Elle n'avait pensé qu'à ça depuis la première seconde où elle s'était mise à la recherche de sa fille.

— C'est peut-être plus difficile que vous ne le pensez. Il y a plein d'adolescents comme... hum... votre Joséphine. Et beaucoup de gens veulent les ramener au bercail contre leur gré. Alors, nous nous serrons les coudes, nous nous protégeons les uns les autres. Vous voyez ce que je veux dire ?

— Je crois.

— Si je rencontre votre fille, je ne manquerai pas de lui faire savoir que vous la cherchez.

— D'accord. Et merci.

— De rien, dit-il d'une voix douce.

Lorsque le téléphone se mit à sonner, Paul devina aussitôt qu'il s'agissait de Ruth.

— Comment vas-tu ?

— Très bien. Et Will ?

— Je crois qu'il va bien. Impatient de quitter l'hôpital et de te revoir. Et moi aussi, ajouta-t-il après une brève hésitation.

— C'est vrai ?

Il ne répondit pas. Leur séparation s'éternisait mais il ne trouvait finalement pas cela si désagréable. Elle lui rappelait l'époque de leurs études, quand ils passaient leur temps au téléphone, si perdus dans leurs rêves d'amour que même les silences leur paraissaient exaltants.

— Où es-tu ? demanda-t-il. J'ai essayé plusieurs fois d'appeler chez toi.

— Je me suis arrêtée pour boire un café dans un village appelé Sawton.

— Une scierie désaffectée, une rivière polluée, une infecte odeur de pourriture. J'ai raison ?

— Parfaitement.

— Pourquoi as-tu choisi ce lieu paumé ?

— Je... je cherche quelque chose.

À son hésitation, il comprit qu'elle lui mentait. Ou, du moins, qu'elle lui cachait quelque chose. Elle n'avait jamais été très bonne à ce petit jeu-là.

— Que cherches-tu ?

Il se prit à l'imaginer, appuyée contre la porte de verre, dans une cabine téléphonique crasseuse, le sol jonché d'ordures.

— Je ne veux pas en parler pour le moment.

— D'accord. Ruth...

— Oui ?

— Comment es-tu habillée ?

Il passait son temps à lui demander cela au début de leur relation. Est-ce qu'elle s'en souvenait également ?

— Un pantalon de toile vert, un T-shirt blanc, des sandales. Et aussi ce joli collier ciselé que quelqu'un

485

m'a fabriqué. Avec quatre cœurs attachés à un lacet de cuir.

— C'est vrai ? murmura-t-il.

— Bien sûr que c'est vrai.

Au ton de sa voix, il comprit qu'elle était en train de sourire.

Plus tard, il passa un coup de fil au fleuriste du coin et lui demanda de faire parvenir douze roses rouges à Carter's House, Sweetharbor, Maine. Et d'écrire sur la carte : *Avec amour, Paul.*

Ruth passa la nuit dans une belle demeure victorienne convertie en auberge. Elle était épuisée. La journée avait été longue et décevante. Elle avait visité plus de galeries et de centres d'artisanat qu'elle ne pouvait se rappeler. Hélas, personne n'avait entendu le nom de Josie, personne ne la reconnaissait sur la photo que Ruth montrait. Cent fois, elle s'était arrêtée dans de petites villes, de minuscules hameaux, avait garé sa voiture, se forçant à aller s'adresser à de parfaits inconnus.

— Connaissez-vous cette jeune fille ? L'avez-vous vue ? Elle s'appelle Joséphine Connelly. Elle est peintre. Vous l'avez peut-être croisée l'année dernière...

Mais chaque fois, elle avait fait chou blanc. Les gens semblaient désireux de l'aider mais, apparemment, ne savaient rien. Parfois, alors qu'elle faisait circuler la photo, elle avait l'impression qu'une ou deux personnes mentaient en la lui rendant. Elles secouaient la tête en signe de regret, évitant son regard désespéré. Mais comment aurait-elle pu les contraindre à dire la vérité ? Dans une boutique d'artisanat de Skowhegan, une femme ouvrit la bouche comme pour parler. Puis elle lui rendit en silence la photographie avant de se remettre à ranger des bols de céramique sur une étagère.

— Alors ? fit Ruth d'une voix pressante. Vous l'avez vue ?

— Non, je regrette.

— Mais on aurait dit que vous l'aviez reconnue.

— Je me trompais, répondit la femme d'un ton coupant.

Épuisée, découragée, Ruth prit sa voiture à la recherche d'un endroit où passer la nuit lorsque le jour commença à tomber et que les boutiques se mirent les unes après les autres à fermer leurs portes. Elle s'arrêta devant une autre auberge à côté d'une petite rivière à sec. De sa fenêtre, elle vit deux orfraies chasser dans le ciel. Elles cherchent, comme moi, mais avec plus de chance de succès, songea-t-elle.

Étendue sur le lit, elle se rappela la première fois où elle était partie à la recherche de sa fille et se félicita d'être désormais mieux armée, plus forte, mieux à même de lutter contre le désespoir. Elle dormit d'un sommeil calme et réparateur, réveillée au petit matin par un soleil de pluie. La journée s'annonçait venteuse et humide. La pluie battait contre la fenêtre, les arbres se couchaient sous la brise, mais les nuages noirs s'éloignaient vers l'est et un ciel clair perçait timidement.

Après le petit déjeuner – café et deux tranches de pain à la banane –, elle reprit sa quête dans cette région qui, peu à peu, lui devenait familière, avec ses fléoles des prés qui poussaient dans les fossés au bord des routes, ses marécages, ses marchands d'armes et ses mineurs. Devant elle, une longue route mouillée menait à une autre ville minière. Au volant de sa voiture, elle doublait de gigantesques camions dont les roues projetaient des graviers sur sa carrosserie. La pluie giclait sur le pare-brise. De chaque côté, des champs de marguerites et de trèfle. Des voitures abandonnées. De longues rangées de boîtes aux lettres. Des lupins roses, jaunes et bleus. Encore de la pluie.

Vers la fin de l'après-midi, elle se retrouva en train de traverser Millport, une petite ville isolée des nombreux débouchés de la côte. Le soleil avait finalement eu raison de la couverture de nuages et dardait ses rayons obliques sur les toits mouillés de l'artère principale. Ruth passa devant un bureau d'aide sociale, une crèche, des petits bistrots proposant des gâteaux au crabe et des sandwichs à la langouste. La ville était assez grande pour faire vivre une agence de voyages, située dans une maison prétentieuse à la façade peinte en bleu et blanc. Entre une petite banque et un garage, un magasin d'herbes médicinales. Plus loin, un panneau gravé à la main indiquait un vilain chemin censé mener à la Galerie d'Annie.

Annie. S'agirait-il d'Annie Lefeau ? La femme qui lui avait fait parvenir le dessin de Joséphine deux ans auparavant ?

Ruth engagea sa voiture sur la petite route et se gara. Les murs du bâtiment étaient revêtus de bardeaux, avec des bow-windows de chaque côté de la porte en bois. Un autre panneau précisait que la galerie vendait des peintures et des objets d'artisanat. Épuisée par l'échec de ses précédentes tentatives, Ruth se donna quelques instants pour se relaxer. Agrippée au volant, elle retrouva sa détermination et chassa ses idées noires.

La vitrine du magasin n'exposait pas la bimbeloterie habituelle aux autres boutiques du même genre. Pas de poupées d'étoffe grossière avec bonnet de dentelle, pas de marins en bois sculpté avec une mouette sur l'épaule, ni de modèles réduits de bateaux en bois grossièrement taillé. À droite de l'entrée, des tableaux, une coupe d'érable madré, plusieurs pièces de poterie subtilement émaillées ainsi qu'une commode en bois peint décorée de motifs folkloriques. Des affiches annonçaient une prochaine exposition d'artisanat sur l'île de Mont Desert, un festival de musique et un salon d'art multimédia.

Le local, composé de plusieurs pièces, était plus vaste qu'on ne l'aurait cru. Des planchers de bois, des étagères de verre habilement éclairées mettant en valeur des objets exposés, des tentures tissées à la main.

La femme qui se tenait derrière la table recouverte de livres d'art et de guides touristiques devait avoir une trentaine d'années. Elle portait un haut noir et une jupe de coton indien qui tombait jusqu'à terre. Une longue natte de cheveux roux et des taches de rousseur égayaient un visage par ailleurs austère.

— Puis-je vous être utile ?

— Êtes-vous Annie ?

— En effet.

— Annie Lefeau ?

— Mais oui.

— Puis-je jeter un coup d'œil ?

Ruth n'avait pas envie de parler tout de suite de Josie. Une certaine réserve dans l'attitude de la femme décourageait à l'avance toute tentative d'approche trop brusque. Elle se promena lentement entre les meubles aux reliefs sculptés, les belles assiettes de céramique, les plats en bois et les paniers de différentes tailles fabriqués à partir de matériaux de la région. À l'extrémité de la galerie, l'un des murs était recouvert de miroirs et de tissus, l'autre de tableaux.

Il s'agissait surtout de représentations de la région : marines, rochers, bateaux échoués sur la grève, vieilles demeures du Maine sous le ciel gris de l'hiver. Au premier coup d'œil, ces œuvres ne différaient guère des attrape-touristes habituels, des souvenirs qu'on ramène chez soi après les vacances pour garder en mémoire un séjour heureux dans un décor magnifique. Mais, à y regarder de plus près, on remarquait que les bateaux n'étaient pas des bâtiments de loisirs, mais de solides barques de pêcheurs, sales, couvertes d'huile. Les maisons n'évoquaient pas ces cottages restaurés à grands frais par des gens de la ville, mais de misérables demeures dont la peinture s'écaillait. Des maisons de travailleurs. Un cimetière, des algues desséchées, un bateau retourné, une ancre abandonnée sur une plage déserte. Il était clair que l'artiste souhaitait décrire la réalité d'une communauté en train de disparaître, rattrapée par la modernité, abandonnant mélancoliquement son mode de vie traditionnel. Ces toiles ne manquaient pas de puissance tragique. Ruth aurait vivement désiré en posséder une.

L'une d'elles attira particulièrement son attention. Une pierre tombale de marbre penchée comme si elle affrontait les vents venus de l'océan, rongée par le sel. Des taches de lichen se détachaient sur le marbre comme des soleils orange. On pouvait lire ces mots gravés dans une élégante écriture italique : *La Mort est engloutie par la Victoire*. Et, afin de souligner cette idée, des feuilles séchées s'entassaient au pied de la pierre, rehaussées par l'éclat d'une unique fleur blanche.

Ruth l'admira pendant un long moment avant de retourner vers l'entrée de la galerie.

— Je suis intéressée par les toiles qui se trouvent au fond de votre galerie, dit-elle.

La femme leva les yeux vers elle en refermant son livre.

— Pensez-vous à l'une d'entre elles plus précisément ?

— Celle qui représente une pierre tombale. Et une

autre avec un bateau échoué sur la grève. Elles semblent toutes avoir été exécutées par le même artiste
mais je ne vois aucune signature. Se trouve-t-elle au
dos ? J'aimerais pouvoir les décrocher du mur pour
regarder.

Le visage d'Annie s'éclaira soudain.

— Elles sont superbes, n'est-ce pas ?

Elle quitta sa chaise pour accompagner Ruth à
l'autre extrémité de la galerie.

— J'admire beaucoup le travail de ce peintre mais
je crois que c'est la pierre tombale que je préfère.
J'adore cette juxtaposition de la vie et de la mort, la
promesse du printemps. J'aimerais savoir peindre
comme cela. J'essaie, mais..., dit-elle en esquissant un
geste de défaite résignée.

— C'est un artiste de la région ?

— En ce moment, oui.

— S'agit-il d'une femme ?

Annie se retourna brusquement tandis que son
regard se faisait soupçonneux.

— Pourquoi demandez-vous ça ?

— En partie à cause de la précision des détails et
aussi parce que les sentiments exprimés me paraissent
très féminins.

Annie resta silencieuse.

— Il se peut que j'interprète, ajouta nerveusement
Ruth. Mais c'est ainsi que je les vois.

L'autre femme éclata de rire.

— Je crois que vous avez raison. Et il est exact qu'il
s'agit d'une femme.

— Comment s'appelle-t-elle ?

La méfiance assombrit de nouveau le regard
d'Annie.

— Toutes les peintures sont signées, affirma-t-elle
en secouant sa tresse.

491

Ses yeux s'étaient tout à coup rétrécis, comme ceux d'un chat.

— Si elles le sont, je ne parviens pas à la lire.

Ruth sentit un flot d'émotions la traverser sans pouvoir en saisir le sens. Colère ? Anxiété ? Antipathie ? Mais alors pourquoi ? Cette Annie paraissait curieusement sur la défensive pour une simple galeriste désireuse d'effectuer une vente.

— J'aimerais acheter la toile représentant la pierre tombale, se décida-t-elle enfin.

Sans un mot, Annie décrocha le tableau et le rapporta vers son bureau.

Ruth la suivit.

— Où se trouve la signature ?

— Ici, répondit Annie en lui montrant le coin gauche de la toile.

Ruth dut se pencher pour parvenir à déchiffrer difficilement les lettres JO.

JO. Ruth sentit des tremblements s'emparer de tout son être.

— Que signifient ces initiales ?

Annie se croisa les bras sur la poitrine.

— Janie O'Donnel, répondit-elle en regardant Ruth droit dans les yeux. Vous avez l'air plus intéressée par l'artiste que par la toile. Avant de vous fournir d'autres informations, j'aimerais bien savoir pourquoi.

Les deux femmes se firent face comme des boxeurs sur un ring.

Ruth finit par céder.

— Parce que je crois qu'il s'agit de ma fille. Avec laquelle je suis brouillée.

— Oh, mon Dieu ! s'écria Annie en pâlissant. Vous êtes madame Connelly.

— Comment le savez-vous ?

— Je suis... j'étais une amie de Joséphine.

492

— C'est vous qui m'avez fait parvenir un de ses dessins lorsqu'elle... lorsque ma fille a disparu en mer.

Annie Lefeau se troubla.

— C'était avant... oui, c'est vrai.

— Alors, vous n'ignorez pas que je ne l'ai pas vue depuis deux ans.

— Elle s'est noyée. C'est la raison pour laquelle je vous ai envoyé ce dessin.

— Il est possible qu'elle ne se soit pas noyée.

Annie écarquilla les yeux. Ils étaient d'une étrange couleur d'ambre sombre avec des pupilles extrêmement dilatées, comme si elle venait de sortir de l'obscurité.

— Qu'est-ce qui vous permet d'affirmer cela ?

— Avez-vous vu ma fille, madame Lefeau ? Je la cherche sans relâche. Tout le long de la côte. Et également à l'intérieur des terres. Je m'arrête dans des endroits comme ici. J'interroge tout le monde.

— Pourquoi pensez-vous qu'elle est encore en vie ?

— L'instinct. C'est l'espoir qui me pousse à continuer, rien d'autre, avoua Ruth en s'approchant. La connaissez-vous ?

— Non, affirma Annie en secouant violemment la tête.

— Je ne vous crois pas.

— C'est votre problème. Pas le mien.

Ruth serra les mâchoires, refrénant sa colère. Elle se contenta de signer le chèque en demandant sur un ton aimable :

— Voulez-vous me l'envelopper, s'il vous plaît ?

Elle se retourna au moment de franchir la porte. Debout près de son bureau, Annie Lefeau se frottait la joue, le regard vague, image même de l'incertitude.

— Je sais que ma fille a peint cette toile, déclara Ruth d'une voix calme. Et je sais aussi qu'elle l'a fait récemment.

Assise dans sa voiture, Ruth enleva le papier d'emballage et observa plus attentivement le tableau. Il exhalait encore des relents de térébenthine et de peinture à l'huile. Debout sur le seuil de sa boutique, Annie Lefeau la regardait d'un air sombre et abattu. Ruth consulta sa montre. Quatre heures et demie. En arrivant, elle avait remarqué un restaurant à quelques pas, le Docksider Diner. Elle remonta le petit chemin qui menait à la rue principale et se gara.

Elle commanda un thé glacé, s'assit près de la fenêtre. Attendre. Observer.

Au bout de quelque temps, elle demanda l'addition, paya en laissant un généreux pourboire et retourna s'asseoir, prête à patienter aussi longtemps qu'il le faudrait.

À cinq heures et quart, Annie Lefeau fit une apparition au volant d'une Camaron d'un vert sale. Elle avança prudemment jusqu'à l'extrémité de la rue, regarda à droite et à gauche avant de repartir. Ruth se leva en hâte.

Elle se tourna vers la serveuse au moment de quitter le restaurant.

— La personne qui tient la boutique de l'autre côté. Annie Lefeau. Est-ce qu'elle habite loin ?

— À deux ou trois kilomètres d'ici, à l'autre bout de la ville. Troy Ponds.

— Très bien. Je vous remercie.

Elle prit à toute allure la route qu'Annie venait d'emprunter. Il ne lui fallut pas longtemps pour apercevoir au loin la Camaron verte. Peu après, un panneau indiqua Troy Ponds. Annie quitta la route, suivie d'une autre voiture. Et de Ruth. Les trois véhicules entrèrent plus lentement dans Troy Ponds, petit village en longueur traversé par une route communale. La deuxième voiture disparut au bout d'un moment. Annie fit un signe de la main à un véhicule qui la croisa en klaxon-nant. Si elle avait remarqué que Ruth était derrière elle, elle n'en laissait rien paraître.

Deux ou trois cents mètres plus loin, elle vira sur un chemin d'herbes et de gravier puis stoppa devant une maison sans étage. On pouvait entrevoir un garage pour deux voitures à une extrémité et une vaste véranda de l'autre. À l'arrière, les arbres étaient tout proches de la maison. Ruth continua sur une courte dis-tance avant de trouver un endroit où s'arrêter. Elle coupa le moteur et attendit une quinzaine de minutes avant de reculer jusqu'à la maison d'Annie Lefeau. Elle repassa devant l'entrée et se gara sur le bas-côté de la route, hors de portée des fenêtres.

Espérant échapper aux regards, elle courut jusqu'à la porte d'entrée et ouvrit la contre-porte avant de sonner. Annie Lefeau apparut presque immédiatement sur le seuil. Elle avait eu le temps de défaire sa tresse, et ses beaux cheveux retombaient à présent en cascade sur ses épaules. Elle pâlit à la vue de Ruth.

— Mais qu'est-ce que vous faites ici ? s'exclama-t-elle.

— Je dois vous parler.

— Je vous ai déjà dit que je ne connaissais pas votre fille.

— Et moi, je crois que vous mentez.

La femme ouvrit la bouche pour répliquer, mais Ruth poussa son avantage :

— Madame Lefeau, il faut absolument que je la retrouve.

— J'imagine que vous voulez qu'elle retourne chez vous ?

— Si elle le souhaite, évidemment.

Annie eut une moue de parfait dégoût.

— Afin que son beau-père puisse recommencer à la violer, je suppose ?

— *Quoi ?*

— Je vous en prie..., l'arrêta Annie d'un signe de main. Ne faites pas semblant de l'ignorer.

— Ainsi, elle est bien vivante ?

Se sentant défaillir, Ruth s'appuya sur le montant de la porte.

La femme fit un pas en arrière.

— N'espérez pas mon aide pour la retrouver, dit-elle en essayant de repousser la porte.

— J'ignore ce que Joséphine a pu vous raconter, dit Ruth en continuant à forcer l'entrée. Mais il n'existe aucun beau-père. Et Paul, mon mari, son *père*, ne l'a jamais violée.

— Comment le savez-vous ?

— Parce que..., s'écria Ruth avant de reprendre plus posément. Parce que je connais mon mari.

— Je me demande combien de femmes ont prononcé ces mots avant vous.

— Madame Lefeau... Annie. Je veux que Joséphine revienne chez elle. Je l'aime, nous l'aimons plus que tout au monde. Je suis prête à tout pour me faire pardonner ce qu'elle croit pouvoir me reprocher. Mais ce n'est pas la seule raison pour laquelle je suis ici. Mon fils William, le frère de Joséphine...

La voie de Ruth se brisa.

— Madame Lefeau, je vous en prie, laissez-moi entrer.

— Pourquoi ferais-je cela ?

— Parce que je ne crois pas que vous soyez en possession de tous les faits. Et si vous vouliez bien m'écouter quelques minutes, je suis persuadée que vous verriez la situation sous un jour différent.

Voyant qu'Annie hésitait, elle poursuivit :

— Si vous me laissiez vous expliquer la raison de ma visite, je crois que vous perdriez vos préventions à mon égard. Alors, puis-je entrer ?

496

— Entendu, accepta de mauvaise grâce la jeune femme.

Elle invita Ruth à la suivre dans un très joli salon dont le mobilier ancien se mariait subtilement aux bois et aux verres modernes. Devant une cheminée de pierre dont l'âtre s'ornait d'une composition élaborée de fleurs séchées et de branches peintes en blanc, elle fit face à Ruth, visiblement nerveuse. Son visage maigre paraissait d'un seul coup vieilli. Un tic agitait sa paupière.

— Allez-y, dit-elle. J'écoute ce que vous avez à me dire.

Dans sa tête, Ruth rassembla en hâte les faits les plus marquants, un peu comme si elle devait présenter un dossier à l'un de ses clients.

— Pour commencer, quoi qu'elle ait pu vous dire, Joséphine a été une enfant très choyée. Si elle a été violée, ce ne peut être par quelqu'un de sa famille. Et si elle l'avait été, elle savait parfaitement qu'elle pouvait se confier à ses parents, à moi et à mon époux avec lequel je suis mariée depuis plus de vingt ans. Je ne crois néanmoins pas une seconde qu'elle ait été violée, du moins pas comme vous l'entendez.

— Poursuivez, dit Annie dont le regard se fit plus attentif.

— Ainsi que vous l'avez déjà appris, il y a eu un accident, à la suite duquel elle a disparu. Nous avons tous cru qu'elle était morte. Nous la pleurons depuis lors, et elle nous manque terriblement. Au cours de ces derniers jours, je me suis mise à croire qu'elle n'avait peut-être pas péri et que, pour des raisons qui m'échappent encore, elle avait choisi de ne pas retourner dans sa famille. Ce que vous m'avez laissé entendre me renforce dans cette idée. Je n'ai pas besoin de vous dire à quel point tout cela est douloureux.

D'un geste spontané, Annie tendit la main vers Ruth

mais la retira aussitôt, jetant des regards désespérés autour d'elle.

— Oh, mon Dieu ! gémit-elle. Je ne sais pas quoi faire.

— Mon fils souffre d'une leucémie au stade terminal, reprit Ruth. Son seul espoir de survie réside dans une greffe de moelle. Jusqu'ici, nous ne sommes pas parvenus à trouver un donneur compatible. Vous comprenez à quel point il est vital que je la retrouve.

Annie rejeta ses cheveux en arrière et se tordit nerveusement les mains.

— C'est affreux, fit-elle en se mordant la lèvre. Mais comment puis-je savoir si vous dites la vérité ?

— Comment pourriez-vous ne pas me croire ?

— Je ne sais vraiment pas quoi faire.

— Pourquoi vous aurais-je suivie jusqu'ici si je n'étais pas désespérée ? Josie peut sauver la vie de son frère. Elle représente la meilleure chance de Will — en fait, la seule chance qui lui reste, insista Ruth qui, devinant la détresse de son interlocutrice, décida de pousser son avantage. Si vous savez où elle se trouve, madame Lefeau, pour l'amour du ciel, pensez à mon petit garçon.

— Qu'ai-je fait ? s'écria soudain Annie. Seigneur, je ne devrais pas... Je ne peux pas...

— Vous devriez et vous le pouvez, affirma Ruth avec force. Vous savez où elle est, n'est-ce pas ? Vous savez qu'elle est en vie.

Annie prit une profonde inspiration avant de murmurer dans un souffle :

— Oui. C'est exact.

— C'est vrai ? *Vraiment vrai ?*

La femme acquiesça de la tête.

— Où est-elle ? demanda Ruth d'une voix tremblante, la respiration coupée.

— Je lui ai dit. Je lui ai dit qu'il ne fallait pas faire

ça. Vous laisser dans l'ignorance. Que ce n'était pas juste. Quels que soient ses sentiments envers ses parents.

— Où est-elle, madame Lefeau ? insista Ruth.

— Elle est..., commença Annie, les larmes aux yeux. Je... oh, mon Dieu, comme je voudrais vous avoir rencontrée avant.

— Pourquoi ?

Annie reprit d'une voix tremblante.

— Parce que, alors, je n'aurais jamais... Je suis désolée, madame Connelly. Sincèrement. Jamais je n'aurais imaginé qu'elle ne disait pas toute la...

— *Où est-elle ?*

— Elle a... elle a vécu ici. Avec moi.

Ruth eut tout à coup la sensation que la pièce se mettait à tourner. Elle se dirigea à tâtons vers le fauteuil et s'effondra.

— Elle était passée plusieurs fois ici auparavant, et nous nous étions bien entendues. On avait bavardé un peu de tout. La pollution, Greenpeace. Nous avions énormément de choses en commun, même si elle était plus jeune que moi. Elle était terriblement passionnée, très... ardente. Lorsque j'ai appris sa disparition dans les journaux, j'ai été catastrophée. C'est pour cette raison que je vous ai fait parvenir ce dessin. Et puis, plus tard, je... je...

Annie Lefeau déboucha une carafe de cristal, remplit deux verres de whisky et en tendit un à Ruth.

— Eh bien, quoi ? s'impatienta Ruth.

Elle aurait voulu la secouer, faire sortir de ses lèvres tremblantes les informations dont elle avait si affreusement besoin.

Annie redressa les épaules, prit une nouvelle et profonde inspiration.

— Un après-midi, il y a environ un an, elle est revenue à la galerie. Je ne pouvais pas le croire...

499

— Que vous a-t-elle dit ?

— Je n'arrive pas vraiment à me rappeler, j'étais tellement surprise. Elle m'a raconté qu'elle dormait dans sa voiture depuis une semaine, un vieux tas de tôles qu'elle avait trouvé quelque part. Je lui ai donc offert une chambre. Et cette maison lui sert de base depuis lors...

Ruth écoutait, bouche bée.

— Pourquoi ne nous a-t-elle pas appelés ? Un coup de téléphone aurait... Elle ne pouvait pas nous haïr à ce point ! C'est impossible !

— C'est ce que j'ai pensé. Jusqu'à ce qu'elle me parle de son beau-père.

— Mais ce n'est pas vrai ! Il ne lui a jamais rien fait ! hurla Ruth. C'est un homme très gentil et un bon père.

Annie Lefeau sortit de sa poche un mouchoir roulé en boule et se tamponna le visage.

— Oh, mon Dieu ! s'écria-t-elle avec désespoir. Si seulement j'avais su. Je n'ai pas de famille, vous comprenez. Elle a été comme une... comme ma fille.

Ruth sentit la profonde blessure qui ravageait le cœur de cette femme.

— C'est *ma* fille, dit-elle doucement. Je vous en prie, Annie, dites-moi où elle est.

— Elle me fait confiance. Je ne peux pas la trahir ainsi. Je ne suis même pas certaine que vous me dites la vérité.

— Vous savez parfaitement que si, affirma Ruth d'un ton dur. Pourquoi mentirais-je ? Quel intérêt aurais-je ?

— Elle m'a fait promettre de ne rien révéler si jamais on m'interrogeait à son sujet. Elle m'a même obligée à lever la main et à jurer.

Ruth reconnut bien là le genre de geste mélodramatique qu'affectionnait sa fille.

— Si elle ne souhaite pas nous voir ni être avec nous, c'est sa décision, et nous la respecterons, si difficile que cela soit. Mais pour l'amour de Will...

— Elle ignore que son frère est malade, précisa doucement Annie.

— Dans le cas contraire, accepterait-elle de nous aider ?

— J'en suis persuadée.

— Alors, dites-lui que Will a besoin d'elle. Et moi aussi, ajouta-t-elle en élevant un peu la voix.

Annie passa nerveusement ses mains dans ses cheveux, plus abattue que jamais.

— Je ne peux même pas faire ça.

— Et pourquoi donc ?

— Parce que... je ne sais pas où elle se trouve. Elle est repartie sur les routes comme elle le fait souvent. Elle finira bien par me passer un coup de fil mais j'ignore quand.

Une vague de désespoir submergea Ruth. Être arrivée si près du but... Elle enfouit son visage dans ses mains et se mit à pleurer.

— N'abandonnez pas, lui dit Annie en lui étreignant le bras. Pas maintenant.

23

Vautré devant un mauvais feuilleton télévisé, Paul s'abreuvait d'images afin d'oublier, ne serait-ce qu'un instant, le visage blême et amaigri de son fils. Ses yeux restèrent fixés sur l'écran lorsque le téléphone sonna. Il réagit enfin et souleva l'appareil. La voix le fit sursauter et émerger de sa torpeur.

— Ruth... As-tu trouvé ce que tu cherchais ? demanda-t-il en coupant le son.

— Presque.

— Tu veux bien m'en parler ?

— Peut-être.

— Qu'est-ce que je dois faire pour ça ?

— Écouter, Paul. C'est tout. D'accord ?

— Promis.

— Il s'agit de Josie.

— Mais, Ruth...

— Tu as promis.

— Entendu.

— Elle est vivante, Paul. Vraiment vivante.

À ces paroles, Paul n'eut pas le moindre doute. Ruth se trompait, victime de sa détresse. Autrefois, il lui aurait demandé d'être plus rationnelle, de reprendre ses esprits. Mais il connaissait la pression qu'elle subissait, jour après jour. Comme il aimerait se trouver auprès d'elle, la prendre dans ses bras et lui expliquer doucement que la vie n'était pas aussi simple. Les filles

502

noyées ne réapparaissent pas soudainement après deux années, quel que soit le désir qu'on en ait.

Il tenta d'écarter de son esprit l'image de Josie, sa chevelure tombant de chaque côté de son visage, ses fins sourcils noirs, bien plus sombres que ses cheveux, sa passion de la vie. À la fois si semblable et si différente de sa mère.

— Où est-elle à présent ?

— Tu ne me crois pas, hein ?

— Mais si.

— Je crois, hésita Ruth en choisissant ses mots avec attention. Je crois qu'elle a envie que je la trouve.

— Tu m'inquiètes beaucoup, Ruth.

— Merci de penser à moi.

— Tu ne peux pas savoir à quel point.

— Et merci pour tes roses. Elles sont superbes.

— Tu sais ce que signifient des roses rouges ?

— Mais oui, je le sais, répondit-elle doucement.

Après avoir raccroché, il songea : Seigneur, je suis en train de retomber amoureux d'elle.

Paul rappela le jour suivant au moment où Ruth buvait une tasse de café dans la cuisine.

— Nous arriverons ce soir vers six heures, annonça-t-il.

— Bien. Tout est prêt. Comment va Will ?

— Heureux de venir dans le Maine, affirma Paul d'une voix morne.

— Qu'est-ce qui ne va pas ?

— Son état empire chaque jour. Je ne peux plus le supporter.

— Au moins, ici, nous allons pouvoir nous soutenir mutuellement.

— C'est vrai, soupira Paul. As-tu eu des nouvelles de... de Jo...

Il s'interrompit. Ruth eut l'intuition qu'il ne parvenait pas à achever sa phrase parce qu'il ne croyait toujours pas à la survie de sa fille.

— Pas encore, répondit-elle calmement.

— Will, sa maladie, il va nous falloir tout notre courage pour supporter les mois à venir.

— Au moins, nous serons ensemble.

En une semaine, la condition physique de Will paraissait s'être terriblement dégradée. La pâleur de son visage bouffi par les médicaments, les ombres grises sous ses yeux battus démentaient l'agitation qu'il déployait, allant de pièce en pièce, vérifiant tout, s'assurant que les choses étaient restées comme dans son souvenir. Ruth s'efforçait de cacher sa peine et le suivait partout, incapable de le perdre de vue une seconde.

— C'est super d'être ici, s'écriait-il sans cesse. Vraiment super !

— Je t'ai installé une chambre en bas.

— Mais je voulais tellement retourner dans la mienne !

— Je me suis dit que tu préférerais pouvoir aller directement sous la véranda et j'ai descendu toutes tes affaires.

— Mais..., protesta-t-il.

Puis, devant le regard désespéré de sa mère, il reprit avec effort :

— Merci, m'man.

— Viens donc bavarder avec moi pendant que je prépare le dîner.

Ils se rendirent ensemble dans la cuisine.

— D'où est-ce que ça vient ? demanda Will à la vue du dessin de Josie accroché à une porte de placard.

— Quelqu'un me l'a donné.

— C'est pas mal.

— Je sais.

— Je trouve que tu as changé, maman.

— Comment cela ?

— Il y a un an, tu n'aurais jamais mentionné le nom de Josie et encore moins exposé son portrait.

— Je n'avais pas choisi la bonne solution. Je m'en rends compte aujourd'hui.

Devait-elle lui annoncer qu'elle savait que sa sœur était en vie ou valait-il mieux attendre qu'il ait pris un peu de repos ?

— Ed et ses parents arrivent lundi, dit Will en s'asseyant sur le rebord de la table. Ça va être super de dormir dans un vrai lit, au lieu de ce truc à l'hôpital avec des montants, comme si j'étais un bébé au berceau. Ça t'ennuie si je vais faire un tour au bord de la mer ?

— Ne te fatigue pas trop.

— Eh ! Je ne suis plus un enfant.

— Je le sais bien.

Depuis la véranda, elle regarda son fils s'éloigner d'un pas lent, cheminant péniblement à travers la prairie en direction de la bande rocheuse du rivage.

La journée avait bien commencé, chaude et ensoleillée, mais la soirée s'annonçait sensiblement plus fraîche.

— La brume descend, annonça Will en scrutant l'obscurité.

— Alors, il va faire froid cette nuit, avertit Paul.

— J'aime cette manière qu'a le brouillard d'envelopper la maison. Comme une grande couverture.

— Qu'est-ce que tu dirais de faire du feu ?

— Bonne idée.

— Il y a du bois sous la véranda.

Ils se mirent à remplir les deux paniers d'osier que Will était allé chercher à côté de la cheminée du salon.

— Dis donc, papa, fit Will sur un ton de reproche.

— Eh bien, quoi ?

— Il ne faut pas juste jeter les bûches dans le panier comme ça. Tu dois d'abord les secouer.

— Pourquoi ?

— Il y a plein de petites bestioles qui vivent là-dedans – des cloportes, des araignées et toutes sortes d'autres animaux. On ne va pas les faire frire, quand même ?

— Tu as raison.

Avec une solennité exagérée, Paul entreprit de secouer chaque bûche, vérifiant chaque extrémité avec tant d'attention qu'il finit par loucher. Will se mit à rire. Son père l'imita bientôt, et tous deux, hilares, entreprirent de secouer les bûches au-dessus de leur tête, de les passer entre leurs jambes, de danser le shimmy autour du tas de bois. À bout de souffle mais toujours secoués de rires convulsifs, ils finirent tout de même par traîner leurs paniers jusqu'au salon. Paul prépara le feu pendant que Will s'effondrait sur le canapé, épuisé, ne tardant pas à fermer les paupières.

Pour la première fois depuis la rechute de son fils, Paul fut vraiment effrayé. Will paraissait à bout de forces. L'effort de ramasser les bûches et la crise de fou rire avaient eu raison de lui. Dès que le feu eut pris, Paul s'assit devant la cheminée et présenta ses mains aux flammes.

— Que diriez-vous d'un petit Scrabble ? proposa-t-il après le dîner. Ruth ?

— Bonne idée.

— D'accord, répondit Will d'une voix faible.

Au bout de quelques instants, il fut incapable de se concentrer ni même de garder les yeux ouverts.

Non, songea Paul, qui tentait désespérément de cacher son anxiété. Pas mon fils. Ne me prenez pas mon fils. Mais comment le Dieu auquel il ne croyait pas l'aurait-il entendu ?

Lorsque Will fut allé se coucher, Paul s'assit en face de sa femme, admirant le reflet des flammes dans ses cheveux. Son parfum musqué, rehaussé par la chaleur de l'âtre, embaumait toute la pièce.

— Qu'est-ce qui ne va pas ? lui demanda Ruth en souriant.

— Tu es tellement jolie.

— Moi ?

— Comme lorsque je t'ai rencontrée.

— C'est ça !

Il vint s'asseoir à côté d'elle.

— Tu portes toujours ton alliance, fit-il remarquer en prenant sa main dans la sienne.

— C'est parce que je suis encore mariée.

— Parle-moi de Joséphine, demanda-t-il en l'enlaçant.

Il la sentait céder, se fondre dans le creux de son corps, lever ses lèvres entrouvertes vers lui.

Le téléphone se mit à sonner. Soudain nerveuse, elle s'arracha à ses bras, se battit avec le combiné et décrocha, le visage illuminé par l'espoir.

C'était Annie Lefeau.

— Janie – Joséphine – m'a appelée ce matin, annonça-t-elle, d'une voix tendue. Je lui ai parlé de la maladie de son frère. Elle est terriblement bouleversée.

— Est-ce qu'elle vous a dit où elle se trouvait ?

— Non. Elle appelait d'une cabine, et nous n'avons

pas pu bavarder longtemps. Je lui ai parlé du problème de moelle, du fait qu'elle était peut-être compatible et qu'elle représentait la dernière chance de Will. Elle a paru affolée, Ruth. Elle pleurait, sanglotait au téléphone.

— Lui avez-vous dit que je l'avais cherchée ?

— Elle le sait.

— Et lui avez-vous dit aussi que j'ai besoin de la voir ?

— Mais oui.

— Et que je l'aime ?

— Elle sait tout cela, Ruth. Elle m'a promis de rappeler.

— C'est tout ?

— Hélas, oui.

— Vous a-t-elle dit quand ?

— Non. Je n'ai pas cessé de lui répéter qu'elle devrait appeler tout de suite.

— Merci d'avoir essayé.

— Ruth, je me rends à Sweetharbor demain, fit lentement Annie. Après ce qui est arrivé, je comprendrais que vous refusiez mais... mais accepteriez-vous que je passe vous voir ? Juste une heure, je ne peux pas rester longtemps. J'aimerais rencontrer Will. Et votre mari.

— Bonne idée.

Ruth voulut se rassurer, se rappelant que le départ de Joséphine avait été également douloureux pour Annie Lefeau.

— Il y a autre chose, avoua cette dernière. Quelque chose dont il faut que je vous parle.

— De quoi s'agit-il ?

— Je... je vous expliquerai demain. Je viendrai en début d'après-midi, d'accord ?

— Parfait.

Après avoir raccroché, Ruth ferma les yeux, épuisée.

— Parle-moi de Joséphine.

508

Paul tentait sans grand espoir de reprendre la conversation là où ils l'avaient arrêtée. Pendant un quart de seconde, Ruth l'observa à travers ses paupières baissées, se demandant s'il serait possible de retrouver le charme rompu. Elle décida que non.

— Peut-être demain, dit-elle enfin.

Joséphine était-elle donc réellement en vie ? Le regard perdu dans la demi-obscurité, Paul n'osait se laisser aller à l'espoir.

Il n'avait jamais dormi dans ce lit auparavant, ni dans cette chambre. La pièce sentait les herbes aromatiques et l'eau de lavande. Ce parfum lui rappelait sa grand-mère, qui ne sortait jamais de chez elle sans ses gants. Des ombres s'agitaient au plafond, comme des reflets de la mer. Il se demanda d'où elles pouvaient provenir avec l'obscurité qui régnait.

C'était dans cette demeure que Ruth et lui avaient connu leurs premiers temps de vie commune. Serait-ce ici qu'elle s'achèverait ? En venant avec Will, il avait espéré quelque chose – sans trop savoir quoi. En tout cas, cela avait à voir avec le fait de tenir Ruth dans ses bras. Il l'entendait aller et venir dans la salle de bains, tourner le robinet grinçant de la baignoire, heurter un flacon contre l'étagère de verre du lavabo. Il l'imagina allongée dans son bain parfumé, les yeux clos.

Un désir fou s'empara de son corps et de son esprit.

— Je meurs de faim, annonça Ruth au moment où Will entrait dans la cuisine le lendemain matin.

— Et moi donc.

— Alors, allons prendre un petit déjeuner à l'auberge.

— Et papa ?

— Il est au chantier naval. Il voulait encore jeter un coup d'œil au *Duck*.

— Tu sais qu'on avait prévu de le reconstruire ? dit Will. Avant... avant tout ça.

— Vous pourriez encore le faire.

Tyler Reed se tenait debout derrière son comptoir au moment de leur arrivée. À la demande de Will, il les conduisit à une table donnant sur Old Port Street. L'adolescent se mit à observer d'un regard avide la foule qui arpentait la rue.

— C'est bon d'être de retour, dit-il en observant sa mère à la dérobée. J'aimerais vraiment qu'on vienne habiter ici.

— Je me suis dit qu'on pourrait peut-être s'y décider pour de bon un jour, déclara Ruth d'une voix lente.

En réalité, cette idée venait juste de la frapper. Ici, elle pourrait recommencer sa vie.

— J'aurais dû y penser depuis longtemps, dit-elle en souriant à son fils.

— Si on habitait ici, qu'est-ce qui se passerait pour ton boulot ?

— Je tenterais de trouver quelque chose de plus proche.

— Vraiment ? Tu es sincère ?

— Et pourquoi pas ?

— Ce serait supersympa.

— N'est-ce pas ?

— Et on ferait venir grand-père et grand-mère pour Noël. Ouaouh, ils détesteraient ça.

Ruth sourit.

— Je le crois aussi !

— Tout redeviendrait aussi génial qu'avant.

Il poussa un soupir de satisfaction devant la pile de crêpes et le pot d'airelles que la serveuse posait devant lui.

— Will, commença Ruth en se penchant vers lui. Je ne sais pas si c'est le bon moment et le bon endroit mais il y a quelque chose que je dois absolument te dire.

La joie reflua du visage de Will.

— C'est à propos de mon cancer ? Parce que si c'est ça, ne t'inquiète pas. Ça ne me gêne plus, tu sais. Au début, oui, mais maintenant, je ne m'en fais plus. C'est vrai, ajouta-t-il en avalant une crêpe.

— Tu me brises le cœur quand tu parles comme cela.

Il fit un signe de dénégation. Sa bouche était toute barbouillée de sirop mais, au fond de ses yeux, le spectre de la mort rôdait, si dramatiquement déplacé dans ce visage d'enfant.

— Je n'ai pas peur, m'man, si c'est ce que tu crois. J'ai eu assez de temps pour me faire à cette idée, tu sais.

— Arrête, Will. Je ne peux pas le supporter.

— Bon, bon. Alors que veux-tu me dire de si important ? Vas-y. Je ne vais pas m'évanouir.

— Will, c'est..., commença-t-elle.

Sa voix se brisa.

— Allez, parle !

— Il s'agit de Josie.

— Et alors ?

— Elle est en vie, finit par lâcher Ruth.

Il regarda sa mère, les yeux écarquillés. Sa main se mit à trembler et il dut reposer sa fourchette.

— Arrête, maman. S'il te plaît, murmura-t-il en baissant la tête.

— Comment ça ?

— Papa m'a déjà parlé de cette idée que tu as... Laisse tomber. Elle est morte et enterrée.

— Justement, non. Il y a eu une cérémonie, pas un

enterrement. Il n'y avait pas de corps. Précisément parce qu'elle ne s'est pas noyée cet après-midi-là.

— Je t'en supplie, maman. Ne joue pas à ce petit jeu avec moi. Je ne suis qu'un enfant.

Ruth lui prit tendrement la main. Elle ne put s'empêcher de remarquer l'effort qu'il faisait pour ne pas la retirer.

— Tu m'as dit le contraire hier, répliqua Ruth en souriant. Will, crois-moi. Je n'invente rien. C'est la pure vérité.

— Comment le sais-tu ?

— J'ai passé le week-end dernier à la chercher et j'ai finalement découvert où elle se trouvait depuis un an.

Ruth lui fit le détail de ce qu'elle avait appris de la bouche d'Annie Lefeau.

Il l'écouta sans l'interrompre avant de demander :

— Où s'est-elle cachée les premiers temps ? Comment s'est-elle débrouillée ?

— Je ne le sais pas. Pas encore. Cette femme va nous le dire.

— Elle a intérêt, fit Will d'une voix courroucée. Tu sais, j'ai longtemps pensé qu'elle s'en était sortie après l'accident. Mais quand j'ai vu qu'elle ne reprenait pas contact avec nous, je me suis dit qu'elle était bien morte. Sinon, elle nous aurait appelés. Elle nous aurait fait savoir qu'elle allait bien. Ce n'était pas son genre de nous laisser comme ça. Pas du tout. Je savais que tout ça était ma faute, ajouta-t-il, les yeux baignés de larmes.

— Mais non.

— Et c'est ça qui était tellement affreux, dit-il en se détournant pour cacher son désespoir. Est-ce que cette femme, Annie, est vraiment bien informée ?

— Je crois que oui.

— Et Josie serait vraiment en vie ?

— Cela ne fait aucun doute.

— Oh, maman..., insista-t-il d'une voix brisée, tu es vraiment sûre ?

— Tout à fait. Annie Lefeau va passer nous voir cet après-midi. Elle te le dira de vive voix.

— Est-ce que tu crois que Josie sait que nous sommes revenus à Carter's House ? demanda Will en refoulant ses larmes.

— J'en suis persuadée. Oh, mon chéri ! si seulement elle acceptait de nous faire signe.

Les pommettes de Will se colorèrent de rouge vif.

— Alors, elle est finalement vivante. Mon souhait le plus cher se réalise ! s'exclama-t-il, les yeux remplis de larmes. On pourrait peut-être refaire du bateau, Josie et moi, quand elle reviendra à la maison. J'en ai vraiment envie mais je sais que je ne peux pas compter sur toi.

Quand elle reviendra à la maison... Cela avait l'air si simple, tout à coup.

— Je veux bien essayer de te servir d'équipière, si c'est ce que tu veux, affirma-t-elle, immédiatement malade en se représentant leur sortie en pleine mer, juste eux deux, dans un tout petit bateau...

— Laisse tomber, dit Will gentiment. Je ne veux pas te faire flipper. Je peux y aller avec papa. Ou bien, j'attendrai le retour de Josie.

— Tu sais, Will, je suis extrêmement fière de toi.

— Tu n'es pas mal non plus.

La mère et le fils se sourirent. Josie soudain ressuscitée et tout ce que cela impliquait suffisaient à leur bonheur.

Annie Lefeau arriva à quatre heures. Elle avait coiffé sa luxuriante chevelure en un chignon retenu par des peignes de couleur. Elle paraissait moins austère, moins tendue, comme si elle se sentait soulagée d'un fardeau. Mais son regard évitait celui de Ruth.

Elle serra la main de Paul et montra une grande joie à la vue de Will.

— Je suis si heureuse de te rencontrer. Ta sœur m'a beaucoup parlé de toi, tu sais.

— Vous la connaissez vraiment ?

— Mais oui. Nous sommes très intimes.

— Maman m'a dit qu'elle avait vécu avec vous.

Annie fouilla dans son sac à dos et en sortit un paquet.

— C'est exact. Tiens, Will, je t'ai apporté quelque chose.

— Merci.

L'adolescent défit l'emballage pour découvrir un petit tableau : un jeune garçon couvert de taches de rousseur, appuyé contre un bateau, éclatant de rire.

— Mais c'est moi ! s'écria-t-il, ravi.

— Janie – Josie, je veux dire – l'a peint l'année dernière, pour ton anniversaire, lui dit doucement Annie. Elle le gardait dans sa chambre.

— Oh, m'man..., murmura Will en montrant la petite toile à sa mère.

— Elle l'a fait de mémoire, ajouta Annie.

— C'est magnifique, s'écria Ruth.

Le visage de Paul exprima un mélange de surprise et de fierté.

— Je suis très impressionné, dit-il.

— Votre fille a beaucoup de talent, professeur Connelly.

Annie prit une profonde inspiration.

— Je dois d'abord vous informer de quelque chose qui me tient à cœur, dit-elle en évitant leurs regards. Et j'espère qu'ensuite vous saurez me pardonner. C'est tellement difficile... enfin... il vaut mieux que je me lance tout de suite.

— De quoi voulez-vous parler ? s'impatienta Paul.

— Eh bien... Je possède une cabane dans les bois, près du rivage, pas très loin d'ici. Il s'agit d'une sorte d'atelier d'appoint. On ne peut pas le trouver si on ne sait pas où il est. J'y passe parfois la nuit lorsque je travaille sur une toile. Le confort est extrêmement sommaire, mais j'y entrepose de la nourriture en boîte, une lampe à huile, des bougies et un sac de couchage. Il y a même l'eau, enfin, de l'eau de pluie recueillie dans une vieille citerne. Je suis allée y travailler quelques jours après l'accident et la disparition de Joséphine. Et...

Sa voix se brisa.

— Eh bien, continuez !

— Elle... elle était là.

— Josie ?

— Oui.

Ruth chercha le regard de Paul avant de se retourner vers Annie.

— Comment ? Dans votre cabane ?

— Je n'arrivais pas à y croire. J'avais lu les journaux, naturellement, et je savais qu'elle était morte. Je vous avais fait parvenir son dessin, et pourtant elle était là, vivante, dans ma cabane.

— J'ai entendu parler de cette cabane près de la plage, de la nourriture et de tout le reste, avoua Will. Je m'étais même demandé à l'époque si Josie n'y était pas. C'était tout à fait le genre d'endroit où elle serait allée se cacher.

— Pourquoi ne m'en as-tu rien dit ? s'écria Ruth.

Will tourna ses grands yeux vers sa mère.

— Et comment aurais-je fait ? Tu ne voulais pas parler d'elle. Et puis, de toute façon, on la cherchait

515

absolument partout. Je me suis dit que, si elle y était allée, on l'aurait retrouvée.

— Quand je l'ai vue, elle avait tout l'air d'un petit animal sauvage, reprit Annie dont les mains se mirent à trembler. Les cheveux hirsutes, couverte de plaies, une entaille à demi cicatrisée au bras. Elle avait de la fièvre et se traînait sur le sol, presque inconsciente. Elle est parvenue à me raconter malgré tout ce qui s'était passé. Au moment où elle avait été emportée par la tempête, le courant était si fort qu'elle n'avait pu y résister et s'était laissé porter. Les vagues s'abattaient sur elle, elle étouffait, commençait à perdre conscience, persuadée de sa mort prochaine. C'est alors qu'elle a été emportée par une lame qui l'a rejetée sur des rochers. Après d'incroyables efforts, elle a finalement réussi à s'accrocher à une anfractuosité et à se hisser jusqu'à la grève. Elle a prétendu qu'il lui avait fallu près de deux jours pour atteindre ma cabane.

Incrédule, Ruth pressa ses mains contre ses tempes.

— Mais... je ne comprends pas. Pourquoi nous avez-vous laissés sans nouvelles ? Pourquoi ne nous avez-vous pas informés ?

— Je me suis posé cette question plus de mille fois depuis le jour où nous nous sommes rencontrées.

— Aviez-vous la moindre idée des souffrances que nous endurions ?

— J'en suis consciente aujourd'hui.

Ruth n'écouta pas sa réponse.

— Je peux à la limite comprendre que Josie n'ait pas souhaité rentrer dans sa famille, mais vous... *vous*, cracha-t-elle avec rage. Vous êtes une adulte responsable. Comment avez-vous pu faire une chose pareille ?

Comme pour se protéger de la fureur de Ruth, Annie serra ses mains contre sa poitrine.

— Je n'ai aucune excuse, Ruth. Absolument

aucune. Mais, à cette époque, je ne vous avais jamais rencontrée. Alors, j'ai cru Josie lorsqu'elle m'a dit que son beau-père... l'avait violée.

— Josie a dit ça ? s'exclama Paul, suffoqué.

— Je vois bien maintenant qu'elle me mentait, mais sur l'instant... si vous l'aviez vue... elle délirait. Seigneur, Ruth, Josie était véritablement hystérique ! Elle délirait en me suppliant de ne rien dire à personne. J'ai fini par accepter.

— Un simple coup de téléphone, gémit Ruth. Rien de plus. Pour nous rassurer.

— Je lui en ai parlé. Mais elle a prononcé des paroles insensées. Elle m'a dit qu'elle ne vous manquerait pas. Que vous ne vous intéressiez pas à elle.

— Mais c'est faux ! hurla Ruth dont le visage s'empourpra de colère. Nous l'aimions. Tous.

Elle se leva brusquement, le visage déformé par la colère.

— Et pendant tout ce temps, vous saviez qu'elle ne s'était pas noyée. Seigneur ! Comment avez-vous pu faire une chose pareille ?

Annie fut prise de frissons.

— Je l'ai installée chez moi pour m'occuper d'elle en attendant de prendre une décision. Nous nous sommes souvent disputées à ce sujet, dans les premiers temps. Elle a fini par me dire qu'elle allait vous appeler. Mais, le lendemain, elle était partie.

— Où cela ?

— Ruth, je vous jure que j'ai cru qu'elle était retournée à Boston dans sa famille.

— Et lorsque vous l'avez revue, qu'avez-vous pensé alors ? demanda Paul d'une voix glaciale.

— Je... je ne sais pas vraiment. J'étais si contente de la revoir, répondit Annie en tripotant nerveusement le peigne qui retenait sa chevelure rousse. Je reconnais que je... que je me suis très mal comportée.

— C'est certain, affirma durement Ruth.

— Mais Josie aussi, souligna Will.

— Si ce que vous nous dites est vrai, reprit Paul, vous nous avez causé plus de souffrances que vous ne l'imaginez. Si c'est vraiment de *notre* Josie que vous parlez.

— Tu ne crois toujours pas qu'elle est en vie, c'est ça ? s'exclama Ruth.

— J'exerce mon droit au scepticisme. S'il s'agit bien de Josie, pourquoi, alors, se serait-elle enfuie de chez Annie ?

— Elle était tout le temps en vadrouille, répliqua Annie. Lorsqu'elle avait peint un certain nombre de toiles, elle les fourrait dans sa vieille voiture pour aller les vendre.

— Elle essayait de gagner sa vie, comme elle l'avait toujours voulu, murmura doucement Will.

— Je savais qu'elle finirait par revenir, alors je ne me suis pas inquiétée, plaida Annie en les regardant l'un après l'autre. Je suis désolée.

— Si vous l'avez reconnue, alors d'autres ont pu le faire également. Les journaux ne parlaient que de sa noyade à l'époque : si on l'avait vue, quelqu'un aurait fini par nous appeler, non ?

— Elle prenait grand soin de se tenir à distance de Sweetharbor et de Hartsfield, répondit Annie. Et de tous les lieux où elle risquait d'être reconnue. En outre, elle a bien changé, physiquement. Et Millport est à des kilomètres d'ici.

— Tout cela est extrêmement pénible pour nous, dit Paul en prenant la main de sa femme.

— Je ne peux que vous répéter à quel point je suis désolée, dit Annie en se levant.

— C'est la moindre des choses, ne put s'empêcher de s'écrier Paul avec véhémence.

— J'imagine que nous ne nous reverrons pas, murmura Annie avec humilité.

— Si cela ne tient qu'à moi, certainement pas, répliqua Paul durement, le visage blanc de rage.

Ruth, à la vue de la détresse d'Annie Lefeau, se demanda un instant comment elle aurait réagi elle-même dans une situation similaire. Mais non, elle était certaine qu'elle aurait fait mieux. Un coup de téléphone – il était si facile de donner un simple coup de téléphone.

Après le départ d'Annie, toute la famille s'assit en silence sous la véranda en sirotant un verre de thé glacé. Personne ne semblait souhaiter commenter ce qui venait d'être dit. Il ne restait plus qu'à attendre. À espérer. Désormais, le téléphone pouvait sonner à tout instant. Et ce serait peut-être Josie. Ou bien, une voiture remonterait l'allée, et leur fille serait au volant. Maintenant qu'elle connaissait la maladie de Will, elle allait revenir au plus vite.

La mer luisait faiblement tandis qu'une brise légère faisait doucement trembler la cime des arbres. De temps en temps, une corne de brume déchirait le silence.

Un coup de téléphone, ne cessait de se répéter Ruth. Et nos vies en auraient été totalement changées.

Ce soir-là, ils allumèrent un feu dans la cheminée et jouèrent au *cribbage* avec les pièces en ivoire de l'arrière-grand-mère de Ruth. Will eut de nouveau du mal à se concentrer.

Ruth posa la main sur la sienne.

— Elle va venir, dit-elle d'une voix douce et rassurante. Ne t'inquiète pas.

— J'aimerais bien qu'elle se dépêche, répondit le jeune garçon sur un ton maussade.

Ses poumons sifflaient, son visage paraissait plus creusé que jamais à la lumière des flammes.

— Je suis fatigué, reprit-il. Je crois que je vais aller me coucher, si ça ne vous ennuie pas.

— Je vais venir te border dans ton lit.

Le rituel du coucher avait toujours la faculté de le calmer.

— Dans dix minutes, alors.

Plus tard, dans sa chambre, après lui avoir fait un dernier baiser, Ruth se disposait à quitter la pièce lorsqu'il la rappela :

— Maman !

— Qu'y a-t-il, mon chéri ?

— Est-ce que tu lui en veux ? À Josie ? De ne pas avoir appelé.

Ruth hésita un instant sur la réponse à faire.

— Je... je ne sais pas.

— Eh bien, moi, oui.

— Je crois qu'il ne nous reste plus qu'à penser à l'avenir et à oublier ce qui est arrivé, dit prudemment Ruth.

— Juste comme ça ? Moi, je ne crois pas. Si jamais elle arrive, tu penseras à me réveiller, hein ?

Au fond des yeux de son fils, deux ombres, comme deux petites mares, se détachaient sur la pâleur de son visage. Il avait accroché la toile de sa sœur sur le mur, là où elle était le plus en valeur.

— Bien sûr, mon chéri.

— Même s'il est très tard ?

— Promis.

— Même si je suis mort de fatigue ?

Ruth frissonna.

— Quelle que soit l'heure, je te jure de venir te réveiller. D'accord ?

— D'accord, dit-il avec ce sourire décharné et pâle auquel elle s'était habituée ces derniers mois. S'il te plaît, ne crois pas que j'aie peur de mourir. Parce que ce n'est pas vrai.

Il y eut un long et douloureux silence.

— Maman, reprit Will d'une voix tendre.

— Oui, mon chéri ?

— Fais-moi un câlin.

— Autant que tu voudras.

Son corps amaigri et ses os fragiles semblaient sur le point de se briser au moindre choc. Elle fit même une grimace pour s'empêcher de pleurer.

Will enfouit sa tête dans son cou, se blottissant comme un jeune chiot.

— Je t'aime, maman.

— Moi aussi, William. Du plus profond de mon être.

Dans sa tête, elle crut soudain entendre la voix de Josie : « Est-ce que tu m'aimerais quoi qu'il arrive, maman ? »

La question resterait provisoirement sans réponse.

Allongé sur son lit, appuyé sur un coude, Paul faisait semblant de lire, attendant le moment où Ruth se préparerait à se coucher. Il songeait à cette journée mouvementée, illuminée par l'espoir du retour de sa fille, à cette peinture d'une tombe recouverte de lichen, à la date gravée sous les initiales de la signature. Celle de cette année.

S'il s'agissait réellement de Josie, à quoi ressemblait-elle aujourd'hui ? Comment avait-elle évolué ? Dans son esprit troublé, la colère le disputait à la peine. Comment avait-elle pu agir ainsi ? Pourquoi n'avait-elle pas donné de ses nouvelles ?

L'eau se mit à couler dans l'antique baignoire de la salle de bains. Ruth se brossait les dents. Échos oubliés de leur lointaine intimité. Il aurait souhaité avoir le courage de l'appeler. Comme il aurait aimé l'inviter à partager son lit, pouvoir se rassurer au parfum de sa peau, à sa douceur. Mais il craignait trop de subir son regard solennel et de la voir tourner les talons. Ainsi qu'elle l'avait fait à sa dernière tentative. Elle avait essayé de lui faire comprendre qu'elle n'était plus enfermée dans sa coquille, et il n'avait pas répondu à son appel.

Désormais, il était trop tard.

Ruth resta longtemps appuyée au balcon de sa chambre avant d'aller se coucher. Le brouillard se levait enfin, refluant vers l'horizon. La lune scintillait sur la surface de la mer. On entendait le souffle de l'océan au pied de la prairie.

Josie allait venir.

Elle viendrait. Ne serait-ce que pour l'amour de Will.

24

Les brumes étaient réapparues au cours de la nuit et recouvraient les pâturages de volutes bleutées. L'humidité envahissait la maison, et le brouillard cherchait à se glisser sous les fenêtres et les portes. Une aveuglante lumière laiteuse emplissait les pièces.

Paul voulait acheter un livre chez le libraire et proposa à Will de l'accompagner. Fatigué, le jeune garçon préféra rester à la maison. Il passa la matinée à errer de pièce en pièce comme s'il tentait de faire apparaître sa sœur devant la table de la cuisine, sur le canapé du salon ou dans sa chambre.

— Quand crois-tu qu'elle va revenir ? demanda-t-il en scrutant le brouillard derrière la fenêtre.

Ruth glissa son bras derrière l'épaule de son fils, affligée de sentir ses os saillir sous la finesse extrême de la peau. Son visage lui parut plus exsangue que jamais, le tour de ses yeux plus sombre. Son cou et ses bras étaient couverts de plaies.

— Bientôt, dit-elle en le serrant avec précaution contre elle.

Il s'appuya contre le mur, comme s'il craignait de tomber.

— Oui, mais quand ? Dans combien de temps ?

— Dès qu'elle le pourra, mon chéri.

Les heures s'égrenèrent. Joséphine ne donnait toujours pas signe de vie. Will, épuisé, s'était allongé sur le canapé du salon.

— Elle viendra, assura Ruth. J'en suis sûre.

— J'aimerais bien qu'elle se dépêche, c'est tout.

Carmel Stein appela vers midi.

— Quelle journée épouvantable ! Pourquoi ne viendriez-vous pas déjeuner avec Will ? Les enfants pourront s'amuser ensemble pendant que nous ferons la vaisselle.

— Je vais le lui demander.

Will était installé sous la véranda, replié sur lui-même, les yeux fixés sur une mer invisible, trempé par l'humidité de la brume.

— Tu as envie d'aller chez les Stein ?

— Il faut rester ici, répliqua-t-il. Au cas où elle viendrait.

— Mais, chéri...

Elle se tut à la vue de son visage tourmenté, levé vers elle. Son regard était celui d'un animal aux abois. Bouleversée, elle retourna au téléphone.

— Impossible aujourd'hui, Carmel. Peut-être une autre fois.

— Comment va Will ?

— Il est... juste un peu fatigué.

— Et vous, Ruthie, comment vous sentez-vous ? Je vous trouve un peu tendue.

— Mais non. Pas du tout.

— Appelez-moi si vous avez besoin de quelque chose.

Ruth prépara des sandwiches auxquels Will toucha à peine. Il devenait de plus en plus difficile de prétendre à un semblant de normalité. Les secondes, les minutes se changeaient pesamment en heures.

À la tombée du jour, elle trouva Will étendu sur son lit.

— Je me suis dit que j'irais rendre visite aux Cotton, lui dit-elle. J'ai acheté des bonbons et du beurre de cacahuètes pour Marietta. Je sais qu'elle les adore.

— Tu n'as jamais fait ça avant.

— J'aurais peut-être dû. Tu veux m'accompagner ?

— C'est Marietta qui va être heureuse, fit-il avec cet accent du Maine qu'il aimait imiter.

— Viens avec moi, Will.

— Et si Josie appelait ?

— Nous ne serons pas longs.

— Papa vient aussi ?

— On va aller le lui demander.

Paul était à l'orée du petit bois. Il s'activait à tailler des bûches dans un jeune bouleau arraché par les tempêtes de l'hiver. L'effort avait congestionné son visage. À leur approche, il interrompit son travail et s'essuya le front de sa manche.

— Tu prépares déjà du bois pour l'hiver, papa ?

— Il vaut mieux s'y prendre à l'avance, tu sais.

— Nous allons chez les Cotton, annonça Ruth.

— Après réflexion, maman... je crois que je vais rester ici. Donner un coup de main à papa.

— Tu es sûr ?

— Et puis, au cas où le téléphone sonnerait.

Paul et sa femme échangèrent un regard triste.

— J'ai mon portable, fit gentiment Paul. Tu n'as qu'à t'asseoir. On entendra très bien la sonnerie.

Adossée à la colline, la demeure des Cotton était de la même couleur rouge que la grange de Ruth et rechampie de blanc. La véranda ouvrait sur un grand potager et un appentis rouge également décoré de blanc qui ressemblait à une version miniature de la maison principale. La propriété était située en contrebas, sur la même crique que celle des Carter. L'embarcation de Ben était amarrée à la jetée, à côté du *Mari*, un vieux langoustier à la coque grêlée par le sel.

Le pick-up de Ben était garé près d'un tracteur usé par les vents et les tempêtes. Près de l'appentis, des nasses étaient soigneusement rangées à côté d'un grand désordre de balises flottantes. Encadrant la porte d'entrée, une masse de lupins roses et pourpres s'étendait jusqu'au bois. Des poules brunes grattaient la terre d'un poulailler cerné d'une barrière de bois.

Ruth frappa en vain à la porte. Les Cotton semblaient absents. Elle décida d'attendre en s'asseyant sous la véranda, jouissant de ces moments de solitude et de paix. Derrière la maison, du linge flottait sous la brise marine. Ruth se rappela le jour où Josie lui avait demandé pourquoi elle ne mettait pas aussi le linge à sécher dehors. Elle n'avait gardé aucun souvenir de sa réponse. Probablement une excuse du genre : je n'ai pas le temps. Depuis cette époque, le temps avait filé comme le vent, emporté par une marée de tâches dépourvues de sens. À présent que chaque seconde était précieuse, elle comprenait à quel point il pouvait être important de ne rien faire d'autre que jouir du privilège d'être simplement en vie.

Lassée d'attendre, Ruth finit par laisser un mot en lettres capitales par souci de ménager la mauvaise vue de Ben et l'illettrisme de Marietta. Elle lui demandait si son arthrite la faisait moins souffrir avec la chaleur de l'été et promettait de repasser bientôt. Elle posa le petit mot sur la boîte de bonbons avant de reprendre le chemin de Carter's House par les bois.

Le brouillard se décidait enfin à se lever. Quelques traînées s'accrochaient aux arbres comme de petites boules de coton avant de disparaître. Si le soleil n'avait pas encore fait son apparition, la brume prenait des teintes mordorées annonciatrices de chaleur. À la croisée des chemins, Ruth se prit à hésiter. Je ne resterai que quelques minutes, se promit-elle. Juste quelques minutes.

En haut de la falaise escarpée, non loin des galets, le jardin miniature était en pleine floraison. Quelqu'un avait posé cinq ou six petites pierres blanches qui formaient comme un sentier à travers les fougères et les fleurs. Une volée de quiscales au plumage brillant s'était posée dans les hautes herbes. Ils s'enfuirent à son approche, leurs ailes pourpres scintillant dans le ciel, avant de disparaître derrière les arbres.

Une brise capricieuse et fraîche soufflait de la mer. Ruth resta debout derrière le banc, suivant du doigt les lettres gravées sur la plaque de cuivre. Joséphine Carter Connelly. La mer étale avait à présent la couleur des feuilles de plomb qui cerclaient les grandes boîtes de thé de l'épicier de Hartsfield lorsqu'elle était petite. Soudain, elle fut pénétrée d'une absolue conviction. Josie viendrait aujourd'hui. Elle en était aussi sûre que de sa propre existence.

Les souvenirs accumulés dans son cœur, des images de Josie et Will enfants, se bousculaient dans sa tête. Brusquement, malgré ce regain d'optimisme, elle se sentit envahie par une vague de chagrin. Devant ce ciel indifférent et cette mer impitoyable, elle ne put retenir ses larmes.

— Ne pleure pas...

Derrière elle, la voix était si basse que Ruth crut qu'elle avait rêvé.

— Maman...

Elle se retourna lentement. Pendant quelques instants, elle ne sut si elle se trouvait devant un être de chair et de sang ou devant un mirage suscité par le désespoir.

— Josie..., murmura-t-elle.

— Maman...

— Josie !

Ruth ouvrit grands ses bras, et sa fille vint s'y jeter en courant. Elles demeurèrent ainsi enlacées de longues minutes, accrochées désespérément l'une à l'autre. Le temps semblait suspendu.

Enfin, songea Ruth. Ma fille, enfin. Perdue et retrouvée. Le miracle de ces retrouvailles était presque insoutenable. Une immense bouffée d'amour menaçait de l'emporter tandis qu'elle respirait le parfum de sa peau, reconnaissait la fragilité de son corps, caressait la douceur de ses cheveux.

— Je t'aime, murmura-t-elle, les lèvres collées à sa joue.

Autrefois déjà, lorsqu'elle était petite, elle la serrait à l'étouffer, éperdue d'amour.

— Je t'aime.

— Maman, haleta Josie. Oh, maman.

— Tu nous as tellement manqué. Plus que tu...

— Vous aussi.

— Si tu savais combien j'ai attendu ce moment... combien j'ai souffert.

Ruth se tut, incapable de trouver ses mots.

— Comment as-tu su que j'étais ici ?

— Ça a toujours été notre lieu de prédilection.

— Tu as l'air si...

Josie avait grandi. La minceur de l'adolescence avait fait place à des courbes féminines. Ses cheveux étaient coupés court, et son regard avait acquis une gravité nouvelle, une sorte de sagesse dont Ruth préférait ne pas connaître trop tôt les raisons. La cicatrice qui barrait le large front brillait comme un petit croissant de lune.

— Josie..., murmura tendrement Ruth.

La jeune fille lui rendit un regard plein de douceur.

— Maman...

Ruth éclata d'un rire heureux.

— C'est si bon de prononcer ton nom. De te voir.
De... de t'avoir ici.

D'innombrables questions se bousculaient sur ses
lèvres. S'arrachant à regret des bras de sa fille, Ruth
demanda gentiment :

— Veux-tu que nous allions annoncer ton retour au
reste de la famille ?

Mais Josie demeurait immobile.

— Maman ?

— Qu'y a-t-il, mon ange ?

— Pardonne-moi, je t'en supplie.

Pardonner ? Ce seul mot n'avait plus de sens pour
Ruth. Sa fille... sa fille chérie était revenue !

— Tu es là. C'est tout ce qui compte.

— S'il te plaît, maman. Il faut que nous en parlions,
insista Josie.

— Will a terriblement envie de te voir. Et ton père...

— Je ne veux pas les rencontrer tant que nous n'aurons pas eu une discussion, maman. Toi et moi. C'est
très important. Pourquoi n'ai-je pas appelé ? C'est bien
ça que tu veux savoir, non ?

— Ce n'est vraiment plus très...

Josie la fixa d'un regard tendu.

— Comment ai-je pu vous laisser croire si longtemps que j'étais morte ? On ne doit pas laisser cette
question de côté, maman. Elle est au cœur de tout.

— D'accord. Tu as raison, reconnut finalement
Ruth. Je vais essayer de te dire ce que je ressens.

À cette pensée, Ruth sentit son estomac se nouer.
Elle était terrifiée à l'idée de commettre un impair,
d'effaroucher une fois de plus sa fille. Mais elle savait
bien que des choses importantes devaient être dites. Il
était simple de pardonner. Mais derrière l'amour
renaissant se cachaient des réalités plus complexes
telles que le besoin de comprendre.

— J'ai appris récemment beaucoup de choses sur toi que j'ignorais. J'ai vu ta gentillesse, ton attention aux autres. Et pourtant, envers ceux qui devaient t'être les plus chers, tu n'as pas...

— Tu ne peux pas savoir le nombre de fois où j'ai voulu vous téléphoner, vous rassurer, interrompit Josie d'une voix tendue. Mais, au début, c'était comme... impossible. Et puis, après, c'est devenu de plus en plus difficile. Plus le temps passait et moins je trouvais les mots qu'il m'aurait fallu vous dire. Après ce que j'avais fait, comment revenir comme si de rien n'était ? Oh maman... je mourais de peur à la seule idée de m'exposer à votre colère, à votre désespoir. C'est si lâche...

Au loin, le brouillard s'attardait, alourdissant les contours d'une épaisseur cotonneuse. La mer s'agitait doucement. Josie se dirigea vers le bord de la falaise et observa les rochers.

— Je n'arrêtais pas de penser à vous, reprit Josie. Au début, bien sûr, j'étais comme... folle de rage. Surtout contre toi. Et puis je me suis sentie blessée. Lorsque j'ai atteint la plage, crachant de l'eau de mer, le corps douloureux, je me suis sentie tellement meurtrie... Pas seulement dans ma chair. Dans mon âme aussi.

— Mais pourquoi ?

— Parce que... Je sais que cela te paraîtra sans doute mesquin... parce que tu es allée au secours de Will et pas au mien.

— Il était plus jeune, plus faible...

Josie se mordait les lèvres.

— Maintenant, je le comprends. Je crois surtout que je voulais te punir.

— L'important, c'est que tu sois de retour, répéta doucement Ruth. Je n'ai pas besoin d'en savoir plus.

— Si. Parce que je veux que tu saches qu'en réalité

je n'avais rien à te reprocher. Simplement, je... je n'appréciais pas à sa juste valeur la mère que j'avais. Je n'arrête pas de me demander comment j'ai pu être si... si insensible. Comment j'ai pu vous laisser souffrir ainsi.

— Josie, ce n'est pas la peine de...

— Écoute-moi, maman. Voilà ce que j'ai à te dire. Tout de suite. Avant que nous retournions à la maison. Tu es tellement forte, tu vois. Et je voulais te ressembler. J'admirais ta carrière, ta réussite. Et, en même temps, j'aurais aimé te voir à la maison avec un tablier, en train de faire des tartes aux pommes, comme nombre de bonnes mères américaines. Mais je sais maintenant qu'on ne peut pas tout faire. Et puis je me suis souvenue que tu avais été cette mère-là lorsque nous étions petits. Après tout, il n'y a pas si longtemps que tu as décidé de mener à nouveau une carrière.

— Josie, tu n'as pas besoin de...

— Si. C'est nécessaire. J'ai été si injuste avec toi. Si dure.

— Ta grand-mère trouve que c'est moi qui l'ai été.

— Mais tu avais raison, maman. Tu nous as inculqué des règles. Et, maintenant, je suis convaincue que ta force réside précisément dans ta manière de faire les choses. C'est juste que je ne m'en apercevais pas avant. Absolument pas. Après les horreurs que je t'ai envoyées cet été-là, je me suis dit que ma disparition ne te toucherait pas beaucoup. Et quand tu m'as annoncé que tu allais m'envoyer dans un centre de redressement...

— Je n'y ai jamais cru un seul instant, tu le sais bien...

— ... que tu refusais de me laisser quitter l'école... Et quand j'ai entendu que c'était Will que tu appelais, et pas moi, au moment où les vagues nous emportaient...

531

Mal à l'aise, Josie s'approcha lentement de sa mère, les bras le long du corps.

— Maman, j'ai tellement honte de ce que j'ai fait.

— Tout va bien, ma chérie.

— Non, ça ne va pas bien. Je n'ai pensé qu'à moi. Je me fichais complètement des sentiments des autres.

Ruth prit le visage de Josie entre ses mains, essuyant les larmes qui coulaient le long de ses joues.

— Tout ce que je sais maintenant de toi, Joséphine, tout ce qu'on m'a appris, cela me rend très fière, affirma-t-elle. J'aimerais pouvoir en dire autant de moi.

Elles laissèrent un instant le silence calmer leurs esprits enfiévrés. La brise s'engouffrait dans les cheveux de Ruth, la faisait doucement frissonner.

— Après ta disparition... je n'ai pas bien maîtrisé la situation, commença-t-elle d'une voix hésitante. Ton père et moi, nous nous sommes séparés.

— Tout est ma faute, avoua Josie dans un sanglot.

— Nous avons pensé que nous pourrions plus facilement affronter ta mort, chacun de notre côté.

— Mais vous étiez si proches, avant.

— Nous le sommes toujours, assura tranquillement Ruth.

— Je n'arrêtais pas de me dire combien j'avais de la chance avec des parents comme vous, si unis et depuis si longtemps, quand tous ceux de mes amis étaient divorcés.

— Nous avons repris une sorte de vie commune ces temps derniers.

— Maman...

— Tais-toi, murmura Ruth. Je t'ai toujours aimée bien plus que tu ne peux l'imaginer, Joséphine. Et je t'aimerai toujours, quoi qu'il arrive. Tu es mon enfant. Rien ne pourra jamais nous séparer.

— C'est maintenant que je le comprends.

— Lorsque Annie Lefeau m'a avoué que pendant tout ce temps tu étais...

La fin de la phrase se perdit au fond de sa gorge.

— Ne lui en tiens pas rigueur. Elle n'arrêtait pas de me répéter que je n'avais pas le droit de faire ça. Que j'étais insensible, inhumaine, et pire encore. Je savais qu'elle avait raison.

— Si tu n'avais pas laissé ta boucle d'oreille, je n'aurais pas songé une minute que tu puisses être encore en vie. Je ne serais jamais partie à ta recherche.

— De quelle boucle d'oreille parles-tu ?

— Celle que tu as abandonnée ici pour que je la retrouve. Tu sais bien, celles en argent que je t'avais données, avec un cœur au milieu. Tu te souviens, tu les portais quand... le jour de l'accident.

— Je les ai toujours. Toutes les deux.

— Mais c'est à cause de cette boucle que j'ai commencé à...

Josie secoua la tête.

— Ce n'était pas la mienne, répéta Josie en saisissant la main de sa mère. Il m'arrivait de retourner à Carter's House de temps en temps. J'y ai pris mon matériel de peinture. Et de l'argent. Le fameux Fonds de secours de la maison ! Parfois, je jouais du piano ou je restais assise à songer aux années de bonheur quand nous...

— Oh, ma Josie..., murmura Ruth d'une voix éteinte.

— J'ai aussi téléphoné à Belle Dee en lui laissant croire que je voulais louer la maison pour savoir si vous seriez là à Noël ou pendant les vacances. Pour savoir comment vous alliez.

— Nous sommes venus à Noël.

— Oui, mais pas à Carter's House.

— C'est vrai. Je ne me sentais pas encore prête.

— Oh, maman... je m'en veux tellement !

— Tu sais que j'ai acheté une de tes toiles ?

— Annie me l'a dit.

— Je la trouve fantastique.

Josie planta son regard dans celui de sa mère.

— J'ai beaucoup appris ces derniers temps. Et pas seulement en peinture.

— Moi aussi, dit Ruth en serrant le bras de sa fille. Allez, ma chérie, essayons de retrouver les autres maintenant.

En passant devant le rocher à l'entrée du bois, Josie toucha du doigt la cicatrice qui ornait son front.

— Tu te rappelles, maman ?

— Bien sûr.

Elles franchirent le pont de bois.

— Lorsque j'ai appris que vous alliez rouvrir la maison, je t'ai apporté des fleurs, tu as vu ?

— Des freesias. La fleur que tu préfères entre toutes.

— C'est exact.

Comme sur un nuage, Ruth savourait le plaisir de redécouvrir sa fille, d'observer ce qui avait changé en elle : la ligne ferme de son dos, la gracieuse foulée de ses longues jambes, le mouvement de sa chevelure. Tout va redevenir comme avant, se surprit-elle à songer. Nous allons former de nouveau une famille.

Josie s'arrêta devant un parterre d'airelles pour demander à Ruth :

— Maman, parle-moi maintenant de la maladie de Will.

— Il va mourir, dit brutalement Ruth. À moins que...

— Que quoi ?

— À moins que nous ne trouvions un donneur compatible et que Will bénéficie d'une greffe de moelle. Il existe un registre mondial mais ça n'a rien donné jusqu'ici. Il aurait de meilleures chances avec un membre de la famille..., poursuivit Ruth en poussant un profond soupir. Si tu savais comme il va être heureux de te voir, Josie.

— Maman, je ne te le dirai jamais assez : je t'aime tellement.

— Moi aussi.

Elles échangèrent un long regard de tendresse. À quoi peut-elle bien penser ? se demanda Ruth. Cette jeune fille qui lui faisait face, c'était bien sa Josie, et en même temps une autre. Une nouvelle distance s'était installée entre elles. Ces années de séparation les avaient toutes deux terriblement transformées. Elles se retrouvaient plus fortes. Meilleures. Il leur faudrait du temps pour réapprendre à se connaître.

Au moment où elles émergeaient du bois, elles aperçurent Will debout à côté de l'étang, l'œil aux aguets, comme s'il avait déjà deviné que sa sœur était de retour. Les bras tendus, il se rua vers les deux femmes en claudiquant. Son visage n'était plus qu'un immense sourire extasié.

— Josie, Josie ! Tu es revenue.

Ruth ne put éviter de remarquer l'émotion de sa fille à la vue de Will. Elle pâlit affreusement avant de serrer son frère dans ses bras, d'embrasser ses joues creuses et de lui caresser doucement le visage.

— Tu as grandi, dit-elle enfin.

— Ce sont des choses qui arrivent, s'esclaffa le jeune garçon.

— Où est-ce que tu as eu cette boucle d'oreille ?

— C'est maman qui me l'a achetée.

— Tu te moques de moi, s'exclama Josie en jetant un regard à sa mère pour y puiser la force de ne pas montrer son émotion devant la dégradation physique de Will. Tu veux me faire croire que Ruth Carter Connelly a acheté une boucle d'oreille à son fils ?

— C'est vrai.

— Alors, les choses ont drôlement changé par ici.

— C'est rien de le dire.

Josie serra le bras de son frère.

— Tu ne vas peut-être pas me croire mais tu m'as vraiment manqué.

Will poussa un profond soupir.

— C'était génial de ne plus avoir de sœur pour faire la loi. Enfin, j'arriverai à m'y faire.

— Tu as eu le dessin que j'ai réalisé pour toi ?

— Ouais. Et tu sais quoi ?

— Non.

— Je suis obligé d'admettre que tu es plutôt douée.

— Tu es sincère ?

— Parfaitement.

Josie prit tendrement la main que Will lui tendait.

— Il y a des clients pour un rafraîchissement ? lança Ruth, les yeux mouillés. Parce que, moi, je vais me servir un verre de limonade à la maison. Et en proposer un à votre père.

— J'irai voir papa... dans une minute. Mais, d'abord, je voudrais faire une petite balade sur la plage avec Will. D'accord ?

— Super ! s'écria le jeune garçon.

Il fit lentement demi-tour. Chacun de ses mouvements lui arrachait une grimace de souffrance.

— Mais il faudra y aller doucement, ajouta-t-il.

— Aussi lentement que tu veux, Will.

Ruth les regarda disparaître derrière la maison avant de se verser un verre de limonade dans la cuisine et d'en emporter à l'intention de son mari.

— Tu crois qu'elle va venir aujourd'hui ? demanda-t-il à son arrivée.

— Paul... elle est déjà là.

— Josie ?

— Elle vient juste de partir pour la plage. Avec Will.

— Mais pourquoi est-ce qu'elle n'est pas venue d'abord me...

— Elle a honte, Paul. Et un peu peur.

Paul jeta violemment sa hache sur la souche qui lui servait de billot.

— Je vais aller lui parler.

Ruth le retint par le bras.

— Laisse-les un moment seuls ensemble.

— Mais je veux... Enfin, tu as probablement raison.

— Paul ?

— Oui ?

— Je n'arrive pas à croire que nous sommes tous réunis. Que nous formons de nouveau une famille.

Une famille blessée, brisée, pensa-t-elle. Mais une famille quand même. Enfin.

— Moi non plus, reconnut Paul.

— Demain, Josie pourra aller à l'hôpital pour les examens. Croisons les doigts pour qu'elle soit compatible. Si c'est le cas, tout redeviendra comme avant.

— Espérons-le, dit Paul en s'essuyant les mains sur le devant de sa chemise. Désolé, mais je ne peux plus attendre. Je vais les chercher.

Il courut à travers les hautes herbes du pâturage en direction de la petite pente qui menait au rivage. De loin, il apercevait ses deux enfants, au bord de l'eau, face à face. En s'approchant, la brise amena vers lui des sons si étranges qu'il eut du mal à les reconnaître. Était-ce bien Will dont la voix chargée de colère lui parvenait ? Will qui hurlait des injures à sa sœur. Paul aurait voulu accélérer pour le faire taire, lui dire qu'il risquait d'effaroucher Josie, de la voir disparaître une fois encore.

— ... et c'est salaud de ta part, merde !

— Je sais mais...

— Est-ce que tu as la moindre idée du mal que tu nous as fait ? À papa et maman ? Et à moi ? On croyait que tu étais morte ! Tu te rends compte ? Morte !

— Je suis désolée.

De rage, Will se mit à ramasser des petits cailloux qu'il jeta en chandelles dans l'eau.

— Ah, non, c'est trop facile, s'écria-t-il en éclatant en sanglots. Tu as même dit à cette bonne femme, cette Lefeau, que papa... t'avait touchée. C'est dégoûtant. Vraiment dégueulasse.

— Je sais. Je sais. Mais c'est la seule chose que j'ai trouvée pour l'empêcher de vous contacter. Et arrête de l'appeler « cette bonne femme ». C'est une amie très proche.

— Je n'arrive pas à te comprendre, Josie. Pourquoi nous as-tu laissés croire que tu étais morte, merde ?

— Toute cette histoire paraît tellement stupide, avec le recul. Je crois seulement que je voulais me venger d'eux. Surtout de maman. Je ne sais pas comment l'expliquer.

— Mais c'était vraiment dégueulasse ! cria Will. Tu as agi comme si tu n'en avais rien à foutre de nous ! Merde ! Tu n'es pas capable de comprendre ça ?

— Et moi, j'avais l'impression que personne n'en avait à foutre de ce qui m'arrivait. J'avais envie de quitter l'école, de suivre des cours d'art. Et je savais parfaitement que maman ne me laisserait jamais faire, même si je parvenais à convaincre papa. Et ni l'un ni l'autre ne se rendait compte de l'importance que ça avait pour moi. Personne ne semblait s'apercevoir de... de mon talent.

— Alors, tu as décidé de le leur faire payer, c'est ça ?

— D'une certaine manière, je crois que oui.

— C'est tellement affreux, Josie.

538

— Je sais. Parfois je me méprise. Je ne suis pas aussi forte et bonne que je le croyais. Je me suis enterrée dans un trou. Et ça devenait de plus en plus difficile d'en sortir.

— Et moi ? Qu'est-ce que je t'avais fait ? Pourquoi m'as-tu laissé croire que tu étais morte ? sanglota Will dont les poumons sifflaient.

— Je pouvais difficilement te le dire, et pas à eux.

— J'ai été malade et tout ça, et pendant tout ce temps, je devais en plus souffrir de ton absence et m'inquiéter de ce qui se passerait pour papa et maman s'il m'arrivait aussi quelque chose.

Josie ne put retenir ses larmes.

— Will, tu ne vas pas...

— Je te déteste, tu comprends ? Pour tout ce que tu as fait.

Will s'interrompit pour se frotter les yeux avec les poings. Il se pencha pour ramasser un bout de bois qu'il lança rageusement dans la mer. Tout en le regardant s'éloigner, emporté par les courants, il ajouta :

— Ce qui ne veut pas dire que je... que je ne t'aime pas quand même.

— Oh, Will...

Josie prit son frère dans ses bras et le berça contre sa poitrine.

Paul se racla la gorge pour annoncer sa présence. Josie se détacha de Will avant de se tourner vers son père.

— Papa.

Il la fixa sans bouger. C'était bien elle, cette jeune fille dont le vent soulevait les cheveux, sa fille, sa Josie, sa petite fille. Ressuscitée.

— Papa, répéta-t-elle. Je suis revenue.

Il lui ouvrit grand les bras. Une joie immense l'emporta au moment où elle se ruait vers lui pour se jeter contre sa poitrine. Il sentit le cœur de sa fille battre contre le sien et comprit enfin, avec une absolue certitude, qu'elle était là et que tout reprenait sa place. Des larmes se mirent à couler le long de ses joues, et il finit par éclater en sanglots.

— Oh, mon Dieu ! Josie.

— Papa, pardonne-moi, pardonne-moi, s'écria Josie en larmes.

Il aurait voulu lui dire que ça n'avait plus d'importance mais sa voix l'abandonnait.

— Je suis désolée, répéta Josie.

Il la serra encore plus fort contre lui, comme s'il avait peur qu'elle ne lui échappe. En un éclair, il la revit lorsqu'elle avait deux ans, trottinant vers lui sur ses petites jambes potelées. Il la soulevait en l'air, écoutant, ravi, ses hurlements de rire. Les larmes continuaient à couler le long de ses joues, glissant sur les cheveux de Josie, et ces deux années de chagrin se dissipèrent en un instant, comme si elles n'avaient jamais existé.

— Je t'aime, lui chuchota-t-il, sans savoir s'il avait réellement prononcé ces mots ou seulement rêvé.

Will s'approcha lentement pour se serrer contre eux, et ils restèrent ainsi, accrochés les uns aux autres, partageant l'amour qui les réunissait enfin.

De toute la soirée, Paul ne put détacher les yeux de sa fille. En l'honneur de Josie, Ruth dressa la table dans la salle à manger, sortit l'argenterie et la vaisselle d'apparat, et ressortit même les bougeoirs de famille cachés dans un placard. Le retour de la fille prodigue.

Josie avait tellement changé. Ses cheveux courts avaient pris une coloration plus sombre. Son visage avait perdu les rondeurs de l'adolescence. Comme elle était à présent mince et belle !

Will et elle bavardaient.

— C'est à ce moment-là que ce minus m'a demandé

de peindre une fresque sur les murs de sa piscine intérieure. Il m'offrait un pont d'or.

— Ça fait combien ? interrompit Ruth.

— Assez pour vivre un mois ou deux. Il voulait que je peigne quelque chose qui lui rappelle sa mère originaire de Grèce, tu vois ? Alors, j'ai passé des heures et des heures à peindre un paysage avec des oliviers et des vignes, et une sorte d'Acropole au fond.

— Et des dieux grecs, évidemment, intervint Paul, les yeux rivés sur sa fille, comme s'il ne pouvait se rassasier de sa vue.

— Plus qu'on n'aurait pu en compter, affirma Josie. Zeus, Apollon, Poséidon et toute la clique. L'Olympe. La mer. J'avais potassé tout ça avant de commencer. Je n'avais jamais rien vu d'aussi grec de toute ma vie. Ça m'a pris deux bonnes semaines. Et quand j'ai eu terminé, tu sais ce qu'il m'a dit ?

— Non, fit Will en secouant la tête.

— Il m'a dit : « Où est ma maman ? Je ne vois pas ma maman. Je vous avais bien dit que je voulais quelque chose qui me rappelle ma maman. »

— Alors, qu'est-ce que tu as fait ?

— Je lui ai dit que je n'avais pas réalisé qu'il voulait avoir sa mère sous les yeux chaque fois qu'il prenait un bain. Et, d'ailleurs, étant donné qu'il ne m'avait pas donné son portrait, il m'était impossible de deviner à quoi elle ressemblait.

En l'écoutant, Paul se réjouissait de voir qu'ils formaient de nouveau une famille. C'était un sentiment si doux... à la fois étrange et naturel.

— Et alors, qu'est-ce qui s'est passé ? demanda Will.

— Il est parti. Sans me payer. Il a dit que je n'avais pas suivi ses consignes. Plus tard, j'ai appris qu'il faisait ça tout le temps. Il commande des trucs, puis refuse de payer. Tu veux que je te dise ce que j'ai fait ?

— Dis-moi.

— Ce type passe la moitié de l'année dans sa maison de Pacific Palissades, tu vois ? Alors, j'ai attendu qu'il parte pour la Californie et, une nuit...

— Tu veux dire que tu es entrée par effraction chez lui ? demanda Will, les yeux écarquillés.

— Exactement. Et j'ai repeint entièrement les murs. En blanc. Deux couches.

— Ouah !

— Il faut du cran pour détruire son propre travail comme ça, affirma Paul.

— C'était le but du jeu, papa. Je ne voyais pas pourquoi j'aurais travaillé pour rien. Annie m'a dit qu'il avait déjà fait le coup à un menuisier qu'elle connaît, un type en fauteuil roulant qui avait vraiment besoin d'argent. Et aussi à un petit entrepreneur de la région. Qu'est-ce qu'ils pouvaient faire ? Un procès ?

— Bien fait pour lui, dit Will, les joues en feu.

Ses mains tremblaient légèrement chaque fois qu'il portait sa fourchette à la bouche.

Où Josie avait-elle donc appris à entrer chez quelqu'un par effraction ? S'était-elle adonnée à d'autres activités douteuses pendant son absence ? Et, justement, où avait-elle été pendant tout ce temps ? Y avait-il un homme dans sa vie ? De quoi avait-elle vécu ? Il y avait tant de choses que Paul aurait voulu savoir. Il lui sourit à travers la flamme des bougies tout en songeant qu'il souhaitait des réponses. Qu'il en avait même besoin. Pourquoi ? *Pourquoi ?*

Josie croisa son regard, comprit, et changea sur-le-champ d'expression.

— Je ne peux pas expliquer, papa, dit-elle doucement. Je ne peux pas. Comme je l'ai dit à maman, lorsque j'ai retrouvé mes esprits, il paraissait plus simple de continuer à me taire.

— Ta mère et moi... ton frère..., commença Paul.

Que dire ? Le passé ne saurait être modifié. Les années perdues l'étaient pour toujours. Paul jeta un regard sur sa femme, se demandant si elle partageait avec lui cet instant de bonheur. Pour lui, il suffisait que Josie soit revenue. Il se versa du vin et leva son verre en l'honneur de sa fille :

— Je bois à ton retour, ma chérie. Tu ne peux pas savoir à quel point nous sommes heureux de t'avoir de nouveau parmi nous.

Josie chuchota à l'oreille de Will quelque chose que Paul ne put entendre. En voyant le sourire qui éclairait le visage de sa fille, tous ses soucis fondirent comme neige au soleil.

— J'ai promis d'emmener Will sur mon bateau, annonça Sam Hechst au téléphone.

Ruth l'interrompit avant qu'il pût poursuivre.

— Josie est revenue.

— Béni soit le Seigneur. Voilà une excellente nouvelle, s'écria-t-il de sa voix chaude. Vous devez être folle de joie. Comment est-elle ?

— Aussi bien que possible.

— Et vous, Ruth ?

— Vous pouvez imaginer mes sentiments.

— Ça doit sûrement vous faire un peu bizarre de la retrouver.

— Eh bien, c'est vrai..., hésita Ruth, incapable de mentir. Peut-être un peu. Mais tout finira par reprendre sa place.

— Espérons-le. Dites-moi, j'aimerais venir chercher Will demain matin.

— Il sera enchanté, Sam. Surtout depuis que... (Ruth baissa la voix)... Josie va à l'hôpital pour une prise de sang. Je sais que Will ne voudra pas y assister.

— Je passerai vers neuf heures et demie, d'accord ?

Le soir, étendu sur son lit, Paul avait pris l'habitude d'écouter sa femme se préparer pour la nuit dans sa salle de bains. Il l'imaginait en train de se déshabiller, revoyant la gracieuse courbure de son dos lorsqu'elle ôtait ses vêtements, la ligne de ses jambes au moment où elle entrait dans l'eau parfumée de son bain. Il en éprouvait un sentiment mêlé de plaisir et de torture, comme s'il se trouvait devant la porte close du paradis. Il la voyait, allongée dans la baignoire, tendant la main pour saisir la serviette de bain. Il sentait presque l'odeur de sa peau si douce.

Que se passerait-il s'il décidait de la rejoindre dans son lit ? S'il se glissait sous les draps, conscient qu'elle risquait de le repousser et de le renvoyer dans ses appartements ? De son côté, qui sait si elle ne l'attendait pas ? Si elle ne voulait pas qu'il fasse le premier pas ?

Il éteignit la lumière et resta sous la couverture, confectionnée par la grand-mère de Ruth près de soixante ans auparavant. À la lueur de la lune, la fenêtre n'était plus qu'un grand rectangle bleu qui se détachait dans l'obscurité de la chambre. Dans le silence de la nuit, on n'entendait que le ressac des vagues sur le rivage et le bruissement des pins. Un mince filet de lune avait l'air accroché dans un coin du ciel.

Il était déjà à demi assoupi lorsqu'il entendit des pas légers sur le bois du plancher. Avant même de réaliser ce qui se passait, Ruth s'était doucement glissée à côté de lui.

— Ruth...

Il lui ouvrit les bras. Elle vint s'y blottir, se serrant contre lui comme elle l'avait toujours fait. Nue, la peau encore humide, elle lui rappelait toutes ces années de mariage, toutes ces nuits où ils s'étaient endormis ainsi, leurs corps emmêlés. Ruth posa la main sur sa poitrine, juste au-dessus du cœur, et il poussa un profond soupir de soulagement. Ces doigts sur sa peau, c'était comme la promesse que les choses allaient reprendre leur place.

— Ruth...

La voulant plus près de lui encore, il la saisit par les reins.

— Oh, Ruth, j'ai tellement envie de toi...

Comme en extase, il couvrait son visage de baisers, stupéfait de ce bonheur inattendu.

Ruth pressa ses seins contre sa poitrine. Il passa lentement ses paumes le long de son corps, goûtant chaque parcelle de peau, la gracieuse courbure des seins, le satin des aréoles, la forme délicate des hanches, l'épaisse fourrure entre ses cuisses. Il voulait la posséder, la sentir, la goûter, la pénétrer. Il voulait qu'ils ne forment plus qu'un seul désir, qu'un seul corps.

Quand elle toucha son sexe en érection, il gémit. Elle l'embrassa, enfonçant sa langue dans sa bouche, se pressant plus fort contre lui, avide.

— De quoi as-tu envie ?

— De ça, dit-il en descendant vers le compas de ses cuisses, posant ses lèvres sur son sexe, respirant son intimité.

Au loin, la mer battait le rivage au rythme des battements de son cœur. Les milliers d'actes d'amour qu'ils avaient partagés au cours des années semblaient fusionner en un seul. Il leva un instant la tête.

— Ou bien ça, dit-il en posant délicatement le bout de sa langue au point le plus sensible.

Elle poussa un gémissement.

— Ou bien encore...

— Viens en moi, fit-elle d'une voix haletante. Maintenant. Vite.

Il se coucha sur elle, pris de vertige à l'idée de se retrouver en elle.

— Entre en moi, mon amour, aime-moi, baise-moi, vite.

Elle se colla contre lui, la tête renversée, déjà gémissante.

— Aime-moi, Paul.

— Je t'aime, ma chérie, je t'aime.

Il la pénétra d'une poussée avide, sachant qu'il ne pourrait se retenir longtemps cette fois, tant le désir et l'amour qui le poussaient vers elle voulaient cette éruption, cette explosion de millions d'étoiles.

Par-delà la fenêtre, la mer se mit à rugir, le vent à s'engouffrer rageusement dans les branches, tandis qu'il saisissait ses hanches, s'enfonçait plus profondément encore en elle. Il l'entendit crier et se tendre vers lui jusqu'à ce que, terrassée par l'orgasme, elle s'écroule, les cuisses agitées de spasmes de plaisir.

— Je t'aime, Paul.

— Je t'aime aussi, Ruth. Plus que tu ne le sauras jamais.

Plus tard, bien plus tard, après qu'il eut de nouveau soif de son corps et qu'elle l'eut supplié de la reprendre, ils passèrent une heure qui leur parut une éternité à se redécouvrir, extasiés, caresse après caresse.

— Nous sommes redevenus une famille, n'est-ce pas ? murmura Ruth en poussant un soupir de bonheur.

— Je crois.

— Et tout va s'arranger ? Tout redeviendra comme avant ? demanda-t-elle d'une voix de petite fille.

Il posa un baiser sur son front.

— Tout se passera bien, ma chérie. Tu verras.

25

— Tu es certain de ne pas vouloir m'accompagner ? demanda Josie.

— J'en ai plus qu'assez des hôpitaux, tu sais, répondit son frère en souriant de ses lèvres décharnées.

Il semblait plus fragile que jamais ce matin, comme si l'excitation de la veille avait épuisé en lui ses dernières forces.

Josie n'était qu'une boule de nerfs qui s'agitait en tous sens, tapant du pied, ne cessant d'essayer de repousser ses cheveux trop courts derrière ses oreilles.

— À quelle heure Sam doit-il venir te chercher ?

— Vers neuf heures et demie, répondit Ruth.

— Le voilà ! s'écria Will.

Pendant un instant, l'excitation illumina ses yeux. Mais elle retomba presque aussitôt, comme s'il ne pouvait supporter bien longtemps la moindre émotion.

Le pick-up arriva en cahotant sur le chemin qui traversait le pâturage avant de s'arrêter devant eux. Sam sauta de sa voiture en rajustant sa casquette de baseball sur son crâne. Il en tenait une autre à la main.

— Tiens, William, c'est pour toi. Personne ne monte sur mon bateau sans ça.

Son regard attentif s'attarda un instant sur le visage de Ruth avant de glisser vers Josie. La casquette était ornée d'un dessin de langouste pourvue de multiples pinces.

— Cool ! s'écria Will en la mettant. Comment tu la trouves, m'man ?

— Tu as l'air d'un vrai pro, affirma Ruth.

Elle avait envie de le cajoler, de lui demander encore une fois s'il avait bien pensé à emporter son pull, de lui recommander de ne pas trop se fatiguer, de supplier Sam de prendre soin de lui. Mais elle réussit à se maîtriser et se contenta de descendre les marches de la véranda pour embrasser Sam Hechst.

— N'oubliez pas que Will est extrêmement fragile, d'accord ?

— Ne vous inquiétez pas, madame. Votre fils est en sécurité avec moi. Bonjour, mademoiselle Connelly, dit-il en s'inclinant devant Josie. J'ai appris que vous étiez... de retour parmi nous. Je me réjouis de votre retour.

— Merci, Sam. Moi aussi, je suis heureuse de vous revoir. Et de me retrouver parmi les miens.

Sam aida Will à monter dans le pick-up et démarra. Les mains dans les poches, Josie les regarda s'éloigner pensivement.

Un peu plus tard, Josie et Paul partaient pour l'hôpital.

— Cela va prendre du temps pour que les choses reviennent comme avant, tu ne crois pas ? demanda Josie.

Paul tourna le volant pour dépasser un semi-remorque qui descendait la côte dans un bruit de tonnerre en direction de Hartsfield.

— Tu crois vraiment que c'est possible ? répondit-il calmement. De revenir en arrière ?

Josie se mordit les lèvres.

— Si tu... si tu m'en voulais, je comprendrais ça.

— Je ne t'en veux pas.

— Je me sens terriblement coupable, tu sais. Toute cette souffrance que je vous ai causée. Maman prétend que ce n'est pas vrai mais je sais bien qu'elle dit ça pour me rassurer.

— Josie, ma chérie, tu es une grande personne à présent. Tu as vécu sans nous pendant deux ans. Ce que nous pensons ou ressentons n'a aucune importance.

— Détrompe-toi. C'est important pour moi.

— Chérie, ne nous demande pas de nous comporter comme si ces deux années n'avaient pas existé. Mais la seule chose qui compte, c'est que tu es revenue...

— Je ne suis pas d'accord. J'ai gâché votre vie à tous les trois. D'ailleurs, c'est à cause de moi que maman et toi vous êtes quittés.

— Nous y sommes aussi pour quelque chose, Josie. On pourrait même dire, d'une certaine manière, que nous avions besoin d'une sorte... d'électrochoc. C'est vrai, nous nous sommes séparés à cause de la douleur de t'avoir perdue. Mais, avec le recul, je sais aujourd'hui qu'il y avait des tas d'autres raisons qui ont précipité cette crise. Notre couple était déjà terriblement fragilisé. Mais c'est fini aujourd'hui.

— Pardonne-moi, papa.

— Faisons un pacte, proposa Paul. Acceptons l'idée que nous aurions tous pu agir différemment. Que nous nous aimons énormément. Et que nous sommes tous réunis et que... c'est merveilleux, non ?

— Papa...

— Et que celui qui continuera à s'excuser sera reconduit en ville, couvert de chaînes.

Josie hésita un instant puis éclata de rire, soulagée.

Ils restèrent les mains entrelacées, pelotonnés sur le canapé de cuir de la salle d'attente. Sous la lumière crue du néon, leurs visages paraissaient gris et hagards. D'innombrables personnes aussi angoissées avaient dû s'asseoir ici avant eux. La table était couverte de brûlures de cigarettes, et la boîte de mouchoirs en papier, sur le rebord de la fenêtre, désespérément vide. Un tas de jeux de construction aux couleurs criardes gisait dans un coin de la pièce.

Ils ne se sentaient pas capables de partager leur inquiétude et tressaillaient chaque fois que quelqu'un passait dans le couloir.

— J'aimerais tellement qu'ils se dépêchent, gémit Josie. Cette attente est insupportable.

— Je suis sûr qu'ils font ce qu'ils peuvent. Ils savent à quel point c'est urgent.

Le cœur de Josie se mit à battre la chamade lorsqu'un homme en blanc s'arrêta un instant devant la porte. Mais il poursuivit son chemin.

— Si tu savais comme je voudrais que cela marche, murmura-t-elle en se penchant vers son père. J'aurais ainsi la chance de réparer tout le mal que j'ai fait.

— Joséphine, il faut que tu comprennes bien quelque chose.

— Quoi ?

— Si ta moelle est compatible avec celle de Will, ce sera, bien sûr, merveilleux. Mais ce n'est pas pour cela que nous sommes heureux de ton retour. Nous t'aimons parce que tu es Josie, notre fille bien-aimée. Mets-toi bien cela dans la tête : quoi que tu aies fait, quoi que tu fasses, nous t'aimons, affirma Paul en lui caressant la main. Il faut que tu saches que les chances de réussite sont extrêmement minces, tu comprends ?

Le visage de Josie se ferma.

— Je ne veux même pas y penser.

— Si les résultats ne sont pas bons, tu n'y seras pour rien, d'accord ?

D'un hochement de la tête, elle fit signe qu'elle comprenait.

— Tu auras au moins essayé.

— Papa, quel que soit le résultat, laisse-moi l'annoncer à Will.

— Tu ne penses pas qu'il le saura déjà ?

— Malgré tout, je préfère le lui dire moi-même.

— Entendu.

Plus loin, un bébé se mit à pleurer. Un petit garçon aux cheveux roux entra en courant dans la pièce et, après leur avoir lancé un regard noir, commença à jeter les cubes de plastique dans tous les coins.

— Petit, Will était comme ça.

Une jeune femme entra et les observa un instant avant de se tourner vers son fils.

— Arrête, Max. Tu ne vois pas que tu gênes tout le monde ?

Max lui lança une brique de plastique bleu avec colère puis, subitement, se mit à rire.

— Oooh ! tu es vraiment un vilain garçon. Un vilain petit garçon, dit la jeune femme en le soulevant dans ses bras.

Max rit de plus belle en la frappant de ses petits poings.

— Vilain garçon, répéta-t-il, ravi.

— Heureusement que je t'aime.

Au moment de partir, la jeune femme eut un sourire d'excuse.

— Désolée pour mon fils, dit-elle.

Moi aussi, je suis désolé pour mon fils, songea Paul.

— Est-ce que Will t'a dit que nous voulions réparer le *Lucky* ?

— Je pourrai vous donner un coup de main ?

— Bien sûr.

551

— Ce sera sympa de refaire de la voile ensemble. J'ai... un peu laissé tomber ces derniers temps.

— Je me demande si Will va rapporter des langoustes pour le dîner, dit Paul après un long moment de silence.

Josie ne répondit pas, posa la tête sur l'épaule de son père et ferma les yeux.

Un autre homme en blanc fit son apparition sur le seuil de la porte.

— Joséphine Connelly ? demanda-t-il après avoir consulté sa fiche.

— C'est moi.

— Si vous voulez bien me suivre, dit-il en se dirigeant vers le couloir.

Josie se leva précipitamment après avoir jeté à son père un regard angoissé.

— Papa...

— Courage. Tout ira bien.

Mais, malgré ses efforts pour ne pas trahir son émotion, il avait du mal à maîtriser les tremblements qui l'agitaient.

— Oh, mon Dieu, gémit Josie. Et si ça ne marchait pas ?

— Et si ça marchait ?

Elle hésita, comme si elle souhaitait ajouter quelque chose, avant de rejoindre le médecin. Le cœur serré, Paul écouta leurs pas s'éloigner dans le couloir. Il avait beau se répéter que sa fille était désormais une grande personne, il aurait tant aimé être à ses côtés en cet instant.

Au bout de quelques minutes, incapable de rester en place, il se leva pour emprunter le couloir à son tour, jetant un coup d'œil à travers les vitres. À mi-chemin, il aperçut Josie. La tête baissée, les mains serrées sur ses genoux, elle écoutait le médecin qui commentait le contenu d'une fiche d'analyses. Paul ne parvenait pas à entendre ce qu'il disait.

Mais il avait parfaitement compris.

Ruth laissa Paul dormir et descendit à la cuisine. Une odeur de café parfumait la pièce. Le soleil du matin dardait ses rayons obliques à travers la fenêtre. La journée s'annonçait magnifique. Deux tasses et un bol de céréales traînaient encore sur la table.

— Will ! cria Ruth. Où es-tu ? Josie ?

Pas de réponse.

— Vous allez bien ?

Toujours rien. Elle sortit sur la véranda en passant par la chambre de son fils.

— Will ?

Pleins d'espoir, les canards quittèrent leur mare dans l'attente de quelque nourriture. Les roseaux se pliaient sous une petite brise qui troublait la surface de l'eau.

— Will ? Josie ?

La voix de Ruth parut se perdre dans l'air vivifiant et iodé du matin. Ils étaient peut-être allés faire un tour, songea-t-elle.

Elle retourna lentement vers sa chambre.

Sa propre réaction au résultat des examens médicaux de Josie l'avait surprise. Ayant mis ses derniers espoirs dans un don de greffe de Josie, elle s'était attendue à s'effondrer à l'annonce d'un échec. Au lieu de cela, elle avait immédiatement étudié les possibilités qui restaient : un nouveau cycle de chimiothérapie, la découverte soudaine d'un donneur compatible, une autre rémission, un miracle.

Ruth se mit au balcon et observa l'horizon avec les jumelles. Sur les eaux, un langoustier relevait ses nasses : Dieter et Sam Hechst étaient à bord. Plus près, rien que des arbres, de l'herbe et des rochers. Et la mer. Le long du rivage rocailleux, une ligne sombre indiquait l'endroit où la marée s'était arrêtée. Quelques sloops à l'ancre bougeaient à peine sur l'eau calme. À l'exception des Hechst, il était trop tôt pour une quelconque activité maritime.

Où pouvait donc être Will ?

Le soleil, encore bas, dansait en se reflétant sur les eaux tandis que quelques bouées se balançaient au gré des vaguelettes. Josie ne se rendait pas compte de la fragilité de son frère, songea Ruth. En outre, comment savoir s'ils étaient bien ensemble ? Peut-être avaient-ils pris très tôt leur petit déjeuner ? Et Josie serait allée faire un tour en voiture pendant qu'il choisissait d'aller se promener à pied.

Ruth se sentit rongée par l'inquiétude. Et s'il avait perdu connaissance ? Il était peut-être étendu quelque part, incapable de se relever, attendant qu'on vienne le chercher.

Elle se rua dans la chambre.

— Paul ! cria-t-elle en secouant l'épaule de son mari.

— Mmm, fit-il d'une voix endormie.

Les yeux fermés, il tâtonna pour la prendre dans ses bras.

— Je t'aime, Ruth.

— Chéri, Will est parti. Josie aussi.

— Ils sont probablement sur la plage, murmura-t-il en s'étirant paresseusement.

Il finit par ouvrir les yeux, cligna les paupières et ne put s'empêcher de loucher sur son décolleté lorsqu'elle se pencha sur lui.

— Quelle vision agréable au réveil, dit-il en tendant la main pour caresser ses seins.

Ruth le repoussa d'un geste agacé.

554

— Je suis inquiète, Paul. Et si Will avait des ennuis ?

À son ton angoissé, il se secoua avant de s'arracher du lit.

— Laisse-moi m'habiller et nous irons voir, dit-il en enfilant quelques vêtements à la hâte.

Dix minutes plus tard, debout sur la véranda, des jumelles devant les yeux, Paul demanda :

— Où penses-tu qu'ils sont allés ?

— Sur la falaise ou bien faire du bateau.

— Crois-tu qu'il ait la force de s'embarquer tout seul ?

— Je ne sais pas.

— Alors, essayons de voir à Caleb's Point, dit Paul en passant son bras autour des épaules de sa femme. Ne t'inquiète pas, Ruth.

— Difficile de faire autrement, s'excusa-t-elle en l'embrassant sur la joue.

La main dans la main, ils marchèrent le long de l'étang où les bleuets et les ajoncs se balançaient au gré de la brise. Puis ils traversèrent le bois jusqu'à Caleb's Point.

Le langoustier des Hechst était au large mais la mer demeurait presque déserte. Bien trop tôt pour les bâtiments du yacht-club. Seul un petit youyou, la voile gonflée par le vent, se balançait sur les flots. Ruth scruta la voile blanche, dorée par les rayons du soleil.

— Les voilà, s'écria-t-elle, soulagée.

Reprenant ses jumelles, Ruth observa le frêle esquif raser l'eau, laissant une longue traînée blanche derrière lui. De petites vaguelettes scintillaient au soleil. Elle pouvait apercevoir Will dans le cockpit, un bras étendu sur le plat-bord, l'autre posé avec décontraction sur la barre. Il souriait à sa sœur.

— Paul, murmura Ruth en prenant la main de son

mari. C'est merveilleux de voir nos deux enfants ainsi, ensemble.

— Un vrai miracle, approuva Paul.

Dans la petite embarcation, Josie s'adressait à son frère, semblait l'exhorter à faire quelque chose, agitant les bras dans tous les sens comme pour souligner l'importance de ce qu'elle disait. Mais Will, toujours souriant, secouait la tête en signe de refus.

— Elle a l'air en forme, tu ne trouves pas ? dit Paul en soulevant ses lunettes.

— Elle est superbe.

— Elle l'a toujours été. La digne fille de sa mère.

Ruth se tourna vers son mari.

— C'est ce qu'il voulait le plus au monde : faire du bateau avec sa sœur.

— Regarde tes enfants, Ruth.

— *Nos* enfants, murmura-t-elle tendrement.

Elle finit par éclater de rire devant leur attendrissement. Josie est revenue, songea-t-elle en se serrant contre Paul. Elle eut fugitivement l'impression de redevenir mère, de tenir son premier bébé dans ses bras.

— Ils sont beaux, hein ?

— Ils sont... magnifiques !

La petite embarcation se faufila entre deux bouées, puis vira vers la haute mer sur la calme surface de l'eau. Elle avança entre les bras de la baie avant de tourner et de louvoyer, pendant que Josie et Will poursuivaient leur conversation, assis sans bouger. Le soleil miroitait dans l'eau. Plus loin, par-delà les arbres, s'élevait la grosse bosse de Mont Desert Island.

— Malgré les résultats des examens, je ne peux pas m'empêcher de me sentir heureuse, avoua Ruth. Quelque chose va arriver, j'en suis certaine.

— Tout est si calme, ici, dit Paul en s'asseyant sur le banc de Josie.

Ruth vint le rejoindre. Elle posa les jumelles sur ses

genoux et ferma les yeux, exposant son visage aux rayons du soleil. La brise charriait des senteurs iodées de varech. Les mouettes passaient en hurlant au-dessus de leurs têtes.

— Tu ne crois pas qu'on devrait faire quelque chose avec ce banc ? demanda Paul.

— Oui, le laisser où il est, murmura Ruth.

— Comme souvenir ?

— C'est ça.

Main dans la main, ils restèrent sur le banc, respirant l'air gorgé de promesses de bonheur. Ruth levait de temps à autre ses jumelles pour observer les enfants bavarder, cependant que leur embarcation dérivait lentement entre les bouées. La baie était envahie d'une tendre lumière dorée, la couleur du miel, celle de l'espoir.

— Je voudrais que cette journée ne finisse jamais, dit Ruth en s'étirant paresseusement. Surtout cet instant, avec eux là-bas et nous ici. Tous si heureux.

Elle reprit ses jumelles. Assise à côté de son frère, Josie le prit dans ses bras pendant un long moment, le berçant doucement. Elle frottait son visage contre le sien, lui caressait le menton. Will lui prit la main et la serra, se confiant à elle de longues minutes. Josie l'écoutait attentivement, la tête penchée.

Le petit bateau s'avança jusqu'au bas de la falaise, si près que Ruth put entendre la voile battre d'un bord à l'autre. Bien trop pris par leur conversation, ni Josie ni Will ne levèrent les yeux dans leur direction. Ruth aperçut Will se pencher vers sa sœur pour l'embrasser, tandis que le bateau virait pour mettre le cap vers le large. Une légère inquiétude commença à s'emparer de Ruth. De quoi pouvaient-ils bien parler avec autant d'ardeur ? Dans cette scène apparemment idyllique, quelque chose clochait.

Josie continuait à parler avant de s'écarter, les traits

livides. Au même moment, Will abandonna la barre et se leva. Sur sa poitrine, il serrait l'ancre dont il avait noué la chaîne autour de son poignet. Il posa l'autre main sur le bastingage, s'assit en laissant pendre ses jambes le long de la coque.

— Qu'est-ce qu'il fait ? s'inquiéta Ruth.

La peur la saisit au ventre. Quelque chose ne tournait pas rond. Même à cette distance, elle apercevait la pâleur de son visage.

— Mais qu'est-ce qu'il fait donc ? Paul... tu crois qu'il va nager ?

Will tourna la tête en direction de sa sœur, dit quelques mots en souriant. Il portait un short et un T-shirt noir et sa casquette de base-ball sur le crâne.

— Mais pourquoi porte-t-il cette ancre comme ça ?

La panique s'empara de Ruth.

— Ruth, s'écria brusquement Paul. Ruth !

Sa main se crispa sur le bras de sa femme à l'instant où Will ôtait sa casquette et glissait lentement, très lentement, le long de la coque. Un jaillissement d'écume accompagna sa chute, formant un bref arc-en-ciel. N'en croyant pas ses yeux, Ruth vit son fils disparaître sous la surface des eaux. En un éclair, elle pensa à la température glacée de la mer, au froid qui brûlait comme le feu.

— L'eau est tellement froide, articula-t-elle d'un ton qu'elle voulait assuré. Comment aurait-il envie d'y nager ?

Paul lui serra le bras à l'en faire crier.

— Je ne crois pas qu'il...

— Qu'est-ce qu'il fait ? hurla Ruth, voyant que son fils ne refaisait pas surface. Paul, qu'est-ce que... Pourquoi ne...

Paul s'arracha au banc, les jumelles collées contre les yeux.

— Oh, mon Dieu ! s'écria-t-il. Oh, non !

Plus bas, Josie s'éloignait à pleine voile de l'endroit où Will avait disparu.

— Où est-il ? balbutia Ruth en se levant précipitamment. Oh, Seigneur, pourquoi Josie l'a-t-elle laissé seul ? Il n'est pas encore remonté, Paul. Pourquoi est-ce qu'elle ne lui porte pas secours ?

Paul ne répondit pas.

Les yeux de Ruth ne quittaient pas ce point où elle avait aperçu son fils pour la dernière fois. Mais Will ne réapparaissait pas. Josie, tête baissée, fonçait sur les eaux en direction de la haute mer.

Et tout à coup, horrifiée, elle comprit.

— Non ! hurla-t-elle. Will... oh, mon Dieu. Oh, Will, mon chéri, non !

Du haut de la falaise, ses cris se mêlaient à ceux des mouettes.

— Will ! Will ! je t'aime. Je t'...

Elle se précipita vers le sentier escarpé qui descendait le long de la falaise, menant à la plage. Paul la suivit en courant, lui criant de s'arrêter. Mais elle ne l'entendait pas. Si elle pouvait nager jusqu'au point où il avait disparu, elle trouverait son pauvre enfant malade, le sauverait, le réchaufferait entre ses bras pour le ramener à la vie. Elle remonterait le temps. *Will...* Mon fils tant aimé...

Ruth avait beau se hâter, sauter par-dessus les rochers, trébucher sur des algues glissantes, elle savait bien que c'était inutile.

Will !

Une partie d'elle-même ne parvenait pas à croire à la réalité de cet instant, comme si une autre part d'elle-même était encore au bord de la falaise, regardant danser une petite embarcation sur la mer et, à bord, deux enfants bavarder paisiblement. Elle plongea dans les vagues et se mit à nager frénétiquement vers le large. Son esprit égaré ne réussissait qu'à formuler une seule idée : Will a fait son propre choix, et il n'y a rien, désormais, qui puisse le détourner de son chemin.

Est-ce que tu accepterais de mourir pour moi ? avait demandé Josie. *Est-ce que tu donnerais ta vie pour moi ?* Alourdie comme elle l'était par ses vêtements, le cœur étreint par la terreur, la bouche brûlée par le sel, la réponse était d'une évidence si aveuglante que Ruth se demanda comment Josie avait pu poser cette question. *Oui*, sans l'ombre d'un doute. S'il le fallait, c'est avec joie que je donnerais ma vie pour toi. Pour vous deux. Mais vous ne me l'avez pas demandé.

Tremblante, elle ne fit pas un geste lorsque Paul lui retira ses vêtements en silence et la poussa sous la douche. Elle sentit ses mains sur sa peau et le laissa laver son corps de tout le sel accumulé. Une froide torpeur l'envahissait, effaçant tout sauf le chagrin. Will... Elle ne le reverrait jamais, ne rirait plus avec lui, ne lui tiendrait plus la main en couvrant ses cheveux roux de baisers.

Paul la sécha avec une serviette, alla lui chercher une robe et se mit à pleurer. Elle lui prit la tête entre les mains et la pressa contre sa poitrine, comme s'il était redevenu un enfant. Ils restèrent ainsi enlacés, assommés de chagrin, cherchant à se communiquer un début de réconfort.

— Paul, murmura Ruth, les yeux noyés de larmes. Cette fois, il va falloir prendre soin l'un de l'autre.

— Tu as raison.

— Ne pas oublier la richesse qu'il y a en nous.

Mais la douleur la terrassa, et elle tomba en pleurs, les épaules secouées par d'incontrôlables tremblements.

Incapable de parler, il approuva de la tête, les yeux noyés de larmes. Main dans la main, ils descendirent à la cuisine retrouver leur fille qui, effondrée devant la table, regardait fixement ses mains.

Elle hésita un instant avant de venir se placer entre eux, glissant ses bras autour de leurs épaules.

— De toute façon, il allait mourir, dit-elle d'une toute petite voix.

— Oui. Mais pas comme ça. Pas en se noyant, protesta Ruth.

Paul sortit sur le seuil, tandis que sa femme s'effondrait sur une chaise, la tête entre les mains.

— Will, gémit-elle. Oh, Will...

Josie prit sa mère dans ses bras.

— Il m'a dit qu'il avait espéré tenir jusqu'à la fin de l'été. Mais il se sentait faiblir de jour en jour. Il avait même failli ne pas pouvoir se lever ce matin. Il ne voulait pas que vous le sachiez mais il craignait de ne plus être capable de bouger. L'idée de passer tout l'été étendu sur son lit à regarder le soleil par la fenêtre lui paraissait insupportable.

— Oh, Will ! Mon pauvre enfant.

— Je lui ai annoncé les résultats des tests ce matin. En fait, il avait déjà deviné. Alors, il m'a demandé de l'emmener sur le bateau. Je sentais bien qu'il avait quelque chose en tête. Je le voyais dans son regard.

La douleur arrachait d'affreux gémissements à Ruth. Elle avait du mal à respirer et se sentait au bord de la suffocation. Mais c'était Will qui avait vécu cette horreur. Et, quelque part au plus profond de son être, Ruth avait craint qu'il fasse cela. Mais pas si vite. Pas si vite.

— Il était si jeune...

— Il ne voulait plus vivre. Il me l'a avoué ce matin. Il en avait assez d'être malade et refusait de nouveaux traitements. Ces quelques jours à Carter's House lui suffisaient. Il est parti comme il l'avait souhaité. Nous avons passé la matinée à marcher. Mon pauvre petit frère. Il a attendu que je sois revenue pour partir.

— Tu n'as pas essayé de l'empêcher de faire ça ?

— J'avais compris que c'était ce qu'il souhaitait.

— Je croyais qu'il voulait passer l'été ici.

— Il voulait *mourir* ici, maman. Il m'a dit qu'il avait eu une vie merveilleuse et que, maintenant, il refusait de connaître le pire.

— Il est comme toi, tu ne trouves pas ? Tous les deux, vous êtes tellement... forts.

— On tient ça de toi, répondit Josie en serrant sa mère plus fort contre elle.

Elles restèrent ainsi enlacées un long moment, abîmées dans un douloureux silence. Puis Josie s'écarta et posa une feuille de papier plié sur la table.

— Will m'a demandé de vous remettre ça.

Les mains tremblantes, Ruth déplia le billet.

Papa, maman,
Ne soyez pas tristes. Je ne pouvais plus supporter d'être malade. Et je voulais garder le contrôle, pas comme les enfants à l'hôpital, pas comme cette pauvre Michelle.
Merci pour tout ce que vous m'avez donné.
Je vous aime tous. Je vous en prie, ne pleurez pas.
Votre fils qui vous aime,

William

Ruth imagina les pauvres petits doigts gonflés qui avaient tenu péniblement le crayon pour écrire ces quelques mots d'adieu. Les larmes jaillirent à nouveau de ses yeux. Puis une sorte de paix s'installa en elle. Elle se tourna vers Josie et posa la tête sur son épaule. Paul revint dans la pièce et les serra toutes les deux dans ses bras.

Assis sur le banc de Caleb's Point, ils contemplaient l'île Bertlemy. Les crêtes des sapins luisaient doucement dans les derniers feux du soleil couchant. À leurs pieds, les vagues battaient le rivage et brassaient les galets avant de se retirer dans un soupir. Loin à l'horizon, une seule étoile brillait dans le ciel.

Ruth gardait les yeux fixés sur l'endroit où elle avait aperçu Will pour la dernière fois. Je lui ai donné la vie, songeait-elle, je l'ai élevé, mon petit garçon, et désormais il ne reste rien de lui. Elle revit les traits décharnés de son visage au moment où on l'avait retiré de l'eau et ses lèvres pâles figées en un petit sourire.

— Maman, murmura Josie.

— Ça va aller, l'assura Ruth.

Elle avait mieux à faire à présent que de penser à son fils mort : elle devait s'occuper de sa fille, vivante. Apprendre à être une mère.

Merci pour tout ce que vous m'avez donné, avait écrit Will. Après tout ce qu'il avait enduré, il avait trouvé le courage de les remercier... Ruth laissa doucement les larmes couler le long de ses joues. Cette mort-là était irrémédiable. Irréversible.

— Il a dit qu'il pensait que vous seriez bien plus heureux ici qu'en ville.

— Je crois qu'il a raison, dit Paul, les bras serrés autour des épaules de sa femme. Il va falloir qu'on y réfléchisse.

Jusqu'ici, Ruth ne s'était guère posé la question du bonheur. Mais, par-delà tout ce qu'ils avaient vécu, elle pressentit qu'une nouvelle paix l'attendait. Avec le temps, elle savait qu'elle trouverait le repos. Et Paul aussi. Et Josie. Tous les trois, ensemble.

— Ce qui était affreux lorsque nous t'avons crue

morte, avoua Ruth, c'est que nous ne parvenions pas à en parler. Je me comportais comme si rien n'était arrivé. Je refusais même qu'on prononce ton nom en ma présence.

— Il ne faut pas recommencer avec William, dit doucement Paul.

— Au contraire, nous te raconterons tout ce qu'il a dit et fait pendant ton absence. À l'hôpital, il y avait une petite fille qui s'appelait Michelle, reprit Ruth. Elle était si mignonne. Will était un peu amoureux de Kelly, sa sœur. Elle lui avait confectionné un bonnet rose pour cacher sa calvitie.

Ruth sourit à ce souvenir, le regard toujours rivé à la mer. Un enfant avait été échangé pour un autre. Pour le restant de sa vie, elle ne pourrait s'empêcher de revoir, comme au ralenti, les minuscules silhouettes de ses enfants se découper sur la frêle embarcation. Et son fils se pencher, glisser le long de la coque pour tomber lentement dans la mer qui lui tendait les bras.

Toute sa vie, elle avait craint de mourir noyée. Mais, jusqu'à cet instant, elle avait toujours cru que cette mort serait la sienne.

Remerciements

Un livre comme celui-ci n'aurait pu être écrit sans
l'aide d'un certain nombre de sources. Parmi les nombreuses personnes qui m'ont apporté leur concours de
diverses façons, j'aimerais particulièrement remercier :

Pour sa fidélité et son soutien depuis le tout début,
R.D. Zimmerman.

Pour les détails médicaux, Rosemary Herbert et
Mary Small ainsi que tous les parents d'enfants atteints
du genre de mal incurable mentionné dans ce livre,
dont les histoires anonymes que j'ai si souvent lues
m'ont émue aux larmes.

Pour leurs connaissances en matière de navigation,
Bernard Cornwell et le capitaine John Crabtree, de
l'Océan Yacht Master.

Pour sa foi inébranlable et les promesses tenues,
Nicki Kennedy de l'ILA.

Pour les informations locales et les sandwichs au
crabe, Marilyn Mays.

Je remercie tout particulièrement Jim Napier pour
avoir toujours répondu à mes constants appels à l'aide
concernant toute sorte d'informations ésotériques.

Enfin et surtout, je dois affirmer que sans les encouragements et les conseils avisés de mes merveilleux
agents, Araminta Whitley et Mark Lucas Alexander
Whitley, ce livre ne serait jamais devenu ce qu'il est,

et je les remercie sans réserve pour avoir su (relativement bien) garder leur calme quand je perdais le mien.

Secret de famille

L'arbre au secret
Santa Montefiore

À la fin des années 60, loin de Buenos Aires, au cœur de la pampa, s'étend Santa Catalina, le domaine du clan Solanas, dirigé par Don Paco. Sofia, sa fille, orgueilleuse et rebelle, lutte pour étancher sa soif de liberté. Violemment éprise de son cousin, la jeune fille menace l'ordre familial. Pour cacher sa grossesse, ses parents l'envoient en Europe où, dans la grisaille et les foules de Genève et de Londres, elle va devoir trouver son bonheur, loin des siens et de son unique amour.

(Pocket n° 11889)

Il y a toujours un Pocket à découvrir

Terra Australia

L'espoir est une terre lointaine
Colleen McCullough

À la suite d'un odieux complot, Richard Morgan, artisan armurier estimé, marié et père d'un petit William, est condamné à sept ans d'exil. Dans l'empire britannique du XVIIIᵉ siècle, les criminels et les forçats sont envoyés en Australie pour défricher et coloniser les nouveaux territoires. Richard fait partie de la première expédition et débarque à Norfolk Island en janvier 1788. Avec les hommes qui l'accompagnent, il fera de cette contrée sauvage la nation d'un nouveau peuple : les Australiens.

(Pocket n° 12052)

Il y a toujours un Pocket à découvrir